天堂鸟

高仲泰 著

江苏凤凰文艺出版社

图书在版编目（CIP）数据

天堂鸟 / 高仲泰著. — 南京：江苏凤凰文艺出版社，2018.8
ISBN 978-7-5594-2492-1

Ⅰ.①天… Ⅱ.①高… Ⅲ.①长篇小说－中国－当代 Ⅳ.①I247.5

中国版本图书馆 CIP 数据核字(2018)第 140975 号

书　　名	天堂鸟
著　　者	高仲泰
责任编辑	张　黎　万馥蕾
出版发行	江苏凤凰文艺出版社
出版社地址	南京市中央路 165 号，邮编：210009
出版社网址	http://www.jswenyi.com
印　　刷	南京台城印务有限责任公司
开　　本	880×1230 毫米 1/32
印　　张	12.5
字　　数	300 千字
版　　次	2018 年 8 月第 1 版　2018 年 8 月第 1 次印刷
标准书号	ISBN 978-7-5594-2492-1
定　　价	38.00 元

（江苏凤凰文艺版图书凡印刷、装订错误可随时向承印厂调换）

目录

003	一
020	二
033	三
044	四
061	五
068	六
081	七
092	八
101	九
114	十

129	十一
140	十二
160	十三
188	十四
200	十五
221	十六
230	十七
246	十八
265	十九
292	二十

315	二十一
322	二十二
349	二十三
367	二十四

所有的缺憾都是成全

一

即使是多年以后,余鹏程承认,他和吴芳芳在小街的相遇是个极低概率的事。

其概率之低,好比余鹏程读到过的一篇文章中讲述的,作者和几个中国朋友在纽约第五大道的一家咖啡馆谈论上海一个共同的熟人时,这个熟人突然兴冲冲地走了进来;还好比,余鹏程有一个长他近10岁的大学老师,年轻时插队回城,等待派工作,其间,他读了一本苏联小说《叶尔绍夫兄弟》,里面主人翁是个炼钢工人,这使他对钢铁厂发生了兴趣;他的邻居恰好是本市钢铁厂的技术员,答应约个时间陪他参观炼铁炼钢车间,恰巧就在约定日期的早晨,他们准备出发之际,邮递员给他送来了去这家钢铁厂上班的通知……

是啊,余鹏程与吴芳芳难得的巧遇,虽然没有这么奇异,然而,实在也是不可能中出现的可能。许多人的解释是缘分,是因祸得福,是造化,是一个童话。当然,他们后来的结局就另当别论了。

那年秋天,余鹏程从省城的师范大学毕业,如愿分配到这个地市级城市一所中学当老师。

当他踏进这所中学报到时,他接到口头通知,先到正在施工中的新校舍工地劳动。什么时候安排到教学岗位会视情况通知他的。余鹏程心里有几分明白,前一年,他去了柳絮如雪花在空中纷飞的街头,用巴扬拉了几首歌曲,原因可能就在这里。问题是,同样上街的大学同学却幸免于难,顺利进教室上课了。为何他偏偏被盯上了?他站在那里发愣了一会,有点狐疑,便底气不足地问:"这是为什么,能解释一下吗?"

该校校长马力把一杯热气扑扑直冒的茶放在桌上,气雾升上来,扑向余鹏程,余鹏程不客气地端起茶杯,但没有喝,只是直勾勾地看着马校长,希望他透个底。马力几乎没有表情地回答:"为什么?我也不知道,不过,你应该懂的。想想你做了些什么,鹏程啊!"说着,对他仔细瞅了一眼,眼神有点奇怪,喊他名字的时候,带着轻微的叹息。

余鹏程把烫手的茶杯重重地放下,不再争辩,他知道争辩是多余的、徒劳的。心中却涌出类似愤懑的情绪。第二天就换上一身洗得发白的旧军装，到建筑工地干起了活，活不重，每天蹬三轮到施工队的建筑公司的库房取除砖头、水泥之外的器材用料，如电线电缆、钢铁构件、工具等。每天要穿过好几条街，一天跑上几趟。没有蹬三轮的活，就在工地上戴上一顶红色的安全帽，拎灰桶，操作水泥搅拌机，轰隆轰隆的，一天下来，耳朵麻木，浑身灰扑扑的。满身是灰浆，干了变得硬邦邦的，很难洗干净。英俊的脸面也会变得模糊不清，裤脚浸透了湿漉漉的泥水。

好在他是在农村长大的，什么样的苦都吃过，干这样的活对他来说，算不了什么。而且，从少年到青年，他除冬天外，坚持在河里游泳，对于他来说，如鱼般浮于水、行于水的自由惬意，是一种何等美妙的享受。他对游泳的痴迷，赋予了他一个健壮结实的躯体，一副臂肌胸肌隆起的倒三角形身材。这个身胚天生是干体力活的料，没什么可怨的。

这一年，余鹏程三十岁了。他考上省城的师范大学之前，已在这个城市的师范学校读了四年书，当了两年多小学教师。他比同一届毕业的同学要大三四岁。

在当小学教师的几年中，他换了好几所小学，并非他自己不安分，要求调来调去的，而是教育局似乎特别惦记他，隔上一年就要把他调一个新学校。他博览群书，知识面很广，文笔不错，还经常写诗，他写诗的爱好可追溯到儿时母亲念叨的农村童谣的启蒙。可他从来不奢望自己能成为作家或诗人。他在笔记本上涂涂抹抹的诗是写给自己看的，这是他内心隐蔽的一部分，轻易不示人，也从未想过向什么报刊投稿。

没有人怀疑，他当语文老师或历史老师不称职。可是，连他自己都想不通的是，他从当上教师那天起，就学非所用，语文、历史课一天都未上过，而是一直教音乐。原因很简单，他最初分配的那所小学，原有的两位音乐老师几乎同时生孩子休产假，学校一时找不到代课老师，校长在他的档案里看到，他在读师范学校时，曾担任过学生会的文艺部长，又听说他来报到时，行李之外，随身带着只叫巴扬的苏联手风琴，料他懂得音乐，就安排他暂时教音乐，这是副课中的副课，不要费多大劲去备课。

他欣然接受了，他虽没有经过系统的专业训练，但从农村小学、初中到中师，都是学校的文艺骨干，上小学的音乐课，可以说驾轻就熟。

他嗓子不错,男中音,音色浑厚,带有磁性,中气充足,有种从胸腔里发出震颤的共鸣。他能熟练地演奏巴扬。这只巴扬是他上初中时,正在追求姐姐的姐夫杨大年送给他的,他无师自通地学会了演奏,很快就十分娴熟了。从此,这台巴扬就同他影形不离了。一般人分不清巴扬和手风琴的区别,其实两者差别不大。手风琴排列的是键盘,巴扬排列的是键钮,手风琴指法上和钢琴相通,巴扬在手法上更接近一些西洋管乐器。

酷暑已开始减弱,夏蝉在校园内的林荫上长鸣。那天,余鹏程开始上小学六年级第一节音乐课,他撇开了原来的台式风琴,而是背着他红色的巴扬走进教室。在同学的眼里它就是手风琴。好吧,你们欢喜叫手风琴,就这么叫吧。他说,这并不重要。不过,我说清楚了,这是巴扬,和手风琴有差别的。

说完,他把李叔同作词,约翰·奥特威作曲的《送别》一歌的歌词"长亭外,古道边,芳草碧连天……"和曲谱抄在一张大白纸上,挂在黑板上。他告诉学生,今天就学唱这首歌。我先给你们示范一遍。他娴熟地弹奏起巴扬,灵活地弹奏着键钮,折叠的风箱伸屈自如,张口便唱起来,学生们惊呆了,马上叽叽喳喳议论纷纷,这位新来的音乐老师唱得实在太好了,唱得简直和歌星一模一样。他可以去当歌唱家,当音乐老师太屈才了。

几个女同学激动得满脸红晕,余老师的音色阳光般透亮,把她们的心激灵得像小鹿般蹦跳起来。这些女同学中就有吴芳芳。当时,她因为长得高挑,坐在最后一排,一双水汪汪的大眼睛盯着阳光帅气的余老师,楔子般的留下了深刻的印象。但余鹏程压根没有注意到她,当然未记住她,连她的名字都叫不上。一个班级,一周就一节音乐课,余鹏程匆匆而来,匆匆而去,怎么会记得每个学生呢?总之,余鹏程小露身手,大家就被征服了。从此,余鹏程一发而不可收。当上了专职的音乐老师,一年后,两个原来教音乐的女教师回来上课了,而另一所小学的音乐女教师也结婚生子了,怀孕几个月,就在家里保胎。余鹏程调了过来,顶了她的缺。照例,他第一堂课自己演唱一曲,学生们同样目瞪口呆,鸦雀无声,然后兴奋地议论开来。

余鹏程虽然征服了初通音乐的小学六年级学生。但他不甘于当小学老师,第三年,他以优异的成绩考上了省城这所也算得上重点大学的师范院校。

调皮的学生总爱给老师起绰号,教小学时,他们给余鹏程起了个巴扬的绰号,背底里就巴扬巴扬地喊。这个绰号到了大学就变成了老卡,因为他是络腮胡子,大家就称他老卡,古巴革命领袖卡斯特罗的简称。当然,他的胡子拉碴和卡斯特罗的大胡子是小巫见大巫,无法比拟的。

不过,他在大学里有一段时期,留长发,浓密而蓬松,不是披肩发——但也够长的了,他的造型不算怪异——虽然丁兰兰说他有点嬉皮士的气质,但只是说说而已,有点讥笑的意思。他怎么会像嬉皮士呢?

他爱唱校园歌曲,不喜欢摇滚乐,讨厌把自己充满了奇特情节的私密生活谱成歌,用一种神经质的、自恋至极的、半吟半念的方式哼唱。大学时,学生中有这样弹吉他的歌手,他们私下组成了摇滚乐队,取得名字很怪,什么"盐碱地"乐队,"鼻涕虫"乐队。其中不乏长发披肩、形容邋遢的小子,语言粗俗,敲着爵士鼓,嚼着口香糖,动作和表情夸张挑逗,拥有不少听众,他们被排除在艺术团之外,反自由化时,摇滚乐被禁止了,乐器被没收。余鹏程从来不与他们走近,讨厌他们。但余鹏程背诵约翰·列侬和鲍勃·迪伦的诗句。摇滚乐被禁时,余鹏程为他们说了几句公道话,鲍勃·迪伦在一九六五年说过,从来就没有哪个政权是被抗议歌曲唱垮的,他才不相信音乐可以改变世界哩!

四年大学,他又回到这座城市,仿佛回到了原点。以前是小学教师,现在是中学教师。不过,实际上还不如原来的处境,以前他是拉巴扬的音乐教师,现在由于前年的原因,暂时还上不了课,至于什么时候能上,他心里真的没有底。

四年里,这座城市发生了很大变化,冒出了许多新的建筑,高高耸立的楼群、无处不见的吊车连同层层叠叠的脚手架和陈旧低矮的老房子夹杂在一起,显示着正在发生着的令人炫目也令人振奋的改变。夜晚的灯光明亮多了,绚丽的霓虹灯通宵闪烁着,光彩夺目,弥漫着那个时代特有的勃勃生气和掩饰不住的躁动。余鹏程对这个城市是非常熟悉的,他在这里读书工作多年,是这座城市拂去了他身上浓重的农村痕迹,使他克服了一个乡下孩子面对一座繁华城市时的窘境和自卑,他从气质上心理上基本变成了一个城里人。只是，除了夏天，他基本上不游泳了。刚进城读师范学校时，读巴尔扎克的小说，书中描写来自乡村的人面对巴黎的窘境，他切实地体会到了。

仅仅几年他已融合进了这座城市的厚实肌理中。

在省城上大学的这几年，他面对着一座更大的城市，它曾经是六朝古都，那高大沧桑的古城墙让他陡生敬畏感。而粗壮蓊郁的梧桐树和那些林立的民国建筑，包括园林般的校园使他觉得与小桥流水的乡下，以及成为他第二故乡的那座城市瞬间拉开了距离。

他对乡下的印象逐渐趋于淡薄，而对那座让他从一个毛小孩成为青年的城市始终存有很深的感情。不可能渐行渐远的。何况那里还生活着他的姐姐、姐夫、母亲。毕业后的去向，他当然首选省城。退而其次就是这个美丽而安宁的湖滨城市。姐夫是这个城市的教育局党委书记，曾经为他留在省城而争取过，希望很大，他对此是保密的，连室友唐朝阳和李刚伟都没有泄露半点。

毕业前的一年，毕业班暗潮汹涌，学生们已掩饰不住内心的焦虑，四处奔走，寻找去向，虾有虾路，蟹有蟹路，除了个别毫无办法的，几乎个个都使出了浑身解数，但又个个守口如瓶。也有一些人安之若素，很淡定、很笃定的样子。例如校花丁兰兰就表现得很轻松，她来自于长江以北的一座沿海小城市，但她的去向已明明白白地写在脸上，她不可能再回到她的那个凋敝的家乡去了。美貌是一种气场，当然也是一笔无形资产。据说，有几个家庭背景不一般的干部子弟正围着她转，她留在省城可以说是毫无悬念的。

那件事发生后，他剪去了长发，一下年轻利索了不少。但余鹏程明白，留在省城的希望已彻底泡汤了，姐夫已无能为力。他心里很不安，频频和姐姐通电话，要姐夫鼎力实现他的第二目标。他最担心的是分配到长江以北的某个小县城，甚至某个小镇里。在这座有"火炉"之称的都市的酷热中，心里七上八下了好多天，最后结果终于揭晓，大家各奔前程，有人欢喜有人愁。

世界上很难有人人满意称快的事。

余鹏程很幸运，他终于没去长江以北，而是如愿分到了这个城市的中学任教,他悬着的一颗心落了下来,高兴得不能自禁,以至于根本没有想到报到后会横生枝节。唐朝阳和李刚伟也心想事成,分到了家乡,和自己在同一个城市。三个人在一家小饭店痛快淋漓地一瓶瓶啤酒灌下肚去,撑得松开了皮带扣,然后醉意浓重地在古城墙脚下摇摇晃晃地走了半夜。

丁兰兰意料之中地留在了省城,不过分配在什么单位众说不一,有人说是省电视台,也有人说是省级报社。总之,她去的地方,是其他人想都不敢想的。也有个别人留校的,一个是学生会副主席,另一个是学校团委副书记。这并不让人感到突然。很快,烟消云散,尘埃落定,这一届的毕业生大多数都各就其位了。余鹏程参加的学校艺术团里有多人毕业离校了,由丁兰兰发起在一家饭店聚餐,告一别。丁兰兰和余鹏程是这个团的台柱子。但余鹏程没有参加,他和唐朝阳、李刚伟带着行李悄悄离开了学校,奔赴他们要去的那个城市。在饭局上,有人讥笑丁兰兰,你把你说的那头牛伤了,人家连和你道一声别都不愿意了。丁兰兰因喝了酒,脸若桃花,她笑着说,我伤了他什么啦,他有追求我的权利,我有拒绝的权利,这是天赋人权!

余鹏程匆匆离校了,不愿多待上一天半载,其实他对读了四年的大学还是很眷恋的。这所大学解放前是所著名的女子学堂,校舍都是民族特色的大屋顶,琉璃瓦,雕梁画栋,校园里树木葱茏,还有大片草坪,晚上灯火柔曼,艺术团常在这里举行文艺晚会。

离开学校那天,他借口去图书馆还书,在校园里走了个遍,在草地上徘徊了一会,又来到女生宿舍楼前。他远远地站了一会,那扇窗户就是丁兰兰住的宿舍。有许多天,追求丁兰兰的男生曾排成一行,在朦胧的夜色中,站在这扇窗户前唱歌,弹吉他,吹口哨,大呼小叫。余鹏程也偷偷去过几次,他没有一展歌喉,虽然这是他的强项。他只是远远地看着,像此刻一样。那窗帘是浅蓝色的,丁兰兰的床铺就靠着窗,这是她自己无意中提到的。到了夜晚,这浅蓝色的窗帘就拉上了,灯光映着一帘晃动的人影,如果加上铿锵有力的乐队伴奏,就像北方的轰轰烈烈的皮影戏。此刻,这窗帘还在,萧瑟地挂在窗户一边,窗户后面什么动静都没有,显然人去楼空了,余鹏程心里有些淡淡的惆怅。

轰轰烈烈的几场秋雨,结束了漫长而炎热的夏天。初秋的风带着凉意,在狭小的老街上刮来刮去。金色的阳光灿烂得让人耀眼,但没有灼热感了。余鹏程把草帽压得很低,穿着脏兮兮的旧军服,脚下穿着一双破旧不堪的胶鞋,脖子上围着一条毛巾,茂密的胡子使他看上去比实际年龄老了好多岁。他弓着腰,蹬着车,慢慢地行驶着。小街静悄悄的,只有树上的秋蝉在声嘶力竭地鸣叫着。

谁都没有注意到这个身材魁梧有着高仓健一样脸部轮廓的蹬三轮车的人。

在这座城市,他并不是个陌生的漂泊者,他已在这里有着一定的生活积累,认识他的人不是个别。他是要面子的人,有点自恋,有些骄傲,有点阴沉。怕撞见熟人,便绕开那些乌泱泱人群的大街,兜圈子走一些人烟稀少的小街小巷。这条小街也是他常走的一条老街。从一个库房运到近郊的学校,来回一趟大约要一个多小时。工地的用材并不靠他,有专门的卡车运,让他干活,实际上并非把他作为一个劳动力使用,而另有其他更为重要的用意,余鹏程对此心知肚明。让余鹏程不踏实的是,没有人告诉他,这种安排到底要维持到什么时候?半年?一年?是作为一种处理,还是作为一种惩罚?学校的师生几乎无人发现他的存在。他有一种被抛弃的感觉。

这一时期他的心情低落、灰暗,下班后就躲在宿舍里看书,或从收录机里听音乐。他喜欢杰奎琳·杜普蕾的大提琴曲《殇》,这首让世界落泪的曲子深深地打动了他……

有人加了歌词:你的声音像落蝶一样寂寞/我站在世界的尽头/你正低吟浅唱,树荫下星光点点/贝壳里传来海的哭泣/是谁守望着谁/失去了这么久,原来一切未曾拥有/海风轻轻地呼啸而过。

他一听到这曲调心里就酸酸的,有点苍凉,觉得自己像街头树木飘飞的落蝶般的黄叶那样寂寥,任它们淌光飘散……

学校给他安排了宿舍,一间很简陋的房间。整个楼面上,除了他之外,还有一个家在外地的女教师,姓王。从气质和衣着上看,是个乡下妹子。她很拘谨,在走廊上碰到,羞怯地浅浅一笑,喊声余老师就过去了。

余鹏程到她房间里去过一次,她房间的日光灯管坏了,她敲了余鹏程的房门,央求余鹏程帮忙,余鹏程踢开一间无人住的房间,取下一个好的日光灯管给她换上了。她取了几个苹果送给他。此后便没有任何来往。

没多久,姐夫接到调令,调省政府文化厅党组成员兼办公室主任,市里一个担任市委副书记的老领导戴仁德调任省文化厅厅长,他指定姐夫随他履新。余鹏程也从这幢冷清的宿舍楼里搬走了。

那天他骑了自行车去学校报到,校长安排他去建筑工地,他一下慌了神,第一时间打电话找了姐夫杨大年,杨大年在电话中说,你来我办公室吧,我让你姐姐也来。他赶到姐夫的办公室,姐姐余秋月已在了。听他把过程说了下,余秋月愤愤不平地说:"这算什么,在街上唱唱歌拉拉手风琴犯天条了吗?我去找丁克局长去,僧面不看也要看佛面,他一点面子都不给你,他的政策水平也太差了,还搞无限上纲这一套!"

姐夫杨大年大喝一声:"幼稚!你可别乱来,这是帮倒忙。"又脸色凝重地盯着余鹏程,沉吟着说:"好好劳动吧,要明白,这场斗争是残酷的,让你到工地去,可能对你是种变相的保护,这并非是坏事。你什么都不要说了,沉默是金。我的看法,只要你不再惹事,态度端正,对你的前途影响不会太严重。"

余鹏程点点头说:"没关系,劳动就劳动,我是农民出身,吃得来苦的。"

姐姐余秋月眼睛湿润了,说:"小鹏,你已不是农民了,你是大学生,人民教师,还要吃这个不明不白的苦,这算什么呢?好了好了,赶快找个女朋友结婚吧!你也老大不小了,你不成家,妈的这块心病就放不下,她天天跟我烦,好像我欠了你的。"

余鹏程苦笑:"结婚?我这样子,哪个女人肯嫁给我?除非她瞎了眼了。"

杨大年说:"要振作起来,记住,韬光养晦,邓小平同志都三起三落呢。"

"小鹏,这件事不要跟妈说,她是不会理解的。"

"放心,我不会对她说半个字的。"

"另外告诉你一件事,我可能要调省文化厅了,先当办公室主任,以后可能提拔副厅长。说实话,我也犹豫了一阵,这个城市我毕竟待熟了,但再想想,到省里工作,格局是不一样的,从长远看,是个历史转折点,这个机会难得啊!"杨大年平静地说,脸上没有什么得意或欣喜的流露。他是个自控力很强的人,余鹏程没见到过他喜形于色的时候,即使和姐姐结婚时,也是出奇的平静。

果然,半个月以后,姐夫和姐姐一家就去了省城。姐夫到省文化厅走马上任了,他是北京大学历史系毕业的,名牌大学的文凭无疑对他的仕途起了作用,当然还有领导的提携。姐姐也在一所重点小学任教导主任,母亲也跟去了,替他们带孩子。他们住进了一套煤卫俱全的公寓。据说,这还是临时过渡的住房。凑巧的是,这个住宅区与余鹏程上的师范大学近在咫尺。

余鹏程对唐朝阳和李刚伟苦笑说,真是有点戏剧性,我从省城下来了,他们倒上去了,这算什么事啊?没有了姐夫这把保护伞,我的未来是风雨如晦了。唐朝阳说,去那中学报到,你姐夫还在啊,他保护你了吗?李刚伟说,我看哪,说不定是你姐夫大义灭亲,建议你去小车不倒只管推的?余鹏程摇摆着手说,不可能,他有他的难处。唐朝阳说,什么难处?我们俩也作过检讨,我们分配去学校并没有让我们苦力的干活呀!余鹏程有些发慌,是啊,这不是双重标准吗?不对,也许我指挥唱歌,又拉巴扬,情节比较严重。说完,余鹏程自嘲地笑了,唐朝阳李刚伟也跟着哈哈大笑起来,是那种傻傻的笑。唐朝阳换了口气说,你姐夫不会给小舅子小鞋穿的,我们是瞎说的,别当真。余鹏程点点头,咕哝一句,还是《国际歌》唱的,从来就没有什么救世主,我只能自己拯救自己了。

此后,除了姐姐偶尔来个电话,姐夫不再和他联系了。母亲有时会给他写信,亲笔写的,错别字不少,絮絮叨叨的。母亲只是个读了小学的农村妇女,后来又在蚕桑学校进修一年,那不是学文化,是学植桑养蚕。她是个明白事理,性格坚韧又恪守传统的女人。他父亲叫余长庚,是个老好人,埋头种田,又当了好多年的小学看门人,收发信件报刊,看着一只座钟敲铃。所以他又是学校的敲铃人,上课下课都得听他的铃铛声。他没有编制的,拿工分,每月补贴八元钱,不受退休年龄限制,身体好可以一直干下去。可是,四十岁刚出头,余长庚就得肺癌早逝了。这是他长期用一根竹竿烟斗"吧嗒吧嗒"抽劣质烟丝的结果。

母亲很坚强地把女儿儿子带大,还坚持让他们读书,姐姐读到中专,师范学校毕业,到小学任教,她书教得好,言行中充满了彪炳个性的张扬。她被在教育局当处长的杨大年看中,很快结婚生子,余秋月颇为自傲,因为杨大年被公认前途无量,北大文凭的含金量是众所周知的。果然,他们结婚第三年,他就晋升为副局长,又很快晋升为局党委书记。余鹏程从小就帮着母亲干农活,一直干到初中毕业,考入师范学校为止。他不仅不用缴学费、杂费,而且还有补贴。母亲手头一下就宽松了。

母亲不知道儿子出了事,她心里最牵挂的就是儿子的婚事,她经常拉着女儿问,鹏程怎么回事啊?你跟他说说,要求别太高,差不多就可以了。他难道真的一点都不急,真的想做和尚了?余秋月不耐烦地说,这事急不得,这关系到你儿子一辈子的幸福,不能拾到篮子里就是菜啊!再说,鹏程论貌有貌,论才有才,你就别操这个心了。

余鹏程的适应能力还是比较强的,他很快习惯了这种生活,一天蹬三四趟车,没有人监视他,没有必须完成的劳动定量,可以说无拘无束。工人们很尊重他,从来不打探不议论他的事。其实,和这些来自农村的农民工相处在一起,他感到轻松、自在,不需设防。这些饱尝艰辛的质朴的人,激活了他身上农民的基因和习性,他可以和他们在脏兮兮的地上毫不介意地坐下来,毫无顾忌地谈笑,抽烟,说粗话,聊女人,相互逗乐。午餐时站着或蹲着大口地吃饭,放工后玩扑克牌、下象棋、看电视。他觉得自己和他们已没有什么鸿沟和隔阂。他陡然发现他自以为已蜕变为一个城里人其实只是虚有其表,只是一种外壳,和这些纯粹的农民在一起,这层外壳就一层层剥去了,露出了他的农民底色。

但他的心灵还是孤独的,夜晚不是黑暗中躺在床上胡思乱想,就是走到学校附近的大运河边,看着夜航的船队闪着星星点点的灯火,噗噗噗地从河面上驶过,打破夜晚的宁静。一个船队过去了,运河平静了下来,不一会又来了一列船队。他寻思:它们是从哪里来的?又将驶向何方?其间还驶过一些人力摇橹的木船,传来一阵阵桨声。他想起了他小时候读过的一本刘绍棠的小说《运河的桨声》,这是他最初读的几本小说之一,是父亲收藏的为数不多的书中的一本。小说对运河的描写让他感到亲切。后来他知道刘绍棠一九五七年打成了右派,"文革"后复出,又写了些新的作品,他也读了几本,印象都没有幼年时读的那本《运河的桨声》深刻。

没多久,李刚伟有了女朋友,是个小学教师,叫高晓明,长得小巧玲珑,笑起来很甜,待人热情。他们是邻居,从小就认识,勉强可以说是两小无猜,青梅竹马。他们很快进入热恋状态,爱得难分难解,如胶似漆,没有时间和余鹏程、唐朝阳厮混了,三脚撑解体了。单身的唐朝阳爱读书,他为了朋友,舍弃了宝贵的读书时间,隔三差五陪心里郁闷的余鹏程。有时上餐馆吃上一顿,有时骑车到湖边莽莽撞撞的芦苇荡里躺着闭目养神。

姐夫执意要把原来住的房子交公,姐姐以要在这个城市留个窝为由,把房子留了下来。空着当然不好,于是,余鹏程搬了进去。姐姐悄悄对他说,这是给你结婚用的,我们不可能回来了。这是幢石库门青砖墙的老洋房,在这座城市里已是凤毛麟角,很稀少了。这一幢楼住三户人家,姐姐家在二楼,余鹏程一个人住,够大的了,在那个年代是不多见的。正在为婚房发愁的李刚伟和正加紧物色女朋友的唐朝阳每次来都羡慕不已。

这条小街平时很冷清,往来的行人和自行车不多,偶然有辆小汽车勉强通过,街两边是几个单位的院墙,可见到藤蔓树枝从墙头伸出来。还有几幢三层的陈旧宿舍,土灰色的水泥墙面斑斑驳驳,爬满了密密麻麻的爬山虎,屋顶上并排着几个老虎天窗。靠边的一幢宿舍楼屋旁有块空地,围着低矮的涂了黑漆的竹篱笆。里面种植了凤仙花、鸡冠花、月季花、冬青树、铁树,还有许多种叫不上名来的植物。

余鹏程蹬着三轮车在这小街上不紧不慢地行驶着。来到有黑漆篱笆墙的那个地方,他觉得喉咙发干,便停下来,摘下草帽,坐在车架上,拿起挂在身上的军用水壶,仰头喝了几口水,然后打量起篱笆墙后面的花木。突然,他眼睛一亮,发现一个大木框内的土壤里长着一种从未见过的美丽的花,鲜艳的橙色,形状像展翅腾飞的鸟,一枝上面,有三四朵这样的花,木框里足有五六枝,好像一群橙黄色的小鸟在他面前飞掠过。

他情不自禁地走向前去,蹲在篱笆墙前,细细欣赏着这漂亮的花朵。这个角落因为有了它而变得异常明媚夺目。

凤仙花将种子弹出,只需0.6秒时间,动物粪便上的植物孢子弹出后,就像人以超音速100倍的速度奔跑……看着这些花他突然想起了他在一本杂志上看到的一篇文章,上面谈到了关于种子隐藏在熟悉世界里的奇妙现象。

这时,突然有一个清脆的声音招呼他:"这不是巴扬吗?不,是余老师吗?"

余鹏程吓了一跳,站起来,循声看去,见一个身材苗条的清秀女孩子站在他面前,温和地笑着,像一棵柔韧细长的树在阳光下闪烁。一张青春无敌的脸,水嫩润滑的肌肤,似乎吹弹可破,在阳光下,看不到一点细微的瑕疵,脸上有两个酒窝,眼睛很大,很明亮,水汪汪的。

一点印象都没有,他想不起她是谁,叫什么。他尴尬地看着她,问:"你是?"

女孩子爽朗地回答:"余老师,你不记得我了?我是吴芳芳,我上小学六年级时,你教过我们音乐课的。你唱歌唱得真好!"说完,吃吃地笑起来。

余鹏程拍拍额头,自嘲说:"七八年前的事了,认不出你了,吴芳芳,这个名字好像还有点印象,你怎么在这里?"

"我家住在这里呀!"吴芳芳说着,用手指了下篱笆墙那块地方的一扇底楼的窗户。

"那些花木都是你们家种的?"

"是的呀,我爸种植的,他是市园林局植物园的技师。"

"那像小鸟样子的花太漂亮了,它叫什么名称,原产地是哪里?我从来没有见过。"

"这叫天堂鸟,又叫鹤望兰,原产非洲南部,我爸引进栽培的,失败了几次,现在总算成功了。"

"天堂鸟,这名称很美,很有诗意,你爸真行!"余鹏程赞不绝口。

"余老师,你要是喜欢,我跟爸说说,送你几枝。"吴芳芳说着,终于注意到了余鹏程的衣着和那辆载着钢铁构件的三轮车,她的表情变得异样了,直率地说:"余老师,你怎么啦?活像个农民工了,你参加学校的劳动这么认真?"

余鹏程有点惊慌,眼神一下子黯淡了下来,他走到车子那里,拉起了三轮车,胡乱地回答:"是的,我这阵子在干活,学校建新校舍,我走啦,时间不早了,谢谢、谢谢谢你。"说着,很熟练地骑着车,蹬了起来,他无意中望了下天空,依然是湛蓝色的。蹬三轮后,他有了望天空的习惯,怕突然来场瓢泼大雨,让他躲避不及。小街飘着浓郁的桂花香,是大院院墙里飘出来的。院内还有几棵古树,时节正是秋天,但那些树仍不减其茂盛,在小街能看得见那些浓密的绿色树冠。

据说这里原来是清末一个士大夫府邸的后花园,当然园内已折腾得不像样了,一个很有特色的露天戏台,成了这个单位的食堂。这个士大夫是有些故事的,姐夫说过,如果有可能应当修复。这个士大夫是倡导洋务运动的,办过机器制造局,他的府邸中西合璧,恢宏精美,损坏到这个程度太可惜了。吴芳芳家那个地方原来是个马厩,士大夫不乘轿子乘马车。后来马厩拆了,盖了几幢居民楼,吴芳芳家就住在其中一幢楼的一楼。余鹏程蹬着三轮,想起了这些故事。他很快觉得有点可笑,这些故事与我有什么关系?他想起了刚才看到的那些橙色的天堂鸟花和那个女孩子,这个巧遇倒有点故事性,巧得让人不敢相信。他忍不住回头看看,吴芳芳还罗衫飘飘地站在那里,凝望着他。

他心里怦然一动,加快了车速。

余鹏程记住了吴芳芳这个碧水蒹葭般的女孩,更记住了那好看的天堂鸟。这天夜里,很少做梦的他,做了一个梦,蔚蓝色的辽阔天空里,飞翔着一群扑哧着翅膀的小鸟,橙色的,忽然间,一个小女孩长着一双翅膀,穿着天使般的衣服,也跟随着飞了过来,橙色小鸟鸣叫着,围在她身边,但这个小女孩的脸孔他看不清楚,有点像吴芳芳,又不像。这是个美丽的梦,他醒来时,心里很温暖,有种幸福感。

第二天是礼拜天,他上课的权利被生硬地剥夺了,但休息日没有被剥夺。上午,他简单地用过早餐,面包加萝卜干,有时冲杯速溶咖啡,面包上涂抹点果酱。在乡下他天天泡饭萝卜干,农民式的早餐。在大学,是白馒头加稀饭,自带咸菜和萝卜干。这几年,他跟着唐朝阳学会了吃面包咖啡。这也算是一种去农民式的生活方式的进化吧,至少他自己是这么认为的。

他坐到书房,铺开稿纸,想写点什么。这段时候,他一有空,就在纸上写点东西。诗不像诗,散文不像散文,只是一些零散的随感,涂鸦而已,读文科的大学毕业生,有不少都有这样的嗜好。

他想了一下,倏然,那别致而优雅,鸟一般的花在他眼前清晰地冒出来了,便写道:为什么叫天堂鸟呢? 它们是飞向天堂的吗? 对了,如果有天堂的话,天堂里应该是芳华正茂、万种灿烂的,有各种各样植物,各种各样的花朵的吧? 这些神圣纯真的花木散发着极乐世界里幸福而安详的气息,想象起来,这样的世界该多美好啊! 在大学时,从一本《艺术哲学》上看到米开朗基罗的那幅壁画《创世纪》,那么气势恢宏,那就是这个巨匠想象中的天堂。

正在天马行空般地写着,楼下邻家的小男孩军军喊道:"余叔叔,有人找你!"

余鹏程以为是唐朝阳来了,站起来走到楼梯口,大声说:"朝阳吗? 我在家呢,你上来就是了。"

"老师,是我,吴芳芳。"一个很爽快的声音传了上来。接着,吴芳芳噔噔地从木质的转角楼梯迈上来。

余鹏程的心脏猛跳,一时反应不过来,显得有些手足无措,他做梦也没有想到吴芳芳会摸上门来。待他冷静下来,吴芳芳已笑容满面地站在他面前,眼睛纯净而亮丽,她把手里的一束天堂鸟递给他:"这花是我和我爸送你的。有花瓶吗? 要用水养起来。"

余鹏程受宠若惊般的接过花,把吴芳芳迎进书房。让她在姐姐留下来的木扶手沙发上坐下,手忙脚乱地翻出一只大口浅蓝色玻璃瓶,装了小半瓶水,把那束花插上,放在沙发前的木茶几上。那束花像橙黄色的飞鸟,又像燃烧的火焰,房间里顿时魔力般的变得富有生气。

余鹏程笑了,充满喜悦的笑,吴芳芳也咧嘴笑起来,很开心的发自内心的笑,扑闪扑闪的大眼睛,天真无邪,美丽的浅浅的酒窝。她的神情完全是那种童真般的单纯,干干净净的,浑身透着她的善良和淳朴。她的头发披在肩上,散发着很好闻的洗发水的清香,大有素手执发的味道。

她好奇地打量着这个杂乱的书房,赞叹说,余老师,你的书真多啊,你看得过来吗?余鹏程问她,吴芳芳你看书吗?吴芳芳摇摇头说,我看过几本琼瑶的小说,外国小说看过一本《茶花女》。余鹏程说,我这里有许多经典小说,法国的、俄罗斯的、美国的、英国的,还有中国当代作家写的长篇小说,你挑几本去读读,琼瑶的爱情故事没多大意思,骗女孩子眼泪的。

说着说着,余鹏程突然想起了什么,便问吴芳芳,芳芳,我住在这里,你是怎么知道的?

"我问一个男同学的,他叫祝融,是我铸造厂的同事,一个车间的,他认识你学校的校长马力的弟弟,他对你的事情什么都知道。余老师,他们这么对你,是不公平的。"

余鹏程听了,在心里狠狠地骂了一句,马力,好啊,背后说我的坏话,我做了什么呢?你太过分了吧。他不露声色地给吴芳芳倒了杯茶,烟气缭绕,暗香游移,是好茶,姐姐留下来的。

吴芳芳捧在手里,眼睛看着坐在桌子旁藤椅里的余鹏程,重复着说:"余老师,怎样会这样呢,怎么会这样呢?"

余鹏程眼睛盯着窗外巷子对面高低起伏的屋脊,两只喜鹊迈着绅士步在黑色的瓦片上走着,他的视线紧紧跟随着它们,露出了一丝自我嘲讽的笑容,说了句:"我太傻了,以为唱唱歌没有什么问题的。"便故作轻松地把事情的原委说了一遍。上街拉手风琴,领唱革命歌曲,自己没有任何非分之想,只是去凑凑热闹的,也许自己不该掺和到里面去。可世界上没有后悔药的,好歹只是暂时不当老师,边劳动边反省,这没有什么不好,我扛得住的。

瓦片上的黑白相间的喜鹊是一对夫妻吗?它们总是相伴在一起,不离不弃,忽然,几乎是同时,它们"扑哧"振翅飞走了。

余鹏程说着说着,突然停住了,他发现,吴芳芳掩面而泣,泪流满面。那个玻璃杯不知什么时候放在了茶几,热气已消失了,茶叶沉淀在杯子底下。余鹏程神情突变,出事后,他从未掉过一滴眼泪,但心里一直很压抑很苦闷。除了唐朝阳、李刚伟,他从未上过课的学校里的老师看到他都唯恐避之不及,他也很少与人来往,对这件事讳莫如深。除了姐姐夫,从来不曾对什么人提起。今天也不知怎么啦,会向一个陌生的学生详详细细谈起这件事。而且对方又是个女孩子,他是有自尊和虚荣的人,丁兰兰用一种轻蔑的方式和语言拒绝他后,他很受伤,也有点自卑,而表现出来的却是自尊和清高。

从此,以一种睥睨的神态对待女孩子,将那些暗恋他的女孩子都吓得躲得远远的了。可今天他不仅对一个比他小很多的女孩子敞开了心扉,而且把她说哭了,他愣住了。半晌,才嗫嚅说:"芳芳,你别这样,我的处境还可以,就是暂时不当教师啊,反正,反正我问心无愧,我折腾了,可我不是坏人啊!"

吴芳芳"扑哧"一声笑了起来,掏出手帕有点不好意思地擦拭掉泪水,说:"余老师,你是坏人的话,这世界上就没有好人了,我爸妈也是这么说的。"

"你爸妈从未见过我,怎么可能了解我的情况呢?"

"他们见过你。"

"什么时候,那次在你家门口吗?"

"不是的,那是很久的事,我还在上学,一次学校文艺会演,我们班有个舞蹈《古巴少女的嫁妆》,我参加演出了。爸妈也来看了。那次你上台拉着手风琴唱歌了,唱《这里是我们永远的家》,是腾格尔花了二十年写的,刀郎唱的。你唱得真好,掌声特别响。我爸妈对你印象很深,我爸夸你仪表堂堂,我妈说你中气足,他们那代人都很喜欢民歌。"

余鹏程笑笑,没有说什么,他喜欢腾格尔,不大喜欢刀郎,但吴芳芳的话让他很受用。

吴芳芳走了,走时从挎包里取出一双军用胶鞋往茶几上一放,说妈让我给你的。余鹏程连忙推辞,吴芳芳说,我不管,你去还给我妈。你别推了,我讨厌推来推去的。一双胶鞋让你干活穿的,你原来那双,已经破了,脚趾头都伸出来了,还有我妈让你多吃饭,你干那么重的活,饿着肚子怎么行呢? 说着,又去他前房的卧室看了看,笑着说,真脏! 这么大的房子,变牛棚变猪圈了,下个礼拜天我来给你整理整理。

余鹏程拿起胶鞋塞给吴芳芳说:"这球鞋我不能收下,你就拿回去吧,真的,我有。"

吴芳芳挥挥手,小跑着很快地下楼去,余鹏程从书柜里抓起两本书,一本泰戈尔的《飞鸟集》,另一本是司汤达的《红与黑》,追下去,在大门口追上了她,把两本书递给吴芳芳,说:"芳芳,这两本书带去读吧,慢慢看,读完了再来换。"

"好的,我上夜班的时候看。"吴芳芳接过书,放在挎包里说,眼睛毫无顾忌地盯着余鹏程。

"你干什么工作要三班倒?"

"我在铸造厂铸件车间开行车,空闲的时间很多,可以打瞌睡,也可以看书。"

"行车?就是挂在空中的吊装东西的车子?"

"对,可以这么说吧。"

"你快回去休息吧,三班倒是很辛苦的啊!"

吴芳芳说了声"老师再见!"就骑上靠在墙上的一辆凤凰牌女式自行车,飞快地消失在人群里。

回屋里的时候,楼下军军妈周芹,长得很秀丽的脸上挂着暧昧的笑容问:"余老师,那漂亮姑娘是谁呀?女朋友?"她平时少语寡言,表情严肃中有种忧郁,显得心事重重的,她是报社人事科的女干部。

余鹏程摇晃着头回答:"不是的,不是的,是我过去的一个学生,来借书的。"

军军在旁边插话:"那个姐姐送给余叔叔一束花,黄色的,很好看的,像一只只飞鹤,我上次住院,旁边床上的哥哥就挂着一串纸折的飞鹤。"

周芹听军军这么说,脸色顿时阴沉下来。余鹏程连忙上楼,他知道军军患有先天性心脏病,经常住院。这是姐姐告诉他的,他从未向军军父母问起这件事,军军父亲张杰是市人武部的处长,不是每天回来的,余鹏程很少见到他。张杰年纪不大,有点中年人的油腻了,军裤的腰部变成了向外扩张的啤酒肚。他酗酒,经常醉醺醺的,而且油光光的脸上不时闪过刀斧加身般的惊悚感。更多的时候,他的神情总是被什么东西压得喘不过气来。

吴芳芳走后,余鹏程一直有种兴奋感,一会儿在房间里踱步,一会儿静静地盯着那束天堂鸟端详着,一会儿俯瞰着窗外那条嘈杂的弄堂。他突然有种想拉手风琴引吭高歌的欲望。他从书柜顶上取下那个落满灰尘的巴扬,自从出事后,他再也没有对它动过一下,有时候还会恨它,都是这东西惹的祸。

他背着巴扬,下楼,走出门,来到附近的体育场,那里空荡荡的,只有一群少年尖叫着在踢足球。他走到运河边的小树林里,拉起巴扬,丹田里开始震荡。他大声唱起了俄罗斯民歌《三套车》,这首歌在喜欢摇滚乐或流行歌曲的人听来,已是老得掉牙了,然而余鹏程喜欢唱,他觉得自己就是那个赶车的人,他的嗓音也适合唱这类沉重的歌曲。

醇厚而高亢的歌声在运河上空回荡,惊起树林里的鸟雀慌乱地扑翅飞去,叽叽喳喳鸣叫着,也使得在那里长条木椅上窃窃私语的恋人们吓了一跳,以为来了个卖唱的。

二

余鹏程精心维护那玻璃瓶里的天堂鸟,希望能让它保鲜的时间尽量拖得长一点,至少吴芳芳下次来还能看到它是鲜活的,不至于凋敝。

他记住了吴芳芳那句"下个礼拜天来帮你整理整理",他盼望一周后能看到吴芳芳再来。对于这个单纯的女孩子,他没有多想什么,但又想了很多,他承认,他喜欢这样类型的女孩,纯洁得像一滴水。但他是冷静的,不敢想象她会做他的女朋友,他扳着手指算了下,他至少比她大十岁出头。更重要的是,他目前犯事在身,身子已低到尘埃,很潦倒的了,人们有理由忌讳他这样的处境的。

如果他理智点,应该远离吴芳芳。自己再也不能自取其辱了,丁兰兰就是前车之鉴。

他曾经和丁兰兰在一个大学艺术团待过,他们搭档唱过男女二重唱。丁兰兰和他在舞台上眉来眼去,有时还牵着手,加上两人还算匹配,他高大阳光,她高挑貌美,一个男中音,一个女中音,歌声撩拨着无数人的心,关于他们的传说在校园里传得沸沸扬扬的。

余鹏程是暗恋丁兰兰的,她太靓丽了,从第一眼看到她,他就被她无与伦比的美震慑了。他巴不得和丁兰兰有点罗曼蒂克的事,可惜他们除了舞台上的那么一点表演时的假象外,实际上并没有发生什么事。

当然,让余鹏程引起想象力,有点自我陶醉地与丁兰兰接触也是有的。有几次下乡演出,他们曾在寂寥的田野上散过步,差不多每次都走在河边。有野渡无人舟自横的情景,恬淡安静,氤氲着很重的水汽。他们话不多,只是默默地走着。暮色中,他闻着丁兰兰身上飘出的香水味,她桃心小脸上乌戚戚的眼睛不时瞟他一眼。一阵夜风从河面上吹来,她感到冷了,瑟瑟发抖,禁不住裹紧衣服。像多数男人一样,余鹏程脱下自己的外套,给丁兰兰披上。丁兰兰不推辞,又把外套裹紧了,还向余鹏程身上靠一靠。余鹏程在她婀娜的身后伸出手,想搂住她的腰,但他犹豫了一下,还是把手臂缩了回去。

这样的散步有过几次,都是在外出演出时的事,在学校园里,他们没有什么往来。

只有一次,她主动请他在校门口的一家餐馆吃饭,那还是大二的时候,她探询他,毕业后我不想回原来那个地方了,想分配到你待过的那个湖滨城市,你觉得怎么样?余鹏程一愣,猜不透她讲这话是什么意思。

"好啊!那是个好地方,那个城市有句口号,充满温情和水。"

"我只是随便问问,这是我的选择之一,最后的方向还未定。如果定了,还得请你帮帮我,你不会拒绝我吧?"丁兰兰笑着瞥了他一眼,很锋利的一眼。

"我尽力而为,那个城市我还是有点关系的。"

"我知道,不过,我不想吃粉笔灰了,也就是说,我决定不当教师了。"

"那你想干什么?市长?市委书记?"余鹏程说了句笑话。

"别笑话我了,我从未有过从政的想法,我们女生不像你们男生,热衷政治,忧国忧民,个个是有志于仕途的热血青年。况且,官场历来是男权主义主宰的地方,我们小女子踏进去,也不过是玩忽在你们大男人的股掌之中。算了,我只想做我喜欢做的事情。譬如到报社电视台当记者编辑。"

"报社电视台当然是好地方,无冕之王嘛!我可不敢想。"余鹏程说,"这种单位,没有过硬的关系,是跨不进去的。"

丁兰兰没有吭声,此后她再也没有在他面前提起这类话题。发生上街的事后,艺术团暂停活动了。当然也不外出演出了。只有那些弹吉他披长发的业余摇滚乐队还在暗地里蠢蠢活动着,摇滚乐队的特点就是张扬、夸张,但他们收敛了不少,尽量不招人注目,只是自娱自乐而已。小酒馆吃饭的事儿给不少同学碰见了,传到唐朝阳李刚伟耳里,便追问余鹏程,余鹏程本来心里免不了有点亢奋,便爽快地原原本本招了。唐朝阳李刚伟一听,嘿嘿嘿地笑起来,都觉得有戏,你老卡要抱得美人归了,丁兰兰明明是在暗示,也可说变相的表白。信号弹已向你射过来了,你赶快冲锋吧!

追丁兰兰的人校内校外有一大群,这些人常以各种理由围着她转。她生日那天,送她的百合花和玫瑰花有几十束,那时还流行写信,丁兰兰收到的信有一大堆。其中有封信是余鹏程写的,他是寻思了很长时间,才下定决心主动向丁兰兰示爱的,这其中也少不了唐朝阳和李刚伟的怂恿、打气,他们都觉得丁兰兰对余鹏程是有好感的。余鹏程寄给她的是一首短诗。信封是蓝色的,描绘着田园风光,小河、木舟、村庄,和他们散步的田野很相似。这自然是一种提示。他在诗里写道:

我狂跳的心/只有一个人能拴住/那就是你,我的女酋长/我匍匐在你的脚下/请接受我这个忠诚的奴仆/亲手编织的爱的花环

信送出后石沉大海,水花都没有。后来有消息传来,说得绘声绘色:丁兰兰眯起她的美目把信一封封看了遍,在绿色信封余鹏程的名字上略停了下,嘴角露出一丝鄙夷,扬手一扔,形成了一个小小的抛物线。然后在桌上像打扑克牌那样,把所有仰慕者的信件分成两叠,扑扑地相和在一起,然后再折叠整齐。用她白嫩的瘦长的手掌在上面拍了一下,一封未拆就掷进了宿舍的垃圾筐子,再请室友倒入楼下的垃圾箱,鲜花则交给学校的一个清洁工去卖钱。

余鹏程听说后,在那个塞满脏物,散发着令人作呕的异味的垃圾箱里掏腾了半天,翻出了自己那个精心挑选的蓝色信封,将里面写诗的纸笺取出,信封塞在口袋里,纸笺在手心握成一团,塞进嘴里像羊或牛咀嚼干草那样咀嚼,最后,他硬是把一团粘乎乎的纸浆咽进了肚子里,狂跳的心感到撕心裂肺的痛。

　　这件事传到丁兰兰耳朵里,在宿舍和室友聊天时提到的,她发呆了一会说,喔,没想到那个乡巴佬还会写诗,我只知道他嗓音不错,男中音,厚实得很,和他唱二重唱时,我总觉得他的发声像公牛在身边发出的叫声。他人也长得像头牛,身板很挺拔,胡子拉碴的,听说他们系有些男生叫他老卡。有个室友问,老卡是什么意思?丁兰兰笑了,这都不知道?用大胡子卡斯特罗譬喻他呗!室友们恍然大悟,哄然大笑。丁兰兰还想说老卡虽土气,但作为男人还是蛮性感的,但她只说了前半句,后半句咽了下去,这性感两字,那个年代在女孩子嘴里是难以启齿的。

　　很快有人把丁兰兰和室友的议论传给了余鹏程。余鹏程很气愤,这对他无疑是种伤害,愤慨之余,心里有点不是滋味。但表面上装得很淡泊,冷冷地说:"她高抬我了,牛有什么不好?横眉冷对千夫指,俯首甘为孺子牛。"然而,作为一个有尊严的男人,他无论如何也容不下这样的羞辱和不屑。从此,他对所有女同学,包括那个丁兰兰正眼都不看一下,一副高冷傲然的神情。他退出了艺术团,再也不上舞台了,男女二重唱改为丁兰兰的女中音独唱。发生了春末初夏那件事,丁兰兰在余鹏程那里已经不被在意了,甚至成了半真半假的梦了。那个在小餐馆里,她对他的探问也成了梦呓。

　　但校园的小树林里经常能听到他的琴声和他的歌声,大都是俄罗斯歌曲,《三套车》《莫斯科郊外的晚上》《喀秋莎》,还有以色列著名小提琴家伊扎克·帕尔曼的经典作品《飘》和《野蜂飞舞》,后者是小提琴曲改编成巴扬曲的。《野蜂乱舞》用巴扬表现野蜂嗡嗡嘤嘤,乱窜乱舞的情景,惟妙惟肖。听到这歌声和琴声,有人就会笑着说,听听,听听,丁兰兰说不定会说,那头牛又哞哞地叫了。可是,她是他二重唱搭档,她说他是牛叫,那么,余鹏程是公牛,她不是母牛了吗?这样的话引得哈哈大笑,笑声中有对余鹏程的同情,也有对丁兰兰的嘲弄。

　　不管在意还是不在意,不管装得有多淡然,丁兰兰到底还是余鹏程的一个痛。痛定思痛,他一直为此而懊悔不已。尤其是独处时,想起这事就骂自己当时鬼迷心窍,自作多情,写那样丢人的诗,尊她为女酋长,丢人啊!荒谬啊!一想到这些,他就脸红耳热,恨不得抽自己几下耳光。

正是这种深深的追悔和耻辱感使他在女人面前昂起了头颅。

可是,吴芳芳出现了,他已冷寂下来的心又起了漪澜,情感和理智纠结着,丁兰兰的阴影笼罩住他,他想逃避,又不甘心;他想昂起头颅,但他明白在吴芳芳这样简单善良的女孩前,他昂不起来的。对丁兰兰这样张狂地把他的诗扔进垃圾桶的女人,他不得不高傲,然而对吴芳芳这样纯净的捧着鲜花来看他的女孩,他只有发自内心的感动。那笑容那眼泪那好看的天堂鸟就像一缕阳光一股清风投进他孤寂的屋子,也投进他孤寂的内心,他怎么可能再给人家眼色呢?

下一个礼拜天到了,一早吴芳芳就来了,她没有穿那件长及膝盖的白色外套,而穿了套细帆布的蓝色工装,清秀中平添了一份干练的俏丽。她还是背着那只挎包,像熟人般的和楼下客厅里的军军和他妈朗声打招呼,便上楼了。

她一见到余鹏程就笑着说:"你起来了,我以为你还睡懒觉呢。我两个弟弟星期天要睡到吃午饭,我妈横喊竖喊才肯起来。你还没吃早饭吧,我带来了。"说着,从挎包里掏出一个用薄膜包着的糙饭团,一只大号的不锈钢保暖瓶,里面装着热豆浆,她催促余鹏程趁热吃。

余鹏程平时总是到工地上吃早餐、午饭,那是造房子的民工自己烧的,他在工地搭的伙食。学校也有食堂,但他很少到食堂用餐。星期天他也不开伙,随便找东西吃,一包方便面,开水泡上几分钟,或者冲杯速溶咖啡,两片面包,涂上花生酱和果酱。

姐姐在屋后灶披间给他留下了一个煤气罐,他除了烧水,难得用来煮饭做菜。

灶披间是跟军军家合用的,他们也有煤气罐。他们家住楼下左右两个大房间,中间一个客厅是和余鹏程合用的,各放一张用餐的方桌,几张椅子,余鹏程住进来后,很少待在客厅,也不大去厨房。

客厅外是个天井,有一口井,有个室外楼梯通往晒台,余鹏程朝南的房间就连接晒台,晒台也是两家合用的,但军军妈很少上来晾晒衣物。他们一般在天井里晒东西。晒台下有个卫生间,原来有个浴缸,之前的房主自己是营造师,他挖了化粪池,安装了抽水马桶和浴缸,供一家人使用。这样的卫浴洁具在解放前是极其罕见和奢侈的。

经租后,那个地方一度成为厨房,两家租户合用。姐姐姐夫住到这里时,恢复了卫生间,浴缸拿掉,隔成两间,用砖头砌的隔墙,装上抽水马桶、淋浴、洗脸盆与张杰家各用一间。再在屋后搭了个披屋,变成厨房,也与张杰周芹家合用。这是姐夫和张杰联合说动了房管所来改造的。这引起了房主的儿子陈斌极大的嫉妒和不满,到房管所闹腾过,房管所回答他,这房子已不是你家的了,是国家的了,是房管所替他们改造的,他们是领导干部,可以享受,你管不着。

陈斌撇撇嘴,不说什么了,但心里特不舒服。是啊,房子已充公一大半了,我管不着了,何况他们是做官的,自己只是个小工人,谁会理会自己。但他发誓要把这失去的房子要回来,这经租房的政策迟早会改正的,对此他坚信不疑。

姐姐姐夫和张杰周芹一家相安无事,从未有过什么龃龉。因为都有点地位,都保持着应有的矜持,相互之间的交往是泛泛的,有着微妙的距离。

这房子的另一半住着原来的房主陈斌,四代同堂,老太太七十多了,儿子媳妇都是普通工人,两个孙女,大孙女读初中,小孙女读小学五年级,日子过得紧巴巴的。这一家的大人对另一半的住户总是耿耿于怀,好像是这两家住户抢去了他们的房子,造成他们的卑微。除了孩子——少年不识愁滋味,会玩在一起外,两边很少来往,碰到了点点头,偶尔说几句话,吃饭了吗,今天天气不错之类。

姐姐交代过余鹏程,那家人家是小市民,俗气自私,不要理他们,特别是老太的儿子,耳朵里手指缝里永远是嵌着黑沙的,你的事他肯定知道,提防着他一点,看到你倒霉,他肯定幸灾乐祸,巴不得你永远翻不了身。

余鹏程点头说:"他是干什么的?看上去人蛮老实的。"

姐姐说:"铸造厂的翻砂工,大老粗,没文化的,这段时期,偷偷到乡下的厂子'打野鸡'。他还在不断写信,要求归还他家这边的房子。有答复给他了,'文革'中冲击掉的房子可落实政策,公私合营的经租房是公房,就像资本家的工厂一样,已收归国家的了。不可能归还给他们的。"

余鹏程说:"可以理解,换了我,也想不通的。工厂可以剥夺,因为赚取工人的剩余价值,房子是自己住的,不是生产资料,不剥削人,为何要充公呢?"

姐姐警告他:"小鹏,别乱说啊!"

余鹏程住进来后,早出晚归,回来后便躲在楼上,读书、写随感,有点把自己封闭起来的意味,从不惹事。与周芹、张杰及军军,与隔壁姓陈的一家子见到了,无论男女老幼都会打声招呼。军军和那个陈斌的两个女儿都叫他叔叔.大人都喊他余老师,从来不问他教什么课,也不询问他什么事。但在周芹、张杰和陈斌偶尔露出来的异样的眼神里,余鹏程心里明白他们是知道他的事情的,但并没有发现他们在监视自己,歧视自己,至于背后是否在议论他,那就不管他们了。这是他们的自由。余鹏程始终摆出一副无所谓的神态,知道就知道,议论就议论,怕什么。我不偷不抢,不嫖不赌,也没有犯什么大的错误。是的,我在劳动,可劳动不是堕落,而是高尚的。这幢老洋房里的三个家庭之间的关系并不紧张,然而又是冷淡的。

余鹏程没有想到,吴芳芳的到来,迅即改变了这个石库门房子里清冷的气氛。

吴芳芳先替余鹏程整理房间,拖地板、擦拭窗户、桌椅,然后把床单、被子、枕巾和脏衣服放在一个大的塑料盆里——这也是姐姐留下的。接着在天井的井边,用小木桶打水,浸泡衣物,放进肥皂粉,用搓衣板使劲搓。余鹏程一直阻止她,他真心觉得不好意思,但她风风火火,撸起袖管,动作迅速有劲道,余鹏程怎么也拦不住,只能掩饰住心里的感动,随她去了。她几乎干了一上午,晒台上晾满了大大小小的衣物,她一边做这些活,嘴里一边哼唱着歌曲,脸颊愈发显得光滑红润,头发也蓬松起来,浑身洋溢着青春活力。看得周芹和张杰傻了眼,欣赏之中隐含着一缕探询:她到底是余鹏程的什么人呢,亲戚,女朋友,同事?

军军很兴奋,跟在她身后转悠,因为她把那束余鹏程当宝贝似的天堂鸟一分二,一束给了军军,另一束给了陈斌上初一的大女儿陈娟。她悄悄地对余鹏程说,这花看上去很新鲜,但最多两天,它们就蔫巴巴的了,现在送他们,做个好人吧。我隔几天再送一大束百合花来,新鲜的。这让余鹏程感到吴芳芳虽淳朴得近乎傻傻的,但还是有她精明之处。

两束稀罕的花,马上笼络住两个天真烂漫的小孩子。吴芳芳磁铁般的把他们吸引到自己的身边,陈娟甚至做起了她的帮手,帮这帮那。

陈斌一早就出门办什么事了,带着那个时代很多人都有的浮躁、贪婪的表情,还有点从事秘密工作的鬼祟。当他回家,看到了正忙碌着的吴芳芳,马上喊起来:"小吴,你怎么来了?"原来他们是一个厂的同事,而且是一个车间的,陈斌是翻砂工,吴芳芳是行车工,平时工作中接触很多,他们彼此很熟悉。

"我帮余老师整理整理家,我是他小学六年级时的学生。我还真不知道你们是邻居,我上个礼拜天来过了。"吴芳芳用力地拧着一条被单说。

"噢,上个礼拜天我和朋友到乡下玩去了。"陈斌连忙笑着说。

"玩什么呀?乡下有什么好玩的,是去乡镇企业帮忙的吗?我知道的,你们翻砂工木模工不少都利用星期天到乡下'打野鸡'赚外快的。"

陈斌四周看了下,周芹和张杰正在房间里,余鹏程也不见人,他出去买菜去了,于是,咧咧嘴,用一根食指在嘴唇上碰一下,意思让她保密。

"陈师傅,不要紧的,这不犯错误,你是利用自己的休息时间嘛。你知道吗,我们厂里的几个工程师技术员礼拜六就去乡下帮着办厂,这种现象很普遍了,社会上称他们星期六工程师。"

"可有些人还想抓我们的辫子呢。"

"你剃的板刷头,有什么辫子抓呀?我们余老师虽然是赖胡子,他大学同学叫他老卡,就是譬喻他像古巴那个大胡子领导人卡斯特罗,但他也没辫子抓呀,有人想抓,什么都没抓到啊!我爸说,没事的,'文革'不会重来的。陈师傅,你别怕啊!"

"不错,我们立得住,站得稳,不怕。小吴,这些事是你们车间姓祝的那个小子跟你说的吧,有天在食堂里吃饭,他贼塌嘻嘻地跟我说,你星期天常去乡下钓鱼的吧,他话里有音,这小赤佬门槛贼精,我假痴假呆,没理他。"

"放心,祝融是好人。在我们这批人里,他比谁都成熟,就是脚有点残疾,怪可惜的。"

这时,陈斌的大女儿陈娟拿着那几枝湿淋淋的天堂鸟走过来,给陈斌看:"爸爸,这是阿姨送给我的。你看,这花太漂亮了,它叫天堂鸟。"

"什么阿姨?叫姐姐,小吴,这花我从未见过,太好看了,很贵的吧?"

"我爸培植的,外面没有买的。只摆放在国宾馆里。"

"这么说,我们享受国宾待遇了。"陈斌很得意地说。

周芹不知什么时候走出来了,说:"小吴,谢谢你啊,这花确实很少见,我们军军喜欢得不得了。我从未看到他这么高兴过。"

"我下次送一盆'红掌'给你们,那花也很漂亮,而且能保存很长时间。也是摆在国宾馆会议室内的,还有市政府机关也摆它。外面没有买的。"吴芳芳说。

"是的,是的,我们人武部会议室就摆着好几盆'红掌',是园林局送给我们的。"张杰啃着一只苹果,走出来插话说。

"那也是我爸培植的,失败了好多回,后来终于成功了,我爸因为这花评了先进。"

"那送花的吴师傅就是你爸吗?"张杰问。

"是的,他叫吴国正。报纸上登过他的事,标题是《他在丛中笑》。"

"我记得,《他在丛中笑》,我看过那篇报道,是我们报社的记者采写的,原来写的你爸啊!"周芹秀丽的脸上露出了笑容。

余鹏程正好拎着一只蛇皮袋走进来,他惊奇地发现,这幢房子里的人围绕着吴芳芳在热烈地交谈着。周芹笑得很甜美,气质如兰。军军苍白的脸露出红晕。陈斌和张杰也浅笑着,陈娟两眼放光,巧笑嫣然,她在帮吴芳芳干活,帮她从井里一桶桶打水。这样的融洽氛围是从来没有过的,吴芳芳更是红光满面,热情奔放。她的勤快,她的可爱,她的率真给这个原来冷冰冰的老宅里的人带来了快乐和热气。

该做的事都做完,一个单身汉混乱的家顿时大为改观,变得面目一新。吴芳芳又和余鹏程一起做菜肉馅,砧板嗒嗒地响,搅拌,包成馄饨,这样的场景制造出了一种亲近的关系。在热气缭绕中,捞起一碗碗热腾腾的菜肉馄饨,吴芳芳先给周芹家和陈斌家端上一大盆,然后两人坐在客厅的小方桌边,几盘熟菜,有白斩鸡、五香牛肉、油爆脆鳝、油爆鱼等,余鹏程还开了瓶江阴黑杜酒。主食当然是馄饨,心情不错,胃口很好,谈笑风生,虽然是第一次在一起做饭吃饭,但余鹏程有种幻觉,他们在一起好像有段时间了,是很有默契的一对了,甚至有种黄梅戏里唱的"夫妻双双把家还"的感觉了。

余鹏程心里有种说不出的愉悦感。

吃过饭,吴芳芳要回去了,要陪妈去医院看病,妈膝关节疼痛。傍晚再来帮他收衣物、缝被子。余鹏程说不必了,已让她浪费了半天时间,剩下的这些事他自己来做,在大学时,他都是自己做的。他说了句笑话:"你可别把我惯坏啊!"

"我不怕!谁叫我是你的学生呢?"吴芳芳朗声说。

余鹏程拿出一瓶药酒和一条中华牌香烟,送给吴芳芳,药酒对治疗关节痛有效果,给她妈喝,每天一小盅,香烟当然给她爸了。吴芳芳也不推辞,很高兴地收下了,她拎着装东西的塑料袋,背上挎包走了。余鹏程送到她大门口,看着她骑车飞奔而去。

回来的时候,陈斌站在天井里,扬着有着厚厚的老茧,手指甲黑黑的手掌对他说:"吴芳芳真像《渴望》里的刘慧芳,又善良又贤惠,这样的女孩子可是全中国男人的渴望啊!"

余鹏程点着头说:"是的,是的。"他这段时间有一搭没一搭地看过这部电视剧,大家都在看,到了晚上,街道静悄悄的,都窝在家里对着黑白电视机和刘慧芳共命运。街上自行车稀疏了,那时还没有私家车,出租车多数在街头空转着,没人载。九十年代初的出租车大多是天津产的夏利,很小的车子,漆成黄颜色,人们称它们为"蝗虫"。

余鹏程没想到在姐姐眼里粗鄙的翻砂工会讲出这样有水准的赞语。他掩饰住自己的惊讶,走进客厅,张杰拦住了他,跷起大拇指说:"余老师,你眼光不错啊!又单纯又能干,加油啊!这样的女孩子很难碰到了。"

"没有这回事,她是我学生,她帮我,也许是出于学生对一个落难老师的同情。"余鹏程自己也没有想到,会说出这样伤感意味的话。其实,是他不经意地泄露了自己内心深处的真实想法,他想了很多,最后就是这么想的,是的,她只是同情自己,没有别的意思,千万别自作多情。说这话,他笑着,但眼神是沉郁的。

张杰听懂了,伸出厚实的手掌在他肩上拍了几下,说:"不要灰心丧气,别的都是假的,找个好老婆才是硬道理,比什么都重要。时不再来,机不可失啊!"说着,走回房间去了。

　　傍晚,天光散尽,吴芳芳又来了,收衣物,缝被子,铺床单、枕套枕巾。一切弄停当,天已黑了。她在他那里吃了中午剩下的馄饨和菜肴。收拾干净后说她要回去了,明天要上早班,很早就要起床。余鹏程送她,帮她推着自行车,在这条安静的街道上走,已长了多年的梧桐树蓊郁一片,两边的枝叶在空中连接着,路灯黯淡下来,整条街在树荫下朦朦胧胧,有种浪漫的气息。吴芳芳不说话了,像个乖巧的女生靠着他低着头走着,小鸟依人似的。

　　走了很长一段路,她停住了脚步,对余鹏程说,你回去吧! 好的,那么你慢点骑。今天谢谢你,让你累了。不累,不累,你回吧。她从他手里接过自行车,说,你转身回去,我看不到你了,我再骑车。

　　他转身,跨着大步。走了很长的路,终于忍不住回头,灯火阑珊处,她窈窕的身影还站在斑驳的树影下,他心里一动,想跑步过去,但他忍住了,带着悬念走回家去。

　　这一夜余鹏程失眠了,眼前都是吴芳芳的影子。

　　这以后,吴芳芳是余鹏程家的常客了,她没有食言,给军军家和陈娟家各送了一盆红掌,并定期给余鹏程送各种鲜花,百合花、天堂鸟、红玫瑰、白玫瑰、月季花、满天星等等,那个晒台上摆上了铁树、金桔树、小松树,还有几盆盆景,虬枝盘根、造型奇崛、干瘪枯黑,却长着碧绿的嫩叶,甚至会开花结果。余鹏程的家不仅窗明几净,而且满目芳菲,充满生机。在周芹、张杰、陈斌眼里,吴芳芳无疑就是余鹏程的女朋友了。余鹏程一味否认,在他们看来,虽然余鹏程和吴芳芳在年龄、学历、文化上有较大的差距,吴芳芳的热情和殷勤也许有善良、同情、热心肠的因素,有尊师之情,但除了这些,肯定还有仰慕之情,还有少女的爱。

　　否则,无法理解她的执着,她的付出,她的体贴入微。她眼神里对余鹏程的崇拜和脉脉含情,也无法解释。

　　一次,余鹏程在劳动中不慎造成一个手指骨折,她竟急得眼泪汪汪,要请事假伺候他,给余鹏程劝阻住了,他演示给她看,一个手指受伤,不影响他对生活的自理。明眼人都看出来,吴芳芳对余鹏程的感情是超越了师生关系的,对余鹏程痴情得让人羡慕,余老师职场失意,情场得意,交上桃花运了。

余鹏程却不这么看,他的感觉和众人不一样,他依然认为吴芳芳对他,不太可能是爱情,而多半是出于同情,甚至是出于怜悯,是出于她的善良。况且,他已经到而立之年,而吴芳芳是花季少女,怎么会看上自己这个连教师资格都被剥夺的落拓的苦力呢?吴芳芳不可能幼稚到如此地步。

余鹏程反复在心里掂量着,权衡着,他一次次否定别人的想法和自己的幻想,当然还有丁兰兰的教训,他不会那么轻易地"错把杭州作汴州"。虽然心里兴奋,隐隐有种期待,也明白这种期待包含了什么,他比任何时候都需要像吴芳芳这样的纯真女孩出现在自己的生活中,但他又理智地知道,这种可能性不大,自己不要一枕黄粱美梦,否则,又会犯自取其辱的错误。

李刚伟和他的女朋友高晓明的感情发展得很快,已经谈婚论嫁了。唐朝阳经人介绍,也有了女朋友,是市人民医院的,心脏内科的医生,发型前卫,长发飘拂,是由理发师精心做过,她精心维护的。她斯斯文文的,五官精致,气质高雅。两人见面后,唐朝阳很满意,女方没有拒绝,只是淡淡地说,先作为普通朋友来往往吧。

于是,他们就开始来往了。

这是必须经过的过程,但过程的最终目的双方心照不宣,那就是婚姻。不像余鹏程,还在迷茫中徘徊,看不到头似的。不过,吴芳芳还是一次次热情洋溢地出现在余鹏程家里。如果从表面来看,吴芳芳比李刚伟的小学老师更像是个恋爱中的女人,别说唐朝阳那个心内科的女医生了,她连唐朝阳的家的门槛都还未踏进去过。虽然唐朝阳的父母亲急着想要见她。

但两者之间有本质的不同,李刚伟不用说,小学老师已接受了李刚伟的求婚,只要婚巢一解决,就马上领证了。唐朝阳和女医生还在慢热之中,唐朝阳很有信心,医生对生死问题看得多,处世包括谈恋爱都是很理性、很淡定的,他们的结果应该是美好的。女医生非他莫属。至于根据在哪里?他说,很简单,凭感觉,他坚信自己的感觉不会错。

因而,他们最担心的还是余鹏程,小姑娘已那么主动了,他还那么缺乏信心,内心怯弱,顾虑重重,不敢越雷池一步,犹抱琵琶半遮面,一点男子气都没有。这样下去,他会咔嚓一掐,活生生地毁了自己。

唐朝阳见过吴芳芳一次,赞叹不已,一个劲说,老卡,你艳遇不错啊,这女孩子站在那里,真是玉树临风啊!还朗诵了曹植的两句诗:"髣髴兮若轻云之蔽月,飘飖兮若流风之回雪。"

余鹏程解释说:"她只是我一个好心肠的学生,算不上正儿八经的女朋友,更谈不上是爱情。我们年龄差不少,是两代人,我们之间是不可能的。"

唐朝阳笑话他:"老卡,你也称得上老革命了,一点革命斗志都没有,人家女孩子能做到这样了,你还在琢磨来琢磨去的,什么不是爱情,是同情,迂,太迂腐了。管她是什么,你拿出写诗给丁兰兰的勇气,把这只天堂鸟逮住,快撒网啊!"

唐朝阳和李刚伟商议,决定帮余鹏程和吴芳芳之间添加点动力,推进他们一把。计划是他们各带上女朋友上余鹏程家作客,余鹏程约上吴芳芳,请他们吃饭,重头戏在后面——饭后去湖边的公园玩,由唐朝阳担任摄影师,给大家拍些照。唐朝阳在大学就爱好摄影了,最近买了只新的日本产佳能相机,拍照的兴致提高不少。唐朝阳把这个计划兴冲冲地跟余鹏程说了,余鹏程望着唐朝阳丰腴的脸,又望了下他腰间别着的BP机——那是当时非常风行的东西。余鹏程听唐朝阳把计划说完后,皱着眉头说,这就是你们的计划?一点新意都没有,吴芳芳去了,拍几张照又怎么样了啊?唐朝阳说,笨蛋,我们两对和你们两个在一起,她就不会受到感染和触动了吗?余鹏程说,触动了又怎么样?唐朝阳说,触动了,她就会有想法了,如果她继续往你这里跑,说明她对你绝不是同情什么的,而是有意思了,这是绝对的。余鹏程说,如果吴芳芳不来了呢?唐朝阳说,那还用说,没戏了嘛。对你而言,有了答案也是好事,长痛不如短痛。余鹏程说,好吧,死马当活马医吧。

这时,唐朝阳腰部的BP机"嘟嘟"地响起来,唐朝阳一看,就说,李刚伟发来的,问你态度如何,待会我答复他,这事就这么定了,成败在此一举。

这个星期天,吴芳芳又如期而至。余鹏程鼓起勇气对她说:"有两个大学最好的同学带着女朋友来作客,你来帮帮我,和我一起陪陪他们,他们可是第一次带着女朋友上门啊!"

吴芳芳爽快地答应:"可以啊!不过,他们都是知识分子吧,我是工人一个,不会给你出洋相吧?"

余鹏程连忙说:"不会的,不会的,怎么会呢?"

三

吴芳芳那天一早就到了。

余鹏程刚起床,漱洗完毕,发觉她脸色不太好,有点憔悴,穿了件自己编织的毛衣,一条牛仔裤,一双款式陈旧的皮鞋。看上去像是个大学的女生,就是缺少点书卷气。原来她刚下夜班,在食堂吃了早饭,没有回家,直接过来的。她从挎包里取出一个塑料袋,里面是五六个很大的肉包子。她递给余鹏程说,厂里食堂里买的,你当早餐吧,等会我们上菜场买菜去。余鹏程说,时间还早,你在沙发上休息一下,我去买菜。吴芳芳很听话,喝了杯余鹏程为她热的牛奶,对余鹏程莞尔一笑说,我沙发上睡不着的。说着,便和衣在余鹏程的床上躺下了,盖上了还留着他体温的羊毛毯。片刻,就呼呼睡着了,睡得很沉,鼻息咻咻的。余鹏程望着她那纯净的脸,心里一阵感动,这丫头也真把我这里当自己家了,一点不避嫌。余鹏程冲了杯热咖啡,狼吞虎咽地吃了吴芳芳带来的两个肉包子,便骑车到菜市场去了。

一个小时不到,余鹏程回来了。两个蛇皮袋装得满满的。有猪肉、虾、鱼、蔬菜和豆腐百叶。也有些鸡翅鸭脖牛肉等熟食,都是买的最新鲜、最好的。他先把冷菜切好,分别放在几只瓷盘子里,摆在餐桌上。再把要洗的食材倒在一个塑料盆里,端到天井的井边,先把蹄髈洗净,放在砂锅里,再加上生姜、葱蒜。周芹一家不在家,陈娟告诉余鹏程,军军又住院了,昨天半夜发的病,陈斌也不在,估计又去乡下"打野鸡"了。

余鹏程忙了一阵,轻手轻脚上楼,一看,吴芳芳已起床,屋子已收拾干净。她脸色好多了,重新梳洗一番,头发整整齐齐披在肩上,让余鹏程眼睛一亮。

"芳芳,你怎么就睡一小会儿?上了一晚上班,太累了。"

"我眯一会就行了,精神好多了,再睡下去,你用什么请你朋友吃饭。"

余鹏程笑了:"其实,你还可睡一小时,我已经把蹄髈洗干净,放在砂锅里放上作料了,等会在炉子上文火炖起来,然后洗蔬菜,杀鱼。蹄髈差不多了,再煮饭。"

"余老师,你比我爸能干,蛮会过日子的。好了,我来洗蔬菜、煮饭、炖蹄髈,杀鱼、下锅煎鱼你来,我从来没有杀过鱼,下不了手,也不敢看还活着的鱼在油锅里蹦跳。我是不是心肠太软了?"吴芳芳问余鹏程,笑容溢出嘴角。

余鹏程记得吴芳芳曾无意中说过她不忍心杀鱼、杀鸡等话,他没有放在心上。听她这么说,便是回答:"是的,芳芳,你这小丫头是地道的菩萨心肠,所以你会同情我,对我这么好,我就是一条鱼,是不是?"这话一出口,他自己一吓一跳。这话不是分明在试探吴芳芳吗?自己怎么会脱口而出,吴芳芳不可能听不出这话的话外音的。

果然,吴芳芳脸一红,有些孩子气地回答:"余老师,你说这话不对,你不是鱼,你不需要同情,我也不是同情你。"

"那是为什么呢?"

"你自己去想。"

吴芳芳说完,就下楼了。余鹏程差一点没欢呼起来,吴芳芳的最后两句话太耐人寻味了,让他浮想联翩。他感到很兴奋,但到底是什么真正的含义,是喜欢他、爱他,他还不甚明了或者说,他还不敢下定论。

余鹏程和吴芳芳各自忙开了,他们配合默契,当余鹏程从一个塑料桶里取出几条游动自如的活鲫鱼活杀剖腹时,在一旁洗蔬菜的吴芳芳捞起土豆番茄,在围巾上擦拭干手去做别的事了。她是在刻意回避那血淋淋的杀戮场景。余鹏程将鱼杀妥洗净,吴芳芳已将豆腐百叶切成小片细条,放在瓷盆里,又飞快地削着土豆皮切番茄,同时已将蹄髈炖在炉子上,并在另一个火眼上煮起了饭。然后又回来洗青菜。当时还没有电饭煲,煮饭煮粥直接用炉子。余鹏程回厨房候着,防止饭煮沸溢出。等饭煮熟,余鹏程开始做红烧鲫鱼。当浓油赤酱的鲫鱼做好,余鹏程又在砂锅里倒上酱油料酒,顿时,一股黏稠的浓香飘荡在厨房,连客厅里都能闻得到。

两个人忙碌着,余鹏程感到有种甜蜜的感觉,他暗暗地想,这个屋子里好像有那么一点男耕女织的温暖气息了。

好笑的是,吴芳芳坚持要他把煮熟的鱼头去掉,她表示在饭桌上是看不得睁着眼睛的鱼头的。余鹏程笑着说,芳芳,你这个人真有点怪,你是基督教徒吗?听说外国人尤其是基督教徒吃鱼是不能见到鱼眼睛的。吴芳芳回答说,外国人我不管,我从小就不能看烧熟的鱼眼睛,它睁得大大的,呆呆的,很可怜,也很残酷,它也是一条生命啊!余鹏程听了哈哈大笑,说,说你是菩萨心肠一点不假,你不杀生,说不定你以后会信佛的,会出家做尼姑的。吴芳芳一本正经地回答,我不做尼姑,我要嫁人生子,我喜欢小孩。余鹏程听了,不作声了,他没想到,一个二十岁的女孩子讲话会这么直率,一点都不掩饰。

正在这时,唐朝阳和李刚伟带着女朋友来了,唐朝阳西装笔挺,系着碎花领带,风度翩翩,肩上背了个皮质的包,里面装着他的照相机。女医生穿着灰色呢子外套,戴着金边眼镜,整个人显得很干净,不仅仅是着装,更是气质的干净。李刚伟穿着黄卡其风衣,使他修长的身材更显挺拔,他的女朋友高晓明矮他一头,但身材很匀称,衣领里围着一条颜色鲜艳的真丝围巾。唐朝阳和李刚伟手里拎着水果、糕点和什么红桃K、西洋参胶囊等滋补品。

"老卡,老卡,我们来了,乖乖的,满桌子菜,真把我们当贵客了,你们就像一对小夫妻那样,把拿手好戏都使出来了。"唐朝阳走进客厅,就扯开嗓门喊道。

李刚伟拉了他一下,小声说:"朝阳,别瞎说八道,什么小夫妻,别吓了人家。"

"来了,来了!"余鹏程答应,拉着吴芳芳一起从厨房走出来,笑容可掬。余鹏程在围兜上擦着手,客气地说:"欢迎光临寒舍,欢迎光临寒舍,楼上请!"又指了下身后的吴芳芳:"吴芳芳,我的学生。"

"各位师傅好,楼上坐吧!"吴芳芳大方地说,一点不怯生,也一点不慌乱,有点像是女主人的样子。

"她在工厂工作,习惯把她尊敬的人都称为师傅,就像文化单位对资格老一点的都称老师一个意思。"余鹏程见唐朝阳李刚伟女朋友听吴芳芳称他们"师傅"时,互相笑眯眯地对视了一下,那含义分明是在说,怎么回事啊,怎么这样称呼我们呢?便解释说。

"好好,师傅没喊错,这称呼好,'文革'中,我们这些人应该是臭老九,如果被工宣队称一声师傅,那会感觉到判了死刑得了大赦令似的,就像西方国家街头一个乞丐被人称为阁下一样,老卡是不是?"唐朝阳平时说惯笑话,人又圆滑机灵,他当然听到吴芳芳喊师傅有点突兀,便调侃说。没等余鹏程回答,又向吴芳芳一个个介绍起来:"小吴,我是唐朝阳师傅,这是李刚伟师傅,我们三人是大学同学、室友,人称三脚撑。就是三人帮的意思。这两位女士,一位是胡雪师傅,本人的女朋友,这一位是高晓明师傅,李刚伟师傅的未婚妻。今天有缘聚会,真的很开心。"他夸张的口气和姿势引得大家都笑出声来。

"小吴,早就听鹏程朝阳提到你了,他们对你的印象特别的好,今日一见,果然是玉女一个,咱们老卡能遇上你这样的学生,真是好福气!"李刚伟很认真地说。吴芳芳听了,看着余鹏程,不知道怎样来答话。整个人绷紧了。

"小吴,我陪他们楼上坐一会,下面的事就交给你,炒一个青菜,再做一个番茄土豆汤。我们就可以开饭了。你看可以吗?"余鹏程转移话题,对吴芳芳说。

"可以,可以,你陪他们楼上坐吧,茶叶热水瓶我都摆在书房了,就是水果没有准备,来不及洗了。"吴芳芳马上松弛下来,痛快地回答。

"那就这样,谢谢了,水果饭后再上吧!"余鹏程说着,一挥手请客人上楼,唐朝阳李刚伟熟门熟路,带着女朋友就快步上楼。先参观房子,从露台到卧室,再到书房,连前后房之间一个储藏室都没有放过。看到这种虽陈旧但不失当年气度的老洋房,胡雪和高晓明脸上露出羡慕的神色。高晓明指指已磨去漆皮,显出木材本色的地板说,这可是花旗松,我们学校有幢老房子,也是这种木头的地板,七八十年了,动都不动的。玻璃杯里已放好茶叶,是大红袍,余鹏程冲下开水,变成了热气腾腾的酽酽的红茶,透着既甜且苦的味道,很适合正在一天天变凉的秋天喝。家里有好多茶叶,都是姐姐留下来的,但吴芳芳选择了红茶,她喜爱红茶色泽的浓烈华丽,虽然她从衣着到内心都是一个简洁明了的人。

他们坐下了,喝着深红色的茶水,高晓明还在不住打量着房子,她触景生情,忍不住对李刚伟说,我要求不高,结婚能有这么一套房子,我这辈子就心满意足了,你说呢?你们学校肯定能分配你房子吗,他们不会耍你吧?李刚伟躲闪着这个敏感问题,含糊地回答,只要学校建宿舍,按打分的情况,我是应该分得到的。高晓明说,建宿舍,什么时候开始建?要等到猴年马月啊?李刚伟说,放心,牛奶会有的,面包会有的。高晓明拍了下李刚伟肩膀,温和地说,好吧,等你的牛奶面包,我的瓦西里同志。

李刚伟对余鹏程诚恳地说:"鹏程兄,这吴芳芳不错,漂亮、单纯,典型的邻家女孩,不做作,朴素无华,你不要再犹豫了,向她摊牌吧!你万事俱备,东风又吹来了,三个人中间,你其实条件比我们成熟,上帝关上了你一扇窗,却为你打开一扇门。你老兄真是因祸得福啊!"

"胡雪刚才偷偷对我说,吴芳芳天生丽质,虽然文化不足,有点肤浅,但很可爱……"唐朝阳戛然而止,因为,胡雪用脚踢了他一下,示意他这么说不妥,他看了胡雪一眼,继续说,"没关系的啦,我们是好兄弟,生死之交,一向是实话实说的。鹏程,这是个善良女孩,虽然文化水平不高,红袖添香,举案齐眉可能做不到,不过,过小日子没问题,刚才看到你们从厨房出来,很有烟火气,我没说错吧?"

"唐朝阳,有你这样说话的吗?我私下对你说的话,你马上就把我卖了,怎么可以这么说别人呢?什么红袖添香、举案齐眉做不到,什么时代了,还臭讲究封建社会读书人那一套。告诉你,这与文化程度无关,吴芳芳做不到,我和高晓明也做不到,我们凭什么做你们大男子主义的使唤丫头,晓明你说呢?"胡雪虽然气质斯文、干净,但没想到口齿这么伶俐,说话尖锐,一点不给唐朝阳面子。

高晓明低着头,看着自己手中玻璃杯里的半杯红茶,只是笑笑,没有说话。

余鹏程有点吃惊,唐朝阳并没有说错什么呀,她怎么能如此奚落他呢?

唐朝阳有点尴尬,他带着歉意说:"胡雪说得对,我这么说可能有些不妥……"

"没有什么不妥的,好朋友之间,知无不言,言无不尽,不必绕来绕去的。好了好了,胡雪,别责怪朝阳,也别讨论其他问题了。我们的来意是为了成人之美,鹏程,听我们一声劝,你和小吴也别绕来绕去了,直奔主题吧!"李刚伟站起来说。

"是的,小吴蛮好的,又靓丽又贤惠,是电视剧《渴望》里的温婉女人刘慧芳,打着灯笼子也找不到的。"高晓明轻声附和说。

这时,楼下传来了吴芳芳的声音:"余老师,下来吃饭吧!菜要凉了。"

他们起身下楼。客厅的饭桌子已布置好,桌上有模有样地摆好了冷盆、碗筷、酒杯和一瓶江阴产的黑如墨汁的耘林黑杜酒,也是姐夫留下来的。姐夫杨大年是江阴人,平时爱喝点酒,备洋酒和大曲,还有黑杜酒、玉祁黄酒。在调省城前喝上了洋酒,XO什么的。大家吃得很开心,吴芳芳忙着招待,一会儿坐下,一会儿起身,有条不紊地上各道菜,余鹏程介绍,那道菜是吴芳芳做的,那道菜是他做的,大家都称赞味道好。黑杜酒酒醇香馥郁,口感清爽,胡雪和高晓明喜欢上了,一杯酒很快喝尽,余鹏程又帮她们添上。他加了半杯,有些踟蹰,因为这黑杜酒容易上口,但后劲很足,担心她们喝晕了,便劝她们慢慢喝。吴芳芳做的沙拉是用花生酱拌的,现成买来的牛肉加了酱汁,酱汁是吴芳芳现做的,这两道菜带有点西餐的味道,那时候还刚刚在餐馆流行,家宴上几乎没人会做。吴芳芳居然会做,这让胡雪和高晓明感到意外,似乎不太相信。

上红烧鲫鱼时,见去掉了鱼头,大家有点好奇,余鹏程就说出了缘由,大家听后哈哈笑起来。"天哪,怎么会这样?我可是最欢喜吃鱼头。"胡雪不由地捂住嘴喊起来。

"知道生活在北极的爱斯基摩人吗?他们的主要食物就是鱼,而鱼头特别是鱼眼那一块肉通常是给老人和孩子们享用的。"唐朝阳说,"可在吴芳芳那里,这是可怕的东西,不能容忍的,必须扔掉它们。爱斯基摩人听说后,一定会表示抗议。"

余鹏程很夸张地笑起来,吴芳芳有点不自在,也许她觉得他们在揶揄她,不过,她也跟着笑起来。只有李刚伟没笑,他凝视了吴芳芳一小会,眼神里有种对吴芳芳刮目相看的意味。

笑声在这幢房子里回响。酒足饭饱,吴芳芳又端来一脸盆热水,第一次用的新毛巾,还有香皂。洗完后,吴芳芳又洗好了苹果,削皮后切成块,让余鹏程带上牙签端了上楼小坐,她来收拾残局。余鹏程也不再客气了,听任吴芳芳的调遣。

他们上楼后,茶杯里加热水,喝茶,吃苹果,果然,胡雪和高晓明有点头晕了,脸颊红红的,睡意涌上来了,靠在沙发上打起了盹。余鹏程打开了电视机,新闻频道正在播放打得火热的海湾战争,战斧式巡航导弹在巴格达上空烟花般的飞舞着,三个男人被吸引住了,觉得很来劲。于是,你一言我一句议论起来。半个小时后,胡雪和高晓明醒了,胡雪摘下眼镜,抹着眼睛说,对不起,这黑米酒蛮凶的,我们醉了是吗,耽误大家了。余鹏程说,没关系,我们刚刚看完海湾战争,让我们大开眼界,现代战争不再是人海战役了。如果没有什么事,我们该出发了。

走到楼下客厅,吴芳芳已收拾干净,坐在那里等着,她也梳理过了,干活时她把头发用橡皮筋扎起来,现在她把头发放下了,披在肩上,她上身穿上了一件黑色的款式很时尚的短风衣,还换上了一双半高跟的新皮鞋,这样的打扮,使她洋气了不少。她学生般的青涩没有了,显得更有韵味了,余鹏程眼睛顿时发光,这是他偶遇吴芳芳以来,见到的最漂亮的她,他很自傲,心里嘀咕:这小丫头,什么时候换上的,没见她带衣服和皮鞋来呀? 这真是个谜。

胡雪和高晓明也很惊异地打量着她,但没说什么。当天晚上,他就知道了谜底,原来这风衣和皮鞋是周芹借给她的,她在客厅收拾时,周芹买了菜从医院回来了,要烧东西给军军送去,吴芳芳说,周姐,你不用烧了,我给你弄,我们剩下的,只要你不嫌弃。周芹说,没关系的,加加热就可以了。吴芳芳用最快的速度,为军军准备了一份可口的饭菜,酱牛肉、番茄炒鸡蛋、土豆线粉汤,汤是现做的,加了粉丝,还有竹笋丝炒百叶。足够军军吃两顿了。知道吴芳芳要出去玩,周芹把她叫到房间里,给她试穿了几件衣服,最后选择了这件风衣和这双皮鞋。

他们在湖边的公园里玩得很尽兴,秋天的湖面清澈平静,在阳光下波光粼粼,一艘艘渔船升着棕色或白色的帆叶,在梦幻般的岛影里很慢地移动着,给人感觉好像静止似的。公园里草木环绕,莽苍苍的浓绿中有一片片变黄变红的树叶,空气里充满沁人的清苦的香气,那是开始凋谢和腐朽的花木所散发出的气息。公园有无数古色古香的亭台楼阁,有拱桥和水榭,有庙宇和废弃的灯塔,灯塔前是乱石峥嵘的湖岸,石壁上有各种字体的古人题字,这是公园之胜。唐朝阳选择景点为大家频频拍照,有合影,有单独留影,胶卷换了一个又一个,忙得满头大汗。胡雪和高晓明很会拍照,摆出各种姿势,吴芳芳显然很少拍照,刚开始有些拘谨,但后来就放开了,看得出来,她像许多女孩子一样,是很喜爱拍照的。

唐朝阳和胡雪,李刚伟和高晓明都自然地合了影,不过,合影中也有微妙的差异。李刚伟和高晓明依偎在一起,李刚伟的手臂还从高晓明身后揽住她,而唐朝阳与胡雪合影时,就没有这么亲密了,当唐朝阳试图和胡雪靠得近一点,她本能地移开些,保持适度的距离,而且脸上笑容很浅,有种明显的矜持。一次,唐朝阳一只手搭在她肩上,她伸出手来轻轻地拿掉了,一刹那,唐朝阳的神色变得阴沉起来,又尴尬又沮丧,好一会才回过神来。谁都明白,这种差异显示了他们之间热度的高低。看得出来,唐朝阳已觉察到了胡雪对他的态度,虽然他很快就兴奋起来,谈笑风生,但那些有幽默感的笑话就不说了,笑容中略显僵硬,他在竭力掩饰心里的失落感。

而吴芳芳就大方多了,说话也流畅起来,当唐朝阳在给她拍照时,装着很随意地说:"鹏程也来,你们师生合个影。"余鹏程迟疑了一下,就上去了,吴芳芳很自然地挽住了他的臂膀,笑容灿烂。

胡雪和高晓明会意地交换了一下眼神,李刚伟跷起了大拇指,喊道:"鹏程,和芳芳再靠拢点,笑笑,笑笑,就这样,太好了!"

余鹏程与吴芳芳合影了三张照片,一张比一张自然、默契,从不知真相的人的角度来看,都会把他们视作一对恋人。这非常有真实感,虽然年龄差距大一点,但看上去依然是很相配很合适的一对,郎才女貌的一对。余鹏程感到无比满足,他从未和女孩拍过这样亲密无间的合影。

那次是在舞台上,他和丁兰兰穿着演出服,化着淡妆,在校园草坪上演出结束后,一个校刊的摄影记者对他们说,站好了,给你们拍张照。他们并排站好,露出笑容,咔嚓一声,闪光灯亮了一下。这个校刊记者后来送了余鹏程一张,照片上余鹏程器宇昂然,丁兰兰仪态万方。有没有送丁兰兰,他没问,丁兰兰也没说。

丁兰兰把他的求爱信扔进垃圾桶后,他想撕毁这张照片,但想了想,还是留了下来。现在,这张照片和那个绿色信封已经和他毕业典礼的合影,其他各个时期各个场合拍的照片混在一起,胡乱地放在一个大的牛皮信封里,塞在书柜抽屉的角落里,来这个城市后他再也没有翻动过它们。

只有已去世的父亲余长庚的一张八寸遗像和他母亲一张彩色近照嵌在木镜框里,放在书柜里。父亲端庄的脸孔和他很相像,只是过于肃然。母亲慈祥地笑着,神态质朴本真。他几乎每天都要在他们面前停留片刻。

时间差不多了,因为胡雪的原因,唐朝阳有点意兴阑珊了。他把照相机放进了皮套内,再塞进照相包内,里面还装着广角镜等几个长短不一的镜头,显得沉甸甸的。在回头走的时候,吴芳芳突然提出,他父亲就在这个公园的植物园里,离这里不远,步行十几分钟就到,要不要去参观下,里面有各种植物和花卉,还有许多盆景。余鹏程感到有些累了,其他人也累了。但为了不让吴芳芳扫兴,就欣然响应,好啊,去看看吧,长点见识,末代皇帝爱新觉罗·溥仪特赦后就在植物园做事的。大家有了兴趣,便跟着吴芳芳走向植物园。

植物园很大,里面的植物、花卉很多,目不暇接,看不过来,只能走马观花,且大多数没见过,自然连名称都叫不上来。来到盆景区,一个个造型奇特精巧,都是微缩的花木景观。盆里的树各种各样,有朴树、柳树、火棘、柏树、金弹子树、杉树、松树、枫树等等。大多数是苍劲的树,甚至是柴棍似的枯木,树皮鳞片状或已脱落,已经很老态的了,但奇怪的是,顶端却树枝虬髯,树叶葱茏。有的还花朵怒放,硕果累累,有的配以奇石、亭台、小舟。每个盆景都取了名,什么翠香清韵,什么枫林风光,什么子胥鏖兵,什么情依大地等等,很有文化内涵。大家见了,欣喜若狂,爱不释手,唐朝阳又取出他的佳能相机,噼里啪啦拍起来。胡雪用她保养得极好的手,轻轻抚摸着那些玲珑剔透的袖珍老树,余鹏程睁大了眼睛,惊喜不已。

这时,吴芳芳的父亲吴国正出来了。他瘦长个子,清癯的脸,五官端正,白净,吴芳芳长得像他爸,完全可以说是一个模子刻出来的。他穿了件蓝大褂,戴着旧袖套、沾满泥巴的白手套,手里拿了个小铲子。一看就是厚道人,一个匠人,见这么多人,讷讷的,有点不知所措。吴芳芳有些害羞地说:"这是我爸,他是园艺师,弄花花草草的。"

接着,把余鹏程先推出来,说,"这就是我说的余老师。"

余鹏程微微一笑,弯了下腰,喊了声:"吴伯伯好,我是芳芳小学六年级的音乐老师。"

吴国正拉去手套,摆弄着手里的小铁铲,很注意地看着余鹏程,说:"我见过你的,那是好多年前了,你在台上拉那会伸缩的手风琴,唱歌……你还是那样,没变什么,可芳芳变了啊,从小孩子变成大姑娘了……"

"是的、是的,我第一次在你们家门口碰到她,根本认不出她了。黄毛丫头十八变嘛。"余鹏程说,"还有,谢谢伯父送的花,那天堂鸟太漂亮了。"

"不算什么,不算什么……这是我种的,不,栽培的……芳芳说我是园艺师,其实,我只是个花匠而已,也有人称我们园丁,怎么称无所谓,是的,就是和花花草草打交道……"吴国正有点语无伦次了。

吴芳芳又把其他人介绍给父亲,吴国正谦和地点头哈腰,脸上堆满笑容。手始终不离那把已磨蹭得锃亮的小铁铲子,他忽然想起什么似的,说了声,余老师你等等,便转身快步走去,吴芳芳也跟着去。不一会,父女俩各捧了几束鲜花过来,不是天堂鸟,而是玫瑰花,是红色的,十分醒目,每人一束。

胡雪和高晓明很高兴地接过了花,连声说,谢谢啦,谢谢啦!唐朝阳接过花后,转手送给胡雪,胡雪不肯收,说是吴师傅送你的,我不要。唐朝阳说,我这是借花献佛,鲜花天生属于女孩子的,我们拿了不合适。李刚伟说,是的、是的,晓明,我献给了你了。高晓明立即接过来,笑着说,算你拎得清,你不给我给谁呀。胡雪,拿呀,他们男人拈花惹草的干嘛?拿呀!在哄然大笑中,唐朝阳乘势将那束玫瑰花塞给胡雪。

唐朝阳还给大家拍了个合影。胡雪的脸色柔和了，喜滋滋的，对着唐朝阳说，拍两张，这张拍完后，你进来，让李刚伟拍，这样就完整了。唐朝阳连续按了几下快门，把相机交给李刚伟，自己快步站到胡雪身旁，两束玫瑰花衬着胡雪的笑脸，李刚伟说，很好，就这样。按下了快门。然后又交给吴国正，吴国正有些为难，说好多年没碰快门了，以前和师傅种兰花时，给兰花拍过照，那是刚解放那一年的事了，当时我只有十五岁。唐朝阳说，这是自动照相机，和傻瓜机差不多。说着，走上前，教了吴国正一会，说，你什么都不要动，按这里就行了。吴国正端在手里，手微微颤抖，他竭力稳定后，按下了快门。唐朝阳又给吴国正在鲜花丛中，在植物丛中拍了几个特写。

骑车回到城区，太阳已落山，夕阳照在街上那些大楼的玻璃窗上，火焰般的发出红光，天色暗淡下来，路上自行车很多，像河里的游鱼，首尾相接，大多是匆匆下班的上班族。

在一个路口，他们各自回家了。吴芳芳上夜班一夜未睡，只是早晨在余鹏程床上睡了一个多小时，忙了一天，她困了，骑在车上，哈欠不断。她对余鹏程说，她要回去睡了，明天再来，要把衣服和皮鞋还给周姐。在去公园的路上，吴芳芳已把实情告诉他，还说，你那两束花都不要动，明天我上中班，中午你抽空回家，我们一起去医院看看军军，把这花送给他。余鹏程说，好的，你想得真周到，可我真有点奇怪，军军送医院，他爸怎么不见人影呢？吴芳芳说，周姐说出差了。

回到家，已暮霭沉沉，军军家的房间紧闭着，隔壁的客厅亮着灯，全家在吃晚饭，陈斌已回来，正在专注地喝酒。他们没有注意余鹏程回来。余鹏程把玫瑰花放在盛了浅水的塑料桶里，将中午的剩饭菜热了下，随便吃了点，取了换洗衣服浴室洗了个澡，出来时，隔壁已熄灯上楼。

余鹏程拎着水桶放在露台屋檐下，在书房看了会海湾战争的新闻，睡意涌了上来，就关掉电视到卧室拉开被子上床睡了，被子上还留着早晨吴芳芳的气息。回想白天的经过，他的睡意一下就消失了，陷入冥想。从吴芳芳进门到两人准备菜，再到湖滨公园拍照，去植物园，直至分手，他像放电影般过了一遍，每个场景清晰地得到了还原，特别是吴芳芳挽着他合影，特真实，又有些幻觉感，他心里暖暖的，像喝多了酒那种微醺的感觉。

　　这是一种异样的感觉,吴芳芳的一笑一颦在黑暗中亮灿灿地晃动着。他清楚地意识到,吴芳芳对他绝不是他曾经坚持认为的那种单纯的同情。这种认为的背后其实是他的自卑,可今天他有了信心。他分明从吴芳芳身上看到了一种蓄势待发的情感,那么这是爱情吗?他问自己,他在心里大声回答:是的,当然是爱情。但又小声咕哝:这就是爱情了吗?如果是爱情,是不是来得太突然了?

　　他还是很矛盾的,但和以前的纠结不同,以前他有憧憬,但基本认为吴芳芳对他只是善解人意的同情。而今晚,他已确确实实感受到吴芳芳对他的爱意了,他觉得爱神已清晰可见地降临了。这时,丁兰兰又冒出来了,冷冷地远远地看着他,嘴角带着鄙视。他冷笑嘀咕,去你的吧,酋长,你有什么可神气的,漂亮女人又不是你一个。

　　他在温馨的心情中熟睡了。

　　即使在睡梦中,他也闻到了吴芳芳身上飘逸出的一股潮润芬芳的气息。

四

　　第二天中午,余鹏程从工地吃了饭后,骑车赶回家。

　　稍稍等了一会,吴芳芳来了,把周芹的上装叠好,放在一个塑料袋子里,皮鞋放在另一个塑料袋里,放在客厅周芹家的方桌上。余鹏程捧着玫瑰花,再拎着预先准备好的一小箩筐苹果。两人骑了自行车来到医院,来到心内科,在服务台问到了张军军的病房号和床位号。走进病房的时候,军军的病床一头升高了,军军靠在枕头上,面前是一张小桌子,能升起和放下。桌上放着一只塑料脸盆,周芹正在给儿子洗脸。床头柜上有饭盒、碗筷、水杯什么的,床头有一本英语课本。

　　军军先看到余鹏程和吴芳芳,兴奋地喊起来:"余叔叔、吴姐姐,你们来了!"

　　周芹回头一看,很觉意外,说:"真的是你们,快坐、快坐。"

　　余鹏程把一大捧玫瑰花递给军军,临走前,吴芳芳用带来的彩色纸和塑料带子包扎了一下,底部是两条交叉的红色飘带,余鹏程找出一张空白的贺卡,写上"祝军军早日康复,永远幸福!"一行字,放在花朵里。

吴芳芳将水果放在床底下,军军非常欢喜这么大一束鲜艳夺目的红玫瑰,他笑着不住嗅着花,喊着:"真好看!真香!"他瘦小苍白的脸上泛起些许红晕。吴芳芳拿起小桌上的脸盆和床头柜上的饭盒、碗筷,周芹想阻拦,但没用,吴芳芳快步走向盥洗室。

一缕缕阳光照得病房明晃晃的,两张病床,另一张床空着,没住人,但床边放着氧气瓶,床头柜上放着吸氧罩,药品等物。周芹脸带倦容,她和余鹏程说着话,突然反应过来,从一边端过一张白色的骨牌凳,要余鹏程坐,余鹏程坐了下来。周芹告诉他,报社出面和医院打了招呼,军军的病房不再安排别的病号,她也请了假,晚上陪夜,在另一张病床上休息。还说,军军好多了,这个星期就可以出院,他每天坚持自学,有许多同学来看望他,折了纸鹤,还写了祝福的卡片,贴在他的床头的墙壁上。

余鹏程才注意到军军的床位是靠窗的,窗户上挂着一串用色纸折的飞鹤,像天堂鸟那样,展翅飞翔的姿态。窗户旁的墙壁上用图钉钉了许多小卡片,他站起来凑上去看,见小纸上写着"军军,盼你早点回到教室""祝你快乐、开心,早日康复"此类的话,还画了好多幅笔触稚嫩的画,有一颗红心的,有阳光鲜花的。余鹏程从里面看到了孩子们的真诚和牵挂,他很感动。他在小学当音乐教师时,也喜欢和天真无邪的孩子打交道,和他们在一起,受如水般的童真感染,自己也变得单纯了。

吴芳芳洗干净东西后回到病房,她急于去上班,站着和周芹说话,她说,周姐,我每天来替代你几个小时,你可以处理些家务。我三班倒,没法固定时间,但每天都有空。余鹏程给吴芳芳提醒了,也对周芹说,晚上我来陪半夜,你可以歇一歇。你累坏了,怎么照料军军啊!周芹说,不用不用,你们的心意领了,我一个人行,军军不碍事了,快好了,谢谢你们。吴芳芳问,军军他爸呢,出差快回了吧?周芹沉默着,只是深深叹息了一声,脸色变得铁青。军军插话说,爸爸是军人,他很忙很忙,要训练民兵,警惕坏人破坏,他经常要出差,去很远很远的地方,他很辛苦,我很想他。这花我留着,给爸爸看。

周芹流泪了,泪流满面,控制不住地抽泣起来,吴芳芳眼睛也红了,泪花婆娑的。余鹏程默默地看着周芹,不知说什么好。

"妈,你别着急,医生叔叔对我说,我的心脏没问题,只是缺了点什么,将来只要补上去就好了,像衣服破了打个补丁那么简单。"军军说。

"是的,乖孩子,你的病算不上什么。你肯定会好的,像你的同学那样健康,不,比他们更健康。"周芹用袖管擦拭泪痕说。

吴芳芳上班去了,余鹏程可以晚一点去工地,工地领班告诉他,暂时不需要运什么东西来了,你什么时候来无所谓,不来也可以。周芹把玫瑰花养在一个很大的搪瓷罐里,把床摇下,让军军睡一会,军军很听话,很快闭上眼睛。

周芹轻轻地关上门,和余鹏程坐在走道的铁靠背椅上,慢慢诉说起来。

她说,余老师,你是个好人,我心里闷得慌,没有人可说心里话,我只能跟你说。我告诉你,军军得的是严重的先天性心脏病,心内膜缺损和三尖瓣下移畸形,医生断定这种病活不过十岁,他今年正好十岁,这是个生死门槛,我每天祈祷老天放过这个可怜的孩子。可是,他又发病了,医生的预言在得到证实。唯一的办法,就是动手术,但风险极高,死亡率百分之七十。我们都很痛苦,他爸是忙,但再忙也不至于不回家,他是在回避,不敢面对军军,害怕失去儿子。他枉为男人,枉为军人,我反复跟他说,我们要正视现实,积极想办法治疗,开始他有信心的,他走遍了北京、上海、广州等全国的大医院,说法都是一样的,这种病很棘手,手术风险非常大,最好去美国、日本、欧洲动手术,这是不可能的,费用非常高,但只要救军军,再多的钱我们也会想办法。砸锅卖铁,东借西挪,哪怕我去卖身也要凑够这笔钱,但我们出得了国吗?他爸是军人,我是报社干部,出国比登天还难。我主张去上海动手术,越早越好,但他不干,怕手术失败,宁愿拖一天是一天,后来干脆回避。这次军军发病,比以前重得多,医生认为征兆不好,不能再拖了,要立即动手术,他爸就躲起来了,不闻不问,我打他电话,他不接,到人武部找他,他除了哭,一句话都不说。他太让我失望了,天底下怎么会有这样窝囊的男人,原来雄赳赳气昂昂的一个人,就这么崩溃了……

在医院,眼泪、焦急、悲伤不足为奇,没有人会关注,没有人注意到这个美丽女人的痛苦。周芹滔滔不绝地说着,说到伤心处,便哭起来,哽咽着,抽泣着。她说,她从来没有向外人说过这些情况,你姐姐姐夫,报社的同事,闺蜜们,一个人都未说,不管怎么样,我这次都要给军军动手术了,别无选择了,你看怎么样?她问余鹏程,也问自己。

余鹏程听了,心情很沉重,他没有想到,这个气质优雅的女邻居情况会这么糟不可言。他紧锁着眉头,思考了一会说:"军军他妈,你别太伤心,我觉得还是听医生的好。"

"医生主张动手术,说毕竟有百分之三十的希望,如果不动,一点希望都没有。"

"医生说得有道理,你们不能再犹豫不决了,军军这样懂事的孩子,不会有事的。"

"拜托你给张杰做做工作,他可能会听你的。"

"好的,我试试。"

"他在人武部,住在值班室。说他出差是骗孩子的。"

周芹冷静下来了,脸上有了一丝笑容,脸色也好多了,她用手帕拭了下有些微微红肿的眼睛,感激地说:"谢谢你,谢谢你和小吴送军军花,他对你们很有感情。"

当天晚上,余鹏程就去了市人武部,张杰看到他,一点都不感到意外。余鹏程刚谈到这事,他就弓下腰,双手抱着头,埋在膝盖上,痛哭失声,肩头一耸一耸。余鹏程讲了手术和不手术的利害关系,百分之七十和百分之三十的可比性。他只是哭,伤心欲绝,哭得像孩子一样。这还是那个给余鹏程打气鼓劲的男人吗?

"张处长,我理解你的心情,可是,你总要拿出个决断来,这种事件是回避不了的。"余鹏程说,"你和周芹好好商量商量,她的心情坏透了,你是她丈夫,是军军的父亲,你有责任和他们一起挺过这个难关。"

张杰还是呜呜地哭,不回答余鹏程的劝说。余鹏程感到有些无趣。他想起了周芹一句话,没见过这么窝囊的男人,是太窝囊了,碰到这样的事情,不想办法解决,像一个女人那样哭哭啼啼,他不想讲下去了,在他告别前,张杰站了起来,用挂在墙上的一块毛巾擦干眼泪,披上衣服说,余老师,我送送你。

一个很大的院子,长着好几棵苍翠的雪松和白玉兰树,还有夹竹桃、万年青和竹子,都是四季常青的树木,院子里一片葳蕤。深秋的风吹上来有点刺骨了。余鹏程忍不住打起了哆嗦。

张杰说:"余老师,你说的道理我都懂,可是我下不了让军军上手术台的决心,万一……万一失败,我接受不了这个事实,我现在甚至不敢看军军的眼睛,他天真无邪的眼睛,他发病时,那眼睛在企求我,他心里什么都明白,让我在手术告知书上签名,我绝对不会,除非一枪崩了我……"

余鹏程说:"你们要从最好处着想,从最坏处打算,结果可能不会那么坏。"

张杰说:"但愿还有奇迹出现,请你转告周芹,这件事由她决定,我尊重她的决定,孩子稳定后就出院,我会回去的……哎,我也不知道我会这样优柔寡断。周芹说得对,我真不是个男人……我一想到军军可能会离开我,我连活下去的勇气都没有,我一直觉得很可怕,我觉得死神睁着凶恶的眼睛,一眨不眨地盯着军军。失去了儿子,我活着还有什么意思呢?我天天做噩梦,吓醒了,满身是冷汗……周芹没说错,我是个混蛋,是个窝囊废……"

张杰不断骂自己,不断地奚落自己,余鹏程觉得,他的自尊心已丧失殆尽。

余鹏程后来知道,周芹和张杰的父亲是老八路,他们都是大院子里长大的。周芹是南京晓庄师范毕业的,二十二岁那年,和在军事学院读书的张杰恋爱结婚,周芹本来还有报考大学的计划,未料怀上了孕。随后随当军官的父母亲来到这个城市,生下了军军,不久就发现孩子患有严重的先天性心脏病。从此,这个家就不得安宁,原来的计划都打破了。本来他们有机会搬迁到新造的人武部家舍大院,但他们都没了这个心思,似乎在等待什么,等一个什么结果后再搬迁。什么结果呢?他们不知道,也不敢多想。不搬迁的另一个原因,是不想让大院里的那些家属看笑话,在这幢老房子里,他们还保持着起码的优越感。而且这里离这个城市两家最好的医院近,离学校更是咫尺之遥,总之,为了军军,他们屈居在这片陈旧的老城区里,隐藏在一幢几家混居的老式小洋楼里,好歹条件还过得去。

两天后,军军出院了,恢复得还可以。这让余鹏程有一个错觉,孩子可能没有什么问题,医生的结论可能有点夸张。他想起了他乡下的伯父,七年前查出肝癌晚期,医生斩钉截铁地告诉他的子女,病人最多只能活三个月,你们多买点好吃的给他吧!他们死马当活马医,慕名看了一个中医,那个老中医搭脉后直摇头,开了个方子。伯父每天喝中药,满屋子都是浓烈的草药味。堂哥带父亲去了北京、避暑山庄、北戴河,草药带在身边,装了满满一旅行袋,甚至还带了煎药用的小陶罐,一天不落地让父亲灌进肚子。堂弟堂妹又带了父亲南下,广州、深圳、海南岛,半年过去了,伯父好好的,一年过去了,伯父安然无恙。一年半时去医院复查,肿块小了许多。现在七年过去了,伯父仍健康地活着。三个月?简直是胡扯!

余鹏程把这个例子悄悄讲给周芹听,周芹笑笑,说:"这样的例子我也听说过,对了,我们报社就有,有个美术编辑得鼻咽癌十多年了,一切正常。生命是很奇怪的,有时非常顽强,有时脆弱得像一张纸,我们有个女记者,三十不到,还未结婚,得乳腺癌走了。"

余鹏程叹息了一声,摇摇头,没有说下去。

唐朝阳把照片拿来了,是到专业的照相馆去洗的,还放大了好多张,照片效果不错,是彩色的。远远比他想象的好。唐朝阳的摄影风格是以人物为主,所以人物都拍得较大且细腻,景观只是背景。不像有些业余摄影者,背景光彩四射,人物却相对弱势,神态表情都很粗糙,被风景压住了。余鹏程饶有兴趣地一张张看,不住拍着桌子叫好,他当然对吴芳芳的照片特别上心,看得特别仔细。吴芳芳很上照,一双澄澈的黑眸,炯炯有神,笑容很甜美,匀称的身材迸发出青春清新的活力。他们合影那张放大了,完全是一对情深意笃的恋人,吴芳芳不仅挽着他,头还微微向他歪着,似乎温顺地靠在了他肩上。余鹏程的心不由自主地悸动起来。其他人的照片拍得也很好。李刚伟和高晓明紧紧依偎着,笑得欢悦而幸福。

余鹏程抬起头说,唐朝阳,你的摄影技艺更娴熟了,把各个人最好的一面表现出来了。唐朝阳把一张照片放在他面前说,这一张也把我们真实的一面表现出来了。我懒得放大了。这是唐朝阳和胡雪的合影,比现场拍摄时的气氛更不好。两人的表情是僵硬的,胡雪虽然很娴雅、漂亮,但板着脸,眼神冷漠,和合影单个照片的婉约、妩媚判若两人。唐朝阳则一脸的局促和不自在。他平时的洒脱和幽默感荡然无存。

唐朝阳把照片又夺过去,说了句,不谈我们了,火候还不到嘛!她外表时尚,实际上是个很传统的人。那天在回去的路上,她解释了一下,说两个人合影,她还不太习惯,让我给她点时间。也算是表示一下歉意吧。老卡,你满意了吧,我跟你说,吴芳芳对你不是什么同情,而是崇拜和感情,她小时候听你唱歌、拉手风琴,给她留下了深刻而美好的印象。弗洛伊德说,儿时的黑暗和光明会影响终生。你显然给了她光明。你看照片上,她笑得多光明啊!由崇拜到爱,这对女孩子来说,是意识的深化,是自然而然的事,你不要有什么顾虑了,吴芳芳爱你,是秃子头上的虱。

余鹏程哈哈哈大笑不止,说,朝阳,你还一套套的,什么时候成爱情分析师了?唐朝阳说,照片是不会欺骗人的,它能把人的情感人的内心表达出来,你仔细看看吴芳芳的神态、表情,这还用得着怀疑吗?你老卡是老克勒了,你别装,我料你早已看出个究竟。余鹏程笑着连连点头,是的,我在装,我是福尔摩斯,我早就看出来了。但心里暗忖,你唐朝阳倒是在装,照片是不欺骗人的,胡雪那个样子,显示她的内心是怎么样的,连傻子都看出来了,传统,不适应,这说得通吗?你唐朝阳还在自欺欺人。当然,这样的话,余鹏程是不会对唐朝阳说出来的,唐朝阳和自己一样,脸皮薄,有不必要但放不下的自尊心,唐朝阳李刚伟是为了成全自己和吴芳芳才精心安排这次活动的。现在反了过来,他替唐朝阳担心起来。收好照片后,刚才还活蹦乱跳、口吐莲花的唐朝阳露出百无聊赖的神情,说,我们去小餐馆吃饭吧,我想喝点酒,或者在你这里喝江阴黑杜酒。余鹏程看出他内心很受挫,连忙说,好好,不上餐馆,就在这里,我去买点熟菜,我们喝个痛快。

这一晚,他们俩都喝多了,醉意浓浓的,唐朝阳是吸烟的,和胡雪来往后,戒掉了。今天又吸起来,一根接一根,书房里烟味扑鼻,烟雾弥漫。余鹏程是不吸烟的,今天也陪唐朝阳吸了两根,他呛得吭哧吭哧地咳起来,脸庞涨得通红。一个是兴奋,一个是烦闷。唐朝阳不能骑车回家了,他和衣倒在余鹏程床上挤了一夜。

连续几天,余鹏程在考虑如何捅破这层窗户纸。写信,写诗?这是他的长项,小菜一碟,但吴芳芳不一定会得懂那些华丽的隐喻的词句。如果直白,我爱你,我想你,虽然很简单的三个字,但他羞于这么赤裸裸地表达。向其父母亲求婚,这个念头一冒出来,马上被他自己否定,这是不合适的,八字没一撇,就贸然上门求婚,不被人家用扫把轰出来才怪呢,说不定吴国正会把他的小铁铲子扔过来。最后,他觉得还是多和吴芳芳来往,请她看电影、吃饭、荡马路,把关系搞得再热络点,伺机探她的口气,再表达也不迟。

吴芳芳上完中班便是礼拜天,她上午就过来了。看到照片,吴芳芳非常高兴,翻来覆去地看,笑得合不拢嘴,那神情活像一个小女孩子得了一大包大白兔奶糖或一个金发蓝眼的洋娃娃,喜不自禁的。

看着那张她和余鹏程的合影,她脸上出现一个少女才有的娇羞的神色,小声问余鹏程:"余老师,你说,这张照片上,我们两人像什么?"

"你说像什么啊?"余鹏程一愣,没有反应过来。

"我们那天在厨房走出来,唐老师说了一句什么话,你还记得吗?"

余鹏程当然记得,唐朝阳说了句笑话:"你们俩像一对小夫妻。"李刚伟还责怪他"瞎说八道"。当时他听到后心里一震,还下意识地瞥一眼身边的吴芳芳,怕惹毛了她,但看到她满面春风,若无其事,以为她并没有听到。没想到她提到了这句话,那么,说明吴芳芳当时不仅听到了,而且还记住了。只是当时没有介意,故意掩饰过去了。

余鹏程装糊涂:"唐朝阳说了不少话,我想不起在厨房前说什么了,你说说嘛。"

"你太坏了,你装傻,唐朝阳说过后,李刚伟还骂他,你还看了我一眼。你怎么可能想不起来呢?"吴芳芳笑着嗔怪他。

"噢,我想起来了,唐朝阳说了句笑话,说我们像小夫妻什么的,你别见怪,他这个人喜欢说笑话,在大学时就那样。"余鹏程装出恍然大悟的样子说。

"那么,你说,我们在这张照片上,像不像小夫妻,说实话。"吴芳芳拿起那张照片,向余鹏程扬一扬。

余鹏程故意若有所思地迟疑了一会说:"你以为呢?"

"我问你啊!"

"以我看,是有点像。"余鹏程鼓足勇气说。

吴芳芳"啧"了一声,笑起来了:"不是有点像,是非常像,怎么了?你不高兴?"

"我为什么不高兴?我一把年纪了,一个漂亮妹妹和我在一起,被譬喻为小夫妻,我睡梦中都会笑出声来,怎么不高兴?告诉你吧,我很高兴。"余鹏程讲这话是真心的,也是从内心深处感到兴奋不已。一个女孩子能接受这样的话,而且还把这句话引申到照片,任何一个男人听了,都会心潮澎湃,心花怒放的。当然,还不能说那层窗户纸已捅破,这是戏言,有点调侃打诨的味道,但在这背后就没有真实的东西吗?余鹏程希望有,也相信有,如果是这样,他们的关系无疑是一个质的飞跃。至少他们相互打开了心扉。

吴芳芳莞尔一笑,没有继续说下去,但浑身散发的绵绵柔情,让余鹏程怦然心动。

下午余鹏程提出去看电影,吴芳芳欣然同意。影片讲述是战争年代沂蒙山一个叫红嫂的年轻母亲用自己的乳汁救受伤战士的故事。那时还没有吃爆米花,喝可口可乐的习惯。看着看着,在昏暗的光线里,余鹏程发现吴芳芳潸然泪下,哭得泪流满面的。余鹏程不忍心,掏出手帕给她擦拭泪水,稍稍犹豫了一下,轻轻地握住了她的手,吴芳芳没有挣脱,任凭余鹏程温软的大手将她的纤纤小手捏在手心里越握越紧。后来,她的头紧靠在余鹏程宽阔的肩膀上,她的毛茸茸的发梢在余鹏程的颈脖上、脸颊上磨蹭着,伴随着一股好闻的发香。

余鹏程明显感到他身体里有股热流在涌动,在银幕上那短暂黑暗的片刻,余鹏程忍不住低下头,在她湿润的脸颊上吻了一下,吴芳芳回过了头,两片灼热的嘴唇碰在了一起,但他们很快闪避开了,像蜻蜓点水那样,因为银幕亮了。此后,银幕又黑了一次,他们又吻了一次,比第一次时间长了,而且,余鹏程的舌头已和吴芳芳柔软的舌头缠绵了一下,银幕又亮了,他们意犹未尽地分开了。银幕直到结束再也没有黑下来。

灯光通明，观众哗哗地离场。有几个观众的目光射向他们。他们很晚才站起来，剧场里只剩下很少几个人了。剧场工作人员木然地看着他们几眼，匆忙清场，几个清洁工草草打扫着地上不多的瓜子壳之类的垃圾。他们对沉浸在爱情中的观众的姗姗离开已司空见惯了。做完事后，他们站在场内各处，等待着下一场次的开幕。吴芳芳脸色有点潮红，羞涩地朝余鹏程笑了笑。俩人像真正的恋人那样，牵着手依依不舍地离开了剧场。虽然是浅浅的两个吻，但这是余鹏程的初吻，他的心脏自嘴唇接触那刻起，就跳动得异常快了，久久不能平静，有种透不过气来的感觉。

当来到喧哗的街上，他们竟有点茫然若失，看电影突然接吻令他们魂不附体的，站在电影院门口，一时不知道去哪儿，还是吴芳芳先冷静下来。她说："我们去拿自行车吧，你看，看车的老阿姨正守着我们的车呢。"

余鹏程傻笑起来："我头晕了，差点忘了。"

他们松开手，取了各自的车子。余鹏程的心脏恢复了正常跳动，他想了想，提议到百货大楼去逛逛，买两个镜框，镶嵌他们的合影，鉴于他们关系的进程，他可以堂而皇之摆出照片了，他还想给吴芳芳买点礼物。对他们来说，这是不平凡的一天，窗户纸就在电影院里灯光黯淡下来的瞬间，"嗤"地一声撕裂了，事情就那么简单，这是余鹏程所没有想到的。

他们在百货大楼逛了两个多小时，买了几个镜框，给吴芳芳买了一件白色的羊绒衫，一条酱红色黑格子的呢裙子，像苏格兰男人穿的裙装的样子，一双半高跟款式时尚的皮鞋，一只真皮的黑色手提包。吴芳芳看了注有产地、价格的挂牌，吃惊地说，算了、算了，价钱太贵了！余鹏程说，不要管价钱，只要你喜欢。吴芳芳笑起来，这么贵的东西，式样、质地这么好，谁还会不喜欢。我还喜欢桑塔纳小汽车，喜欢一克拉的钻石戒指呢，难道都买下来？余鹏程说，小汽车、钻戒现在还买不起，但以后不是没有可能。

当几个大纸袋拎在手里，吴芳芳又是兴奋又是心疼，她反复说，我还是第一次买这么好这么贵这么多的东西，我是不是太奢侈了？

他们又在一家很高级的饭店吃了晚饭。吃饭时，他们的话题从沂蒙山红嫂谈起。

余鹏程问:"你如果是红嫂,我说是如果,你会用乳汁喂那个受了伤,又饥又渴的伤病员吗?"

吴芳芳不假思索地回答:"当然会,不要说他是个八路军战士,就是普通人,我也会,你不相信?"

余鹏程认真地说:"我相信,你这么善良,肯定会这样做。"

吴芳芳轻声一笑:"我真的有这么好吗?那你今后就叫我吴嫂吧,好不好?"

余鹏程用小勺盛了点菜放在吴芳芳碗里,笑着说:"吴嫂,请吧!"

吴芳芳装出生气的样子,举起筷子嗔道:"你真的这么叫了,我有这么老吗?"

"你怎么可能和老这个字联系上呢?不过,是你让我这样叫的,你可别猪八戒倒打一耙啊!"

"我们这样了,算不算同李老师和高老师一样呢?"吴芳芳突然转换话题,正色问。

余鹏程使劲点头说:"当然是的,难道我们是小孩子玩过家家吗?绝对不是的,我不是闹着玩的,我是认真的,只要你愿意,我会一辈子待你好,一辈子对你负责的。不过,你要征得你父母亲的同意,我毕竟比你大十岁,你白天提到小夫妻的事,我回答你像,其实心里在想,我们哪里像小夫妻,正确地说,应该是老夫少妻。"

"我从来没有感觉到我们有什么年龄差距,我告诉你,我爸比我妈大九岁,他们一直相处得很好,我爸娶我妈时,结过婚,五七年我爸被打成右派,那个女人跑掉了。我爸一直等她,希望她回心转意。但那个女人就像断了线的风筝,不知飘到哪里去了。直到遇到我妈,我妈是苗圃的工人。"说到这里,吴芳芳眼圈红了,她用手掌擦拭下眼花,"爸妈结婚后,生了我和两个弟弟,家里经济条件不好,但全家很和睦,我妈脾气好,什么事都让着爸。"

这是吴芳芳第一次和他谈起家庭,他听了心里忍不住感叹起来,在这简单的叙述中,包含了她父亲的无限坎坷和辛酸,他想起了她父亲拿着小铁铲讷讷的模样,可以看出他身上的几分沉郁和沧桑感。难怪吴芳芳妈会让女儿送球鞋给他,她爸会善解人意地说他是冤枉的等等,难怪吴芳芳会这么善良,原来她有这样一个平常而又不平常的家!

从饭店出来后,余鹏程把吴芳芳送回家,他看着她走进那扇黑洞洞的门,他们家亮着灯,透出一股安逸和平静,还有温暖。吴芳芳没有拿大包小包,她说先放在余鹏程那里,她和爸妈正式谈过后再来拿,余鹏程理解她的想法,一下拿这么多东西回家是太突兀了。

余鹏程这一晚失眠了。

他实在是太兴奋了,太激动了。九十年代初,像余鹏程这样读过许多外国经典小说,自己也偶尔写写诗文的文艺青年,是很小资的,对男欢女爱充满了浪漫主义的憧憬。今晚的一幕对他来说,完全是演绎了他想象中的诗意爱情,在昏暗的电影院里,他们依偎在一起,握着手,浅浅的吻,时间很短,甚至有点虚幻感,但够了。

是的,这足够让余鹏程刻骨铭心。因为,这是余鹏程的初吻,在这之前,他从来没有和一个女人接过吻,他想象过有这么美好的一刻,譬如和丁兰兰。他在演艺团时,看到丁兰兰那丰满的红唇,散发着挡不住的诱惑,这让他有点想入非非,渴望吻它,当然,那只是一种美好的妄想。但是,这美丽的嘴唇带着不屑和冷笑嘲讽了他一番,它是刻薄的,它是可望而不可即的。余鹏程没有想到,另一个同样具有足够魅力的嘴唇,却那么快地到来了。

很多年以后,他只要一想起或一提到吴芳芳,就会想起他的初吻。吴芳芳当然也是初吻、初恋。不管后来命运把她抛到哪里,她也始终忘不了这段纯真的记忆。

余鹏程通宵沉醉在爱情的甜蜜中,他觉得自己是个幸运儿,无辜被剥夺了教书的权利,让他从事蹬三轮这样的活,曾经一度让感到荒谬,感到天地不公,但现在想想,正是这个让他难以接受的惩罚,给了他碰上吴芳芳的机会,要不,他怎么可能跑到那个小街,停下来欣赏那他从未见过的天堂鸟呢?这绝对是低概率的事,因祸得福,造化,天意,一个美妙无比的童话。还是应顺了那句话,上帝关闭了他的一扇窗,又打开了另一扇门。这是唐朝阳和李伟刚说的,说得真的是有道理。

这一夜,余鹏程以无比的热情跨入这扇门。他已暗暗决定,征得吴芳芳同意后,他要在适当的时候去见她父亲吴国正,他要和吴芳芳堂堂正正、轰轰烈烈谈一场恋爱。

但就在第二天,吴芳芳打电话到工地找他,语调灰溜溜地告诉他,说昨晚回去就跟爸说了,爸笑了一下,没有说什么,我问他行不行,他说,你让余老师来我们家一趟,我有话跟他说。再问他,他什么都不说了。余鹏程问,你爸到底什么意思啊?吴芳芳说,我也说不清,他没有反对也没有同意,我也不知道他为啥要让你来我家,他有什么话跟你说呢?真是急死我了。余鹏程安慰吴芳芳,你别急,我明后天就来家,你爸的要求是合理的,他对我的情况基本上不了解,只见过我两面,第一次是很多年前了,你还是小屁孩一个,这次在植物园也没谈什么,女儿突然要和我谈朋友,他想和我谈谈是应该的。吴芳芳在电话里不吭声了,沉默了一会,就说,也好,今晚我来一趟,我们商量商量。

晚上,吴芳芳吃过晚饭做完家务就来了,其实也没有什么可商量的,吴芳芳不过是找个理由来和余鹏程见面,余鹏程当然想见到吴芳芳,他们的关系在昨天突飞猛进后,他已经开始有一日不见,如隔三秋的感觉了,脑子里都是吴芳芳的影子,刚刚和她分别一个晚上,心里就空落落的。吴芳芳又重复了一遍白天电话中那些话,明显看得出来,她有些忐忑不安,不知道父亲到底是什么意思,余鹏程便安慰她,往好的方面分析,你爸一定是要认真和我聊聊,摸摸我的态度,做爹妈的,自然会担心和他们女儿交往的男人靠谱不靠谱,会不会上当受骗,这个男人会不会是只可怕的大灰狼。吴芳芳"噗嗤"一声笑起来,用手拍着余鹏程的肩膀说,是的,你就是一只大灰狼,我是只羔羊,被你的爪子逮住了。

余鹏程乘势一把把她搂抱过来,不像电影院众目睽睽了,这是灯火通明,窗帘紧拢的卧室,没有什么心理障碍了,也没人窥探和关注。吴芳芳躺在他怀里,四目深情地凝视着,呼吸越来越重,终于,他们又亲近起来。余鹏程一只手搂着他,另一只手轻轻抚摸着她的光滑柔美的面孔,吴芳芳眸子变得柔情似水了,慢慢地微微闭上,浓密的眼睫毛颤抖着。

余鹏程仔细地看着这张年轻的脸,他在心里惊叹起来,这张脸真是太精致了,简直是一件艺术品。他望着她,慢慢俯下身去,吻她,她的嘴张了开来。和昨天在电影院稍触即离的吻不同,今天他们的吻热烈而充满激情。两人难分难舍,气喘吁吁。后来,他们互相吻对方的颈脖、耳根、额头,吴芳芳呻吟了起来,呢喃耳语,扎人,你的胡子扎人,你真是老卡啊!

第二天晚上,按预先的约定,余鹏程来到吴芳芳家。他带了一筐水果,一条中华牌香烟,两盒西洋参。吴芳芳父母亲已穿戴整齐地坐在一个很小的客厅里,入门的过道有一只烧得通红的煤球炉灶,屋里弥漫着一股浓重的煤气味道。一张方桌,几把椅子,可以说家徒四壁。连着小客厅的是面对面两个房间,那个围着篱笆墙的小花圃就在两个房间的窗外。吴芳芳妈是个不善言辞的厚道人,她看上去确实比吴国正年轻,白白净净的一个中年妇女,她给余鹏程倒了杯茶,说了一句,余老师,喝茶。便不作声了,笑眯眯地坐着。

吴国正说:"今后来,不要带东西了,你们年轻人要懂得过日子,现在改革开放了,赚钱多了,但也不能大手大脚。"

余鹏程说:"是的,伯伯说得对。"

在这种场合,余鹏程只能附和他。再寒暄了几句,吴国正站了起来,说:"余老师,你跟我来,我有点话跟你说。"说着,他推开了朝南的房间。

一张挂蚊帐的床,一只衣柜,一只五斗橱,都是很老旧的了,显露出漫长岁月的斑驳痕迹。有一个藤条书架,上面排列的基本上是园艺方面的书籍,余鹏程吃惊地发现里面有些书竟是外文版。墙壁上挂着几个镜框,里面镶了大大小小的照片,还有六七张吴国正的奖状,也镶在镜框里,整齐地挂着,承载着吴国正曲折生涯中引以为傲的荣耀。

坐下后,吴国正看着余鹏程说:"余老师,芳芳昨晚跟我说了你们的事,其实,我早已经看出来了,芳芳喜欢你,知女莫若父嘛,但我觉得她配不上你。"

"吴伯伯,不是这样的,是我配不上芳芳,我年龄比她大许多,目前还因为在大学的那些事暂时不能教书。"余鹏程连忙说。

"这些我都知道,年龄大一些,还有学校的事,我认为算不了什么,我这一生风风雨雨也经历过不少事,因为替有'江南兰王'之称的师傅说了几句公道话,我被打成了右派。六〇年摘帽了,'文革'中又挨斗。唉,一言难尽啊,以后有机会再说给你听,我的意思是,人生有点挫折并不是坏事。"

"我听芳芳简单地提到过这些事,你们这代人有许多遭遇是不堪回首的。"

"我要把话说回来,就是芳芳,这丫头心好、心软,菩萨心肠,走路怕踏死一只蚂蚁,为人讲义气,这是没啥说的。但这是她优点也是她的缺点,人善良固然不错,但善也该有个分寸和对象。以前不是有那句话吗,没有无缘无故的爱,没有无缘无故的恨,这话还是有点道理的,我对她说过,一个人要做好人,但不能做烂好人,这个孩子,就是有点烂好人的味道。加上她文化不高,头脑简单,平时碰到什么事,容易感情用事。所以,余老师,我希望你对她多了解了解,我对你没有什么意见,只是我这个女儿,我觉得不太合适你……"吴国正很坦率地讲了他的想法。

余鹏程认真地听完吴国正这番话,对吴国正的印象发生了变化,原来只以为他是属于讷于言的那一类人,听他这么一说,觉得他还是很会说话的,在听他讲的过程中,余鹏程边听边琢磨着他真实的画外音,是否是在婉转地拒绝自己和吴芳芳谈恋爱。

他说的吴芳芳的优缺点,余鹏程是有同感的。他在窗户纸没有捅破前,一直担心,吴芳芳接近自己,对自己那么好,是出于她的善良和同情心。这几天,他们的关系像大坝的闸门洞开,急流飞泻而下那样,出现了不可阻拦之势。他乐观起来,觉得自己的疑虑和担心是多余的,甚至是可笑的杞人忧天。

可听她爸这么说,他心情动荡起来,他真的又怀疑吴芳芳对自己好是由于她的菩萨心肠,是在感情用事,有点烂好人的味道。如果这样,他们之间的感情是缺乏爱情的根基的,也容易动摇的,这么一想,余鹏程感到太阳穴突突地跳了几下,一阵紧张。她爸劝他对她多了解了解,是否也是在顾虑这一点呢?就像他表达的那样,知女莫若父嘛!

余鹏程当然没有把自己心里的块垒说出来,他还要继续和吴国正周旋下去,探索到他的真正意图。他笑着说:"吴伯伯,在当下人际关系这么复杂的社会里,芳芳的单纯和善良是难能可贵的,我非常欣赏她这种性格,也许,她愿意和我在一起,也是出于对我处境的怜悯和同情,吴伯伯你说呢?"

"这完全有可能,她回来谈起你蹬三轮的样子,说到你胡子拉碴,一双胶鞋已破烂得脚趾头都露出来了,她当时就流起了眼泪。不过,同情会变成爱情的,她妈当时也是从同情我可怜我开始和我好的,后来嫁给了我,她给了我一个很开心的家。"

听了吴国正这话,余鹏程莫名地感动起来,吴国正讲得很诚恳,也很现实,他以自己的经历为例,来说明女儿有点这种因素,但这不妨碍这种因素会转化为爱情。吴国正强调女儿的性格,主要是说她不成熟,容易由着性子来,不稳重,有可能会惹出什么事来,而在吴国正心目中,像余鹏程这样老成的男子是不会适应这种善良而头脑简单的女人的。

余鹏程似乎明白了什么,至少明白了自己心里的疑问可以放下了,吴芳芳父亲没有绕着圈子反对女儿和自己谈恋爱。从吴芳芳打他电话告诉他,她爸约他谈谈那刻起,让他忐忑不安的就是她爸从中反对,有可能明白地固执地反对,也有可能转弯抹角地反对。吴芳芳情绪忐忑不定也是出于同样的担心。

一个父亲听到女儿欢喜上某个男人,第一时间的反应竟然是让女儿把这个男人找上门来谈话,这种不符常理的做法,是非常容易让人把事情往坏的方面考虑的。

"我喜欢芳芳的单纯,我不喜欢女孩子太精明,太有心机,这些女人个个不是省油的灯,实在让人吃不消,和芳芳在一起,我也变得单纯多了。你刚才说得对,我们刚刚开始,相互还了解得比较浅,慢慢来吧,不光我要了解芳芳,芳芳更需要对我好好了解,你们帮她把把关吧。"余鹏程心里踏实了,他和颜悦色地说。

"我已经提醒过你了,你要作好思想准备,就这样吧,以后有空来坐坐,我们家不大,但很闹猛。芳芳和两个弟弟合住一间房,有点不方便,但就这么巴掌大的房子,凑合住吧,螺蛳壳里做道场。"吴国正说完,站了起来。走到房间外,吴国正推开对面那个房间的房门,里面一张高低床,另有一张单人床,床上吊着蚊帐,也算张起芳芳的一个空间。高低床和单人床之间有张小书桌,芳芳的大弟吴迪和二弟吴扬正在做作业,看到余鹏程,都站了起来,怯生生地低声喊了声"余老师"。余鹏程问他们在哪儿读书,几年级了。他们回答,一个高一,一个初三。让他想不到的,他们恰好在自己的学校读书。可芳芳从来没有提到这件事,她爸今天也只字未提。

在送余鹏程回家的路上,两人推着自行车慢慢走着。他们都显得很轻松,情绪飞扬的。余鹏程把他与吴国正的谈话简要地说了一下遍,告诉她,你爸同意我们先接触接触,要我们相互多了解了解。你爸是个善解人意的好人。吴芳芳说,你才知道啊,我从小到大,爸别说动手打,就是骂都没有骂过我一句,最多说,你这个丫头,你像谁呀,怎么这样没有脑筋啊!

余鹏程大笑,他洪亮的金属质感的嗓音在夜色撩人中回荡着,引得附近几个行人侧目而视。吴芳芳捶了余鹏程一拳,笑嗔:"你笑什么?笑我笨猪一个,死脑筋,是不是?"

余鹏程连忙说:"我怎么敢笑话你,我是笑,你爸这个人真有意思,这么宠你。要是我真是个大灰狼,你爸说不定会拿了种花的铁铲来和我拼命的。"

吴芳芳说:"当然的啦,你小心点吧!"

说着,也哈哈笑起来。余鹏程想起她两个弟弟的事,问:"你两个弟弟在我学校读书,你怎么从来不提过?"

吴芳芳说:"我爸交待我不要说的,他怕你知道了会尴尬的。"

余鹏程不响了,他在想,要是她两个弟弟看到他在工地干活,他会尴尬吗?

也许会的,有这种可能。平白无故地不当老师,却在嘈杂的建筑工地上拎灰桶、开搅拌机,这当然会感到尴尬,感到难堪,因为,他不应该出现在这个地方,不应该干这活。劳动本身是无可指责的,但作为一个清白的人,在这里干活,带着惩罚和辱没的意味,在别人眼里,他是犯了错误的,身上有污点。他一直以为自己是坦荡的,无辜的,但他怕见到熟人,怕触碰到异样的目光,即便他蹬三轮也不走大街,而是穿小街走小巷,也是怕碰到熟人,甚至,偶尔有陌生人瞥他一眼,也会使他慌乱,使他躲避。他承认,这是虚荣心在作怪,他是凡夫俗子,不可避免地有虚荣心。

五

　　从这以后,余鹏程和吴芳芳就正式以恋人出现了。

　　他们和李刚伟与高晓明一样,亲密无间,如胶似漆。吴芳芳一有空就过来,进出自如,完全把余鹏程这里当自己的家了,洗衣服、打扫卫生、买菜这些活吴芳芳当仁不让承担下来。余鹏程也尽量帮她,做菜、洗碗。但角色改变了,余鹏程从主角转变为配角,在家里,他已悄然成为从属的身份,而热热闹闹的吴芳芳俨然成了家庭主妇,在这个冷寂的屋子里她手脚麻利地忙个不停,响着她的笑声和说话声。

　　她单纯直率的性格,像一束灿烂的阳光,有一股热气,特别能使人受到感染,尤其是孩子,所以,她跟军军、陈斌的儿女打成了一片,其实她就是个孩子气十足的大孩子。她的到来,她引起来的热闹,把余鹏程原来构建的"君子独处,守正不挠"的空间的无形的栅栏打散得七零八落。

　　周芹家因为军军病情的相对稳定,也保持着一种平稳,周芹脸上多了些笑容。余鹏程和吴芳芳在军军住院时对她的关注和帮助,促使她对余鹏程有了种信任感,会常常和他聊聊,议论议论国事和世界新闻。余鹏程发现她对某些事是很有见地的,话不多,但一针见血。余鹏程也会告诉她一些隐秘的事,例如不让他教书的原因,他心中的不平。

　　周芹听后愤愤然地说:"我有点数的,隔壁头说的,这么对待你是不公平的,劳动本身并非坏事,但把劳动用来惩罚人,岂不是贬低了劳动的价值了吗?打你的脸,却一竹竿打翻了一船人,那些普通劳动者躺着中枪了。"

　　这话说得很尖锐,和他想到了一处,让余鹏程感到很痛快。张杰除了出差,基本上每天都回来了,他的精神状态有了很大改变,他变得轻松了,阳光了,那种惊悚感,那个哭丧着脸的沮丧的样子没有了。

　　周芹告诉余鹏程原因,本地那家军军看病住院的大医院给他们吃了颗定心丸。有一个国际上非常有名的心脏病专家,是美国人,他要在年内到这家医院的附属医院进行学术交流临床指导,他会亲自给一些病人动手术,军军已列入这个名单,据说,他手术的成功率是百分之八十,居世界最前列。

这个消息,让周芹、张杰从绝望中摆脱出来,让他们看到了莫大的希望,百分之八十,这是个什么概念?周芹理解说,这表明,不说绝对没有问题,也可以说基本没有风险了,开个盲肠炎都说成功率只有百分之九十,何况对心脏动这么复杂的手术?医学上没有百分之一百的概念,伤风感冒都会死人呢。

余鹏程真心地为军军感到庆幸,他说:"真是柳暗花明又一村啊!周姐,你们不用担心了,难怪张处长这一阵情绪不错。"

周芹听了,嗤之以鼻,说:"他呀,就不是个男子汉,不光光你看到的那样子,还有呢……"

她没有说下去。

余鹏程见周芹欲言又止,一定还有关于张杰的事没说,什么事呢?余鹏程没有追问,他懂得尊重人的隐私,每个人都有不便说的事,出于某种原因,除极个别信得过的人,一般人面前都隐藏不说。某些人有种窥探欲,对别人的隐私和秘密特别感兴趣,总要刨根究底地打探,或四处打听,虽然他们可能没有什么恶意。余鹏程很厌恶这样的人。而更多的人,是对别人的事漠不关心,对需要严肃对待的事情越来越缺乏耐心。这是两个极端。

余鹏程的生活继出现了吴芳芳后,又出现了好事。在他与吴芳芳取得吴国正认可不久,马校长就找他去办公室谈话,不像报到那次,脸无表情,冷得像块墓碑,而是笑容可掬地请余鹏程坐下,倒了杯热茶;不像报到时候,往桌上一放,而是双手捧着递给余鹏程。余鹏程赶紧站起来,受宠若惊地接过热茶。

"余老师,你来学校也六七个月了,我一次都未找你聊聊,你了解的,学校嘛,没有什么惊天动地的大事,但琐碎的具体的事情一大堆,我这个当校长的,天天忙得头昏脑胀,也顾不上关心你,对不起,对不起啊!"马力校长的热情让余鹏程感到怪怪的。自报到见过后,余鹏程与他从未正面交谈过,有几次骑车在校门口碰巧撞上,马校长只是微微地向他点点头,有时干脆装做没瞧见他。有那么几回,马校长来工地视察,余鹏程一看见他胖乎乎的背着手的身影,就躲得远远的。

"马校长,你找我有什么事吗?"余鹏程把茶杯放在茶几上问。

"是这样,我告诉你一声,从明天起,你不用下工地锻炼了,准备上课吧,你觉得可以吗?"

"我上课当然是没有什么问题的,这是我的本职工作,不过,我想问一下,我这六七个月的劳动,算什么事?是劳动教养,还是劳动改造,能不能给我一个结论?"听到劳动结束,剥夺的授课权利得到了恢复,他心里大喜过望,但他的执拗脾气又上来了,他掩饰住内心的喜悦,冷峻地问。

"没有什么结论,你去工地,不是学校的安排,更不是上级部门的戴帽子的意见,你的档案我看过了,清清爽爽,没有任何政治性的负面记载。这一点,我可以负责。"马校长正色说。

"这听起来像奇闻怪事,既然不是学校的安排,也不是上级部门的决定,那么,我不明白,我为什么要去工地干苦力这么长时间,这到底是什么原因?"余鹏程气呼呼地说,"有些错误打成右派分子的人,吃尽苦头,受尽了歧视,平反昭雪了,一翻档案,什么记载都没有,对不起,你没有资格平反,也谈不上补发工资,恢复待遇。没想到,这样荒谬的事,居然落在我身上。马校长能否给我一个合理的解释呢?"

马校长苦笑了一下,斟酌着说:"当然事出有因,我觉得可以跟你说清楚,希望你去工地锻炼,是某个领导同志个人的意见,他可能出于他的某种考虑。"

这个解释让余鹏程反感了,他更生气了,提高声音说:"某个领导同志,谁给他这么大的权利,'文革'已经过去好多年,彻底否定'文革'的历史定论已写进党的决议,还要这么对我报复打击,给我小鞋穿。他是谁?我去找他,要他给我一个理由,否则,我和他没完。"

"好吧,我可以告诉你,这位领导同志就是你姐夫,原市教育局党委书记杨大年同志,你的事是他一手安排的。"马校长镇定自若地回答。

余鹏程惊愕地张大了嘴,死死地盯着马校长坦然的脸,他简直不相信自己的耳朵。

"这,这怎么可能呢?马校长,这是真的?"余鹏程问。

"余老师,我有必要骗你吗?是他亲自打我的电话,作出这样安排的,我当时也想不通,但他认为,无论是作为你的姐夫,还是教育局领导,他对你应该严厉一点,让你能在劳动中得到反思,这有利于你的成长。昨天他又打我电话,让你结束劳动,正常授课。我立即执行,今天就找你。在这件事上,请你能理解我。杨书记是我老上级,他的指示我只能违心地照办。"马校长略带歉意地说,"他这么做的真正动机我不清楚,另外,关于事情真相,他嘱咐我不要跟你说,但我还是说了,因为我想,如果我不解释清楚,你今天是不会放过我的。余老师,听我的劝,别恨你姐夫,他有他的难处。我听说他升任副厅长了。"

"放心,我不会出卖你的。我有办法让他有个解释的。关于我授课的课程安排,能告诉我一声吗?"

"你个人有什么要求吗?"

"除了音乐课,其他课我都愿意上,我是中文系毕业的,历史和语文是我的强项。"

"你的想法和我的考虑不谋而合,高中的文科正需要你这样的青年教师挑大梁,我了解你的功底和才能,让你去初中上音乐课,岂不是大材小用了吗?巴扬同志!当然,学校的文艺活动,还指望你能制造些艺术氛围,我们学校死气沉沉的,理工科出了不少尖子,考上清华北大的有一批,留美博士生都有好几个,可文艺积极分子少得可怜。你知道,我们要求学生德智体全面发展。具体我和教导处张主任再商量一下,你可以在家里休息休息,备备课,反正,马上要放寒假了。"

"巴扬同志?马校长何以会知道这个绰号的?这称呼太遥远了,我都忘记了。"余鹏程问。是啊,他在心里对自己说,连吴芳芳在第一次见到他时,喊了一声,以后就叫他老卡了。

"丁局长的夫人在你任教过的一所小学当会计,她跟我说的,她说,你把苏修的一只手风琴称为巴扬,学生就在背后称你为巴扬,还说你欢喜唱苏修的歌。当然,这是无稽之谈,我们跟苏联的关系也缓和了,苏联在去年已解体了,成俄罗斯联邦了。一个庞大的国家尚且如此,城头变幻大王旗,何况我们这些微不足道的小人物?余老师你就想开些吧。"马校长劝导说。嘴角漾出歉疚的笑意。

余鹏程耸耸肩,端起茶杯喝了口热茶。

余鹏程第一时间把这一消息告诉了吴芳芳。喜悦之余，有些许自我感动的悲壮。

　　吴家表现得很平静，他们当然是为余鹏程感到高兴的，但没有欣喜若狂，而是有节制的高兴。吴国正让女儿捧了一大束新鲜的橙黄色的天堂鸟送给余鹏程以示祝贺。这让余鹏程再次感到吴国正处事的得体和理性，仔细想想，自己是他女儿的男朋友，但仅此而已。是的，他还不是吴家女婿或准女婿，表现出过度的兴奋显然是不合宜的。

　　至于吴芳芳，她是高兴的，从内心深处感到高兴，她在车间办公室接到余鹏程的电话后，又跳又奔的。她骑车回家时一路笑着，踩着车子狂奔，心情特别明亮，以至于看到每一个人都感到可亲可爱。她是看重这件事的，因为余鹏程再也不用下工地干脏活了，更重要的是，他恢复了名誉，可以正常工作了。

　　回到家后，给父亲一说，吴国正笑笑说："好啊！不过，这是早晚的事情。"接着就让女儿等会送束鲜花去。

　　吴芳芳说："我去买串鞭炮放放。"

　　吴国正阻止了，说："不用，不用，阵仗不要这么大。你呀，傻丫头一个，就是沉不住气。"

　　吴芳芳"噢"了一声，便不响了。她妈妈说："以后余老师说不定会给吴迪和吴扬上课了，孩子会感到不自然吗？"

　　吴迪闷着头吃饭，说："有什么不自然的，他就是个熟人罢了，就是姐夫又怎样？他讲他的课，我听我的课。"

　　吴扬附和说："这有什么稀奇的，我们的数学老师就是江莺语她妈，她们也不感到什么不自然。"

　　吴芳芳大笑："换了我，会有些不自然的。"

　　余鹏程觉得这件事不能闷声不响，他很平静地告诉了周芹张杰夫妇，又告诉了陈斌，但没有把这是姐夫杨大年一手导演的情节说出来，只说，档案里其实什么都没有，只告诉我是让我下去锻炼一阵的。周芹冷笑一声说，他把档案给你看了吗？你别轻信他们，我是在人事部门工作的，我知道档案里应该有的有，不该有的也有，五花八门，有些女同学高中时早恋写的检讨也放在里面了。他们对你这么说，是找个台阶下吧。

陈斌说,余老师,将来陈娟转学到你学校吧,另外一个丫头小学毕业了,也考你学校,有你在,我放心了。陈斌说这话时,余鹏程看到周芹鄙夷地撇撇嘴。

余鹏程请吴芳芳在一个富丽堂皇的五星级酒店西餐厅吃了顿西餐,有黑椒牛排、北欧煨焗银鳕鱼、德国图林根传统香肠,甜品是巧克力蛋糕等,价格奇高,让吴芳芳吓了一大跳,连连咂舌。

她是第一次吃西餐,第一次到闪闪发光的餐厅用餐,第一次使用刀叉。余鹏程耐心地教她一招一式,讲解每道菜的风味特色和成分。其实他也只在这吃过一次,还是唐朝阳请的。

他们精心打扮了自己,余鹏程穿了套深灰色的西装,系了条紫红色领带,外穿藏青色长风衣,吴芳芳穿着那次余鹏程给她挑选的白色羊绒衫,苏格兰风格的呢格子裙,黑色紧身羊毛裤,半高跟黑色皮鞋,灰绿色羊绒短大衣,围一条驼色羊绒围巾。大衣和围巾是余鹏程今天特地替她买的,余鹏程放假休息,吴芳芳和他爸特地调休了一天。他们中午在吴家吃了包馄饨,饭后又一起去了趟百货大楼。

吴芳芳爸妈看到女儿焕然一新,换了个人似的,俨然从一个懵懂天真的女孩变成了成熟女人,又吃惊又宽慰,一次次互相交换着欣喜的眼神。

当他们穿戴整齐从吴芳芳家走出门,来到小街时,刚好是下班时刻,两个人引起了人们的特别注意。谁也没有想到,那个英俊的西装革履的男子曾经脏兮兮地蹬着三轮车在这里频频出没过。余鹏程想到了,好像很遥远的事了,但此时此刻,他感觉到在这座城市获得了足够的尊严。

他们没有骑自行车,而是挽着手在大街上走着,在早已脱离了灰黑青单调衣着的街头,一派色彩缤纷,然而,余鹏程和吴芳芳这对衣冠楚楚的漂亮年轻人依然那么抢眼,获得了很高的回头率。余鹏程的虚荣心得到了极大的满足。

余鹏程在吃饭时告诉吴芳芳,他和姐姐余秋月通过电话,把他们的事情跟她说了,还把结束劳动,正式开始授课的消息告诉了她,姐姐那个高兴劲,没法形容。她要他们去趟省城,本来姐夫姐姐要下来的,实在是太忙,姐夫已升职了,担任省文化厅副厅长,厅长的位置已在向他招手了。

吴芳芳扬着闪闪发亮的餐刀,说:"你姐夫姐姐真的要我去吗?"

余鹏程皱了下眉头说:"当然,他们和我妈要见见你。芳芳,餐刀不能这么举的,放下来。"

吴芳芳伸了下舌头,把餐刀放在桌上,说:"你说,他们会看不上我吗?我是去'考试'的吧,我会合格吗?"

"你会得一百分的,你可以放心,我向你保证。"

"不知怎么的,我还是有些紧张。"

"没有什么可紧张的,姐夫是不会插手管我们的事的,至于我妈,在我当小学音乐老师时,就一个劲地催我找对象了,她一直发愁,担心我会做和尚,如今我有女朋友了,而且这么漂亮年轻,她高兴都来不及,会把你当宝贝疙瘩捧在手心里。姐这人,对人要求比较高,有点马列主义老太太的味道,官太太嘛,但她对我很好,很疼我,她知道我的眼界,挑的女朋友不会错。况且,你是无可挑剔的,所以,我家里没有人投反对票的。"

"你姐姐只有三十五六岁,怎么你喊她老太太了。"吴芳芳好奇地问。

"这是个譬喻,她就是这么一个人,喜欢打点官腔,思想比较保守,让人听了不太舒服,周芹就对她有点反感。其实,她是刀子嘴豆腐心。"

吴芳芳哈哈笑起来,又问:"你姐夫是怎么一个人呢?他可是大官啊!架子大吗?"

"姐夫这个人嘛,很稳重,政治上很成熟,话不多,能力也很强,文笔口才都不错,有点人格魅力,就是让人捉摸不透,架子不算大。他是个工作狂,除了工作,他对其他都不感兴趣,是个比较乏味的人。生活上倒很会享受的,是个好丈夫,他对我姐姐很好。姐姐就是给他宠到这样的。"余鹏程是个理性的人,听了马校长关于让他落魄几个月是姐夫一手安排的事实后,他很震惊,但很快冷静下来,他不准备把这件事的真相抖搂出来,而是埋在心底,连姐姐都不说。

他知道姐姐在家里在单位都很强势,告诉她后可能会和姐夫大吵一场,影响他们夫妻感情。再说,他能如愿分配到这个他喜欢的城市,和姐夫的帮忙是分不开的,他这样做,多半是为了表示他是个讲原则的人,也许也是为了堵某些人的嘴,说他庇护一个有问题的人,徇私情。对吴芳芳这样简单幼稚的女孩子,他更不会说,说了也不会理解,跟她怎么解释都没有用。

六

到省城后,余鹏程和吴芳芳乘公交车到了姐姐的家。

是几幢五层楼的新公寓,一个大院,门口有武警站岗。小区面对一个湖,环境不错。姐姐家住三楼,四房两厅,其中一间房,是配给厅级干部的办公室,前后阳台,面积足有一百五六十平米,宽敞明亮,整洁宁静。站在朝南阳台,碧波粼粼的湖一目了然,站在朝北阳台,可看到有天文台的青山,已入冬,树木扶疏得迷离,树叶青的青,黄的黄,红的红,满山斑斓。这是杨大年调到省城后的第二次搬家,当办公室主任已安排过一次,三室一厅,也是刚建的新房。升任文化厅副厅长后,立马又换了房。

姐姐已在家里等他们,余鹏程母亲在厨房里忙碌着。是余秋月开的门,看到身后的吴芳芳,目光锐利地极快地从头到脚扫了一眼,笑着说:"是小吴吧,快进来,快进来。不脱鞋子,不脱鞋子,省级干部家不兴这套。"

"姐姐好!"吴芳芳有点拘谨,然而一点不仓皇,她微笑着打招呼。余鹏程拉着她的手大步走进来,屋里很热,开着空调,他打量着房子说:"还是当官好啊,门口还有枪杆子站岗放哨,半年就换两次房了,升到省委书记,要换别墅了吧?"

"鹏程,你在讥笑你姐夫吧,省委书记他不敢想的,但正厅长是完全可能的,戴厅长,就是你姐夫的老领导戴仁德,已基本确定调任省委常委宣传部长了,他腾出来的位置就是你姐夫的了。"余秋月得意地说,用热水瓶向放了茶叶的杯里冲水。茶几上还摆着水果、糖果。

"那是不是又要搬家呢?姐夫真是官运亨通啊,半年里连跳几级,妈呢?"余鹏程让吴芳芳在沙发上坐下来,脱下羊绒大衣,自己四处张望,"娘,娘"地大声喊起来。

余鹏程母亲在围裙上擦着手走出来,余母看上去就是个身体健壮的农村妇女,质朴中有种干练,她的目光首先落在了吴芳芳身上,顿时,眼睛放光了,红润黝黑的脸上堆满了笑容,皱纹挤在一起,像盛开的菊花似的。

吴芳芳立即站起来,喊了声:"伯母好!"

"娘,这是小吴,吴芳芳,芳草的芳。"余鹏程扶着妈的胳臂说。

"芳芳,你坐你坐,好水嫩的孩子啊,你多大了?"余母笑得合不拢嘴,目不转睛地看着吴芳芳,看得她有点腼腆。

"我今年二十岁。"

"比鹏程小十年,不过,你们俩在一起,看不出差那么多岁数。我家鹏程看着年轻。"

"娘,你真是癞痢头儿子自己的好。什么看不出?明摆着我要比芳芳大得多。一次我们一起在路上走,碰到很久以前的一个朋友,他问我,老余,没想到你女儿都这么大了。"余鹏程故作认真地说起了笑话,"你不信,问芳芳,芳芳是不是?"

吴芳芳笑而不答。

余母知道儿子是在逗她,她哈哈大笑,笑得眼泪都出来了。老太太对吴芳芳满意极了,她从女儿那里已大概了解了儿子女朋友的情况,但一见面,没想到女孩子这么年轻漂亮,身材又好。穿着打扮很得体,白色羊绒衫,深蓝色的牛仔裤,头发束成马尾巴,大大方方的,亭亭玉立的,面相很善,笑起来甜甜的,讲话很温和,不是那种尖利的霸气的凶巴巴的女人,也不是那种骨瘦如柴的病恹恹的女孩子,在她眼中,这种女孩一阵大风都会吹倒,以后怎么带小孩、做饭、洗衣服什么的。

"听说你们要来,妈昨晚一夜都没有好好睡,今天一大早出去买菜了,早餐后,就站在后阳台上看了又看。"余秋月对余鹏程说,"你们休息一会,我去帮妈做饭去。吃过饭,你带小吴去风景区玩玩。"

"我去帮伯母,你们说说话。"吴芳芳站起来就往厨房走去。

"这怎么可以呢,小吴,你是客人啊。"余秋月阻止她。

"让她去吧,她擅长做家务,现在我家里洗东西、打扫卫生、做饭都交给她了。我是坐享其成了。最多做她下手。"

"这小丫头很讨人喜欢,就是嫩了一点,你们是怎么认得的? 有人介绍的,还是自己认识的?"余秋月看着吴芳芳去了厨房,便放低声音问。

"十步之内必有芳草,而且芳草碧连天,我余鹏程还愁找不到女朋友,还需别人介绍吗? 告诉你,姐姐,她是我以前的学生,她小学六年级时,我是她的音乐老师。我劳动时,在她家门口偶然碰上她,她发现我穿的胶鞋破了,就买了双鞋子摸到家里来看我,就这样,我们开始来往起来。"

"你对他家庭了解吗? 她父母亲干什么的? 复杂不复杂,我们反对血统论,但血统还是很重要的嘛,我们不说龙生龙,凤生凤,老鼠儿子打地洞,但父母亲对子女的影响是不是忽视的。教授的女儿和掏粪工人的女儿就是不一样的,这点还是科学的啊。"

"姐姐,你又来马列主义老太太这一套了,这是一种偏见,甚至可以说是一种血统歧视,改革开放这么多年了,你还信这些。你别忘记,我们的父母都是地地道道的农民,并不是什么贵族……"余鹏程讲到这里,戛然而止。他不想和姐姐发生什么争执。

"也许我这么说,有点不妥,但我是为你好,要是别人家的什么人谈恋爱,我才不会狗捉耗子,多管闲事的。"

"这我知道,她家嘛,父亲是园林局绿化队的园艺师,培育了不少奇花异草,为人正派,通情达理,母亲是苗圃工人。她还有两个上中学的弟弟。是个非常简单的普通家庭。"

"反正你把握好,你的问题解决了,多花点精力在工作上,小吴文化不高,家境也不太好,你们年龄差距大了点,可能会有代沟,这些你都得考虑。姐姐可能想得多了,我比你大六七岁,爹临终前反复对我说,你要照顾好弟弟,不管有多困难,要让他念书念下去,一直念到大学,我答应爹了……要是爹还活着,看到你大学毕业,有工作有女朋友了,他会高兴得多喝几杯……"余秋月的眼睛里闪起了泪花。

余鹏程心里也有点伤感。父亲去世已十六七年了,当时他还在读小学六年级,父亲得的是肺癌,他嗜烟如命,一支烟枪从不离身,把肺熏坏了,咳起嗽来,脸孔呛得发紫,喘得不行,就躺下来。稍好些,又要去学校敲钟,或者下田干活,再好些,烟抽得少了,又喝起酒来。他的印象中,父亲又瘦又高,经常默默地坐在一张小方桌前喝酒,一声声咳嗽,一碗炒黄豆或一碟猪耳朵丝。他在饭桌上做作业,父亲会唤他过来,把一块猪耳朵丝或几颗黄豆塞到他嘴里。后来,父亲越咳越严重,痰里带血了,实在扛不住了,到城里大医院检查,那病已经是晚期,从确诊到去世,只有一个月不到时间。

八十年代初,他在一本画册上看到了画家罗中立的油画《父亲》,画面上是一个饱经沧桑的纯朴憨厚的老农。枯黑干瘦的脸上布满了像沟壑像车辙一般的皱纹,淋漓的汗水从脸上的毛孔里渗出,犹如耙犁一般的伤痕累累的大手捧着一个粗瓷碗在喝水,深陷的眼睛露出了凄凉,迷茫又带着恳切的目光。这幅画深深打动了余鹏程,他从这个农民形象中看到了父亲的影子,特别是那眼睛里的善良,像牛羊般善良,余鹏程想起父亲凝视自己的目光就是这样的眼神,这让余鹏程感到震撼。这个老农的神采,特别那眼神镌刻在他心上,再也忘不了。他设法买到了这本画册,珍藏起来。

当吴芳芳被余母赶回客厅时,发现余鹏程和余秋月的神情有点异样,便犹豫着要不要坐下来,看着他们俩有点不知所措。余秋月觉察到了,便对吴芳芳做了个让她坐的手势说:"小吴,坐吧,我们刚才正在谈到我们的父亲,他已经去世多年了,是个非常纯朴的人,而且有见识,虽然经济条件不好,他临终前交代我,要让鹏程好好读书,争取上大学。现在,鹏程已大学毕业,父亲的愿望实现了,可惜他看不到了。那时我们穷,没有能力治他的病,整个中国都穷,要是现在,姐夫可以把他送到最好的医院,找最好的医生,用最好的药……"余秋月擦干了她脸上最后一点残留的泪痕。

"芳芳,我会给你看一幅油画,罗中立的《父亲》,我感到他就是我父亲。真的,在他的神态里,有我父亲的全部影子,也有你爸爸的一点点影子。以后你看到就知道了。"余鹏程打断姐姐的话说。

吴芳芳听着,点点头,茫然地看着余鹏程和他姐姐,她不知道罗中立是何许人,也不明白那幅油画里会有他们父亲的影子,还有什么她爸爸的影子,这到底是幅什么画呢?吴芳芳不知道说什么好。她刚才在厨房和余鹏程妈倒是谈得很投机,两人已说开了,吴芳芳谈了自己的工作,自己的家庭,老太太谈儿子小时候的趣事,说得吴芳芳笑个不停,两人都扯开了嗓门讲话。老太太没有提到死去的丈夫,当然也没听到余秋月和余鹏程的谈话。

下午,余鹏程和吴芳芳游览了那个湖,又在城墙下走了走,回到姐姐家时,姐姐把余鹏程拉到房间里对他说,姐夫让你马上到他办公室去一趟,他跟你谈谈。余鹏程说,姐夫有话可以晚上回家跟我说啊,何必要上他的衙门?余秋月说,今晚姐夫要宴请外宾,一个日本文化代表团,搞不好不回来了。余鹏程问,芳芳去吗?余秋月说,今天就不去了,明天中午姐夫在双门楼饭店请你们吃饭,我和妈也去。明天下午你们不是要回去了吗,我给你买了五只板鸭,给芳芳家两只,其他你自己处理。又拿出个信封,塞给余鹏程,余鹏程一看是厚厚的一叠钱,还给余秋月说,我不要,我有。余秋月硬是塞到余鹏程口袋里,说,你现在正是用钱的时候,不要小气,小吴这个女孩还可以,就是年纪太轻了,浅薄,心活,她看上去单纯,但眼睛很花,你不要掉以轻心,抓而不紧等于不抓。

余鹏程知道姐姐饶舌,便嗯嗯的,不说话。

余鹏程乘公交车到了文化厅,这是幢民国时期的老楼,褐色的砂石墙面,铸铁的窗户,在冷风中显得坚挺冰冷,楼前的梧桐树已掉光了叶子,留着黑色的悬铃和几片枯叶。走到里面,还可看到当年气派堂皇的质地。在办公室,杨大年和余鹏程并排坐在长沙发上,余鹏程觉得姐夫胖了些,器宇不凡。

杨大年给余鹏程倒了杯茶,笑嘻嘻地说:"有女朋友了,我看到你寄给秋月的照片了,女孩子真是窈窕淑女啊!我们都替你感到高兴。三十而立,这个立,就是成家立业。打算什么时候结婚呢?"

"还没有具体计划,小吴爸爸还要我们多了解了解。"余鹏程回答。

"这是对的,这是大事,不能草率。婚前的了解是很重要的,谈恋爱时,对方的缺点容易被忽略,一结婚,面对柴米油盐酱醋,没有那么浪漫了,问题就出来了。"杨大年说,"你劳动结束了,回课堂上课了?"

"是的,真的是莫名其妙。上街的都一笔勾销了,对我好像特别苛刻。"余鹏程故意这么说,然后用超脱的语气补充一句,"不过,都过去了,不计较了。"

"我要告诉你一件事,你下去劳动,是我的意见。当时接收你时,丁克局长暗地里反对,派人去你大学外调,我就主动提出,暂时让你劳动一段时期,不上课,免得有人借题发挥。当时风声比较紧嘛,这件事,你姐姐我都没说,我也是权宜之计,我相信你会理解的。"

这般坦然的承认,见了面就直接说出了真相,倒让余鹏程瞠目结舌,隔了好一会才说:"我当然理解,但这个乌龙球也太荒唐太好笑了,姐夫应该给我预先交个底,我不至于生了很长时间的闷气。唐朝阳李刚伟也上了街的,他们一点事都没有,偏偏要让我劳动改造,我怎么能想得通呢?"

冷静自制的杨大年笑了起来,说:"你的情况有点特殊,丁局长一直对我有提防,这个人有点诡异,他是复旦毕业的,自以为有才学,作风有点霸道,妒才嫉贤,武大郎开店。我把你弄到我管辖的学校,他从中作梗,我不得不小心些。当时,要不要给你透点风,我考虑过这个问题,后来觉得不告诉你为好,让你能更真实地进入角色。我不是说了吗,你需要低调,工地那地方,是你的避风港,据马校长说,你干得不错,工地对你反映很好。苦其心志,劳其筋骨,在底层摔打一下,有好处的啊。"

"姐夫真是煞费苦心啊,劳动我是不怕的,我是农民出身,吃得了这个苦,问题是……"

"好了,不谈这件事了,好好干吧,马校长说了,让你争取早点入党,组织的培养是很重要的,但个人表现更重要,现在各种思潮都在泛滥,你少掺和进去,少说多干……"

正在这时,有人敲门进来,一个年轻女子娉娉婷婷走进来,余鹏程抬头一看,眼睛瞪大了,呆在那里,这个女子竟然是丁兰兰,近一年不见,她还是那样优雅、漂亮,穿着正装,精致、含蓄,适合这幢大楼的气氛。

她瞥了余鹏程一眼,眼睛里透出一缕探询和疑惑,但仅仅几秒钟,她笑了起来,说:"是老卡啊,你怎么会在这里?"

"我还想问你呐,你怎么会在这里?"余鹏程口气锋利地说。

"怎么?你们认识?"杨大年好奇地问。

"岂止是认识。"余鹏程说。

"我们是大学同学,学校艺术团的搭档,我们一起唱男女两重唱。"

"对不起,丁兰兰,你是郭兰英,我只是牛叫,所以,我配不上做你搭档,就自动退出了。"

"余鹏程,你脾气一点没有改,还是那么欢喜说冷笑话。你找我们杨厅长什么事啊?"丁兰兰依然笑意盈盈,嘴角已露出余鹏程熟悉的自视甚高的傲气。后来,她告诉余鹏程,他出现在杨大年办公室是没有想到的,她以为他是为了他那个城市的学校会演来争取扶持款的。她隐隐约约听说余鹏程分配在那个不错的城市,而杨大年曾经在那个城市担任过教育局领导,像余鹏程这样通过什么关系来找杨大年办事的并非个别。

"小丁,他是我爱人的嫡亲弟弟,我的小舅子,没想到你们是同学,而且那么熟。"杨大年笑了起来,又对余鹏程介绍说,"小丁是我们厅里办公室的秘书,也可以说是我的秘书,这个世界真是太小了。"

丁兰兰略有些尴尬,有些吃惊,不过,她马上妩媚一笑,向余鹏程伸出了手:"老卡,握个手吧,我们有缘分啊!"

"我看是冤家路窄,是吗?"余鹏程坐着,没有接她的手,盯着她的眼睛说。

丁兰兰咯咯地笑出了声,把手收了回去:"不给我面子,好吧,以后有机会我请你吃饭。"她转过声,把一只夹子交给杨大年说,"杨厅长,这是今晚日本客人的名单,还有一篇宴会上的讲话稿,请你过目。"

趁这机会,余鹏程和杨大年辞别了。他从沙发上拿起呢大衣,围上羊绒围巾,没有和丁兰兰再说一句话,就走出了办公室。在他推开门转身的那瞬间,他看到丁兰兰回头看着他,眼神是温柔的,似乎有什么意思要传递给他,但又掩饰着。姐夫正在低头看着夹子里的文件。他没有和她交流眼神,但心里微微地颤动了一下,他迅速拉上门离开了。

他没有乘公交车,而是走着回去的,风很大也很冷,吹在脸上像刀剐似的,天色阴沉下来,把梧桐树上的残叶、悬铃刮得到处飘零,扬起了稀疏的雪花。然而,街头让人感到有股热量,像中国其他城市一样,他待了多年的省城也有种时代迅猛变革所带来的活力。街上小汽车、摩托车多了不少,黄色的夏利出租车来来往往,出没在大街小巷。

他竖起大衣领子,裹紧大衣,任凭星星点点的雪花落在头上、脸上。他还在想遇到丁兰兰的事,他觉得有点荒谬。他早已忘了这个目空一切的丁兰兰,她应该消失了,可怎么又在他生活中出现了呢?她居然是姐夫的秘书,那么,她间接地和自己有着某种联系了,她可以通过姐夫,了解自己的所有情况,但姐夫不一定掌控她的情况,她是个善于躲藏的人,她毕业前的去向,早已安排妥帖,但没有人知道她到底去了哪个单位,她的口风真紧,她的保密工作做得滴水不漏。大家作了多种猜测,事实证明,大家都猜错了。余鹏程宁愿相信,那些猜测,不一定是丁兰兰故意散布的用来误导别人的错误信息。

唐朝阳李刚伟曾刻意打听过丁兰兰的下落,但都打听不到。即便是留校的几个同学也说不出究竟。余鹏程不明白,丁兰兰为何要这么讳忌别人知道自己的去向呢?这让人匪夷所思。要不是今天的碰巧撞上,他决不会知道丁兰兰在省文化厅当领导的秘书,而且那个领导就是他的姐夫。毕业后,他以为从此碰不到她了,他们之间是有重重阻隔的,是有明显的距离感的。

可是,正如某个想不起名字的名人说的,一切皆有可能。他又碰到了丁兰兰,而且,她其实和他保持着非常近的距离,甚至可以说是零距离。只要姐夫愿意,他可以将自己的一切,包括自己和吴芳芳的事都告诉她,她听说后,会怎么想呢?多半会在心里鄙薄他挑了个没有多少文化的女工,一个绣花枕头,会讥讽他脱不了大多数男人的通病,选择女人重外表轻内秀。姐夫不是那种多嘴多舌的人,但还是要提醒他,在丁兰兰面前,最好少提到自己,一个字都不要提。

余鹏程回到姐姐家后,姐姐问他,姐夫和你说些什么?余鹏程眼睛看着一本杂志说,姐姐你是明知故问,姐夫和我说什么,你还不知道,上政治课呗。吴芳芳和鹏程妈和姐姐非常稔熟了,她在厨房陪着老人说话,不断传出笑声。

电话机突然响了,余秋月去接了,讲了几句话后,便走出来对余鹏程说,是你的电话,对方自称是你大学同学,奇怪,她怎么知道我们家电话的?

余鹏程疑惑地拿起听筒,说:"我是余鹏程,请问,你是哪位?"

电话里静默了一会,一个清脆的声音响起来了:"我是丁兰兰,今晚你有空吗?我想见你。"

"你今晚不是有接待任务吗?"

"那是领导们的事,还有翻译,我可去可不去,这种场合,我能不去就尽量不去,没多大意思。"

余鹏程感到自己的太阳穴蹦跳起来,他问:"有什么事吗?"

"找你一定要有事吗?"丁兰兰在电话中笑着说,"难道你真的想和我鸡犬之声相闻,老死不相往来吗?你老卡不会那么狭隘吧?"

"好吧,到哪里找你。"余鹏程想婉转拒绝,但一出口就答应了。

"到我们学校对过的那家星巴克咖啡馆吧,我在那里等你,不见不散。"

放下电话后,余鹏程有点后悔了,他不该答应她的,她那么无耻地辱没你,你要见她干什么呢?她的目的不言而喻,知道自己是杨大年的小舅子,她不计前嫌,放下她高贵的傲慢的头颅,来套他的近乎了,她真是太不要脸了。可他的耳边又响起了她的话,难道你真的想和我鸡犬之声相闻,老死不相往来吗?去就去吧,省得让她说自己狭隘。

那时星巴克咖啡馆还不很多,这个城市只有两家,市中心一家,还有家就在他们学校对面,这里是大学区,七八平方公里的范围内,分布着五六所高校。星巴克开设在这里,对外开放的象征意义大于商业意义。但能在这里消费的大学生并不多,除了外国留学生是常客外,还有那些富家子弟和干部子女也经常光顾这里要上一杯拿铁或卡布其诺,在洋溢着异国情调的氛围里聊聊天,看看书。他们与其说是喝咖啡尝甜点,还不如说是在赶时髦。

大部分钱包紧巴巴的工农家庭的学生对这里是望而却步的。一杯咖啡加一块甜品,足够抵得上他们几天的早餐,菜包子、豆浆、烧饼、油条、茶叶蛋才是他们的首选。这样的小摊就是以普通学生和上班族为对象的,生意兴隆且越来越多,以至于充斥学校旁边的街巷。

丁兰兰是这里的常客,她用不着掏腰包,有许多男生抢着请她客。在记忆中,余鹏程也请过她一次。那是早春二月的一天,下着冷雨,整个城市都是湿漉漉的,艺术团在大礼堂彩排节目,因为人少,没有开空调,也不知道大礼堂有没有空调,反正很冷,礼堂窗户因为年久失修而布满缝隙,寒风钻了进来,一阵阵刮向尘埃厚重的舞台。他们穿着演出服,外面裹着厚实的军大衣,这是学校提供的,半新的,已经给人反复穿过。其他人咬咬牙穿上了。丁兰兰嫌脏,拒绝穿,她套上了自己的羽绒服,因为里面没有穿羊毛衫之类的内衣,冷得瑟瑟发抖。他们的二重唱结束了,本来要等到最后谢幕的,但团长见几个女同学冻得脸色发青,发善心让已演过节目的人提前离开,余鹏程他们像得了大赦似的去更衣室换衣服。

在礼堂门口余鹏程碰到了丁兰兰,丁兰兰打着伞,围上了鲜红的羊绒围巾,她对余鹏程说,我快冻成一块冰了,特别想喝杯热饮料,补充点热量。余鹏程说,我也是,要不我请你到对面星巴克喝杯热咖啡。丁兰兰说,正合我意,走吧! 他们来到星巴克,里面人不多,空调开得很足,像阳春三月那样温暖,余鹏程将一杯热乎乎的卡布其诺和一块放在纸碟子里的巧克力蛋糕递给丁兰兰时,她向余鹏程投以一笑,有掩饰不住的感动。丁兰兰舒了口气,把围巾解开,用吸管慢慢吮吸着纸杯里的咖啡,再吃起蛋糕,那次两人谈得还挺多。余鹏程讲了他师范学校毕业,在几所小学当音乐教师的经历,丁兰兰听了觉得很好笑,说,你那么大个子,那么大的嗓门,像一头牛闯了进来,那些孩子一定给吓坏了。

余鹏程说,没有,没有,他们挺喜欢我的。背底里给我起个巴扬的绰号,因为我在课堂上解释,我拉的不是手风琴,而是巴扬。丁兰兰说,如果是我,巴扬后面再加两个字,叫巴扬斯基,苏联音乐家。

"就你丁兰兰想得出这个绰号,干脆叫别林斯基好了,俄罗斯文学评论家。我看你在台上发抖了,现在不冷了吧?"余鹏程看到丁兰兰敞开了羽绒服,露出了白色的羊绒衫,便问她。

"我早就不冷了,而且有点热得冒汗了,真是冰火两重天啊。"丁兰兰说着,把黑色的羽绒服脱下,放在旁边的空位子上。

"当心着凉,要感冒的。"余鹏程提醒她,其实,他自己早已脱下了棉袄,穿着母亲编织的厚厚的绒线衫。

"你这个人看上去粗犷,其实挺会照顾人的。"丁兰兰瞅着他说。

这句话让余鹏程心里激动了好几天,后来敢于向丁兰兰寄情诗,和这句话不无关系,当然还有在舞台上演出时的眉目传情。

在打出租车去星巴克的路上,这些已变得有些模糊,已远去的记忆又浮现了上来,他再次问自己:我为什么要答应呢? 我有什么必要见这个不可一世的女人呢? 你还记得从臭烘烘的垃圾桶里取出那只信封,把写了诗的信笺咀嚼的事吗? 夜色中,星巴克的标识在闪烁着,店堂里灯火明亮,余鹏程下了出租车,雪早就下了了,但尖厉的寒风很大,很猛烈地席卷而来,使他脚下差点打了个趔趄。

推开玻璃门,他已看到坐在角落里的丁兰兰,她也看到了自己,举起手来朝他扬一扬。余鹏程在她对面坐下了,他向抱歉地笑笑,说:"对不起,让你等了。"

"没什么,我也刚到几分钟,把大衣脱下吧,这里的温度打得很高,在这里,我们会回到春天,甚至初夏。还记得那次,我冷得差点冻僵,是你请我到这里来,我才缓过来的。你还记得吗?"丁兰兰笑脸相迎说。

余鹏程脱掉大衣,解下羊绒围巾,放在身边的座位上。然后用锋利的眼光看着丁兰兰,半晌才说:"你居然还记得这样的小事,记忆是个过滤网,我的过滤网流不过的东西,也许可以流过你的过滤网,没想到这样的事情你没流过去,我的过滤网眼子很小,在大学的事情都没流过去,高兴的事和不高兴的事。"

"别说得那么深奥了,什么过滤网,还在涂鸦? 我说是写诗?"

没等余鹏程回答,丁兰兰站出来,欲去买咖啡,她平静地说:"快告诉我,你要喝什么,一边喝一边再发表你的感慨吧!"

"来杯低因咖啡就可以了。太浓的,会影响睡眠的。其他什么都不要了。"余鹏程本来想抢着去买,他在这方面是很绅士的,从来不会让女士买单,但今天他不想去讨好丁兰兰。

丁兰兰点点头,不一会就捧着两杯卡布其诺来了,将其中一杯轻轻地放在余鹏程面前。

沉默着,各自喝咖啡,有点冷场。

"今天你召见我,有何贵干?"余鹏程打破了沉默。

"干嘛说得这么难听? 老同学重逢,一起喝一杯,聊聊天嘛。你要放松一点,我知道你恨我,我也知道你是个大度的人。"丁兰兰柔声柔气地说,"今天在杨厅长那里见到你,我很意外,更没想到他是你姐夫,他是知道我从什么大学毕业的,一般情况下,应该会很自然地提到有你这么一个亲戚,从这个学校同一年毕业的,你们认识不认识啊之类的,可他没有,一个字都没有提到。"

余鹏程放心了,他的担心是多余的,姐夫在丁兰兰这样的下属面前,没有抖搂什么,也没有像饶舌的女人那样,婆婆妈妈地东扯西拉。他心里藏着的对姐夫的怨气也随之消失了,让他下去劳动一段时间看来确实不是坏事,姐夫比自己考虑得深,不能不佩服他处事的老到。而且,正是这个让他落魄的劳动,使得老天安排了他和吴芳芳的邂逅,低概率的邂逅,在某种意义上,他还得感谢姐夫的安排!

"是啊,姐夫也从未在我面前提到你啊,他很少和我谈他的工作,他晋升了,我直到前几天才知道,还是姐姐电话中告诉我的。他是个严谨的人。"

"杨厅长是个让人敬畏的人,他当办公室主任时,是我的顶头上司,我和他天天近距离接触。你是知道的,我是个挑剔的人,很少有男人让我仰视,我得承认,杨厅长是我一生中从未遇见过的男人,他很有气场,很有吸引力。"丁兰兰喝着咖啡说,眼睛闪闪发亮。

这话这么这样熟悉,余鹏程想起来了,周芹也和他说过类似的话,周芹几次跟他说过,你姐夫是天生做官的人,往那儿一坐,就自然而然有一种吸引人、让人敬畏的气质,张杰和你姐夫一比,太平庸无奇了!当时余鹏听了周芹的这个评价,有点不以为然,只觉得周芹讲得有点夸张,姐夫确实很有气质很有才干,但未必像她说得那么高大,更不该拿自己的丈夫作为对比的参数。现在丁兰兰居然也这么说,他突然发现,丁兰兰和周芹有几分相像,气质上都有点孤傲、清高,当然,丁兰兰更冷艳、更漂亮。不错,丁兰兰是个很自以为是的女孩子,一般的男人都不在她眼里,她能这么高看姐夫,实属不易。她说的是真话吗?据他了解,丁兰兰不太会说违心的话,那么,她对他讲这些话是什么意思呢?

"丁兰兰,你约我见面,不是为了夸夸杨大年吧?我承认,姐夫是个有魅力的男人,但他从来不是我的偶像,只是我的兄长。"

"当然不是,我在别人面前,从来没有这么评价过杨厅长,甚至不作任何评价。但因为他是你姐夫,我就情不自禁说了我的感受,不过,你别误解,我只是说说而已,没有任何意思。"

咖啡有点凉了,余鹏程一口气喝了半杯,低着头沉默着,他不知道说什么好。

"鹏程,我今天约你见面,主要向你道一声歉,我知道你为了那封信的事,非常恨我。我承认我做得欠妥,但事实不完全是那样的。我没有那么无耻。我说的是实话。"丁兰兰放下手中的纸杯,认真而平静地说。

余鹏程一时语塞,他感到有些突然,也有点惊讶,在他看来,女孩子,尤其是漂亮女孩子基本上总是有理的,她们很少会认错,即使心里认错了,嘴上也不会说出来。他顿了一下回答说:"既然事实不是那样,那么又是怎么回事情呢?而且你有什么必要向我道歉呢,这岂不是多此一举,再说事情已过去了,我已忘记了,过滤网中漏过去了。"

"你的过滤网的大小和尺寸是可以随时变化的,是不是?说句笑话,别当真。说正事吧,我当时并没有看到你的信,严格地说,我一封信都没看,就扔到一边了。我不想和这么多男生纠缠,我是个小县城来的女孩,我需要在省城站住脚,我骄傲,我清高,不错,我是这样的人,但这是我的自我保护。一个有几分姿色的外地人,有这么多男生围着,我有点怕,我知道稍不小心就会掉进陷阱,我不得不保护自己。那些信给室友扔进了垃圾桶,外面传得绘声绘色,可以写小说了,是我的大意伤了人,也冒犯了你。请你原谅,对不起!"丁兰兰认真地说,她动情了,眼圈微微地红了。

"我不是记仇的人,校园里的事情过后想想,有不少是够荒唐的,大学并不是围墙外的人想象得那么神圣。什么天之骄子,其实糗事很多,我相信你的解释,这件事就让它过去吧。况且,我们都开始了新的生活。"余鹏程真诚地说。

"谢谢你的理解,是啊,我们都来到了社会,开始了新的生活,你有女朋友了吗?"

"算有了吧,这次一起和我来见妈的,还有姐姐姐夫,让他们过过目。"

"祝贺你,一定是江南佳人吧?"

"小女生,比我小十岁,铸造厂工人,我以前的学生,很普通的一个女孩子。你呢?"

"我现在没有,真的没有。毕业那会儿有个干部子弟追我,我们接触比较多,他帮我安排了工作,几个单位让我挑选,最后我选了文化厅。现在我们分手了,他太花,脚踏几条船,换女孩子就像换衣裳。这样的花花公子我受不了,也不是一个可以给我带来成功捷径的男人,他不过是我人生中的一艘摆渡船。"丁兰兰回答得很直率,表情有点失落,余鹏程忍不住同情她了,也彻底原谅她了。

"是的,纨绔子弟不能交,依你的条件,会碰上好男人的。"余鹏程说。

丁兰兰笑笑,没有说什么。告别的时候,互相留了单位的电话,丁兰兰叮嘱一句:过去的事,今天的事,都不必给杨厅长说。余鹏程说,我知道,我和他之间话并不多。他从来没有对我敞开过心扉,单独和他在一起时,会感到很不自在。

七

按照余鹏程后来掌握的情况,吴芳芳同车间有一些人一开始就竭力反对吴芳芳和余鹏程谈恋爱。其中反对得最激烈的叫祝融,车间统计员,从小患小儿麻痹症,留下了跛脚的后遗症,因而得了个绰号:跛脚鸭。他中等身材,脸色苍白,五官还算端正,鼻子很挺,淡眉毛,一双小眼睛透着一种机灵人特有的神采。不过,因为残疾,也可能是出于自卑,他平时话不多,经常皱着眉头沉思,有种心事重重的忧伤,不太和人打交道,经常独来独往。但在某些场合,他会滔滔不绝地发表意见。他和吴芳芳是技校同学,又一起分配在一个工厂一个车间。

依祝融的聪明和成绩,他完全可以上高中考大学。但他家境不好,母亲在他读初中时的一个意外事故中身亡了,扔下了一个因掉进窨井而高位截瘫的父亲和一个尚未成年的儿子。这个不幸的女人去码头洗衣服,在用木槌敲打衣服时,一艘轮船拖着六七艘驳船,声势浩大地在河上通过,一个浪头打来,她脚下一滑就掉进旋转的汹涌的急流中。当船上码头上其他人发现呼救时,她挣扎了几下,顺流而下,旋即就被河水淹没了。七八只木船在这一河段打捞了几个小时,才在离码头一千多公尺的河底淤泥里把她捞了上来,已泡得面目全非,嘴里已吸入许多腐烂的水草,眼睛像死鱼般的恐怖地睁着,丝毫没有生命迹象了。

没有任何单位任何人可以追究责任,只能说是她倒霉,市井传说她是自杀,但目击者都一致认为是船队速度过猛,掀起的波浪把她冲下去的。但这个船队是属于外省一个航运公司的,他们把责任推卸得干干净净。祝融妈的工作单位是个街道办的彩印厂,生产各种各样的彩色印刷品,也印书籍、杂志、小报等公开出版物和内部资料。她是个校对员,每天要校对数万文字。那天上码头洗衣服是她的休息日。家门口有个自来水龙头,但为了省些水费,她就上河滩头洗衣洗菜。

祝融父亲叫祝敬山,但几乎所有认识他的人都叫他祝枝山。祝枝山是明代书法家、诗人,与唐伯虎、文徵明、徐祯卿并称"吴中四才子",戏文和民间传说中对这四个人有许多十分有趣的戏说,在祝敬山这一代中,几乎家喻户晓。他当然也是了解的。他想不起来是何时何人以祝枝山这个绰号称呼他的,他不反感,很乐意地接受了,因为大家这么称呼他,并无恶意,而且祝枝山毕竟是和唐伯虎齐名的一代文人。

他原是钟表店的钟表修理匠,手艺不错。一次骑自行车在一条乱石铺就的老街上,因为急于要办几件杂事,车速飞快。一个铸铁的窨井盖被盗了,毫无遮拦地裸露在那里——那时这种事经常发生,有时一条马路的窨井盖一夜之间都会被小偷偷走,露出一个个坑,成为社会公害,跌进去伤亡的事故时有发生。一对老夫妇晚饭后散步,走着走着,老头不见了,不知所踪,好像突然蒸发了。后来从窨井里找到了他面目全非的尸体,原来一个很深的窨井把他吞噬了。祝敬山是又一个受害者。他从自行车上猛地摔了下来,自行车陷入了失去窨井盖的坑内,他被重重地抛了出去,重重地跌倒在地,头颅撞击在石子街粗砺的石块上,当场就昏厥过去。好心人把祝敬山送到医院,经检查,脊椎颈椎骨折,颅内出血,经过抢救活了下来,但余生只能在床上、轮椅上度过了。

因为肇事者是偷掉了窨井盖的可恶窃贼,这个窃贼当然无从查找了。市政管理局没及时补上盖子,起码没有放上标志,疏于管理,负有一定责任。但市政管理局辩称,那么一个大洞,别人能看到,绕过去了,祝师傅为什么看不到,他的眼睛长到哪里去了?找公安局去抓那个偷窨井盖的小偷吧,这些小偷太可恶了,一个窨井盖当废铁卖,也就十几块钱,一年要偷掉几百个,安了又偷,偷了又安,我们防不胜防,每年损失几十万。还有,废品收购处为什么要收购?没有买卖就没有偷盗。废品收购处说,我们收到的是碎片,不是整个盖子,我们怎么知道是贼偷货?于是矛头集中到公安局,警察吃干饭的?这些惯犯屡教不改,愈演愈烈,抓一批,枪毙几个,就从根本上解决问题了,互相推诿的结果是此事不了了之。祝敬山作为工伤处理,每月工资照发。祸不单行,丈夫因跌入陷马坑成为残疾人,妻子又被船队激起的浪头冲下河流,淹死了。

报纸上刊登了这起悲剧,激发了社会的愤慨和同情心,许多人纷纷伸出援手捐款。

祝融的学校也动员教师学生捐助。和祝融同班的吴芳芳拿出自己全部私房钱,再向父亲要了点,凑齐二百元捐了出去,这是学校捐款数最多的一个学生,几乎占学校全部捐款的一半,在学校引起了轰动。在八十年代,这笔钱不是小数字了。多数学生都是五元十元的。

吴芳芳随老师和几个学生代表将捐款送到祝融家里。这是个阴郁的寒酸的家。不能说家徒四壁,因为墙上挂了三四只钟,叮叮当当地响着,此起彼伏,煞是热闹。这声音提醒了走进这屋子的人,那个半瘫痪的人曾经是个钟表修理匠。

祝融住在阁楼上,通过一张吱吱嘎嘎的竹梯架爬上爬下。吴芳芳盯着那个阁楼看了一会,发现黑洞洞的,只有一小块光,隐隐约约可以看到在屋顶上镶嵌了一块玻璃,光线是从屋顶的玻璃照射进来的。好多年以后,她爬上阁楼,才发现他的单人竹榻的床头还有一扇极小的狭长的小窗。这个阴暗的狭小的空间,就像牢房那样,只有微弱的亮光。白天也得开灯。

祝融感动得痛哭流涕,班主任告诉祝融,吴芳芳一个人捐了二百元,祝融一听,连连说不行、不行,你们家我知道的,这怎么可以呢?不行,吴芳芳,你拿回去,我不要你的。吴芳芳说,我不是捐给你的,是捐给你爸的。祝枝山靠在床上,作着揖,重复着一句话,谢谢了,谢谢了!脸上无光,没有任何表情,自从他成为残疾人以后,他就没有表情了,喜怒哀乐都看不出来了,嘴里经常念念有词:我前世作的啥孽啊,老天你有眼吗,你怎么可以这样待我呢?他是在问自己,也在问别人,但永远没有答案。

也没有人搭理他,连祝融也不搭理他。但吴芳芳明白他是一种怎么样的煎熬,也明白了他的言语里面的那份悲情。

从那以后,祝融对吴芳芳怀着深深的感激之情,会寻找机会和她说说话。吴芳芳成绩不太好,常被老师留下补做作业,俗称"关夜学",祝融会留下来陪她,辅导她。初中毕业,吴芳芳想早点工作,报考了门槛很低的技校,祝融也报了同一所学校,他们都毫无悬念地录取了。技校一半时间上课,另一半时间下厂实习,他们接触更多了些。

祝融还是那么孤独无依的样子,离群索居,只有和吴芳芳一起时,才会和她说笑。她发现祝融读书不少,懂的很多,好像什么都知道,而且口哨吹得极好,会学各种鸟语,学得惟妙惟肖,可以乱真,还会吹歌曲,苏联歌曲《小路》《山楂树》吹得尤其动听。据他自己说,这些都是他不堪承受阁楼的幽暗和沉闷,一个人跑到郊区的树林和田野上练习出来的,这是他的内心独白。回到阁楼后,他就用吹口哨来发泄自己心中的寂寞和苦涩。否则,我会闷死的,我会得忧郁症的,他对吴芳芳说。

余鹏程和吴芳芳来往后,很快就知道了祝融这个人。当然是吴芳芳告诉他的,他家庭的遭遇,他个人因为残疾而造成的内向孤僻的性格,还有他的口哨,他的阅读习惯和冷幽默,总之,把她对祝融的了解都毫无保留地讲给他听了。余鹏程听后,很感概说,真是个不幸的家庭,不幸的人,还引用了托尔斯泰那句名言,幸福的家庭是相似的,不幸的家庭各有各的不幸。他没有说出来的话是,这个祝融在孑然一身,感到孤独时用口哨来安抚自己,使他想起了毕业前夕,他因为丁兰兰伤了他,内心有些忧伤,便到校园僻静处的林子里拉巴扬唱歌的情景。两者有共同点,他们发出的不是声音,而是带有私密的隐蔽的伤感。

那天,吴芳芳把和余鹏程的合影及她的多张照片给几个平时关系密切的女同事传阅,吴芳芳有男朋友的消息就传开了。祝融听说后,在夜班的空隙,冒着违反厂规的风险,爬到高高的行车上,很正色地问吴芳芳:"芳芳,听说你有男朋友了,就是那个小学教音乐的毛胡子?"

"是呀,不错,是他。"吴芳芳坦率地承认。

"你的大脑思考了没有?怎么会去找他呢?这让我太失望了。"

"余老师怎么啦,他有什么不好的?"

"什么人都可以找,就是不能找他,你一朵鲜花插在牛粪上了,你太傻了。"祝融冷笑着说。

"你这是什么意思呀?话说得这么难听,余老师碍着你什么了?"吴芳芳睁大了眼睛,有点恼火地说。

"你别激动,听我慢慢说,我对你的白马王子没有成见,他也没有惹着我什么。我完全是替你着想,谁让我们是青梅竹马呢。我给你讲几点理由,第一,余老师是半老头子了,比你大至少十岁,对吧。"

"这个我当然知道,我不在乎。我爸比我妈大九岁,他们俩从来没有吵过架。"

"好吧,就算你不在乎,就算年龄不是问题,你听我说第二点,这个你不能不在乎了,他犯了政治错误,他在学校不是教书,而是在监督劳动。你想想,一个人如果有了政治污点有多可怕。你爸右派问题让你们吃了多少苦头,难道你们一家还没有受够吗?"

吴芳芳忍不住笑了起来,打断祝融的话,说:"你别说了,我晓得你认识什么人,可是,这些消息早已过时了。告诉你,余老师已不劳动了,马力校长找他谈了,什么污点都没有,清清爽爽的,他现在是高中班历史老师了。"

"是真的吗?"

"当然是真的,我和他去见了他妈、姐姐、姐夫,他姐夫是大领导,省文化厅的厅长,他们都说到了这件事。"

祝融不响了,神思有些恍惚,他坐了一会,若有所失地说:"这么说,你已经和他定了?"

"你说什么?"吴芳芳没有听懂。

"没什么,你再想想,你还年轻,干嘛要这么急着打发自己,你有大把的时间挑选一个更合适的。你不会因为他姐夫是文化厅长才和他好的吧?你可不是那种攀高枝的势利小人。再说,地位和权力就像我们锻压机的蒸汽,锻压机开动时,一段加热的方坯压得忽长忽短,一关掉机器就烟消云散。权力就是这样子的,最终是空荡荡的。"祝融啰里啰嗦地说着,他的话好像从来没有这么冗长过。

吴芳芳没有再理他,她要干活了,催祝融下去,说给班长看到了会扣奖金的。祝融欲言又止,又磨磨蹭蹭地延宕了一会,忧郁的眼神盯着吴芳芳看了几眼,捋了捋他散乱的头发,才沿着一张狭窄的铁梯,悄悄地慢慢地一步步跨下去。来到地面,祝融站住了,仰着头发呆,望着行车缓缓地从头顶驶过,一只巨大的钢钩抓住一个铸件在空中移动着。他心有戚戚,仿佛行车里的女孩要在空中永远驰骋而去。

　　反对吴芳芳和余鹏程谈恋爱的不止是祝融一个,可以说有一批,他们像风洞那样,劲风呼呼地对着她,她躲都躲不开。他们轮番劝说吴芳芳,要她痛下决心趁早和那个犯了错误的老头了断,否则,她会毁掉的。还说什么这是很可惜的啊,一个穷教师,收入还不如卖茶叶蛋的,你要作出这么大的牺牲,付出你美好的青春,真是作贱自己了。如果他是一个万元户也就罢了。可是他不是。那么,他有什么值得你留恋的呢?难道是他那卡斯特罗般的胡子。这些话没有撼动吴芳芳,她感到那股风冷飕飕的,吹得她头脑眩晕,开始还作解释,说你们不了解他,他是个好人。大家笑了,好人?是的是的,他可能是好人,但好人值几个钱,跛脚鸭也是好人,你干嘛不嫁给他,他有一个瘫痪的爹在等着你伺候呢,你愿意吗?不响了吧,就是说不愿意。这就对了,不是说好人就能嫁给他。

　　吴芳芳无语了,她不再解释了,一笑了之,但他们继续不依不饶地连续对她絮絮叨叨,她受不了了,想哭,竭力忍住,但眼泪哗哗地下来了。

　　祝融走过来,青着脸大声喝道:"你们还有完没完,是你们谈朋友,还是吴芳芳谈朋友?这是人家的私事,隐私,懂吗?用不着你们操心!"人们收敛了笑容,散开了。

　　吴芳芳感激地看着祝融,想说句道谢的话,但祝融沉着脸,没有理她,也不看她,一声不响地走开了。当然,也有人表示赞成的,这些人比较理性,对吴芳芳了解得比较透彻,知道她单纯善良,知道她缺少心眼,如果有一个稍年长的有文化的人在她身边,未必是坏事。在他们看来,余鹏程还是较为合适的。这些人中包括吴芳芳的班长和师傅,他们话并不多,只是简单地说,芳芳,别听他们的,你的选择不错,年龄大一点,会更体贴你。

　　从省城回来后,余鹏程和吴芳芳已经心照不宣地把他们的关系确定下来了。

他们在一起再也没有一点拘谨了。吴芳芳进进出出,就感觉进出自己的家那样自然,两个人讲话也随便了,不拘束了,不假思考就脱口而出了,所有的掩饰、客气和面具都卸下了,他们还原成自己的本色,很轻松地相处。吴芳芳已像女主人那样管理起这个家了,会使唤余鹏程做这做那,上菜市场不用听余鹏程的意见而自作主张地选择菜肴。余鹏程已坦然地坐在书房里忙他的事,而让吴芳芳忙里忙外,吴芳芳喊他做事,他答应的多,但有时会借故推辞。吴芳芳会在周芹、张杰面前蹙着眉头数落他的不是,余鹏程会有力地反驳她,嘴角带着笑意,说得吴芳芳张口结舌,扬起手打他一下,余鹏程更多的时候是故意不予理睬,装得若无其事。

周芹常常会被这个情景惹笑,会露出羡慕的神情。这情景可以说是情人之间的打情骂俏,也可以说是小夫妻之间的感情流露,余鹏程显然很满意这样的状态。这种状态让他感到生活有滋有味。周芹后来对余鹏程说了,她确实很羡慕他们,她和张杰也有过这样的日子,但自从知道军军患病以后,家里这种气氛就再也没有了。

我们这个家过早的沦落了,但受你们的感染,我们一家三口的情绪好多了,她说。

这只是表层的现象,当关起房门,他们是情欲澎湃的。男女之情欲当然不会总是停留在热吻上,吻只是一种前奏,更热烈的奏鸣曲还在后面,这是不可避免的。余鹏程为自己立下底线,在和吴芳芳结婚前,决不突破这条底线。虽然九十年代随着社会生活的宽松,人们对男女关系的观念也发生了重大变化,对婚前试爱、婚外情等宽容多了。但余鹏程下意识中,还有家教所留下的基因,那就是在性的问题上持有的严肃自律的态度,任何不该有的性行为都被看作是一种轻薄,是他所不屑的。

吴芳芳虽年轻单纯,但在男女风情上却比大男人余鹏程主动得多。有好几次热吻时,她有进一步的暗示,余鹏程当然明白,他不仅没有顺水推舟,反而瞬间将行进的船抛锚了。虽然他的身体已处在沸腾的状态,已是铁砧上一块炽烈的火焰喷射的烧红的铁,但他硬是投入冰冷的水中,"哧溜"一声,一股白色的雾气冒了出来,炽热的铁冷却了。

吴芳芳掩饰不住自己的失望,有些无趣地整理自己的头发和衣服。余鹏程身体里的那股热流还在奔涌着,人毕竟不是铁。但他克制着,让这股热流逐步变冷。

以至于,他和吴芳芳婚前婚后最和谐时,吴芳芳曾说过他,那个时候,我真怀疑你那方面不行呢。隔几年,当他和吴芳芳闹离婚时,吴芳芳伤心地说,你这个人我是知道的,心硬得很。

但余鹏程还是没有守住底线,那是过了春节,新学期已开始一段时间,到了暮春,万物茂盛,天地之间阳气勃发,乱穿衣的时期已过去了。到了"五一"劳动节,人们脱下冬装、春装,换上了夏装,风是怡人的,阳光是明媚的,人们,特别是年轻人,活力四射。

这一天是法定假期,余鹏程的一篇历史散文发表在省级文学期刊上,恢复当教师后,他教高中历史,包括中国史和世界史。他这方面有较深厚的积累,上起课后,完全脱开讲稿,驾轻就熟,滔滔不绝,绘声绘色,十分吸引人。他开始写起历史散文,连续发表了几篇。这次发表在省级文学杂志上的散文是写三千多年前泰伯奔吴的事,是他的得意之作,编辑部评价很高,很快就发表了。

他踌躇满志,陡然升起一股成就感。假期后的第一天,吴芳芳上夜班,是第一个夜班,白天一般休息,恰巧余鹏程也没有课,两人逛了街,余鹏程替她买了裙子、短袖衬衫等衣物,她已经习惯余鹏程替她购物了,一句客气话都不说了,但她拒绝买名牌或价钱很贵的东西,每当余鹏程挑这些高档衣物时,她翻看一下标签,发现过高,会坚决地拉着余鹏程离开,说,走走,我们不买,太贵了!

在外面吃了小笼包子、馄饨,回家还很早,离吴芳芳十一点上班还有四五小时,吴芳芳洗漱后,不想回去了,等会直接去厂里上班。余鹏程让吴芳芳躺一会。吴芳芳发嗲,要余鹏程坐在床上陪她,帮她看时间,最晚十点半就要叫醒她。她说,在家里是爸爸叫她的。余鹏程问她为何不用闹钟,她说,闹钟一响,会把两个弟弟吵醒的。余鹏程"嗯"了一下就答应了。他拿了本书,把床头灯打开,靠在床上看书,吴芳芳很快入睡了,她刚洗过的头发披散在枕头上,散发出阵阵香味,那香味很像天井里那棵玉兰树盛开的玉兰花的淡淡的幽香,撩拨得余鹏程心旌摇颤,暮色苍茫,月光皎洁,周围一片宁静。

周芹因为军军身体不好,每天晚上很早就让他上床,他们对军军学习上没有什么奢望,只要跟得上就可以了,不让他用功,只让他听听歌谣,读几页动心的儿童文学。隔壁陈斌家的陈娟正在背诵英语单词,隐隐约约能听到,还有放电视连续剧的声音,这房子隔音好,也还是能隐隐约约能听到房间之外的杂音。在这安静的春风怡然的夜晚,余鹏程看着身边发出轻轻鼾声的吴芳芳,想着自己的事业逐步有了起色,心里感到了一种从未有过的慰藉,心想自己的生活是何等的美妙绝伦。

他看不进书了,躺了下来,把床头灯调暗,把手表摘下来,看了下时间,九点半,吴芳芳还可睡足足一个钟头。他的睡意来了,但不敢入睡,把两只手衬在脑后,睁着眼睛。就在他躺下的那刻,吴芳芳醒了,她没有睁开眼睛,假寐,隔了一会,她翻了个身,很自然地紧紧依偎在他怀里,一只手很随意地搂住他的颈脖,她的脸也贴了上去,热乎乎的鼻息像湿润的春风轻轻地抚摸着他的脸。

他的心脏加快了跳动,忍不住侧过身吻了一下她瓷器般光滑的额头,她突然张开了眼睛,咯咯笑起来,一个鱼跃爬到了他身上。两具年轻的身体紧粘在一起了,他们热吻起来,这次余鹏程坚持不下去了,她主动脱掉了衬衣,露出了坚挺而柔软的少女的胸部,她再去解余鹏程衬衣的扣子,余鹏程轻轻推开她的手,自己却不由自主地解衣宽带。

他们有点手忙脚乱,缠绵的时间很长,都激情澎湃,中间,她皱了下眉头,痛苦地呻吟了几声,接着是快乐的喘息、呻吟。尔后,两人赤裸着身子拥抱着,感受着彼此的余热,她有点害羞,也有点心情复杂,毕竟,她的处女时代结束了,床单上留下了那个历史性的印记。

她紧闭上眼睛,眼泪湿了,像沾了露水的草叶。真是的,为什么要掉泪呢?

余鹏程看着她,手抚摸着她的脸,他懂得她掉眼泪的意思,他几乎耳语般地说:"芳芳,我会为你负责的,我会爱你一辈子,你要相信我。"

她轻微地点点头,把他抱得更紧,微笑着但又忍不住抽泣起来。

"芳芳,嫁给我吧!我们结婚吧!"余鹏程说。

"嗯,我听你的。"吴芳芳蜷缩在他宽厚的怀里,轻声回答。

突然,她惊醒一般从他怀里挣脱出来,跳着下床,叫了声,坏了,我要迟到了。

她光着脚在地板上捡起衣服匆忙穿上。余鹏程穿了下手表,已过十点半了。他迅即穿上衣服,拎着她的包,牵着她的手下楼,走过黑咕隆咚的客厅,来到月光如水的天井,那里停着吴芳芳的自行车。余鹏程说,你别骑车了,我们打车去,我送你去。

他们拉着手来到马路上,很顺利地打上车,很快就到铸造厂的门口。余鹏程付掉车费,和吴芳芳一起下车,他们拉着手站着,有些难分难舍。终于,她的手从他的掌心中滑出,接过包,说了声,我明天乘公交车回去,便向厂门口走去。余鹏程在她身后说,我明天早晨来厂门口接你。她一路小跑着说,好的,好的,你怎么回去啊?余鹏程大声回答,你别管我,你别急,当心脚底下,上班小心点。

夜深了,街上冷冷清清,路灯昏暗,月光薄如蝉翼,空气中弥漫着烟囱里冒出来的烟火气,这里是工厂区,烟囱林立,成片的坚硬高大的厂房,传来一阵阵机器的轰鸣声。还有一些改革开放以来新建的火柴盒状的家舍,三五层高,灰白色的水泥外墙。大部分已悄然无声地沉睡了。

除了骑着自行车行色匆匆的下班工人,很少有步行的人,余鹏程孤独地走着。晚风有点冷。他步履轻松,心快速地跳动,脸上很热,依然很亢奋,感到浑身是劲,他的每一个细胞还浸润在不久前床上亲密接触的感受中。他有点愧疚和自责,有种犯错的感觉。

姐夫杨大年跟他说过这样的话,克制是人类的美德,理性是一个人成熟的标志。他克制过,但最后还是放纵了自己。但无论如何,他更多的是幸福是亢奋,前所未有的幸福和亢奋,这是他初尝情欲,是第一次,吴芳芳无疑也是第一次,他曾经无数次想象过这神圣的浪漫的第一次。

是的,他在读初中时就开始想象了。他在镇上的中学读初三时,一次,排练节目晚了,夜色中他穿过成熟的麦田走回家,走到离家不远的一片麦田里,他听到了一阵异样的声响。他停住了脚步,眯起眼睛一看,在清亮的月色中,两具赤裸的身躯在那里纠缠在一起,他立即明白了,像奔跑的小马驹那样,奔跑着回到家。他喘不过气来了,心怦怦直跳,是麦田里的那幅场景还是因为奔跑,他说不清。为什么要奔跑呢?此后,他脑子里经常会出现那两个难分难解的肉欲席卷的身体,就胡乱地想象他的第一次,那是一种什么样的感觉呢?

现在,他的第一次就这么走进了他的生活,是欢畅的,是欢愉的,是激情澎湃的,但并不浪漫,也不神圣,无非是一种阻挡不住的冲动,一阵手忙脚乱。他想起了初三时在麦田里看到的情景,他和吴芳芳与他们有什么区别呢?除了一个在麦田,一个在床上外,没有什么区别,就是这么简单。性行为是所有生命的天赋本能,否则,地球上何以会这样万种灿烂?他兴冲冲地走着,想着,又思考起下一步的人生规划,他已向吴芳芳求过婚,吴芳芳也答应了,但这远远不够。作为在传统家庭里长大的他,是有强烈的责任感的,他告诉自己:应该认真地准备和吴芳芳的婚事了,他得正式向吴芳芳父母求婚,要通报母亲、姐姐姐夫。双方家长要见面,房子是现成的,但需要重新装修,购买新的家具,以打造一个有品位的温暖的寓所,要筹备婚礼等等,事情还真的不少。这么一想,他盘算起自己的积蓄,手里的钱似乎不够用,考虑到这些,不善于理财,平时大手大脚的他,有了一种莫名的紧张。

回到家时,发现客厅的灯亮着,周芹坐在饭桌旁,在抽烟,余鹏程第一次看到她吸烟,这和她平时冷漠的神情不太符合。看到余鹏程走进来,她并没有把烟藏起来,而是吐着烟雾说:"余老师,你送芳芳上班去了,谈恋爱的时候,是一生中最幸福的时候啊。"

余鹏程说:"她怕迟到,打车送她去的。"

周芹说:"你待她真好,你们快结婚了吧?"

余鹏程点点头,心里有些吃惊,真是个聪明的女人,什么都瞒不住她。

周芹说:"为什么人们都要向往结婚呢,有了家有了孩子,要多烦就有多烦,我早已体会到了。当时,我和张杰也像你们这样,一日不见如隔三秋,可有了军军后,一切都变了。张杰变得面目全非了,在他眼里,也许我也变得不像样了,我们都互相讨厌了。真是早知今日何必当初呢,我现在才明白,外国为什么有不少人相信独身,他们也交朋友或者同居,一旦过不下去,就一拍两散,没有什么负担。有人说,婚姻是爱情的坟墓。我想想,这是有道理的。"

余鹏程说:"你们是为军军的病折腾坏了情绪,等军军的病好了,一切都会好起来的。"

周芹意识到了什么,立马把烟在一个玻璃缸按灭,歉疚地说:"对不起,余老师,我不该对你说这些,你们的婚姻一定会美满的。吴芳芳就是刘慧芳那样的女人,又温柔又善良,她那么贤惠,这样的女孩不多了,你好福气。"

这是第一个和他谈起他和吴芳芳婚姻的人,当他走上楼,在床上躺下后,他变得非常清醒,一点睡意都没有。周芹的话在他耳边响着,一个风姿绰约的三十多岁的年轻女子,怎么会有这样奇怪的想法呢,仅仅是因为孩子生病了吗?像他们这样的情况,政策允许生二胎的,为什么不尝试一下呢?他想到了他和吴芳芳结婚后的日子,会有烦恼吗?如果也生了个多病的孩子怎么办呢?芳芳会变,他会变吗?他被自己的想法吓了一跳,他马上否定,不可能,他和吴芳芳会幸福,孩子有先天疾病的概率是极低的,不过几万分之一,十几万分之一。

纵观周围的家庭,虽然平庸的多,但大多过着平实的日子,就像隔壁的陈斌那样,生活不很富裕,但一家子也算得上其乐融融的。当然也各有烦恼,但烦恼是生活的一部分,谁没有一点烦恼呢,独身主义者就没有烦恼了吗?那些暴富起来的家庭,也有烦恼,社会转型期的震荡也波及到了每个家庭,再说,谁见到过真正的独身主义者呢?

男大当婚,女大当嫁,这是自人类诞生后的规律,上帝创造了亚当和夏娃,他们吃了禁果就有了婚姻,婚姻不仅仅是为了繁衍后代,确保生命之树长青,而且从社会学来看,家庭是社会的细胞,人人都在追逐爱情、婚姻、家庭,谁也不能免俗。周芹只是发发自己的伤感而已,伤感和忧愁毁了他们家庭的和谐。不过,这只是个别现象。

八

自这天以后,余鹏程就启动了他和吴芳芳走向婚姻殿堂的程序。

这个程序颇为繁琐,但都是必需的,余鹏程感到累,但愉快。

向吴芳芳父母亲求婚,妈和姐姐专程从省城下来和吴国正夫妇见了面,妈给了吴芳芳一个祖传的足金戒指、一个玉镯子,是奶奶给妈的陪嫁品,奶奶给妈时说,是她出嫁时妈给的。她们都几乎没戴过,珍藏了一辈子,浸润了几代幸福的女人的记忆。另给红包,一千元。姐姐送给吴芳芳一块瑞士名牌女款手表,很稀罕的。也有五百元红包,俗称见面钱。

吴国正回赠了余鹏程一支珍藏多年的派克金笔,和一枚鸡血石印章,请人刻上了余鹏程的名字,还请一个名画家画了幅画,一棵苍翠的松柏,一只雄健的苍鹰,题有鹏程万里四字,遒劲有力。姐姐看到画的落款后,大出意外,对吴国正刮目相看了,她说,吴国正送的东西有品位,他还是有点文化的,他居然和国家级的国画家有交情,不可小觑,我原以为他是个普通绿化工人,至多是个小市民。余秋月对看不顺眼的人一概贬称小市民,例如曾和她为邻的陈斌,在她看来,就是个典型的小市民。

余秋月之所以这么说,很重要的是,这个画家杨大年也认识的,擅长画兰花,给杨大年送过画,兰花几株,雅洁清淡,兰花之侧,一只古瓷香炉,若隐若现飘着几缕烟香,有几分超凡脱俗的禅意。杨大年参加过这个画家的画展,对他的画赞不绝口。画家已上了年纪,非常有名,能求到他的画很不容易。余鹏程问过吴国正怎么认识他的,吴国正说,我侍弄花花草草,种花也养兰,画家爱兰成癖,蕙兰五百多盆,他找我谈过兰花,我们就这样认识了。

他们两家人家在饭馆聚餐了一次,互相商量了一些事。余妈妈还暗暗塞给余鹏程两千元钱,让他装修房子、添置家具什么的。

母亲姐姐走后第二天,他们就去民政局登记领了证,还去照相馆拍了照。他穿了西服,笑意盈盈,帅气俊朗,脸颊丰腴。吴芳芳披上了照相馆现成的无数人穿过的婚纱,她的笑容是娇媚的,神情是温顺的、小鸟依人的,眼睛明亮无邪、美丽纯洁。当时还没有专门的婚庆公司和专职婚庆摄影师,过了十几年再看这照片,是比较粗糙的,但照片上新郎新娘发自内心的幸福甘甜的光彩是怎么也掩盖不住的,而且很本色,不像十年二十年以后的婚照那样矫饰。

按照民间的习俗,领证后还要举行婚礼才能算完成整个程序。如果不举行婚礼,不摆上几桌酒席,会被人指着脊梁数落,骂他小气,骂他偷结婚,在某些人眼里,其合法性也会打了折扣的。余鹏程想省也省不了这个重要环节的。

他凑姐夫的时间,把婚礼安排在国庆节,杨大年太忙,平时不是出差就是参加各种会议各种活动,周日都难得休息。余秋月和他排来排去,觉得放在国庆比较靠谱。

余鹏程对姐夫参加不参加婚礼倒是无所谓,但他妈和姐姐坚持要他到场,他是个大人物了,正厅级,不久前又兼任了省委宣传部副部长之要职。有传说他有可能升任省委常委兼宣传部长,总之,他还会继续上升。他的参加无疑会大大地给婚礼增光添彩,当然也会给余鹏程撑足面子,所以,任何人可以缺席,他是绝对不能不到场的。谁都知道余鹏程有一个身份显赫的姐夫,他若不参加,余鹏程婚礼不仅会黯然失色,甚至合法性也会在某些人眼里打了折扣。

余鹏程的房子是公房,姐姐给房管所打了个电话,正式通知此房借给弟弟余鹏程居住。装修很简单,墙壁粉刷成淡绿色,地板重新油漆了两遍,紫红色,光亮可鉴,重新排了电线线路,装了吊灯、壁灯,床头上装了夜灯。旧家具处理掉了,换了房新家具,书房也更新了书柜书桌,姐夫留下的一些书,加上自己的藏书,将两只新书柜塞得满满的。新房不豪华,但安适惬意,也不乏书卷气。

除了不在这里过夜,吴芳芳早班下班后几乎每天都来这里,做晚饭,到夜深才回家。上夜班,则白天在这里休息,十点多才骑车上班。中班是下午三点上班,十一点下班,余鹏程上学校去了,吴芳芳起床后,做完家务后又到这里整理房间、洗衣服、做饭,中午余鹏程骑车回来用餐,她稍稍休息会就上班去了。

正是荷尔蒙旺盛的时候,自从有了那次突破,做爱已是他们生活不可缺少的一部分,他们陶醉其中,相比于第一次的手忙脚乱,急急促促,经过一段时间的磨合,他们已配合得相当默契了,驾轻就熟,如鱼得水,每次都是热血沸腾,每次都是纵横肆意。吴芳芳往往会主动挑逗,她在床下是个清纯的如花少女,在床上却是不羁的,像灼人的一团野火。她光滑柔韧的身体浑身上下充满了诱惑。她会用自己的热能,激发余鹏程的热量,达到完美的蓬勃,以淋漓尽致结束。她每次都会有高潮,表情欲醉欲仙,像发着低烧般颤栗,那一刻后,她会变得特别妩媚,特别俏皮可爱。他用过避孕套,领了证后,他无所顾忌了,就不再用了,但她却没有什么动静。

每次完事后,余鹏程闻到了整个房间都透着情欲的气息。这个时候,他会拉开窗帘,打开窗户和门,让清风和阳光飘洒进来,把那种气息冲淡些。

他们进展的神速,让李伟刚、唐朝阳吃惊,甚至有点妒忌。说你余鹏程真是贾宝玉投胎,硬是天上掉下个林妹妹。余鹏程笑着说,我可不是贾宝玉,锦衣玉食,身边美女如云,我可是付出代价的,别忘了,我可是蹬了大半年的三轮车,丢人现眼、胆战心惊的日子是我过的。波德里亚说,幸福的源头总有一宗巧合。他有点得意,也有点苦涩。

李刚伟和高晓明也领了证,苦于没有住房,还不能正式办酒结婚,李刚伟在学校有个床铺,两个人合住的一间宿舍。另一个人是体育老师,他是市足球队的中锋,有时候会去外地比赛,他们俩就利用这个空当,到宿舍团聚一下,这种鹊桥相会的日子让人太不好受。李刚伟眼红余鹏程有个好姐姐好姐夫,不费吹灰之力就有那么大的一套房到手了。李刚伟每次到余鹏程家,总是要在屋子里转悠,说,我不奢望你这么一套房,有你书房这么一间就心满意足了,哎,哪怕有一间草堂也好的啊,即使为秋风所破,也可再铺上草啊!呜呼!我这个寒士何日有个安身之处啊!唐朝阳说,放心,如果事与愿违,请相信上帝一定是另有安排。

唐朝阳这话不光是说给李刚伟听的,也是说给自己听的。他和胡雪之间的关系一直是不冷不热的,唐朝阳约她出来,她婉拒过几次,原因是在医院值班,但大多数都是赴约的,看场电影,吃顿饭,逛逛街,谈话的内容,一般都是单位发生的事,时代变革所带来的种种现象等等。两人偶尔拉一下手,例如在过马路时,他会拉住她的手,一过斑马线,她就挣脱掉了。仅此而已,别说接吻、拥抱这些情人间的亲昵动作了。唐朝阳曾几次邀请她上自己家作客,她以各种理由推辞掉了,唐朝阳送她礼物,她都收的,但过几天会还礼。

唐朝阳已经慢慢地失去耐心了,他一直以为胡雪对自己是有好感的,这是他的感觉,他们之间的这种局面,是出于胡雪慢热的矜持的性格,但后来发现,这是他自己在骗自己。他几次想放弃了,但他实在舍不得胡雪的温软娴静,舍不得她的良好的涵养,还有她的美丽。她不是那种让人眼睛一亮的美女,她的漂亮当然不是妖艳的,也不像吴芳芳那样靓丽,但她耐看。接触多了,会觉得她五官长得很清秀、精致,脸颊光滑润泽,气质优雅脱俗,穿着大方,一双手瘦长有型,手指尖尖的,像钢琴家的手那样白皙,骨骼线条匀称有致,几乎是无可挑剔。她的气质优雅,穿着得体,冬天都是质量上乘的羊绒大衣,颜色不是明丽的那种,也不是过于黯淡的那种,而是驼色、浅灰色这种中间色,穿在她身上,显得优雅时尚,显得很洋气。这种洋气使许多人以为她是大都市例如上海出来的,可她是地地道道的本地人,在省城读的医学院。

还有,有段时间,让唐朝阳不解的是,她在讲话中经常使用英语,不是出于卖弄,而是情不自禁流露出来的,她还透露,她正在跟一个从美国留学回来的英文教授学英语。这让唐朝阳怀疑她在准备出国。可她向唐朝阳解释过,她大学没好好读过英语,需要补课,否则,许多国外的医学书籍和医学杂志都看不懂,医学是属于全人类的,它的任何一点进步,都是用来全人类共享的。作为医生,要及时了解来自其他国家,特别是发达国家的医学信息,所以必须熟练地掌握一两门外语,这个理由是毋庸置疑的。唐朝阳释怀了。

问题是,她是个冷美人,像她的名字,对唐朝阳火热的心,还以雪一般的湿冷。唐朝阳会讲很多好笑的故事或段子,凡是听到的,不论男女老少,都会被逗得哈哈大笑,乐不可支,而胡雪听了笑不起来,或者只是勉强淡淡一笑。这么冷漠的女朋友谁受得了呢?唐朝阳受得了,但他只是忍着,心里一想到她,就会往下一沉,一种懊丧感就会袭来,情绪就会落入低潮。

李刚伟和高晓明曾几次在商店和街头碰到胡雪和一个儒雅的高个中年男子在一起,胡雪和他有说有笑,看得出两人很亲密。胡雪脸上神采奕奕,那个男的甚至还很自然地在她身后搂着她的腰。这个男人是胡雪的什么人呢?

这不能不使李刚伟感到狐疑,他不知道是不是应该告诉唐朝阳,他犹豫不决,便跟余鹏程商量。余鹏程一听,未加多思考,就觉得要告知唐朝阳,他说,难怪胡雪老是雌不雌雄不雄的,弄不好是脚踏两只船,我看这事要跟老唐说穿,别让他给胡雪耍了。李刚伟说,小高不让我说,说这个人说不定是胡雪的同事,我说,哪有同事搂着腰的?小高听了,也觉得同事之间不会这么样子的,她也想不通。余鹏程说,你赶快把这件事告诉唐朝阳,我们是兄弟,不能报喜不报忧。

又过了一段时间,李刚伟在余鹏程领证后的一次三人聚餐上,把此事向唐朝阳说了。唐朝阳一听,"啊"一声,脸色阴沉下来,没有多说什么,意兴阑珊的,只是大口大口喝闷酒。那天他喝醉了,李刚伟送他回去的,两人推着自行车,唐朝阳摇摇晃晃走着,在街心花园的一棵树下哇哇地吐了一地,吐得胆汁都出来了,一股浓烈的酸腐气熏得替他捶背的李刚伟一阵阵恶心。

后来余鹏程才知道,那个醉酒呕吐后的第二天开始,他就暗暗跟踪胡雪,很难想象这是唐朝阳做的事,他一向光明磊落,不屑于这类做法。但他这次做了。

在医院门口像私家侦探一样,他等着她下班。有一次他悄悄地走了进去,在心内科病室前,混在人群堆里看见她穿着白大褂在看病,病人很多,在过道里排起了长队,门口由一个护士喊着号,她的面前是张小桌子,摆着许多病历卡和挂号单。

除了她以外,科室内还有一个男医生,四十多岁,已隐见白发,戴着金边眼镜,对待病人很和蔼,像是个温润如玉的谦谦君子。老病人都叫他黄主任,有那么几回,他站起来,走出诊疗室,拿着一张片子进另一间科室。隔着玻璃窗,可以看到他与一个头发花白的老医生在片架上指指点点。从那里出来时,唐朝阳和他正面相迎,他当然没有注意在拥挤不堪的人群中隐匿着一个叫唐朝阳的年轻人。唐朝阳可把他观察得很入微了,与他坐在病人前的印象不同,他是个很儒雅很有派头的人,个子很高,一米八左右,浓眉大眼,目光犀利,咄咄逼人,让人感到他是个果敢的而且能洞穿别人内心的人。他走路很快,在人流里穿过时,会不停地喊"对不起,对不起,请让一让",显得很有教养。

在电梯口的墙上的医生介绍栏里,唐朝阳找到了他,他排在那个白发老医生之后,名列第二。据上面介绍,他叫黄宾,北京医科大学毕业生,硕士,主任医师,著名心脏内科专家,照片上的他神情严肃。而那个老医生是医院副院长,兼省医学院教授,著名心脏内科专家,解放初,他从英国医科大学毕业,选择了回国效力,名叫邓舜扬。唐朝阳小时候就知道他,他是个德艺双馨的名医,提到他就会令人肃然起敬。医院不是久待之处。唐朝阳还是来到马路对面一个报栏前,他在那里可清楚地看到进出医院的每个人。他眼睛紧紧盯着,一根接一根地吸烟,脚底下散落着一大摊烟头。身旁停着他的自行车。

下班时间到后不久,胡雪推着自行车从医院大门出来,骑车不紧不慢地走着,唐朝阳骑车紧跟着她,她没有去任何地方,回到了自己的家。连续两天是这样,这让唐朝阳既感到失望又感到宽慰。我这是怎么了,居然要盯起女朋友的梢,我是不是有点堕落了?他自嘲地笑笑,对自己说。

但第三天他又站在报栏前了,下着蒙蒙细雨,依然人流如潮,一片花花绿绿的雨伞,他穿着雨披站在一棵树下,没人注意到他。白天,他给胡雪打了个电话,约她看电影,她回答医院有事,走不开。他感觉到她在说谎。他耐心地等到医院下班时间,她撑着伞出来了,没有骑车,而是步行,她走了一段路,走进一家电器商店,紧接着,黄宾驾驶着一辆桑塔纳轿车缓缓从医院大门驶出来,唐朝阳一眼就看到了落着点点雨滴,略有点模糊的车窗背后的他。

雨刮子启动了,左右摇动,擦净了汽车前窗的雨水。这多少让唐朝阳有点意外,他没有想到黄宾会开车出来。黄宾将车开到电器商店门口,停了下来。大约过了一两分钟时间,胡雪撑着雨伞走出来了,走到车旁,打开副驾驶车门,收起雨伞,很利索地坐了进去,桑塔纳又向前开了,加快了速度,但是路上有点挤,车子开不快。唐朝阳骑车能跟得上,只是保持一段距离。

车子经过一家熟食店门口,黄宾下车,没有撑伞,他穿着浅黄色风雨衣,戴着一顶同样颜色同样质地的雨帽,款式很新颖。这样的雨天打扮唐朝阳只是在外国电影中的角色中才看到。即使这些年中国人的着装已呈现出多样化,街上的行人不乏穿着时尚者,但雨天穿这种风雨衣的人还是极少。像唐朝阳这样随便潦草地套着塑料雨披的,可以说是满街比比皆是。黄宾在店里买了好几包熟食,放在一只塑料袋里,胡雪摇下车窗,从黄宾手中接过袋子。黄宾回到车内,继续开车。

他们拐进了一条僻静的湿漉漉小街,这条街人烟稀少,车速明显快了,唐朝阳盯住那车子,拼命地蹬着,雨点迎面扑来,雨披帽子根本挡不住,他满脸都淌着凉丝丝的水。在一片树荫中,矗立着好几幢年代久远的老洋房,唐朝阳知道,这是解放前非富即贵的一些人的住宅,"文革"中的暴力把屋内倒腾得面目全非,主人也被轰走。

风暴平息后,新的时代开启,它们又回到了过去。原来的主人又住了进来。它们已陈旧了,有点破败了,但仍保持着它特有的气质。黄宾在其中一幢带围墙的洋楼前停下车,走出车,接过胡雪手中的雨伞,替她遮雨,胡雪一只手拎着塑料袋,另一只手紧紧挽着黄宾的胳膊,黄宾开门进去了。

那是幢静寂的房子,不像有人住。唐朝阳在附近一幢大楼的宽阔的台阶上可看到屋子里的情况,雨天暗得早,屋子楼下亮了灯,楼上是黑暗的。唐朝阳思忖着是否要继续待下去,他疲倦了,风雨中感到很冷,而且饥肠辘辘。但他最后还是想等到底,等什么呢?他也说不清,事情的进展比他想象的复杂得多,他已明白胡雪和她的科室主任的关系很不寻常了。

他们显然是在一幢他从小就敬畏的洋房里幽会。他小时候对这房子里主人的生活感到好奇,有几分神秘感,他在房子前刻意走过几次,听到从里面传出钢琴的曲调声。那是晚上,那钢窗窗纱后透着的灯光明亮而温馨。这钢琴曲,这灯光,这爬满青藤的青砖房,和他的生活,不,和绝大多数人的生活有着遥远的距离。他没有想到,数十年后,他会在这房子里看到了他最不愿意的一幕。这真有点荒诞的戏剧性。他扮演了一个拙劣的跟踪者。

他又冷又饿地等了一个多小时,看到楼上的灯亮了,拉上了窗帘,灯熄了,半小时后又亮了。又熄了,他看到他们出门,坐进了停在门口的汽车。这幢房子完全冷寂了下来。他们离开了,唐朝阳骑车跟着,黄宾把胡雪送到了家。

这时雨停了,天晴了,月亮成了一把发亮的弯刀。他们在胡雪家门前搂抱了一小会,黄宾挥挥手,胡雪进去了,黄宾开车走了,红色的尾灯闪亮着,很快消失在夜色中。唐朝阳拉下雨披的硬得像牛皮纸的帽子,推着自行车在街上盲目地失神地走着。什么都不用说了,他对胡雪的期待已幻灭了,他不知道下一步怎么办。路过一个夜宵的大排档,他坐了下来,点了几个菜,一瓶酒,吃完后,浑浑噩噩地回到家。躺下后,他头痛欲裂,酒精在他血液中燃烧,他父亲来看过他一次,给他喝了一杯温开水。直到天亮前,他才睡了一会。

隔了两天,他打电话给余鹏程和李刚伟要见他们,他们在余鹏程家碰头,吴芳芳是中班,不会来了。他们安安静静地坐在书房里,余鹏程李刚伟见唐朝阳脸色发青,精神萎靡,猜到他失恋。唐朝阳把跟踪胡雪的过程说了一遍,余鹏程和李刚伟震惊了,愤怒了,原来猜测胡雪脚踏两条船,但没有想到她和有妇之夫搞上了,这个黄宾就是李刚伟和高晓明碰到过的男人,这是毫无疑问的了。

真没想到道貌岸然的胡雪竟是个水性杨花的风流女子,考虑到唐朝阳的感受,他们没有用破鞋、荡妇这样的话来发泄对胡雪私德的不满。不过,他们都坚定地对唐朝阳说,这还用考虑吗,还用商量吗?很简单,马上和她分手,一刀两断,一分钟都不要拖延,这种女人太可怕了,即使她是天上下凡的大美女,也不值得和她纠缠不清了。

"我不懂,胡雪既然和黄宾关系暧昧,为何还要来找我呢?她到底是怎么想的?我不相信胡雪是那种乱搞的坏女人,也许,也许是黄宾利用权势胁迫她……有这种可能吗?真是的,她怎么会去上黄宾的当呢?"唐朝阳的话里有股悲凉的意味,他心里还是放不下胡雪,虽然她对一直是在敷衍自己,没有付出过一点真情,但他们毕竟来往了那么长时间,他真的是喜欢她。

"朝阳,这有什么想不通的,胡雪找你做她男朋友,不过是掩人耳目,用来遮掩她和黄宾不可告人的关系。障眼法嘛!"余鹏程说。

"鹏程分析得对,她不过是把你当作了挡箭牌。没有不透风的墙,估计别人觉察了,有议论了,为了堵住别人的嘴,她就找你这个男朋友,你被她利用了,这也是她为什么对你那么冷的原因,一切都解释通了。朝阳,你赶快丢掉幻想,当机立断,不要再理她了,天下好女人多的是,像吴芳芳、高晓明这样的女孩子还是有可能找得到的。"李刚伟附和说。

唐朝阳点头,叹息了一声,神情沉郁地说:"好吧,我听你们的,我和她分手,约她见个面,当面告诉她。"

"你要想好了,用什么理由。"余鹏程说。

"不需要具体说明什么理由,就说不合适就可以了,也可以点点她,让她一看就明白,你已知道她的事。"李刚伟说。

"好,干脆就摊开来说,我不仅耳闻,还亲眼目睹她有亲密男友,就这样了。"唐朝阳突然下定了决心,提高声音说,"你们俩要保密,我跟踪胡雪,毕竟不是什么光彩的事,吴芳芳高晓明面前也不要说,别让她们笑话我。"

余鹏程大笑:"不说,不说,我和李刚伟上不告父母,下不告妻儿,上老虎凳喝辣椒水也坚不吐实。"

九

唐朝阳经过考虑,没有约胡雪见面谈这件事,他怕见了面难以启齿,便写了封信,信很简单,只是说,我们认识已一年有余,至今踏步不前,估计你另有所依,我就主动从你的人生中退场,祝你幸福等等。贴上邮票,投入邮筒,他顿感如释重负。不过,他还期待胡雪会回信或回电,结果没有任何回音。一段时间下来,唐朝阳发现自己并没有忘记胡雪,每次经过那家医院,他忍不住多看几眼。一次父亲生病住院,他去病房陪护,还抽空到门诊大楼心内科的走廊里遛了几个来回,在科室前张望了一下,看到了黄宾,胡雪没见到。

然而,余鹏程在一次与周芹的闲聊中,周芹无意中谈到黄宾和他的老师邓舜扬,她因为军军的病没少和他们周旋过,她不仅认识黄宾、邓舜扬,而且很熟。美国世界级心脏病专家要来该医院交流,就是邓舜扬和黄宾从中促成的。

周芹说,黄宾是心内科医生,也研究神经系统的病,心血管病和神经内科的病有着密切的联系,他在这方面写了几篇论文,发表在美国的权威医学杂志《柳叶刀》上。医院的医护人员都认为黄宾是个卓越的医生,而且前途无量。他出身贫穷,但在大学读书时,认识了一个富家女,望族之后。她的祖父是有名的民族资本家,解放前开厂的,信奉实业救国。一九四九年新中国诞生前夕,她祖父的兄弟们去了香港和台湾,祖父和她当时尚年轻的父亲留了下来,因而受到政府很高的礼遇,当上了副市长、市工商联主任。那段蜜月期很快就结束,工厂被剥夺了,但因为有利息、底子厚实,还有几百元让人瞠目结舌的工资,生活仍过得很滋润,远远超过芸芸众生。"文革"中,这个家庭不可避免地沦落了,祖父受到残酷斗争,工资只发二十多元的生活费,全家从原来的住宅中被赶了出来,祖父被发配到工厂打扫厕所。在一次批判会上,他遭到了殴打,并长期跪着,颈脖上挂着钢板做的牌子,上面写着反动资本家、大吸血鬼,祖父不堪承受而导致心脏病发作当场昏死过去,当富家女父亲得知消息赶到现场,祖父已送到殡仪馆。

富家女那时还是初中生,后来她下放到苏北沿海农村,成了名知青。"文革"后考上医科大学,落实政策时,抄家抄去的物品发还了,包括祖父被扣除的工资,存款解冻了,房子归还了。改革开放后,她父亲很活跃,穿上了西装,戴上领带,当上了一家什么公司的董事长,为当年流落海外的亲戚回来投资牵线搭桥。富家女又戏剧性地从灰姑娘回归到富裕阶层。她从医学院毕业后,便和她的同学黄宾结婚,黄宾从此改变了穷窘的命运,他找了个好老婆,也成了个好医生。一年前富家女在出国潮中随父亲和两个哥哥去了美国,黄宾有自己的家,是医院分配的房子,但他妻子家里留下的一幢洋房空在那里,事实上是属于黄宾的了。

黄宾还有这样的故事,余鹏程饶有兴趣地听完了,笑笑说:"他是司汤达的《红与黑》里那个一心想出人头地的于连,他靠女人追求飞黄腾达,你看,他什么都得到了,他的命真好,他的运气真好。"

周芹对余鹏程的刻薄有点惊讶,她说:"你错了,他可不是于连。我听说,他和他老婆谈恋爱时,他并不太清楚他老婆有这么一个家庭,他的成功不是靠他的妻子,而是他自身的刻苦,他不是那种吃软饭的人。当然,不能否认,在物质上,他得到了妻子娘家许多好处。在医院,围着他转的人不少,特别是女孩子,医院那个地方,就是个花鸟市场……他是医院是第一个买小汽车的人,现在还独拥一幢老洋房。"

"是吗? 他家人都去了美国,他为何一个人留在内地呢? 现在的人都在削尖脑袋往国外钻,他倒好,承受着和妻儿分居的寂寞,他到底是怎么想的,这有点不合常理。"

"我不知道他留下来的原因,也许他觉得留在这里更有前途吧,外国竞争那么激烈,一个中国医生很难站住脚。我听他说过,他的一些同学去了美国,连学历都得不到承认,只能到餐馆洗盘子。"

"他们夫妻感情怎么样?"

"这就不知道了,应该不错的。我看到他办公桌上有他妻子和女儿的照片。不过,婚姻这种事,谁也说不清……也许,他觉得一个人生活更好,我看不出他有多无聊,他够充实的,崇拜他的人很多,他的人缘很好。"

周芹说到这里,看了余鹏程一眼,突然静默了。这一席话说得很含蓄,但包含着很丰富的内容,让人有很大的想象和推理空间。

余鹏程摆出一副与己无关的神情,没有继续问下去,看来周芹知道他的不少情况。她是为了军军的病和他保持着接触,她一定是费尽了心机,才搭上了黄宾和邓舜扬这条线的,而且建立了熟稔的关系。这两个人对于她来说,无异于救命恩人,她和张杰满怀着希望和信心,期待着美国专家过来为军军动手术,能够有奇迹出现,一劳永逸地解决儿子的病痛。毫无疑问,黄宾和邓舜扬给了周芹张杰夫妇一个美丽的愿景,也是她和张杰这段时间来能保持家庭平静的一只铁锚。奇怪的是,军军也很争气,很少发病,只是小脸依然是那么苍白,眼睛的瞳子依然黑得异常,因为瘦骨嶙峋,头颅显得大了,很像小说《红岩》所描写的在监狱中出生的小萝卜头。

周芹提供的有关黄宾的这些情况,让余鹏程窃喜,有地下工作者获得了重要情报那样的兴奋感觉。这天晚上,吴芳芳上中班,余鹏程上楼了,在书房看书,唐朝阳来了。这段时间他来得很勤,特别是吴芳芳上中班和早班的时候,他每次上楼时,脚步声很重,踏在陈旧的木质楼梯上,发出"咚咚"的敲鼓般的声响,因为他爱穿一双厚重的毛牛皮皮鞋。这是他在钢铁厂当炉前工的弟弟送给他的工作皮鞋,钢铁厂工人称它是老 K 皮鞋。为什么这么称呼就不得而知了。

唐朝阳的老 K 皮鞋刚踏上楼梯,余鹏程就知道他来了,便去楼梯口开了灯。唐朝阳在书房刚坐下,余鹏程便关上房门,把周芹说的有关黄宾的情况复述了一遍,唐朝阳很有兴趣地听着,听完后便笑了,说:"这与我有什么关系吗?"

余鹏程说:"当然有关系,这从一个侧面证实了他和胡雪的关系。"

唐朝阳摇摇头说:"这已经成为历史了,胡雪在我生活中成为过去式了,谈这些毫无意义了。"

余鹏程看着他说:"真的吗?我怎么感觉你没忘记她。"

唐朝阳问:"何以见得?"

余鹏程说:"给你介绍女朋友的人很多,窈窕淑女,君子好逑,你却都拒绝了,为什么?除了你心里还装着胡雪,没有别的解释。"

唐朝阳说:"我没这个心思,虽然胡雪和我只是一般的交往,算不上轰轰烈烈的恋爱,但她毕竟是我第一个正儿八经的女朋友,也算是初恋吧,可她欺骗了我,我堂堂男儿,岂吞得下这口恶气?我感到心寒啊。"

余鹏程和吴芳芳按计划的时间举行了婚礼。

当时的婚礼虽然没有进入新世纪以来那么繁复、豪华、煽情,但已经很讲究了。高晓明和吴芳芳的一个女同事当吴芳芳的伴娘,李刚伟和唐朝阳在现场指挥、调度。三四辆小车组成的迎亲车队把吴芳芳迎到了新房,李刚伟和唐朝阳放了鞭炮。硝烟弥漫。吴芳芳穿着婚纱手捧了一大束天堂鸟,化了淡妆,因为兴奋而脸色绯红,她的艳丽和漂亮非常耀眼。

酒席摆了二十多桌,除了双方亲朋好友,还有单位的同事。杨大年没有爽约,提前一天和全家人乘坐两辆小车来了,杨大年全家和余妈妈都住在宾馆。尽管余妈妈希望住在家里,在书房搭一张床铺,但给余秋月劝阻住了,说就是两三天时间,不要找这个麻烦了,让弟弟弟媳省点心吧,你一个老太婆住在那里,不是骚扰他们吗?余妈妈叹口气说,你这是什么话,我一直和你们在一起,我骚扰你们了吗?我告诉你,小鹏他们有了儿子,我可是要来带孙子的,老余家的孙子我不带谁来带呢?余秋月用戏谑的口吻说,你怎么知道一定是孙子呢?她知道妈的心思,希望老余家有后,而余秋月只有一个女儿,即使是男孩,姓的也是杨。妈虽然是个还算开明的人,但有点老思想也是难免的,特别她是个农村妇女,余秋月明白妈嘴上不多说,心底里是盼孙心切的。作为姐姐,余秋月当然也希望盼鹏程芳芳生一个男孩。但生男生女谁也担保不了。

余妈妈肯定地说:"我当然知道,你爹在那边保佑着小鹏呢,你看,小鹏福气多好,碰上了芳芳这样的好老婆,又漂亮又勤快。"

杨大年的职务已是省委宣传部副部长兼省文化厅厅长,他的到来,算得上是衣锦还乡,一大批市里的官员应邀赴喜宴,根据杨大年的嘱咐,余鹏程一律免收礼金。市电视台的主持人主持了婚礼,杨大年作证婚词。市歌舞团的演员表演了节目。当然都是市文化局、教育局的领导一手安排的,婚礼车队也是他们安排的。

杨大年当市教育局党委书记时,局长是丁克,他现在依然是局长,而与他平级的杨大年这两年连连晋升,把他远远地抛在后面了。丁局长对身边的人不止一次说过,这个杨大年太厉害了,真是平步青云啊,窜得也太快了!想当年,我在教育局当组织处长,还是我把他从中学教师的位置上调到局里来的,当时,他非常谦虚,在我面前低头哈腰,我说什么,他都奉为圣旨,就差点没像电视剧《康熙王朝》里那些自称奴才的大臣一样嘶嘶的,其实他是有野心的,城府很深,很有心计,暗地里不知用什么手段搭上了戴副书记这只船。丁局长谈起杨大年时,一脸的嘲笑,嘶嘶地抽着冷气,感慨中有嫉妒,也有莫名的委屈和不甘。但这次余鹏程婚礼,他和市文化局长两个人竞相鞍前马后地围着杨大年转,各种事情都是他们帮着搞定的。

在婚礼上,余鹏程捧着天堂鸟单膝下跪向吴芳芳求婚,吴芳芳喜极而泣,泪流满面。主持人问了余鹏程天堂鸟这种花对他们的特殊意义,余鹏程讲了经过,当然隐去了他当时的不堪,这个故事在婚礼的喜庆气氛中增添了几分浪漫的色彩,博得了满堂的掌声和喝彩。吴芳芳再次感动得掩面而哭。

新婚之夜,余鹏程没有什么强烈的新鲜感。他已与吴芳芳经历过浪漫缱绻的风花雪月,吴芳芳对于他已无神秘感了;也没有什么强烈的激情了,他们的激情在这之前已一次次地得到释放了。连续数天的忙碌,尤其是今天的劳累,让他感到疲惫不堪,他和衣躺下,很快就睡着了。吴芳芳脱下嫁衣,换上家居服,把显得杂乱的家细细整理了一遍。夜已深,她还在灯光雪亮的房里忙碌着,她虽然为人大大咧咧,却是个洁癖,极端的洁癖。当一切妥帖后,她才觉得自己饿了,而且饿得有点发慌。喜宴过程中,她像木偶般被人牵着,换了几身衣服,应付各种礼数,陪着余鹏程一桌桌敬酒,接受熟悉的不熟悉的人的祝贺等等,除了早上吃了碗小汤圆,中午吃了碗线粉鸡蛋外,一整天她几乎没有认真吃点东西。

她找出了一个纸盒封装的方便面,打开后,放进一小包作料,用开水泡了一会,将热乎乎的面条狼吞虎咽地地喂进自己空空的肚子里。然后她替余鹏程脱去外套,盖上被子,自己也熄灯睡觉了。望着身边睡得正香的丈夫,她的眼皮是涩涩的,有了睡意了,但却睡不着,这间屋子的每个角落每个细节她都熟悉的,但今晚她还是有种陌生感。怎么会啊?她可是这屋子正式的女主人了,对这个新房的装饰、布置,她是参与的,处处有她的付出。她是第一次在这里过夜,她以前住的家是蜗居,她已习惯了她帐子里的世界,习惯听她两个弟弟的磨牙声、梦呓声。她对妈说,希望能保留她的床铺,不要让弟弟占领,她说不定有时还会回来住上一夜,妈数落她,有了那么宽敞的房子,还回来挤,真是好笑。但妈还是答应了。白天,小汽车将穿着婚纱的女儿接走时,妈突然捂脸潸然泪下了。

还有那个祝融,他被列为吴芳芳邀请参加婚礼的同事之一,当她把请柬送给他时,他接过了那红色的印刷精致的纸片,半晌没有讲话,心有郁结的表情,眼角闪着泪光。他离开时,终于说了一句话,我不一定会去,不过,我恭喜你。说着,把请柬放在口袋里,跛着脚步走了,头也没有回一下。第二天,他把一个粗糙的笔记本送给吴芳芳作为纪念,并告诉她,笔记本里抄录的都是一些诗人、作家或名人的诗歌、名言。

吴芳芳翻了翻,上面确都是祝融的笔迹,他写得一手好字,里面的文字吴芳芳似懂非懂,如有叶芝的一首诗《深沉的誓言》:

因你未守那深沉的誓言,/别人便与我相恋/但每每,在我面对死神的时候,/在我睡到最酣的时候,/在我纵酒狂欢的时候,/总会突然遇到你的脸。

还是叶芝的一首诗,在《亚当所受的诅咒》中,他写道:

我有一样个念头,只能对你说:/你美丽动人,我也尽心竭力/用古老的崇高方式把你热爱;/那似曾幸福,然而我们已经/像那空洞的残月般心灰意冷。

缺乏文化底蕴和文学悟性的吴芳芳并不太懂这些诗,也不完全明白祝融把这本笔记本送给她的意思,她望着他远去的背影,隐隐觉得他对于自己即将出嫁并不怎么高兴。他们在小学就是同学,他从小因为残疾而自卑,也饱受某些校园顽童的欺凌和讥嘲,朝他吐唾沫,对他推推搡搡,瘦小孱弱的祝融不敢做声,吓成一团,直往一边躲闪。吴芳芳看了,很同情他,站出来帮他,大声呵斥那些顽童,喂喂,你们疯了吗?为什么要欺负祝融,他碍着你们什么事了?我马上去老师那里打你们的小报告。她说到这里,环顾四周,寻找有没有老师出现。吴芳芳虽然学习成绩不算好,但人长得漂亮可爱,性格天真活泼,说话直率,挺招人的喜欢。那些怕硬欺软的顽童害怕了,哄笑着散开了,有的朝她扮个鬼脸,有的用手指刮着自己的脸羞她。

祝融对吴芳芳很感激,他的残疾加上父亲后来的瘫痪,使他的心格变得柔弱而阴冷,吴芳芳成了他身边的阳光,虽然只是那么一缕,但还是给他带来了暖意,一次次融化和驱散他心中的寒气。后来,他跟着吴芳芳上技校,按他的成绩,完全可以上高中考大学。当然,选择上技校家庭经济也是一大原因,他希望早点工作,为父亲分忧。从技校毕业,他又如愿以偿地和吴芳芳分配在一个厂一个车间。祝融已习惯生活中有吴芳芳这样一个朋友了,这点吴芳芳想到了,吴芳芳也认他这个朋友,她想,他也许以为她出嫁了就会失去这个朋友,所以他力劝她不要嫁给余鹏程,也是出于这种担心吧。这怎么会呢?她和余鹏程结婚,并没有远走高飞啊,并不妨碍他们俩继续做朋友啊。

这宁静的新婚之夜,在呼呼大睡的新郎身边,吴芳芳的思绪居然会落在祝融身上,那本笔记本她并没有仔细阅读,也不太理解祝融将它送给她的意思,她随意地将笔记本放进了那个小木箱里。这个小木箱从小就跟着她,放着她喜欢的小东西,几个布娃娃、从小到大的照片、圣诞节贺卡、成绩册等等。

婚礼之前,这只木箱随着她的衣物,一起搬到了余鹏程这里。

结婚后,他没有特别感觉到他和吴芳芳婚后有什么蜜月,他们的蜜月是在电影院昏暗中相吻到第一次做爱,到领证后的甜不可言的缠绵。喜宴结束那晚,他疲累地和衣躺下,沉沉入睡,新房里的情调是浪漫的、温馨的,门上、窗户上、镜子上,贴满了红色的囍字。

但他们的蜜月却结束了。

是的,余鹏程已经没有那种激动人心的新鲜感了,吴芳芳倒是想和丈夫亲热一番的,但她的洁癖却把这事搁下了,忙着去收拾房间。也许从这个一生中最美好的晚上就出现了他们缺乏保鲜能力的端倪。

几年后的一天,余鹏程对周芹说过这样一件事,他和吴芳芳第一次有那事后,他送她去工厂上班,回家时,看到周芹在香烟的烟雾包围中默默地坐着,她说了一通关于婚姻的惊世骇人的话,当时他不以为然,但现在他觉得她说得很有道理,可惜他明白得有点晚了。

吴芳芳在婚后第二天,就和余鹏程谈起了家里的经济问题,她说,她的工资必须拿出一部分给家里,父母亲供养两个弟弟读书,负担不轻,作为长女,她有责任资助家里。余鹏程爽快地答应了,好好,你看着办,你作主就是了。吴芳芳又算起一笔账,每月要把一半工资存起来,用于以后有了孩子后的种种费用,还要考虑买房,这两笔费用不小,要平时一点一滴省下来,所以,她规定了余鹏程的零花钱的数额,要他戒了大手大脚花钱的习惯,不要动不动就拉人上饭馆请客。"你知道吗?你请一顿客,抵得上我们一个礼拜的菜钱。还有买衣服日用品什么的,尽量挑便宜点的东西,不要去买名牌的东西,那些东西是万元户才买得起,我们是工薪阶层,扛不住那么贵的价钱。"吴芳芳喋喋不休地讲了不少。余鹏程有点不耐烦了,说,知道了,都听你的。

他稍稍有些吃惊,觉得吴芳芳变得陌生了,一个那么单纯的没心没肺的女孩,一夜之间就成了唠唠叨叨的抠门的家庭妇女,揣着一肚子的精明。

在老家时,家里经济条件并不好,但他从未苟且度日,他苦过,但妈和姐姐从不让他寒酸和窘迫。上师范学校时,学校发生活津贴,姐姐还时常塞给他零花钱。当小学教师时,上大学时,他不是富翁,收入也有限,但他从不吝啬,漫不经意地花钱,但谈不上挥霍无度。他不喜欢吝啬的人,那些人往往被人看不起,他甚至认为,在经济上是否过于会算计过于小气,与口袋里羞涩还是丰满无关,而是取决于品格和生活态度。

不过,他还是能理解和接受吴芳芳的安排,她是贫寒家庭的女儿,穷人家的孩子早当家,这个家曾经困窘过,每块钱都要在手里掂量掂量才花。现在她面对一个刚组成的新家,这样精打细算是必要的。只是没想到,她这种年龄和性格竟会有这种对现实和未来隐含着忧患意识的细致打算。他一直以为她是个不太懂得生活的人。

他忍不住笑着对吴芳芳说:"芳芳,没想到你还是个铁算盘,好吧,你大胆行使你的责权吧,管家婆同志。"

吴芳芳打了余鹏程一下说:"是的,我就是管家婆,就是要管你。"

以后的日子,吴芳芳说到做到,她锱铢必较,捏紧每分钱,这让余鹏程很不适应,她每月给他留的零花钱远远不够他的花费,好在他还有些外快,讲课费、稿费,工资外的额外补贴,这些他都截流了。但这个秘密很快给吴芳芳发现了,她很郑重地对余鹏程提出来,你的所有收入大部分都要交公,不能私吞,并且规定了一个比例,余鹏程可留成百分之二十,这让余鹏程哭笑不得,他看着吴芳芳那青涩而又一本正经的脸,点头答应了。我爸爸就是这样的,很多单位都请他去当绿化顾问,指导园林设计,培育花木什么的。人家给他的钱他都交给妈了,一分钱都不留。吴芳芳说。她言下之意,让余鹏程留百分之二十已经够意思了。

让余鹏程不能忍受的是,吴芳芳居然偷偷搜他的包和口袋,余鹏程的钱是不放在钱包里的,他随便地放在口袋里和办公桌里。余鹏程发觉后第一次向吴芳芳发了火,他吼道,吴芳芳,你太过分了,你怎么能这样做呢?你这是对我的侮辱!吴芳芳心里一凛,不知道说什么好。

半响,她才辩解说:"我们厂里的女同事都这样做的,我们是夫妻,看看你的包和口袋有什么不可以的,我们不应该有秘密。"

余鹏程大声说:"是的,我们是不应该有秘密,但不等于你可以搜我的口袋和包,我非常厌恶你这种行为。"

吴芳芳哭了起来。余鹏程蹙着眉头坐着,也不看吴芳芳一眼。吴芳芳毕竟是个简单的人,隔了一会,她擦着泪水坐到余鹏程身边,挽着他的臂膀说:"鹏程,我错了,你是知识分子,你自尊心强,我这样做,你接受不了,下次我不会碰你的东西了,我保证……"

余鹏程回答说:"你知道就好,有些事情我可以让你,这样的事我是不允许的,一个有教养的人是绝对不会这样做的,你要知道,我珍惜现在的生活,珍惜你。你身上有许多宝贵的品质,你特别善良,心肠好,正直单纯,待人热情,好帮助别人,对我也很包容,不嫌弃我比你大那么多,在我最倒霉的时候,你走进了我的生活,所以我很感激你……"

"你不要这么说,我爸对我说过,你配不上余老师,是啊,我文化上不及你,差远了。我们的家庭情况不同,生活经历不一样,你是知识分子,我是工人,我身上有许多地方让你不舒服,你慢慢教我吧,我过去是你学生,现在还是……"吴芳芳眼泪汪汪地说,说得很诚恳。

余鹏程的气顿时消了,他伸出臂膀把吴芳芳搂进怀里,掏出手巾帮她拭去泪水,柔声说:"好了,好了,都是我的错,我不该朝你发脾气,对不起。"

吴芳芳破涕为笑。他们和好如初。

又隔了几周,吴芳芳经医院检查,证实自己怀孕了,而且已经三个月了,是婚礼前播下的种,吴芳芳对此事竟没有察觉,医生问她,你月经停了几个月不知道吗?吴芳芳回答,我以前也有不来的时候。医生摇头,你太缺乏常识了,你二十出头的人了,应该懂的。

吴芳芳拿了那化验单从医生的科室走出来,冲着站在走廊里的余鹏程傻笑。余鹏程小声问:"怎么样?"

吴芳芳说:"你猜。"

余鹏程已从吴芳芳脸上看到了结果,他屏住呼吸,故意淡然地说:"怀上了,是不是?"

吴芳芳使劲地点头。

余鹏程大声喊了一声:"太好了!"洋洋得意,周围的人都闻声看着他。

晚上,他们躺在床上,黑暗中,吴芳芳抓住余鹏程的手,放在自己的腹部,低声说:"孩子,这是你爸爸,他是个大知识分子,将来你读书不会像我那么差了,他是老师,随时可以辅导你学习。"

余鹏程在吴芳芳光滑柔软的肚皮上轻轻地抚摸着,他好像真的感受到了里面有个幼小的胎儿在活动着,一个小生命就这样诞生了,这是有多奇妙就有多奇妙的事情。

他感动了,把脸贴上去,情不自禁地说:"孩子,孩子,你听得到我在和你说吗?"

吴芳芳说:"你给他起个名字吧?"

余鹏程思索了一会说:"叫余蓝吧,不管是男孩还是女孩,我希望他的心胸要宽广,你知道吗?蓝色的天空,蓝色的大海都是宽广的。你说怎么样?"

"余蓝,好听,就取这个名字吧。"

第二天,余鹏程把吴芳芳怀孕的事打电话告诉了姐姐,姐姐听了很高兴,说妈已咕噜好几次了,芳芳有了吗。老太太还是老思想,盼抱上孙子,你们争气点,生个男孩吧。余鹏程说,这个我可不敢保证,顺其自然吧。余秋月顺着他的话说,是的,我对妈也是这么说的,又想起什么要叮嘱弟弟。对了,小鹏,芳芳上三班倒不合适了,能不能找人去她厂里帮着说句话,调个常日班吧,再上夜班中班,她身体会吃不消的,到头来还是会影响孩子的体质。余鹏程说,妈生我当天,不是还在田地干活吗?我不是长得三大五粗的吗?余秋月说,那是什么年代啊,妈也是迫不得已,为了多挣点工分啊。现在条件好了,尽量让芳芳少辛苦。余鹏程说,知道了,我试试看。

不料,余鹏程与吴芳芳谈及这件事,吴芳芳却连连摇头,要余鹏程不必操这个心,她不想调常日班,理由是,车间行车工是一个萝卜一个坑,调不过来的。这让余鹏程感到费解,人员调得过来调不过来不是她考虑的,领导如果同意,自然会有办法安排的。便说,这你就不用管了,我托人去说,只要领导同意,有困难会解决的。你们厂那么大,调度个把人的班次有那么难吗,难道少了你地球就不转了?但吴芳芳还是坚持不让余鹏程去,说过一段时间再说吧。余鹏程第一次看到她这么执拗,便不响了。后来,他从她父亲吴国正那里得到了一个他感到不可思议的答案,原来吴芳芳考虑的是钱,上夜班和中班,加起来会有一百多元钱的津贴,她宁愿辛苦些,也舍不得放弃这笔钱。吴国正调侃说,女儿是一厘钱精神，其实，她是有机会调常日班的，她就是介意那几个钱，家里也不需要她拿钱回来，可她硬是要给，这孩子心肠太好了。她妈都替她存着呢，孩子出来后会还给你们，你们有了孩子花费大了，我们不能增加你们负担。余鹏程说，爸别这么说，芳芳补贴家里一点钱是应该的，这是芳芳的一点孝心。你们要还，她会生气的。

余鹏程没有揭穿吴芳芳的真正目的，暗地里通过教育局党委邹书记找了铸造厂的厂长。厂长满口答应，他儿子快初中毕业了，想考重点中学，少不了要邹书记帮忙。但车间主任找吴芳芳要照顾她上常日班时，她怎么都不同意，车间主任都感到奇怪了，上三班倒的人都巴不得上常日班，这个吴芳芳为什么不愿意呢？车间主任不耐烦了，说，就这样吧，有了身孕，上夜班太累，对孩子发育不利，你愿意上三班倒，等你生完孩子再上吧，你要这么固执，出了什么事，我可承担不起，你给我写个条子，上面写后果自负。吴芳芳一听只得答应了。

吴芳芳明白是余鹏程从中起的作用，她没有责怪丈夫，她还是明事理的人，知道余鹏程平时不轻易求人，他这次去求了什么人，是为自己好，也是为孩子好，这些她是懂的。自己可不能为了那一百多元津贴，让丈夫扫兴，如果真的对孩子的健康造成影响，那她怎么对得起丈夫和孩子啊！她想到了周芹的儿子军军，他们一家为此而产生的痛苦，她都看在眼里。她深切地怜悯军军，发自内心地同情周芹和张杰，甚至一看到军军那张没有血色的脸，她的心就会咯噔一下，会情不自禁地，爱怜地抚摸一下他头发稀疏的头，轻轻叮嘱他，军军，多吃点饭，长得结实点。

回到家里，她乐呵呵地把调常日班的消息告诉了余鹏程，说："你还是找了人，车间主任亲自找我谈的话，在我们那里，这是很不容易的，还是你面子大啊！"

"这不是面子大小的问题，你是孕妇，应该照顾的。"余鹏程说。

"我们厂里的女工怀孕的不少，如果人员调不过来，一般都不照顾，没办法照顾。"

"如果女工生了孩子，准许休产假吗？"

"当然允许的，而且不扣工资。这是有政策规定的。"

"那就好了吗，说明厂里还是有办法调整得过来。我那些年当音乐老师,这个小学调到那个小学,基本上是顶怀孕女教师的缺。"

吴芳芳说了一句"是啊,你说得对,余老师",便没有再说下句。

"在家里,我也要照顾你,有了洗衣机你就不要再去井边洗东西了,我来洗吧,要发挥洗衣机的作用。拖地板、擦桌子窗户这些活也由我干。"余鹏程说到这里,伸出一个手指戳了一下吴芳芳的脸上的酒窝。

"有这么严重吗?你不是说你妈生你那天,还在种地吗?告诉你,我不是大小姐,没那么金贵。"吴芳芳说,她没有闪避余鹏程的手,而是做了一个扩胸动作,以表明她身体的强健。

"生我那个年代和你怀余蓝这个年代完全不同了,你要用发展的眼光看待这个问题,那个年代有洗衣机吗,有冰箱吗,有电视机吗?"余鹏程朗声说,"以前的人总要生一堆孩子,只能马马虎虎养,能穿暖吃饱就不容易了,管不过来啊,现在只生一个,当然要好好地养,待余蓝出来后,你不把孩子捧在手心、含在嘴里才怪呢。"

"我不会的。我爸说,对孩子不能喜欢过头,否则会惯出一身毛病,将来到社会上怎么做人做事。所以,我提前警告你,以后我管余蓝,你可不能帮他。我爸骂我们的时候,我妈那么好脾气的人,也不给我们好脸色。"吴芳芳很认真地说,"还有,当着孩子的面,我们不能吵架,我爸妈在我们面前,从来不说一句重话。"

吴芳芳这么说,余鹏程是相信的,他在第一次踏进这个贫寒的家庭时,就感受到了这个拥挤简陋的家有种平和温暖的气氛,倒是自己家,父亲早逝,家里的气氛冷清、压抑。他当时曾经想过,只要父亲还健在,哪怕和妈整天吵闹打架也比这种气氛好,这毕竟标志着这个家至少是完整无缺的。这种冷清、压抑的气息有时会让他喘不过气来,简直要把他憋得发疯。还是姐姐,看着他孤独得闷坐着,一言不发,便攥紧他的手说,小鹏,看你这样子,我心疼。于是,她经常把他带在身边,到处乱跑。姐姐出道早,男朋友换了又换,相亲一个不落,她带着他去约会,去相亲。而妈反复叮嘱他的一句话就是,你没有爹,一定要替我争气,免得别人小看你。

想到这里,他有点伤感,有种鼻酸的感觉。这次和吴芳芳不经意的谈话,使他早已埋没在心里的久远的记忆又浮了上来,他早已不再是那个孤苦伶仃的少年了。幸亏姐姐,他成了个开朗的人,不过,那段不堪回首的岁月没有消失,还是留下阴影了,许多年来,他从来不去想这些事情。他和吴芳芳谈论的话题,就像他抚摸她的肚子那样,让他清晰地意识到他这从小就失去父亲的人要当父亲了,没有父亲的那种痛楚的感觉又让他触摸到了。父亲,他在心里念着这个词,一种感激之情油然而生,感激什么呢? 感激生活,感激命运,感激九泉之下的父亲,感激母亲、姐姐,感激吴芳芳。他要当父亲了,所以,他还感激尚未出世的孩子。

这天晚上,窗外下起了急雨,轰然一气的雨声。他平时喜欢听雨声,喜欢在雨声中看书,听一曲婉转的悠扬的有点忧伤的乐曲,也喜欢在雨声中睡一觉。今晚,他躺在床上,但睡不着,在黑夜黯淡的光线中他看着吴芳芳已熟睡的脸,她很安详,嘴角带着一丝笑意,有种准妈妈的幸福感。他再次伸出了手去抚摸吴芳芳的肚子,不,他在抚摸孩子,他好像真的感觉到什么东西动了一下,轻轻地撞在他的手心上。

十

吴芳芳的肚子一天天鼓起来。

天气也一天天冷下来,马路旁树木的叶子开始变黄、飘落。她没有激烈的妊娠反应,有那么几天,有一点恶心、呕吐,很快就过去了。她的身体变形了,脸有点浮肿,还有蝴蝶斑。怀孕是美丽的,大肚子有着生命的美感。但她的清秀和苗条却荡然无存了,他给她买的衣服都不能穿了,她自己动手做了几件孕妇装。她坚持上班,早晨上班,下午三点就下班。而余鹏程要到五点左右才下班,吴芳芳虽然很贪睡,但她一回来就忙碌着,在点点滴滴的柴米油盐醋茶酱等开门七件事中享受存在感。吴芳芳很满足于这种安逸的生活,但余鹏程总感到这种平庸而琐碎的日子不是他所向往的。

由于文化程度和生活趣味的差异,他和吴芳芳的共同语言越来越少。他出生在农村,并在农村度过童年和少年,他身上潜藏着不少农民的基因,却偏偏把农民的男耕女织、踏踏实实过日子的基因丢弃了。

他对家庭生活和夫妻生活充满着浪漫的渴望,至少能一起谈谈诗书,谈谈艺术,谈谈除了家务之外的一些什么事。另外,他是一个有激情的人,上大学时,校园民谣开始流行,他唱俄罗斯歌曲,中国和外国经典的民歌,如《鸽子》之类,也欢喜唱校园民谣,这些校园民谣是温暖的,有着青春的美好和初心,承载着对校园的记忆。

他离开大学校园的这些年,校园民谣更盛行了。他欢喜叶蓓,她的样子是白衣飘飘的具象,她的声音透着 B 小调雨后的清新,喜欢她的歌《青春无悔》《白衣飘飘的年代》《回声》等等,他正想再回到校园去,上台去唱"当秋风停在了你的发梢……"他听叶蓓唱这一句时,心里就被深深地触动了,眼泪就含在眼中。在他组织下,学校举行了几次校园民谣演唱会,他不仅拉起巴扬,还弹起吉他、电子琴,敲起了鼓。

是的,他激情未减。但吴芳芳却变得慵散了,她满足眼前的静好岁月,除了期待孩子顺利出世,除了生活琐事,除了她厂里的事,其他一概不感兴趣。她没有激情了。

她不喜欢音乐,校园民谣一首都不会唱,也不知道叶蓓、老狼、朴树、罗大佑,她已基本不看书报,以前借给她的那些经典外国小说,她其实只是翻了翻就放下了,不久就还给了他。婚后,她对他的几个书柜里的书看都不看一眼,她的历史知识、文学知识和时政知识十分匮乏,以至于和她谈起这些话题时,她显得茫然不解,或者回答得让人发笑。她虽然没有闹出《钢铁是怎样炼成的》是本讲如何炼钢的这样一类的笑话,但把托尔斯泰说成美国作家,认为台湾作家三毛就是连环画《三毛流浪记》中的三毛这样的错误屡犯不止,而且往往是他和周芹在聊天时,她插话说的。周芹不客气地点出她的错误,问题是,她还毫不在乎,不觉得自己犯了文化常识性错误是件难堪的事。

倒是他为她感到脸红了。他在周芹的表情里,已隐隐觉察到她的惊讶和不屑。

他问自己,在热恋中怎么就没有感觉到她的这些弱点呢?她不是在小学六年级时会被自己的歌声所打动吗?可现在他只要放放校园民谣的磁带,或哼上几句,她就嫌闹。

她这么年轻漂亮,却又这么肤浅,如果不努力看书学习,不提升充实自己的话,将来怎么教育孩子啊?他希望改变她,引导她读点书,具备最起码的审美意识和艺术修养,他挑了几本琼瑶的小说让她读,虽然他不喜欢琼瑶的书,但能读总比不读好,因为据吴芳芳说,她喜欢琼瑶的爱情故事。是啊,琼瑶的小说以及改编拍摄的电影、主题歌曾在青少年尤其是女孩子里风靡过。

可是,她根本看不进去,冒着严寒,他买了音乐会票和她去听音乐。下过雨,地上有点打滑,他紧紧抱住她大衣掩盖起来的变得滚圆的腰围,走到离家不远的大剧院。享有盛名的世界一流的乐团的演出,合奏、独奏、交响乐、独唱、男女合唱都是高质量的,余鹏程尽情享受。可是吴芳芳从第三个节目起,就靠着他的肩膀睡着了,一直到谢幕,全场站起来鼓掌,她才醒过来。这让余鹏程非常失望。在回去的路上,迎着凌厉的寒风,他一句话都没有说,用羊毛围巾把半个面孔紧紧围了起来。

此后,余鹏程和吴芳芳的话越来越少了,甚至有无言的冷场。

与吴芳芳说话最多的人是军军,他们有说不完的话,军军和吴芳芳在一起时总是很快乐,会时不时哈哈大笑,苍白的脸上会泛起一层潮红。隔壁陈斌的女儿陈娟也是吴芳芳忠实的追随者,她们也经常在一起讲悄悄话。她初潮来时,很害怕,很紧张,她没有跟爸妈透露,而是跟吴芳芳说了,吴芳芳将自己的卫生巾拿出来给她,并把注意事项一一关照清楚。陈娟说,她不想让爸妈晓得。吴芳芳问她为什么?小姑娘低着头说,没有为什么,就是不想。吴芳芳说,好吧,我给你保密,每个月你来我这里拿那东西,你可要放好啊。这个秘密只维持了两个月,到第三个月,终于给陈娟的妈发觉了。

她们是关着房间说这些的,余鹏程要进去,给吴芳芳挡住了,告诉他,我们有事,你不能进来。余鹏程后来看到陈娟拎着一个塑料袋,匆忙地从楼上走下来,像做了见不得人的事情那样,偷偷摸摸从客厅里走过去。余鹏程见了,突然就怀疑,陈娟是不是早恋了,说不定不可收拾了,吴芳芳在帮她出主意。直到晚上上床后,吴芳芳才把实情告诉了余鹏程。

吴芳芳总是觉得军军瘦小,有什么好吃的,例如糖炒栗子、烘山芋、肉夹馍、爆花米等,还有从厂里食堂里购买的很大的肉包子、蛋糕都要悄悄地塞给军军吃。后来,大概是周芹的叮嘱,军军依然围着吴芳芳转,就是不肯吃吴芳芳给他的任何食品。看得出来,军军其实对某些东西是很嘴馋的,但他硬是不接手,努力克制着。吴芳芳和这幢房子里小朋友的关系,似乎比余鹏程还要亲,她是个孩子王。她好像就是属于孩子似的,她身上的孩子气、傻气,像磁铁般强烈地吸引着孩子。

有一次,她捡回来一只孱弱的小猫。她回家时,发现它在一个屋檐下低声向她叫着,眼睛乞求般地盯着她,那天很冷,它在瑟瑟发抖,吴芳芳把它放在自己的包里带了回来。她在阳台上为它安了个窝。从此,这只小猫成了这屋里孩子们共同的宠物,陈娟为它起了个名字叫贝贝,宝贝的意思,从此,贝贝加入了以吴芳芳为首的这个群体的行列。吴芳芳和孩子们一有空就逗它玩,带来了不少乐趣。

贝贝是只白猫,但耳朵和尾巴是黑色的,小眯眼,很可爱。周芹说,这是只名种猫,叫"雪里拖枪",陈斌本来是反对收留这只猫的,听说是名种,他就默认了。十几天养下来,贝贝的毛色就显出了光泽,它活泼伶俐,本来这房子里有老鼠出没,它来后,老鼠很快就销声匿迹了。有了孩子,有了贝贝,吴芳芳与余鹏程的话更少了。

余鹏程觉得吴芳芳是一种沉溺,人生没有目标的沉溺,他婉转地对吴芳芳说,你马上就要当妈了,老是和孩子混在一起,你觉得有意思吗,有时间不能看点书吗,你知道胎教吗?你要讲有意义的故事给余蓝听听。吴芳芳低声回答,你不能讲吗?你看了那么多书啊,你是知道我讲不好的。讲这话时,她脸有愧色。

余鹏程不忍多说她了。他买了些儿童读物对着吴芳芳的肚子朗读,还放儿童歌曲听,他感觉孩子是听得见的,而且坚信孩子在听,他感动了,心里有股暖暖的涓涓细流在涌动,可是吴芳芳很快就沉睡过去了。其实,余鹏程不仅是让未出世的孩子听朗读听音乐,他同样期待吴芳芳听,听到她的鼾声,他觉得不快,朗读和音乐便戛然而止。

余鹏程心里很闷,除了上课,举行校园音乐会和阅读写作听歌曲以外,他还有更大的目标,他制定了读书计划和写作计划。他尝试写散文、小说。忙碌之余,常在楼下客厅里和周芹聊天,周芹知识面很广,书也读得多,消息也灵通,她在组织人事处的工作很轻松,有大块的时间,便不断从资料室借书看。她说过,要不是儿子的病让她心神不定,心不在焉,她可能会尝试文学创作,她结婚前曾在报刊上发表过几篇小散文。余鹏程和她聊得很投机,共同语言很多,而吴芳芳往往搭不上话,做完事情后就上楼躺在床上看电视,很快就睡着了。

唐朝阳、李刚伟夫妇是常客,李刚伟学校的宿舍楼已完工,在激烈的竞争中,李刚伟终于分到了一套房,简单装修后便搬进去了。在分房上,李刚伟鼓起勇气请余鹏程求杨大年帮忙,余鹏程答应了,不过,他是求的姐姐余秋月。余秋月当然了解李刚伟是弟弟最好的朋友,便郑重其事给丈夫说了,杨大年给小舅子面子,给分管教育的副市长打了个电话,这个电话起了重要作用。烦恼了很长时间的问题一朝解决,李刚伟浑身舒坦,对余鹏程感激不尽,小夫妻俩便隔三岔五上门,三个老同学的关系又变得热络起来。高晓明脾气随和,是个上得了庭堂下得了厨房的女人,和别人讲话,会根据不同对象挑选话题,李刚伟笑话她,她连跟看自行车的阿姨都会有聊不完的八卦。她一眼看出吴芳芳和余鹏程似乎有点话不投机,于是,她一来就和吴芳芳东拉西扯,吴芳芳有时已坐在床上了,她便坐在床头,两个人絮絮叨叨地聊着,不时传出愉悦的笑声。而三个男人在书房里更是畅所欲言,纵论天下大事,又会跳跃到哲学、文学、历史等方面的问题。

当然,他们也免不了谈些男人之间较为私密的事,如高晓明怎么怀不上孕,唐朝阳最近的相亲情况等等。余鹏程也坦言吴芳芳的浅薄和懒散,还有不求进取,他说,他们曾经有过的一日不见如隔三秋的如胶似漆的感觉已经没有了,他们的蜜月在结婚之夜就结束了,难道,婚姻真的是爱情的坟墓吗,或者说,婚姻真的是易碎品吗?慵常的琐碎的日常生活真的会消耗夫妻之间的情感吗?问题的症结在哪里呢,他们的文化差异真的是个原因吗?

唐朝阳和李刚伟对余鹏程的想法进行了激烈的批评,甚至可以说是讨伐。

"老余,你真是身在福中不知福,这么好的老婆从哪里去找啊,你还不知足,逼着人家看经典小说,欣赏音乐,你也不想想,人家要上班,要操心这个家,又怀着孩子,哪有这个闲工夫,哪有这份心思啊。我看你,还是忘不了丁兰兰,丁兰兰是浪漫,是多才多艺,可她看不上你呀,她还嫌弃你是个农民呢。你已经结婚了,马上要当父亲了,我奉劝你,把丁兰兰忘记吧,好好珍惜吴芳芳,珍惜这个家。告诉你,即使丁兰兰愿意嫁给你,也免不了柴米油盐酱醋茶,没有不食人间烟火的婚姻,你明白吗?"唐朝阳尖锐地说。

"你们误解我了,以为我吃着碗里的,看着锅里的,那个丁兰兰虽然给纨绔耍了,眼下名花无主,但我对她想入非非,这是不可能的,我不至于这么糊涂。告诉你们,丁兰兰现在是我姐夫的秘书,我和吴芳芳去南京,她约我见了一面,向我道了声歉,我看到她,已没有任何特别的感觉。只是为自己当时写情诗的做法感到幼稚可笑。我和丁兰兰是两类人,她是个虚幻的影子,生活在梦里,而这个梦我早就醒了。"余鹏程从省城回来后,没有把遇见丁兰兰的事告诉唐朝阳李刚伟,此刻他情不自禁讲出了真相,他说的是真话,当他走出大学附近的咖啡馆,他就把丁兰兰从记忆中抹去了。

听了余鹏程这么说,唐朝阳和李刚伟对视了一下,这多少有些出乎他们的预料,丁兰兰果然和余鹏程还有纠缠,她居然是他姐夫的秘书,而且还约余鹏程见了面。他们相信余鹏程所说的,对丁兰兰没有什么感觉了,可丁兰兰呢,她会不会对余鹏程产生某种感觉呢?要知道,余鹏程可是杨大年的小舅子,他的一句话足可以影响她的前程,否则,她为什么要放下身段向他道歉呢?丁兰兰从来就是个不寻常的女人。

"鹏程,你不要七想八想了,刚才朝阳一句话说到点子上了,没有不食人间烟火的婚姻,小吴真的是很不错的女孩,漂亮、贤惠,特别特别善良,这样的女人不是说要找到就能找到的。婚姻就是平平常常的生活,不要奢望红袖添香、卿卿我我这样的情调。什么易碎品,坟墓之类的话,那是胡说八道,你也信?明年孩子出来了,一把屎一把尿的,更无浪漫可言了。家庭生活哪有那么多诗意,大部分是现实问题。我们为了房子,伤透了脑筋,到处求奶奶告爷爷的,高晓明甚至还去庙里烧了香。最后还是你帮忙解决了,说实话,房子就是我们最大的婚姻公约数,而不是经典小说和音乐会。"李刚伟说。

"余兄,这些小说、音乐能当饭吃吗?你可要善待小吴,如果怠慢她,我丑话说在前面,我和刚伟饶不了你。记住,别做傻事,任何时候,糟糠之妻不可欺。"唐朝阳脸色凝重地说。

"你们把我看成什么人了,我是这样的人吗?我只是谈谈感受而已,没有其他非分之想。"余鹏程笑着说。

客人走后,吴芳芳收拾好书房,坐上,问在床头灯下看书的余鹏程:"你们三个男人关着门扯些什么啊?哇啦哇啦的好像在吵架。"

余鹏程眼睛看着书回答说:"东拉西扯,什么话题都有,有时候会发生争论,我们是好朋友,无所不谈,也从来不隐瞒自己的观点,在学校里就是这样。我们宿舍住八个人,常常为了一个话题争论不休,那时的大学生都自以为是,以天下为己任,高谈阔论,那个热闹劲,不亚于茶馆酒楼。"

说到这里,他放下书反问吴芳芳:"你和高晓明好像有聊不完的话,说些什么啊?"

吴芳芳说:"高晓明很随和,虽说是教师,但跟她说话,和我们厂里小姐妹一起时一样,不要动什么脑筋,说到哪里是哪里……倒是和你说话,我觉得……"吴芳芳看了余鹏程一眼,不响了。

余鹏程追问:"你觉得什么?"

吴芳芳沉默了一会,才说:"没什么,我要睡了。"

一瞬间,余鹏程看到她的双眸有些湿润,他连忙问:"你怎么啦,哭了?"

吴芳芳侧过身去,没理他。

余鹏程明白她想说什么,说:"芳芳,我知道你的意思,是不是你觉得和我说话有点累?"

一阵沉寂以后,吴芳芳惊醒般的猛地坐了起来,腹部呈现着完美的弧线。

她对着余鹏程爆发似的说:"你和军军妈有说有笑的,是的,你们讲的那些事我不太懂,我恨我没水平,说说就出洋相,我心里也不是滋味,我也想像周芹那样和你聊天,我知道你们小看我。可是,除了这些,我们就没有什么可聊的吗?在厂里,我和小姐妹,和祝融聊得很开心的,说错了也无所谓,可在我们这个家,你不愿意多拉家常,我知道你嫌烦,告诉你,高老师和我聊的就是这些婆婆妈妈的事,人家也是知识分子啊……"

　　吴芳芳说着说着,眼泪哗哗地流下来。余鹏程沉默着,吴芳芳是第一次这么对他说话,不是生气,而是伤心、幽怨,这个没心没肺的小女孩也有忧伤的时候,看来她说了不符常识的话并非毫不在意,她也是感到窘迫的,只是装傻,假装没有意识到。她清清楚楚地说,她心里不是滋味。那么,他的脸红,周芹的惊讶和不屑她是觉察到了,他们的态度伤害了她。

　　看来自己是做得不对,唐朝阳李刚伟他们说得对,没有不食人间烟火的婚姻,婚姻就是平平常常的生活,同样,夫妻间聊天的主题,也就是世俗的内容。

　　"躺下,躺下,当心受凉,别生气,生气对孩子不好。"余鹏程心里突然涌起愧疚,温和地说,"对不起,是我不好,你说的是,我们为什么不能多拉拉家常呢?你知道刚才唐朝阳李刚伟对我说了什么吗?他们说,婚姻就是平平常常的生活。放心,我再也不会让你心里不是滋味的。"

　　吴芳芳没有再作声,很听话地躺下了,她脸上还留着泪痕,但脸色缓和了,嘴边还露出淡淡的一丝笑意,刚才的怨气,片刻间在她心里融化了。

　　"听明白我的话了吗?"

　　吴芳芳点点头,笑了。

　　"好了,睡吧,明天还要上班。"

　　吴芳芳又点点头说:"嗯,你也睡吧,别看书了。"

　　"啪嗒"一声,余鹏程把床头灯熄了。他在黑暗中醒着,他一点睡意都没有,很清醒,下起了很大的雨,雨滴急急地敲打着屋顶的瓦片,哗啦啦的檐头水,天井里那棵白玉兰树在摇曳着声响,不知是哪一家的窗户吹开了,一阵清脆的玻璃破碎声。这一带都是陈旧而破烂的老房,它们已经不起暴风骤雨的袭击了。外面不平静,余鹏程的心里也不平静,婚姻的本质真的就是慵常的琐屑的吗?难道就不能有一抹浪漫的色彩吗?他看了下身边的吴芳芳,刚才她还是个小怨妇,现在已深度入睡了,她毕竟没有什么心机,她善良简单、健康明亮,只是浅薄些,这不是她的错,自己太贪婪了,不知足,如果换了浑身文青气质的丁兰兰,自己就会称心如意了吗？就幸福了吗？毋庸置疑，丁兰兰是个有情调，有生活品位的女人，但她处理家务却远远逊色于吴芳芳，可能会把日常生活搞得一团糟，也许，你还会感到不快。

这个风雨飘摇的夜晚，余鹏程就这么胡乱地想着，后来风雨停了，他也睡着了。醒来的时候，身边空空的，吴芳芳早就去上班了，拉开窗帘，明媚的阳光立即涌进来，桌子放着一张纸条说，早餐已放在电暖窝里，如冷了，一定要再热一下。余鹏程下楼，在卫生间洗漱后，再上厨房打开了电暖窝，里面是两个热乎乎的肉包子——吴芳芳在厂里食堂买的，一瓶牛奶，一个鸡蛋，而她自己，往往是一碗泡饭，几根萝卜干或榨菜。

余鹏程把微温的牛奶倒入一只搪瓷缸里，喝着牛奶，啃着肉包子，这是婚后吴芳芳每天给他做的早餐，严格地说，在婚前就开始了，他已习以为常。

今天他吃着早点突然感动了，他想起了唐朝阳的一句话：你不要身在福中不知福。

唐朝阳好不容易把胡雪抛之脑后了。虽然走过医院时，忍不住要多看几眼，但那仅仅是潜意识里的一种惯性而已。介绍女朋友的人很多，没有他看得中的，更重要的，他兴趣阑珊，没有那股劲头了。他很享受独身生活的自由自在，爱怎样就怎样，同时分享着两个最好的朋友的婚姻与家庭的美满，看到了他们的美满中也有他体会不到的缺憾。

余鹏程觉得枯燥乏味了，家有少妻，吃穿不愁，生活赐给他那么多东西，可是精神上却觉得空虚，嫌妻子学养不够，缺少共同语言，这小子一脑门虚幻化的浪漫主义臆想。

李刚伟为了婚房折腾得筋疲力尽，好不容易解决了，又在为高晓明怀不上孩子焦虑了。

唐朝阳思忖，结婚不见得是像人们憧憬的那样美好啊！钱钟书的小说《围城》里早就形象地作了描绘：那是座围城，里面的人想出来，外面的人想进去，里面的人所以想出来，一定是厌倦了那里的环境，如果非常好，怎么可能会逃离呢？好吧，自己就在城外徘徊一段时间吧，多看看也无妨。想到这些，他觉得再过上几年单身生活未必是坏事。

可是，一件戏剧性的事情出现了。一天，他下班后推着自行车走出学校，一个让他心跳加快的人出现在他面前，她就是胡雪，她显然在校门口等候了很长时间，看到他时，露出了终于等到他的表情，她看起来依然清新年轻，但脸色憔悴，精神疲倦，身上的那股傲气不见了。唐朝阳感到很意外，他压根没有想到胡雪还会来找他。

"小唐，不，唐老师，我在这里等了你很长时间了。我想和你谈谈，可以吗？"胡雪局促不安说。

我们还有什么可谈的，一切都已过去了。唐朝阳心里想。

但他看着她，脱口而出："有什么事，你说吧。"

"这里不是说话的地方，能否……"

"到我办公室去吧，已经下课了，没有人了。"

唐朝阳已提拔为学校的图书馆馆长，这个工作他很喜欢，清闲、自由，能名正言顺读大量的书。除了购书借书外，他主持一个读书会，定期举办各种读书活动，请专家、学者、作家来学校举行讲座。余鹏程曾应邀前来讲过所谓新潮诗人北岛、舒婷、海子、顾城等的诗歌赏析课。

两个人合用一间办公室，另一个人是管理员，已下班了。几张人造革的沙发，几排塞得满满的书柜，两张办公桌，宽敞而安静。唐朝阳以前的高中语文教师办公室摆着一张桌子，五六个教师合用一个电话，办公室嘈杂而拥挤，学生、家长进进出出。胡雪在这之前从未来过学校，唐朝阳也没有邀请过她。

唐朝阳给胡雪沏了杯茶，在一边的沙发上坐了下来。"没想到你会来啊，我以为这辈子不可能和你见面了。"他说。

胡雪沉默着，把茶杯捧在手里取暖，她好像有点冷，在发抖，神情有些尴尬。

"胡雪，你还好吧？"唐朝阳用探询的目光看着她，小心翼翼地问。

"朝阳，我不好，很不好，我是厚着脸皮，鼓起勇气来找你的，我很难为情来找你，但我没有人可找了。在走投无路时，我想到了你，你是个正直的人，可是，可是……我却欺骗了你，我做了蠢事，无论如何，我太不像话了……这是报应，是自作自受……"胡雪语无伦次地说。

唐朝阳已隐隐意识到，胡雪讲这些话，可能与黄宾有关系，她到底上了那个道貌岸然的家伙的当了,否则不会这么失魂掉魄似地来找她。正如她说的,她已无人可找,而她知道这个一度名义上的男朋友已发现了她的秘密。那么,她来找他做什么呢,难道让他帮忙?这也太荒谬了,就像她的自喻,脸皮未免太厚了。

唐朝阳还是困惑地看着胡雪:"胡雪,你刚才说的话,我不太明白,你有什么直说吧。"

胡雪呆呆地看着手中的茶水,那碧绿的茶叶在伸展着,慢慢地浮上来,她一脸难以启齿的样子,眼圈潮湿润了,咬着嘴唇竭力忍住不让眼泪流出来,可泪水还是夺眶而出。她把茶杯放在茶几上,用手背擦拭一下眼泪,看着唐朝阳,下定了决心,一字一句地说起来:

"你写给我的信,我早就收到,我并不感到意外,这个世界上,没有什么秘密是永远能保住的,尤其是男女情爱这种事。我知道你已了解到我和黄宾的关系,我承认,我爱黄宾,疯狂地爱他,他是个有魅力的男人,尽管他比我大很多,但就像吴芳芳爱余鹏程一样,爱情有时候是超越年龄的。我说这话,可能对你有些残忍,等会你再骂我吧,可是,我明白,我和他是很难长久的,因为他有家室,妻儿都去了美国,但他留了下来,他对我说,他是为了我留下来的。我不太相信他这话,但听了还是让我心跳。

"他出身贫寒,但娶了个有钱的老婆,他们的夫妻关系就注定是不对称的,他的性格是强悍的,他并没有自卑,而是自强不息,妻家的物质基础,使他能够过上超过大多数人的优越生活。妻家残留的资产阶级生活方式在新的时代又复活了,传统是个顽强的东西,那种氛围和气息熏陶了他,把他塑造成一个绅士。我第一次见到他,是大学见习那年,我分配在他的科室,他的非凡气质和医术让我很快就成了他的崇拜者。有次,他问我,愿意分配到这个医院这个科室吗?我说,不仅愿意,而且向往,可这不是我能决定的。他说,我只要你一个态度,下面的事就不用管了。他向院方要了我,申请书上还签了他的老师,医学权威邓舜扬的名字,我就这样正式分配到这家医院,在他的手下当医生。

"一次,他带我去香港参加一个学术会议,我们有了肌肤之亲,从那以后,我成了他的情人,他答应和他妻子离婚,他说,这个家有物质没有精神,物质是生存,精神才是生活。但我发现,他的妻子是很有艺术修养的女人,会弹一手好钢琴,她是市里另一个医院的眼科医生,据说将阿炳的《二泉映月》这首曲子改成钢琴曲,凡听过的人,不管懂不懂音乐的,无不赞叹不已。她说过这样的话,她所以喜欢阿炳这首曲子,是因为阿炳是盲人音乐家,作为一个眼科医生和音乐爱好者,她对阿炳有特殊的感受。你说,这样一个女人难道精神生活贫乏吗?

"我确实怀疑过。也问过黄宾,他说,你只看到她的表面文章,她这些只是孤芳自赏,我指的精神生活,是指精神共鸣和精神默契,我们没有共鸣,更没有默契。几年过去了,他没有离婚,说妻儿去了美国是个离的机会,但他妻儿去了,他不提离婚两字了,而是继承了他岳父留下的一切,包括一幢洋房。

"我失望了,我想离开他,于是认识了你,但我的心还在他身上,我和他之间不是说结束就结束的。你是个好人,待人宽容、善良,然而,我对你其实很冷漠,但你很包容我,说我是个慢热的人,实际上我找你做男朋友只是报复他,气他。我对你从来没有什么热度。这是我一直感到内疚和自责的。他告诉我,他留下来不去美国的原因,是因为他去美国没有行医执照,而行医执照是很难考的,他的妻子到了美国,也没有当上医生,而是在养老院教那些有钱的老人弹琴,她的业余爱好反而成了她在美国的职业。黄宾当然不会去美国的餐馆洗碗,也不会到医院当男护士。他说,他是把医生这个职业视为生命的人,怎么可能为了去大洋那边而舍弃宝贵如生命一样的东西呢?于是他另辟蹊径,通过邓舜扬和美国一个著名的心脏病专家联系上了,邀请他来医院进行学术交流,他也同意黄宾去他们医院进修。有了官方的医学研究者的身份,他可以留在美国继续从事医学研究或当医生。关于这件事,医院已传得沸沸扬扬,他也不瞒我,轻描淡写地说,不过是一个多月时间,吸取一些美国新的医学知识和医术,并利用这个机会和妻子办离婚手续。妻子同意协议离婚了,不过有些具体问题要说说清。我信以为真。可是,有一次我无意中看到了有关他在中国工作经历、学历、职称的公证书,以及邓舜扬的推荐信,还有他妻子的来信,说她日夜盼他去美国团聚,想这一天到来想得快发疯了。我明白了,他是在为滞留美国作准备,不仅去美国医院当医生,而且和妻子团圆。而且,有人告诉我,黄宾已将那幢老洋房卖掉了。这些都说明,他这一去,不会再回来了。我只是他临时的女朋友,他的玩物而已……我这几天一直在骂自己,呵,我真是脑残了,竟然被他的谎言迷惑了,明知有许多疑点,明明不相信他的山盟海誓,但还是很乐意听这种话,还是把自己深深地陷进去了,我已经欲罢不能了……"

胡雪说到这里,长长地叹了口气,拿起茶杯,"咕咚咕咚"喝了个尽,放下玻璃杯。唐朝阳用保暖瓶往她杯里加满了水。

"你一定认为太荒谬太可笑了,我怎么会找到你来诉苦呢?"她垂下头说。

"是的,为什么找我谈这些。"

"没有为什么,在我身边,除了父母亲和姐姐弟弟,你是我最亲的一个人,至少你曾经是我男朋友,至少名义上是这样。我也明白,你对我很好,你是认真的。是我有负于你。对家人我一个字都不能说,他们受不了的。我就想到了你。我很苦闷,我需要发泄,否则我会憋死的。对不起,也许我不应该来打扰你,我也做了对不起你的事。而且,你的信虽然未挑明,但我知道你已发现了我和他的来往,李刚伟和高晓明撞到过我们。"

唐朝阳几近严肃地凝望着她,胡雪满脸泪痕,声音喑哑,讲述时不住哽咽,神情痛苦不堪,他不但没有感到幸灾乐祸,反而心情复杂难以描述,既有对黄宾这种人的痛恨,也有对胡雪的深深同情。她显然受到严重的伤害了。

"是的,我承认,我知道你们的事,李刚伟和高晓明倒没说什么,是我自己撞到你们的,他开车,你坐在里面。"唐朝阳冷冷地说,"既然你知道了真相,就想开些吧,这种人是不值得留恋的。"

"是的,他不值得我留恋,就是这家医院,这个城市也不值得留恋了。"胡雪站了起来,她自嘲地冷笑着,准备告辞了。

"我劝你冷静下来再说,带有情绪的时候所作出的决定是不理智的,再说,你躲得远远的干嘛呢?这些事已经发生了,躲是躲不掉的,还是尽快忘记吧。"

胡雪点点头,看了唐朝阳一眼,欲言又止,走出了办公室,唐朝阳把她送到校园门口。他看着她踽踽独行的背影,心里五味杂陈。

隔了几天,黄宾悄然搭乘航班去美国了,不辞而别,连邓舜扬也是他走后才知道的。他留了封信给院领导,里面是一封辞职信。一天,胡雪打了个电话给唐朝阳,说她准备到深圳去了,深圳已成为中国最大的特区,筹建中的深圳大学附属医院有一个副院长是她的同班同学,几次有意邀请她共创大业,给出的条件很让人动心,以前她当然不会考虑,现在她打算去了。她已经向邓舜扬和院方提出了辞职,邓教授思考一下说,小胡,你别冲动,你认真考虑好了吗?她回答,我考虑好了,去意已决。邓教授说,那好吧,人各有志,我就不挽留了。院方也没有挽留,批准了她的辞呈。她给他打电话,是和他告别的。

唐朝阳有点吃惊,胡雪竟然会去深圳,她真的要逃避了。她说过,对这家医院,这个城市没有什么可留恋的了。他以为她只是说说而已,没想到真的要远走高飞了。唐朝阳在电话中说,这样吧,我请你吃顿饭,为你辞行。胡雪爽快地答应了,说,好啊!不过,我来作东,请李刚伟、高晓明、余鹏程、吴芳芳他们一起来吧,我要向他们道个歉,他们一定知道了我的事,我对不起你,也对不起他们。唐朝阳说,你别这么说,人总有做错事的时候,一定要请他们都来吗?是不是会觉得尴尬。胡雪说,我的自尊心早已给毁了,没有什么尴尬的,大家毕竟朋友一场。唐朝阳奇怪矜持傲气的胡雪会变得这么不在乎,黄宾对她的打击实在太重了,仿佛让她变了一个人,她这个样子能去深圳吗?唐朝阳不仅替她担心起来。

余鹏程听了唐朝阳的叙述后,大笑起来,厚实的嗓音有洪亮的金属质感,唐朝阳听出这笑声里有股嘲讽的意味,顿感无趣。

"唐老鸭,你这是在干什么?她是个受害者,受了黄宾的欺骗,可是,你别忘记,你更是受了胡雪的骗啊,对你而言,她可不是丁兰兰,丁兰兰不过是个骄傲的眼睛朝天的女人。可胡雪是个狡猾的巫婆,你觉得有意义吗?你希望她回到你的怀抱?"余鹏程喊着唐朝阳的外号,用尖锐的语调对唐朝阳说,"你大概括以为胡雪是《复活》中的玛丝洛娃,被贵族青年聂赫留朵夫占有后又抛弃了,你同情她,要拯救她,是不是?或许你期待和她重归于好,是不是?我没说错吧。别忘了,你并不是浪荡公子聂赫留朵夫先生,这个浪荡公子已去大洋对岸了。"

余鹏程没有说错,在唐朝阳内心深处,确实有种朦胧而又清晰的期待,他不但丝毫不怨恨胡雪,而且对她充满了同情和理解,他甚至产生了陪伴胡雪去那个毗邻香港的新兴城市,在一个全新的环境里相濡以沫的想法。他被自己这个时而昏蒙时而清醒的期待吓了一跳,这太荒唐了,他理解余鹏程尖刻的反应。

他沉默,抽着烟,发着傻。

"老卡,你别嚷嚷,什么玛丝洛娃、聂赫留朵夫,废话,不就是一起吃顿饭吗?胡雪毕竟和我们朋友一场,她错了,但已经主动找唐朝阳道歉了,且饶人处得饶人,唐朝阳有这个胸怀,我很欣赏,我和小高去,我们好好送送她。"李刚伟说。

"鹏程,我们去吧,胡雪在这里好好的医生不当,要去那么远的地方,我觉得她怪可怜的,能劝她不去吗?反正那个家伙已滚到美国去了。"吴芳芳挺着大肚子说。

"老卡,你的譬喻不恰当,胡雪不是玛丝洛娃,我也不想拯救她,她到深圳去,是自己拯救自己,她是欺骗了我,她需要的不是我,而是她心目中的男朋友黄宾。她脚踏两头船并没有什么错,因为一开始她就对我说,大家作为普通朋友接触接触,她没有把我当作真正的男朋友看待,只是普通朋友。她从来没有把我放在心上,明白了这一点,才会明白我和她交往过程中,她为何要刻意保持距离了。其实,我早就感觉到她的冷漠,只是抱着侥幸心理,企图我的诚意来感化她。她有权利决定自己的生活。平心而论,那个黄宾比我出色得多。不能说他对胡雪完全是一种玩弄,一点真感情都没有,他在选择去美国还是胡雪之间肯定徘徊过,最后他选择了去美国,和妻子团圆。仔细想想,黄宾也没有什么错,人嘛,总是利己的、自私的……"唐朝阳一口气讲完了自己的想法,在讲的过程中,他又点燃了一支烟,但他没有吸,只是让卷烟在他手指间冒着烟雾。

"没想到你老唐这么大度,人难免有利己自私之心,但总得讲点道德嘛……好吧,作为曾经交往过的朋友,我们送送她吧。作为一个女人,她追求自己的幸福是不错的,但路径错了,落下了这么个下场。说到底,她是个不幸的女人。不过也不能怪她,都说恋爱中的女人智商为零,这不无道理。"余鹏程说。

胡雪在这个城市一个华丽的饭店请他们吃饭,这顿饭吃得不冷不热,三个男人彬彬有礼,显得有点不自然,倒是三个女人好像什么事都没有发生过,很随意地吃喝、聊天,话题很广泛很小女人,从吴芳芳肚子里的孩子是男是女,到做菜、织毛衣、服装的流行趋势等等。

吴芳芳因为余鹏程预先一再叮嘱过,讲话很注意分寸,有时讲什么,还要看一下余鹏程脸色。胡雪彻底放下了她的架子,以前她们待在一起时,她的话并不多,带点儿矜持。而这次正好相反,她表现得很健谈,很讨人喜欢,东拉西扯地聊家常、说见闻,评价每一个菜,语言诙谐、神情轻快。但仿佛是约定好的,她们基本上没提到她要去的那个与香港接壤的城市。

她只是说,她每年都会回来看爸妈的,其实并不远,乘飞机只有两个小时的路程。

余鹏程和李刚伟谈自己的工作,唐朝阳喝闷酒,只有他,透过胡雪轻快的表情,能看到她内心的伤感和痛感,以及对未来的忐忑不安。分别的时候,胡雪轻快的表情的面具终于摘了下来,她突然泪如泉涌,神思有些恍惚,脸上露出棱角分明的痛。她和唐朝阳紧紧握了握手,她的手冰凉而湿腻,她和吴芳芳和高晓明紧紧拥抱,说,你们为什么不恨我,我这样的人应该被你们恨! 唐朝阳说,干嘛又说伤心话,我们不恨你,真的。

她坚决拒绝唐朝阳送她,拦下了一辆出租车,这时,唐朝阳跨上一步,拉住她的胳膊对她说,写信给我,也可以打电话,她默默地点了下头上了车子走了。

胡雪就这样在这个城市消失了。她没有给唐朝阳写信,也没有打电话。

十一

夏天到了,烈日锐不可当。白天火烤似的,晚上像蒸笼似的,没有一丝风,也没有一丝凉意。花木给熏蒸得蔫蔫的,人也热得蔫蔫的了。

余鹏程和吴芳芳的矛盾渐露端倪,因为天气的炎热,余鹏程和吴芳芳之间发生了一场争执。其实事情很简单,余鹏程提出要安装空调,吴芳芳不同意,她说孩子马上就要出世了,要花钱的地方很多,手里的钱要握紧着用,装一台空调要几千元钱,电费不知要增长多少,周芹家装了,听说电表跑马似的走得飞快。余鹏程说,你是孕妇,晚上要休息好,这对孩子的成长有利。吴芳芳还是不同意,她说,隔壁陈师傅说,我们这房子太老了,漏气的地方太多,装了空调一半的冷气都要跑掉。再说,我不怕热,我们开了前后门窗,前后通风。

　　余鹏程没有理她,自掏腰包装了台空调,虽然屋子里的暑热消失殆尽,睡觉还要盖毛巾被,但吴芳芳还是不高兴。她不高兴的不仅仅是装空调,更是不能容忍余鹏程居然有那么多私房钱。余鹏程说,这是姐姐寄我的钱,让我们装空调用的。吴芳芳不相信,她赌气跑回家挤了一个晚上,睡在她的帐子里。吴国正告诉她,你别作了,鹏程装空调是为你着想,你怎么不懂好坏?吴芳芳说,跟他说好的,工资和外快都要交给我,可他竟私藏了那么多钱,这太让人生气了,他不当家不知道柴米贵,他大手大脚惯了,吴芳芳对父亲说,带着哭腔。吴国正火了,对女儿说,余鹏程把工资交你家用就可以了,你还要把他的外快榨干,你太过分了。吴芳芳说,你不是也把外快交给妈的吗?吴国正说,你妈从未像你这么计较钱,还要翻他的包和口袋,你那么心眼好的人,怎么能做出这种周扒皮才干得出的事,你当丈夫是什么了?

　　吴芳芳不响了,第二天就回去了。空调的事不提了,还笑嘻嘻地对余鹏程说,爸爸骂我是周扒皮。余鹏程说,你爸说得不错,你就是周扒皮、葛朗台、高老头。吴芳芳吃吃地笑着。余鹏程看着吴芳芳清澈无邪的眼光,心里寻思,这是孩子才有的目光啊,可是怎么会像一个老婆子那样抠门呢?吴芳芳虽默认装空调这个事实了,也不追究余鹏程买空调的钱的来路,但经常去看电表,每次看到电表转得飞快就心疼,这让余鹏程没有好气。

　　余鹏程还提议吴芳芳请假回来保胎,但吴芳芳就是不听,她也想回家休息,但请假是要扣工资的。她坚持去上班,车间主任照顾她,接替她的人已来了,她可以抽出时间在休息室休息,让替她的人开行车,但怎么说她也不肯下来,让新手操作,她在一旁看着、指点着。回家后,她拖着臃肿的身子做饭、整理屋子,还是忙个不停。余鹏程告诉她,你先放着,别动了胎气,我这几天在应付毕业考试,回来晚一点,你先开空调,凉快凉快,这些事我回来做,考试一结束,就放暑假了。但吴芳芳嘴上哼哼地应着,行动上依然老样子,下班后还是忙里忙外,她妈听说后赶来帮她,让她在空调房间里歇着,吴芳芳隔了一会就将空调关上,她说,屋里够凉的了,她有点受不了了,其实,她是心疼电费。

余鹏程终于放暑假了,他让吴芳芳下班后歇着,所有家务由他做,但吴芳芳歇不下来,对余鹏程做的事絮叨着,挑剔着。例如把黄瓜切得长短不一、粗细不均,又例如,晾衣服时,褶皱没有捋平,抖都不抖一下,就在绳子上顺手一搭就算了,还有,炒菜中不能撒花椒,鱼汤中不可放香菜等等。有时干脆把余鹏程推开,她亲自动手做。在家庭的这些琐事上,她是个完美主义者,有她苛刻的标准,余鹏程已习惯了吴芳芳的苛求,习惯了她的唠叨,但余鹏程还是感到很扫兴,也很厌烦,看在她肚子里的余蓝面上,他竭力忍着不作声,脸上还堆着笑容,手一伸,做了个请的姿势,让吴芳芳动手示范。

但如果是杀鱼,她照例躲得远远的,不敢插手了,她还是见不得杀生,见不得鱼眼睛。原来余鹏程杀鱼,切下的鱼头是扔掉的,有一次周芹说,鱼头煮豆腐汤,味道特别鲜美。天目湖鱼头汤是一道名菜呢。余鹏程做了一回,味道是不错,但做起来太繁,一个人又吃不完,以后就再也不做了,鱼头仍然扔掉。后来,吴芳芳忽然想到,鱼头可以给贝贝吃,从此,本来多余的鱼头就成了贝贝的美食。余鹏程将鱼头切碎,煮熟,眼睛当然看不到了,然后和剩饭伴在一起,让吴芳芳去喂猫。这是吴芳芳乐此不疲的事,她只要在家,就会给雪里拖枪洗澡、喂食,和它一起玩耍。

这只猫已长大,身子饱满,皮毛光鲜闪亮,两只眼睛炯炯有神。耳朵和尾巴也愈发衬托得黑了,使它看上去有点像熊猫的样子,它确实有种熊猫那样的憨态,但又不乏机灵、调皮,它是吴芳芳、军军、陈娟的宠物。尤其是军军,放学回家第一事就是找雪里拖枪,军军细声细气地喊着,喵呜、喵呜,"雪里拖枪"不论在哪里,一听到军军的喊声,立即会奔到他面前,在他脚边亲密地磨蹭着,上蹿下跳,嘴里也喵呜喵呜地回应着,军军抱起它,轻轻地抚摸着它,吻它,和它说话。他们不回来时,这屋子静悄悄的,它大部分时间耷拉着尾巴,懒洋洋地躺在井边,那里长着绿色滑腻的青苔,有股阴凉清幽的气息。他们一回来了,它就昂扬起来,围着他们撒娇,激荡起一阵阵那种心灵舒展的笑声。军军和陈娟放暑假了,整天在家里,雪里拖枪整天昂扬着,陪伴着他们度过漫长的假期。

　　周芹不喜欢小动物,她说,她从小看到猫啊狗的,不管是野的,还是家养的,就会毛骨悚然。她还说,像军军这样有心脏疾病的孩子是不宜接触小动物的,怕引起过敏反应,对心脏不利,但看到军军那么高兴,她也不在意了,在她心目中,只要军军高兴,她就高兴,其他都是次要的。而且,周芹爱屋及乌,她疼爱儿子,见军军那么喜爱雪里拖枪,从不喜欢小动物的她,居然慢慢地喜欢上这只猫。从不敢碰它,变得能抱着它贴在胸口端详它的黑耳朵、黑尾巴,称赞说,真会长的,浑身白的,只有耳朵和尾巴是黑的,猫中的奇葩啊!她居然托人买来了从国外进口的猫食,让军军喂它,有时自己喂它,饭盆在晒台上一个固定的地方,离它的窝不远。

　　余鹏程和吴芳芳的生活重点就是一切都围绕肚子里的孩子,等待着他或她的出生,他们没有去做胎儿性别鉴定,周芹说有办法找医生做B超,但他们不想做,男孩女孩对于他们来说没有特别的偏向,虽然余鹏程内心期待是个男孩,这是母亲的愿望。他又欢喜女孩子,女孩子听话、乖巧。这种矛盾的心态使余鹏程干脆顺其自然。而他们达成了一致,要把这个悬念放到最后一刻去解开。这个悬念始终使他们保持着一种新鲜感。

　　他们躺在床上时,经常互相猜测是男还是女,猜测他或她的长相,这是他们之间一个永不厌烦的话题。此外,就是余鹏程朗读诗歌或文章给胎儿听,还经常打开收录机,放音乐给胎儿听,甚至有几次,余鹏程拿起巴扬,拉琴给胎儿听,这个时候,吴芳芳会闭上眼睛,静静地陪着孩子听,那厚实声音的朗读声和乐声透进她的肌体,她感受到身体在轻微地战栗,这是腹中孩子的反应还是她的反应已分不清了。但她宁愿理解为是孩子的反应,那轻微的震颤或胎儿的活动,会使她忍不住喊起来:"他在动了,他听到了,真的,我感觉到了。"这时,她会伸出手,抚摸着圆圆的光滑的肚子,也会拉过余鹏程的手抚摸,他们之间的隙缝被填补了,他们一起体味着一种奇妙的感觉,心里浸润了幸福的汁液,他们都沉迷其间,感到很满足,有种神圣感。

这段时间,他们虽时有一些小的龃龉,许多话说不到一起去,但生活还是在共同的期待中保持着平静。他们已经很少做爱,有时候,他们有了强烈的欲望,便相互接吻,忍不住做起来,但都小心翼翼的,如履薄冰,如临深渊。他们担心伤到肚子里的孩子,甚至有种心理障碍,仿佛肚子里的孩子在看着他们,让他们有种罪恶感。于是,他们就草草收场,已全然没有以前的激情和快感,吴芳芳已没有了高潮,余鹏程也不能一逞其强悍。后来,他们自然而然停止了身体的爱和肌肤之亲。

吴芳芳的阵痛是在空中的行车里发生的。

她的替手小林坐在吴芳芳身边,见吴芳芳痛得脸色煞白,一阵阵呻吟起来,便慌了手脚,她爬下扶梯,正好碰到祝融,便对他说,不好了,芳芳肚子疼了,可能要生孩子了,这如何是好呢?她知道祝融平时很关心吴芳芳,他们的关系很接近,这个脚跛的文质彬彬的车间统计员,在吴芳芳上常日班以后,不知通过什么办法,也上起了常日班。

祝融一听,瘸着一条腿,立即奔到车间办公室,打了急救站的电话,急救车鸣笛着开进了工厂,停在车间旁,救护人员对狭窄的小铁梯有点怯怯的,不敢上去。只能由小林紧紧牵着她的手,一步一步走下小梯,由救护人员用担架抬着她上了救护车,救护车绝尘而去,笛声惊动了全厂。

接到祝融的电话,余鹏程骑着自行车,以最快速度奔到妇幼医院,由于他的学校离医院近得多,他几乎是和救护车同时到的医院,吴芳芳感到疼痛好了些,她拒绝上担架,由余鹏程扶着走进产房,在产房门口,他止步了,吴芳芳回头看了他一眼,竭力露出一丝笑容,然后坚毅地义无反顾地向里走去,那个神秘的接纳生命的深处。一瞬间,余鹏程深深感动了,一股难以抑制的兴奋和期待,还有他对那个往里走的女人的爱像热浪一样涌来,他不由自主地喊了声:"芳芳!"吴芳芳听到了,她站住了,在她再次回头的一刹那,门关上了。

这扇门的外面有几排长椅子,坐着好多个脸带倦容的年轻男子,他们都是同样怀着兴奋和期待心情等着消息的丈夫和即将成为父亲的人,在这段令人焦虑的牵肚挂肠的时刻里,那扇门向他们展示特别的意味。

他打电话通知了吴国正,芳芳妈赶来了,神情笃定和从容,她带着一个保温杯,里面是人参汤。余鹏程还打了电话到南京姐姐家,是母亲接的,母亲冷静地关照了一些注意事项,强调要他第一时间告诉她是男孩还是女孩。余鹏程当然明白他妈的心思,她盼望着是个男孩,她认为这是理所当然的,老余家必须有个男孩子续香火,否则,她怎么向已在另一个世界的丈夫作出交代呢?

余鹏程坐着,心里忐忑不安,不时和周围的男子聊上几句,门开了,有护士出来喊名字,然后毫无表情地说着千篇一律的话,生了,产妇已送病房,什么床位,是男孩或者是女孩。于是,引起一阵雀跃和欢呼,其他还在等待的人会真诚地向那个男子道喜,大家都被一种温暖包裹着,发自内心地绽放喜悦,那个男子在大家的目送中欢天喜地地去病房看望挣扎过的妻子。所以,这扇门的打开是意义重大的,一旦它打开,所有的男子包括他们背后的老老少少的亲属,都会不约而同地齐斩斩地站起来,竖起耳朵,紧张地等着那个小护士拿着一张纸宣布一个降临的小生命的消息。这个小生命暂时还没有姓名,他或她的姓名由母亲的姓名替代着。每个人都希望喊到自己,希望听到自己的妻子的名字。

不管白天还是黑夜,余鹏程感到这里的气氛总是很特别的,特别在哪里呢?那就是庄严或者庄重,它透着人类一个重要的命题,那就是生生不息,余鹏程坐在那里,突然这样想,他站起来踱步,对于自己这种哲思的发现十分满意,也很得意。

这扇门在凌晨三点钟打开的时候,念到了吴芳芳的姓名。余蓝出世了,是个六斤半重的女孩,很健康。余鹏程是第二天见到女儿的,一缕灿烂的阳光里,她睡在母亲身边的小床上,已吮吸了来到世上的第一顿母乳,她眼睛闭着,皮肤红红的,皱巴巴的,一头蓬乱的浓发。

吴芳芳告诉丈夫,她出来时哭声很响亮,你看,头发像你啊,一个小卡,卷毛。当时,医生给她看了一眼孩子,就抱走了。在病房,吴妈妈给疲惫不堪的女儿喂了人参汤和红糖水。余鹏程凝望着小床上的女儿,心里喜滋滋的,他竟有种虚幻的感觉,缺乏真实感。突然,她颤动了一下,醒了,张开了眼睛,打量了一下她眼前陌生的世界,哇地一声哭了起来,他的心重重地震荡一下,随之,一切都变得清晰和真实起来。

余鹏程对产房前的等待和第一次见到女儿的印象刻骨铭心,留下了闪亮如同金子般的回忆。在以后的二十多年里,他无数次想起这些,也多次给余蓝说起自己的这段可贵的记忆。一次,在越洋电话中,他向远在美国的女儿又说起了当时的印象,余蓝笑了,说,爸,这没有什么,每个人都是哭着来到这个世界的,又是在亲人的哭声中离开这个世界的。这让余鹏程吃惊得一时不知怎么回答她,他不能相信刚满十八岁的小女孩会说出这么一番老气横秋然而又是那么超脱通透的话来。隔了好长时间,他叹息了,是的,你说得不错,你知道吗,在你出生那天,和我们住在一起的军军死在手术台上了,虽然我们都知道他患有先天性心脏病,但还是不敢相信他突然走了,他妈哭得死去活来,他是个很可爱的孩子,要是活着,他可能已经有自己的孩子了。余蓝说,爸爸,我见过他的照片,我从小就听你讲过他的故事,我太熟悉他了,熟悉得好像他曾经在我生命里出现过,真的,很奇怪,我一直有这种感觉。

在吴芳芳被急救车送到妇幼保健院的前两天,军军也住进了市人民医院,黄宾和胡雪曾在那里待过。那个在周芹、张杰眼中视为救命恩人的美国专家终于来了,是黄宾陪同前来的,黄宾的身份已华丽转身,美国专家助手兼翻译,仅仅一年不到的时间,他举止言谈充满了自信。当他连贯地熟练地用英语长时间地和闻名于世的美国专家谈话时,他更是神采飞扬,魅力四射,令人瞩目,连他昔日的导师和上级邓舜扬都不得不对这位高徒刮目相看了,和他说话,表现出以前从来没有的尊重。

美国医院和黄宾原来所在的医院签订了正式合作协议,隆重的仪式上,美国专家和中方院长正式签了字,市长出席了仪式,市卫生局长讲话,邓舜扬讲话,美国专家讲话。穿着大牌西服和大牌衬衫的时而一本正经地紧锁一双剑眉,时而笑容满面的黄宾充当同声翻译,又在中美人员中不停地穿梭着,显得异常的活跃。

医院的几个知情人悄悄地提到了一个女人,那就是胡雪,但只是悄悄的,没有人在这种场合公开提到她,因为她已消失很久了。人是特健忘的,在这种时候,有什么必要想起她提起她呢?即便她和黄宾有过无法自拔的关系,即便她曾经那么迷恋过这个男人,那又怎么样呢?她像空气一样,已看不见摸不着了,即使在记着她的人心里,她也不过是个虚幻的影子。

医院通知了周芹，军军已列入美国专家亲自操刀动手术的第一人选，排在其后的是一个二十多岁的女孩子，第三个是个中年男子。周芹和张杰将儿子送进了病房，并进行例行的各种检查，美国专家非常仔细地阅读和研究了三个患者的病历，并和团队进行了几套预案。美国专家强调，三个人的病情都很严重，相比之下，军军的修复心脏瓣膜缺损要好一些，当然，这是台高风险的手术，成功率约占百分之七十左右。这种概率是总体上的估算，而每一个个体的情况是不能用这些数字生搬硬套的。

　　手术告知书上对这种手术的种种风险有了详尽的说明，家属对上面的每一行字，不，每一个字都要琢磨个透，但却不能诠释，诠释的权利在院方。周芹和张杰一遍遍读着告知书，每个字都让他们胆战心惊，但周芹还是在上面签下了自己的名字。原来是张杰签的，他握着笔的手像伯金森病人那样颤抖着，最后把笔放下，对妻子歉疚地说，周芹，你来吧，我实在不行，我真是的，要是解放前参加地下党，准是个叛徒。周芹怒视着他，一把推开他，吼道，滚！你就是个可耻的叛徒。说着，拿起笔，咬咬牙，刷刷刷地签上了自己的名字。

　　美国专家和他们夫妇见了个面，询问了一些情况，当看到这个头发苍白，清瘦有型，脸色红润的美国人时，周芹心里踏实了不少，她送给他一束花和一对无锡产的泥娃娃——惠山大阿福。美国人是不收红包的，但周芹不送点什么，总觉得心里很不安。和黄宾商量后，黄宾就提出可送一束鲜花或一个纪念品。吴芳芳知道后，到父亲那里要了一束天堂鸟，周芹感激得热泪盈眶，她感受到这束花的分量。

　　美国专家收下了鲜花和泥阿福，到病房探视军军时，回赠了一盘欧美经典音乐磁带。其中有法国歌手米雷耶马蒂尼和一批童星一起演唱的歌曲《一千只鸽子》，美国人笑着说，放给孩子听听吧，尽可能让他放松。

　　张杰连忙拿来了录音机，仿佛美国医生送的磁带是非常罕见的灵丹妙药，磁带缓缓转动，传出天籁之音般的童声歌曲：

阳光照在屋顶/冬季的天空白色一片/我听到古老教堂的管风琴和

童声合唱团的歌声/请给我们一千只鸽子和成千上万只燕子/希望明天没有战争/让孩子们也没有恐惧

歌声清澄、纯真、悠扬,军军静静地听着,很陶醉,白皙文弱的脸上看不出他内心的活动,他很配合,安静得出奇。这就够了。

他懂得这次手术是在拯救他的生命,他清楚自己的心脏有致命的缺陷,也清楚这个美国医生的到来对于他来说意味着什么,所以,他安静地等待着那个足以改变他命运的结局。离开家之前,他把"雪里拖枪"喂得饱饱的,把它抱在怀里,轻声说,你给我乖乖的,我三四天就回来了,那时候,我的病会治好了。说到这里,军军莫名地叹息了一声。

周芹听了,心揪紧了,一阵酸楚塞满了她的胸口,顿时有种窒息感,她赶紧走进房间,要不,她会忍不住号啕起来。她还是竭力忍住了,这个时候怎么可以哭呢?

军军的心脏瓣膜缺损修复手术开始进行得很顺利,在几乎即将圆满完成的最后时刻,他的心脏骤然停止了跳动,美国医生镇静地采取预案中的抢救措施,但军军的生命还是无可挽回地结束了。美国医生脱去橡皮手套,抱歉地对站在他身边的邓舜扬和黄宾说,对于这种患者来说,这种结果是意料之中的,他的心脏太脆弱了,承受不了这么大的手术。我很遗憾。而剩下的两例患者却获得了成功。

就在军军离世的这一天的黎明之前,余蓝以她响亮的哭声宣告了她的出世。

张杰听到这个噩耗,顿时瘫坐在椅子上,哭得难以自抑,周芹却一滴眼泪都没有,她冷静地接过了那张死亡通知书,黄宾例行公事般的对她说,对不起,我们已经尽力了。周芹点点头说,没什么,是军军运气不好。张杰无法接受这个事实,但周芹接受了,在她的潜意识里,这个结果这个场景已出现了无数次,她不像丈夫那样愚蠢地逃避现实,她深入骨髓地了解儿子患病的严重性。她对这个病的研究达到了非常专业的程度,她知道儿子凶多吉少,美国医生是她唯一的希望,即使充满希望,她也保持着足够的清醒,她明白告知书上的每一个字不是吓唬人的,它们和深刻浸润在潜意识里的预判高度契合在一起。

在军军入院后的几天里,她表面上镇定自若,但预感很不好,总觉得这次她和孩子要诀别了,军军很可能走不下手术台。她整夜整夜无法入睡,神色凝重,脸色发暗,眼睛下陷而眼圈泛着黑晕,这是睡眠不足的征兆。她从来不信佛,却跑到郊区的一所庙宇里,向菩萨焚香叩头,求菩萨保佑军军手术成功。她几次想带着军军从病房里脱逃,但这是一刹那的一个念头。理智告诉她,除了动手术,她别无选择。实际上,她像一个无望的赌徒一样,最后孤注一掷,能赌赢最好,输了,也是注定了的事。

张杰在军分区待不下去了,他染上了酒精瘾,正式转业,到铸造厂当人武部部长。他已经无所谓了,默默地接受这一切变更。这个部门只有三个人,一个部长,一个副部长,一个干事,主要任务是训练工厂的民兵,政治挂帅的时代已结束,军备也松懈了不少,训练任务很少。他无所事事,天天饮酒解愁,他天天睡在值班室里,守着一间枪械室,里面有几十支日式步枪,那还是解放战争中用过的武器,破烂得几乎没法射击了。他不愿意回家,因为和陈斌、吴芳芳一个厂了,吴芳芳在娘家坐月子,周芹常常托陈斌带给丈夫替换服装和食品。

吴芳芳听说军军死在手术台上,美国医生的手术失败了,唏嘘不止。周芹请了一段时期的假,她整天把自己关在房间里,翻阅军军的照相簿,放着《一千只鸽子》等歌曲,这是军军听过的最后的歌曲,在军军推入那扇烈焰腾飞的铁门时,她惨痛地喊着:"军军,你明年投胎回来吧,妈妈等你呀!别忘了啊!"这句话的含义很清楚,她要再次怀孕,让军军以另一种方式回到她身边。这是她新的期待,她刚三十四五岁,张杰四十不到,他们都是处在人生中最好的年华,怀孕应该不成问题。生活中会刮起一股新的季风。一个全新的军军会随风而来。

但季风没有刮来,周芹一直没有再怀孕,很久以后余鹏程才知道,经过失去儿子的打击,身体素质不错的张杰对性事已毫无兴趣了,而且,他那方面一下子变得很无能了。他们尝试了一段时间,也服了一些药,但张杰终究还是屡试屡败,周芹恨铁不成钢,最后一次周芹冷冷地穿上衣服,对张杰说:"我的命太苦了,从身体和心理上,你都是一个太监了。"

从第二天起,张杰就长住在工厂值班室了。他没精打采的,下了班就喝酒,喝得酩酊大醉。值班室有一个小浴室,一个浴缸,实际上是个水泥池子。热水管道通着锅炉房，二十四小时都有热水，这是前任武装部长建下的，那个时候战备气息很浓，似乎战争一触即发，民兵训练天天进行，武装部长每天都浑身湿漉漉的，所以亲自动手，修了这个小浴室。这在全厂是绝无仅有的，无人非议，涉及到打仗的事，怎么做都觉得理所当然。

　　张杰喝酒后就洗个澡，然后在厂里闲逛，厂里有的是野猫，它们在工厂里按寨扎营，毫无节制地繁衍后代。他在一堆生了锈的报废的旧设备后，发现了一窝刚出生不久的小猫，老猫不知去向，有可能把它们弃之不管了。大概是饥饿和孤独，它们喵喵地哀号着，柔弱的，细声细气，像婴儿的哭声。张杰本来对猫是不屑一顾的，但它们的叫声使他想起军军小时候的哭声，想起了家里的"雪里拖枪"贝贝以及军军和它玩耍的情景，他俯下身去，当一个柔软的爪尖触碰到他的手心时，他的心触动了，产生了一种怜悯之心。他捡了个箩筐，把它们扛回办公室，在屋后的一个废弃的垃圾箱里替它们搭了个窝，并把一瓶牛奶放在一个陶瓷缸子里，让它们吃了个饱。它们蜷在一起睡了过去。他觉得自己心里暖暖的。

　　从此，这些小猫成了他的陪伴，他觉得这是那样奇妙又温暖的奇遇。他每天下班后的一件重要的事就是给这些猫喂食，这在厂里很快传为奇谈，闲言碎语不少。但心如死灰的他根本不在乎这些叽叽喳喳。吴芳芳上班后，听说这些，便帮着他喂养，这几只猫很快就长大了。

　　吴芳芳在家里休息了一个月，便上班了，按照规定，哺乳期有一个小时的哺乳时间，她骑车到自己家给余蓝喂奶，孩子由她妈带领，除了母乳，吴妈妈还给她喂奶粉、粥汤、米糕等，小东西长得又白又胖，已现出美女胚子的雏形。

　　余鹏程在第二天就给省城姐姐家打电话报喜，老太太听了在电话那头叹了口气，然后是长久的沉默。余鹏程当然意识到妈的失望和心寒，便说，妈，现在时代不同了，生男生女一个样，不是说女儿是爹的小棉袄吗，我看，你这个孙女是你的貂皮背心。电话那头这才传来很勉强的笑声，说了一句："貂皮背心？我哪有这福气啊！"接着就把电话挂了，使得余鹏程心里很不爽。

十二

很意外的是，余鹏程接到了一纸调令，调市教育局校办企业管理处。

余鹏程此前不知道有这么一个机构，校办企业是有所知的，市场经济蓬蓬勃勃，各行各业都在设法经商做买卖，这种初级的原始的草莽的商业气息笼罩着整个社会的角角落落，学校这个斯文之地也不例外。接杨大年班的局党委邹书记亲自接待了他，宣布他是副处长，正科级，但他上面没有什么处长，除他之外，只有两个干事，当他的下属。他可以在全市中小学点兵点将，招兵买马。

余鹏程一点思想准备都没有，这是突然袭击，他不知道是好事还是坏事，他漠然地坐着，忖度着，感到无所适从。邹书记看出他的犹豫，便说："余老师，你有什么想法和要求尽管提出来，这对我们来说，是一个新的挑战，我相信你的能力。"

"能不能让我考虑一下？我真的没有想过，要离开站讲台吃粉笔灰，做别的事情，虽然我蹬过三轮，当然那是迫不得已而为之。"

"当然可以，不过，局党委已研究过了，对你的任命文件都已打印好了，另外，你有没有考虑入党这个问题？年轻人政治上应该要求进步，尤其是改革开放的大潮下，如何与党的步伐保持一致，你也得好好想想，党的大门可是对你敞开的啊！"

"这个问题嘛，我有自知之明，我觉得自己离党员标准距离还很大，当然，我会努力争取的。真的，邹书记，谢谢你的关心。"

嘴上这么回答，在心里他却说，我可从来没有想到过要跨入那扇大门，两年前，我还是个被人唾弃的犯了政治错误的人，我甚至被剥夺了上课的权利。邹书记看透了他的心思，说，你刚来时受到了委屈，事情已过去，我可以负责地说，你档案里没有任何记录，你不要有思想负担，杨大年同志也是为你着想。另外，你有什么要求可提出来，譬如住房，我知道你还住着姐姐的房子，局里打算造家舍，到时你就不必寄人篱下了，但这需要钱啊，发展校办企业，就是为教师学生创造物质条件啊！所以，你的担子很重啊！

说得这般直接,倒让他不好意思了,他连声说:"嗯,嗯,谢谢,谢谢了……"

这天晚上,他把李刚伟、唐朝阳叫到家里,告诉了他们这件突如其来的事。

他下班后,先去岳母那里吃晚饭,接余蓝回家。在路上,他推着自行车,吴芳芳抱着孩子,隔了一会,他从吴芳芳怀里抱过孩子,自行车让她推。有了孩子,他们明显忙了不少,喂奶、洗尿布,给孩子洗澡、哄她睡觉,然后再忙其他事。吴芳芳每天都要拖地板、擦桌子、洗衣服,要很晚才能休息。余鹏程还要备课、看书、写作,躺下的时候,吴芳芳已熟睡了,睡得很香。但她反应灵敏,孩子稍有动静,她会立马醒来,喂奶或换尿布。多了一个孩子,多出了一大堆家务事。吴芳芳是一个特别爱干净整洁的人,再忙也不肯马虎半点,但是,生育后,她明显发胖了,苗条婀娜的身材略显臃肿,这使她的形象有了改变,她从一个纯真的女孩变成了一个已婚的少妇,尽管她服装是干干净净的,但原来气质的干净却大为逊色。

在路上,余鹏程把邹书记找他谈话的事告诉了吴芳芳。

吴芳芳第一反应是:"你当了副处长,工资加多少?"

余鹏程有点生气,说:"你不要老是钱钱的,工作的价值不仅仅是用赚多少钱来衡量的。"

吴芳芳喊起来:"你们读书人就是故作清高,不愿意谈钱这个字,觉得难为情,这有什么难为情的。其实,按劳取酬就是社会主义,邓小平不是提倡一部分人先富起来吗,这是我们同事说的。"

余鹏程反问:"是那个瘸子祝融说的吧?"

吴芳芳说:"是他说的,他正在考虑一旦时机成熟就下海,开家钟表修理店,继承父业。说这样的话的不光光是祝融,其他人也这么议论的。谁都想发财!"

余鹏程说:"让我当这个副处长,也是下海了,当然我是机关干部,但我的专业丢掉了,从此,我就告别课堂了。"

吴芳芳小心翼翼地说:"那么,你好好想想,不喜欢别勉强。"

余鹏程说:"马上李刚伟唐朝阳会来,我和他们商量商量。另外,就要征求姐姐姐夫的意见。"

吴芳芳说:"刚才为什么不问问我爸呢?"

余鹏程说:"明天和你爸妈说,今天李老师唐老师要来,要急着赶回来。"

李刚伟和唐朝阳先后来了,高晓明当然也跟着李刚伟来了,他们夫妻俩是影形不离的。高晓明每次来都不会空着手的,这次她带了几件小衣服和婴儿食品,在前面的卧室边和余蓝玩,边和吴芳芳闲聊。三个老同学便在书房里无拘无束地畅谈着,听了余鹏程的话,李刚伟和唐朝阳都沉默着,跟余鹏程一样,这个情况是他们根本没有想到的。他们的思绪还有些混乱,还需要梳理一下。经过短暂的思索后,李刚伟和唐朝阳发表了完全对立的两种不同意见。李刚伟认为这样的安排隐藏着教育局领导精密的算计,把他提拔到副处长的位置上当然是好事,可管理校办企业,这就大有讲究。

"为什么选上你余鹏程,而不是别人,很明显,不是看中你老卡这个人,你除了音乐才能外,从未有过经商的经历,所以选中你,是你背后的人。"李刚伟说。

"我背后的人?什么人?"余鹏程有些糊涂。

"还有谁?你姐夫杨大年啊。"

"杨大年是省委宣传部副部长兼文化厅长,又不是计经委主任,他对校办工业帮不上什么忙,况且,你们是知道的,他是个书生,不懂得经济。这不太可能。"余鹏程摇头说。

"你才是书呆子一个。是的,杨大年不懂经济,可他是省里的厅级干部,有人脉嘛,计经委主任、物资局长、商业厅长什么的,不愁说不上话,这就是资源,很丰厚的资源。他们给你这顶乌纱帽戴,就是看到了你身上的这块资源。在其位谋其政,你走马上任后,碰到问题,势必会去求你姐夫。这就是他们的算计,懂了吧?"李刚伟眨巴着眼睛,狡猾地笑着。

原来如此!余鹏程恍然大悟,李刚伟分析得很对,可以说一言中的,他之所以突然得到提拔,并不是对他的器重,而是他有个当厅长的姐夫,他们希望通过他来开发姐夫那里的资源,是这些资源使得他身上的价值得到了提升。想到这里,他有点沮丧,原来他虽犹豫不决,还有点茫然,但副处长的头衔使他多少还有点受用的感觉,回来的路上甚至还有点飘飘然,可此刻,像吃了只苍蝇似的,让他心里很不舒服。

"算了吧,我可不愿让这些人当枪把子使,姐夫这个人你们是知道的,他为人处世特别谨慎,不然,我也不会在工地当了大半年苦工了。"余鹏程阴沉着脸说,但赶紧打住,他发现自己不小心说漏了嘴,是的,他从未向任何人提起过这样一个荒谬的事实:他的那段饱受委屈的惩罚性劳动是出自姐夫的提议。

幸亏李刚伟和唐朝阳忽略过去了,都没有听出他话中的漏洞。

"我不这么看,一个人的价值是由多种元素组成的,其中重要的一点就是社会关系,鹏程有一个当厅长的姐夫,就使得你的社会关系与众不同,这就是你的价值,何必去计较提拔你的人怎么想的,送上门来的位子不坐白不坐,你要知道,有多少人盯着副处长这张位子呢?"唐朝阳朗声说,"鹏程,别犯傻了,位子要坐,党票要拿,房子要住,你老卡发迹了,我和刚伟还能沾点光。在教育系统,一个副处长够神气的了,如果没有你姐夫,你不知要攀登多少年呢?"

"话是这么说,可是,这一去,鹏程就有可能把自己的专业丢掉了,以后用什么东西来评职称,找杨大年去,他帮得了忙吗?不能顾此失彼啊,这是很可惜的。"李刚伟说,笑出了声。

"李老师,你别书生气十足了,一个中学教师有何专业可言,至于待遇虽提高了,但还能高到哪里去?在古代,我们算得上是个士,可现在,士这个阶层算什么,重商的时代来到了,商的地位超过了士,金本位和官本位,这是当前的价值观。"唐朝阳抽起了烟,在房间里踱着方步,大声说。

李刚伟叹息说:"是的,现在的价值观是有点紊乱了,八十年代的政治热情冷却了,现在都一窝蜂地挣钱去,拜金主义压倒了一切。可是,我们就不能有点理想主义吗?"

唐朝阳大笑起来,笑声惊动了吴芳芳,走过来推开房门,烟雾让她望而却步,她用手掌在鼻子前摇摆着问:"你们没事吧?热水瓶里还有水吗?"

"你去吧,别管我们。"余鹏程朝她挥挥手。

唐朝阳笑完了，说："李刚伟，让一部分人富起来，这是改革开放的目标，中国人太穷了，向往富裕就是最高的价值观。你不想发财吗？耻于谈钱，守身如玉，这就是理想主义？错，这是保守，别忘了，你的婚巢还是靠杨大年打了招呼才拿到的，如果有了钱，你可以自己购房。鹏程，你别犹豫了，明天就向邹书记报到去，如果信得过我，把我推荐上去，我这个图书馆馆长已当够了，愿意追随鹏程兄打天下。"

李刚伟泄气了，他坐在那里，再也不说什么了，心里感到不甘，但他没有什么理由反驳唐朝阳了，他说得对，为了那间房，竞争者个个像打了鸡血那样亢奋。房子的商品化已经开始，如果有了足够的钱，何以要这么去拼呢？

余鹏程也被唐朝阳说动了，唐朝阳充满激情的宏论驱散了他心里的种种疑虑，他的心情大爽，觉得自己实在是多虑了。他们走后，吴芳芳进来，她把窗户通通打开，以驱散房间内弥漫的烟雾和烟味。嘴里咕咕唧唧的，唐老鸭什么都好，就是抽烟不好，对孩子有影响，孩子的肺嫩……她是不经意说的，每次唐朝阳李刚伟来后，总是烟雾缭绕，每次，她会重复她的动作，把前后房所有的窗户打开，同时会重复说烟雾对孩子不利诸如此类的话。余鹏程心里也是这么想的，但他重朋友情分，听了会有一丝不快，他不喜欢妻子数落他的好朋友，会不好气地说她，别烦了，隔了两扇房门呢，影响不了余蓝。

余鹏程今天心情好，听了吴芳芳的唠叨没有介意，打断她的话头说："他们说得对，我应该接受这个调令，从我个人前途和家庭生活来看，都是个好机会。"

"只要你觉得好，你就去吧，我爸经常说，人挪活，树挪死。"

"告诉你，我这是升职，工资至少加几十元，这句话你最听得进去吧？"

"是的，我就是听得进去，怎么样？你说我什么我都无所谓，我不是为自己，是为这个家。蓝蓝大些送幼儿园后，花费更多了，物价又在往上涨，以后还要买房子。现在新造的公寓太好了，有管道煤气，有卫生间，就像你姐姐家那样，我不指望那么大，有两个房间就可以了。"

"放心，教育局计划造家舍，邹书记暗示我有可能有条件分配一套。

他说,我们住的是姐姐姐夫的房子,是寄人篱下,当然,这件事只是说说而已,他为了说服我,许愿这许愿那,真去了,这些说过的话就忘得精光了。"

"那就让邹书记写下来,防止他说了不算数。你可不能死脑筋啊,到时候口说无凭的啊。"吴芳芳口吻坚定地说,她显然认为自己的想法很有道理。

余鹏程笑了,说:"幼稚!我开不这个口,领导也绝不会写这种承诺书,以后有机会再说吧,今天晚了,明天我打电话给姐姐,他们同意的话,这件事就这么定了。"

这时,传来了余蓝的哭声,哭得很有力很响亮,吴芳芳说了一句"你把烟火缸里的烟头倒掉,再把茶杯洗干净"就奔到前房去了。余鹏程将茶杯、烟火缸放在一个塑料桶里,下楼在厨房洗干净。他发现周芹的房间还亮着灯,传来轻轻的乐曲声,他知道这是那个美国医生送的磁带,是军军最后时刻听的音乐。音乐声中,他又听到周芹和张杰的讲话声。

"周芹,你能不能把录音机关了,我一听到这音乐就受不了,就出现军军的影子,你让我回来就是听这美国人送的磁带吗?"

"我给你配了中药,一个有名的老中医开的方子,据说很灵,是采访过他的记者陪我去的,你带到厂里去煎了喝吧,隔一个星期你再回来,我们再来试试,你不用急,你会行的。"

录音机"咔哒"一声关掉了,周芹说过后,张杰沉默不语。

"今天的草药我已煎好了,在保温瓶里,你喝了吧,今晚就住在家里吧,好不好?"

"我也想军军早点回来,可我……真是的,就是不行,不瞒你说,前一阵我买过鹿茸片,还去医院看过,你知道,我是鼓着多大的勇气去的,医生说我是心理问题,不需服药。"

"老中医说了,不能瞎用壮阳药,你就服他的草药吧。"

"好吧,只要有用,让我吃屎都愿意。"

"别说得这么难听,我让你吃屎了吗?我逼你了吗?心理问题,你的心理可能是有病了,我承认,是我急了,我有些话讲重了,不该说你是太监,我问你道歉,你是个军人,也是个强悍的男人。"

"我已经转业了,整天守着那几条破枪,养几只野猫,我早已不强悍了,军军的病让我整天提心吊胆,他走了,我觉得自己活着一点意思都没有。有时候,我真想去陪军军,他手术前,我不愿意签手术同意书,我是怕,怕失去他,可是,还是失去他了……"说到这里,张杰哭泣起来,哭声在夜深人静中特别让人心惊。尤其是一个男人的哭声。

"好了,好了,别哭了,邻居家都睡了,别吵了大家。军军会回来的,动手术前,我们和他说定的,他还和我打了钩,军军是个讲信用的孩子。你去洗洗,把药喝了吧。"

哭声突然刹住。

余鹏程不是想偷听,他不屑于偷窥别人的私事。姐姐说过,隔壁陈斌有这样的毛病,但这两年他忙于生计,忙于去乡镇企业捞外快,对其他的事情已不太感兴趣了。

他是无意中听到了这对夫妇的这番对话的,他听了心里很不好受,甚至感到莫大的震惊。他喜欢军军,这是个病态的孩子,然而聪明、敏感、懂事,他的突然离去让他和芳芳十分伤心,一个可爱的孩子说没就没了,让人无法接受。生命的脆弱使他们感到不可思议。他和芳芳当然也同情这对不幸的夫妻,特别是余蓝出生后,他们更体验到孩子对于父母的重要意义。家庭的建立一个重要因素就是生孩子,就是延续生命,生生不息。连动植物都有这样的本能,何况人?孩子是爱情的结晶,这是人与生俱来的一个本能,否则干嘛结婚?是的,周芹和张杰曾经也拥有过一段热烈的恋情,军军刚出生那段时间也曾经给他们带来无比的欢乐,就像余蓝给他们带来欢乐那样。

可是,一个残忍酷的现实是,这个家因为军军的病患而开始发生变化,潜伏在张杰身上的缺陷使他的性格变得软弱无力,夫妻感情也受到了损伤。婚姻本身在特殊情况面前,往往会成为易碎品,不然,就没有夫妻本是同林鸟,大难来时各逃命之说了。

他几次想好好安慰安慰周芹,但看到她镇定自若而又黯然神伤的神情,他一句话都说不出来。是的,周芹的痛苦是镂骨钻心般的,是长久的无时无刻的痛。她天天听那盘外国音乐,天天像军军那样和贝贝玩耍,喂它、抱它、替它洗澡,晚上下雨了,爬起来到晒台的猫窝撑起一把雨伞,外加一件雨披,她记住了军军手术前的话,替他好好伺候贝贝。余鹏程清楚,周芹这样做,都是出于对军军的怀念和爱,是丧子带来的痛楚,甚至还有负罪感。

几句安慰的话是那么肤浅那么苍白无力,那么,还是什么都不要说了。今晚听了他们非常隐私的话,更使他了解他们的痛苦是如此不堪,周芹的求偶,张杰的努力,只是为了再怀孕一次,以求得"军军的归来",对于这个家庭,对于他们的夫妻关系来说,是最后一搏了,否则后果难以想象。

余鹏程轻轻上楼,芳芳和余蓝已入睡了,显然,芳芳给女儿喂过奶了,夜灯亮着,亮度很低,比烛火亮不了多少,一层橘色的光晕,只要余鹏程不来睡,吴芳芳总是会亮着这盏节能顶灯。吴芳芳是出于节俭,才在装修时让电工师傅装这盏灯的,余鹏程很欢喜,觉得温馨又浪漫。他俯身看着睡得正香的母女,芳芳发出轻微的鼾声,凉被下她的肚子微微有些隆起,生了孩子后,一个多月的产假使她体重陡增,脸变圆了,肚子上有了赘肉,她已不再是那个身材苗条,亭亭玉立的纯真少女了,她已经回不到过去了。

这让余鹏程有点沮丧。

但吴芳芳一点都不在乎,对于自己的形象,她似乎失去了感觉,她变得慵懒了。她的身边是褓褓中的女儿,余蓝睡得很熟,胖胖的小脸,皮肤嫩滑得像剥了壳的鸡蛋似的,头发浓密、黑亮,一点不像是婴儿的头发,可以看到她合着的细细的眼睫毛了。她大概做到了什么梦,脸上竟好像露出一丝笑容,他轻轻地摸着她伸出被子外的小手,这手是温暖的,软软的,触及到他心里最柔软的地方,一股暖流在他周身流动,还有一种受到神启一般的安宁和幸福。

这么小的孩子会做梦吗?他问自己,他不知道,可惜余蓝还无法回答。记得军军说过,他能想得起来小时候做的梦,那时他还不会说话。他又想起了军军,想起了那对夫妻的谈话,他的静似止水的心忽然朝下一沉,谁会想到,这对表面看上去很体面的夫妻会活得这样沉重,这样苦涩?他忍不住替他们担忧起来,暗暗祈祷他们能成功地把期待和努力变成现实,让一个新的健康的"军军"能出现在他们的生活中,让他们能在锥子和刀刃上走过去。他也祈祷芳芳和余蓝能平安无事。这四个字的分量从邻居周芹夫妻的经历中可以凸现出来。

仔细想想，什么副处长，什么个人前途，什么商品房，真的那么重要吗？他突然感悟到，只要这盏烛火般的灯火笼罩着她们母女的这幅柔情似水的图景一直不变，其他东西都显得那么轻飘飘的了。

余鹏程这个晚上的想法并没有阻止他走马上任，人在某些时候的想法和感受一般并不能持久。例如许多被名利绑架得筋疲力尽的人在参加某个什么人的追葬会以后，会一下醍醐灌顶般受到冲击，百般感叹，把世事看得非常通达，似乎要放弃一切，过上平常的生活，但几天以后，他们又在滚滚红尘中故态复归了。余鹏程也是这样，他在夜灯下的感动很快在现实生活中被抛之脑后了。

姐姐和姐夫劝他别错失良机，这关系到他的前程，不管做什么，只要能晋升就好，中国的官场是上去了不会随便下来的，前提是不犯大的错误。姐夫答应尽可能帮他，条件是，手脚要干净，不该拿的钱一分钱都不要。另一个条件，让他乘势而上，马上向上面递交入党申请书。这两个要求是合理的，并不过分，且完全为余鹏程考虑，他没有理由不答应。

他在履新前，向马校长送了一份入党申请书，学校党组织签了个意见，同意把他列为入党考察对象。这份材料和他的档案一起转到局里了。

校办企业管理处市教育局拥有两间办公室，一间是处长办公室兼接待室；另一间是两个干事的办公室。干事是两个年轻人，一个是唐朝阳，是余鹏程点名要的，唐朝阳几次打电话给余鹏程，他愿意与余鹏程一起干一番事业，他已厌倦学校和教师这个职业，中国的中学怎么看都有那么一股墨守成规的气息，甚至可以说是有点腐朽气息了。余鹏程以为他是失恋后的情绪，后来看他态度坚决，便向邹书记正式提了出来，有一个知根知己的人协助他比一个人独自去闯强，邹书记爽快地答应了。在他们上班后不到一周，又来了个本市一所大学毕业的小女孩，叫汪原，学的是什么经济管理专业，漂亮，皮肤较黑，高个，身高超过一米七，语言犀利，大大咧咧。她喜欢旅游，抱着吉他唱民谣，喜欢美食，是个阳光女孩。

开一辆可以敞篷的红色小汽车,她坐在车里,沐浴着阳光,犹如一阵火辣辣的红色旋风在马路上飞旋而过,引来了无数艳慕的眼光。

她的父亲是市乡镇工业局局长,农村干部出身,当过大队书记、公社书记。人民公社解散后,他当过镇长、镇党委书记。汪原自己说,她玩心重,读书一直不太好,所以没考上名牌大学,只上了一般般的大学,但她并不觉得丢人。她说,手持一张复旦大学的文凭未必能找到好工作,也未必能胜任她这个工作。但她找到了一个好工作,而且她肯定行,这用不着怀疑。原因很简单,她有一个好爸爸,而且她酒量惊人,白酒能喝上一斤多。

余鹏程对这个组合很满意,唐朝阳的能力他是了解的,口才好,聪明,有点子,肯吃苦。口才是重要的,舌如巧簧,口吐莲花,说得比唱得还要漂亮,事情就好办多了,人总是喜欢听赞歌的,好话顺耳,让人舒坦,这是一种力量。而汪原漂亮活泼,父亲有着丰富的资源,具有喝酒像喝水的能力。酒桌上有酒量就有胆量,靠着她非凡的酒量,自己在宴饮中就有底气,可以弥补自己不胜酒力的短处。他了解过,校办企业的发展基本上是在一穷二白的基础上起家的,少不了要求爷爷告奶奶,也少不了要拼酒,这是中国式的生意经,订单往往是在醉意朦胧中签下的,人缘也往往是在酒杯碰击中结下的。这也是一种力量。

余鹏程经过考虑,决定以自己待过的学校作为试验田,率先办一个小工厂。唐朝阳给他出了个点子。大部分中小学都在改造扩建,经过"文革"的折腾,许多学校破烂不堪。改革开放十多年了,国家开始注重教育的重建,而老的课桌课椅需要更新,校舍新建了,需要增添新的课桌椅。余鹏程劳动过的工程竣工了,是幢四层楼高的新校舍,课桌椅还未配上。余鹏程约了马校长吃饭,说,我准备把你校作为本市教育系统的"小岗村",树一个典型,一个示范村,来带动全市校办企业的发展。马力校长在电话里哈哈大笑,兴冲冲地赴宴了。马校长好酒,余鹏程和唐朝阳加起来都不是他的对手。

"小岗村包产到户,十几个发起人是按下手印的,你是不是想让我们学校变成民办的,你说吧,民办学校赚钱,我愿意按手印,大不了开除党籍、摘下乌纱帽、老婆离婚……"马校长三杯下肚,开口说。

"马校长,你误会了,你学校改民办这样的大事,不是我管得了的,我跟你谈的是校办企业的事。我问你,你们新大楼教室的课桌椅配好了吗?"余鹏程问。

"初步和市里最大的家具厂谈过了,让他们加工,原来老楼里的课桌椅也不行了,这次准备一起更换掉,已经用了几十年了,该更新换代了。"

"合同订了没有?"

"还没呢?"

汪原在一旁不断替他的杯子里斟酒,他来者不拒,一杯杯往嘴里倒。

"这就好,我们想好了。你们马上成立一家木器加工厂,学校所需要的课桌椅自己做。"

"自己做?怎么做,你应该了解的,我们学校只有一个电工兼木工,只会修修补补,办厂想都不敢想。"马校长心里有点不乐意。为了这批课桌椅市家具厂已和他接触了多次,送给他一对木扶手人造革的沙发,还答应给他打一房水曲柳实木家具,是法国式的,出口的款式,他答应马上签合同。

"这些都没有问题,小汪的父亲是乡镇企业局的一把手,由他们出资金,招技师,提供设备,我们处里把全市中小学的课桌椅、黑板什么木器全部拿下,由你们加工,你想想,像我们学校这样需要将课桌椅更新换代的学校有多少啊?"

"马校长,余处长念母校的情,念你马校长的义。他调局里了,临走前你送了份厚礼,入党培养对象,他一心一意要把这个样板交给母校,这是锦上添花、雪中送炭的事,这样的机会你可不能错过啊!"唐朝阳脸已红了,喷着酒气,"马校长,我敬你,一口闷,一口闷。"

马校长一饮而尽,沉吟着说:"乡镇企业来投资,赚了钱怎么分配呢?"

"我们已向税务局申请,校办企业免税,赚了钱,百分之十交局里,其余的你们和他们对半分成,你可是坐享其成,桃子熟了,你可以摘掉一半呢。"

"马校长,这家企业生产的家具叫荷花牌,全国著名品牌,以后你儿子结婚,我让他们定做一套最时尚的家具,款式很多,让你随便挑。"汪原插话说。

马校长心动了,余鹏程的这个方案太诱惑人了,他只要腾出一个地方,由乡镇企业出钱出力,余鹏程拿下庞大的订单,赚了钱他每年就入账一半利润,亏了他无须承担风险。这种好买卖远不是一房水曲柳家具所能比拟的,他是个精明人,他明白余鹏程背后有个正厅干部的姐夫,局里能看中他就是看到了这一点。

他把杯中酒喝尽,看着余鹏程说:"就这么办吧,我听你的。大树底下好乘凉,有你余处长在,我这手印按了。"

"马力校长,你太卖力了,喝酒,喝酒,庆祝小岗村的诞生。"汪原给马校长、余鹏程、唐朝阳斟酒,自己同样举起杯子,不过杯子里的是茶水。马校长举起来酒杯,在碰杯之际,他注视着汪原的茶杯,说了声:"慢,汪小姐,这茶水能不能换一换白色的,少一点可以,但要真的,余处长、唐老师,你们说是不是?这手印按了,这可是历史性的,我们这所中学要办木器厂,是好事还是坏事,我可是豁出去了。挨骂是肯定的,学校是斯文之地,居然办厂赚钱,会引得千夫指的,凭这一点,小汪,喝上一口吧,我还指望你爸爸真心扶我们一程呢。"

马校长早已注意到这个漂亮的身材高挑的小妞,是个充满青春活力的女孩,落落大方地坐着,喝着可乐,滴酒不沾,怯怯的,羞答答的,彬彬有礼,一看就是个不谙世事的小孩。马校长对她印象不错,不过,这孩子太嫩了的,大概只能干些打打字、接接电话这类活,当然,如果能和自己儿子谈朋友是他所喜欢、认可的那种类型。

余鹏程看着汪原说:"小汪,马校长既然这么说了,你就破一次例吧。"

"马校长是性情中人,小汪,喝吧,马校长一马当先,以后必万马奔腾,来,祝马到成功!"唐朝阳说。

"喝就喝,我今天也豁出去了。"汪原站了起来。把玻璃杯里的茶水倒掉,打开一瓶酒,将水杯倒得满满的,和马校长碰了下杯,"咕噜咕噜"一口将酒喝得精光,然后抹了下嘴,不动声色地把玻璃杯倒过来,把杯底亮给马校长看。

马校长知道自己看走眼了,他惊讶得眼睛瞪得大大的,这么一大杯白酒能一口气灌进肚的女孩子,他还是第一次见到,他很快镇定下来,向汪原跷了下大拇指,也将杯中的酒喝完,说:"余处长,强将手下无弱兵,原来你藏着秘密武器啊,这样的海量,所向无敌,我服了。"说着,把手掌盖住酒杯,表示认输了。

此后,马校长按余鹏程安排,和这家生产家具的乡镇企业签订了合作协议,腾出了校园偏僻处的一个年岁很长的库房作厂房,库房青砖墙,带有旧时的特征。它最早是个废弃的简易教堂,后来成了学校的礼堂,新礼堂建造后,它就成了堆放杂物的仓库,周围杂草丛生,门窗已破损严重,墙上爬满了藤蔓植物。社办厂的技工一看觉得很满意,认为整理一下就可以使用。经过整修,一个校办家具厂建起来了,各种设备进了场,其中有锯、刨、钻等机器,还有烘干机、喷漆机、抛光机等,大都是二手货。技工是熟练工人,设备木料等进场后,很快就开工了。两个月以后,学校所需要的课桌椅全部交货,式样两种,一种是单人桌,另一种是双人桌,款式新颖、轻巧,摆在余鹏程劳动过的新校舍里,显得敞亮、时尚,马校长率领校领导和老师们从一楼走到四楼,一间间教室走过来,脸上闪着欣喜的笑容。

只有余鹏程心里有点复杂,他没想到自己的命运会和这幢大楼这么密切。

当初在这里劳动,他只是一个特殊的劳动者,一个被边缘化的人,没有教师和学生理睬他,有人偶尔注意到他时,眼神也是异样的。听到不远处的琅琅读书声、音乐课的歌声、体育课的喧嚣声,他就逃得远远的,但他的身体就像是掏空了似的,逃得再远,那些声响还是在追逐着他,在他身体里轰鸣着。这些声音本来是他生活的一部分,却硬是把他与它们阻隔开了。他感到很屈辱,幸亏工人们没有歧视他,这点,他是忘不了的。可现在,同样是这个地方,同样是这些校领导和教师,却前呼后拥地围着他,他成了一个重要人物,他和马校长一起在雷鸣般的掌声中,在鼓乐声中,为新校舍剪了彩,剪刀剪下去的时候,他觉得有些滑稽,有些荒唐。

马校长很满意,新校舍的课椅他按原来的预算购入,扣除应得的收益,省去了近一半的钱。他用一半的费用又更换了大部分的老课椅,由汪原出面,这家乡镇企业还悄悄地送给他一套实木家具。余鹏程、唐朝阳及汪原分头出击,几乎拿下了全市中小学需更新的课桌椅的全部订单,校办木器厂加班加点生产,成堆的木材运进来,成批的课桌椅运出去。

校办木器厂财源滚滚,马校长的中学与乡镇企业合作挖到了第一桶金,余鹏程的校办企业管理处的账户上的收入不断增长。按局里的规定,余鹏程、唐朝阳、汪原也得到了应得的奖金,当然,局机关的领导和干部也得益不少。余鹏程成了教育系统的红人,评上了先进,毫无争议地入了党。

在马校长这所中学的校办企业的示范下,全市校办企业遍地开花。余鹏程通过姐夫杨大年的关系,和省里一家全国数得着的大型石化企业挂上了钩,在另一个中学开办了密封圈加工厂,密封圈有各种规格各种材料的,有塑胶的,有金属的。塑胶的用冲床压制,亦可用剪刀手工剪裁;金属的用车床、刨床加工。工艺简单,利润丰厚。此外,还通过各种渠道,拿到了各种订单,开设了服装厂、五金厂、建材厂、印刷厂、针织厂、彩照洗印社等等,余鹏程还办起了贸易公司,直属校办企业管理处,做起了生意,买进卖出,赚取差价。反正,只要能赚到钱,他们什么都做。

余鹏程和唐朝阳、汪原忙得不可开交。他几乎每天出入饭店,经常喝得醉醺醺的,幸亏有汪原这个强大的武器,她为余鹏程分担了酒桌上的一次次进攻,使得他能安然无恙,基本没有失态过。而唐朝阳酒量有限,因为长得魁伟,妙语连珠,酒席上的打诨插科的套话脱口而出,被人误以为酒力强健而成为目标,加上他为人豪爽,敢于应对挑战,所以不止一次喝得烂醉如泥,脸色发青,呕吐不止甚至去医院挂点滴。

汪原从来不帮他,任凭他去喝,小姑娘的原则只帮余鹏程,处长是无论如何要是保护好的。

那个年代正是卡拉OK歌厅特别兴旺的时候,酒足饭饱以后就去歌厅唱歌,因而这也是余鹏程经常陪客人,或客人邀请他去的地方。许多人乐此不疲,兴致高昂,但在余鹏程听来多数人五音不全,甚至是他在心里形容的鬼哭狼嚎般的吼叫。当然,他知道这只是一种娱乐活动,那气氛是轻松的、欢乐的。人们需要轻松和欢乐。这也是生意场联络感情的方式。他有个好嗓子，在大学艺术团受过专门的训练，多次在舞台上演出过。所以，他拿起话筒一开口就会把人镇住，以为是在放原唱。汪原嗓音不怎么的，但悟性好，什么风格的歌一学就会。她和余鹏程的男女两重唱配合得特别默契，小女孩表情丰富，体形漂亮，会做一些让人着迷的舞蹈动作，引来客人的一阵阵喝彩声和掌声。这个时候，唐朝阳坐在一旁，往往因为酒精的作用而沉沉地睡着了。

除歌厅外，还有舞厅、浴场之类有地方，据说还有色情场所，余鹏程严厉地警告过自己，坚决不光顾这些地方，脚趾头都不触一下。这是他的戒律，这戒律同样适用于他的同事。他几次对唐朝阳说过，那些肮脏兮兮的地方是禁区，任何时候都不能去。舞厅去过几次，在大学他跳过交谊舞，他们艺术团的人是舞会的明星，个个舞姿出色，身手不凡，他和丁兰兰跳过几次，丁兰兰称赞他乐感很好，丁兰兰在舞会上最闪亮的明星，邀请她跳舞的男生排起了长队。

汪原擅长跳迪斯科，动作狂野、奔放、娴熟，眼神迷离，血液奔涌，浑身每个部位都会随着她的动作，有节奏地恰到好处地颤动，尤其是一头长发，很优雅很洒脱地飞扬着。余鹏程见过丁兰兰跳过迪斯科，稍稍懂一点，有几次会情不自禁和汪原对跳起来，居然还能跟上她的舞步和动作，昏暗的变化的彩灯里，他们跳得痛快淋漓，自然而然成了舞会显眼的令人生羡的一对舞星。

在余鹏程的记忆中，这段岁月过得风生水起，有滋有味。邹书记破例允许他用公款购买了一个大哥大，汪原也有一个，是任市乡镇企业局局长的父亲给她的。大哥大是手机的前身，拥有的人极少，是地位和财富的象征。余鹏程将那砖头一样笨重的电话机拿在手里或插在裤子后的口袋里，会吸来不少视线。

不回家吃晚饭，很晚回家成了余鹏程的常态。

吴芳芳没有任何怨意，她是识大体的人，他知道丈夫忙于应酬是工作需要，他是一个处长，肩负着重任，她为他感到骄傲，她在厂里谈起丈夫来，津津乐道中充满着炫耀。年轻女人对于自己的丈夫都有特别的虚荣心，仪表出众，能挣钱，这是好丈夫的标准。吴芳芳对自己的衣着打扮不太注重，但有这么一个丈夫，卖相摆得出，有地位，呼风唤雨的，虚荣心得到极大的满足,她在同事、父母面前会情不自禁地透露出一种自傲感。余鹏程曾带她参加过几次高规格的宴请,那种地方富丽堂皇,菜肴之精致,环境之豪华,服务之热情,一般人无法想象的。她第一次到那地方,不亚于刘姥姥进大观园,很多菜肴是她从未见到过的,价格之高,让她不敢相信。一切是那么陌生而新鲜。后来再去,她就有点适应了。

余鹏程是有分寸的人,也很注意影响,带吴芳芳出入这些场所的次数是有限的,原则上是客户明确邀请他和太太一起参加,他才带上芳芳。如果是处里出面请客,他坚决不带无关的人,尤其是不带家人,避免别人说三道四。仅有的几次,已经让吴芳芳很满意了,在厂里和同事说起来很有面子,很荣耀。有多次,余鹏程用大哥大打她的电话,她就说,他用大哥大打来的,谁都知道这意味着什么,毕竟那时候持有这东西的非富即贵,少之又少,几万元一台的价格让人咂舌。他们厂的书记厂长都没有,吴芳芳的邻居人武部长张杰都没有。

还有一点,就是余鹏程的收入明显提高了,工资奖金之外,还有各种各样的礼品,包括烟酒、食品、瓜果、肉类鱼蟹、衬衫、羊毛衫等服装。这为吴芳芳省下了不少开支,还可以送人。她的爸妈和两个弟弟的衣服越来越光鲜了。这点让别人特别眼红,包括李刚伟和高晓明每次上门,对余鹏程的蒸蒸日上真心实意地感到高兴,免不了也有些羡慕。男人们都是雄心勃勃的,都是有点野心的,女人们也都向往过上好日子。理想主义者李刚伟也心动了,三个好同学好朋友,相比之下,他混得最平淡无奇,随着孩子的出世,他感到手头紧了。

但学校对他不薄,力排众议给他分配了一套新房。虽然上面有人打了招呼,但学校还是想了些办法,费了些周折努力办成的。凭这一点,他只能抑制住内心的冲动,安分守己待在学校里,不敢有非分之想。

吴芳芳风光自傲的背后,也有难言的苦衷,她感到孤独,如果余鹏程打电话说不回来吃晚饭了,她就在老家吃完晚饭带着孩子回家,哄着孩子睡着后再做家务,洗衣服晾衣服,在贝贝的食盆里添上猫粮,再拎着塑料桶拖地。然后亮着那盏夜灯,在一束昏黄的灯光下看电视,把电视的音量调到最低。这时候,房间里很安静,很冷清。她眼睛盯着屏幕,耳朵在听着楼梯声,从中分辨出余鹏程回来的声响,夜深人静,即使余鹏程轻手轻脚,她依然能清晰地听出是丈夫回来了。即使丈夫像猫咪那样刻意地无声无息,她也能感觉到是他,这方面她是特别灵敏的。

九点,十点,十一点,她就这样等候着,捕捉着她所熟悉的细微声响,它迟迟没有出现。于是,她在孤单中困了,睡着了,母女俩酣睡着,轻微地呼吸。余鹏程终于回来了,显得筋疲力尽,他匆匆洗漱了一下,有时,把一包什么东西放在地板上或桌子上,倒头便睡了。

很多时候,吴芳芳在他小心翼翼地踏上木楼梯,轻轻打开房门时便惊醒了,她坐起来,说一句,回来了。丈夫喷着浓重的酒气,"嗯哈"了一声,几乎没有和她说什么话,便迫不及待躺下了。有时也会说上几句,但当她想多说几句,或者想尽一下温柔时,他已经发出了粗重的鼾声。这个时候,她忽然变得特别的清醒,她默默地看着丈夫孩子般的睡姿,她觉得有些委屈,这个她所爱的男人就躺在床上,还有可爱的女儿,一家子都在,但她的孤独感还是在她的身体里,她的心里翻腾着、涌动着,她想平息下来,但怎么也做不到。她知道自己渴望和丈夫交流,哪怕争吵也是好的,她也渴望和丈夫做爱,这事越来越少,有时他回来还没睡去,她搂抱他,亲吻他的颈脖,抚摸他的腹部,他轻轻地推开她,说了句"我太累了"便转过身体,蜷缩成一团,再也不理她了。她木然地坐着,心情空茫,夜已很深,等待夜归者的灯还亮着,她脑子里像缠绕着一团乱麻。这样坐了许久,她才把那盏夜灯熄掉,躺了下去。

黑暗中,她还是睁着眼睛,直到自己睡着。

余鹏程和吴芳芳上班时间不同,余鹏程可以八点半到班,吴芳芳是七点上班,她六点就会起床,喂奶后准备早餐,她匆匆吃完,她妈就过来接余蓝,吴芳芳骑车上班。这时候,余鹏程还一动不动地躺着,待余鹏程起床,家里就没人了,只有周芹在客厅里吃早饭。她已调到报社经理部,报社除了出报,也搞起了经营,主业是广告,此外还开了一个公司,一个书店。经理部负责所有这些经营单位。她任经理部副经理,主管广告。领导着五十余个广告员,由于报纸带有垄断性,广告来源很多,一年创利数千万元,每年以百分之几十的增幅递增。她的奖金很可观,足以让她过上非常优裕的生活,可以毫无顾忌地购置自己喜欢的物品,包括名牌服装、名牌包和鞋子。但她内心不愉快,沉重如焚,再多的钱在她看来也意义不大。

她为了再次怀孕尽了全力,但最终还是失败了,她和张杰平静地离婚了,家里值钱的东西和存款张杰都不要,只带走了一个镶有军军照片的镜框。照片上军军抱着贝贝,笑得很开心,他还翻录了那盘美国医生送给军军的磁带。

离家那天,他和周芹在家里一起吃了顿丰盛的晚饭,满桌子都是军军爱吃的菜,他们还把军军平时用的碗筷放在桌子上,周芹泪流满面,张杰倒是神态安然,他不断给周芹碗里夹菜。饭后,周芹把一张银行卡递给他,告诉他里面有八千元钱,在那时可是笔不小的数字。他默默推开了,他在房间里遛了几圈,对周芹说,换煤气罐什么的,他会回来换的,碰到什么事,尽管打他的电话,也可以让陈斌和吴芳芳带平口信。说完,就拎了个旅行袋走了,旅行袋里面装着他的个人物品和换洗衣服。

周芹哀怨地哭了起来,心里疼痛异常,久违的冷寂了许久的温情又一缕缕蹿了上来,她差点没想奔出去,把他喊回来。那个魁伟的男子曾经让她神魂颠倒,他们热烈地相爱过,可是,孩子的病毁了他,把他变成了一个魂不守舍、毫无家庭担当的精神侏儒。她无法宽宥他,也不屑和他吵架,她从心底里轻视他,也无法和他继续生活在一起了。

这些情况,是吴芳芳告诉余鹏程的,他们分手那天是星期天,余鹏程和客户谈点事,出门了。吴芳芳什么都看在眼里,张杰走后,周芹一边抹着泪水,一边把离婚的事告诉了吴芳芳,吴芳芳也陪着流泪,她的心也碎了,不知道说什么好。

上班后,张杰和妻子离婚的事已在厂里传得纷纷扰扰,有多个离奇的版本,吴芳芳和陈斌作为见证人一一澄清事实,仍止不住各种汹汹的传言,但张杰无所谓,传了一阵,就销声匿迹了。有时候在食堂碰到吴芳芳,他会主动问起周芹的情况,希望吴芳芳和她多说说话。张杰把他的时间和精力都投入到工作上,下班后就喝酒,往往喝得酩酊大醉。喝得不太多的时候,就逗着一群流浪猫玩。他是孤单的,尤其是下班后,他孤寂地待在武装部的枪械室里,灯火通明,电视机的音量调到最大,声音透过窗户,传送到很远的地方。好在整个办公楼已空无一人,好在夜晚的铸造厂响着各种机器的轰鸣声和喧嚣声,没有人注意到这间房子里传出的电视机的音响。

余鹏程早餐一般喝一杯牛奶,吃一至两个吴芳芳蒸在灶上锅里的菜包子或肉包子或荷包蛋。有时没胃口,什么也不吃,就上班了。所以,余鹏程和吴芳芳平时很少有时间说话交流。余鹏程和周芹的上班时间不是那么严格,迟到或者早退,没有什么人可以干涉。

所以,早晨这段时间,除了他们俩,其余的人早早地上班或上学了,他们交流的时间反而比较多。周芹主动告诉她和张杰离婚的事和她的工作变动,余鹏程也谈了他的一些事,两人探讨着形势和时事,余鹏程托她做些报版广告,周芹给他最好的版位和最优惠的价格,很多时候他们谈得很投机。周芹有时会习惯性地提到军军和张杰,说着说着,周芹会突然缄口,在一种伤感的寂静里,周芹的眼睛潮湿了。触及到这个话题,不管周芹有意无意,余鹏程一般不会接她的话。他看得出周芹心里一定很难过。

每周的星期天,周芹都会到军军的墓地上去,风雨无阻。她通常会带一束鲜花,备好军军喜欢吃的食品,再带上贝贝。她会在墓地上逗留很长时间,抚摸着军军的照片,轻轻地说着话,她会问他,在那边他过得愉快吗,读些什么书,和什么人来往等等。然后说她自己的事,和张杰离婚的事也说了,她说,你爸爸是个好人,但他越来越不像个男子汉,我实在和他相处不下去了,你要原谅妈妈,妈妈实在是迫不得已。

吴芳芳陪她去过几次,每次都哭得眼睛红肿。墓地管理员都认识周芹,这些人看够了人间的悲欢离合,面对眼泪和痛苦,已变得麻木,然而一个孩子的早逝毕竟是个别。花木茂密,鸟语阵阵的墓园是老年人的终点站,孩子是不该到这里来的,他还有漫长的人生。望着他那幼小天真的照片突兀地出现在众多苍老的遗像里,他们对这个年轻的母亲充满着深深的同情和怜悯。

余鹏程知道周芹是寂寞的,她的应酬也很多,夜晚回来,她的房间总是黑暗的,一点动静都没有。贝贝蹲在她的房门前,两只眼睛发着绿光,军军离世后,周芹很依赖这只小生灵,只要回家,会寻找它、使唤它,让它陪伴自己。动物也是通人性的,只要周芹回家,它会寸步不离地围着她转悠。当然,有时很晚回来,可以看到她的房间亮着灯,但没有丝毫的声响,余鹏程很好奇,想知道她这么晚了到底在做什么。

第二天在客厅,他碰到周芹,婉转地问:"周芹,昨晚我回来很晚了,你还亮着灯,在忙什么呢?"

"不忙什么,我睡眠不好,躺在军军的小床上,七想八想。"

"听说你回娘家住了几天,怎么不多待一阵呢?"

"在娘家我心里发慌,不着不落的,回来了,反而安心。我听人说,人死后灵魂会回来,军军说不定会回来,这是他熟悉的地方,我不在,他会失望的。所以,我还是住回来好。余老师,你相信灵魂吗?"周芹期待地看着他。

余鹏程没有正面回答她,他思考了一下说:"这是个很复杂的问题,涉及到宗教信仰,我说不清楚。周芹,我知道你还没有放下,你应该放下了,因为,生活在继续。你可以重新开始,你还很年轻。"

关于人死后是否有灵魂这个问题,在大学时,他和唐朝阳、李刚伟及其他人讨论过,这个问题确实很复杂,余鹏程坚持认为生命在肉体这个载体消失后,可能会以某种形式继续存在,例如灵魂。这是物质不灭定律,至于灵魂是什么形态的,是物质的还是非物质的,他说不清楚,他认为,这是人类的一个未知领域,人类对宇宙的了解,对地球上的许多现象的了解还是很肤浅的,冰山一角都不到。李刚伟坚定地否认灵魂的存在,他认为包括人在内的任何生命形式,都是来自尘埃最后归于尘埃,不可能有超自然的灵魂存在。唐朝阳是站在余鹏程一边的,但他也只能似是而非地讲一点看法。后来,余鹏程读到了美国当代女诗人玛丽·奥利弗的一首诗:

请理解,我总想弄清/灵魂是什么,/隐藏在何处,/有什么形状——/上个星期,/我在海滩发现了/一块领航鲸耳骨,/它可能在几百年前就已死去,我想,/我也许接近了/某种真相——

余鹏程把这首诗读给唐朝阳李刚伟听了,他们听后,觉得这个长年隐居山林,被称为"归隐诗人"的女诗人的这首诗并没有说清楚她接近了什么某种真相,一首朦胧诗而已,一块几百年前的领航鲸的耳骨说明了什么呢?余鹏程无言以答。

这些他不想跟周芹说了。

周芹叹息了一声说:"我也想放下,可是,我实在放不下,我经常想,少女时期把爱情和婚姻想象得非常美丽,可现实却那么残酷,我不结婚,不嫁人,就没有军军,我也不会害了他,我的美丽的梦是在作孽。如果生活可以重新回到过去,我宁愿选择独身。"

余鹏程没有和她深谈下去,他不想去戳她的痛处,但他还是被她真挚的母爱感动了,他想,周芹的痛苦和自责终究会过去的,当有一天她遇到了一个她欢喜的男人,爱情会使她放下,焕发出对生活新的生机。看吧,到时候,出现在人们面前的会是一个全新的周芹。于是,他说:"周芹,你知道吗?要是军军地下有灵,他不会让你忍受这种痛苦,军军是一个善良懂事的孩子!"

周芹听了,很感激地看着他,认真地点了点头。

十三

唐朝阳和胡雪还保持着联系,胡雪消失了很长时间,在唐朝阳差不多把她忘了的时候,她突然给他寄来了一封信,信写得很简短,委托他去她工作过的医院把她的档案取出寄给她,她走得很匆促,档案一直留在医院,现在她所在的单位需要她的档案。如果不让取,也可由医院组织人事处邮寄。随信附了封委托书。

唐朝阳很快把这事替她办妥了。此后,他们又联络上了。有书信往来,也时常通长途电话。通常是胡雪打过来的。余鹏程已注意到唐朝阳有时捧着电话机低声说话,顾左右而言他,给人感觉很神秘,汪原开玩笑说,唐大哥肯定是在谈情说爱。但余鹏程不相信,因为没有迹象说明他在和谁约会,另外,他和自己是无话不谈的,如果真有了女朋友,他是不会向自己隐瞒的。除非这个女人不适合公开,那么有这样的女人,连他余鹏程都不想说的会是谁呢?余鹏程想到了远在深圳的胡雪,但马上否定了,唐朝阳固然还留恋胡雪,但发生了那么多事,留下了那么多缺憾,唐朝阳不可能和她重修情爱关系了，事实上，他们之间从未有过真正的情爱关系，唐朝阳非常清楚这一点。

有一次，唐朝阳的办公室响起了电话铃声，唐朝阳和汪原都出去了。余鹏程走过去接，他"喂"了一声后，对方很有教养地说，对不起，请唐朝阳接电话。余鹏程马上听出是胡雪。他说，你是胡雪吗？我是余鹏程，朝阳有事出去了。胡雪在电话中笑了起来，说，余处长，祝贺你升职啊，下次回来，你可要请客啊，时势造英雄，你的选择是准确的，朝阳决定跟你干之前，曾打电话征求过我的意见，我支持他下海。余鹏程问她在深圳处境如何，她说，不错，不错，原来是一个小渔村，一下就成了改革开放的中心，这里是传说中的息壤，种下一根马车的轮子，就会长出一辆马车来。我特别欣赏这里的氛围，生气勃勃，轻松自在，人际关系简单，大家都把精力和时间放在如何做事如何赚钱上。你们什么时候过来看看啊，我给你们介绍点关系。余鹏程说，我们有这个安排了，到时候去看你，还要请你帮忙。

他们没有深谈下去，从电话中，可以感受到胡雪变得开朗了，笑声不断，语调中充满了一种豁达一种活力，这正是原来矜持的胡雪所缺乏的，环境确实能改变人啊。

余鹏程没有预料到是胡雪来的电话，他怎么可能料到。那么，和唐朝阳神秘通话的人应该是胡雪了，这么说来，唐朝阳真的和胡雪死灰复燃了？他不敢相信，但人的感情是最复杂的，世上最不可思议的就是男女之间的感情纠葛和情爱，他觉得这种可能性还是存在的。

实际上，迹象还是有的。余鹏程曾鼓励唐朝阳追求汪原，说汪原虽然没有正规的学历，文化修养似乎不太高，但有悟性，反应快，热情奔放，是个出生在条件优裕的家庭的阳光女孩，和吴芳芳一样，一眼就能看到她的内心，这类女人简单，心里没有屏障。

但唐朝阳一口拒绝了，说对汪原没感觉，他适应不了这样张狂外向的女孩。他还笑着说，汪原可能对你有点意思。她在我面前夸你有男子气，又不失儒雅，嗓音有磁性，歌唱得好。她还说，你穿了长风衣特别有气质，风度翩翩，玉树临风。你想想，在酒席上，她那么勇敢地替你喝酒，就是因为你是她的上级吗？可能是，不完全是，有时候，她那么庇护你，简直到了不要命的地步,她酒量是大,但再大也有个限度啊!可她为了你,是没有限度的,我知道她醉倒过,呕吐过,她还不让我和你说,一再叮嘱我保密。"

余鹏程收敛了笑容,严肃地说:"唐朝阳,你别乱说八道,这样的玩笑开不得啊!听着,我再听到你说这样的话,别怪我对你不客气。我是有家室的人,懂吗?"

唐朝阳看着余鹏程冰冷的脸,认真地点点头。

在唐朝阳回到办公室后,余鹏程便把他叫来,问他:"唐朝阳,你小子好啊,藕断丝连,热线联系,鸿雁传书,你们有可能破镜重圆吗?"

唐朝阳摇摇头说:"没有这种可能,她在做医疗器械和药品生意,让我找找下家。据我了解,她赚了点钱,香港去了几趟,追她的人不止一个,其中还有港商、台商,那个台商在深圳开了家自行车厂,产品供不应求,日进斗金。我暗示过她,深圳那地方鱼龙混杂,泥沙俱下,交朋友要慎重些,不要再碰上第二个黄宾。她说,唐朝阳你放心,我不是那个傻丫头了。"

"傻丫头?她可从来没有傻过,吴芳芳才傻乎乎的。高晓明居中,不傻也不是那种特别精明的女人。"余鹏程说。

"胡雪说的傻是指她轻信了黄宾的花言巧语,深圳那种地方,乱哄哄的,我真的替她担心。"唐朝阳说。

"我看你忘不了她,还在替她操心。你跟我说实话,你是不是对她还有感情?如果真的放不下她,可以试试和她重新开始。只要你不计较她与黄宾的事,撇开这个问题,她是个不错的女人,漂亮、优雅,无论是五官还是身材,都是出类拔萃的,高晓明比她差远了,吴芳芳气质不如她。不过,我要提醒你,你们是分居两地,两地情成功率不会太高,除非你也去深圳。另外,据你所说,她身边的男人不少,有些是到内地来淘金的大款,她在花花世界里看惯了、过惯了,你这个工薪阶层能满足她吗?"余鹏程拍拍唐朝阳的肩膀,直率地说出了他的满腹疑问。

唐朝阳嘿嘿嘿地笑个不停,神情有些尴尬,有种内心深处秘密被人看破的慌张。余鹏程没说错,他忘不了她。是的,他也不知道是怎么回事,虽然和胡雪没有轰轰烈烈地爱过,甚至可以说平淡如水,连一般的恋爱都谈不上。但唐朝阳对她难以释怀。她的静穆的气质,光滑润泽的脸庞,那双眼梢很长的漂亮眼睛凝视人或什么物体的时候,所透露出来的迷茫、困惑而有点沉郁的眼神,深深地吸引了他。当他亲眼看到她和黄宾的亲密关系,发觉自己生活在她的谎言和欺骗里,他是恼怒的,痛恨的,更多的是彻彻底底的伤心和失望。

然而,当她向他承认一切并向他道歉时,他立即原谅了她,他甚至同情她、安抚她。她去南方后,档案事办完后,是她首先给他来的电话,感谢他的帮忙,告诉他去后的情况,并把联络方式告诉了他,他们成了无所不谈的朋友。他不止一次问过自己:难道他们仅仅是作为朋友在交流吗?是否还有别的意思在里面?他隐隐有种憧憬,似乎希望他们能有进一步的发展,但他又摸不透胡雪的想法。理智与情感在纠结,理智告诉他这是不可能的,他们的情感关系已结束了,留下的是一份并不美好的记忆。情感又驱使他像一个梦游者那样,在游荡中少不了胡雪飘逸的身影。

"我们是好朋友,很奇怪,分手了,反而很谈得来,也许都少了压力了,至于能否发展,目前我们都没有这种想法,顺其自然吧!"

"这么说,如果有可能,你还是能接受她的?"

唐朝阳沉默了一会,点了点头。

余鹏程明白了,但他还是很替唐朝阳担心,怕他吃二遍苦,受二茬罪,但他不想多说了,犹豫了一下,说了句鼓励的话:"好吧,你看着办,有情人终成眷属。"

上世纪九十年代中期,是个激情燃烧的岁月,邓小平在南方画了个圈,中国封闭的市场开始进一步放量,公司热持续升温,似火借风力似的,焰焰灼热,让人亢奋。余鹏程的前途也一派光明。

教育局正式成立了桃李天下商贸总公司,邹书记任董事长,余鹏程任副董事长兼总经理,马校长调来当副总经理,唐朝阳为业务部经理,汪原为办公室副主任。公司成立了财务部,主管是一个四十多岁的中年女子,叫钱雁玲。她是教育局丁克局长的妻子,原在一所小学任出纳,多年来一心想调入局机关,和丈夫吵个不停,丁局长苦于没有机会,因为钱雁玲仅高中文化,在知识分子扎堆的教育局里实在无法安排。

这次商贸公司成立,机会来了,在商议公司财会人员时,丁局长把余鹏程叫到办公室,悄悄地对余鹏程说:"财务部主管是个重要岗位,要用信得过的人,我举贤不避亲,推荐我妻子钱雁玲来替你把这道关,她学历不高,可来往无白丁,精通财会知识,做事特认真,由她替你看家护院,你一百个放心。她是我妻子,但在公司里是归你领导。她也有点缺点,脾气不太好,但总比算计人的笑面虎好吧。"

余鹏程听了这话有点蒙了,丁夫人之刁蛮专横是出了名的,以前经常听姐夫姐姐说起,对她很是不屑,说她是典型的"河东狮吼",也亏丁局长忍受的。他不想这样的搅水女人来公司,但又不好拒绝,便说:"丁局长,这事是不是和邹书记或者局组织人事处打个招呼?"

丁局长说:"邹书记知道这件事了,他不便出面。你在人事安排会议上提出来比较合适,她是我家属,我嘛,更是要回避一下,免得有人说三道四。"

其实,丁局长已和组织人事处暗中说好了,会上,组织人事处刘处长问余鹏程:"财务部部长人选,听说余处长已有所考虑了,你认为钱雁玲同志是合适的人选?"

刘处长说到这里,眼神炯炯地盯着重余鹏程,嘴角上扬,露出一丝耐人寻味的笑容。余鹏程说:"我没有考虑什么人,只要你们组织人事处认为合适,我没有什么意见。好在商贸公司与局机关不同,没有行政级别。"

刘处长冷冷地说:"我告诉你,有个括号,享受副科级待遇。"

余鹏程说:"她享受副科级,唐朝阳呢,汪原呢?"

"他们嘛,不是你说的吗?公司没有行政级别。不过对你是明确的,副处级,没有括号,因为马校长是重点中学校长,副处级待遇,他当你的副职了,在行政级别上你至少要和他相同,这是丁局长的意思。余老师啊,你已经进步得很快了,相当于副局长了,乘上日本的高速列车新干线了。你要知道,有多少人在眼红你,说句玩笑话,连我都有些妒忌了。"刘处长说完后,莫名地叹息了一声。

余鹏程一时无语,很勉强地点了点头。刘处长是局党委委员,当组织处处长多年了,传他当副局长副书记已好一阵了,但至今没有提上来,还是正科级。

对于唐朝阳、汪原的安排,是余鹏程力荐的,他们为这一段时期校办企业的拓展立下了汗马功劳,现在组建公司,人员增加了,作为他的左臂右膀,他不能亏待他们,可钱雁玲有个括号,他们却没有,这不太合理,觉得是个缺憾。唐朝阳和汪原倒不怎么在乎,唐朝阳说,我不稀罕那个括号,我们遇上好时代了,做出点成绩来才是真的,老卡,你可别放在心上,人家是局长太太,我怎么可能和她去比?汪原更无所谓,"啪"的一声,打开一罐可口可乐,喝了一口说,什么科级股级的,太无聊了,就像那些商品那样,贴上了甲级乙级的标签,还要加上一个什么括号,相等于折扣 off,无聊吧!

公司在教育局的院子里,但不在主楼里,而是在临街的一座三层楼的二楼三楼,一楼是一排店面房,招租已满。这里原来是围墙,几年前破墙建起一座狭长的平房,作门房值班室和食堂用。余鹏程调局里后,建议加盖两层,底层改门面房。邹书记同意了他的计划,经规划局等有关部门批准,扒掉了那座平房,建造了一幢三层楼房。淡褐色瓷砖墙面,铝合金移窗,显得朴实无华。院子的后面原来有个库房,占地面积不小,造新大楼之前就有了,钢架结构,大跃进时代的产物,很破旧了,据说,"文革"时期,这里做过牛棚,关押过不少人,也自杀过几个走资派和反动学术权威。大楼身下原来是块荒芜的院子,七十年代后期建造了这幢六层主楼。这个库房经改造成了食堂和车库。

建公司楼房的钱是余鹏程他们赚的,虽然时间很短,但校办企业管理处积累了可观的资金。库房改造的钱余鹏程也拿出了一部分,马力校长那个中学的木器厂无偿提供了公司的办公桌椅及食堂长桌、长椅。灶具是汪原的父亲,乡镇企业局汪局长出面,从一家著名的乡镇灶具厂,以象征性的价格买来的。

余鹏程从未见过局长夫人钱雁玲,当她前来报到时,他看到了一个远非他想象之中的女人。她个子矮小,微胖,五官还算得上端正,只是脸颊上长有稀疏的雀斑,脸色发黄,皮肤已开始松弛,眼角有些下垂,眼神犀利高冷,咄咄逼人。气质平庸,虽然衣着讲究,然而举手投足之间,完全是个俗不可耐的家庭妇女。只是少了身上穿一套睡服,少了头发上用塑料夹卷成小卷子,少了怀里抱一只卷毛狗。偏偏她又摆出一副不可一世的神态。那天,随着一阵"咯噔咯噔"脆响的脚步声,钱雁玲门都不敲,径直走进余鹏程的办公室,在沙发上一坐,一言不发地审视了一下办公桌,傲气地看着余鹏程,显示着她深厚的底气。

"请问,你是……有什么事吗?"余鹏程问,他不知道她是丁局长的夫人。虽然她的口碑不佳,但在他想象中,她至少是个具有中小学教师应有气质,表面上谈吐长相不俗的女人。

"余总经理,你太官僚主义了,连我都不认识了,那么,丁局长你应该认识的吧,我是他爱人钱雁玲。"余鹏程心里颇为惊诧,这是怎么了,这就是传说中钱雁玲?他扫了她一眼,视线落在她腿上的黑色皮靴,身上差点冒出鸡皮疙瘩,太不可思议了,丁局长怎么会有这么一个低俗的夫人,岂止是刁蛮啊?余鹏程掩饰住了,站了起来。

"对不起,我有眼不识泰山,钱雁玲同志,不,钱部长,欢迎来公司工作。"余鹏程伸出了手,但钱雁玲没有站起来和他握手。

"余总经理,刚才你不在,我向马校长马副总报到了,我以为他会向你汇报的。"

"抱歉,我刚才出去办事去了。"说到这里,余鹏程走向一边的小桌,准备给她倒茶水。

"不用了,我不喝茶。我有事找你。"

"什么事,请说。"

"我的办公桌太小了,你、马副总、办公室杨老师,不,杨主任,都是大办公桌,我的工作重要性你应该知道的,而且我是有括弧的。我希望调整一下办公桌,我不是计较,而是讨一个公道,那就是我应该有的待遇要兑现。"钱雁玲铁板着脸说。

余鹏程笑了,不太明显的嘲笑,他想拒绝她,去你的可笑的括弧,凭什么呀,就凭你是局长夫人?但他已不是那个上街拉巴扬的愣头青了。公司刚刚开办,和气生财,且看在丁局长面上,不值得招惹她。于是,他压抑住内心的反感,笑着说:"没关系,办公室考虑不周,我通知他们马上给你换。"

"那就这样吧,我最讨厌某些人狗眼看人低。"钱雁玲站了起来。朝余鹏程微微点点头，走出去了。余鹏程颓然地坐下，他有种不祥的预感，这个有恃无恐的女人会给他今后的工作带来麻烦，财务部是重要的部门，这样斤斤计较，自以为是，刁钻蛮横的主管说不定会成事不足，败事有余，想到这里，他有些后悔不该那么轻易地接受她。

他的预感是没有错，这个女人处处刁难不说，最后甚至和其丈夫联手欲置他于死地。

钱雁玲最看不顺眼的人是年轻的靓女俊男，还有就是丈夫有一官半职的官太太或从商发起来的富婆。一句话，她容不得别人漂亮，别人富有，别人顺风顺水。她狭窄的胸襟和严重的嫉妒心使她的心态扭曲了。在教育局在商贸公司，凡是有这样的人，她都看不入眼，她都恨不能除之而后快。于是，汪原就成了她的眼中钉。汪原是小美女，穿着时尚光鲜，又开着自己的车，明亮快活，大大咧咧，过的是轻车快马般的日子。公司和局里大多数人看在丁局长面上，对钱雁玲的表面上都很恭敬、客气。唯有汪原，对她不理不睬，在楼梯上或走廊里碰到，用余光鄙视地扫她一眼，昂首阔步和钱雁玲擦肩而过。

钱雁玲本来就妒忌汪原的漂亮，有品位的打扮和有个当局长的好爸爸，她知道，好事都让这小丫头占了，她无法与之相比了。就说容颜，自己再怎么保养，再怎么使劲拽住青春的尾巴，青春年华早已成了明日黄花，脸上无光，青丝中的白发让她触目惊心。在汪原的鲜活反衬下，她的人生之花已明显是枯萎了，蔫了，心里也愈发不安和不甘了，加上汪原对自己的不尊重，她对汪原的忌恨到了难以容忍的地步。

最后终于爆发了一场口水战。

事由是这样的，有一次汪原拿了经余鹏程签字同意的招待费的发票到财务部报销，钱雁玲将发票逐张翻来覆去审阅，眉头紧皱，拖了很长时间，仿佛要从那几张发票中找出什么东西似的，汪原不耐烦了，敲敲柜台说："能不能快一点？我还要出去办事。"

"这发票有问题，我不能报给你。你拿回去。"钱雁玲冷峻地说。

"你没看余总已签字了吗？领导都批了，你有什么权利不报？"汪原责问她。

"谁签字都没用，只要我发现有问题，我都可以拒付，我必须为党负责。"

"那么,你给我说清楚,这发票有什么问题。是假发票,还是像某些人那样徇私舞弊,把买化妆品的钱,自己在外吃喝的费用都当公款报了?你要是不说清楚,我跟你没完,你甭想鸡蛋里挑骨头。"汪原毫不示弱地说。

汪原的话戳到了钱雁玲的痛处,她仗着办公室杨主任是丁局长一手培养起来的老部下,几次三番将自己个人消费交他作为公费用品报销,支付用途是礼品,其中有昂贵的韩国进口化妆品。这是杨主任悄悄跟汪原说的,还说,以后查出来有问题,你可要给我作证啊,否则,我跳到黄河都洗不清了。

钱雁玲一听有些心虚,汪原话中有话,肯定知道了这些事,那么,是杨主任透露的,还是给她刺探到的?但她并没有软下来。无理取闹,得理不让人的脾气反而促使她怒不可遏。

"汪原,你说的某些人是指谁?你这是无中生有,造谣惑众,想在我面前撒野,门都没有,你算什么东西?整天穿得像鸡似的,招蜂引蝶,教育局这样神圣的地方有你这样的人出入,真给你辱没了!"钱雁玲霍地站起来,拍着桌子骂起来,眼睛锋利地盯着汪原,脸庞因为生气而变得十分狰狞。

汪原当然不会怕她,一听她泼口骂人,立刻毫不退让地反击:"你这个巫婆、母夜叉,你才招蜂引蝶,这么大年纪了,还穿着皮靴像小日本女特务噔噔噔地招摇过市,进进出出不知世界上还有羞耻两字,你才辱没了教育局的光辉形象!你拿了自己消费的发票来报销,你是监守自盗,你钱雁玲雁过拔毛,给我们的奖励,厚着脸皮要从中剥削一层,你什么事不敢做啊,你男人是局长又怎么样?你有括弧又怎么样?我才不会怕你,你有什么了不起的,到镜子前去照照……"汪原以她标准的带有京片子腔调的普通话,连珠炮似的向钱雁玲喷射过去。

钱雁玲根本招架不住,气得脸涨得通红,知道自己碰上了强劲的对手,她怒视着汪原,隔着柜台,伸出一只手,用短粗的手指直指汪原,差点碰上汪原的脸,汪原猛地一拍桌子,说:"把你的鸡爪子拿开!"

钱雁玲后退了一步,嘴里"你,你,你"的说不出话来。

这时，办公室另两个会计咧着嘴窃笑，也不上来劝架，闻声而来观看的人不少，像看戏般地围观着，不住偷偷地笑着。也没人来劝和，大家平时都看不惯钱雁玲的傲慢和庸俗，汪原尖锐的抨击，让大家感到很痛快。

余鹏程正在和客户谈事，听说后，立即赶过来，老远就听到汪原的声音，走到财务部，见人头攒动，大声说："散去吧，大家都回自己的岗位上去，有什么好看的。"

大家一哄而散。余鹏程问汪原："小汪，怎么回事？泼妇骂街似的，像话吗？"

"泼妇不是我，是钱雁玲，她先骂人，侮辱我，诽谤我，我是自卫反击，以其人之道还治其人之身。"

"汪原，你这是血口喷人，诬陷我假公济私，还骂我巫婆、母夜叉、日本女特务，你这个小泼妇，有个当局长的爸爸，尾巴就翘上天了，告诉你，我就不吃你这一套。"

"你这个老泼妇，有个当局长的丈夫，眼睛就长到额骨头上了，告诉你，你别欺人太甚，别人怕你，我才不怕你呢！你想用那阴损人的小伎俩为难我，做梦！"

余鹏程大喝一声："好了，好了，你们别吵了。汪原，回你的办公室去。"

汪原舒了口气，面带笑容走了。

钱雁玲委屈地哭了起来，泪水扑簌扑簌地落下来。

余鹏程好声问钱雁玲事情的原委，钱雁玲明白自己是故意挑汪原的刺，她说汪原发票有问题，实在没有什么依据，只是垂着头泣不成声，不回答余鹏程。财务部的另一个会计说，钱部长认为发票有问题，不让报销，就这样吵起来了。

"钱部长，这是公司招待客人的餐饮发票，我和唐朝阳、汪原参加的。你说说看，问题在哪里？"余鹏程问。

"应该把客人的名字、人数都填写清楚，否则……否则我怎么知道是公务宴请，还是私人消费？"钱雁玲擦干眼泪说。这条理由是她在哭泣时，突然想到的。

这个理由太牵强附会了吧。历来的财务制度都没有这样规定的，这显然是钱雁玲在故意刁难,他很想责备她几句,但转念一想,这样的人得罪不起,且今后还要在一起了共事,便抱着息事宁人的态度说:"对餐饮发票,从来没有这样的规定,你如有建议,和我提出来,报销单是我签的,责任我负,你不必和小汪去计较,她只是经办人。"

"可是,她可以讲她的道理啊,为什么要那么凶巴巴地出口伤人呢?"

"我来批评她,在没有新规定出来,我们按老的制度报销。"

很勉强的,钱雁玲点了下头,把发票报销后,将钱交给了余鹏程。回到办公室时,他听到汪原和唐朝阳在办公室还在议论着这件事,汪原兴奋地说着,唐朝阳一脸的义愤填膺,余鹏程把钱递给唐朝阳,结账的时候,是唐朝阳垫付的。

"小汪,这事到此结束,别得理不让人,也不知道为什么,她对你成见那么深,这次报销,是她在故意寻你的茬子。"余鹏程说。

"一个心理变态的阴暗的女人!"唐朝阳不等汪原回答,抢着说,"我早就听说,她的嫉妒心特别重,女人年轻漂亮一点、打扮得时尚一点,钱包鼓一点,她就看不入眼,觉得浑身不舒服。她是那种见不得别人幸福的人。"

"这些话别乱说,她毕竟是丁局长的夫人,不要让丁局长难堪,今天她哭得如丧考妣。小汪,你今后注意点,这种人惹不起躲得起。"

汪原用不屑的口气说:"躲?我为什么要躲她,她变态,我也不是吃素的,我的原则是,人不犯我,我不犯人,人若犯我,我必犯人。"

"小汪,我支持你,对这种人,绝不能姑息迁就。鹏程,大家在一幢楼里,抬头不见低头见,能猫捉老鼠那样躲她吗?再说,小汪根本没有招惹她,她无事生非,有些话讲得太难听了,什么整天招蜂引蝶,什么穿得像鸡一样,这是恶毒的人身攻击,要是我在场,会上去扇她两个大嘴巴!"唐朝阳气呼呼地说。

"她真这么骂的吗?"余鹏程问。

"是啊,你不信可问财务部的小周和小高,她们都在场,她这样诽谤我,我才反击她的。"汪原回答,"而且,她贼喊捉贼,她买韩国化妆品的发票,到大饭店吃饭的发票,乱七八糟地都偷偷交给杨主任报销,杨主任很为难,告诉了我,以后一旦查出来,让我替他作证。今天我点了她一下,她就恼羞成怒了,她还好意思哭,这是鳄鱼的眼泪……"

余鹏程沉默了,他坐了下来,过了一会才说:"你害了杨主任了。"

"刚才我跟杨主任说了,杨主任吓得脸都白了,我要他尽管往我身上推,他没有跟我说也没有跟其他人说起这事,是我汪原侦察到的。"汪原说。

"你击中了她的软肋,杨主任即使不承认,往你身上推,他也脱不了干系,他是最大的嫌疑人,杨主任不会有好果子吃的。"余鹏程忧心忡忡地说。

接下来几天,丁局长对这件事没有以任何形式予以插手,他完全是一副置身于度外的超然态度,和汪原相遇,会主动打招呼:"小汪啊,看到你总是眼睛一亮啊,年轻就是好啊!""小汪,你很会穿衣服,有品位。"

钱雁玲也收敛了些,报销的时候,虽然还是一副很不情愿的表情,但故意刁难的事再也没有发生,瞧人的时候,仍是斜睨着人,但那双皮靴再也不穿了。杨主任安然无恙,不久,他自己设法调到市外事办公室当科长了。余鹏程松了口气,他认为这件事大概暂时可以过去了。但他明白,这是暂时的,公司的人事关系实在太复杂,随时有可能闹出点事来,而处理人事关系恰恰是他的短板,牵制了他不少精力,他觉得每一步都像是在地雷阵上行走,随时有引爆的危险。再加上公司事务十分繁杂,余鹏程感到压力很大,没有在校办企业管理处那么单纯。

有时半夜里他突然醒来,额头上冒出冷汗,湿湿的,一些让人头疼的事在他脑子里浮现,他从床上坐起,在黑暗中陷入沉思。

吴芳芳大部分时间都在沉睡,有时也会突然醒来,她也会翻个身,往他身边靠,一条腿搁到他身上,这是求爱的表示,她有了生理需求。余鹏程心领神会,但他没有这种欲望,他没有需求,怎么回事呢?他不知道。他轻轻地把吴芳芳的腿从身上移开,吴芳芳赌气地转身过去,背朝着余鹏程,把脸深埋在枕头里。

她最近听到了一些风言风语,说她丈夫身边经常有一个漂亮小妞,打扮入时,开着辆红色敞篷跑车,余鹏程坐在她身边,关系如何如何亲密。吴芳芳认识汪原的,她来过家里,活泼开朗,和自己一样性格直率,也和自己很谈得来,可以说一见如故。她不相信那些传言,她相信自己的丈夫不会发生办公室恋情。

她只是有点自卑,汪原浑身上下的名牌服饰,充满活力的气质,让她感到自惭形秽,相比之下,她显得太土了,身材也不如她,生孩子后,她发胖了,腰围猛增,脸庞变得丰满,原来的凸现少女风情的纯净和清秀哪里去了呢?她本来不在乎,但对照汪原,她忽然感到自卑,自卑让她有种隐隐的不安。有时她突然半夜醒来,会出现余鹏程坐在红色跑车里疾驰而去的情景,就那么一闪就过去了。

就这样,他们在静寂的深夜,不是你醒,就是她醒,或者同时醒。

吴芳芳妈妈出了个意外,她外出买菜,给一个莽撞的年轻人骑自行车撞到了,造成股骨骨折,住进了医院。临时帮着看孩子的邻居,一个退休不久的五十多岁妇女连忙打电话给吴芳芳,吴芳芳立即请假到医院,祝融和几个青工闻讯也来了,也多亏他们,医院人手不够,病人抬来抬去,多半要靠病人家人自助。祝融带着几个青工充当了这个角色,拍片、验血、从急诊室到手术室,再到病房,都是在祝融指挥下承担的。

吴芳芳负责办手续、交费,上下奔波,忙得满头大汗。后来吴国正急急地来到医院,妻子动手术时,他在手术室门口直挺挺地站着,到了病房,他寸步不离地坐在病床边。父亲的到来,使吴芳芳心里踏实了些,但她最希望余鹏程这个时候在她的身边,他是她的主心骨。她打了几个电话给余鹏程,让他赶快过来,他嗯嗯了几句,就把电话搁下了。

余鹏程正在接待几个重要客人,实在走不开,到中午他让马校长、唐朝阳、汪原陪同吃饭,他立刻赶到医院,吴妈妈已动了手术,转到普通病房。

对于余鹏程的姗姗来迟,吴芳芳极为不满,脸色很难看地说:"你怎么到现在才来呢?你难道不知道我一个人是对付不过来的?蓝蓝还是顾阿姨帮着在照看,我都来不及到银行去取钱,还是向祝融他们借的,你倒好,一点不当回事,接电话也不好好听,不知在忙什么?"

余鹏程说:"我在和客户谈事,很重要的事,实在走不开,吃饭都是马校长、唐朝阳去陪了,我饭都不吃就赶来了。"

"我们都没有吃饭。连上厕所的时间都没有。"

吴国正说:"芳芳,别说废话了,鹏程有事嘛,妈麻醉还未过,这里有我在,你们都去吃点东西,我不想吃,一点都不饿。"

父亲的话提醒了吴芳芳,祝融等好几个车间同事还坐在走廊里呢,她对余鹏程说,我们先去吃饭,我厂里的同事帮了不少忙,我妈抬来抬去,全靠他们,他们早就饿了。余鹏程说,好,我们带他们去,就在医院旁边找家饭店吧。

吃完饭,祝融他们回厂里去,他们夫妻俩加吴国正在走廊商议一些具体问题。实际上是两件事,蓝蓝谁来带,吴妈妈谁来陪护。余鹏程主张请护工来护理芳芳妈,另外请一个保姆带蓝蓝。护工好请,医院里有的是这样的人,都是外地人,经过短期的培训,有经验,就是费用高一点。吴芳芳有点犹豫,她心疼钱。余鹏程说,费用不要去考虑,二十四小时陪护,我们要上班,弟弟要上课,只能请护工。吴国正说,这钱我们来。吴芳芳说,这怎么行,爸爸你别管了。至于带孩子,吴芳芳建议请邻居顾阿姨帮忙,顾阿姨为人热心,做事细心,又欢喜蓝蓝,平时经常抱她,蓝蓝也熟悉她。如果请外人,蓝蓝还会认生。再说,请外地小保姆要住宿,我们家除了书房,没有多余的房间。余鹏程一想也对,没有再坚持。

陪护和带蓝蓝的难题就这样解决了。但是,当在姐姐家的余妈妈听说这情况后,决定来照顾孙女,自从儿媳妇生下孙女后,她没有尽一点义务,心里面觉得有愧,听说亲家出了这样的事情,她再也坐不住了。况且,女儿秋月的两个孩子,大的已四年级,小的已一年级,家里已请了保姆,她完全可以脱身了,只是两个孩子都是她从小一把尿一把屎带大的,她和孩子有着很深的感情,实在舍不得离开他们。但老太太顾不上这些了,由女儿秋月陪着,带上一年四季的衣物,来到了儿子家。

她在这里住过好几年,应该是熟门熟路的。但她在省城住的宽敞舒适的女婿家住惯了,重新回到这老房子,觉得十分陌生,以前温暖的家,咋变得这么狭小、陈旧,只有天井里那棵白玉兰树又长高了,肥厚的树叶在冬天的阳光里仍保持着一片葱绿。老太太是吃过苦的人,她的适应性也很强,她自己驾轻就熟地在书房支起了一张小铁床,然后上下巡视了一番,她很满意,处处井井有条,干净整洁。儿媳妇显然是个勤快的懂得治家的女孩,这在这样年轻的女孩子中间不多见了。

晚上，吴芳芳带着蓝蓝回来了，蓝蓝皮肤白嫩，健康漂亮，脸上一层均匀的绒毛，一双大眼睛黑黑的，眼神安适而无邪，一看就脱胎于吴芳芳的模样，她已牙牙学语，对未见过的奶奶明显见生，一直好奇地目不转睛地看着奶奶。余妈妈抱她，她伸出小手挣扎，有点要哭的样子。嘴里含糊地喊着，妈妈，妈妈。吴芳芳嗔怪她，蓝蓝，这是奶奶，知道吗，你怎么连奶奶都不认识呢？说着，从婆婆手里接过了蓝蓝。余秋月说，过两天就会熟悉的，孩子有天性的，我说在这里，以后除了奶奶，蓝蓝什么人都不会要的。

晚饭后，余妈妈和隔壁陈斌的母亲聊天去了，她带了几只扁鸭，陈家一只，周芹一只，老太太进周芹房里坐了一小会，红着眼睛出来了，之前，她早就知道周芹家的变故，和周芹自然提到了这件事。她唏嘘不止。吴芳芳哄女儿睡了。余秋月和余鹏程在书房关着房门说悄悄话。余鹏程发觉姐姐有点憔悴，老了好几岁。余鹏程问姐姐："哪里不舒服？你好像精神不太好。"

姐姐叹了口气，低声告诉弟弟："你姐夫很忙，经常整夜不回家，他称是开会应酬，还说什么躲在省委招待所写讲材料，但我凭第六感觉，他有了外遇，现在的女人贱得很，会主动凑上去，男人嘛，有几个是柳下惠的，会坐怀不乱的。"

余鹏程说："姐姐你敏感过度了，姐夫为人严谨，他不会做这事的。你凭什么怀疑姐夫吗？你有证据吗？"

余秋月摇摇头说："没有，我只是有这感觉，女人的直觉是很灵的，除了感觉，还有迹象，他经常在书房用专线打电话，一打就是个把小时。他谈工作上的事，往往几分钟就谈完，最多十几分钟，绝对不会需要用那么多时间，你晓得他的性格，他这个人话不多，谈工作也是三言两语，最讨厌婆婆妈妈，啰里啰嗦，我想不通，他这么长时间是跟谁在通话呢？"

妈妈来后，余鹏程心里踏实多了，姐姐说的是，蓝蓝很快喜欢上奶奶，或者说，余妈妈很快喜欢上孙女。那摇篮移到了书房，晚上由老太太照顾她了。老太太毕竟带过几个孩子，带孩子是有经验的，仅几天以后，蓝蓝和奶奶就很熟了，祖孙俩谁都离不开谁了。

有一次，余鹏程到县里去出差，晚上不回来了，吴芳芳想抱蓝蓝和她睡,睡了一会,蓝蓝就吵着要奶奶,怎么也不愿和妈睡,余妈妈听孙女哭闹,过来把她抱起来,蓝蓝马上就安静下来,很快在奶奶怀里睡着了。吴芳芳很失落,气得直跺脚,将楼板震得嘣嘣响,骂小东西没良心,娘都不要了。老太太听了,过来不好气地说,你跺什么脚,蓝蓝这么小,懂什么良心不良心的,我是她奶奶,不是外人,她要我错了吗?吴芳芳连忙解释,妈,我不是这意思,你别多心。

余妈妈是农村人,对卫生不是很讲究,在女儿家多年,慢慢讲究了,但在吴芳芳这个洁癖眼里,老太太许多地方还不够格,特别伺候孩子的时候,往往不洗手,饭粒掉在桌上、地上,捡起来塞进嘴里,这还可以谅解,但当老太太把一些食物在自己嘴里嚼烂了喂给孩子,吴芳芳看不下去了,觉得很恶心的。对蓝蓝说,吐、吐,别吃到肚子里去,快吐出来。于是,蓝蓝吐出来了。吴芳芳用餐巾纸接着,扔进垃圾桶后,她又对余妈妈说,妈,你能不能不要这么喂孩子?这不卫生,会把细菌感染给孩子的,孩子抵抗力差。老太太不高兴了,说,鹏程、秋月我就是这么喂大的,你们姐姐姐夫的孩子,我也是这么喂的,他们个个健健康康的,我身体这么好,没有什么病,哪里有什么细菌?你这是多嫌我啊!吴芳芳连忙说,我怎么会多嫌妈妈呢,我知道妈身体很健康,但我们口腔里不定有细菌,特别是老人。这句话更惹毛了余妈妈,她更来气了,放下饭碗、勺子,默默地站出来,她克制自己,没有发作,她的性格也不会让自己那么一触即发。

另外,老太太很絮叨,一些生活细节,要翻来覆去地叮嘱,时间一长,天天如此。余鹏程和吴芳芳在回答时难免露出不耐烦的口气,老太太感觉到了,心里也很不乐意。她偷偷打了个电话给省城的女儿,说她能否带了蓝蓝来省城,秋月觉察到妈在儿子家有什么情绪,和儿媳妇相处得不怎么好。知母莫如女,她是了解妈的,便劝说妈,带了蓝蓝来省城,我是无所谓的,但鹏程、芳芳会舍不得女儿的,你和他们生活在一起,尽量忍着,习惯上、思想上有代沟是正常的。余妈妈便默默地放下了电话。

吴芳芳尽量不在丈夫面前提这些琐事,偶然说到,例如喂食的事,余鹏程不以为然地说:"我妈是农村妇女,在农村都是这样喂孩子的,孩子还没有牙,嚼不烂,但有些食物又是孩子生长必需的,那就要嚼烂了喂,我小时候,妈就是这么喂我的,舐犊之情嘛,你不懂了吧?"

"我懂,可是,这不卫生,会有细菌的,孩子小,抵抗力差,万一肚子不好了怎么办?"

"没有那么严重,老人有老人的习惯,我们即使不认同,也得尊重。几代人生活在一起,作为小辈,要尽可能适应长辈的习惯。这方面得向姐姐姐夫学习,妈从这里到省城,这么多年,大家那么合得来,归结于互相谦让。不得不承认,姐夫确实是个温润如玉的谦谦君子。"余鹏程劝导说,他在翻阅着笔记本,有点心不在焉。说了这番话后,便继续沉迷于他的工作中了。

吴芳芳没有被说服,孩子嚼不了的食物,可以用勺子捣碎再喂,她妈就是这样做的。但她沉默了,不再说什么,她知道说了也没有用。这一瞬间,她感到很无奈。

这个家表面上其乐融融的,实际上并不轻快,老太太和儿子当然没什么,儿子再顶撞她,她都容得下,和秋月住一起那么多年,母女之间也时有语言争执,秋月经常会说重话,老太太一点都不计较。但和媳妇就不同了,并没有什么大事,但心里有了芥蒂。日积月累,婆媳之间就出现了一种对峙,冷战莫名出现。老太太的话少了,芳芳一到家,便把孩子推给她,她去隔壁找陈老太聊天了。

有个三班倒的行车工结婚生子,车间主任实在找不到人替代,抱着试试的态度和吴芳芳商量,能否由她顶一下,最多一个多月时间,她复工后就马上恢复上常日班。让车间主任意外的是,吴芳芳没有犹豫,没有推诿,没有拒绝,而是爽快地答应了,车间主任说,你要不要和你们余总商量下?吴芳芳摇头说,不用,不用,小事一桩,用不着和他商量的。

但余鹏程对于吴芳芳未和她商量就答应调班很不高兴,他埋怨她,说:"我们家这个情况,你怎么能上三班倒呢?你们领导糊涂,你也跟着糊涂,难怪别人说你马大哈。"

吴芳芳说:"这是暂时的,领导没有办法才和我商量的,也就是一个多月时间。"

余鹏程说:"你头脑太简单了,调过去容易,调回来就难了,一个多月,你太轻信别人了,如果她一直'病假'下去,你怎么办呢?"

吴芳芳笑得说:"我就一直三班倒做下去,反正我习惯了。"

"你习惯,这是什么话?你不是一个人了,只考虑自己,妈六十多岁的人了,她又要带孩子,又要做家务,吃得消吗?你上夜班,白天睡觉,她一个人怎么忙得过来?我看你是有意的,你和妈合不来,想逃避妈是不是?"

吴芳芳没有再说下去,她的心思被余鹏程一眼看穿,她不承认,也不否认。她一时答不上来,也不想回答丈夫的责问。

就这样,吴芳芳又上起了三班倒,让人感到蹊跷的是,祝融也跟着上起了三班倒,他的理由很简单,三班倒的那个统计员和他商量,他因为个人原因,暂时不能上三班倒,经车间同意,他们暂时进行了换班,和吴芳芳的替班纯属巧合。但祝融的解释是苍白无力的,大家心里都有数,什么巧合?胡扯!祝融就是冲着吴芳芳调的班。祝融一向和吴芳芳走得近,他甘愿当吴芳芳的护花天使,对吴芳芳深深痴迷,几乎到了无法自控的地步。

不过,大家心里很清楚,祝融人虽聪明能干,但是个残疾人,家里还有个瘫痪的爹,凭他那条件,没有一个女人肯嫁给他,吴芳芳早已名花有主,丈夫是大学生,处级干部,她和祝融接近,是出于她出了名的同情心。她曾经对车间女工说过,你们别瞧不起祝融,他这个人很可怜,我们去过他家,那个穷苦啊,真的无法形容,让人心疼。你心疼他?有人笑着问。吴芳芳毫不含糊地说,我是心疼他。这有什么不好呢?

没有什么不好,大家都是这么说这么想的,相信吴芳芳讲的是真话,她的心特好特软,性格直爽,有啥说啥,不矫情饰行,她就是这样个人。和余鹏程好,他还在蹬三轮,她还不是心疼他才和他好上的,换了别的女人,哪会这么豁出去?至于祝融,那是另外一回事,他和余鹏程是无法比的,各方面无法比。吴芳芳心疼他、同情他,即便祝融为她颠倒痴狂,她也不会神志不清到为他豁出去。她有她的底线。至于祝融对吴芳芳可能存有幻想,那只是一厢情愿,就像无数男人钟情于某个女明星一样,只是把心中的女神作为梦中情人、幻想对象,不会有什么有实质性的花头的。

吴芳芳和余鹏程结婚后特别生孩子后,除了有事找祝融外,平时接触并不多,她的心全部放到丈夫和孩子身上,放在家庭上。但由于余鹏程的繁忙,他们的话越来越少,性生活也冷了,她雀跃的身体的欲望也冷却了,孤独感与日俱增。她有一种被丈夫边缘化的感觉,婆婆来后,虽无大的冲突,但相处得并非很和谐,她的性格决定她不会和婆婆大吵大闹,但心里感到闷得慌,很压抑,心情不好,寂寞。

她是个快活的人,性格开朗的人,她沉不住气,憋不住心事,内心的脆弱感越来越强,她需要倾诉,需要发泄,父母那里不能说,丈夫不爱听,她便找到了祝融。祝融一直在关注她的神态,她在行车里的无趣和无聊也给他注意到了,她是个开心果,不该这么闷闷不乐,连吃饭也不到食堂,而把饭菜票塞给他,让他带。

于是,善于观察的祝融便对她说:"你浑身上下都在焕发出光彩,只有两个字,幸福!托尔斯泰说,幸福的家庭都是相似的,那就是这个家里的男人和女人都有种幸福感。我一看到你,就知道你是个幸福的女人,于是,马上想到了托尔斯泰这句名言。"

"祝融,你太坏了,你这是在讽刺我,是吗?"

"对不起,我绝无此意,怎么啦,你遇到什么事了?"

"谈不上什么大事,不过,心里怪闷的。"吴芳芳的脸阴沉下来,眼周微微发红。

"你愿意的话,讲给我听听,说不定我可以为你出出主意。"

两个人一有空,就坐到车间外那些巨大的坚硬冰冷的锈铁铸件上,吴芳芳诉说着心中的烦恼,絮絮叨叨的,祝融那双细长的眼睛一眨不眨地盯着她,一字不漏地听着。

吴芳芳并没有把婆婆说成恶毒的老巫婆,她只是讲了她和自己的隔阂,起因是生活习惯不同,她真无法容忍了,把一团饭在自己嘴里嚼了又嚼,然后喂给蓝蓝,这随便怎么说都让人接受不了。老年人嘴里有股很难闻的口气,很可能有细菌,还有掉在地上的饭粒捡起来放在嘴里,这多脏呀!还有经常到隔壁找陈师傅的妈聊天,两个人什么事都说,都说媳妇的不是,在她们眼里,媳妇就是她们的天敌,老鹰抓小鸡。吴芳芳抖搂着心里的郁闷以及复杂隐曲的心境,诉说着家里发生的那些不足挂齿的琐事,发泄着令她不满的婆婆的小毛病。尽管是婆婆妈妈的话题,祝融都认真听,不插嘴,一言不发,他扮演着一个忠实的倾听者的角色。夜深人静,空气冷冽,机声隆隆,在寒冷中,吴芳芳工作服外披着羽绒服,祝融披着军大衣。待吴芳芳说完后,他并没有附和她表现出愤慨或不悦的神情,而是平声和气地劝说她,帮她分析。他首先说吴芳芳身在福中不知福,家里有婆婆替她带孩子,有丈夫在赚钱,而且官运亨通,很体贴家人,这就够了。婆婆有些不好的习惯,丈夫天天回来得晚,但他们是为这个家庭在努力,你怎么不能体谅他们呢?这个世上根本没有十全十美的事,也没有十全十美的家庭。而一切不幸都是来自于不知足。特别是你婆婆,她和我爸妈一样,他们那代人是苦过来的。你知道吗?我妈擦脸擦手不用毛巾,而是从街道工厂带回来的废纸,我说过她无数次,对她发火,甚至嫌她丢人现眼,可我现在特理解她,那个时代的人就是这么生活过来的,我现在想起来就后悔,只要一听到《再见吧妈妈》这首歌,就会掉眼泪。你婆婆是老人了,米兰·昆德拉有句话:老人是对老年一无所知的孩子。你别看她白发苍苍了,生活道路充满了沧桑,可她就是和孩子差不多,任性得很,我把躺在床上的爸就当作孩子的。芳芳,知道吗?别和他们计较,他们是我们的亲人。

　　虽然这些浅显的道理吴芳芳也懂,但还是觉得自己仿佛第一次听到,像一股清风把她心中的郁闷吹得一干二净。不管怎样,吴芳芳从祝融那里获得了轻松和理解,聊过了,她发泄完了,心情就大好。不知为什么,她和祝融在一起时,话特别多,可以畅所欲言,无所顾忌,平时话不多的祝融也会向她说一些从来不对任何人说的事情,例如他早逝的妈。他说,他小时候还是很幸福的,妈是街道工厂,一个小小的印刷厂的工人,脾气温和,对他从来没有骂过一声,连重话都没有对他说过一句。但对他爸很严厉,百般挑剔,怎么看都不顺眼,爸爸不管妈怎么唠叨,总是一声不响。

　　他小时候患小儿麻痹症,落下了终生的残疾,这让他的父母亲对他一直怀有愧疚感。也不知什么原因,他八九岁了还尿床,每次尿床,他特别害羞特别自责,但妈总是安慰他说,没关系,再长大几岁,就会好的。说着,给他换了短裤、床单,悄悄地洗了。暗地里她到处给他求医,给他吃各种药,大多数味道是苦涩涩的,或者是怪怪的。有一次她不知从哪里搞起了十几个手掌参,小小的,形状像人的手掌,再加上几只干瘪的蝉,一起煮了给他喝,手掌参是要吃下去的,那味道像吃煮熟的胡萝卜,但他还是尿床。直到小学五年级,他十一岁,突然这毛病就好了。他妈说对了。

他妈后来在码头洗衣服时淹死了,一艘轮船拖着长长的驳船经过时,掀起的浪头涌上来时,她躲避不及滑进了河道里。当时码头上没有其他人,驳船上有个船员看到她在水面上挣扎,掷过一只救生圈,还大声地吹起哨子,引来了一些人的注意,但河阔水急,随着船队远去,他妈很快淹没了,人们搜救了很久,把她捞了起来,肚子鼓鼓的,满嘴的水草,神情很痛苦,已气绝命断。

那年是他和吴芳芳六年级上音乐课,余鹏程拉着巴扬,教唱歌,罗大佑的《童年》,池塘边的榕树上/知了在声声叫着夏天/操场边的秋千上/只有蝴蝶停在上面……

班主任走进教室,和余老师低声说了几句,就把祝融喊出去了,一辆警车把他带到医院,他妈已躺在太平间了。后来有人交给他一只装了湿衣服的篮子,一根木槌。妈的意外之死,对他打击很大,他的性格从小因残疾而自卑内向,平时沉默寡言,母亲的突然去世,使他变得更沉默了。他有段时期经常晚上一个人坐在码头上,兜里装着小石子,看见夜航的船队鸣笛经过,就用力向冒着浓烟的轮船掷上几颗石子。

这些细节,包括尿床的事,他从未跟别人说过,吴芳芳是第一个。他还告诉了吴芳芳一个秘密,他父亲原来是钟表店的修表匠。在"文革"初,一个经常来修表的熟人以修表的名义,悄悄地寄存在他那里两块劳力士名表,一块是白金嵌镶钻石的,一只是18k黄金的,要他在任何情况下都不要说出去。这个人是解放前开纺织厂的大资本家,他已预感到这场运动来势汹涌,他的财产和家里值钱的物品都可能保不住了。事态的发展证明了他的预感,在大抄家中,家里所有值钱的东西都被抄得精光,古籍字画化为灰烬,瓷器古董被砸得粉碎,全家从原来的居所被赶出来,挤住在原来的汽车间里。

钟表店的一个同事揭发祝融父亲有可能替那个反动大资本家保存两只稀世名表。店里要他交出来,祝融父亲坚决不承认,说没有这样的事,他是来修理过手表,不止一次,但取走了,这可以查账,有修理收费的发票为证。店里拿他没办法,拿不出有力的证据,再说,有人置疑,一个大资本家怎么会把这么名贵的表交给一个修钟表的保存呢?这不太符合情理。后来流行电子表,店里生意清淡,他父亲内退了,摆了个修钟表、钢笔、配钥匙的小摊。

"文革"中那个资本家自杀了,家人不知去向。运动过去后,他父亲到工商联查找这个资本家家人的行踪,得到的回答是,他的家属都早已出国了。父亲把自己的地址交给了工商联,说如果他们中的任何一个人回来,可以找他,他有东西交给他们。但直到今天,没有人来取这两块价值不菲的名表,父亲在穷困潦倒的时候,都丝毫未动过要变卖这两块表的念头,他甚至不让家人,包括儿子触碰这两块表,他的想法很简单,这是别人的东西,我们不能有非分之想。他坚信,主人的后人肯定会来取回去的,总有一天会物归原主的。

吴芳芳掩饰不住心中的惊叹,说:"你爸真了不起!人穷志不穷。"

祝融说:"他跌进没有窨井盖的坑内时,当场就昏迷过去了,醒来后,市政管理处派人来看他,他没有提出什么要求,只是要他们赶快把井盖补上,别继续害人了,如果来不及就用绳子围起来,做个标记。这些年他瘫痪在床上,还设计出了一个偷不了的窨井盖,像挂表手表的后盖,盖子沿口是螺旋形的,井口也有螺旋,盖子旋上后,上下咬得很紧,没有专门的工具是打不开的。他让我送到市政管理处去。我父亲就是这样的人,有人说过他,他是个身体不健全的人,但精神上是非常健全的,许多许多健康人都不如他。"

吴芳芳和祝融越来越话语投机,为了表达她对祝融父亲的尊敬,她几次把余鹏程带回来的保健品和水果请祝融转送给他爸。祝融说,你如果方便,下次亲自送上门,他不知道会有多高兴。吴芳芳说,这没问题,你不是让我替你改工作服吗,下次我改好了,替你送去,顺便看看你爸。祝融说,你要说话算数? 吴芳芳使劲点头。

生活中有许多事情是不知不觉中发生的,吴芳芳和祝融也是这样,他们在不知不觉中热络起来,约好了一起上班,一起下班,或一起去食堂吃饭,或由祝融买回来,在高高的行车上吃饭。后来值班长批评祝融,行车上除操作工之外,其他人是不准上去的,你居然像猴子称大王似的爬上爬下,还把那里当食堂,谁允许的? 吴芳芳回答,我允许的。值班长说,吴芳芳,你没有这个权利,谁都没有这个权利,最近修订的规章制度里有这项规定。吴芳芳不响了。行车上不允许,他们只得在下面吃饭,躲在角落里,一边说笑一边吃饭,还互相夹菜给对方。只要生产不忙,或者他们的本职工作完成了,就到车间外的锈铁铸件旁,或到没有拆卸的木箱旁说话,他们好像有永远说不完的话。她在他面前很跋扈,可以数落他、斥责他、讥笑他,他从来不恼不愠,总是笑嘻嘻的,这让吴芳芳心里很爽,她在余鹏程和婆婆面前,从来不曾也不敢随着自己的性子,用这样的口气说话。就这样,在厂里在车间,人们发现祝融像影子一样跟随吴芳芳。

甚至,他们的身影还出现在深夜工厂的水泥路上,路灯明亮如昼,办公楼和不开夜班的车间黑沉沉地矗立着,厂道上一片冷寂,已经没有人迹。他们俩会像逛大街那样,在厂道上肩并肩地游荡,不时传出吴芳芳的清脆的笑声。那时候,虽然对男女关系不像前几年那么少见多怪了,但人们对此还是很敏感的,对于吴芳芳和祝融关系的密切,人们已看在眼里了,有关他们的议论终于悄悄地传播开来。人们无厘头地进行种种猜测,想象出了带有桃色的故事,一个有残疾的腼腆的青年向一个已婚的美丽的少妇发起了进攻,他竭力向她献殷勤,用他看过的书和诗,用处子的新鲜引诱她,尽管他是个跛子,其貌不扬,但毕竟是个处男。他显然是个人心高手,少妇匪夷所思地接受了他。流言像高大的厂房之间的凌厉的穿堂风,在车间在厂区猛烈地刮来刮去。除了祝融和吴芳芳。几乎大多数人听到了这些传言,有人断然不信,有人将信将疑,有人深信不疑。

张杰撞到过他们,一次巡夜时,他在一条蜿蜒的泥浆路上碰见一男一女在转悠,这条路附近有个废钢堆场,那些废钢废铁件是在电炉里冶炼后浇铸件用的,传说里面发现过报废的完全不能使用的枪支,还有古代的断剑折戟。有次,祝融在里面发现了两个窨井盖,他想到了父亲的遭遇,便追踪这批废钢来自何方,最后追到一个废品收购站,承认是有人卖给他们的,至于是不是偷来的,他们没有询问,他们不是公安部门,没有权利询问。祝融向金属回收公司进行了交涉,金属回收公司还记得他父亲——那个钟表匠的事,答应祝融会和公安部门联合正式作出规定,对收购窨井盖一类废钢铁必须持有公安局和市政管理局的证明。后来是不是作出了这个规定,祝融也不清楚,但马路上的窨井盖被盗的事并没有绝迹,还是不断发生,甚至发展到输电的铁塔被整段整段割掉角钢。祝融在废钢堆里发现窨井盖的事张杰并不知道,那时他还没有调到铸造厂,他还在市人武部当他的处长。

张杰听保卫科的人谈起过这堆废钢里面是有些吸引人的东西的,废枪支的焚毁就是他押来并监视送进电炉里的,他还送来过一辆解放战争中在战场上驰骋过的报废的坦克车。从废品收购站送来的东西五花八门,曾经有人偷偷摸摸在那里倒腾过。所以,他怀疑这两个人是否也在打废钢的主意,便走过去,大声问:"你们是什么车间的,不上班到这里来干啥?"

正在说话的吴芳芳和祝融吓了一跳。吴芳芳停睛一看,认出是张杰,便说:"张处长啊,是你啊,你养的猫咪跑掉了?"

张杰说:"不,猫咪我不养了,影响不好,送人了。我是在巡夜,小吴,你怎么到这里来了?"

吴芳芳说:"这是我们车间的小祝,他和我一起来喂过猫,今天活干完了,我们出来随便走走。"让吴芳芳感到奇怪的是,张杰身上没有了酒气,精神也振作了不少。

她忍不住问:"张处长,你怎么不回来看看周芹?我看她怪孤独的。"她很想说一句,你们还是复婚吧,何必这样互相折磨呢,但她没有说出来,不是时候,场合也不合适。

"我们经常电话联系,你知道吗?报社分配了她一套房子,她是报社的功臣,广告收入每年几千万,还在高速增长,我没想到她还有这方面的潜质,估计到明年她就要搬家了。你快回车间吧,外面太冷了。"张杰瞥了祝融一眼说。

"我没听周芹说过,能分到新房子是好事啊,你们应该是高兴才是,好的,你也快回去休息吧,快天亮了。"吴芳芳说着,就向自己的车间走去。

183

在回车间的路上，祝融告诉吴芳芳，张杰有女朋友了，是厂职工医院的医生，退伍军人，原来是部队医院的护士，叫林霞。吴芳芳听说后很吃惊，林霞来厂里只有一年多，二十七八岁，是个很漂亮很朴实的女孩，性格开朗，有种英姿飒爽的气质。厂里民兵训练，她少不了要背着药箱待在现场。她的家在农村，平时住在集体宿舍里。吴芳芳去职工医院找她看过病，每回都会和她聊一会，对她印象不错。吴芳芳没有想到林霞会和张杰好上。她问祝融，你是怎么知道的，祝融说是听职工医院的医生说的。

"张杰应该从丧子的阴影中走出来了，他不能为了死去的孩子而埋葬自己追求幸福的权利。这是很不道德的。"在呼啸的朔风中，传来祝融的声音。

那天上中班，张杰来到车间，见吴芳芳在行车上空闲着，便向她招招手，吴芳芳立即下来，张杰把一个塑料袋递给吴芳芳，说："你帮我带给周芹，这是美国产的深海鱼油丸，正宗的，让她每天早晚各服一粒。"

吴芳芳接了过来，说："张处长，你对周姐还那么好啊，不过，我听说你和职工医院的林医生好上了，有这事吗？"

"你听谁说的？消息很灵通啊，跟你说实话，还没有好到谈婚论嫁的程度，她救了我一命，我很感激她，详细情况以后告诉你，你可别跟周芹说。"

"知道，我只是问问你，不会乱说的。"

"我也不愿跟周芹离婚，但因为军军，我们的生活毁了，我们的婚姻也走到了尽头。这些你是看到的，唉，人生无常，可是，我不能一直这样鬼不鬼人不人地生活下去，我要改变自己。"

吴芳芳愣在那里说不出话来。

"芳芳，我有话跟你说。"

"什么事？"

"我和周芹对你印象都不错，你最初来找余老师，替他干这干那，还带来了天堂鸟，军军那个高兴呀，你还捡了贝贝，给军军带来了一个小伙伴，我们特别感动。患难见真情，那时余老师处境不好，你根本不在意，你这样做不容易啊……"

"张处长,你到底要说什么?"

"噢,我要说,你是个没心没肺的人,很单纯,不过,和有些人打交道,要注意分寸,别人可是有心有肺的啊。譬如那个祝融,你要和他保持距离,现在不是男女授受不亲的时代了,但也不能处得太热络,我刮到了一点风,我没有别的意思,提醒你一下。"

吴芳芳听了,"咯咯"地笑起来,一点都不在乎,她说:"那些人想多了,想多了,真是笑煞外国人了,说我和祝融,这怎么可能呢?我和他是小学、技校的同学,同时分配到铸造厂,余鹏程说我们是三代同朝,我们是很谈得来,就是这么回事,其他什么都没有。他那样子,除了有一个聪明的脑袋,其他方面是没有女人看得上的,所以,我很可怜他,他真的太可怜了,有人还瞧不起他,我觉得不应该。"

"我懂了,不过,你还是注意点,人言可畏啊。"

吴芳芳又迸发出笑声:"知道了,张处长,放心吧,身正不怕影子斜,我可以这么说,即使地球上的男人都死光了,我也不会跟那跛脚鸭有什么事。"

张杰笑了起来,挥挥手,转身走了。

这事就这样过去了,吴芳芳与祝融还是影形不离,同进同出,不躲避,不遮掩,大家见多不怪,也就不再多议论了。

张杰和林霞的事,吴芳芳是隔了几天才告诉了余鹏程的,三班倒让他们好好说话的机会不多——余鹏程关照她不要与周芹说,根据他的观察,周芹内心有与张杰复合的愿望,只是不好意思表达出来。我本来想找张杰谈谈,让他主动点,现在看来这是多此一举了。虽然吴芳芳和余鹏程忍着不向周芹透露这个消息,但没有不透风的墙,周芹还是刮到了风声。

那天吴芳芳上早班,吃过晚饭后,周芹把吴芳芳叫到房间里,直截了当地问:"芳芳,我听说张杰有女朋友了,你听说了吗?"

"听说了,是我们厂职工医院的医生,当过卫生兵,叫林霞。是隔壁陈师傅告诉你的吧?"

"不是的,是张杰原来市人武装部的战友说的,是你们厂人武部的人传过去的,有人在街上碰到过他们,人家手拉着手,亲热得不得了。这个张杰,真让我刮目相看了。"

"周芹,对不起,我没有及时告诉你,那天给你深海鱼油时,匆匆忙忙的,说不上话,我真不知道他们会发展得这么快。"

"这个林霞人长得怎么样?据说是个农村姑娘。多大了?"

"林霞长得很漂亮,老家在农村,人长得挺高,二十七八岁吧。"

周芹闷声不响了,眼圈红了起来,她咬着嘴唇把眼泪水憋回去,但泪水还是流了下来。

吴芳芳想起了余鹏程说过的话,劝导说:"周芹姐,他们还没有结婚嘛,如果你想和他复婚,还是有机会的。"

"芳芳,你想多了,我并不是想和他复婚,我是替军军难过,孩子尸骨未寒,他就急着找女朋友了,孩子太可怜了。"周芹擦拭着眼泪说,她的神情充满了悲痛,浑身颤栗着,"这个人也太狠心了。"

吴芳芳也悲从中来,跟着流起眼泪,但她的耳边响起了祝融的话,是啊,张杰错了吗?但周芹这么说也没错啊。军军走了没多少时候,曾经悲伤得不可自恃的张杰,居然很快就平静了下来,谈起了恋爱,好像什么事都没有发生过。张杰考虑到周芹的感受了吗?可是,正如祝融所说的,为了孩子,一个大男人曾沦落得给人鄙视,难道让他继续沦落下去吗?吴芳芳困惑了,思维有点混乱,她觉得不管怎样,张杰欠周芹一声抱歉,或者至少一个解释,两瓶深海鱼油安慰不了周芹。

周芹抽泣着,抱起了蹲在她脚边的贝贝,这段时间,贝贝对周芹的亲近超过了吴芳芳,吴芳芳不在乎,她知道周芹其实并不喜欢猫,爱屋及乌,是因为军军生前喜欢贝贝,她对贝贝有了一种特别的眷恋。

吴芳芳安慰了周芹几句,就上楼了。蓝蓝在地板的草席子上和奶奶玩耍着,笑得很欢,很娇嗲,吴芳芳她呆呆地看着细皮嫩肉的女儿,心里充盈了一个母亲特有的甘甜,和周芹相比,自己应该知足了。祝融说得不错,她身在福中不知福,是啊,她拥有一个温馨的家,女儿漂亮可爱,非常健康,丈夫能干持重,虽然年龄大一点,但长得很帅,有日本男影星高仓健的味道。这使她感到自己特别幸运,感到生活如此斑斓,她还有什么可遗憾的呢?

可是,在这段时间里,很多时刻,自己却感到心里充满着苦恼、怨气,感到种种的不如意,感到生活变得平淡无奇,还要向祝融叽叽咕咕地诉说心里的块垒。还要埋怨婆婆这样那样的不是,甚至嫌恶老人,她觉得自己太不应该了。不该与婆婆这么计较,不该埋怨余鹏程冷落自己,他那么忙,那么累,还不是为了这个家,她对丈夫不仅有深深的爱,而且崇拜。她记得,她小学六年级就被他的厚实的有磁性的男中音所打动,她一直以来都忘不了他,他的音色征服了她。后来,他鬼使神差地出现在自己面前了,也许这是天意,是缘分。当时他落难的样子让她心疼,在重见他的第一眼,她投向他的目光里就有着鼓一般的心跳,她同情他,一心一意要帮他,很快又对他萌发出一种异样的感情,她爱上了他。她不否认这种爱可以追溯到读小学六年级时对他那种朦胧的好感,像夜空行星划出一条光亮的线条划有她的心灵,而且这条线像刻痕般留了下来。当然,这种感觉她从来没有跟任何人说起过,她一直埋在心底里。

选择他时,厂里人都很费解,引起了不小的轰动。男方年龄那么大,又背着政治包袱,有什么好的。吴芳芳表现出不在乎。什么话都听不进去,铁了心了。大家都知道,这是因为她的善良,她的天真无知,甚至是她的愚钝。但事实证明她的选择没有失误,没有迷失。这是她的勇敢,还是她的眼光,真说不好。

婆婆带蓝蓝去睡了,吴芳芳一个人躺在床上,那盏夜灯照例散发着安静而平和的灯光,像黄昏前落日的耀斑,深沉的夜色有种无情的辽阔。吴芳芳睡不着,眼睛睁得很大,那种孤独感又涌了出来,楼梯无声无息,余鹏程又去应酬了,他的大哥大换了,换成了一个小得多的手机,她不知道他什么时候回来,但知道他回来时多半是一身酒气,倒头便睡。他曾多次嘱咐她不要等他,或者看看韩剧,女人们都欢喜看韩剧,财务部的那个括号天天在办公室里谈韩剧,模仿女角色的打扮服饰。汪原看到她时,总要撇下的嘴,轻蔑地自言自语:"丑人多作怪,巫婆!"这也是余鹏程告诉她的。

吴芳芳爱看又不爱看韩剧,她受不了那些剧的剧情的悲欢离合,一看就哭。

十四

杨大年到这个城市参加省委在这里召开的一个有关文化工作的重要会议,除他以外,还带来了几个处长,丁兰兰也来了。会场在一个新落成的日商投资的五星级酒店,据说是红色资本家荣毅仁掌门的中信公司引进的一个项目。

杨大年到达的当天晚上就带了水果、糕点看望了岳母和余鹏程一家子,坐了半小时,和邻居逐一打了招呼,给小孩子送了些小礼物。周芹正好在家,一看到杨大年眼睛就红了。杨大年脸露哀容地安慰了几句,便匆匆离开了。

杨大年在会外很活跃,天天赴宴,应接不暇。他还设宴回请了一次,参加的有教育局的丁局长、邹书记、马校长等,余鹏程和唐朝阳也应邀出席了。余鹏程带上了汪原,目的当然是必要时替姐夫和他喝点酒。未料丁局长把夫人钱雁玲带来了。钱雁玲一看到汪原在,脸色立马沉了下来,本来丁兰兰安排座位原则,是按职务大小坐,这样一来,汪原和钱雁玲就坐在一起。钱雁玲虽然是带括弧的副科级,但在这桌面上也是职位和汪原一样,属于最低的。汪原无所谓,只当身边的人不认识,看都不看一眼。钱雁玲坐不住了,蹙起了眉头,不停地向丈夫瞪眼。

余鹏程恰巧坐在邹书记旁边,他看到了钱雁玲脸带愠色,明白了其中的原委,站起来说,钱部长,我们换个位子,你可以就近监督丁局长,防止他喝酒过量,说着就站起来。

钱雁玲迫不及待地坐了过去,脸色才缓了过来。丁兰兰不知内情,以为余鹏程刻意要和小美女坐在一起。她意味深长地朝余鹏程看了一眼,说,小汪,监控好你余总啊。汪原甜蜜地一笑说,丁姐,你放心吧,我会像保护大熊猫那样保护好余总的。我是他的带刀侍卫。

大家哄然大笑,只有钱雁雁玲冷笑着说,带刀侍卫?这是什么意思,你把余总经理当你什么人了?汪原干脆利落地回答,你去想吧,你想象成是我什么人就是什么人,神情单纯得像个孩子。钱雁玲又想说什么,给丁克拉了下袖子压住了,举起酒杯说,杨部长,请吧! 他们一个公司的,平时随便惯了。

杨大年当然知道这个丁局长的夫人不是省油的灯,平时积怨甚多。他不动声色地举杯,简单说了几句话,并向各位敬酒。在酒席上,杨大年一改平时严肃的态度,妙语连珠,气场强劲。不管是原来他的上级还是下级,都显得很得体,不敢太放肆,酒喝得不多,可以说浅尝辄止,轻松中还是有些拘谨。这当然是今日之杨大年非昔日杨大年了,地位决定了他的气势,但除了地位,他的风度气质及一举一动所渗透出来的能力都使人倾倒,这更是气场大的原因。连余鹏程都感觉到,姐夫变了,变得越来越像大干部大领导了。丁兰兰在他身边非常默契地照顾着,沏茶、倒酒、递毛巾餐巾纸。钱雁玲用一种探索的目光追随着丁兰兰的动作和表情,丁兰兰无与伦比的漂亮和气质以及高雅的装束,是非常令人瞩目的,她的名片上注明是省文化厅办公室副主任,副处级,虽然不算大官,但人家年轻啊!钱雁玲开始的神情是羡慕,甚至有点敬仰,继而是妒忌,再后来是不屑。

这些都看在汪原的眼睛里了,她悄悄对余鹏程说,你看那个"括号",那表情多恶心啊,丁兰兰肯定让她吃醋了,妒忌了。余鹏程低声回答说,岂止是吃醋妒忌,她还有阴暗心理,她不定在想,领导身边有这么个美女,和领导是什么关系呢,是不是有那样的关系呢?汪原捂着嘴笑了起来,说,你说到我心里了,也看到她心里了。

丁兰兰吃得不多,酒也基本不碰,她不动声色地观察着酒席上的动静,听着来客你一句我一句地讲话。不过,她始终不随便插话。余鹏程和汪原说悄悄话,以及钱玲的表情,她都看在眼里了。

宴席散后,公司的桑塔纳送余鹏程、唐朝阳、汪原回家,还未到家,手机就响了,是丁兰兰打来的,说本来想请他到酒店咖啡厅喝一杯,但杨部长有点事找她,等处理完,你们两个已走了。余鹏程迫不及待地问,有事吗?丁兰兰朗声笑了,说,老同学见个面一定要有事吗?余鹏程犹豫了一下说,明天见吧。丁兰兰说,明天会议结束了,马上要回去,没时间了。余鹏程说,我回家后打你电话,你把房间号告诉我。丁兰兰便把房间号告诉了她。

唐朝阳在一边听出来了,笑着说,丁兰兰要和你约会,你们有悄悄话说啊？汪原一听叫嚷起来，那个女秘书有什么事情找你，深更半夜了，还让人休息吗？明天不能说了吗？可以听出她声音里的不快。唐朝阳说，小汪，你还不知道啊，他们是初恋情人，当时，丁兰兰是校花，余鹏程多才多艺，两个人在学校艺术团搭档男女二重唱，唱校园民谣，那时老余头发长长的，像艺术家，丁兰兰烫民国美女的发型，穿旗袍，那多浪漫的事啊。汪原推着余鹏程的肩膀说，老余，是这样的吗？你为什么对我隐瞒不报呢，你太可恶了。汪原好像真的有些生气了，唐朝阳坐在副驾驶座上哈哈大笑。这时车子停了下来，余鹏程家到了，余鹏程对汪原说，你别听老唐胡说八道，什么初恋情人，没有的事。说着便下车了。

余妈妈和蓝蓝已熄灯休息，吴芳芳照例开着那盏夜灯等他。余鹏程在晒台下的卫生间洗漱完毕后，就上楼推开房门，吴芳芳靠在床上在编织蓝蓝的毛衣，电视机开着，但吴芳芳眼睛只是时不时瞟一眼，心不在焉的，没有专心在看。看见余鹏程进来，有点意外地说，今天好像没有喝酒啊，身上没什么酒味道。余鹏程把公文包放在斗橱上，脱了外套坐到床上来，说，今天是姐夫宴请，请的都是领导，不会拼什么酒的，姐夫酒量也不大，意思一下就可以了。他惦记要给丁兰兰回电话，但吴芳芳躺下来了，催促余鹏程快熄灯睡觉，并把头深深埋在他大腿上，这是她希望缠绵的一种表示，余鹏程当然懂，但他要和丁兰兰通电话，潜意识中，这个电话很重要，似乎比与妻子做爱更重要，于是对吴芳芳说，你先睡吧，我还要打个电话。吴芳芳有些扫兴，说，这么晚了，还跟谁打电话啊，不能明天打吗？余鹏程坐直了身子，拿起床头柜上的座机说，刚才在车上，丁兰兰打我手机说有事和我谈，我约她回家后和她通话。一听是丁兰兰，吴芳芳更不高兴了，她知道丈夫曾暗恋追求过丁兰兰，唐朝阳、李刚伟经常借丁兰兰的事调侃他。

在他们热恋的时候，余鹏程也和她谈到了他与丁兰兰的关系，他坦然地承认自己喜欢她，傻傻地给她写了一首诗，而受到了她的羞辱，当时吴芳芳掩饰了心里的惊叹，她听出了他口气里面的伤感，她替余鹏程感到不平。后来，她和余鹏程确定了关系去省城姐姐姐夫家时，余鹏程吃惊地知道丁兰兰居然是姐夫的秘书，丁兰兰还约他喝咖啡，对毕业前的事作了澄清，并向他表示了歉意。吴芳芳对这些事不以为然，但也有兴趣想多知道一些细节,例如都说丁兰兰是校花,她到底长得有多漂亮,比那些电影电视剧明星还好看吗?有机会真想见见她。她没有向余鹏程透露过自己的这个想法,她隐隐感觉到,余鹏程不太愿意提到她。但为什么这么晚了还执意不惜冷落自己要和她通电话,吴芳芳有点生气地离开丈夫的身体,翻了个身,将背部朝着余鹏程,但她并没有睡意,竖着耳朵听着余鹏程打电话,余鹏程看了眼吴芳芳的无声无息的背影,压低了声音讲话。他告诉她,他已到家,丁兰兰的嗓音有点懒散,她说在等他的电话,忙了一天有点疲劳了,所以冲了两包速溶咖啡在喝,提提精神。

"这么晚了,喝这么浓的咖啡,你不怕影响你睡眠吗?"

"我睡眠很差,干脆喝茶喝咖啡,也算是以毒攻毒吧。"

"你的工作压力是不是太大了点,我虽然忙,但睡眠很好,一有时间就想睡,总觉得睡不够。你要看看中医,喝点中药调理调理。"

"看得出来,你气色不错,红光满面,听说你干得不错,那个姓钱的,就是丁局长的太太老找你的麻烦,这个人一看就知道是个势利小人,难怪丁局长有惧内的名声。刚才在酒桌上盯我的眼神怪怪的,直勾勾的,好像要把我吃了似的,我和她素不相识,她这么肆无忌惮地看我,要是在学校那时候,我会抽她,这种女人就是欠揍。"

"看来你对我们局里的情况还很了解啊,不错,这个钱雁玲确实是个是非之人,胸襟狭窄,心理阴暗,很凶悍,仗着丈夫是局长,什么人都不在她眼里,惹不起躲得起,平时大家对她都是敬而远之。只有汪原不怕她,她们大闹过一次,钱雁玲输了,从此,她不敢轻易招惹汪原这个小姑娘了,真是一物降一物。"

"噢,还有这回事,汪原长得很出挑,无论五官还是身材都不错,她对你有点意思,是不是?"

"无稽之谈,你这么说有什么依据?"说这话时,余鹏程又看了下吴芳芳,她沉沉的没有任何反应,他以为她睡着了。原来的拘谨感瞬间没有了,整个人放松了下来。

"凭一个女人的直觉,刚才吃饭的时候,你们一直在窃窃私语,她看你的眼神告诉我,她心里有你。不要不承认,你应该感觉得到,别跟我装糊涂。"丁兰兰在电话里笑着说,脸上的表情意味深长,只是余鹏程看不到。

"丁兰兰,别笑话我了,汪原还是个小女孩,家境好,有个当局长的好爸爸,宠惯了,性格开朗,天不怕地不怕,我和唐朝阳凡事都让她,她大概觉得我没有架子,所以在我面前没大没小的,仅此而已。你想象的那种事不可能发生的。我倒有意促成唐朝阳和她往那方面发展,但落花有意,流水无情。他们都没有那个意思,我瞎操心。"

"别当真,我不过是开个玩笑,你觉得丁局长这个人怎么样?"丁兰兰换了个话题。

"私心较重,城府也深,惧内,但对我还可以。"

"钱雁玲这种女人虽然浅薄,但很可怕,你要防着点她,这些人唯恐天下不乱,孔夫子说,近君子远小人,可小人就在你身边,用放大镜对着你,时时刻刻在挑剔你的所谓问题。鹏程,害人之心不可有,防人之心不可无啊!"

余鹏程听出她话中有话,顿时警觉起来,问:"兰兰,你是不是听到什么了?"

"我也不瞒你了,我岂止是听到,而且白纸黑字都看到了,这个钱雁玲向省纪委写了举报信,说你和汪原关系不正常,说你犯有严重的政治错误,漏网的民运分子,与逃亡到香港的民运分子有勾结,是杨大年包庇了你,让你混入党内,担任要职。这是封匿名信,经调查,字迹是钱雁玲的,但文笔不错,钱雁玲是写不出的。你姐夫不以为然,背后是否有丁局长指使就难说了,你姐夫说不要瞎猜疑。"

余鹏程听了很吃惊,如果说,他对钱雁玲感到讨厌,甚至厌恶,但对丁局长并无恶感,只知道当年姐夫将自己接收到这所中学,他是反对的,后来还是同意了。为了避免不必要的麻烦,或者说为了保护自己,姐夫建议把自己暂时放到建筑工地劳动,姐夫其实有点鸵鸟政策,劳动好比让自己的头埋在沙子里,这是自欺欺人。塞翁失马焉知非福,自己因为落难成了一个苦力而碰上了吴芳芳,如果一开始像唐朝阳李刚伟去课堂上课,他怎么可能遇见吴芳芳呢?他这颗在风中飘荡的种子怎么会落到那个小街呢?是缺憾成全了他,所以,他对丁局长不仅没有怨恨和成见,反而怀着几分感激之情。

正是看在丁局长面上他才容忍钱雁玲掌控公司的财务,但没有想到他竟然是个伪君子,当面一套背后一套,会做出这样的卑劣的事。他愤慨地对着话筒喊道,莫须有,造谣生事,太可恶了!他听到自己的心脏跳出了响声。吴芳芳在他身边抖动了一下,她不知道发生了什么事,但她没有吭声。

余鹏程沉默了一会又说:"真是知人知面不知心啊,我可以肯定这是丁局长一手策划的,我分配到这所中学,丁局长当时是反对的,姐夫为了堵住别人的嘴,不得不让我去工地蹬三轮。他们写匿名信是冲着杨大年的。我一个小小老百姓,对一个局长没有任何威胁,用不着写信到省纪委控告我,项庄舞剑,意在沛公。"

"你说的是,不过,这样这件事情已过去了,你知道就可以了,我告诉你的目的是提醒你要谨慎点,好了,今天说的事到此为止,不要问你姐夫,除非你姐夫主动和你说,其他人也别说,包括唐朝阳、汪原。我们谈点别的吧。"丁兰兰在电话里笑了起来。

她立刻掉转了话题,告诉余鹏程,她已结婚,来开会前领的证,没有举行婚礼,他是省社科院的副研究员,是研究经济的,马上要赴德国进修,时间一年半,双方父母见了个面,一起吃了顿饭,她就结束了单身生活,从单位宿舍搬到了他的家里。他父母亲原来都是大学教授,现在从政了,他父亲是省委副秘书长,母亲是社科院副院长,他们比较开通,不主张大操大办。再说,他在忙着出国手续那些很复杂的事,没时间办,也不太会办,他就是个书呆子。她的父母亲有些想法,认为攀高枝了,就是嘛,两个家庭是不对称的,她家是个普通人家,他们家是显赫的书香门第、干部家庭,她父母一走进他们住的独幢洋房,一看那气派就把想说的话都咽到肚子里去了。什么都依他们的了。

余鹏程听了有些突然,心里顿时若有所失,但还是喜滋滋地说:"恭喜恭喜,兰兰,你终于名花有主了。"

"我自己也没有想到,我是最讨厌相亲的,我自认为我的自身条件还不至于要通过相亲来找到男朋友,可是,到头来我的婚姻还是通过传统的相亲来解决,而且,我和他从认识到领证只有两个多月的时间,可以说是闪婚,我到现在还好像是在梦中,这远远不是我原来对充满浪漫色彩的爱情经历的幻想。我原来以为我会轰轰烈烈地爱一次。可是,两个多月,我们见面的次数数都数得清。在这段时间里,我们相敬如宾,甚至连手都没拉一下,他叫郑君,人很本分,人如其名,算是个君子吧,老卡,我就这样贱卖了……"丁兰兰说到这里,自嘲地笑了两声,笑声中可听出她的遗憾和茫然。

余鹏程一时无语,不知道说什么好。丁兰兰说了声:"老卡,就谈到这里吧,时间不早了,浪费了你不少时间,早点休息吧,有机会再聊。晚安!"说完就把电话搁下了。

余鹏程也放下了话筒,但他丝毫没有睡意,丁兰兰的电话搅乱了他的心,整个人像紧握的拳头,收得紧紧的,雕塑般地靠在床背上,血液突突地撞击太阳穴,他没有想到丁局长夫妇会写他和姐夫的匿名信,还恶毒攻击他是民运分子,还造谣他与香港民运分子有勾结,不知他们有何根据。事情的真相是,他读师范学校的一个同学毕业后不久去香港继承了父亲的遗产,一家颇具规模的餐馆,楼上是宾馆。据说,在那场风波中,他捐助了一些钱。余鹏程偶然和他有书信往来,只是叙叙旧,聊聊天而已。这事他没瞒大家,聊天时和别人谈到过,未料到说者无意,听者有心,给丁克夫妇捡到了,成了一支涂上毒药的冷箭。

钱雁玲这样做尚且可以理解,这个女人本来就是个疯子,妒忌和自恋的情绪特别强烈,几乎到了病态的地步,什么事都做得出来。可丁局长虽然当初反对自己来学校,胸襟狭隘,但后来毕竟同意了,余鹏程一直以为他是个名牌大学中文系毕业的高材生,应该还是有点君子风度的,绝对没有想到他会这么无耻,这让他很失望,很愤怒,也觉得不可思议。他们为什么这么做呢?即便妒忌姐夫,写这样的信对姐夫是无伤大雅的,对自己也是毫无杀伤力的,别说自己和汪原是清白的,即使他们有某种暧昧关系,在这个年代人们对风流韵事早已漠然视之了,至于和香港那个同学的联系,纯粹是私人交往,没有见不得人的东西,这是经得起调查的。让他不安的倒不是担心这封匿名信会对姐夫和自己造成什么负面影响,而是觉得身边有着这样不知廉耻的人当他的领导,做他的部属,就像有人在他的门上凿上一个洞眼,偷窥着自己的一举一动,而且,自己天天要和他们见面相处。姐夫可以做到不以为然,他能做到吗?

他又想到了丁兰兰的婚事,这也是他没有想到的,傲慢矜持的校花居然就这么出嫁了,在他想象中,她会频繁换男友,淘金般的过滤又过滤,正如她说的,她会轰轰烈烈,实际上,她在学校的时候就已经轰轰烈烈了,总之,她不会轻易地披上嫁衣。有一点是肯定的,她的如意郎君一定非富即贵。这个郑君和他的家庭背景,固然可以称得上属于这样的范畴,可是仅认识两个多月,交往那么浅,就把自己打发出去了,这太快了点吧?上帝给了她出众的美貌,但她跟有些略有姿色的女孩不一样,除了傲娇以外,她身上没有那种浮躁的、贪婪的东西。这次她是怎么啦?

闪婚不是不可以,毕竟这个郑君要出国,在之前完婚情有可原,但听丁兰兰的口吻,她并不像新婚燕尔中的女人那么神采奕然,而是情绪低落,有点压抑,讲话中带着任谁都很听得出的缺憾。"贱卖"两个字都说出来了,这到底为什么呢?丁兰兰的性格可是非常独立的,她轻易不会作出迁就,那么她这次为何要迁就自己呢?难道她随着年龄的增长,变得不那么自信了,甚至有了那种找不到归宿的焦虑感,或者迫于父母的催婚?要知道,她的家乡是一个相对保守和传统的地方,不管她条件有多好,她家里都不会允许她这么在婚姻大事上磨磨蹭蹭。

余鹏程就这么呆呆地靠床头坐着,内心充满着疑问和忐忑,长久地沉默着,任自己胡思乱想。夜灯久久亮着,昏暗的浅黄色的光晕遮盖着他的身子,而周围是黯淡的,好像舞台上演员,其余地方是昏暗的,但有一束光打在他身上一样。

吴芳芳并没有睡着,她一直醒着,而且很清醒,余鹏程的漫长的通话的每句话她都听得到很清楚,她虽然侧着身子在假睡,但她完全能觉察到丈夫的神态表情。她想不明白丈夫对羞辱过自己的女人,还会耐着性子讲这么多话,讲完了还坐着发呆,意犹未尽的。这说明他的心里仍忘不了他这个初恋情人。其实,丁兰兰算不上是他的有情人,余鹏程当时是一厢情愿,自作多情,丁兰兰根本就瞧不上他,他因此对丁兰兰心存芥蒂。现在丁兰兰和他又亲密起来,还不是因为她的领导是他的姐夫,她接近他取悦于他为他通风报信,明摆着有个人目的,是通过他攀附杨大年。连自己头脑简单、文化不高的人都能看出来,可那么聪明绝顶的丈夫居然不计前嫌,和她眉来眼去,一点志气都没有,一点尊严都不要了。

而且刚才和她通电话时,声音很温柔,很贴心,很默契,她甚至和他谈到了婚姻,说了很多,他一直耐心地听着。深更半夜的,两个人有说不完的悄悄话,恰似情人之间在诉衷肠。

吴芳芳越听越不是滋味,让她气恼和沮丧的是,他已很久没有和她躺在床上絮絮叨叨地说说话,或者搂着她看电视。他们曾经有聊不完的话,关于蓝蓝的现在和将来,各自单位里的发生的一些事,还有邻居军军、陈斌女儿陈娟以及周芹、张杰等的事情。有时余鹏程还会给她讲故事讲国际国内发生的大事,讲唐朝阳、李刚伟、胡雪、高晓明等。可是,不知从什么时候开始,他们的话越来越少了,做爱也越来越少了,即使做爱,也不再激情澎湃,不再淋漓酣畅,一副平静的置身事外的表情,像在履行某种不得不履行的公事,身体僵硬,眼睛茫然地看着她。这让她兴味索然。不错,他是忙碌,他每天回来都筋疲力尽,满身酒气。但是,也不尽然是这些原因,还有什么原因呢?

她也说不清,反正他不太在乎自己了,她怀疑他另有所爱,这仅仅是一种不着边际的怀疑,她没有任何确切的根据。厂里的小姐妹有几个丈夫欢喜上了别的女人的,寻找理由闹离婚,小姐妹们私下议论说,男人是善变的,见好爱好,家花不如野花香,家里红旗不倒,外面彩旗飘飘。她们对吴芳芳说,芳芳,你也要当心点,你家老余现在春风得意,他不去找女人,自有那些不要脸的女人找他,男人一般都是意志薄弱的人,经不住引诱的,男追女一座山,女追男一张纸。你可要提高警惕性啊,别以为你长得漂亮,女人一生孩子,你再标致,在男人眼里就是蔫蔫的了,他们欢喜新鲜的。吴芳芳摇头说,我家余老师不是这种人,他不可能出去拈花惹草的,再说,他比我大那么大,我爸爸所以同意,就是图他的正派稳重。

吴芳芳曾和余鹏程谈论过这些事情,她不经意间流露出的世俗气让余鹏程不爱听,他轻蔑地说:"庸俗,无聊!"

当时是在饭桌上用餐,余妈妈说:"芳芳,她们说她们的,你别掺和,这种事情不可能发生在鹏程身上。"

"是的,我对她们也是这么说的。"吴芳芳笑着说,她看了余鹏程一眼,他一脸的肃然。

她嘴上这么说,心里却有些不安,这段时间,她的感觉不太好,充满了挫败感。她不是那种情感特别细腻的人，可女人天然的第六感告诉她，他变了，变得不怎么在乎自己了。原因无非两个，一个是自己变丑了，她知道，自从生了孩子后，她发胖了，体形改变了，脖子和脸变得肉嘟嘟的，有时照着镜子，自信心骤降；另一个是，他在外面有了人了。不管余妈妈怎样竭力为儿子辩护，她这种直觉越来越强烈，她真的怀疑余鹏程有外遇了，常在河边走，哪有不湿鞋，余鹏程身边围绕他转的女人是不少的，那么，这个女人是谁呢？她说不准。想到这里，她心中不禁一阵怅然，真的很难受，她想哭，但没哭出来。她强迫自己镇定下来。她打定了主意，从明天起要减肥瘦身，虽然挨饿的感觉可真不好，但还是要节食少吃，她还要去体育中心练游泳或者跑步，消耗自己的体力，以期恢复到以前苗条修长的身材，至于对余鹏程是否有外遇，她要观察，不管是汪原、丁兰兰还是其他人，她得有证据，她相信，只要余鹏程真的有外遇，肯定会有破绽露出来的，想到这里，她从阴霾的心情中走了出来，她入睡了，眼角带着泪水。

余鹏程还没有睡着，他躺了下来，攥紧的拳头松了开来，但心还揪着，他在床上在辗转反侧。睡不着觉的夜晚是漫长的，明天还有一大堆事情在等着他，他尽力要让自己入睡，他数数，数黑羊白羊，想象腹部有一个泉眼，清澈的水咕噜咕噜流出来。后来他终于迷迷糊糊睡着了。

从第二天开始，吴芳芳就不吃早饭上班了，下班后去体育中心游泳馆购卡，一听全年要收费近千元，还要购买泳衣、泳镜等，花费不小，她感到心疼，马上就放弃了，她决定以跑步为主，兼做工间操。她刚进厂的时候，车间每班都要抽出十五分钟时间做工间操，但换了一个车间主任后，就取消了。上班去食堂吃饭，她减少了一半，祝融担心地问她，芳芳，怎么吃得这么少，是不是哪里不舒服？她摇头说，没有，没有，我身体很好，真的，不骗你。然后左右环顾一下，放低声音说，告诉你吧，我要减肥，我太胖了，我变成水桶腰了，我要回到以前的我，那时我多瘦啊，你说我能恢复原状吗？祝融说，可以的，只要你能坚持，肯定能瘦下来，你知道吗，唐朝的时候，女人以肥为美，杨贵妃就是个胖美人，可是在春秋战国的楚国，楚王欣赏瘦的女人，所以有句话，楚王好细腰，宫里饿死人。你减肥是为了余老师吧？他就是你的楚王。吴芳芳嗔道，你别在我面前卖弄你的学问了,又是杨贵妃,又是楚王什么的,我不为谁,为我自己。

看到吴芳芳节食减肥,余妈妈感到不可思议,说,胖一点好,肉嘴肉面,身体好,再说,你胖在哪里呀,不要没事找事。余鹏程根本不介意,说,妈,你别管她,芳芳三分钟热度,心血来潮,坚持不了几天的。吴芳芳说,我说到做到,我们走着瞧。

吴芳芳坚持了一个多月,节食,每周三四次跑步,每次跑一个小时,有时在阳台上跳绳。虽然没有打造成枯瘦如柴的纸片人模样,也没有恢复到少女时代的亭亭玉立,但明显瘦了,余鹏程对她说,好了好了,别硬撑了,适度锻炼是好事,至于节食,适度控制就行,不要把自己饿坏了,楚王好细腰,宫里饿死人。吴芳芳笑了,祝融也说了这句话,他还说,你是我的楚王。余鹏程眼睛里充满了温顺的笑意,说,什么我是楚王,我可没有嫌弃你胖啊,也不要求你细腰,只要你健康就好。吴芳芳听了余鹏程这么说,心里感到温暖而感动。

但吴芳芳感到,减肥其实很痛苦,路过餐馆,看见玻璃窗内觥筹交错,欢声笑语的食客,她的内心就充满羡慕和嫉妒。在家里,面对桌子上的美味佳肴,她想放开来尽情享受,但她克制住,以吃素菜为主,肉类高蛋白的鱼虾之类稍稍吃一点,饭只吃碗底浅浅的一点儿。她已了解,必须减少碳水化合物的摄入,米饭、面条、馒头都是碳水化合物,这些平时少不了的食物是致肥的恶魔。她吃了半饱,便放下筷子,狠下心离开了饭桌,再吃一点水果,半只苹果或几颗葡萄。因为吃不饱,她常常感到饥肠辘辘,实在受不了,就吃一小块黑巧克力。祝融告诉她,黑巧克力热量低。饥饿感影响了她的生活,有段时间会在半夜或凌晨饿醒,满脑子是各种美食的画面,她真想爬起来吃点儿什么,冰箱里有面包、鸡蛋、肉松、火腿肠,碗柜里有饼干、奶粉等。但是,意志告诉她,不能吃,必须忍着,说什么也要坚持下去,免得丈夫婆婆笑话她。而实际上,维护意志是一件非常耗神耗力的事情。一个多月的节食奏效了,她瘦下来了,下巴尖了,腰围细了,身材苗条了,但她的精气神明显不足。

一次在车间,她觉得胸闷心慌,喘不过气来,她爬了下来,脚刚踏到地面,突然之间,天旋地转,眼前一黑就晕倒了。祝融等几个青年工人把她送到职工医院,她已清醒了,林霞给她测了血压、血糖、心率,她是知道吴芳芳在减肥的,她问了下芳芳的感觉和状况,对吴芳芳说:"你没有什么病,是低血糖,饿出来的,你感到饿吗?"

吴芳芳点头说:"饿死了。"

林霞从抽屉里取出一块巧克力,递给吴芳芳,说:"把它吃掉,你节食过头了。"

吴芳芳一口气把一大块巧克力吞下肚子,又吃了一杯蜂蜜水,一个水果塔,她是狼吞虎咽般吃下这些东西的,那种这段时间来陪伴她的饥饿感消失了。她舒坦地站了起来,有点窘迫地笑了下,和祝融一起回车间了。在车间办公室,她打了个电话给余鹏程,把情况说了一下,余鹏程埋怨她说,你不要命了,死要面子活受罪,幼稚、可笑!我不是跟你说过了,我不会嫌弃你的,你就是不听。吴芳芳沉默着不说话,鼻息很重。余鹏程口气缓和下来问,你晚上想吃什么?她脱口而出,馄饨和小笼包子。余鹏程说,好吧,你来我公司,我们今晚在外面用餐,我给妈打个电话。

吴芳芳下班后到余鹏程公司,等到下班时间,余鹏程推辞掉一个应酬,叫上唐朝阳,到一家有名的馄饨店,叫了几笼热气腾腾的小笼包子。余鹏程脸色凝重地对她说,今天你吃个饱,今后不要这样子减肥了,我不是楚王,我不求你腿长腰细,你胖一点瘦一点,我都接受,我只求你身体健康,你可以控制饮食,但不要过头,那会折腾出病来的。记住,从今以后,你不要瞎折腾了!明白了吗?吴芳芳啜着小笼包子的汁液,把头低下,不回答,只是微微点了下头。唐朝阳说,现在的女孩子都追求瘦,瘦得像白骨精就是漂亮,汪原是特例,从来就放开来吃,抽屉里、包里装着各种零食,酒席上从不亏待自己,可她就是吃不胖,身材一直保持得那么好,气色也很好。她的秘密是运动,跳迪斯科,跑步,骑自行车,爬山,她天生坐不住,多动症。

吴芳芳听进去了。此后,她不再病态地节食,而是适度地控制饮食,不再饿得睡不着,有时间就散步、跳绳、游泳,她身材再也没有胖起来,脖子上肚子上的赘肉没有了,脸色红润,精力充沛,那个婚前的吴芳芳又回来了。

十五

唐朝阳从胡雪那里得知,她认识的开电动自行车的台商有意向到这边来投资办厂,希望能寻找到一家合作单位,胡雪问唐朝阳,你们公司是否愿意参与这个项目?并告诉他,台湾的自行车已打入内地,以优良的质量和时尚的外观,赢得了巨大的市场,其中尤以捷安特自行车最为风行。那些称雄一时的永久牌、凤凰牌、飞鸽牌自行车都竞争不过台湾产品,很快退出市场了。谁都知道,中国大陆是自行车王国,台商大发其财。他们开始瞄准电动自行车,这在大陆也是前途无量的,深圳这家厂建起后,产品十分畅销。所以开始延伸到别的地方办分厂,以抢占市场。

唐朝阳把这个情况如实向余鹏程说了,余鹏程敏锐地感觉到这是一个好项目,且校办企业中还没有一家中外合资企业,如果能和台商合作成功,无疑是一个突破。

余鹏程立即向邹书记汇报,邹书记一听,连连叫好。当时吸引外商投资方兴未艾,各地都出台了一系列优惠政策,以争夺外商包括台商港商。听说有些乡镇打探到有外商到邻近地区洽谈投资,预先在必经之地设伏,看到外商的车子过来,把他们阻拦下来,拉到自己那里去,居然也有成功的。这些传言是汪原说的,她也是从她父亲那里听来的。

她一听唐朝阳有这样的信息,马上就说,如果局里不感兴趣,可以介绍给她父亲,他们乡镇企业局肯定是求之不得。

经过商议,决定由邹书记亲自出马,和余鹏程、唐朝阳、汪原一起,赴深圳和台商洽谈合作的事宜。深圳当时在人们心目中是个神奇的地方,城市纷繁不羁,五光十色,有小香港之说。所以他们的深圳之行在公司在整个教育局引得许多人羡慕。

钱雁玲也陡然升起了跃跃欲试的兴奋感,直接找了邹书记强烈要求去,说自己是主办会计,谈合作肯定要谈钱,谈钱就要算账,算账是财务主管的应尽职责,这么重要的事怎么能少掉她呢?邹书记纠缠不过她,加上有丁局长的面子,不得不违心地答应了,和余鹏程商量这次让钱雁玲也去。

余鹏程一听很不乐意,说:"我们这次去是和台商初步接触,还远远没到算账的地步,即使算账也只是投资的比例,股份的分配,这个账用得着她来算吗,我们这些人吃干饭的?这方面的经验个个比她强,再说,谈项目合作的事,八字没一撇,需要去这么多人吗?"

邹书记听了也意识到去的人是多了点,沉吟说:"那小汪就别去了,谈成了去深圳的机会多的是,下次再让她去,你说服小汪让一让,好不好?再说,我听说她爸带她去过香港澳门了,深圳对她来说,不稀罕了。"

余鹏程哭笑不得,说:"这不是去旅游而是去谈业务,这个女人争天夺地的,什么事都要插手,真是不可理喻。"

邹书记说:"小余啊,虽然中庸之道不好,但在实际工作中,我们还是要讲点中庸之道,钱雁玲这种女人固然很难相处,但有时我们不得不让让她,这会省去许多不必要的麻烦,你懂我的意思吗?退一步海阔天空。"

从邹书记的口气和神态来看,他对钱雁玲和丈夫丁局长写匿名信的事已有所知,他无奈地点点头。汪原一听坚决不答应,她说:"凭什么呀,我要让她,就凭她是局长夫人,我还是局长女儿呢?"

"汪原,别孩子气,顾全大局,我也不愿意她去,但既然邹书记说到这个地步了,不看僧面也要看佛面啊!"

"不行!我可以不去,不就是去深圳出差吗?这没有什么了不起。但我决不同意把我工作机会让出来,让这个装腔作势的小人去观光购物,这公平吗?余鹏程,这是原则,我一直认为你是公正不阿的人,为什么你在这个问题上显得这么软弱呢?你到底怕什么呢?人家已经躲在阴暗角落里朝你开黑枪了,你还在迁就他们,告诉你,他们会得寸进尺的。"汪原气乎乎地说。

余鹏程不响了,在阴暗角落里朝你开黑枪了?这么说,这小丫头也知道钱雁玲和丁局长写匿名信的事了,自己守口如瓶,什么人都未透露,她是怎么知道的呢?还有什么人知道这件事呢?

余鹏程略思考一下后,对汪原说:"汪原,你说得对,钱雁玲不该去,你不该让出来让她去,我们是去工作,不是去玩,就这样吧,什么都不要说了,和唐朝阳收拾行李去吧!"

钱雁玲没有去成,气急败坏的,一次次找邹书记、余鹏程闹,邹书记对于余鹏程最终没有尊重自己的安排心怀不满,但他还是尊重余鹏程的决定,公司是总经理负责制,而且,与钱雁玲相比,余鹏程背后有杨大年,汪原背后有个当局长的爸爸,教育系统的校办企业办得红红火火,与乡镇企业局最初的支持是分不开的。他还断定,钱雁玲写余鹏程乃至杨大年的匿名信这件事,余鹏程不定已知道。他对写匿名信这种东西是不屑一顾的,既然有理有事实为什么要隐身出击呢?这封匿名信不仅寄到省纪委,还寄到了市纪委,市纪委派一个室主任找邹书记作了调查,涉及到杨大年的问题不谈,只谈余鹏程的事。

邹书记一看那信有些吃惊,他读了两遍,就猜出是钱雁玲写的,而且出于丁局长的授意和文句上的修饰。邹书记回答说,此信所说的情况是捕风捉影,查无实据,不足为信。对于余鹏程与汪原的传言他耳朵里也刮到过,他是断然不信的,他查了一下,发现是钱雁玲散布出来的。这个女人不仅跋扈,而且心底阴暗,自己今后也不得不对他们夫妇有所提防。去深圳的事,他所以说服余鹏程同意让钱雁玲去,无非是息事宁人。

在邹书记眼里,余鹏程是个很阳光的人,像个单纯的大男孩,待人接物通情达理,大气宽容,对朋友坦诚真挚,是个性情中人。但自尊心强,有时很固执,有种文人的狷介。邹书记原来估计他会赞同自己的提议的,但让他意外的是,他最初是同意的,后来和汪原谈过后就改变主意了,坚决地反对钱雁玲去。余鹏程对他说,汪原去不去深圳是无所谓的,她只要高兴,周末就会飞过去,住一夜玩一天,礼拜天晚上又飞回来了,但她接受不了把她挤出去,由钱雁玲替代之,这样做是违反原则,怂恿不正之风。我没法说服汪原,人家说得有理啊。邹书记苦笑着说,你是总经理,主持公司的业务,你决定吧。余鹏程知道邹书记在逃避矛盾,但有这句话就够了。他立即站起来正色说,那好,我决定按原计划办,汪原去,钱雁玲不去,她怎么作都可以,我不怕她恶人先告状。

邹书记、余鹏程、唐朝阳、汪原一行四人乘飞机到深圳已是暮色苍茫,一出机舱一股亚热带温暖而潮湿的空气扑面而来,空气里还夹杂着水腥味。胡雪和台商的代表前来接机。胡雪完全变了一个人,眼镜换成了隐形的,眼睛很明亮,淡淡的妆,五官精致而清秀,脸颊光滑润泽,直发蓬松，染成了亚麻色，一身名牌。真正变化的是她的性格，原来那个和唐朝阳谈恋爱时略显冷漠、矜持、高傲的胡雪，变成了一个热情洋溢、充满活力、礼貌周全的都市丽人。她和邹书记等一一握手，并介绍了台湾老板的代表，公司董事长助理——一个看上去长得比较单薄的很有书卷气的年轻人。胡雪除了介绍他的职务外，强调他是留学德国的博士。她说，李彼得李博士，电机专家。

他们上了一辆加长的黑色奔驰，座位有三排，很宽大舒适，连驾驶员可坐七个人，那个李博士坐在副驾驶座位上。汽车在深圳高楼林立、火树银花的大街上穿越。不到十年的时间，昔日的小渔村，已发生了奇迹般地的巨变。一个个璀璨夺目的大都市的景象轰鸣而来。唐朝阳痴痴地看着窗外的街景，汪原虽来过，依然有点兴奋，除了对深圳的繁华及勃勃生机感到新鲜外，她对胡雪的印象极佳到几近崇拜，这和她原来的想象有颠覆性的改变。早有人告诉她胡雪曾经是唐朝阳的女朋友，说唐朝阳对她很钟情，但她却脚踏两头船，她真正爱的男人是个医生，那个医生最后抛下她去美国了，她失望之余南下深圳。

这些传说对胡雪不乏贬义，也许是先入为主，她印象中的胡雪是个清高而势利的女人。但下飞机在出口处见到真实的胡雪时，她惊呆了，她的打扮、谈吐、长相和气质有种从里到外的优雅，甚至高贵。她的美丽既有知识女性的文化内涵，又具有职场高层成员的干练，这一切又体现出了不同凡响的审美观的精致，汪原马上喜欢上她了，并且感觉到自己苦心经营的时装和妆容显得粗糙极了，恨不得马上到商店重新先购服饰换上。她悄悄对唐朝阳伸出大拇指说，你的胡雪是极品级的！唐朝阳看一眼坐在前面的胡雪，用食指放在嘴上，表示不要议论她。汪原做了个鬼脸，不作声了。但她还是注视着胡雪，一路上，胡雪睫毛浓密的眼睛笑意盈盈，不断向邹书记、余鹏程简要地介绍经过的街区、大厦以及在被高耸的长臂吊车包围着的在建项目的情况，言语简练，解释清楚，他们三个人坐在一排，唐朝阳和汪原坐在他们后面。

唐朝阳很安静，保持沉默，但内心波动着，他也惊奇胡雪的变化，胡雪来深圳后，销声匿迹段时间后，他们又保持着联系，他对余鹏程、李刚伟都矢口否认对她仍有感情，仍抱有希望。但事实上，他时常想起她，她的每一个电话,偶尔的一封信,一张新年贺卡,都会让他感受到她的气息在身边缭绕,这使他心旌摇曳。他一次次告诫自己,她已经远远地离开自己了,她已在南国湿润的暖风中找到自己新的生活空间,她不过是一个不真实的缥缈的影子,仅此而已。然而,他依然抑制不住自己去追逐那个影子。

所以,当今天他们重逢时,他有着一种不真实的感觉。不真实到怀疑这个女人是否曾经作为自己的女朋友而真实地交往过。

他们在一座豪华的酒店前停了下来,胡雪告诉说,这是他们入住的酒店,林老板已安排好宴席为他们接风。在各自的房间里稍稍休整一下,胡雪便陪同他们进餐厅包厢。

酒店的装潢设施都称得上富丽堂皇,奢华之极,地毯又厚又软,床足够的大,卫生间的大理石、浴缸、水龙头什么的闪闪发亮,处处窗明几净,一尘不染,还散发着淡淡的芬芳。服务员个个是俊男靓女,穿着烫得笔挺的白衬衫,外套黑色小背心,戴黑色领结,皮鞋擦拭得锃亮,任何时候都脸带职业性的微笑,走路轻盈而敏捷。

对于邹书记、余鹏程等人来说,虽然没有刘姥姥进大观园那种少见多怪的心态,但酒店震慑人的气派和讲究还是使他们心里有止不住的惊叹,毕竟,这在当时的其他城市包括他们生活的二线城市及省城几乎很少见。

林老板是个保养得很好的倜傥的中年人,身上飘出香水味,头发涂了发蜡,露出梳子的齿痕,白色衬衫的领子里系着一条紫红色的真丝小方巾,袖口上各有一颗金色的袖扣。他掏出一个鳄鱼皮的名片盒,给每个人一张名片,邹书记等回赠了自己的名片。酒备了三种,洋酒、葡萄酒、中国茅台酒,分别倒在每个人面前的三个酒杯里。

林老板优雅地举起装有红酒的高脚玻璃杯,说,酒请各自随意选择,我不劝酒,我知道内地有劝酒的习惯,我没有。欢迎邹书记、余总、唐部长和汪小姐的光临,谢谢胡小姐的牵线搭桥,希望我们合作愉快。我先干为敬。说完,仰头一饮而尽。除了汪原选择了洋酒,其余人都选择了红酒,都是一口干。胡雪和李博士要了一杯鲜榨的果汁。邹书记心脏不太好,酒不能多喝,由余鹏程代表回敬了一杯。菜肴很丰盛,以海鲜为主。大家边吃边聊,直奔主题,谈起了合作的事。林老板表示,他对电动自行车在中国大陆的前景非常看好,有足够的资金和技术和你们合作建厂,我们已批量生产了几个款式,明天可去我们深圳工厂实地考察。几杯酒下肚,林老板放下了他的矜持,开始活跃起来,话也多了,扯开了嗓子喊着干杯,他注意到李博士很用心地照料着汪原,不断替她夹菜,还劝她别喝酒,倒了杯果汁放在她面前。林老板有些不乐意了,他便盯上了汪原,吩咐侍者给汪原酒杯满上,自己也倒满,和她对饮杯,汪原谦称自己没有酒量,林老板非要她喝不可。

胡雪劝说:"林老板,你不是不知道,内地的女孩子是烟酒不沾的,让汪小姐以水代酒吧。"

余鹏程说:"林老板,你不是说不劝酒吗?"

林老板说:"是啊,我不劝酒,我对你们劝酒了吗?我是请汪小姐喝一杯,这么漂亮的女孩子,要在商场打拼,要学会喝酒,酒是生意的催化剂,我反对内地那种不要命的拼酒,但适度的喝还是会增进气氛融和的。李博士是美国培养出来的,生活方式也美国化了,他喝酒是平时喝的,空口喝,办公室里摆着酒柜,没事有事喝一杯。我是不习惯的,我更不习惯美国人的AA制,出去吃饭,分别摊着付钱,请客举行派对,邀请的人也要付钱,这有意思吗?"

李博士插话说:"林总,这样吧,这杯酒我替汪小姐喝。"

"李彼得,我请汪小姐喝酒关你什么事啊,你是英雄救美吗?这也轮不到你啊,有余先生、唐先生在呢,你闭嘴,乖乖地坐着,没有你的事,等你的爱娜来了,你再救她。"林老板狠狠地盯着李博士说。李博士有点尴尬地低下了头。

唐朝阳看出林老板在吃李博士的醋,他是个爱妒忌的男人,虽然他未必是对汪原有意,在这个场合,貌美如花的女孩总是讨人喜欢的。而李博士向汪原献殷勤无疑让了他这个今晚东道主看不顺眼了,产生了不乐意的情绪。唐朝阳看了胡雪一眼,恰巧胡雪也在看他,两人的视线对应了,胡雪的嘴角掠过一丝意味深长的微笑。

最后还是汪原站了起来,端起酒杯说:"谢谢林老板的盛情款待,为了我们的合作愉快,这杯酒我喝了。"说完,干脆利索地一口吃完杯中酒。

林老板鼓掌说:"好,好,汪小姐是邹书记的黑马啊,谢谢,谢谢!"说完,也把酒干了。

邹书记和余鹏程交换了一下眼色,他举起酒杯表示谢意,宴席结束了。林老板关照李博士第二天陪同参观工厂和公司,并在公司谈判。下午参观蛇口工业开发区。晚上在一艘轮船上用餐。第二天继续谈判,争取签订一个初步的框架协议。

余鹏程回房间里洗过澡,换上酒店的睡衣,电话铃声响了,他赶紧接电话,是汪原打来的,问他是不是出去逛逛街,余鹏程说,快十点了,晚了点。汪原笑了,说,你真是乡巴佬,在广州、深圳,十点夜生活刚刚开始。余鹏程说,那么喊邹书记、老唐一起去吧,我们是要见识见识这个中国改革开放的窗口。汪原说,邹书记在看香港电视台的新闻,他说累了,已躺下了,不出去了。至于唐朝阳,你不留点空间给他吗?余鹏程问,什么空间?汪原说,你是真糊涂还是装糊涂,他和胡雪还没说上话呢,让他们好好聊聊吧。余鹏程拍了下自己脑门,说,对啊,你说得不错,幸亏你提醒。

余鹏程换上了一件花花公子牌子的T恤,浅灰色的,这时,传来叩门声,余鹏程以为是汪原,开门一看,是胡雪,站在门口,亭亭玉立,笑容可掬,她说,鹏程你准备出去?余鹏程说,我和小汪准备逛逛街去,邹书记已休息了。胡雪说,那我就不陪你们去了,我找唐朝阳谈点事情,深圳是不夜城,你们玩开心点。说着问了唐朝阳的房间号离开了。等了一会,汪原来了,着一件无袖露背的连衣裙,头发披肩,香气袭人,两人乘电梯下楼。

深圳秋天的夜晚是温暖的,街头树荫茂密,在光洁的路面上投下斑驳的阴影。行人很多,都很年轻,不少是成双成对的恋人,在大庭广众亲昵无比,大大方方的。这是个年轻的新兴的城市,就像春天的原野,万物茁壮,弥漫着蓬勃向上的气息。每幢楼都是亮的,每家商店都是亮的,整座城都是亮的。城市高低起伏的天际线展现出异样的风采,有花样繁多的霓虹灯,有时明有时暗的夜航灯。

余鹏程感到很自在很放松,不像他生活工作的那个城市让他有种莫名的紧张,那个城市已老旧,充满沧桑感,甚至像一个古老的物体有种陈腐气,虽然改革开放的步伐迈开了,但脚下是沉重的,时不时会碰上绊脚的东西。他身边的汪原更是像一条养在鱼缸的困厄的鱼投入大海一样,自由畅快,她的无肩连衫裙和飘逸的长发与这个氛围是那么匹配。她无拘无束地走着,高跟凉鞋使她的身材更婀娜多姿。她的脸上一直甜甜地笑着,眼睛里闪烁着对这座城市的好奇和探询,她身上的香水味像雾气那样缠绕着余鹏程,而在公司上班的汪原虽打扮入时,但从不穿高跟鞋,从不抹这么浓郁华贵的香水。余鹏程不得不承认,今晚的汪原显得魅力无穷。

"小汪,你抹的香水很好闻,是名牌的吧,以前没见你用过啊。"余鹏程装得很随意地问。

"是吗?是法国香水,我爸出差法国,别人送给他的。我以前没用过,在我们公司,我敢用吗?钱雁玲、王雁玲、张雁玲什么的不知会说什么难听的话呢。她们的鼻子都是纯粹的无产阶级的。"

"闻香识女人,女人抹香水何错之有,无产阶级的鼻子难道只能闻臭烘烘的味道?香味成了一种罪恶,这未免太荒唐了。"余鹏程说,"古罗马诗人贺拉斯写过'少年追求异性,少女像一朵洁白的水仙花开放,散发着芳香',连古人都这么说,我们有些人还容不下香水,这是可笑的偏见。"

"余鹏程,你说得太好了,女人抹香水是很自然的啊,连林老板都喷了香水,这很正常呀,可为什么改革开放这么多年了,还有人看不惯,甚至上升到思想作风问题。"

"我相信会改变的,整个中国都在改变,也许,我们自己有内在的局限性,明明是正常的事,觉得自己是不是犯忌了,你想想,除了担心别人对你有看法,你自己有没有不必要的顾虑,一种自我禁忌。"

"我有压力,周围环境对我的压力,怕给你们找麻烦,至于我自己倒没有什么禁忌,我才不在乎呢,我看你倒有自我禁忌。"

"你举例说明,好不好?"

"你对我总是很严肃很拘谨,你是个很有幽默感的人,为何要刻意和我保持距离呢?"

"你是希望我应该是个巧言令色的风流公子吗?"

"我才不喜欢风流公子呢,我希望你把我当作师妹、朋友,在一起像你和唐朝阳那样轻松自如,随意些放松些,这过分吗?你的自我禁忌在作祟,我说错了吗?"

"你说得对,我是担心别人误解,毕竟,毕竟……"

"毕竟你是结了婚的人,你怕别人写匿名信,你怕别人背后说三道四,所以你连朋友式的亲近都要抗拒,是不是?"

"也许吧。"余鹏程思考一下回答说。

不是吗?有些事在使你怦然心动的同时,会感受到一种更为凝重的东西,这不是自我禁忌,而是自律。

"我理解你,不过,我不怕,我希望你像对待抹香水问题那样豁达大度,朋友式的亲近不仅仅在同性间存在,在异性间也可以存在,而且这是更美好的事情。"

似乎是在不知不觉中,汪原紧紧依偎着余鹏程,小鸟依人般的。余鹏程有意和她拉开点距离,她马上就执拗地靠上来,到后来,汪原很自然的挽着他的臂膀,一副调皮可爱的表情,余鹏程没有推开她,他不想伤她。她还是个孩子,一个天真无邪的孩子,她的朋友式的亲近也许是渴求关爱,女孩子天性喜欢抱团,汪原也不例外。她在公司是孤单的,许多双眼睛像尖锐的钉子那样盯住她,连自己都在这个老旧的有陈腐气的城市感到紧张,在她小鹿般快乐的背后,难道就不会感到紧张吗?她的内心可能是虚弱的,她需要力量,朋友式的亲近会给她力量。

夜深了,深圳的夜,依然人头攒动,车水马龙,但有些大楼的灯光在黯淡下来。

他们来到一条河边,河水黑沉沉的,河边有一排铁木靠背椅,汪原说累了,要坐一会,他们坐下了,风吹上来有点凉意了,但很爽。有许多情人在这里凭栏而坐。余鹏程想起了小时候去上海外滩所看到的情人墙,一对对情侣排成长长的人墙,相互之间几乎没有空隙,密密麻麻地挨着,蔚为大观。小时候的他还不太懂,只觉得奇怪。现在他和一个小女孩坐在一起,这里显然是情人约会的所在,有些情人旁若无人地拥抱、接吻。他有些不自在,觉得他似乎不应该和汪原坐在这里。

这里一张椅子只坐一对,甚至还有椅子空着。情人们可去的地方太多了。上海的情人墙所以形成,是因为恋人们无处可去,只能挤到外滩去,现在上海的情人墙稀疏了,将来会不复存在,这是时代的改变,时代的进步。

这时,有几个打扮妖艳的女子在附近树下、河边转悠,行迹有些诡异,汪原看到了,问余鹏程:"这是些什么人?样子怪怪的。"

余鹏程观察了一会儿说:"这些人是深圳上空的夜莺。"

"什么夜莺,干什么的?"

"就是妓女……"

"噢,我知道了,可怎么会允许这样的人存在呢?没人管吗?"

"当然不允许,色情业在中国是不合法的,她们都是暗娼,发现了要抓的。"

汪原看着那几个在夜色中徘徊不定的女人,陷入了沉思。一个穿着整齐的中年男人走过来,犹豫了一下,向周围张望了一下,和一个"夜莺"说了什么,一起走了。汪原一直盯着他们模糊暗淡的背影,显然有些好奇,也有些震动,她的年轻单纯的脑子里似乎对这种现象还感到不可思议。这座光鲜的城市,居然还有这种肮脏腐朽的东西。

一个小姑娘捧着一束玫瑰不声不响地站在他们面前,小姑娘大约十四五岁,还算不上成年人,一看就是外乡人,身上有股掩盖不了的土气。她用带有浓重口音的普通话讨好地对余鹏程说:"先生,买枝花给你女朋友吧,下午刚到的新鲜的花。"

余鹏程想拒绝,但小姑娘央求的眼神让他感到不忍,他问了多少钱,小姑娘回答,十元一支,这是六支,六十元。他知道这是宰他,吴芳芳父亲的花圃里几元钱可买一大捧。但他毫不犹豫地掏出六十元钱,递给了小姑娘,接过了包装精美的一束玫瑰花,花很新鲜,花型也很好看,他递给了汪原,说,这小女孩应该是读书的年龄,却在这里卖花,怪可怜的。这花就送给你了。

汪原欣喜地接过花,说了声"谢谢",激动得脸都红了。在回酒店的路上,她时不时嗅着玫瑰,拍着余鹏程的肩膀说:"老卡,今晚的你很浪漫,不再是那个严肃的没有幽默感的男人了。我想象不出你居然还会给一个女孩子送花,深圳真的能改变人。"

余鹏程冲着她笑了笑,说:"我是可怜那个小姑娘才买花的。"

"我不管这些,反正是你送我的。一个男人送给女人的玫瑰花。"

余鹏程一时语塞,他加快了步伐,灯火阑珊处,出现了一家花铺,透过玻璃橱窗,他心里一震,他看到了一束束插在一个藤箩筐子里的天堂鸟,那一只只橙色的振翅欲飞的小鸟。那个在小街巷他停留在吴芳芳家门前的情景又浮现到眼前,他有些愧疚,他这一段时期已把这个记忆抛之脑后了。有时,吴芳芳带天堂鸟回来,他甚至顾不上看上一眼。他这是怎么啦,他知道天堂鸟在他生命中的意义,他曾经有段时间一看到它就被深深感动。

什么时候自己开始变得冷漠了,不再感动了?

也许是距离感的原因,他意识到了不仅仅是那束花,他们夫妻间似乎也变得不太对劲,是的,他们很久没有那种缠绵热烈的亢奋了,彼此连话都不多了,是自己忽略了她,还是她变得庸常了,这一切好像是在不知不觉中发生的,而问题是自己竟然没有察觉。是自己太忙了,然而仅仅是忙的缘故吗?他的心情变得复杂起来,他应该好好反省自己了。

他停住了脚步,盯着那花看着。他记得芳芳是上中班,这个时候她应该下班了,正骑车奔在回家的路上,还有女儿蓝蓝,应该和奶奶一起沉沉入睡了。他忽然觉得自己有点想家了。只要芳芳在家,那盏顶端的夜灯都会很耀眼地亮着。这一刻他很想立刻回家,在天井里看一眼闪亮的窗户。他再也没有心情在街头逗留片刻。

汪原挽起余鹏程的臂膀,说:"走吧,难道你还要买什么花给我,我不要了,有这束红玫瑰我知足了。"

余鹏程回到酒店后,想打个电话回去,但一想太晚了,会把一家子都吵醒的,拿起话筒又放下了,他准备睡了,因为第二天还有很多事情要做。但门铃响了,开门一看是唐朝阳,唐朝阳进来关上门后,坐下后说:"我来过两趟了,你和汪原上哪里去了?这么晚回来。"

余鹏程说:"没去哪儿,只是逛逛街,在河边坐了一会。欣赏欣赏深圳的夜景。你有事吗?和胡雪谈得怎么样。"他看出唐朝阳没精打采的,好像有什么心事。

"她在医院行医兼做生意,好像赚了不少钱,一年不到的时间已有车有房,她已从黄宾的阴影中走出来,从上当受骗而失魂落魄的弃妇成了内心强大的独立女性,在深圳完成了社会化的生活方式和自我成长,我这种人已完全和她脱节了,配不上她了。她承认那个李博士在追她,她还不打算和他拍拖,林老板就是李博士介绍认识的。林老板其实原来没有多少钱,他在台湾一家自行车厂当总经理,后来到深圳创业,靠贷款起家,一下就成功了。"

"拍拖?什么意思?"

"这是广东话,就是谈恋爱的意思,李博士一直追她,她觉得这个人不错,是个技术型的知识分子,在外国生活多年,父母亲都是大学教授。但又嫌他不太阳光。"

"这个李彼得装腔作势,女里女气的,有点像那种人。"

"那种人?唔,gay,同性恋,现在称同志,这倒不一定,这是胡雪说的,胡雪开始也有这样的怀疑,但后来听别人说他不是,也可能是双性,反正不是个好鸟。我估计他们可能有过那种关系了,唉,想不到胡雪会在深圳如鱼得水,但我有种预感,她还会呛水。"唐朝阳叹息了一声。

"老唐,我知道你还放不下胡雪,可是,我劝你放弃吧,胡雪的过去不去说了,你不计前嫌,我很佩服你的包容性,但现在的胡雪,在深圳有了新的开始,你和她不是一路人,你见好就收吧,当然可以继续做朋友。没有什么让你不甘心的。休息去吧,睡个好觉。"

唐朝阳站了起来,默默不语地拉门走出去。

第二天他们参观了林老板的工厂,范围不算大,但车间很整洁,设备很现代化,流水线作业方式,操作系统自动化程度很高,十几分钟就能装配一辆自行车。自行车有多款车型。电动自行车已经批量生产,式样有像自行车的,也有像轻型摩托车的。余鹏程和唐朝阳试骑了一下,几分钟就会骑了,他们在样品间看到了更多的款式,对几款德国进口的样车赞不绝口。他们还参观了产品开发部、销售部、仓库以及食堂、俱乐部、工人宿舍。留下了良好的印象。

接着就开始谈判。在食堂用餐后继续谈。谈判由余鹏程和林老板主谈,邹书记偶尔插几句话。谈到技术问题由李博士解释,他还播放了幻灯片。到第二天上午,双方初步达成了合作意向。由台商作为甲方投资一千万元人民币,其中现金五百万元,价值五百万元的零配件和设备,乙方投资五百万元现金,并负责提供厂房。甲方担任董事长,技术总管即总工程师,乙方担任副董事长,总经理和监事。双方签署了一份合作意向书。下一步由甲方到乙方所在地考察,选定厂房,正式签订合同。

晚上,林老板再次设宴招待,选了一家泰国菜馆,菜肴偏向于酸甜,然而十分可口。还在蛇口港乘游轮,在离香港不远的海面上,远眺香港的万家灯火和森林般的摩天大楼的景观。这当中,胡雪邀请唐朝阳去了她的医院和住宅,医院很大,带着仓促上马的痕迹;住宅在半山坡上,绿色植物环绕,环境洁净而幽静,这是个一百六十多平米的越层式,装修气派华贵。透过窗户可看得见大海。唐朝阳感叹之余,更明白,胡雪虽然在他身边,但他与她有咫尺天涯。他想不通,这么短的时间,她一个人好像得到了蜕变,再有,她又是以什么方式做的生意,而且那么快赚到这么多钱的,深圳难道真的是遍地黄金吗?

就在余鹏程在深圳的几天里,吴芳芳和祝融的关系有了质的变化,吴芳芳一开始就是怀着同情心和祝融来往的,他是她小学的同学,谈不上青梅竹马,两小无猜,有人欺负他,她看不过去,出面保护他,她怜悯他,就像怜悯屋檐下冻得瑟瑟发抖的低声哀号的小野猫。可怜他躺在床上的父亲。那种感觉是非常纯洁的,在铸造厂,他们走得很近,但不过是同学关系的延伸,至少吴芳芳没有更多的想法。

但她不知道,祝融暗恋着她,出于自惭形秽,他不敢有所表露,他清楚自己配不上吴芳芳的,爱一个人是阻止不了的,他只能把这种爱烂在心里。他不敢异想天开,在吴芳芳结婚前,他还有某种无法实现的朦胧的憧憬,尽管有残疾,同样会有青春期的骚动。吴芳芳结婚了,小乔初嫁了,一切变得明晰而实在,祝融痛苦了好一阵子。憧憬如海市蜃楼,忽然消失殆尽。

好在他和吴芳芳还能天天接触、聊天。当然,吴芳芳仅仅把他作为一个谈得来的朋友。但慢慢地,祝融意识到,她对他的感情发生了微妙的变化,特别是在她和余鹏程变得冷淡的时候,她很依赖他,把他作为知己,和他无话不谈。也许过于密切了,传言出来了,但即便如此,吴芳芳对祝融绝无超越朋友的想法,苦闷归苦闷,她决不会背叛丈夫和家庭。应该说,祝融也没有非分之想或邪恶的念头,或者别有用心,预先阴谋好的,心怀鬼胎,蓄意勾引吴芳芳。

但有些事情的发生往往是欲望战胜了理智,在一瞬间,感官的冲动像一股急流冲开了道德底线的闸门。"关关雎鸠,在河之洲。窈窕淑女,君子好逑。参差荇菜,左右流之。窈窕淑女,寤寐求之。"这首《诗经》里面的诗不是直白地道出了人的本能?

事情的原委是这样的,祝融的父亲得了脑梗,住院治疗了。祝融调休了三天,在医院陪护。他不可能长久在父亲病床前照顾,便请了个护工。车间主任设法补助给祝融三百元,让吴芳芳送到医院去。吴芳芳是上中班,起床已很迟,她匆匆吃点东西,就去医院,钟表匠刚从昏昏沉沉的睡意中醒来,他很吃力地告诉吴芳芳,祝融要吃过饭才来,他昨天是半夜回去的。吴芳芳本来想把钱留下,但觉得不妥,怕丢了。于是,鬼使神差地来到祝融家里,祝融睡醒不久,正在阁楼上看书,他听到敲门声,走下阁楼开门,一看是吴芳芳,感到很欣喜,连忙把她请进屋里。吴芳芳递给他补助金,看了下阁楼,说,你楼上我从未去过,能让我上去参观一下吗?祝融说,躲进小楼成一统,不管东南西北中,破棚子一个,没有什么可参观的,不过我有两个书架可以看看。于是,带着吴芳芳从吱嘎吱嘎的梯子上爬上去,阁楼不大,光线黯淡,有扇小窗,屋顶上镶嵌着一块半张课桌大的玻璃,一缕阳光照射进来,光束里纷飞着细微的颗粒般的浮尘,一张单人床,一张小桌,两个没有门的书架,上面密密麻麻地排列着各种书,还有一张藤条的可折叠的躺椅。阁楼杂乱但并不邋遢,木地板拖得刷白。

祝融拿出一个木盒说,芳芳,给你看样东西。吴芳芳坐到小床上,祝融也紧挨着她坐下,盒子打开,用绒布很仔细地包着什么东西,打开后是两块手表,祝融拿给吴芳芳看,并说,是父亲脑梗住院前交给他的。父亲认为这次有可能出不了医院,要他无论如何保存好这两块表,设法归还给这手表主人的家人,要他记住,这手表是别人的,任何情况下不能占为己有。吴芳芳听了很感动,低头仔细看着那两块精致的表,吴芳芳把外套脱了,穿一件紧身的羊绒衫,把胸部的凸现的轮廓勾勒了出来,是件低领开衫,雪白的脖颈暴露无遗,还飘出一阵阵香水味。

祝融一下子血脉偾张,喉头有种干渴般的苦涩,他拼命克制着,但激流冲击下来了,怎么也挡不住了,他情不自禁地一把抱住了吴芳芳。吴芳芳惊愕地抬起头看着祝融,祝融乘势将火热的嘴唇贴上来,吴芳芳本能地挣脱开去,但祝融完全失控了,他狂热地吻着她的嘴唇、脸颊、颈脖,吴芳芳的身体也变得灼热起来,她不再挣扎,而是迎合上去。两块手表掉在了地板上。两个血肉躯体紧紧搂抱着,两人开始脱衣服,掷在地板上,她难以抗拒,不断猛烈地蠕动着,他进入了她的身体,他是生平的第一次,不免有点慌乱,吴芳芳主动协助他,他终于顺畅起来。

吴芳芳感觉到他的强悍和激情,陶醉在一种痛苦的快感中,他们很酣畅地做完了。吴芳芳浑浑噩噩的,这个小阁楼充满着梦幻气息,有点像小时候看童话书后想象的地方,狼外婆、巫婆在外面敲门,声音装得很慈祥,她既感到刺激又感到恐惧。

结束了,穿着衣服,一切归于原样。祝融不敢看她,确切的讲他们不敢对视,但吴芳芳终于意识到发生了什么,她无所适从,惊慌失措,她恐惧地喊起来:"祝融,你对我做了什么?怎么会这样呢?"

"对不起,对不起,我要爆炸了,我的身体要爆炸了,我实在憋不住了,我真是混蛋,我,我……"祝融喃喃地说。

"我是有丈夫的,我有女儿,我无脸见他们了,这不能怪你,我也有错,我昏了头了,真的昏了头了。"吴芳芳说完,逃似的从阁楼上沿着小竹梯爬下去,梯子吱吱嘎嘎响着。但她爬得驾轻就熟,她上下行车,在那窄窄的小铁梯子爬上爬下已习以为常。

祝融也跟着下来了,他沏了杯茶给吴芳芳,吴芳芳喝了口茶,在一把椅子上坐下来,她冷静下来了,秋天的阳光透过棚屋狭小的窗户照进来,屋子里暖洋洋的。吴芳芳心里涌动着恐慌、痛苦和负罪感。

她突然提高声音厉声责问祝融:"你说,你是不是预谋的?"

祝融小声为自己辩解:"不是的,你今天来我家,我都没想到,是你自己来的,不是吗?"

当然是的,是自己上的祝融的家,吴芳芳沉默不语。

"芳芳,你打我一顿吧,随你打,打我的耳光,用力掴,只要你解气。"祝融说着,弓着腰站在吴芳芳面前,拿起她的手往自己脸上打。吴芳芳"扑哧"一声笑起来,把手收回。

"你真傻,你以为捆你耳刮子就没事了,犯了罪,打上一顿就完事了吗?我们还不如你爸爸,他那么穷,别人的手表动都不动,他不敢贪心吞掉不是他的物品,可是你占有了别人的女人。好吧,就算我可怜你一次,你因为残疾没有人愿意嫁给你,我就像以前捐助你一样,让你尝尝女人的味道。我们从此不要再见面了,忘掉这件事吧,就当它没有发生。"吴芳芳说完,没等祝融回答,就打开那扇板门冲了出去。

回到家,一见到女儿和婆婆,吴芳芳不敢正眼看她们,她没法装得若无其事,她有一种强烈的愧疚感,负罪感,是她精神上沉重负担和内心深处的挣扎。婆婆奇怪地看着她,蓝蓝要她抱,她从婆婆手里接过蓝蓝,忽然潸然泪下。

"芳芳,你怎么了啊?发生了什么事啊,你那么早到哪儿去了?"余大妈问她。

"我没有什么事,车间主任让我去一个困难户送补助金,我不太舒服,头疼得厉害,好像有虫子在脑子里啃,也像有把锥子在钻,妈,我受不了啦。"吴芳芳痛苦地说,吓得蓝蓝紧紧搂着她的脖颈。

"你赶紧去医院看医生,今天就不要上班了,让医生给你开病假条,在家休息吧。"余妈妈关切地说。

"家里有芬必得还有感冒药,可能感冒了,我服点药就去睡了。我会打电话向车间主任请假的,我可以调休。"吴芳芳说着,把蓝蓝交给婆婆,倒了杯水就上楼去了,她确实感到头痛,只是没有也说的那么严重。她服了片芬必得,给车间主任打了个电话,调休一天,理由是身体不舒服。车间主任一口答应,车间近来没有多少活,效益直线下降,快发不出奖金了。有消息说铸造厂可能要关闭,工人要下岗,他心里很惶惑,这么大的国企怎么说关就关呢?他不敢多说,这个消息一传开,肯定人心惶惶。

吴芳芳睡下了,马上就睡着了,醒来时已经是下午,上午阁楼上的情景非常清晰地在脑海中复现,一个个细节都那么清楚,她的身体内部还残存着某种战栗,她坐了起来,靠在床头垫着枕头陷入了沉思。她和余鹏程已少有做爱,即使有,也是草草收兵,缺乏如痴如醉的激情和高潮,她承认,今天她和祝融是达到兴奋点的巅峰对决,她达到了久违的高潮,而且不止一次,这种刺激现在还微微留在她身体里。可是,越是有这种感觉,她的负罪感越严重,而且久久挥之不去。她起身来到露台下的卫生间,在龙头下长久地冲洗,用香皂反复擦拭自己的身体,特别是私处,她一遍遍涂抹肥皂冲刷,似乎要把那段经历彻彻底底地洗掉。她一边洗一边在心里喊着:吴芳芳,你不是人,你真是太混账了,你同情小祝,难道连身体都要给他吗? 这个身体只能属于余鹏程的,你怎么向余鹏程交代啊!

吴芳芳上班后,遇到了祝融只是瞥一眼,一句话都不说,她要刻意和他保持距离,以克服自己内心的深深不安。她不断自责,从此她不再是一个无愧于丈夫的干净女人了,她有了该死的污点,世界上没有一个男人会喜欢戴绿帽子。

这是她父亲说过的话,在他单位一个长相普通的中年女人和一个花匠出轨后说的。那个女人的丈夫是个货车驾驶员,长期在外奔波,这个女人耐不住寂寞,就和花匠好上了,他们做爱的地方竟然是花香浓浓的花房。事情暴露后,货车司机暴打了妻子一顿,和她离婚了。这个女人希望组织出面挽回婚姻。父亲回来和妈说了这一件事,然后用不屑的口气说,她还想丈夫原谅她,她不懂,世界上没有一个男人会喜欢戴绿帽子。这件事她早就忘了,但这些天它突然在吴芳芳记忆中冒出来了。

当然,那是个森严的年代,人们特别疾恶如仇,生活作风不好会受到共讨之共诛之。现在社会的宽容度提高了,不能说是性开放,但男女关系不再是多严重的事,一夜情、二奶、卖淫已司空见惯,见怪不怪了。当然,这并不说明自己有理由和祝融乱搞。

祝融当然也感到歉疚,吴芳芳有一句话使他震动,吴芳芳在冷静下来对他说:"你父亲这么多年没有动别人的手表,那是他不敢贪心占有别人的东西,可是你敢,你占有了别人的女人。"

这句话让他无地自容。父亲是他的累赘,也是他的骄傲。父亲是多病的,不能站起来了,但在良心和道德上他却从来没有趴下,而是站得笔直。那两块别人托付的手表始终把它们放到谁也触及不到的地步,看都不让人看一眼。还有自己陷入了缺盖的窨井,成了终年卧床的瘫子,还在为别人考虑,设计出了无法盗走的窨井盖。这不是所有人都能做到的。

在他们最艰难的温饱都成问题的时候，祝融曾经劝他卖掉这两块表以换取医药费和家用，设想用这笔钱到郊区买一间农舍和一垅田，新鲜空气和新鲜蔬菜无疑有益于父亲的康复，还可以请一个保姆伺候他。父亲断然拒绝，他用不可商量的口吻对儿子说，你给我记住，这是别人的东西，我们怎么可以占为己有呢？人穷志不能穷，这个念头绝对不能动。他住院之前，变戏般地把装手表的木盒找出来，希望儿子能找到原主的亲属以完璧归赵，这是他可以瞑目的最大愿望。同时，把当年对他说过的话又郑重其事地重复了一遍，并要祝融起誓。

从父亲沉郁而认真的表情里，祝融感受到了一种分量，父亲把这件事看得比自己的生命都重要。而祝融曾通过一个朋友接触过一位手表收藏家，收藏家说，这两块名牌手表的价值不可估量，具有极高的品质和收藏价值，即使在八十年代末，在香港市场的卖价至少超过百万。祝融大吃一惊，这个价格在当时和现在都是个天文数字，作为钟表匠而又囊中羞涩的父亲是不会不知道的。

吴芳芳把他们的关系比作父亲对这两块表的态度，这让祝融无法释怀。有这么严重吗？我可是爱吴芳芳的，而且，我并不想占有吴芳芳，我没有这个念头，她是余鹏程的妻子，我是良心泯灭了，道德沦丧了吗？他苦苦地思索着。

余鹏程一行回来了，可以说凯旋而归，这个项目已基本谈成。教育局党委经过讨论后同意了这个中外合作项目，而且很快得到了市里有关部门的批准。

余鹏程给吴芳芳买了条维多利亚牌子的黑色蕾丝羊毛连裤袜，冬天穿的，可以穿靴子，上身套一件毛料短大衣或薄形羽绒服，是非常洋气的，这是汪原替他挑的。他还替蓝蓝买了个按动一下会唱歌的洋娃娃，买了些进口的巧克力和食品。林老板给每个人送了礼品，男的一条皮带，一只钱包，一瓶男用古龙香水，送了汪原一套台湾产化妆品。

余鹏程回家那天，正好是星期天，吴芳芳一见到他进门，在一瞬间，她的神色有些张皇，有些难堪，但她很快恢复正常，接过他的行李，把秋天的衣服拿出来，让他穿上。余鹏程回来前给她打过电话，她是知道他的归期的，她显得心情澎湃，一早就去农贸市场买了足足两口袋食料，有蔬菜、鱼虾、蹄髈,她知道余鹏程欢喜吃牛肉,又特地买了新鲜的牛肉。她还是不敢杀鱼杀鸡,这事有余妈妈担当了。吃晚饭时,吴芳芳张罗了一桌子菜肴。红烧牛肉、清蒸鲈鱼、油爆虾、鸡汤。还预备了一瓶红酒。吃晚饭前,余鹏程把行李打开,把买给吴芳芳的连裤袜给了她,说是名牌的纯羊绒的,小汪帮着挑的。吴芳芳满心欢喜地试了一下,非常合身,配原有的短靴,够时尚的,而她原来一直羡慕连裤袜,品质差的,像棉毛裤似的,她看不上,质量好的有牌子的很贵,她舍不得买,她曾向余鹏程说过,余鹏程没有吭一声,但他还是记住了。

这天晚上,那盏夜灯熄灭得比较早,在黑暗中,余鹏程向吴芳芳讲述了深圳的见闻,吴芳芳睁大眼睛听着,她很少说话,只是听余鹏程讲,他们已很久没有这样躺在床上这么不着边际地拉拉家常,随便说点什么。吴芳芳被感动了,但她又止不住想起了和祝融的事,内疚感使她的头脑一片空白,她已听不太清楚余鹏程在讲什么了,深圳太遥远了,她没有听进去,她心情很复杂,剪不断,理还乱。这件事把她折磨得很不舒坦。她很想向丈夫坦白,但她缺乏这种勇气,最好的办法就是和祝融划清界线,不要再牵丝绊藤,她霍然坐起,拉开那盏夜灯,对余鹏程说:"你想办法把我从铸造厂调出来吧,好吗? 我干什么都可以。"

余鹏程被灯光照得有点刺眼,他努力睁开眼睛说:"芳芳,你怎么突然想到调工作了?"

"我太累,每天要爬上爬下,我常常会头晕心慌。可能年龄大了。"

"我知道了,马上要成立电动自行车公司,看看你能否去当一名工人,那是流水线生产,技术含量不高,很容易学会。"

"真的,什么时候能调过去? 我最好明天就离开铸造厂。"

"没有那么快,正式合同还没有签,厂房还要物色,顺利的话,我估计要半年时间,你再坚持一下吧,实在感到累就请病假。"

吴芳芳点点头,熄灯躺下。后来他们亲热了,小别胜新婚,这个小别不是去深圳出差的几天,而是这一段时间的鱼水无欢,琴瑟不谐,原因是余鹏程身体的疲软和感觉的麻木。大概是为了弥补前一阵的性爱的缺乏,余鹏程表现得很主动,很强劲。深圳的宽松的空气以及他的反思他对妻子的思念将他的欲念撩拨到高昂的状态,他雄风复来,吴芳芳虽然有心理障碍,但出于赎罪的心理,她竭力配合,干柴烈火般的使出浑身解数,两人都感到酣畅淋漓。他们感觉比初婚时还好。

但吴芳芳毕竟心中有愧,对丈夫低眉顺眼,处处顺从,像个童养媳妇的样子。余妈妈都看出来了,问儿子,芳芳好像特别乖巧,她怎么啦,有事吗?余鹏程说,她嫌铸造厂的活太累,要我替她的调个单位,我正在想办法。余妈妈说,她是苦了点,又要三班倒,又要开那么高的吊车,你帮她调个工作吧。孩子大了,做妈的要多些时间陪陪蓝蓝了。余鹏程说,我知道了,我现在担子越来越重,后院不能起火。

如果余鹏程能及时替吴芳芳调个单位,离开铸造厂,如果余鹏程和吴芳芳能将这一晚的状态保持不变,如果吴芳芳与祝融从此再也不来往,也许他们的婚姻就会安然无恙,平稳地白头偕老。可是,人的命运中没有如果两字,余鹏程和吴芳芳之间还是出了问题,这也许就是宿命!

吴芳芳调工作的事没有那么快,余鹏程并没有转身就忘,电动自行车厂进行得虽然顺利,但得按部就班地走程序,投资五百万元不是小数字,得逐级审批,厂房一时也找不到合适的,看了几个地方都觉得不合适。吴芳芳暂时还得去铸造厂上班,这是她熟悉的工作,熟悉的环境,让她离开,她还觉得有些留恋。丈夫对她不错,蓝蓝已会走路说话。有事做有所期待的日子就是幸福的。

问题还是出在祝融身上,他不甘心与吴芳芳分手,他痛苦不堪,脸色苍白,精神萎顿,他写了一首首诗放在信封里,隔三岔五地塞给她,他在诗里沉痛忏悔,他斥责自己,他祈求她原谅。

"我是棵卑微的小草/你是棵美丽的树/请允许我长在你脚下,伸直茎叶仰望着你/我不会像藤蔓那样攀爬你身上/我只需要你的一点树荫/否则我会枯竭而死。

"我深知自己罪孽深重/我接受你的任何审判/只要你能和我说话,哪怕对我暴跳如雷/请不要对我装作哑巴/我们拥有太多共同的话题。

"深夜,我扇自己的耳光/我诅咒自己的鲁莽/但是即使把我斩首我也觉得值得/因为你是我的一切/这辈子我就是为你而活/听,你的心在我胸口怦然跳跃/失去你,我只是一具空洞的躯壳/等我死后,我会变作萤火虫/在你的窗口发出一点点微光。

"宽恕我，我没有一双强健的双腿/宽恕我，我没有显赫的地位/宽恕我，我太微不足道/原谅我，我也有一腔热血/原谅我，我也有爱的权利/我会向这个世界宣称，我道歉，我也许错了/请容忍我，树叶阻挡不住坠落/请容忍我，涓涓细流会穿透岩层"

这些灼热爱的诗句吴芳芳未必能完全看得懂，但是就像当年记住了余鹏程敦厚的嗓音，她也记住了祝融这些诗句中的所透露出的情感。她没有怀疑这是祝融在无病呻吟，她太了解他了，他是一个真实的人，他不会装腔作势，不会虚伪做作，他就像他父亲那样，会把自己一个承诺守望一辈子。这些诗就是那两块价值不菲的手表，如果父子俩动一动贪念，他们立马就会成为大富翁。

吴芳芳对他的气已消了，自责和愧疚也随着时间的推移慢慢淡化了，她每天看到萎靡不振的祝融长久地坐在车间的角落或车间外的冰冷坚硬的铸件上发呆，心里就阵阵发疼，其实，她发现自己还是喜欢他的。她已习惯身边有这么一个忠诚的追随者，是的，和他在一起，她感到就像和知心的闺密一样，默契、自在、放松。她心里有事，哪怕最隐秘的事，譬如和丈夫和婆婆的关系，都会找他倾诉。他们之间的关系是众目共睹的，也有些议论，但吴芳芳不在意。

"我再提醒你，你们两人关系太密切了，车间里人人都看出来了，虽然议论少多了，但不等于大家没有看法。"有一天张杰和女朋友林霞碰到她，张杰直言不讳地对她说。

"我不是跟你说过了吗？我们小学、初中、技校都是同学，我们仅仅是朋友。你觉得我们还有其他见不得人的关系吗？"吴芳芳笑着对他说。

"这倒不会，没有人会想到那上面去。他是个跛子，残疾人，不过，不要让他太过分。"张杰说。

"他过分了吗？他非礼我了吗？"吴芳芳有些不高兴了。当然，那个时候，阁楼的事件还没有发生。

"这不可能，谅他没有癞蛤蟆想吃天鹅肉的胆，但说到朋友毕竟男女有别，你要和他保持一定的距离，别让人乱嚼舌根了，我们是邻居，所以实话实说了。"

林霞伸手打了张杰一下说:"你还挺封建的,男女有别? 你干脆说男女授受不亲算了。小吴,他和周芹分手后是不是授受不亲?"

"你别胡说八道,这么就扯到周芹身上去了,你别插嘴,好不好?"张杰不满地说,林霞爽朗地笑起来,她是逗张杰玩。吴芳芳有些奇怪,在家里,他和周芹、军军一起生活的时候,张杰从来不敢用这样的口气和周芹说话,他在吴芳芳眼里是个窝囊的男人。现在她发现他变得硬朗了。

那么,吴芳芳真的下定决心和祝融就此结束,普通朋友都不做,在那个阁楼的肌肤之亲后,她意识到这件事情并非祝融单方面的问题,实际上她不知不觉中和他也有着情爱那种凝重的东西。当他扑向她时,她并没有拒绝,甚至连半推半就都没有,只是本能地抗拒了一下,她好像觉得他们之间发生这样的事是水到渠成、瓜熟蒂落的,她不觉得突然,好像这一步的发生是很自然的。

她也思考到,他们走到这一步,和她对余鹏程的关系不够圆润有关,是余鹏程把她推向了祝融,加上她性格的善良、富有同情心,她不甚清楚,在她的内心的某个角落似乎藏着对祝融的某种期待。是的,不用欺骗自己,在她的心目中,祝融是占了一定位置的。他正直、义气、有趣、体贴人、处处为她着想,他没有余鹏程那样强势,那么咄咄逼人。他甚至很自卑,他读了不少书,知识面很宽,带着一些自强,一种目的性不明显的追求。他在众人面前言语不多,但在她面前却会讲很多故事,很多趣闻,他记日记,写诗,在吴芳芳的眼里,他的身上弥漫着一股诗意的气质。

虽然,她说不清诗意是什么,如果对她的成长产生影响的,有两个人,一个当然是余鹏程,另一个就是祝融,在某种意义上,祝融对她的影响甚至超过余鹏程。

这注定吴芳芳离不开祝融。

十六

吴芳芳和祝融恢复了来往,当然,他们不再像以前那样坦荡了,在公开场合,他们若即若离,已不再像过去那样亲近。他们的接触隐蔽了,小心翼翼了。他们下班后接触,他们去工厂附近的货站约会,一般是早中班下班以后,这是个运送煤炭和其他物资的火车站,整天整夜响着蒸汽机火车的铿锵声、吼叫声、撞击声和放气的声响,这里有一个巨大的堆场,堆满了煤炭和木箱。不知为什么,堆场附近有一片草地,大概是因为货站余留的扩展的土地,原来是种植蔬菜的田地,现在荒芜了,长满了杂草,还有一个长满树木的土墩,一段报废的铁路,一个蛙歌不息的池塘。池塘旁有一个废弃的芦席和竹子搭建的破房子,可能是原来的菜农用于看守瓜田的。这块空旷之地带着几分苍凉,但人迹罕至,空气中飘荡着火车头散发出来的烟气和煤炭的气味。还能看到铸造厂电炉出铁水时的火光。

他们有时在铁轨上坐一会,有时在土墩的树下坐一会。这里青草萋萋,蓝天白云,清风徐来,再加上蒸汽机车的声响,以及白色的一团团湿润的蒸汽和煤尘,他们在这环境里很松弛,比阁楼上还要松弛。他们聊天,接吻,在池塘边的枯草堆里也做了那事。因为天气凉,他们没有脱衣服,只把外衣脱了,穿着羊毛衫,裤衩退到膝盖下面。他们用不着压抑自己尽量不作声,阁楼单薄的墙壁隔音效果很差,而工厂的任何地方都是不安全的。只有这个地方,才是他们的两人世界。他们可以尽情地喊叫,毫无压力地进行。

祝融说,这是野合,孔子就是野合生的,所以他的思想中有天人合一,我们也是天人合一。但他们认为万无一失的地方并非万无一失。

每一次和祝融约会特别是做那事后,吴芳芳就后悔不已,她告诫自己,这是最后一次了,不能再这样下去了。但是当祝融约她时,她还是忍不住答应了。她骂自己软弱,骂自己越陷越深,骂自己良心被狗吃了,但骂归骂做归做,每次回到家,看到余鹏程和蓝蓝,她就感到不安。但看到祝融时,她的不安就消失了,祝融身上似乎存在着一种能量,也可以说是热能,这种能量和热能潜藏在他单薄的身躯里,像磁铁般的吸引着她,化解着她的迟疑不决和心神不宁,真是不可思议。

他们的行踪还是被人发现了,发现他们的人就是张杰。

因为生产任务不足,许多工人无所事事,纪律变得松懈了,厂长要人武部进行一次规模较大的基干民兵的训练,驻守本市的某炮兵部队答应借三门防空高射炮。厂里没有这样的场地,有人提到了厂附近的货站的空地,张杰带了人武部的一个干事和一个基干民兵在下午三点多来到了这里。那个基干民兵就是林霞。张杰背着一支步枪,挂着苏式望远镜,苏联解体后,大量的军用品流入中国,其中包括各式望远镜。张杰买了两个,一个大的给自己,小的给军军,他教军军在夜晚到晒台用望远镜探望深邃的夜空,看密密麻麻的星星,看飘带似的银河系。月圆时看月亮,张杰对军军说,美国人乘飞船上去过,走了一小段路,上面什么都没有,都是大大小小的坑洞。

张杰和林霞是第一次来到这个地方,那个干事在炎热的夏天到这里撒网钓过鱼,还出于好奇登上过土墩。张杰是有点地形知识的,当他一看到这片寂静的荒野,他立即说,好地方,在这里搞演习最合适不过了,那个高墩就是战略高地,要是占领这个高地,架上几挺机枪,就能控制周围几平方公里,包括那个火车站。

他举起了望远镜,朝这片荒地扫视起来。突然,在他的镜头里,出现了两具紧搂在一起的蠕动的身体,他仔细地观察了一会立即明白是怎么回事,他眨巴着眼,摇一摇头,带着责备和厌恶的神情。离开了望远镜,单凭肉眼是看不到这对野鸳鸯的。因为有林霞在场,他不想明说,这种事情现在不足为奇,还是不予干涉为好。

一列火车正在启动离开,喷吐着一团团白色的气雾,他深深地呵了口气,突然惊叫起来。他看到了一张熟悉的脸,她坐了起来,正在整理头发和衣服,她是吴芳芳,紧接着坐起来的是祝融,他们旁若无人地又拥抱了一下,然而站了起来。

"张杰,你看到什么了?是不是狐狸?"林霞发问。

"看不清是什么,也许是两只野鸭子,一公一母,正在草丛里繁衍生命呢?"

"你用步枪打它们,练练你的枪法。"林霞信以为真,她兴致勃勃地说。

"我枪里没装子弹,要是有,我早就开枪了,我当过狙击手,我先把那只雄鸭子先宰了煮汤。"张杰收起望远镜说,"走吧,就这地方了,高射炮就放在那土墩上,回去与货站联系下,虽然是荒地,但手续还是要办的。"

在回厂的路上,那个干事和张杰开玩笑说:"张部长,你的望远镜是多大倍数的,连野鸭子公的母的都看得清?太厉害了。"

"当然,苏联军用望远镜嘛,我还给儿子买个一只小的,月亮上个美国宇航员的脚印都看得清,月球上的一小步,是人类跨出的一大步。"

"什么时候你用你这个望远镜,让我看看那个脚印?"林霞问。

"可以,等月亮特别圆的那天,我让你看。"张杰一边说一边跨着大步。

吴芳芳视力超好,她也隐隐约约看到了很远的地方有几个人影,她甚至看到两个亮晶晶的反光的圆玻璃片,她吓得魂飞魄散,一把拉了祝融躺在草丛里一动也不动,祝融问:"怎么回事?"

"我看到有几个人站在那里,有个人还举着望远镜,他们肯定看到我们了。"

祝融眼睛有点近视,人也在草丛里抬出头,张望了一会说:"什么都没有,你一定眼花了?"

"不会的,我看得清清楚楚,是几个人,说不定是货站的巡逻队员们,我们走吧,这儿不太平,我们不能再来了。"吴芳芳感到自己的心脏剧烈地跳动着,懊悔的情绪又笼罩着她。

张杰在厂里巡查时,曾在偏僻的地方碰到过他们,他当时就有些起疑,深更半夜的,孤男寡女的跑到这种地方来干什么?但他马上打消了自己的疑惑,吴芳芳是个单纯的女孩,甚至有点懵懂天真,她不可能会与祝融发生什么见不得人的事,再说,祝融是个残疾人,无论在哪方面都是与余鹏程无法比拟的,她除非脑残,是绝对不会与这个卑微的男人有染的。他也听到过有关他们的传闻,他是不相信的,他也曾提醒过吴芳芳。工人们与机关事业单位的人不同的地方,就是对男男女女的事特别感兴趣,这是一种低级趣味。就拿自己来说,他与林霞是有点那个意思,接触多一些,就传遍了全厂,说得绘声绘色。

那个时候他还没有从丧子的悲痛中回过神来,天天借酒浇愁。有一次,是冬天的夜晚,他烂醉如泥,放了一池水,他竟穿着汗衫裤衩踏进了池子,他睡着了,水冷却了下来,变得冰冰冷冷。如果这么睡下去,他会冻死的。

正好林霞值晚班见他办公室亮着灯,买了些夜宵来敲门,没有反应,她踢开了门,打电话叫来了人,把冻得僵硬的张杰送到医务室进行抢救,她扒掉了他的浸泡得透湿的衣服,换上干净内衣,再套上毛衣毛裤,用热水袋放在他胸口,盖上厚厚的棉被。如果没有林霞及时发现,张杰可能就躺在冰冷的水里醒不过来了。

林霞向他表示了心迹,但希望他戒掉酒瘾,重新振作起来。张杰听了她的话,从此滴酒不沾,林霞用爱唤回了他的自信,几个月下来,张杰变了,与那个自暴自弃的男人判若两人。他担心自己生理上力不从心。这是他不可言喻的隐情,一个男人引以为耻的隐私。张杰不想对林霞隐瞒这件事。虽然每个人都有不便公开的隐私,但既然是谈恋爱,这件事是不能隐瞒的,他不能害林霞。他思考了几天,决定向林霞公开这个难以启齿的秘密。他说:"林霞,你知道吗?我和周芹离婚的原因是我不能让军军回来了。"

"军军已去了另外一个世界,怎样可能回来呢?"

"不是的,周芹想怀孕,她相信军军会重新投胎回来,这是她最大的愿望,可是,可是,我不能。"

"为什么不能呢?"

"因为我阳痿,我不是个男人了,我觉得自己太糟糕了。"

林霞"喔"了一声,她明白了。

"对不起,林霞,我必须要跟你说清楚,我不能耽误你。"张杰的声音低沉下来,充满着负疚和歉意,也有些悲凉。

这对一个未婚女子来说,是个尴尬的话题,林霞很难接口,她只能沉默以对。

办公室里静了一阵,张杰心里一阵轻松,他终于把自己难言的秘密说出来了,这需要足够的勇气。

林霞站起来在房间里走了几个来回说:"我是医生,对我来说,这只是一种病,或者仅仅是一种精神因素。我问你,什么时候开始的?"

"军军走了以后,军军在的时候,还可以,但有时候有点勉强了,后来就突然不行了。"

"我知道原因了,这不是病理性的,而是心理上的问题,我们一起来努力吧。"

有一次，在林霞的单人宿舍里，张杰和林霞很自然地亲热起来，林霞一直柔情满怀地和他拥抱、接吻，后来他们做了那事。林霞安慰他，说你肯定行，你看，你的胸肌和臂肌多强健啊，而且，我感觉到你的身体的激情。林霞很主动，她掩饰了她的羞涩，就像进行一次医疗实验。

张杰开始有点紧张，有种如履薄冰如临深渊的感觉，但林霞一点也不急切，尽管她热血沸腾，但医学知识告诉她，这事越急越不行，他需要冷静，需要温水煮青蛙的慢热，待水到了沸点，便要不失时机地进去。乡野莽夫的方式不适合他。

终于在林霞的引导下、抚慰下，他放松了下来，他不再急于求成，不再急迫和鲁莽，后来他沸腾了，进入了。林霞结实的身体像匹小马驹，结实得没有半点赘肉，双腿有力，胸部坚挺，这是个新鲜的身体，它让张杰怦然心动。他成功了，他居然有了久违的横冲直撞的劲道。一段时间的自卑感一扫而光，他又恢复了一个男人的自信。

事后，他问林霞："你是大姑娘，怎么这么有经验丰富，你久经沙场了吗？"

林霞脸一红，有些生气地说："去你的，你看到床单上是什么了吗？我是第一次，我以前从来没有接触过男人，你这个没良心的，你毁了我，得了便宜还卖乖。"

"说句笑话嘛，你是个好医生，妙手回春啊，你治好了我的病，我不知怎么回报你才好。"

"你一辈子要对我好，我们都这样了，早点领证去吧，不要以为我是个随便的女人。"

"我要去跟周芹说一声，毕竟她曾经是我的妻子，如果军军不生病，不夭折，我也不会变得那蔫巴巴的，周芹的脾气也不会变得喜怒无常，我们也不会离婚。我们领了证，一起去军军墓地，也应该告诉他一声。"张杰嗫嚅地说。

"好的，我一定跟你去，不过，他会喜欢我吗？"

"会的，他是个懂事的孩子，而且心肠特别好，他珍惜生命，连蟑螂、蜘蛛都不打死。吴芳芳捡了只野猫，叫贝贝，他把它当作宝贝，有好吃的省下来给它吃,他告别世界前,还惦记着它,那猫在他住院前,天天蹲在他床前,一声声叫着。"说到这里,张杰哭泣起来,空气中有一些嘤嗡的震颤。

林霞心里也起了凄凉,她拍拍张杰的肩膀说:"别难过,我们生个孩子,就作为军军的转世,不论是男孩还是女孩,还叫张军。"

在荒野撞见吴芳芳和祝融后,张杰很纠结,他什么人都未说,连林霞都未说。他替吴芳芳感到可惜,她在他面前把话说绝了,全世界的男人死绝了,也不会跟祝融有什么事,她在骗他,结果他们还是混到一起去了。可怕的流言蜚语成了事实,一朵鲜花还真的插在一堆牛粪上了。张杰百思而不解,吴芳芳到底喜欢祝融什么?

他一直对吴芳芳印象不错,她的漂亮是天然丽质,她不爱虚荣,朴实贤淑,在年轻女孩中已不多见了。他至今还记得她捧了那美丽的名叫天堂鸟的橙色的鲜花进来的情景,他看到这么个纯洁如水的女孩,眼睛顿时一亮,对余鹏程暗暗妒忌,男人对男人的妒忌。这是一种心态,正如俗话说的,老婆总是别人的好。当然啦,周芹也很优秀,不算艳丽但够得上清秀,气质不凡,但她因为出生在军人家庭,有种优越感,眼界高,对丈夫唤来唤去,怎么也看不入眼,对他农村的父母和亲戚更是嗤之以鼻。

军军的先天性心脏病使整个家一直沉浸在紧张不安的状态里,周芹总是指责他,好像军军的病是他造成的,她的性格变得焦虑和暴躁,他成了她的出气筒,他借口工作忙碌,很少回家了。他是在逃避,他变得脆弱不堪。但在这个家里,他实在无法安定下来好好过日常生活,军军去世后,他和周芹离婚是势在必行。

他们分手后还经常联系,关系反而好了。他每月回来为她换煤气罐,逢年过节会打电话一起在饭店吃顿饭,单位给她分配了房子,她让张杰看了房子,装修也征求他的意见。每次见面他们都会提到军军,这让他们的会见总免不了有种悲伤的气氛。

她对张杰有女朋友很气愤,倒不是她有和张杰复合的愿望,即使有,她也不会承认。她已不想结婚,报社有个丧偶的副总编一直在追她,她毫无兴趣。她对张杰的不满是他那么快就把儿子忘了。丧子的痛苦还在折磨着她,在轰鸣的时代列车面前,个体的痛楚是如此微不足道。但对周芹来说，始终是天大的事。她对工作很投入，创造了非凡的业绩，但她这是为了麻痹自己。工作紧张有好处，可以暂且忘记一些事。

不断有人婉转地告诉她，在哪里哪里见到她丈夫和一个年轻的漂亮女人在一起，她只是笑笑，显得没有太在意。这是表面现象，其实她心里有些酸涩。

这天张杰又来了，给她买了咖啡和水果，还有一条烟，以前周芹是偶尔抽支烟，现在烟瘾大了，手指在变黄。他这次来要谈大事，一件是和林霞结婚的事，另一件是吴芳芳红杏出墙的事。林霞的事到了非说不可的地步。实际上此事与周芹说不说无所谓，要知道，她毕竟已经是前妻了，而且没有孩子的牵绊。但在张杰心目中，他觉得如果不向周芹说出这个事情，会对不住她。吴芳芳的事，是和周芹商量，还是由周芹以某种方式说出这个残酷的事实，还是装作不知，顺其自然，让周芹拿主意。

张杰神采奕奕，让周芹感到有些意外，但他神情中的庄重使她猜到他要说什么了。未等张杰开口，她就说："是请我喝喜酒了吧，好，我肯定去，干嘛不去，我祝贺你，房子在哪里啊？"

"先在厂里宿舍里过渡一段时间，等待厂里分配。我是正式来告诉你的，我和林霞准备去领证了。我想，我想，你是能理解的。"

"这已经与我无关了，理解怎样，不理解又怎样？天要落雨，娘要嫁人，这是无法阻挡的事，我也无权阻挡，也不想，我只是可怜军军，他太命苦了。"周芹眼泪汪汪，她点燃了一支烟，点上，一口口吐着烟圈。

张杰不作声，房间里很寂静，贝贝蹲在军军的床前，目光炯炯看着他们。

"我有一个要求，我不强人所难，但我希望你能认真考虑。"

"你说吧，什么事你尽管说。只要我能做到。"

"你现在精神不错，估计已恢复正常了。在你领证前，你还是个自由人，我想请你给我一次最后的机会，我想你再回家住一晚上，你明白我的意思了吗？"

"我明白，今晚也可以。"

"用不着这么急，我今天心情不好，下周吧，军军生日那天，我们到一家饭店吃顿饭，给军军买个蛋糕，供在他照片前，然后，我们做我们的事。

希望你能这几天能养精蓄锐,就算为我尽最后一次义务,这不过分吧,看在我们十年夫妻生活的面上,你要认真对待。我没有别的意思,我已经没有欲望了。这事有点荒唐,但我想尽最后的努力,领证以后,我们洁身自好吧,你走你的阳关道,我过我的独木桥。"

周芹是一口气说完这番话的,香烟在她手指间燃烧着,冒着一缕缕烟雾。

"我不觉得荒唐,我知道你的想法,如果能成功,那实在是心想事成,我和林霞……"他戛然而止,他和林霞的计划差点没有滑出嘴。

接下来,张杰谈到了吴芳芳和祝融的事,周芹听了没有想象中的惊讶,她很平静,说了她的看法,越是那种平静得出奇的家庭越潜伏着危机,这样的事必须告诉余鹏程,纸是包不住火的,桃色新闻传播得最快,像山火那样,燃烧起来蔓延得非常迅猛,到时候就不可收拾了。乘现在还不到不可收拾,应该让余老师阻止事态的发展。不过,我告诉他可能不太适合,开不出这个口,我想还是通过什么人转告。

"通过谁呢?陈斌?"

"陈斌不行,他是你们厂里的,同事之间最好别掺和,这有搬弄是非的嫌疑,再说,他现在的兴趣在赚钱上,已请了长病假到乡镇企业上班了,你难道不知道吗?"

"工厂要改制,闹得人心惶惶,那么谁来转告呢?你不说我来说,我是亲眼目睹,不是传来之言。"

"还是我来跟余老师说吧,我是旁观者,他应该相信我不会胡编的,而且消息直接来源于你这个现场目睹者,更主要是,我们是为了拯救一个家庭。"

张杰点点头,说:"你说也好,你要强调,除了跟你说以外,我没有给任何人说,我是在苏式望远镜里看到的,跟我一起去的人都未看到。"

隔了一周不到的时间,张杰和周芹在一家四星级酒店的餐厅吃了顿饭,并买了个蛋糕和一束花,回家后放在军军的照片前,后来他们就熄灯上床了。周芹心情不错,抹了香水,新烫了头发,发型是新款,长发波浪,显得年轻貌美,清新中有种妩媚,冲淡了她呆板的职业妇女的气质。

他们在床上很和谐,刚结婚时的那种感觉回来了。你今晚表现不错,像颗飞奔的子弹,我没想到你变化好大。周芹在他耳边轻轻夸奖他,心里却突然觉得很委屈。

天刚刚亮,张杰依依不舍地起床了,周芹坐了起来,张杰和她拥抱了一下,就开门离开了,天井里那株白玉兰花在冬天风的尖叫声中摇曳着。"雪里拖枪"冲了过来,朝他叫着,他抱起它,在它额头上吻了下,说了一句,贝贝,等军军回来吧。

说完就把它放下,头也不回地走了。

十七

那天天特别冷,北风呼啸,傍晚时分下起了雪,雪花像羽毛似的,轻盈地飘着。

余鹏程回来的时候,吴芳芳上夜班去了。余鹏程习惯性地看了下露台上的窗户。那盏夜灯亮着,在密集的雪帘中显得有些迷离。

周芹坐在客厅里,神情安详,戴着耳机在听随身听,是钢琴王子克莱德曼的《秋日私语》,她已在客厅连续等了三个晚上,没有等到余鹏程。昨天又是星期天,余鹏程和吴芳芳带着女儿到岳父家去了。余妈妈显得很悠闲,在客厅里包菜肉馄饨。周芹不方便说,看着他们全家其乐融融的样子;也不忍说。

余鹏程脚步轻快地进来了,拎着鼓鼓的公文包,他的神情有点兴奋,显得踌躇满志的。今天和特地从深圳赶来的林老板签了正式合同,地方终于定了,是原来旧的少年宫。新造的少年宫刚落成不久,旧少年宫空了出来,有一个福建人办的民办医院看中了这个地方,计划开办一家儿童医院。但福建人办医院名声不好,他们打着老军医的招牌,在电线杆子上贴治疗性病的小广告起家的。教育局反复考虑后还是回绝了。电动自行车公司租下了这个地方。连续忙了三天,今天的会议上正式签约,甲乙双方各增资三百万元,台商投资一千三百万元,余鹏程的桃李天下公司投资八百万元。林老板为董事长、余鹏程为副董事长,李博士为总经理兼总技师,唐朝阳出任副总经理,双方各派了一名会计,其中台湾方面的会计出任财务总监,钱雁玲出任董事会监事。董事长、副董事长、监事是不到少年宫上班的。主持工作的其实就是李博士和唐朝阳。

电动自行车公司取名中外合资顺风电动自行车公司。还有，胡雪兼公司驻深圳办事处主任，这是林老板力荐，当时大陆和台湾之间还尚未三通，零部件要在香港中转，这事就交给胡雪了。钱雁玲坚持要去公司当财务总监，但李博士坚决不要她，经讨价还价，财务总监由台方出任，钱雁玲当董事会监事，有权监管公司的财务。钱雁玲没有去成少年宫上班，心里很不悦，她又迁怒于汪原，李博士和汪原走得很近，汪原肯定在李博士面前说了她的坏话。

她在汪原的办公室前骂骂咧咧，把一大叠账本往邹书记办公桌上一摔，说，我不干了，你让那小狐狸精来吧。邹书记一拍桌子，大喝一声，你这是向共产党罢工，你不老老实实拿回去，我开除你。钱雁玲被镇住了，隔了几个小时，让财务部的会计小周去拿了回来。

虽然有点小波折，但事情进展还算顺利，余鹏程一桩重要的事情总算有了定局，他心里踏实了不少，长长地舒了口气。今天签约后，市电视台还采访了他，他侃侃而谈，谈到了校办企业的前景，谈到了电动自行车公司建立的意义，作为中外合资企业，这是国内第一家生产高档电动自行车的专业企业，这是自行车王国的一次深度飞跃。他笑着说，不需要多长时间，电动车将充斥我们这个城市的大街小巷。这个新闻当天晚上就播放了，人们看到了一个自信的有足够魅力的男人，英俊伟岸，一身笔挺的西装，胡子刮得很仔细，只留下皮肤的青色。

周芹把他喊住了，很平静地说，余老师，你到我房间里来一下，我有重要的事情跟你讲，不过，你一定要保持镇静，千万不要激动，更不能生气动怒，这不利于问题的解决。

余鹏程一脸懵逼，他想不出会有什么重要的事情让他激动，让他愤怒。他跟着周芹走进房间，在沙发上坐了下来。他看着沉吟不语的周芹，空调咝咝地发出轻微的声响，房间里很暖和，他发觉周芹穿着粉色的羊绒衫，脖子上绕着一条紫红色的有暗花的丝绸方巾，显得年轻而清丽。

"周芹，到底什么事？"余鹏程问，他憋不住了，一肚子的狐疑。

"是这样，芳芳是个好人，可是，她大概是一时糊涂，出事了。"

"芳芳那人没心没肺的，她能出什么事，难道和什么男人私奔了？"

"余老师还有心思说笑话,芳芳没有和男人私奔,但她红杏出墙了,决不是什么像刮风那样的传言,而是张杰亲眼看到的。我们商量一下,觉得应该告诉你。"

"那个男人是谁?"余鹏程脑子里轰地一下,他急切地问。

周芹一五一十地把张杰告诉她的情况细细地讲了一遍,讲得很慢,没有任何感情色彩,仿佛是在叙述一个从报纸上看来的新闻。

余鹏程静静地听着,他感到温热的空气中有一阵阵震颤,他定定地盯着空调,眼神是呆滞的,心里也在震颤着。他相信周芹说的是真实的,没有什么水分,是张杰在实地踏勘练兵场时从望远镜里看到的,这不会看错的。张杰已不是那个醉醺醺的酒鬼了,他是军人,目力超人。他听陈斌偶然说起过他,他已戒酒,和一个当医生的女孩谈恋爱,他开始了新的生活。而且,母亲曾告诉他,芳芳不知道到哪儿去了,羊毛衫上沾满了杂草、泥巴,鞋子也是脏兮兮的。她已下班,不穿工作服了。余鹏程听了没有介意,他对母亲说,大概回娘家帮着收拾那个花圃了。

他终于站了起来,对周芹说:"我没有想到,吴芳芳会做出这种无耻的事,我做梦都不会想到我的后院会起火,让人想不通的是,她会看中一个跛脚,她要是看中一个俊男或富翁还说得过去,她到底图什么呢?周芹,我做人太失败了。"他捶打着自己的脑袋,痛苦地说。

"余老师,吴芳芳决不是那种朝三暮四的荡妇,她太善良了,也太单纯,那个祝融肯定是利用了她的弱点,用什么方式让她上钩,从本质上看,芳芳人不坏,你好好和她谈谈,千万别小题大做,也别闹得天翻地覆,你要给她一个改过自新的机会。"周芹劝说他。

"我知道,这可不是什么好事,她不知羞耻地搞婚外情,我可是还要顾及到自己的脸面和自尊心,这种绯闻传出去等于抽我的脸,我不怕疼吗?"

他跌跌撞撞地上了楼,母亲听见他的声响,打开了灯,下床开了房门,小声对他说,冰箱里有菜肉馄饨,可以在煤气灶上热一热吃。他回答说,我不饿。他走进房间,房间里开了个红外线取暖器,这是吴芳芳买的。

他站在蓝蓝的小床前,弯腰凝视着熟睡中的女儿,她的酷像吴芳芳眉眼的小脸双颊晕红,头发浓黑,嘴角微扬露出若有若无的笑容,余鹏程伸手抚摸她光滑的额头,心里痛苦懊丧之极。他对妈说,天冷,你快进被窝吧,别受了凉。余妈妈说,我替蓝蓝换块尿布。在余妈妈替蓝蓝换尿布之际,他在书橱顶上发现了吴芳芳那只小木箱,他从来没有翻动过它,他也不允许吴芳芳在未得到他同意私自翻他的包,这是对对方起码的尊重,也是一个人的素养。所以结婚之初,吴芳芳自说自话翻他的包,想查看他有多少私房钱时,他忍不住发了脾气。

现在他顾不上这些了,顺手把那只木箱拿下来,走到了自己的房间。

在夜灯下,他把木箱翻了个遍,布娃娃,玩具,文凭,奖状,照相簿,首饰,日记本等,还有一大叠信封,他打开一看是诗,没有署名,他一首首读了,其中有几首是阁楼之事发生后,祝融写给吴芳芳请求原谅的诗。余鹏程是大学文科毕业生,他自己也写过诗,他一眼就看出这是情诗,一些暧昧不明的句子里,藏着一颗不安分的心,有些诗句已经是赤裸裸地在表达一种感情,在向吴芳芳示爱。他恨不得将这些纸页撕得粉碎,但他还是把它们装进了信封,仍旧放进小木箱。他觉得要留着它们,留着干什么呢,他没有多想,至少这是一个证据,可能会有用的。

他通宵未眠,他熄了那盏夜灯,坐在被窝里发呆,眼神空洞绝望,他的心里五味杂陈,痛苦、悲伤、失落、失望、愤怒都有,深深地煎熬着他。他哭过几次,眼泪哗哗地流着,没有哭声,是无声的饮泣。外面雪不下了,一轮明月升起来了,月色明亮,疾风呼啸着,像蒸汽机火车的汽笛长鸣。他突然产生了一个念头,要去铸造厂门口观察一下吴芳芳和祝融的动静。

天蒙蒙亮,余鹏程戴上一顶呢帽,披上一件军大衣,穿上棉皮鞋,围上厚厚的呢绒围巾,骑着自行车去铸造厂。谈恋爱时,他曾去铸造厂门口接过吴芳芳,这是两三年前的事,现在感觉好像很遥远了。路上的雪已化掉,一些低矮的建筑物的屋顶上还有薄薄的积雪。空气清新而冷冽。来到铸造厂门口,他选择了一个角落,能看得见从厂门口进出的每一个步行或骑车的人。除非他们坐在汽车里,但吴芳芳绝不会坐什么车,祝融也不会。

太阳升高了,阳光稀薄,空中的白云淡淡的,像飞机掠过留下的白色尾气。是晴朗的一天。但余鹏程的心情很阴暗,像雾霾重重的阴天。

下班的自行车车流涌出来了,当然也有进去的,像来回穿梭的鱼群。这是八九十年代中国每家工厂和机关事业单位的共同景象。这些自行车会很快换成电动自行车的,余鹏程忽然闪过了这个想法,但仅仅是一闪而过。他昨晚上回家的路上有种一往无前的好心情,就在一瞬间,被突如其来的坏消息打击得粉碎粉碎,成为一堆粉末。

去他的电动自行车,你的老婆都给别人抢走了,堂堂正正的对着摄像头商谈阔论的处级干部余鹏程竟戴上了绿帽子,你失败了,悲催而荒诞地败给了一个令人不屑一顾的残疾人。他感到太荒唐了,是不是张杰的苏式望远镜失真了,或者张杰眼睛有了毛病,就像法国喜剧电影《虎口脱险》那个斜眼士兵那样,焦点歪了,以至于把空中摇摆不定的滑翔机打偏了。

他有了一种侥幸心理,希望这只是一个误会。

待大队人马几乎走尽,吴芳芳和祝融骑着自行车一前一后出来了,吴芳芳用毛线围巾包着头,穿着厚实的羽绒服,显得有些臃肿。反而祝融穿得比较单薄,他肩膀上背着一只人造革的包,鼓鼓的塞了不少东西。

他们出厂门后的方向不是往回家的路,而是朝相反的方向即货站那儿骑,这正是周芹所说的民兵准备在那儿演练的地方,这是一个空旷而安宁的地方,摇曳的荒草上还残留着残雪,像棉田里绽放的毛绒绒的洁白的棉花。如果是夏天,这里会有飘飞的蝴蝶、蹦跳的青蛙,有蚂蚁和蟋蟀;到了夜晚,有闪亮的萤火虫,响着蛙鸣。到了那里后,吴芳芳踏着厚实的枯草地走去,来到一个很远的肉眼已看不太清的地方蹲了下来,祝融从包里取出一个草绿色的望远镜瞭望着,打着手势,让吴芳芳站起蹲下。

余鹏程开始感到疑惑不解,也有些好奇,不知道他们在干什么名堂,但很快就明白这与那天张杰看到的事有关,显然他们也看到张杰他们了,或觉察到什么了,但没有把握,今天特地到现场来测试一下。这反而弄巧成拙,从一个方面佐证了他们在这里做了那种见不得人的事,这让余鹏程十分气愤,禁不住脱口骂道:"做贼心虚!"说完,又觉得异常的悲哀。

大概测试的结果看不到人，他们放心了。在铁路上手牵手地散起步来，这是两条锈迹斑斑，疯长着枯萎的野草的铁轨，走路一瘸一拐的祝融居然能在狭窄的铁轨上行走，他好几次从上面滑了下来，没有吴芳芳拉住他，他说不定会跌倒在已腐朽的枕木上，两人哈哈大笑，笑得恣肆狂放，也很欢乐。在寒冬的朔风里，在雪后的湿润里，他们竟然有着炙热的浪漫，穿着普通的吴芳芳变得无比迷人，就像他第一次在爬满藤蔓的老宅前碰到她那样。那时，她纯净得像一棵青草，像春风明月一样，带给他一股清朗和愉悦。

余鹏程不堪承受，很鄙夷他们，也鄙夷自己当了个跟踪者，唐朝阳当年跟踪过胡雪，还给他数落过，男子汉大丈夫的值得像地下党那样去盯梢吗？

他实在看不下去了，从隐蔽的地方走出来，骑上停放在路边的自行车，飞快地迎风疾驰。他没有回家，而是直接去了公司。他奇怪的打扮和憔悴的神色引起了不少人的注意，他虎着脸径直走向办公室，然后把门锁上，他靠在沙发上，嘴里嘶嘶地吹着冷气，浑身颤抖，整个人像掉在冰窟里那样冰凉，他脑子里一团乱麻，他被击倒了，痛彻心扉。他不知道怎么来处理这件事，他没有任何思想准备，离婚，这很简单，把柄在自己手里，吴芳芳没有任何理由拒绝，但这又不简单，蓝蓝会失去妈妈的，也有可能吴芳芳会争夺抚养权，吴芳芳是性格温顺的人，但有时候也很倔，那么，这会变成一场旷日长久的战争，他耗得起吗？更使他难以接受的是，他不甘心输给一个瘸子，他吞不下这颗苦果，他会脸面扫地，这是他余鹏程的奇耻大辱。还有，虽然吴芳芳背叛了他，他还是对她存有感情，在即将失去她的时候，他意识到了这点。

门敲响了，他没有去开，他想一个人待着，可门还是咚咚地敲着，固执地响着，他起身拉开了门。是唐朝阳和汪原。汪原手里拎着一个暖杯，一个白色纸盒里装的是肉包子，为了保暖，用几层塑料薄膜包着。

"余鹏程，你怎么啦？昨天晚上还是雄起赳气昂昂的，仅一个晚上，就成了偎灶猫，和吴芳芳吵架了？还是家里贼偷了？"唐朝阳大声说，"有人看到你一早就来了，满脸晦气，萎靡不振，穿得怪怪的，都在议论你中了邪了。"

"鹏程,你还未吃早饭了吧?这是热牛奶和包子,你先吃饱了再解决问题,好吗?"汪原打开了暖杯,一股热气冒了出来。

余鹏程这才觉得饿得透彻了,心里空落落的,他需要填充,他脱下军大衣,走进办公室里的小卫生间,擦了把脸,刷了牙,整理了蓬乱的头发。这时,汪原替他打开了空调,热风呼呼的,驱赶着房间里的冷气。

他一句话都不说,继续坐到沙发上,在茶几上,取过暖杯和纸盒,默默地吃着,一杯热乎乎的牛奶和两个热乎乎的肉包子进了肚,他深深地吸了口气,脸色好看多了。

"吃饱喝足,你可以说了吧,这里没有外人,都是哥们,说吧。"唐朝阳说。

"我需要回避吗?"汪原小心翼翼地问。

"唐老鸭,你去把李刚伟叫来。小汪留下,不用回避。"

汪原一听,激动得脸都红了。

"李刚伟要送儿子上幼儿园,高晓明提了副校长,天天第一个就到学校,这个时候李刚伟可能没时间赶来。"

"天下刀子也要来,我有重要事情和你们商量。"余鹏程拍了下桌子说。

"好吧,我给他打电话,这小子没有手机,只能打他办公室电话。"唐朝阳说着,掏出手机到门外去和李刚伟通话。李刚伟没有什么雄心壮志,他容易满足,有了孩子后,他欢天喜地。他做事特别卖力,他喜欢忙碌那些小事,向往过那种安逸日子,那种看起来是平庸无奇的生活。

余鹏程办公室的电话响了,余鹏程拿起话筒"喂"了一声,是吴芳芳的声音,她说,她已夜班下班回家,妈说你一早就走了,连早饭都没有吃,你昨晚回来得晚吗,你又喝多了,你早饭吃了吗?要不要我送上稀饭过来,胃里舒服些。

"你是大忙人,忙你的事去吧。"未等吴芳芳回话,他狠狠地把话筒搁上。

电话又响了,余鹏程看了下显示的号码,还是家里打来的,他没有接。响了好一会。

唐朝阳进来说:"李刚伟打通了,他马上过来。"

李刚伟的学校离这里不远,李刚伟骑自行车十几分钟就到了。他戴着口罩走进来,摘下口罩,呼哧呼哧地喘息着说:"老余,对不起,我晚了几分钟,什么事啊?"

余鹏程示意大家坐下,几个人眼睁睁地盯着他,余鹏程想说了,又觉得难以启齿,紧蹙着眉头,垂下了头,神态沉重。

李刚伟小声问唐朝阳:"到底什么事啊?"

唐朝阳苦笑,摇摇头。掏出了烟盒,用美国军用打火机点燃了香烟。

"老唐,给我支烟。"余鹏程说。唐朝阳有点吃惊,"喔"了一声,走过来,给了余鹏程一支烟,给他点燃。

余鹏程吸了几口烟,呛咳了几声,突然说:"这种事,我真是说不出口,俗话说,家丑不外扬,在座的不是外人,我得告诉你们。吴芳芳有了外遇,是厂里的同事。给当场抓了个现行,人证物证确凿。"

三个人愣住了,都感到惊愕,一时难以接口,面面相觑地坐着,沉默着。

"估计有一阵子了,这个混蛋叫祝融,是个瘸子,会写几首歪诗,是吴芳芳车间的统计员,家里有一个瘫痪了的父亲,是个钟表匠,据说家徒四壁。我没想到这个姓祝的烧了我的后院,我是昨晚得到的情报,人家用苏联军用望远镜侦探到他们在野外鬼混,这是一周前的事,虽然没有这儿天冷,但气温已经低了。今天我去盯梢了,发现了他们在铁路上手拉手地呼吸新鲜空气,很有情调。要不是我亲眼所见,我真不敢想象有这么一个情节。"余鹏程用低沉的声音继续说,谁都会从他的厚实的低音中感受到不可抑制的悲情,说到后来,他哽咽了,眼睛里闪烁着泪光。

一支烟在他手指上燃烧成长长的烟灰。

"太可怕了,吴芳芳脑子进水了吗?自己的丈夫那么帅,她还要红杏出墙,而且是个瘸子,想想都让人恶心。"汪原打破了沉默,感叹地说。

"是啊,真是不可思议,鹏程,你别难过,我估计是这个姓祝的利用了小吴的善良和同情心,吴芳芳是个好人,善良,朴实,她不是品行问题,而是一时的失足。"李刚伟说,"小高一直说她是个贤妻良母。"

"鹏程,事情已经发生了,你准备怎么处理呢?"唐朝阳问。

"这还要问吗?当然是跟她拜拜啦。"汪原说。

"我心里很乱,不知道怎么来处理这件事,离婚说说容易,但最受伤害的是余蓝,吴芳芳是拼命要抚养权的,我当然不会把孩子给她,最后可能要法庭上见,我会耗到筋疲力尽。如果不离,我已经没有勇气维持这段婚姻了。"

"快刀斩乱麻,孩子的抚养权一定要争取,我爸爸和市法院院长是老朋友,我让爸爸去找他主持公道。抚养权是一般是归母亲的,但这不是绝对的,母亲有了外遇,已经侵犯了孩子的权益,她还值得当一个好母亲吗?"汪原说。

"汪原说得有道理,但谈孩子的抚养权我觉得为时过早,我想问一下,鹏程你和吴芳芳摊牌了吗?"唐朝阳问。

"没有,她还没有知道,我已掌握了她的事实,知情人是昨晚才告诉我的,吴芳芳昨晚上的夜班,早上我跟踪了他们。"

"那么,我劝你冷静地和吴芳芳摊开来谈一谈,让她解释一下,如果能原谅,你尽量要原谅他,她不是轻浮的女人,她大概是出于同情才上了贼船的。人难免会犯错误,离婚是迫不得已的事,这种时候,要想想对方的好,当年芳芳也是出于同情和善良才嫁给你的,是她冲破了世俗的成见,这点你最清楚。"唐朝阳说。

"我同意唐朝阳的意见,你当时处境那么难,被剥夺了做教师的权利,在建筑工地做苦力,吴芳芳一点都不嫌弃,毅然决然来到你身边,而且她比你小许多,人又漂亮,她能嫁给你,还不是出于怜悯之心?一个瘸子加上一个瘫痪的父亲,这足够引起了吴芳芳的怜悯,这种怜悯很容易变成情感关系。过于善良和过于有同情心的人也会犯错的。如果这样的原因,你应该原谅她。"李刚伟说出了一番超脱通透的话,余鹏程不由得点了点头,这些话让他豁然开朗。李刚伟说得对,吴芳芳在他落难时,像天上掉下个林妹妹般地出现在他生活中。她的纯洁、柔情、乐观使他摆脱了苦闷和低沉,变得心有锦绣,拥有了生活的希望。后来,他们有了爱情,活得从容、丰富、饱满,对于这个时期的吴芳芳,余鹏程是永远都不会忘记的。可是幸福的家庭一下就变得不幸了,爱情的鸟说飞就飞了。

无论如何,余鹏程怎么也想不通这种事会发生在他身上,这一切都是真的吗?他一遍遍问自己,他感到自己在做一场让他心悸的噩梦。

办公室的暖气让办公室温暖如春,瞬间让人忘记外面的寒气,但余鹏程还是感到身上有种渗入骨髓深处的寒冷,而且一时难以把这种冷驱赶掉。

唐朝阳和李刚伟走了,汪原留了下来,她又给余鹏程沏杯热茶,端到他面前,小声问:"余大哥,你别难过,这不是世界末日,没有什么了不起的,至多就是离婚,吴芳芳要作,好日子不想过,好男人不要,就由她去。当然,你替孩子考虑是对的,但她替孩子考虑了吗?"

余鹏程闷声不响,他无话可说了。

"余大哥,你不要紧吧?"

"我不要紧,你去做你的事吧,我要一个人想想。"

"好的,你要想开些,臭不要脸的,你值得吗?天涯何处无芳草。中午我请你吃火锅去,好不好?"

余鹏程没有拒绝,只是说,中午再说吧。

汪原穿着靴子,走路会发出很大的声响,她放轻脚步走了出去。

余鹏程在考虑什么方式什么时候什么地方和吴芳芳谈,有一点他想好了,即使原谅吴芳芳,也不能饶了姓祝的这个坏小子。那些诗可以证明,是他不怀好意,利用吴芳芳的善良和没心没肺引诱了她,他早就挖掘了一个让吴芳芳失足的陷阱。另外,这件事暂时对妈对姐姐姐夫对吴国正一家保密。

他打了个电话给张杰,在电话中和他谈了好长时间,张杰详细说了有关情况,沸沸扬扬的传闻,在废钢料场地碰到他们的事,荒野上的事,有关祝融的表现和家庭背景。他说,望远镜里的情景只有他一个人看到,其余三人用肉眼模模糊糊地看到了,以为是小动物,他当时就把他们支开了。这种事给他们看到了,会引起全厂轰动,吴芳芳是厂里的厂花,这个花边新闻会闹大的,可以关照他们保密,但没有不透风的墙。

"我建议和平解决,不要轻言离婚,你和我们不一样,周芹已无法和我一起生活了,我到现在潜意识里还当她是我妻子,手续几分钟就办了,但那份感情不是说断就断的。一日夫妻百日恩嘛!"

"张部长,我可能会原谅吴芳芳,由于她的幼稚和软心肠,她犯了错误,但从整个事件来看,是那个姓祝的家伙引诱了她,他必须承担责任。

我有证据,他写给吴芳芳的情书和诗在我手里,我希望厂里能严肃处理这个道德败坏,破坏他人家庭的坏分子。"

"余老师,你放心,我会让保卫科对祝融进行调查,国有国法,厂有厂纪,我们不会冤枉一个好人,也不会放过一个坏人,祝融是难辞其咎的,这件事交给我吧。"

吴芳芳还要上三个夜班,接下来是星期天,余鹏程准备星期天和她谈这件事,他也想过,干脆装糊涂,让张杰通过保卫科警告一下祝融,让他远离吴芳芳,这事就成为永远的秘密。但他立即否定了自己的想法,即使原谅吴芳芳,也应该让她对此事有个深刻的反省。这是起码的了,她毕竟犯了大错,她应该感到罪恶感。余鹏程也需要反省,他作为一个丈夫和男人,到底什么地方出了问题,让妻子出轨了,他也要对吴芳芳这么一个单纯的女人的内心世界进行探寻,她到底在想些什么。他觉得对她有点不了解了,他们已经好久没有交流了。

中午,汪原来找他吃午饭,他本来想拒绝,但却站起来跟她走了,他又穿上了那件棉军大衣。汪原告诉他,邹书记和唐朝阳给林老板他们辞行去了,在一家大饭店为他们举行欢送宴会,他们乘下午的飞机回深圳,丁局长和钱雁玲也去了,唐朝阳说你身体不好,只能缺席了。听汪原这么说,余鹏程才想起自己还有重任在肩,不能为了个人的遭遇而懈怠,他对自己说,不管怎样,自己要尽快从这件事的阴影里走出来。

这是一家川菜火锅店,汪原知道余鹏程不吃辣,便点了个鸳鸯锅,一半不辣的,一半是辣的,泛着鲜艳的底料。火锅店生意很好,热气腾腾,汪原点了粉丝、豆腐、豆芽菜、生菜、卷起的羊肉、年糕等,一壶黄酒,几罐可口可乐。余鹏程表面上已恢复了正常的状态,但他还有那种空洞感,他要填充,他脱下棉大衣,狼吞虎咽地吃起来,汪原很细心,忙着往火锅里送各种食品,然后挑煮熟的往余鹏程盘子里送,用勺子送上佐料,还提醒他别烫伤舌头。她吃得不多,只是吃粉丝和豆腐,喝可乐,冰冻的。她脱了外套,露出黑色羊绒衫,每张桌子上的人都在扯开嗓子大声说话,店堂里一片喧哗声。

余鹏程很少说话,额头上冒出了汗,一壶黄酒是他喝完的。他在不断地填充,他的舌头麻木了,感觉不到烫,他甚至感觉不到辣了,他的筷子多次伸到沸腾的红汤里。他旁若无人,对周围的喧嚣和邻桌的插科打诨听而不闻。他终于感到填饱了,满足地放下了筷子,用餐巾纸擦了下额头,看到汪原目不转睛地盯着他,他说,小汪,你怎么不吃?汪原的嘴角溢出笑容,说,我一直没有停过。桌子旁的一个木架子的一盘盘菜已横扫一空,变成了一叠空碟子。

在吴芳芳夜班的三天里,余鹏程几乎没有和她见过面,他回家时,房间里的夜灯依然亮着,吴芳芳已上班去了。待她早晨下班回来,他已离家去公司。他又忙碌起来,碰到唐朝阳、汪原只谈工作,吴芳芳的事只字不提,给人印象他似乎忘掉了这件事。李刚伟来过几个电话,询问他怎么了。他回答说,还没有和她谈,她天天上夜班,人都见不到。李刚伟说,不错,你冷静下来了,冷静好,一个人有情绪时是处理不好事情的。他"嗯嗯"地答应着,心里想着,冷静,我怎么冷静得了?

星期天,天气回暖了,阳光普照,吴芳芳把被子一床床晾到露台上去晒,又拖地板擦桌子,余妈妈抱着余蓝到大门和邻居聊天。余鹏程在房间里看书,五斗柜的玻璃儿板下压着余蓝的百日照,他们三个人的全家福,彩色的,是唐朝阳的作品。他盯着照片看着,心里黯淡无光,与窗外明亮的阳光形成鲜明的对比。他有一种打掉牙齿连着血吞下肚的感觉,他忍不住哭起来,哭得很伤心。

吴芳芳从阳台上走进来,她猛然看到对着蓝蓝的照片痛哭流涕的丈夫,她惊愕失色地问:"你怎么哭了。出了什么事了?"

"你应该知道的,你背着我做了什么?若要人不知,除非己莫为。"

吴芳芳张口结舌,一颗心沉落下去,她无语地坐在床沿上,她明白余鹏程指的是什么。

那天她在荒原看到了几个人影以后,心里一直不踏实。后来和祝融到现场去用望远镜测试过,祝融说看不清人,她放心了。

今天下班后,祝融被保卫科喊去了,说有事找他了解。祝融临走前,悄悄地叮嘱吴芳芳,如果是为了他们的事,打死他也不会承认,捉奸在床,他们捉到了吗?什么都没有,即使给把刀架在他脖子上,他也不会当叛徒的。他镇定自若地去了。她心里却被搅动得无法安宁。

车间主任宣布,车间有七八个人要作为基干民兵去参加训练,她是基干民兵,还是排长,但没有她的名字。她问车间主任,为什么没有她。车间主任说,这是厂人武部定的名单,谁参加谁不参加,车间不清楚,他只是照通知宣读。

吴芳芳感到这预兆不好,祝融一直没有回来,保卫科为什么叫他去呢,他们的事是不是露馅了。保卫科把他扣下了。

"你为什么要这样做?你给我说实话,为什么?"

"我不知道,我真的不知道……"

余鹏程冷笑:"自己做的事,怎么会不知道呢,你想用这句话来搪塞我吗?你当我是傻瓜,我可以告诉你,你们的丑事给人家看到了,我也亲眼看到你们手牵手在铁路上散步。"

"好吧,既然你已经知道了,我不赖,我是做了对不起你的事,我和祝融发生了那种关系,一次在他家里,两次在货场附近,你要怎么处罚我,我都接受,我只有一个要求,不要赶我走,也不要告诉我爹妈,他们饶不了我。"

"你看中祝融什么了?他有钱,有地位,人长得帅?这些他都没有啊,你到底图什么呢?"

"我不图他什么,他是残疾人,父亲又躺在医院,我觉得他可怜,他人好,心好,除了这些,他什么都不是。"

"你不觉得这些理由太荒谬了吧,可怜他,就把自己的身子都奉献出来了。"

"我错了,我对不起你们,可是,我已经做了,我后悔莫及,我会改正的,我以后不会犯了,请你相信我。"

"我相信你说的是真话,但这不是一个过错,也不仅仅是做了件蠢事,而是道德沦丧,作风败坏,任何一个丈夫一个有尊严的男人都是无法容忍的。你对我的打击太大了,你瓦解了我对这个家庭存在价值的信念,也就是说,我已无法和你继续生活在一起了,你让我万念俱灰,本来我会指望我们会相濡以沫,白头偕老,现在看来,我们已不可能了。"

"你是说,我们要离婚?"

"是的,你认为我们还可以躺在一张床上吗?你说呢?"

"你可以不理我,不碰我,我可以睡在地板上,只要你不跟我离婚。"

吴芳芳开始哭了,她开始嘟嘟囔囔地哀求,神态慌恐,目光下垂。

余鹏程心软了,李刚伟和唐朝阳对他说的话在他耳边响了起来,他本来想原谅她了,可是一激动,他声色俱厉地训斥了她一番,而且说出了离婚的话。

"你考虑考虑吧,你爸妈那里,我妈这里,我不会说的,他们如果知道你做了这样伤风败俗的事情,他们会伤心欲绝,会气死的,无论如何,你太不像话了,为人之母,为人之妻,你简直是太丢人现眼了。"

余鹏程说完,站起来猛然跺了一下脚,走出房间来到晒台,坚韧的塑料绳索上挂着几条棉被,散发着温暖的气息。他站在晒台上在太阳下闭了一会眼睛,眼前是一片血红。忽然,他张开了眼,狠命地把棉被拉下来,扔在地上,发疯般的用脚乱踩,他穿着棉拖鞋,他是脱了棉拖鞋踩的,踩得气吁喘喘。吴芳芳悄然走出来,把棉被又挂到绳索上去,然后用藤被拍一遍又一遍拍打。

接下来的几天是无限的冷场,冷得令人打寒噤。在他们谈过话的那个晚上,余妈妈就察觉到了他们吵架了或为什么事闹别扭,吴芳芳强颜欢笑地打理着这个家,但她的话明显少了,平时她是笑口常开,只要她在家时,少不了她无忧无虑的笑声和叽叽喳喳的说话声。但这个星期天的上午起,她就沉默寡言了,常常没有理由的眼睛就红了,她咬着嘴唇把泪水憋回去,但泪水还是流下来了。余鹏程话也不多了,竭力装出若无其事,但伪装就是伪装,能骗得了一时,骗不了多久。老太太眼明耳聪,老于世故,她一眼就看见儿子和儿媳妇在吵架了,为什么样的事,她不知道,也不想知道。她在和小辈生活时,唠叨归唠叨,但那是小事,对于他们夫妻间的事,从来就采取少干闲事、少说话、少添麻烦的"三少政策",这是她和女儿、女婿在一个屋檐下生活了那么多年而相安无事的原因,这是她的老到和睿智。一个挑剔的喜欢掌控别人喜欢指手画脚的老人是会讨人厌的。

杨大年和余秋月这些年冷战不断,她装聋作哑,只管带孩子,只管做家务,从不过问女儿女婿的事。但她有是有原则的,如果女婿过分伤害到女儿,她也会出面的,你官做得再大,在外面再风光,在这个家里,你还是我的女婿。有段时间,传说杨大年有了外遇,女儿关起门和他大吵大

243

闹,吃不好睡不好,人越来越瘦,杨大年鼻子哼哼地不理女儿,后来就干脆不回家了。

老太太知道要出大事了,自己该出场了,她对女儿说,你这个人真是想不开,哪有猫不吃腥的,男人嘛,难免有些风流韵事,你闹也没有用,聪明的做法就是睁一眼闭一眼,他不会和你离婚的,你惹怒了他,一气之下把你休了,你到时候拿根绳子上吊去吧。所以,别作死作活地闹,再说,你也没有捏住他什么把柄,我劝你别那么小气。余秋月怀疑这个狐狸精是丁兰兰,和话剧团歌舞团的几个美若仙女的女演员中的一个,但只是怀疑,只是有一点蛛丝马迹。

老太太还是闯到女婿书房,说:"大年,我本来不想管你们的事情的,但这次我不能不管了,我不管你外面有没有人,但我要告诉你,家里一定要安顿好,你和秋月是患难夫妻,你逢场作戏可以,但不要当真,尤其不能动真情。如果共产党允许你讨小老婆,你就名正言顺去讨,如果共产党不允许,你如果当真了,早晚要坏在女人手里。我知道有不少贱货会扑向你,她们不是看中你这个人,而是看中你的位置,你手里的印把子,这一点你一定要明白。"

杨大年嚯地起身,说:"妈妈,没有这样的事,有人在诽谤我,他们编各种故事,造各种谣言,企图扳倒我,连我原来的教育局的丁局长都在写我的匿名信。官场如戏,是很复杂的,我身边美女如云,但我明白,这些人一个却碰不得,否则我会败得很惨。所以,你和秋月尽管放心,要她不要疑神疑鬼了,我不会为了女人而丧失我的前途,我到今天这一步是来之不易的,我岂能胡来?"

"大年,我相信你,我对秋月说过,大年是有头脑的人,不会做过分出格的事,有个把红颜知己也是难免的。譬如那个丁兰兰,鹏程的同学,她照顾你,帮你做事,一起出差,和你说说话,这是她的工作,只要不出格,我觉得并不是坏事。"

"小丁已结婚了,丈夫是社科院的,年轻有为,她是我秘书,不是什么红颜知己,我们是工作关系,秋月想多了。"

"可以的话,你尽量带秋月出去参加些活动,她又不是摆不出,不是秋月要出风头,这能堵住别人的嘴,也能让秋月少点胡思乱想,大年,老婆是要骗的哄的。"

老太太这番话起到了作用,只要允许,一些应酬活动,他尽量带了秋月参加,还出主意让秋月打扮得漂漂亮亮,大方得体。果然,外面的流言少了,余秋月也不闹了。

老太太断定是余鹏程在外面出了点事,多半是男女方面的事,估计是那个小美女汪原,她来过家里几次,嘴巴甜,有文化,打扮得很时髦。看得出来,她和儿子很谈得来,朝夕相处,日久生情,他们还一起出差去深圳,难道儿子和这个汪原真的有什么关系了?是的,去深圳那个时候,芳芳说,汪原那小丫头也去了,公司的人说他们如何如何,已经传到我耳朵里了。语气里带着一股酸味,但不太在意,脸上还笑呢。

是的,吴芳芳早就不在意他们了,从此再也不说这种话了。殊不知,媳妇正是在儿子去深圳的档口出轨了,她有内疚感、负罪感,由此产生了一种奇怪微妙的心态,她希望余鹏程和汪原的传说是真的,她心里会好受些,心态会平衡些。

可是种种迹象表明,丈夫和汪原并没有像传说或她想象中的那种关系,他们仅仅是同事加朋友,在余鹏程心目中,汪原是个还未足够成长到可以和他与唐朝阳并起并坐的小女孩。他就是当她是个孩子或者后辈,对她毫无戒备,非常迁就她的任性,她就是一个小跟班而已,在他们这群向中年迈进的大男人中几无存在感。即便劝唐朝阳追求她,也带有戏谑的成分。

都说夫妻吵架算不了什么,往往今天吵了,明天就和好了,甚至是床头吵架床尾就好了,可是几天下来,他们并没有和好的迹象,甚至对峙得很厉害,吴芳芳经常神思恍惚,以泪洗面,一抱到孩子眼泪就渗出来了,而且据老太太观察,夫妻两人已分开来睡,儿子睡在床上,芳芳睡在地板上,做事说话,低声下气的,像个可怜兮兮的小媳妇。

老太太看不下去了,一天把余鹏程叫到后房间,小声问:"你和芳芳闹僵了,到底为了什么?"

"没什么,你别管,过一阵我会告诉你的。"

"芳芳比你小这么多,你谦让些,是你做错了事,认个错就是了,嘴上打个滚嘛。"

"你不了解情况别瞎说,事情不是你想的那样,不是认个错的问题,你再等几天好不好,我会解决好的。"

余妈妈不作声了,她突然在心里思忖,难道是芳芳做了什么坏事情?她了解儿子性格,他是个度量足够大的男人,好脾气,不计较得失,不记仇,这点像他的爹。能够让他咬牙切齿,耿耿于怀的,绝非是一般的口舌之争了。

余妈妈决定暂时不过问了,静观其变。

十八

余鹏程每天晚上都在办公室里和唐朝阳、李刚伟碰头讨论这件事,汪原当然也在场。据张杰提供的消息,祝融在保卫科神情很坦然,他对自己的行为一开始百般狡辩,坚决不承认,任凭保卫科的干部威胁利诱,他都竭力否认与吴芳芳之间有超越同事和朋友的不正常关系。他强调说,我和吴芳芳是小学同学,技校同学,一起进的厂,我们是比较好,但这是纯洁的友谊。吴芳芳是高尚的高傲的女孩子,她不可能会看上我这个残疾人,人家有这么幸福的家庭,有这么优秀的丈夫,怎么会和我有那种关系呢?你们觉得有这种可能吗?他严肃地说,重复这些话,声音浊重,言语和目光都咄咄逼人,上厕所时还吹起口哨,而且吹得很好听。

问多了,他面带冷笑,干脆缄默无言。

保卫科每天要询问他几个小时,他始终保持这样的态度。张杰是在里面房间里的隔墙听他们谈话的,他没有想到这个文弱的人这么顽固。时代已经变了,刑讯逼供已经禁止了。当然有些地方还存在,以至于造成许多冤案错案,还造成一些无辜的人人头落地,或囚禁多年。长夜漫漫,多年以后终于重见天日,得到平反昭雪。但冤魂永远得不到超度了。

对待这样的作风问题,铸造厂保卫科还是有顾忌的,他们不敢做得太过分,一到下班时间,保卫科不得不放祝融回家。祝融还以父亲重病为由,提出早点结束,他已经没有时间了,他也没有什么可说的了。他需要照顾父亲,尽一个儿子的责任。希望保卫科出于人道主义,不要再揪住他不放。保卫科不得不暂时停止对祝融的审讯。

祝融自由了。为了避嫌,祝融和吴芳芳中断了任何来往,祝融还不知道吴芳芳已招供,他硬扛已没有什么用。但他心里很焦虑,想和吴芳芳见上一面,他好不容易在车间碰到过一次吴芳芳,吴芳芳对他视而不见,像见了鬼似的唯恐避之不及。在擦肩而过的一刹那,祝融自言自语说,青山公园见,青山公园见,我马上就去。

他以最快的速度骑车到城郊的青山公园,虽然气温上升了,太阳明晃晃的,但毕竟是冬天,风还是刀割般刺人,青山尽染,松柏一类常青植物还保持着原色外,其他的树种已是光秃秃的,即使还保留着稀疏的树叶,也是枯黄一片了。公园里人不多,读技校时,祝融和吴芳芳一批同学多次来这里游玩过,她应该找得到这个地方。一个小小的湖,码头边停满了一艘艘色彩缤纷的小舢板,无人问津。

他在湖边的一张长椅上坐下,把一件旧的呢子短大衣裹得紧紧的,再把毛线围巾蒙住了半张脸,这条黑色的毛线围巾是吴芳芳织给他的,他平时舍不得用,可这几天上保卫科,他围上了,他需要用吴芳芳的东西来支撑自己的勇气。他等到太阳落山,暮色四合,暮光仍然很亮,黯淡的苍穹透出一片广阔的虚空。他望眼欲穿,也不见吴芳芳的影子,他知道吴芳芳不会来了,他满怀惆怅地离开公园,他不禁为吴芳芳担心起来。他不后悔,但他觉得对不起吴芳芳,是他的鲁莽打破了吴芳芳平静的生活,让她担惊受怕。他今天见到的她,脸色很差,那目光是万念俱灰的黯然。你罪该万死,他骂自己,如果渴求性爱算是一种罪恶,我就是生灵之中罪孽最深之人。

余鹏程已经从张杰那里获悉,铸造厂保卫科已无计可施了,这让余鹏程感到意外,吴芳芳的交代无疑是真实的,她不会屈打成招,像杨乃武与小白菜那样,自己并没有对她施加压力,是她自己招供的,她和祝融的关系是毋庸置疑的了。而且,张杰言之凿凿,他说他的苏式望远镜是高倍数的,即使那里飞出几只小鸟都能看清楚,何况两个大活人。唯一的答案是祝融在抵赖,他很狡猾,不知羞耻,你们拿不出过硬的证据,例如照片之类的东西,你无法给他定性。至于书信和诗,他对保卫科干部说,他有小文人情怀,写的文字是自己的爱好,这说明不了什么问题,这是一种古典的抒情,无病呻吟而已,不足为凭。

唐朝阳和李刚伟还是苦口婆心地劝和不劝离,吴芳芳本质不坏,能饶人处且饶人,汪原显然有不同的看法,吴芳芳和祝融这样的残疾人发生恋情,说明她不爱余鹏程。如果真正爱这个男人,她会死心塌地爱的,会做到"上邪,我欲与君相知,长命无绝衰"的,是绝对不会被任何其他男人所诱惑的。吴芳芳对余鹏程有的只是崇拜和同情,当然也有喜欢,但没有刻骨铭心的爱情。

几年以后,丁兰兰和余鹏程很平静地讨论这件事时,余鹏程提到了汪原当时的想法,余鹏程说,汪原分析得对,吴芳芳对自己并不爱,至少爱得不深,她的善良对我产生了同情,而同情不是爱,同情、崇拜和爱情之间是有界限的,甚至喜欢和爱情也是有界限的。这种界限也许仅是分毫,但却有本质的不同。吴芳芳结婚后发生的事,证实了他的感觉是对的,他们之间始终隔着一条界线,他们到最后都没有越过这条狭窄的只有一步之遥的界河。以至于吴芳芳最终因自己的善良将事情搞得不可收拾。

尽管余鹏程早有这样微妙的只有他才能体验到的感觉。但他和吴芳芳恋爱时,还是觉得吴芳芳和他是天合之作,吴芳芳除了文化低一点,俗气一点,一个好女人该有的,她几乎都具备了,特别是她的姿色和可爱,对余鹏程是有吸引力的,男人都喜欢漂亮女人,人皆有爱美之心。余鹏程也不能免俗。

他认为,她或许太年轻了,不太懂得爱情,或者,她认为她这么做,是她真挚的情感的表达方式,慢慢来吧,既然柴草已经有了,不怕燃不起爱的火苗,哪怕星星点点也好的,这么一想,他又释怀了。

汪原当时就感到,余鹏程应该和吴芳芳好聚好散,这对双方都好,虽然会让孩子受到伤害,但这是中国式的顾虑,是一种传统观念。西方国家对父母婚姻生活的观念是全新的,父母感情破裂了,不应该为了孩子而凑合一辈子。随着社会的进步和文明程度的提高,中国的现代孩子将不会认为父母离异是个悲天悯人的悲剧。

父母应该有自己的生活。就余鹏程来说,他和吴芳芳本来就缺乏爱情的基础,现在有了这么深的裂痕,即使相互取得了谅解,这条裂缝会彻底愈合吗?他们为孩子而作出痛苦而伟大的牺牲会感到幸福吗?这种可能性不大,而不幸福的婚姻是不道德的,那么,他们最好的选择就是分手。

不过,汪原没有讲出她的看法,她不想和唐朝阳李刚伟唱反调,更重要的她看出余鹏程内心深处并不想和吴芳芳离异。所以,她只能保持沉默。她明白,这几个风华正茂而又老气横秋的男人是不会理会她的意见的。

议论了一番后,余鹏程作出了决定,说:"好吧,不离吧,你们说的是,客观的说,吴芳芳这次犯错误不是本质问题,她不是那种水性杨花的女人,她的过度的同情心和软心肠给那个卑劣的小子钻了空子。当然,我反思自己也有问题,有了孩子以后就不太关心她了。"

"老卡,这件事能和平解决,不伤筋动骨,实在是件幸事,以后就不要再提这件事了,就像"文革"中,把一个人包括他的祖宗的陈谷子烂芝麻的事情都翻出来,这是很伤人的,忘记吧,忘记是最彻底的宽恕。"唐朝阳说。

"是的,作为男人,这点风度总是要的,人生一世,草木一秋,谁不会犯点错呢?基督教的教义提倡忏悔,有了错误有了罪恶,就去教堂忏悔,上帝原谅了,他就解脱了,轻松了。吴芳芳要求饶恕她,向你忏悔,你原谅她了,经过这次波折,你们的婚姻会更牢固,因为经过考验了嘛。"李刚伟说。

余鹏程点点头,一旦找到了解决事情的办法,而且下了决心,一周来的痛苦和烦恼,压抑和悲凉淡化了,他突然有了一种如释重负般的轻松。

但他对祝融还是愤愤不平,他瞧不起这个引诱妻子的人,不是他的残疾,而是他的赖皮,他从心底里恨这个死猪不怕开水烫,死皮赖脸的家伙。保卫科居然没能问出一句供词,难道就这样让这个小流氓混过去了?

"我到现在为止还是没有想通,吴芳芳怎么会看上这么一个小瘪三的?"余鹏程问大家也是问自己。

"世界上所有的事情都没有道理,不过既然发生了,那发生就是它的道理。"汪原说了句很有哲理的话。她还说:"英国查尔斯王子和王妃戴安娜就是一个最好的例子,戴安娜那么漂亮、优雅、高贵,查尔斯是在圣保罗教堂认识她的，他突然扑向她，开始亲她，然后整个晚上都粘着她，她走到哪，他跟到哪，像条小狗一样。可是她和查尔斯结婚后，查尔斯就变了，他和他的老情人卡米拉又恢复来往了，那个卡米拉又老又丑，年龄比查尔斯大，和戴安娜比简直一个在天上一个在地下，可查尔斯王子就是爱她，这怎么理解呢？这没有道理可解释啊，但是，查尔斯爱卡米拉就是道理。"

"是的，鹏程，这件事你永远想不通的，别想了，一切都结束了。"唐朝阳朝汪原看了一眼说，他觉得汪原这句话说得有道理。查尔斯和戴安娜的故事他当然听说过，这个时候谈起特别有针对性，他对小姑娘有点刮目相看了。

"荒谬绝伦，匪夷所思，芳芳和那个跛足鸭是这样，查利斯和卡米拉也是这样。这些不去说它了。鹏程，好好和吴芳芳过日子吧，张杰不是说了吗，保卫科准备向团委提建议，开除祝融的团籍，留厂察看。"

余鹏程嘿嘿地笑起来，说："现在入团比看场电影还要容易，好看的电影还要排队买票，入团用不着排什么队，写张几十字的申请书就行了，甚至用不着写，开除他团籍对他毫无意义，还不如揍他一顿。"

"我赞成，既然单位治不了他，不如把这个癞皮狗痛打一顿，他至少能感到痛。"汪原把落在前额的头发用手向后拢了下，大声说，"我认识几个会来的拳脚的，我使一个眼色，他们就会给他点颜色的。"

余鹏程不置可否，他没有对汪原这个孩子气十足的话引起重视。唐朝阳和李刚伟不动声色地看了下余鹏程，见余鹏程没有反应，没好气地嗯了一声，站了起来。

余鹏程回到家里，见吴芳芳在收拾碗筷，蓝蓝由奶奶带着，在隔壁陈斌家串门，吴芳芳有点意外，问余鹏程，吃晚饭了吗？余鹏程说，还没有，今天会议结束得早，台湾人回深圳了。吴芳芳说，有隔壁陈师傅送来的鳑鲏鱼汤，还有炒白菜，我去给你热一下？余鹏程说，好的，鳑鲏鱼小时候经常吃的。这是出事以后，两个人第一次说话，这几句最普通不过的对话让吴芳芳感到宽慰，她露出了几天来很少见的笑容，去厨房忙去了。

陈娟拿了一个木头做的绿皮火车逗蓝蓝玩，这个木头火车有机车、几节车厢，有轮子，有烟囱，做得惟妙惟肖，是陈斌请车间里的木模工做的。这个木模工由陈斌介绍,一起到乡镇企业打工赚外快。

陈斌坐在饭桌边抽烟,显得很悠闲。他一直请长病假,称自己得了治不好的乙肝,是小三阳。小三阳是真的,但肝功能并不异常。他请一个肝炎病人到医院代他化验血液,当然是肝功能异常了。他用病假得来的时间到乡镇企当技师,干脆住在那里吃在那里,那里把他视为上宾,工资比铸造厂多好几倍,还拿病假工资,比原来的全额工资略少点,与厂里很多人相比,他感到满足了。他不承认自己在什么地方上班,只说自己在乡下养病。

他已很久不到厂里去了,对厂里发生的事一无所知。也没有人告诉他。除了那个木模工和两个翻砂工,他几乎没有什么朋友。而木模工和翻砂工也不到厂里去了。

要不上班总是会找到理由的,翻砂工是工伤,曾经被铁水烫伤过。木模工是病假,患了视网膜剥离,是种会导致失明的眼疾。

今年陈斌难得回来一天,带回来好几斤一种很奇特的小鱼,叫"金眼鳑鲏鱼",鳑鲏鱼不稀罕,但金眼鳑鲏鱼是很稀罕的,它们眼睛周围有一圈金红色的纹,使得它的细小的眼益发亮闪。这种鱼特别鲜美,但产量极少,是那个地方的特产。

乡镇企业老板特地高价收购,用来款待客人,今天老板用一个红色的塑料桶装了近四斤金眼鳑鲏,让他带回家尝尝鲜。他回来后给了余妈妈一斤,周芹一斤,这种鱼是绝无仅有的,他感到特别有面子,听着余妈妈和周芹的道谢声,心里很舒坦。他出身不好,资本家的后代,一直是抬不起头来的,金眼鳑鲏鱼让他有了自信,小鱼的背后是腰包鼓了。

他没有机会听到关于吴芳芳和祝融的桃色新闻,这个主角虽然和他住在一个门洞里,车间里已无人不晓无人不知了,但他还不知道。祝融被保卫科传唤去有好几天,这当然不是好事,于是有人去打听,保卫科一个内勤透露了一点信息,像星星之火可以燎原,迅速地蔓延开来,于是全车间乃至全厂沸沸扬扬地传开了。

原来就私下议论他们亲密得过分的人特别兴奋,说,我们早就轧出苗头来了,不过,他们真的干上了,居然还在野地里,这太刺激了。还有人说,祝融这人倒是有点本事的,吃野食吃到吴芳芳这个美女了,他艳福不浅啊,吴芳芳怎么会看上一个瘸子呢?这也太滑稽了,她男人不会那玩意儿不灵光了等等。这种粗鄙的话引得不少人发笑。但这种传说只能以窃窃私语的方式进行,因为据说祝融断然否认,保卫科根本没有证据,不得不停止对他的逼供,他像一个胜利者那样回到车间,头发很长,眼睛很亮,坦荡荡的神态,进进出出一瘸一拐的,脸上带着温和的讥讽的微笑,丝毫没有惊恐的样子。这给人们带来一种错觉,祝融和吴芳芳根本没有那么回事,也许就是有人编出来的悬疑故事。

大家有些顾忌了,生怕担造谣传谣的责任。

倒是吴芳芳变得沉默寡言,她活泼开朗的性格不见了,有事没事都将自己关在高高的行车里,吃饭也是自己带的,在上面吃,直到下班才下来。一张小铁梯把她和其他人分隔开来,她在天上,大家在地上。大家只能仰视她,连祝融对她也是可望不可即。下班时间到了,她利索地爬下来,一声不吭地走到更衣室,再一声不吭到女浴室洗澡,然后一声不吭地骑车回家。车间里还是有着一种神秘而暧昧的气氛。

余鹏程正在吃晚饭,余妈妈就带着蓝蓝回来了,蓝蓝吵着要爸爸,吴芳芳抱起她,说,乖乖,爸爸在吃饭,娟娟和你玩什么了?蓝蓝说,玩火车,我也要乘火车。余鹏程说,下次我带你到姑妈家玩,乘火车去,和奶奶妈妈一起去。

余妈妈一听,就知道他们冷战结束了,也许已经和好了,家和万事兴,夫妻之间有点吵闹是正常的,这次的情况有些特别,拖了好几天,她倒有些担心了,见他们终于卸下了盔甲,握手言和了。夫妻吵架有时候就像孩子,一转身就和好了,但有时候看上去冷得厉害,像绷紧的弦,其实心里早就不恨对方了,但总是要找个台阶下,找不到台阶就绷着,儿子媳妇已经从台阶上下来了,这让老太太很高兴。这时,蓝蓝打了个哈欠,老太太心照不宣地说,我去替蓝蓝洗小屁屁了,蓝蓝都打哈欠了。鹏程,你难得早回来,也早点休息吧。说着,就和余蓝去阳台下的卫生间。

余鹏程吃完晚饭,看了下周芹的房间,没有动静,也没有灯光,不知到哪儿去了。听余妈妈前几天说,张杰这段日子经常回来,和周芹有说有笑的,看起来有复婚的可能,余鹏程笑笑,没有回答,他知道张杰已经有女朋友了,铸造厂的医生,两个人快领证了,这是吴芳芳说的。但又产生了一种模糊的预感,近来觉得周芹情绪不错,前一时期的沉溺已过去了,人也年轻了,打扮越来越入时,有点像恋爱中的女人,女人就是这样,悲欢离合总不会藏起来,总是会放在脸上。这么说,周芹很可能会和张杰重新再过在一起,周芹毕竟四十还不到,她不可能一直孤单到老的,伤口慢慢愈合了,如果找不到称心的合适的结婚对象,她很可能会产生和前夫复合的念头。可是,问题是张杰已找到合适的非常好的女人了。张杰会舍弃她回到前妻的身边吗?

他又想起了吴芳芳,幸亏自己没有走极端,一气之下和她离婚,那是很容易的,但以后呢? 没有那盏夜灯亮着等他了,他会找到女朋友的,这点他不怀疑,假设那个女人是汪原,成家人了,难免会产生新的问题,譬如她会对余蓝像亲妈妈那样贴心吗,蓝蓝会接受这个后妈吗?

他来到自己房间,妈妈还在给孙女讲故事,那些古老的故事,狼外婆骗小孩子一类的故事,他小时候听过,里面包含着朴素的善恶是非的思想。夜灯亮着,他脱了外衣,把被子打开,钻进去,拿起一本书看着。

隔了一会,吴芳芳也上来了,她迟疑了一下,在地板上摊开了被褥枕头。余鹏程放下书,说:"睡到床上来吧,你准备一辈子睡在地上?"

"我不想,是你让我躺在下面的。"

"我考虑过了,我收回成命,不和你离婚了。除非你想离婚。"

"我不想,我从来都没有想过离婚,可是,你原谅我了吗?"

"我考虑过了,为了这个家,为了蓝蓝,我原谅你一回,不过,有个条件你必须答应我。"

"什么条件?"

"你离那个家伙远一点,不能对他有半点心思,通过这件事,你应该认清他的居心叵测了,他这么做的性质是严重的,他的企图是要毁掉我们这个家,就差那么一点,他就达到他的罪恶目的了。"

"你们对祝融误解太深了,我和他有那样的事是不对,但他可不是狼外婆,不是居心叵测的人,你们都不知道那两块价值连城的手表的事情,他是个好人,是个孤单的可怜的人,是个倒霉蛋。"吴芳芳在心里想着,她想把她想的说出来,但她把这番话吞下去了,她没有这个勇气,事发以后,她一直活在自责和内疚之中,内心越来越脆弱。

她说,我知道了,我不会再理他。说着,把被子和枕头搬到床上,把褥子放进衣柜。

余鹏程把夜灯熄火了,他们又做爱了,由于夫妻间的冲突,氛围即便在黑暗中也有点尴尬,至少余鹏程有这种感觉,虽然驾轻就熟,但两人却有种莫名的紧张感。出于一种赎罪心理,吴芳芳很主动很亢奋,用力迎合,身体紧贴,两条矫健的长腿紧紧缠绕住他的肌肉发达的后背,仿佛要将自己的身体和余鹏程的身体叠加在一起,合二为一。但余鹏程没有像以前那样血脉偾张、心跳加快,他已经没有强烈的感觉了,甚至有点意兴阑珊,就这样匆促地结束了。吴芳芳有点扫兴,她是懂的,丈夫有点勉为其难,原因当然在她身上,但他已经是最大限度地努力了。她还是对丈夫的宽容感激涕零的,不管怎样,这些天她心里无比的疼痛,仿佛沉淀在冰窟中,变得坚硬和冰冷。

是丈夫在这个沉寂的夜晚唤醒了她心里的柔软,她万分内疚,搂抱住丈夫,头贴在丈夫怀里,深深地埋着,眼泪像珍珠一样,一颗颗夺眶而出,挂在她脸颊上。

但吴芳芳万万没有料到,事情并没有就此消停,而是轰然一声爆发了。

余妈妈获悉了这个消息。是陈斌透露给她的。

陈斌一直请长病假,称自己肝功能异常,小三阳。他去厂里是去续假的,到医务室开记账单开些药品。他办好手续领取一大堆药品后去车间转悠了一下,偷偷给车间主任送了两条烟,两条烟是少了的。不是他小家子气,是因为车间主任除了香烟,其他的礼品一概不收。车间主任对他"豁翎子",厂里可能要转制,如果身体还可以,就来上班,转制时可能要让一部分职工下岗的,首当其冲的是年纪大的,身体不好的人。

陈斌没有"接翎子",他坚持认为,在共产党领导下,国有企业的职工是不会失业的,这是铁饭碗,丢不了的。在车间里,他听到了祝融和吴芳芳的传闻,他惊骇万分,开始不敢相信,他亲眼看到这个家的幸福美满。这是无稽之谈,这是夸大其词,这是无事生非。

但告诉他的人说得有鼻子有眼的,不像是空穴来风。他相信了,也想起了这一年多来,余鹏程行色匆匆,成了大忙人,深夜而归或彻夜不归成了常态。吴芳芳正在哺乳期,她忙于带孩子做家务,和婆婆有些龃龉,生活单调乏味,一个玉女般的清新小女孩很快变得粗糙了,神情中有种疲惫和孤单。

难道她厌倦了?对家庭的厌倦往往会让一个女人有某种向往。

他和余鹏程关系还可以,这个风度翩翩的知识分子春风得意然而待人接物不错,背后的靠山是非常硬气的。陈斌有强烈的自卑感,在很长时间内,因为出身不好而自感矮人一等。现在出身问题不是一个问题了,他企盼五七年父亲在公私合营中交出去的一半房子能还给他,他写了不少信都石沉大海,他上访过多次,市里、省里的来信来访接待站都去过,都没有任何看得到的希望。他想去北京,但还没有到接待站,就被几个壮汉拦住了,押了回来。从此他就消极怠工了。

他不再闹了,而是去乡镇企业"打野鸡",这在当时是不太合法的,只能遮遮掩掩,所以,他对邻居不敢得罪的,杨大年、张杰、周芹都是有点地位的,他平时很敬畏他们,知道得罪不起。杨大年官越当越大,余鹏程来了,即使刚来时在建筑工地劳动,他也不敢小看他。这个人倒霉是暂时的,他可有一个当省级干部的姐夫,谁都知道这意味着什么。

至于吴芳芳,是一个单位的同事,人长得漂亮,待人热情大方,和女儿热络得像姐妹,她送的天堂鸟花,让女儿陈娟高兴得乐不可支。她是个毫无心计的傻丫头,但再傻也会洞察他到乡下干啥,她却在厂里为他守口如瓶,还拿星期六工程师来鼓励他。

陈斌听到这个消息后很感叹,他不愿相信这是真的,内心很堵。但又想起了一句话,每个家都有本难念的经,这么一个完美的家庭到底也出事了,说明老天爷是公平的,眼睛是雪亮的,你过得太好了,就会给你来的麻烦,你过得不好,也会眷顾你一下。

譬如自己,能赚那么多外快,还有人送金眼鳑鲏鱼。想到这里,他既为余家感到惋惜,潜意识里又有点幸灾乐祸,你们够风光的,但出了丑闻。不过,这个家看上去很平静。除了吴芳芳有点情绪低落外,余妈妈和余鹏程都若无其事的。难道他们还蒙在鼓里?

陈斌决定试探一下余妈妈。

"你儿子和媳妇真是模范夫妻,鹏程主外,芳芳主内,你老佛爷垂帘听政,很不错呀,你真是好福气。"陈斌说。

余妈妈点点头,笑笑,没有答话。

"不过,最好的夫妻难免有矛盾,舌头和牙齿都会打架。"

余妈妈一愣,她听出陈斌话中有音,老太太想起儿子媳妇一段时间来的冷战,昨晚虽缓解了,但她始终不知其所以然。她当然希望想要知道是什么原因。一阵沉寂以后,老太太问道:"娟娟她爹,你和芳芳是一个车间的,你知道芳芳有什么事吗?他们这段时间好像吵架了,我是不管他们的事的,他们也不告诉我,是的,你说我垂帘听政,其实,我什么都听不到,也好,听不见心不烦。"

"车间里对芳芳有些传说,我今天去厂里续病假,在车间里坐了一会,一听吓了一跳。本来我不想多嘴多舌,但一想,我们是老邻居了,应该把这些奇谈怪论告诉你,你可从中调解调解,厂里那地方,说话向来口无遮拦。"

余妈妈在削土豆皮,蓝蓝被外婆接去了。她听陈斌这么说,便停止手里的活,急切地问:"有什么传说,说得很难听吗?"

"当然不好听,狗嘴里吐不出象牙来。"

于是,陈斌把在车间里日到的传闻轻描淡写地说了一遍。余妈妈听完后,心里明白了,陈斌在避重就轻,什么奇谈怪论,什么口无择言,这不是传说,多半是事实了。她知道儿子的脾气,他不是醋坛子,也不是小肚鸡肠,如果不是真的,他根本就不会放在心里,不会真的动气。而且,无风不起浪,即使有些夸大,吴芳芳你站得正的话,人家怎么会平白无故说你影子斜呢?但老太太当着陈斌的面没有发作,她镇静地继续刮土豆皮。

她只是认为吴芳芳和那个跛脚太接近了,不会真的有什么出轨的事,这个丫头的心那太好了,她对别人总是掏心掏肺的,但她懂的,那个跛子虽然是一个残疾人,但他仍然是个男人。男人和女人只要走得太近,闲言碎语就像冬天的风,窗户上只要有一条小缝隙,就会呼呼地钻进来。

但余妈妈还是要问个究竟,因为这样的事发生在儿媳妇身上,如果发生在女婿身上她不会刨根问底了,男人和女人是不一样的,男人偶尔在外面有点花头,只要还顾着这个家,心思还在老婆孩子身上,就算不上是件惊天动地的事,提醒一下警告一下就可以了。

她是从旧社会过来的,十八岁那年就嫁给鹏程他爸了,在她还不谙世事起母亲就告诉她,一个女人最重要的就是要守妇道,嫁狗随狗,嫁鸡随鸡,从一而终。他们乡下有个石头牌楼,是表彰一个节妇的,丈夫死了,她也自戕殉节。这个牌楼就是褒奖她的节操的。在她生活的乡下,殷实人家的男主人哪个没有讨小老婆的,有的甚至妻妾成群,那时好像是最正常不过的事。可女人就不同了,从来没听说女人有几个男人的,一个有了男人还偷汉子的女人在众人眼里是最烂最破最肮脏的人,她会受到辱骂,受到鄙视,受到唾弃,名誉扫地,对丈夫不忠或还在闺中就和有家室的男人好上,那是伤风败俗的荡妇。所到之处,只要对她有所了解,无不会指着她的脊梁骨骂,朝她吐唾沫。

她不懂什么男权主义,也不懂什么男尊女卑,但这种思想即便到了上世纪九十年代还深深地影响着她,虽然她是个开通的人,但在男女关系问题上她一点都不开通,不仅不开通,而且她深刻的成见像石刻一样不可磨灭了。

从早晨开始,天色就很暗黑,到了下午,下起了暴雨,雨水像泼下来似的,天井里的那棵白玉兰树掉下了不少叶子。

先是周芹回来,她是报社的汽车送回来的,过天井时,打开了一把杭州产的天堂牌折叠伞,只有十几步路的距离,周芹还是淋湿了裤脚和肩膀。隔了一会张杰又回来了,穿着厚实的军用雨衣。

张杰是周芹打电话要他来的,说有重要的事跟他说,张杰的民兵训练已在那片荒地里进行着,因为天气不好,就提前结束了。他穿上雨衣,骑自行车回家。

周芹递给张杰一块干毛巾,让他擦去脸上的雨衣,还换下透湿的皮鞋,裤子,张杰穿上了周芹拿给他的棉拖鞋和干净裤子,离婚后,他还有不少东西没有拿走,衣服留了好多。

"什么重要的事?急吼吼叫我来。"

"好事,你猜猜看。"

"我猜不出,你快说,雨小一点,我就回厂里去。"

"不行,今天在这里吃晚饭,我们喝一杯。"

"别卖什么关子了,什么事快说吧,你这人从来说话做事都很干脆的,今天怎么磨磨蹭蹭的。"张杰埋怨说。

"是这样,昨天我去医院了,查了一下,我居然有了。"周芹喜滋滋地说。

"有什么了？哪里有问题了？"张杰有些紧张地问。

"傻瓜,我有孩子了,我怀孕了,是我们的。军军要回来了。"

张杰张大了嘴,死死地看着周芹,很长时间才反应过来,说:"真的？军军真的要回来了？太好了,太好了,这小家伙,他到底还是记住了我们对他说的话。"

张杰喜极而泣,周芹也热泪盈眶。在军军的墓地上,他们多次把天堂鸟撕成花瓣,撒在他黑色的大理石墓碑、墓穴上,一遍一遍说着这样的话,那个时候张杰萎靡得像个得了不治之症的病人。

"这不是幻觉吧,我都不敢相信。"

"我两个月没有来了,我预感有了,到医院查了,我等化验单时心如止水,我知道军军已在我子宫里了。医生给我化验单时,说了声,祝贺你,那一刻,我激动得差点冲上去拥抱她。你看,这是化验单,是军军给我们的通知书。"周芹说着,把那张纸片递给张杰。

张杰翻来覆去地看着化验单,仿佛在看一封重要的翘首以待的信件。

正在这时,传来了敲门声,开门一看,是余妈妈。周芹这个时候真不希望外人来打扰,但余妈妈不是外人,金乡邻银亲眷,她和余妈妈一家一直相处得很好,除老人外,和杨大年余秋月以及余鹏程吴芳芳都亲如一家的。她把余妈妈迎了进去。

余妈妈刚一开口,张杰就知道她的来意了,周芹明白张杰不会乱说的,但她还是向他使了个眼色,没有料到给余妈妈看到了。张杰告诉她,有些传言而已,厂部保卫科已查清楚了,根本没有这回事,芳芳和祝融是小学同学,都曾经是鹏程的学生,后来又一起上的技校,一起分配到铸造厂一个车间,由于这样一段经历,他们很自然的接触多了点,有些人就造谣惑众了。

余妈妈没有多问,她心里有数,问不出什么了,周芹的那个眼色很微妙,这分明是在暗示什么,它使余妈妈疑云重重。吴芳芳和那个姓祝的从小到大的关系可不简单,张杰用这种关系来解释他们接触多的原因,不过,这给余妈妈造成的反应恰恰适得其反,要不是张杰偶然提到,她还真不知道媳妇与这个人有这么深的关系,这种关系让老太太感到不安。她有亲身的体验,她与余鹏程父亲结婚前,有个青梅竹马普通朋友,一个村上的。他相貌长得还可以,淡眉细眼,鼻子挺直,个头中等,是个老实巴结的男孩子,他和她一起在蚕桑学校读了点书,识几个字,后来他跟一个木匠师傅做了徒弟,他手很巧,天生是个木匠的料,她采桑叶养蚕,他有闲时会到蚕房里看看她,两人说说话,他和师傅曾到过一些地方做家具,他说了些见闻,她默默地听着。

他送给她一个亲手做的小木箱,不用钉子的,榫卯严丝无缝,漆了红漆,一个精巧的铜扣。这个小男孩引起了她的无限遐想,但没有人看出她的心思,包括小男孩本人。后来父母亲作主,媒婆说亲,她就嫁给富裕中农老余家了。

但她一直忘不了那个小木匠,直到现在,她还会念叨起他,打听他的下落,只知道他发迹了,开了个家具铺。那只红漆木箱成了她的嫁妆,住哪里带到哪里,始终不离身。冥冥中他们没有走到一起,出嫁后再也没有相遇。没有这个缘分。可在时间的沉淀中经常会出现他的神情波荡的影子。过去的却成过眼烟云了,他却定格了,似乎没有长大,没有衰老,她变成了白毛苍苍的老妪,他还是那么年轻。他的年龄在她心里冻结了。那只红漆箱子的漆皮已经掉了不少,变得斑斑驳驳了。

她抚摸它打开它时,还有种莫名的感动。还有点苦涩。

这是她的秘密,藏在她心里的一角。奇怪的是,此刻她又想起了他,想起了这件事,不是惦念他,而是用来反证媳妇和那个少年伙伴之间有不伦之情的可能性。老太用自己的体验来作出推断,心里陡然冒出的一个不能够示人的念想。

老太还是沉得住气的,她观察着儿子和媳妇的神情,儿子很忙,每晚都很晚才回来,媳妇上的是早班,每天回来做家务、带蓝蓝,完了就上楼待她带了孙女睡后,就坐到床上,打开那盏夜灯打毛衣或看电视,总之是在等在丈夫回来,再晚都等。有一晚她被周芹唤到房间里去了。周芹和她咬耳朵,你婆婆来打听你的事,给她和张杰挡回去了,我们说这是谣言,她没话说了,不过老太太心思缜密,别看她没文化,社会经验丰富,人很聪明,很有洞察力,你要当心点。张杰说,厂子要转制了,各种谣言泛滥成灾,闹得人心惶惶的,领导都搞不清结局是什么,你们的事没有什么人关心了,这件事差不多都过去了。你们好好过日子吧,我奇怪的是老太太怎么会刮到风声的?周芹说,有谁啊?肯定是隔壁头那个耳朵陈,他回来了两天,拿回来几斤比扇贝还小的鱼,东家西家的送,我油炸了,等会给你下酒,他到厂里续假配药,肯定听到了什么。张杰说,我听说林霞说,陈斌跟她说,他是乙肝,肝硬化了,离肝癌只有一步之遥了,这辈子不太可能上班了。还说和你张杰是老邻居,张部长是了解我的情况的,为了养病只得住到乡下,替一家乡镇企业义务看看门。吴芳芳对陈斌不感兴趣,谢了周芹张杰就出来了。

这个星期天吴芳芳抱着蓝蓝回娘家了,余鹏程睡了个懒觉,起床已近中午。余妈妈就把儿子叫到书房,开门见山地提到了吴芳芳和祝融的事,余鹏程猝不及防,含糊其辞地说:"这事已过去了,没什么大不了的事,芳芳她已认错了,妈你别管了。"

"鹏程,别的事我可以不管,这件事我是要管的,你老老实实告诉我,芳芳和那个瘸子到底是怎么回事?你为什么要瞒我?"余妈妈口气严厉地说,浑浊的眼睛尖锐地看着儿子。

余鹏程不介意地说:"没多大的事,芳芳和这个姓祝的人是同学,平时接触多了一点,是那种清淡的关系,没事的时候聊聊天,芳芳行车上懒得到食堂吃饭,就让他带点回来,车间的有些人就瞎说八道了。你也知道的,工厂里的工人,和农民差不多,没有什么文化的,喜欢开不正经的玩笑。"

"你在撒谎!你还是和小时候一样,说起谎话来,眼光是飘忽不定的,事情没有你说得那么简单。告诉你,儿子,我统统知道了,你骗我,可有人会给我通风报信,芳芳和那个瘸子做了不要脸的事,给人抓了个现行。你说,是不是这回事?"

余鹏程不作声,他沉默着。一时不知道说什么好。

他一直担心这件事会传到妈耳朵里,老太太对这种事是绝对接受不了的,眼睛里容不得一粒沙子,她是个典型的"洁癖",最见不得在男女关系上不干不净的女人,一个女人就是应该质本洁来还洁去,不能有半点污秽,一旦失节不忠,就决不能容忍的。不错,风气变了,男女关系问题也好像不那么严重了,出现了小三、二奶,换个男人就像换衣服,离婚就像是吃腻了几个菜换个新鲜的菜谱那么简单。她对这种现象实在厌恶,尤其厌恶有了丈夫还偷汉的女人,这种女人是贱货,是破鞋,是婊子。男人拈花惹草,金屋藏娇,嫖娼召妓当然不好,但这些男人是被那些坏女人勾引坏的,所以,坏女人就是祸水祸害,没有这些坏女人,男人怎么回事会胡来?

怎么办呢?余鹏程紧张地思索着,如果继续编什么理由蒙混过去,实在不好办,估计老太太已把真相摸得一清二楚了,这对老太太来说并不难,在铸造厂,吴芳芳和祝融的丑闻已传遍每个角落,其他车间的人还时常来铸件车间认吴芳芳和祝融,车间主任不得不派人守在车间门口,一看见外车间的人就挡住不让进。但传言是挡不住的,嘴巴是堵塞不了的。传言是一群无人控制的野马,它会自由的无拘无束地横冲直撞。

老太太会不依不饶地追问下去,没有足够的事实,她是不会罢休的。

余鹏程豁出去了,他看着母亲,叹息一声说:"妈,你不要多问了,芳芳和那个姓祝的确实有那种关系,她是丢人现眼,但你也知道,芳芳不是道德品德问题,她是同情那个小瘪三,那个小瘪三利用芳芳的善良,引诱了她……"

余妈妈的脸变得很狰狞,她扯开嗓子叫喊起来:"你别为她说好话了,同情善良,这是理由吗?干了那种事,没有什么理由了,只有一个字,贱!你居然还和这样的女人躺在一张床上,你不嫌她脏吗?你不感到恶心吗?她枉有一个漂亮的皮囊,却少了干净的灵魂,这种女人只能离她远一点,越远越好,这是你姐姐对你姐夫说的。"

余鹏程听妈这么说,想反驳她,这世上没有一个绝对干净的灵魂,水至清则无鱼,他还想说,吴芳芳人格中最重要的东西就是善良,她当年能看上我,不就是善良吗。这是唐朝阳李刚伟说的。但余鹏程没有反驳,母亲在这个问题上近于偏执狂,是听不进去的。

"那你要她怎么样？事情已经在那里了，她也认错了，我也好不容易原谅她了，妈，人都会犯错误的，只要吸取教训，不再重犯就可以了。"

"一日婊子一世婊子，这是不可原谅的。从今天起，我不会认她是我的媳妇了，蓝蓝不许她碰一下了，她必须离开这个家，我看到她就会恶心，隔夜饭却会呕出来。你去跟她说吧，就按我刚才的意思说，我懒得和她这种不要脸的东西说话了。让她赶快收拾收拾离开吧。"

"妈，你要讲点道理，她还是我妻子，还是蓝蓝的母亲，你无权驱逐她走！"

"她不配，你到这时候还护着她，是不是？那我带了蓝蓝走，我们断绝母子关系。"

"妈，你别胡闹了，你冷静下，再看看芳芳的表现，行不行？"

"不行，在这个家里，我说不行就不行。"余妈妈蛮横地说。余鹏程对母亲感到陌生了，一向慈眉善目的通情达理的母亲怎么会变得如此刻薄，如此不可理喻，如此不讲情面。和媳妇生活了这么长时间了，难道就没有一点点婆媳之间的感情，没有一点点最起码的理解？

他们僵持在那里，房间里充满着一种可怕的火药味。

正在这时，门推开了，吴芳芳抱着蓝蓝走进来，她没有表情恰恰说明了她的内心彻底的寒心和悲哀。她说，我可以走，我也不想解释了，我对不起你们，但我只有一个要求，我要把蓝蓝带走，她是我身上掉下的一块肉。余妈妈说，不行，绝对不行，她是我们余家的种。吴芳芳说，蓝蓝身上流的血有我的一半，即使我犯了死罪，她还是我女儿。余妈妈说，你这样的坏女人没有这个资格，你给我滚！蓝蓝听懂了，死死地搂住妈的脖颈，哭喊着，妈妈不要走，我要妈妈。吴芳芳哭了，号啕大哭，哭得很凄厉，可以说是哀号，她紧紧地抱着女儿。光洁的脸上淌满了泪水。余鹏程从妻子手里接过女儿，吴芳芳用衣服袖子擦了下泪水，看了女儿一眼，转身走到前房，打开了那盏夜灯，什么都没带，只穿上一件薄的羽绒服，从阳台的楼梯走下去。走出天井，消失在夜幕中。

余鹏程怒气填胸，对母亲咆哮："妈，你太过分了，太偏激了，你理智点好不好，这个时候你让她到什么地方去？要是她一时想不通，有个三长两短怎么办？你承担得了这个责任吗？"

蓝蓝大哭大闹,喊着要妈妈。余妈妈被镇住了,她不再说话,哄起了孙女。

"妈,这件事你别掺和了,我会处理好的。"余鹏程说完,追了出去。刚出门,手机响了,是汪原打来的,余鹏程问她此刻人在哪里,有什么事。汪原说,在开车,想找你聊聊。余鹏程说,你马上到我家附近的那个体育公园来,到后给我打电话。汪原听出余鹏程的声音很焦急,好像发生了什么事,她没有细问,回答说,好,我马上过去。

余鹏程走进体育公园,这个公园是新建的,原来只是个空旷的体育场,已年久失修。政府花了一年多时间改建成体育公园,增添了许多健身设备,修了绿树成荫的用于散步的小道,体育场重新铺设,除塑胶跑道外,还有足球场、篮球场、游泳馆、乒乓球馆、台球馆、保龄球馆等等,公园临一条波光粼粼的运河,河边花香鸟语,安放了多张长椅,早晨,有许多晨练的老人在这里闲聊,晚上,有一对对青年男女在这里情话绵绵。

余鹏程火急火燎地在里面走了一圈,体育场和几个馆没去,太大,要购票的,吴芳芳不可能去的。他在河边的椅子上寻了一遍,健身的地方也找了找,没有吴芳芳的影子。那个人称司令台的建筑的楼台也上去寻了下,还大声喊了几声。没有回音,台上空空的,没有一个人。台两侧有两扇铁门,余鹏程推了下,严严实实地锁着。

这时,手机响了,汪原已到体育公园门口。余鹏程便快步赶出去,在车上他简单地说,吴芳芳和我妈争吵了几句,我妈说了声滚,吴芳芳就出走了,我们一起找找她。汪原立即明白,吴芳芳和祝融的事,余妈妈一定知道了,婆媳之间发生了激烈的冲突,吴芳芳是给余妈妈驱逐出家的,按吴芳芳的性格,余鹏程已原谅了她,是不会主动离家出走的。

"你说吧,上哪里找?"汪原握着方向盘问,眼神柔和地看着余鹏程。

是啊,这么大的城市,茫茫人海,到哪儿去找一个人呢?余鹏程不知所措地说。

"她有要好的朋友吗?那种闺密类型的。"汪原提醒他。

"有几个小姐妹和她有点来往,可算不上特别密切。再说我也不知道她们住在哪里。"

"会去那个姓祝的那里吗?"

"绝对不可能,她向我保证过,和他断绝任何形式的往来。除非她丧失了理智,真的不要这个家了。"

汪原在心里冷笑了一下,你怎么知道吴芳芳不会失去理智呢?女人在这个时候一旦疯狂起来,横下心来,就会偏偏去找你们最憎恨的人,这是她最脆弱的时候,需要去找知己宣泄或寻求感情庇护,或者出于一种报复。保证在这个时候有什么用,早已被一腔恨意淹没了。

汪原没有说出来,她看出余鹏程已着急得五内俱焚,她不想再刺激他。

"吴芳芳会不会去娘家了?"汪原问。

余鹏程惊醒过来,拍了下额头,说:"喔,这是最有可能性的地方,我却忘了,真是急糊涂了。"

他们到了那条小街,夜晚的小街一片沉寂,简陋的房子在夜色中显得它们特有的氛围,有点像欧洲的无名小镇,它比灯红酒绿的大街朴实而安逸。汽车就停在吴芳芳家的由竹篱笆围起来的小花圃旁,那里面还养护着好多种花木,居然有天堂鸟。吴家还亮着灯,如果吴芳芳在,她看到是汪原送丈夫来的,会有什么联想呢?据说女人天生疑心病重,但吴芳芳从未怀疑过自己,在这样一个敏感时期,她会不会突然感觉丈夫和一个漂亮小女孩也许存在着什么秘密?有啊,在深圳的时候,在一个暖风荡漾的夜晚,小女孩曾挽着他的臂膀逛街,他承认,自己当时有点心猿意马,但并没有邪念,只是一个男人面对一个美女的正常反应,仅此而已。他很奇怪,自己怎么会这么想,人们怎么会对男女关系总是那么容易浮想联翩?

他顾不上考虑这些了,让汪原坐在车里等待,他走进黑暗的大门,敲响了吴家的门。

是吴国正开的门,他很奇怪女婿这么晚了还会上门,他让余鹏程进屋谈。

他预感出了事,女儿和婆婆相处得不快多于快乐,余妈妈是个和蔼可亲的老人,女儿更是有容人的度量,但婆媳关系在某种意义上是天敌,大概是代沟造成的,容易互相看不顺眼,可以说是种常态。女儿回来偶尔谈到过,他严厉地告诉芳芳,对婆婆要理解要忍让要尊重,哪怕老人不对,也不要太计较,芳芳听进去了。她天生是个乖乖女,乖巧得让父母担心会不会受人欺负,所以,吴国正料到女儿的婆媳关系不会僵到哪里去,况且还有一个宽容大度的女婿在那里。

余鹏程得知芳芳没有回家。起身告辞,但吴国正拉住了女婿追问:"到底发生了什么事?女儿是那种不会随随便便离家出走的人,更不会与人私奔,你能告诉我原因吗?"

"是我妈不好,她说了不该说的重话,芳芳一气之下就走出家门了,这么晚了,我有点担心,出来找找,接她回家。具体的情况以后告诉爸妈,我再到别的地方找找,不会有事的,请放心。打扰爸妈休息了,不好意思啊。"余鹏程说完,未等岳父答应,就匆匆推开房门走出来。

芳芳的两个弟弟和她妈神情肃然地站在房间门口,他道了声好,就离开了,当他坐上汽车,汪原发动时,尾灯了起来,从反光镜中,看到吴国正全家人齐斩斩地站在大门口目送着他,久久没有回去。

他们意识到这事态是严重的,也为吴芳芳感到担忧。

十九

吴芳芳离开家后,也产生过回娘家的念头,但她立即打消了,这么晚回去,而且要住下来,爸妈肯定要问原因,如果没有足够的理由,爸爸肯定会送她回家,而且余鹏程肯定会寻找到这里。她不知道自己上哪里好。

她被余妈妈那些不堪入耳的诟骂气得发抖,这些话严重地伤了自尊心,她实在忍受不了。她没有目标地迷茫地在街上走着,眼泪抑制不住地流着,她的心阵阵发痛。她在一个街心花园冰冷的石椅上坐了一会,她要静静地思索一下,下一步该怎么办,今晚这一夜怎么度过,她能去哪里?

她生婆婆的气,也恨祝融,可是,一个孤独的残疾人也有正常的需求,包括那方面的需求。为什么自己不坚决拒绝呢?想到这里,她更恨自己。今天这样的结局是自己招来的,你能怪谁呢,怪婆婆吗?婆婆也是有她的道理,她虽然责骂自己过头了,但没有自己的错,婆婆会这样对待自己吗？都是自己不好,报应,活该！她再次陷入自我嫌弃和自责中。

她感激丈夫,他不仅原谅了自己,今晚还为自己辩解了一番,他会出来寻找自己吗？会的。可是,除了她自己,这世上没有第二个人知道她在哪里。孩子丢失了,还可报警,还有好心人收容或送到派出所,当然也有被坏人拐骗的风险。虽然只有几个小时,她想家了,想她走的时候,蓝蓝声嘶力竭地哭着,她现在睡着了吗？

她的眼泪又哗哗地流出来了。夜越来越深,凉气也越来越重。一个年轻女人独自坐在这里是很突兀的令人瞩目的。有几个男人在她面前徘徊,不怀好意地盯着她看,她发觉后立即用手帕擦干泪痕,站了起来。有个军人骑着自行车在她站起的那一刻停了下来,问她是不是身体不适,需不需要帮助,她谢绝了,那个军人离开了。

她继续在大街上漫无目的地走着,余鹏程的车在这条街上和她擦肩而过,因为她笼罩在浓密的树荫中,余鹏程和汪原没有发现她,余鹏程已失去了信心,他不再仔细搜寻街上的每个角落,每个人。他已经倦怠了。

她走到了没有绿化的一条街,她想寻找一家旅馆住一夜,但身份证未带,无法入住。她已经走投无路了,沮丧到了极点,又愧疚到了极点,因为,比起任何错误,没有比生活作风更会被人诟骂和鄙夷。平时尚称得上为人温婉的婆婆会这么凶狠,也是因为她犯了这样的错误,在保守传统的老人眼里,这是不可原谅的,想到这里,她死的念头都有了,或者主动和余鹏程离婚,否则她会终身活在耻辱的泥潭里而不能自拔。

她不知不觉走到医院门口,忽然有人喊她,她循声望去,原来是祝融,她没有理他,装作不认识的陌生人而径直走过去。祝融把自行车停放好,锁上。他看到了踽踽独行的吴芳芳,便不顾行走的不便,追了上去,一把拽住吴芳芳的袖子。

吴芳芳停了下来,冷淡地说:"别碰我,把你的手拿开。你害得我快家破人亡了,你觉得还不够,是不是？"

"对不起,芳芳,都是我闯下的祸,可是我跟你说过,打死我都不会承认的,我在任何情况下都不会背叛你,可是你为什么要承认呢？"

"我不会撒谎,人家已铁证如山,你可以耍无赖,我赖不掉,余鹏程不是白痴,他找到了你写的诗和信,事实明摆在那里,而张杰是我们的邻居,他的望远镜是高倍率的,你那个破望远镜看不清楚不等于张杰的望远镜也看不清楚,这是难以抗拒的。"

"铁证如山,什么铁证?还不是张杰在望远镜里看到了模模糊糊的镜头,可是他录下来了吗?他当场抓住了我们了吗?"

"这都是废话,没有任何意义了,我只能彻底地坦白,才能取得丈夫的谅解。即使这样,丈夫不是一个人,他的背后还有其他人,婆婆、姐姐、姐夫。他们不一定会原谅我。今晚,婆婆把我赶出门了,我们车间的陈斌将这个事情密告了我婆婆,老太太转不过弯来,大发雷霆,我只有一个选择,和丈夫离婚,离婚我不怕,我怕蓝蓝离开我。"

"跟我去医院病房,刚才医院打我BB机,通知我父亲情绪很差,拒绝治疗,厌世,我去劝劝他,然后我们再商量商量。"祝融诚恳地说。

吴芳芳本意想拒绝他,但却不由自主地跟他来到医院病房。祝融进了重症病房。吴芳芳在走廊的长椅上坐着。她闻着浓重的药水味,她总算找到了一个暂时栖息的地方。

但她心神不宁,浑身难受、疲软,她考虑,过了这一夜,她去主动把余鹏程约出来,正式向他提出离婚,条件只有一个,那就是女儿由她监护、养育。想到这个地步,她觉得自己已做出了选择,心里苦涩然而有了底,不再害怕而浑浑噩噩了。

祝融出来了,告诉吴芳芳,父亲给他劝说后,情绪好了不少,答应治疗进食。但他要在这里陪一夜,我们商量下,怎么帮你渡过这个难关,我不希望你和丈夫离婚,要是那样,这个十字架我会背一辈子的。也就是说,会负疚一辈子。

"渡过难关?有这么容易?"吴芳芳没好气地说。

"我已想好了,但你要配合我。"

"怎么配合?"

"如果他们问你,事情是怎么发生的,你要推到我身上,是我先动手动脚,你是被动的,这是事实嘛,我承担了责任,他们会处理我,而你成了无辜的受害者,你丈夫和婆婆就不会责难你了。你给我记住,这是唯一能挽回你婚姻的招数,你不能再像一个幼稚天真的小女孩那样不知道事情的轻重了,你要学会保护自己,懂我的意思了吗?"祝融认真地说,并仔细地把自己的设想讲给她听,强调了重要的对话和细节。

"你的招数有用吗?他们会相信你吗?会相信我吗?"

"我自始至终没有承认,我现在主动投案自首,从宽发落的可能性比较大,只要你安然无恙,我付出点代价在所不惜。还有那个陈斌,我要揭发他,欺骗组织,开假病假到乡镇企业'打野鸡'。"提到陈斌,祝融咬牙切齿。

"别这样,他是我的邻居,我是知道他家困难的,上有老下有小,经济上负担过重,去乡镇企业打工补贴家用也是出于无奈,再说,开病假条的不是他一个,你也开过,去医务室时,喝了一大杯热开水,体温计一量,起码三十八度五。"

祝融说:"你呀,总是替别人着想,特别善良,心地太好,这是你优点也是你缺点,好吧,先放他一马,看他表现,再挑拨离间,就对他不客气。"

吴芳芳困了,头靠在椅背上,睡着了。祝融到病房里取出一条毛毯盖在吴芳芳身上,他自己取出一个笔记本,在上面写了一封信,折好后连同一把钥匙一个牛角印章放进信封,到医生值班室用胶水封好,放进吴芳芳包里的暗口袋里。然后裹紧衣服,蜷缩在长椅上打盹。

余鹏程带着失望回家了,汪原感觉他精神有些萎靡,有些伤感,确实,家里发生了这么糟糕的事,对任何人都是一种不小的打击。她没有说什么安慰的话,她明白任何安慰对余鹏程来说,都是浅薄的、多余的。她只是把自己的头在余鹏程肩上靠了一小会儿,余鹏程轻轻把她的头挪开,说了一句"再见"就打开车门下车了。他脚步沉重地掏出钥匙开大门,走进天井,客厅里还亮着灯,周芹还在忙碌着。

她和张杰晚餐吃得很久,周芹喝红酒,张杰红酒白酒混喝,桌子上多了一副碗筷、勺子和一瓶可口可乐,这是军军以前用的。

他们时而大笑时而流泪,议论着军军过去的许多生活细节,后来又拿出几大本照相册,军军的百日照,周岁照以及其他的各种照,在学校和同学的合影照,和爸妈一起的全家福照,到外地旅游拍的照片。

这些照片构成了军军短暂的生命。这些照片上的军军愉快健康,笑容可掬,充满着幸福感,有好多张照还做着鬼脸,做着胜利的手势。其实,照片之外,他饱受疾病的折磨,尽管爸妈鼓励他,安慰他,但在父母的忧愁中,在医生的片言只语中,他明白自己是活不长久的,他还不太懂得生和死是怎么回事,但他清楚有一天会永远离开爱他疼他的爸爸妈妈,这点让他觉得很可怕。

随着接近医生预测的终点,爸妈惊恐万分,爸爸沉迷在酒精中,醉生梦死,精神近于崩溃,单薄无力得都站不起来了。妈妈则焦虑不安,夜夜失眠,人变得暴躁焦虑,她极度地厌恶爸爸,爸爸干脆以忙于工作为名,住在单位很少回家。这些瞒不过军军聪慧而敏感的眼睛。他苍白的脸上有了他那个年龄不应有的忧郁。

吴芳芳嫁过来后,很疼爱军军,疼爱的背后是怜悯。美国医生的到来带来了神灵显现般的期待,如久旱来云霓那样的希望,他们兴奋不已。结果手术失败,周芹与张杰沉溺了,那样一种望不到底的深渊般的沉溺,他们失去了生活的趣味和婚姻,包括爱和性,他们不得不离婚了。

今晚,虚幻的神灵真的降临了,生活的趣味和希望随着周芹的怀孕又回来了。张杰又喝醉了,这不是过去痛苦的醉,而是希望的醉,他忘记了他已不是周芹的丈夫,带着醉意钻进了被窝,周芹也忘记了不再是张杰的妻子,她伺候着丈夫,替他脱去外衣,为他擦拭脸和双手双脚。那只芳芳捡回来的猫,大名雪里拖枪,小名叫贝贝的猫,一直蹲在桌旁,分享着美味佳肴,也分享着这对已离异夫妇的苦尽甜来的情感。

周芹收拾着残局,她觉察到余鹏程一脸苦相,便和他聊了起来。

"今晚我听到你们吵架了,后来芳芳就哭着走出去了,你妈知道那事了?"

"是的,老太太接受不了这个事实,她认为这是天大的事,很受打击,她要将芳芳驱逐出门,话说得很难听,芳芳就走出去了,我找了几个小时,全城都走遍了,没有找到她,真不知道她藏在哪里?"

"别急,芳芳是成年人了,不会走失的。这件事应该冷处理,老太太有她那辈人的价值观和道德观,慢慢来,她会转过弯来的。"

"周芹,你帮我劝劝她老人家,我已经焦头烂额了。"

"好,这没有问题,旁观者清,我作为局外人给她分析分析。"

余鹏程走上了楼,夜灯还亮着,恍惚间好像吴芳芳还在等着他回来,他有点怀念她了,难道真的就这样要结束了? 今后,再也没有这盏亮度适当的夜灯等他了。

他昏沉中冒出了这样个念头。对面书房还有动静,他打开房门看看,余妈妈站在前房和后房的中间,用探询的眼光看着他。

余鹏程说:"没有找到,她娘家也去过了,没有回去。"

余妈妈没接话。

余鹏程又问:"蓝蓝睡着了?"

余妈妈回答:"睡着不久,一直哭闹着要妈妈。唉,我骗她妈上班去了,她还是哭。"

余鹏程说:"孩子懂事了,你说了那么多话,又恶狠狠地赶她走,蓝蓝这么聪明的孩子,全看出来了。"

余妈妈停顿片刻说:"我是为你和孩子好,你下不了狠心,我来做恶人,她做了这种事,不配做蓝蓝的妈,也不配做你的老婆。不过,最后怎么办,由你去定。明天先叫她回来吧。我是不会再理她的了。"

余鹏程听妈的态度在软了下来,好像有了转圜的余地。他心里稍稍好受了些。

第二天上班后,他打了个电话到她车间办公室,吴芳芳很快就来了,声音有点嘶哑、低沉:"有事吗?"

"妈要你回家,你下班后就回来吧,我去接你,蓝蓝在你走后哭闹不停,不肯睡。我找了你半夜,你到底去了哪里?"

吴芳芳没有回答,电话筒里传出了刻意压低的哭泣,不知是线路还是话机的问题,变成了晦涩不明的嗡嗡声。隔了一会,吴芳芳哽咽说:"知道了,不用你来接,爸爸要我先回去一趟,你们归你们吃饭,让蓝蓝多吃点。"说完就把电话挂了。

汪原走进来等着余鹏程通完电话。然后问:"嫂夫人上班了?她昨晚到哪里去了?不会去卡西莫多家里吧?"

"她没有说,说了也没有意义了。你刚才说什么,卡什么多。他是谁?"

"那个丑陋的敲钟人卡西莫多,《巴黎圣母院里》里的人物,他爱上那个吉普赛女郎爱斯美腊达。"

"乱七八糟的,这个譬喻不恰当的,不要对别人进行人身攻击。"余鹏程哑然失笑。

"怎么是人身攻击呢？雨果是将卡西莫多作为正面人物来描述的，他虽然长得丑陋不堪，但有一颗纯真的灵魂。"汪原绘声绘色地说，"我小说和电影都看到了好几遍，太令人感动了。"

"好了，下次再听你说谈那个敲钟人吧，今天要研究电动自行车公司的筹备工作，少年宫那里的厂房改建进度很快，台商的资金已到账，第一批成品和零部件下周到，员工的招聘滞后了，要加快速度。你通知唐朝阳，马上召集有关人员开会。"

会议开了整整大半天，邹书记、丁局长虽然不在电动自行车公司任职，但他们是教育局的领导，邹书记还兼顺风电动车股份有限公司的董事长，他们也参加了，而且他们有着很强势的话语权和最终拍板权，当然也有着否决权。唐朝阳汇报了筹备情况，很肯定地作出预期，公司可以在五月一日劳动节开张，要举行隆重而盛大的典礼，到时候要请各界人士参加。邹书记插话说，要请分管教育的市委周副书记和高市长莅临指导，市计经委等经济管理部门的领导也要邀请。丁局长紧接着说，开张之前，我们要大造声势，花点钱在日报、晚报、商报、电视台、广播电台等媒体上刊登大幅广告。开张那天，要邀请市级媒体和省级媒体驻本市记者站的记者采访报道，车马费每人不少于五百，或者干脆一千，皇帝不差饿兵嘛。钱雁玲说，贵宾发不发礼品呢？邹书记说，当然要发，礼品实惠一点的，鹏程去考虑吧，小汪的衣着很有品位的，审美意识不错，帮着多出出主意。汪原正在做记录，听邹书记点她的名，连忙推辞，说，谢谢邹书记夸奖，品位高的人公司多的是，怎么也轮不到我出主意。说着斜睨了钱雁玲一眼，果然，钱雁玲的脸由阴转晴了，她自告奋勇地说，这是小事，各位领导很忙，就交给我来办吧。邹书记看了下丁局长，顺势推舟说，我看也可以，老丁，你说呢？丁局长笑笑，邹书记已表态了，我没意见，党领导一切嘛。除了余鹏程，大家笑了，汪原笑得比其他人夸张。

余鹏程更关心资金管理、人员招聘、设备安装等问题，他对唐朝阳说，你要和林老板联系，他们的财务总监和李博士什么时候到位，没有他们，公司无法运营，设备无法安装。人员进来后要进行技术培训，这大多是李彼得博士的职责，财务总监对财务支出进账要签字监督，别人无法替代的。按照合同,要健全岗位责任制,甲乙双方的责权要明晰。

唐朝阳说:"我已经和林老板联系过几次了,他人在台湾,我是打他的手机联系上的,据他说,他去台湾,就是向总公司董事会报告与我们合作的事,大概这几天就回深圳,我明天再和他联系。"

余鹏程说:"少年宫有宿舍,装修一下,让台方的人住,总不能长期住五星级酒店,每天要花费几辆电动自行车的代价,这太奢侈了。吃饭都去食堂,少年宫原来的食堂不错,可以招聘几个大厨,擅长做广东菜肴的。总之,大陆和台湾方面的待遇要一视同仁,李博士和财务总监的工资标准不能太高,这些事等林老板来后,我跟他沟通。"

会议纪要由汪原整理出来,打印了给余鹏程过目备案,余鹏程刚看了一半,他的手机响了,是铸造厂人武张杰打来的,他告诉了一个重要消息:祝融上午到厂保卫科投案自首,承认是自己强暴了吴芳芳,当时吴芳芳竭力反抗,对他说,别强迫我,我要喊救命了。当时在我家的阁楼上,只有一张狭窄的竹梯被我抽了上来。吴芳芳根本逃脱不了,我成功了。当时吴芳芳悲愤交加,大哭一场。后来我要挟她,如果不满足我的要求,我就将我们的关系捅给你丈夫,你会输得惨不忍睹。反正我光棍一个,你可是有一个幸福的家庭。你如果不想这个家毁灭,就顺从我,何去何从,你自己看着办。在我胁逼下,吴芳芳又和我发生两次关系。这就是事实的经过,绝无虚言。他还当场递交了一份坦白书,文字和口述的内容完全一致。保卫科问他,为什么此前坚不吐实,那么顽固不化,现在又突然投案自首了?祝融说,我看到吴芳芳在世俗冷眼和中伤诽谤中郁郁寡欢,唾液像一块块石头一颗颗铁钉子掷向她,她伤得体无完肤,我还听说,她的丈夫获悉那些让她跳到黄河却洗不清的流言蜚语后,家里闹得鸡犬不宁,坚决要和她离婚。我思想斗争了几天,悔恨当初我犯下罪行是不可宽恕的,我对不起吴芳芳,对不起她的家人,所以我鼓起勇气,走坦白从宽之路。

"余老师,这就是祝融的态度和坦白的内容,保卫科分析后觉得还是比较真实的,所以准备找吴芳芳核实后报公安部门处置祝融。这样一个结果,对吴芳芳是有利的,她是受害者,祝融的交代洗掉了她身上的污水。你和你妈没有理由揪住她不放了,更不能歧视她,让她继续受伤,雪上加霜了。当时是我授意周芹告诉你这件事的,问题搞到今天这一步,我和周芹也有责任,我向你道歉。"张杰介绍完情况后,又恳切地说了这一番话。

张杰最后说,有什么新消息,我会随时打电话给你。未等余鹏程回话,他把电话挂了,话筒里传来呜呜的长音。

这个消息让余鹏程受到了震动,如果张杰所说的内容属实,那么,所有的人包括自己都冤枉误解吴芳芳了,可是,吴芳芳为什么不说出真相呢?为什么不为自己申辩,而是要背起这个黑锅呢?当周芹把这件事情告知他,他伤心欲绝,看着蓝蓝的照片掉眼泪时,吴芳芳和他仅仅浅浅地对话了几句,她就竹筒子倒豆,很痛快地承认了。她可以叫屈啊,她无需隐瞒事实真相啊!而真相又是怎样的呢?

他看到汪原站在办公桌等着自己看完会议纪要,便拿起那两张 A4 纸看完,改了几个错别字,递给了汪原,待汪原拿了纸走出去随手关上门时,他又靠在转椅的靠背上,转了个方向,陷入了沉思。

他宁愿相信这是真的,虽然觉得有许多蹊跷之处,但他希望是真的,这样,祝融当然会受到法纪的惩罚,引起轰动的整个事件就会得到厘清,妻子只是一个受害者,受害者是无可指责的。她不用遭受可怕的人言,也会获得母亲的谅解。

等待结果吧,到了这个时候,吴芳芳应该讲实话了,祝融不会再挟持她了,她不应该再有顾虑了。他终于有点理解了妻子,她之所以承认得那么爽快,因为这个事情本身已复杂化,人言可畏,她受到了双重绑架,一个是祝融,另一个是迅速传播开来的传言,汹汹涌涌。她已感到有口难辩,任何辩解只会让人觉得是越描越黑,她除了承认,除了哀求,别无选择了。

想到这里,他看了下手表,已到下班时间,他又转了过来,整理起办公桌,锁上抽屉,拎了公文包朝大门走去,他和司机约定,如不用车会打他电话,如不打,就准时在门口等候他。看到他走出来,司机已将车停在路边。他上了车,手机又响了,还是张杰打来的。

"余老师,吴芳芳到保卫科协助调查了,她承认是祝融把她引诱到阁楼上,在她不备的情况下,对她突然袭击,她反抗,骂他,咬他,拼命挣扎,但还是力不从心,让他得手了,事后,她哭了,斥责他害了自己。后来又害怕祝融的要挟,又被迫和他发生了两次关系,其中一次就在货站荒地里,给我用望远镜看到的那次。"

"做笔录了吗?"

"当然做了。"

"那个家伙呢?"

"你是说祝融吗？今天放他回去了,明天转送公安机关,只有公安机关才有权对他实施刑事拘留,他不会逃跑的,他有侥幸心理,以为自己是自首,会得到宽大处理的,保卫科为了稳住他,也是这么对他说的,放心,他会得到法办的,法律是残酷无情的。"

余鹏程好几天来悬挂得高高的一颗心"扑哧"一声落了下来,他仿佛还听到了声音,像天井里那棵白玉兰树掉下的深绿色的果实那样,落在地上发出声响,有时恰巧会落在贝贝身上,它会警觉地窜出去,再回头张望。

吴芳芳听车间里的人说,祝融到保卫科投案自首了,是他非礼了吴芳芳,非礼是一种委婉的说法,她去保卫科协助调查时,那个脸色灰白的科长露出狡黠的似笑非笑的神情,对她说,祝融非礼你了吗？她反问,什么非礼？但她马上明白是什么意思了,来而不往非礼也,这是人们常说的一句话,这不是很严重的话,她马上回答,是的。

她按祝融教她的,一句句答复,讲完后,科长灰白的脸上露出了真正的笑容。把两页记录稿递给她,让她看一遍,她逐字逐句地看,总觉得有不少地方不是她说的,例如竭力反抗,她的原话是我不愿意,我要推开他,但他还是用力抱住我。还有一张梯子给祝融抽了上来,科长问她时,她说当时昏头了,好像抽了上来,好像没有。记录纸上明确地写了,她想逃下阁楼,但发现梯子什么时候给祝融抽了上来,她没法逃下去了。她向科长提了出来,自己真的记不太清了。科长说,你当时一定是吓晕了,你糊涂了,人在那个时候产生这样混乱的意识是正常的。但我可以明确告诉你,梯子是抽上来的,人家是有备而来的。

吴芳芳不响了,她其实是累极了,也紧张极了,不是身体累,是脑子累,脑子紧张。她要应付科长的一个个提问,又要回忆祝融昨晚交代她的话。幸亏科长不断提醒她、引导她,使她应付过去了。

她按科长要求,签了自己的名字,还写上一句,已阅,以上内容属实。这句话是科长一个字一个字教她写的,他的普通话基本上是方言,只是音调上有点普通话的韵脚,怪怪的,很难懂。例如,他把已阅说成了医院,吴芳芳问,这和医院有什么关系啊?科长纠正说,不是医院,是已阅。吴芳芳愣着,她仍没有听懂,科长拿了张报纸,在上面写了已阅两字,吴芳芳才懂了。写完这句话后,科长要她在预先准备好的印台里用大拇指蘸了鲜红的印泥,在记录纸上重重按下,还要她大拇指左右捻一下。

她觉得像是在梦中一样,不由自主地跟着科长的意思做。

她从保卫科回到车间后,看到车间里没有活干,有人聚在一堆议论纷纷,就在行车附近,坐在铸造好的已冷却的毛糙的机件堆上,她坐在行车底下,被那些机件所阻挡,互相看不见,但能听到讲话声。有人说,小祝把所有的事情所有的责任都担下来了,他承认自己对小吴是非礼的强暴的,别看小祝人瘦弱,是残废,可他挺仗义的,敢于承担责任,是个大男人,因为态度好,保卫科让他回去了。

有人问,这么说,小吴没有责任了。她是受害者了。另一个人说,苍蝇会盯无缝的鸡蛋吗?他们关系一直那么密切,整天影形不离,像谈恋爱一样,像鸽子一样,不停地亲嘴。大家笑了起来,有人问,你看到的?那人说,我没看到,反正这种事只有他们自己有数,是强暴还是私通,说不清了。现在把柄被别人抓在手里了,小祝担下了罪名,最多吃个处分,开除团籍,小吴保全了家庭,她男人气煞也没有用,但她并没有责任,不能对她怎样。感情是会受到影响的,但时过境迁,时间一长,她男人也会想通的,说到底他老婆没有什么损失啊,又不是一只碗,有了缺口,这种事情是没有豁口的,对不对?灯一关,照样有用,这个结局真正是皆大欢喜。

这些带有狎昵色彩的语言在工人的谈论中是经常性的,大家心照不宣地笑了,笑得很欢,类似这样的场景时常会出现。吴芳芳开始听了会脸红,后来就习惯了。祝融很讨厌这样的话题和表达,他躲开了,他会孤独地坐在一旁看书或思考,有时写诗,和吴芳芳一起时,他的话会很多,吴芳芳话不多,她是个听众。他在一首诗里自称是教父,暗喻吴芳芳是教徒。听布道似的听他说话。

余鹏程小时候在农村的田地里也会听到这些不堪入耳的粗话,而且更露骨,他还是个青涩少年,但听懂了,他很反感,也会躲开。躺在带着杂草清香和泥土味的田头,望着辽阔无垠的天空,天马行空般的乱想,有时打诗歌的腹稿。这是余鹏程对吴芳芳说过的。

吴芳芳在这些夹杂着打诨、玩笑、传闻的议论中听到了她所关注的东西,她听清楚了,记住了让小祝回去了这一句。她七上八下的心安定了下来,原来紧绷的神经顿时松弛了。

她回到自己的家,心里忐忑,不知道父亲要她回去有什么事,她担心父母已听说了她和祝融的事,也许是婆婆上了家门,控诉了她的罪过。

果然,她刚踏进门,就感受到有种沉重的气氛。父母亲在房间里,弟弟悄悄对她说,你昨晚到哪里去了,姐夫到处找你啊,也找到家来了,没说什么。不过,爸爸去你家里了,找你婆婆了,爸爸估计是你和你婆婆闹矛盾,结果让爸爸非常生气,你小心点。吴芳芳并不怎么害怕,但还是心虚地敲了敲父母的房门,未等答应就推门进去了。父亲对她怒目而视,母亲脸上无光,带着泪痕。她知道问题严重了,头皮一阵发麻。

吴国正走上前来,举起手猛地打了她一记耳光,很响亮,吴芳芳疼得眼前金星直冒,还有点眩晕,脸上顿时留下了五个手指印,火辣辣的,这是她出生以来第一次挨父亲的打。她哭了起来,父亲是个慈善的人,对她疼爱有加,对她百顺百依,养成了她的阳光善良单纯的性格,又孩子般的任性。

她像小时候不小心摔了一跤大哭起来。她妈妈也哭了,说:"芳芳,你怎么这么糊涂啊,女孩子的,也太不像话了。"

"你婆婆不可能原谅你的,她水都泼不进,我看你怎么收场?"吴国正板着脸说,但口气还是比较缓和的,带着惋惜的意味。

"余鹏程已经原谅我了,而且小祝主动承担了责任,我是受害者,他对我非礼……"吴芳芳低声说,不哭了,但不住地抚摸着自己隐隐作痛的脸颊,那里有些红肿。

"他主动承担责任?你就没有责任了?知女莫若父,小时候人家都叫你嗲妹妹,可长大了,有了女儿了,不能再嗲了。你有同情心是好的,但过头了就不好,早就告诉过你,非礼勿听、非礼勿言、非礼勿视,你做到了吗？我对你婆婆说,子不教父之过,我们没有教育好孩子,我们错了,坍鹏程的台了,我们没有理由让你老原谅,你们怎么处置都没意见。"

"芳芳,你婆婆坚持要离婚,鹏程还是谅解你了,不想离婚,他是为了孩子,对你还是有情分的,否则不会满世界找你了,但是,妈还是要提醒你,你不要勉强,强扭的瓜不甜,谁叫你不争气呢？"芳芳妈苦口婆心地说。

吴芳芳又哭了,她只是一个劲地点头。像鸡啄米似的。

"对了,昨天晚上,你在哪里过夜的？"

"先在街上走走停停,后来在医院走廊里坐了一夜。"

吴国正长叹一声,说："好好的日子不要过,作天作地,回去吧,态度好点,看你的造化了。"

吴芳芳回家了,余鹏程已回家,和蓝蓝在客厅里,桌子上已摆着几个菜和碗筷,看到她回来,余鹏程笑笑说,回来了,洗洗手吃晚饭吧。蓝蓝好像多日未见似的,直扑而来,喊着"妈妈、妈妈",芳芳迫不及待抱起女儿,亲她的小脸蛋,蓝蓝说,妈妈,你昨晚到哪里去了啊？我一直等你,奶奶说你是狐狸精,妈什么是狐狸精啊？

吴芳芳神色大变,这时,余妈妈端了一锅饭从厨房走过来,余鹏程对吴芳芳使了个眼色,吴芳芳连忙喊了声"妈",余妈妈只当没听见,风过耳一般,只说,蓝蓝,吃饭吧。一顿沉默的沉闷晚饭。除了余鹏程讲几句外,老太太和吴芳芳都不讲话,吴芳芳自己吃之外,给了蓝蓝用的小塑料碗,一把不锈钢的小勺,她吃得一片狼藉,吴芳芳划了几口,就喂她,喂饱后,放她下来和蹲在餐桌边的贝贝玩。

饭后吴芳芳收拾桌子,到厨房水池里洗干净,放到橱里,老太太在晒台下面的卫生间和蓝蓝漱洗后就上楼看电视去了,余鹏程冲了下澡就上楼到自己房里打开夜灯,通了几个电话,看了会报纸,吴芳芳只要去厂里上班都是在厂里宽大的澡堂洗浴,她只是在卫生间洗脸刷牙。坐在客厅里抱起贝贝,它吃饱了,乖乖地偎在她怀里,吴芳芳和它啰啰嗦嗦地说着话,抚摸它那滑然而温暖的皮毛,它用极其短的一声"喵呜"答应,用小小的前爪轻轻触碰她的颈项,还用头蹭她的脸。吴芳芳感到了一种抚慰。

吴芳芳捡它回来有些时日了,这个院子里发生了不少事,一些冷酷的事,人也在变,但是猫没有变。

啪嗒一声,大门有声响,贝贝从吴芳芳身上窜下,急切地朝门口奔去,它听出是周芹回来了,传来了周芹说话声,贝贝,你还在等我,真是乖孩子,吃饭了吗?贝贝脚前脚后地紧跟着她,喉咙里发出呼噜声,它是告诉周芹,是的,我是在等你。周芹用钥匙开了房门,贝贝尾随着,随周芹一起进了屋子。

吴芳芳还在整理她们那间厨房,周芹探出半个身子,朝吴芳芳招招手,吴芳芳走了进去,周芹关上门问:"昨天你和婆婆吵架了,好像吵得很凶?"

吴芳芳点点头,眼圈又红了。

周芹说:"你别理她,也别放心上。"

吴芳芳说:"她是我婆婆,我怎么能不理她呢?在家里,她的话就是圣旨,连余鹏程都听她的,她就是老佛爷。不过,这次她这么生气,都是我不好,我不怪她。"

"做错事归做错事,这是你和余鹏程之间的事,她凭什么要你们离婚,还要驱逐你出门,她没有这个权利。离还是不离,她作不了主。她还真以为自己是老佛爷?可余鹏程绝不是光绪皇帝,你放心,他不会受妈操纵的。"

"余鹏程已经原谅我了,他昨晚找了我半夜,今天他又打电话要我回来。老佛爷今天找到我爸妈,爸妈打电话让我下班后出家里,爸骂我打了我耳光,我从来没有看到爸这么凶,我婆婆肯定话说得很重。"

"我们和他们是两代人,有严重的代沟,他们的传统意识中,女人在家庭生活中没有太多话语权,在男女关系上老人更是有许多偏见,别说你婆婆,就是我老革命的父母亲,某种程度上可能更偏执,不过是多了些革命的辞藻。他们不懂,时代变了,对这些问题的看法也在发生变化,这是不可阻挡的。我和张杰离婚时,他们一再干涉,我对爸妈说,收起你们的陈词滥调,这是阴沟里的东西了,我闻到了一股霉味,你们瞎操那么多心干嘛,看不惯我,我可以不回来。"

吴芳芳笑了起来。心里畅快了不少。她说:"周芹,谢谢你。"

"芳芳,这件事是我跟你家余鹏程说的,对不起啊,早知道这样,就提醒你,不跟余老师透露了。"

"是我的错,我昏头了。"

"芳芳,我问你一个问题,你不愿意回答也可以。"

"周姐,你问吧?"

"你喜欢那个人吗?"

"谁?"

"你那个姓祝的同事?"

"我只是觉得他挺可怜的,是残疾人,找不到女朋友,父亲瘫痪在床上多年了,他不是坏人,看书不少,知识面比较宽,还会写诗。我和他在一起时,他话很多,平时是沉默寡言的。"吴芳芳说的是心里话。说完后,她马上有些后悔,心里一热,心里的话就脱口而出了,连忙说:"但是我对他从来没有想过那方面的事,我也不知道怎么会发生的。"

"芳芳,我很理解你,世上最难把握的便是情爱关系了,姓祝的肯定对你有意思,你太幼稚了,也很善良,你可能自己都说不准对姓祝的心情,也没有洞察到他怀有叵测之心。当然,你如果真的……"周芹说到这里就停了下来。

吴芳芳有几分明白周芹没有说完的话大概的意思,她没有回答。

周芹又告诉她,她已怀孕,是和张杰的,军军投胎回来了。自己有与张杰复婚的愿望,张杰离婚后,整个人变了,变得有精神了。吴芳芳惊喜地说,周姐,这是大好事啊。可是,张杰和我们厂医务室的林霞在谈恋爱了,听说快领证了,这个有点麻烦了。吴芳芳把这话说出来以后又有些后悔了,自己戳到周芹的痛处了。

周芹倒不在乎,冷静地说,我知道,不错,他们快领证了,张杰没有回避我,我也不会勉强张杰的,我们已结束了,不再是正式夫妻了,我是他前妻了,这不过是我的一厢情愿。很奇怪,过去我瞧不起他,现在觉得他这个人有不少优点。唉,也许距离真的会产生美。小吴,你要吸取我的教训,你们能不离尽量不要离,分手是痛苦的,也是容易的,但以后你会后悔的,会发现自己做了件蠢事,我就是这种感觉,但一切都来不及了。张杰离婚前跟我说过,如果你找不到合适的,我们还可以一起过,我在心里冷笑,我已经遭罪遭够了,还可能回头遭二遍罪吗,而且你那样的窝囊废,会有女人看上吗?可是他居然在我之前找到了结婚对象,我却怀上了他的孩子,我变成了单亲妈妈。虽然以前感到无所谓,我有一个孩子就足够了,但真的怀孕了,我觉得自己孤单了,发愁缺乏一个人带孩子的勇气,而且孩子回来了,爸爸却离开了,我怎么向他交代啊……

吴芳芳听了周芹的这番肺腑之言,看着她眼睛里饱含泪水,怔在那儿,心里很难过,替周芹,也替自己。我是不会和余鹏程离婚的,余鹏程没有什么可挑剔的,以后再也找不到这样的男人了。吴芳芳对自己说。周芹这一番坦诚的话和泪水更坚定了自己不离婚的决心。不管老佛爷如何逼迫自己,自己就是不离。

她回房间时,那盏夜灯亮着,余鹏程在方桌上伏案写着什么,面前放着一大堆资料。听到吴芳芳上来他抬起头,放下了笔看着她说:"怎么这么久才上来?"

"周芹和我聊了一会,她怀孕了,和张杰的,她想和张杰复婚,但张杰有女朋友了,而且快结婚了,是我们厂里保健所的医生,她很懊悔,说自己做了件蠢事。"

"这不对呀,他们离婚一年多了,周芹怎么现在怀孕了,难道他们后来又在一起了,可张杰早就有女朋友了啊,这算什么回事啊?"余鹏程有点惊异地说,"怪不得张杰这段时间经常回来,他是脚踏两头船,那个女医生知道了会怎么样想呢?"

"我没有想这么多,我一直把他们当一家人,张杰每次回来,我觉得很正常,一点都不奇怪。"

"是啊是啊,我的下意识里也觉得他们是一家人,好吧,不去管他们了,他们自己会解决的,后悔也好,遗憾也好,某种意义上,这都是一种成全。男女情事,包括爱情婚姻居然会那么错综复杂,我们不是也碰到了问题了吗?"余鹏程感慨地说。

吴芳芳坐在床沿上不响。她不想听余鹏程引申开来的那些话,但又希望他有个说法,至少应该问一下她昨晚去了哪里。

她见余鹏程又在纸上沙沙地写起来,便脱了衣服,钻进被窝里,靠在床头,夜灯的光束柔和地笼罩着她,后面的房间里有熟睡的女儿,丈夫就坐在自己附近。不久前他嚷嚷要买电脑了,那么,那圆珠笔的笔芯在纸上划过的沙沙声变成电脑键盘的"嗒嗒"的敲击声了,她喜欢听这样的声响。昨晚在冷风飕飕的街头盲目地走着的时候,她迷惘而痛苦,她怀念起这个温暖的家,她以为她会永远失去这一切。后来的事有点诡异,她怎么会走到医院,又会碰上祝融,幸亏碰上了他,她有一个地方待上一夜。她忽然想起祝融在她包里塞了个牛皮纸的大信封,她白天惦记着祝融到保卫处自首的事,后来自己又被召到保卫科问话,下班后又去爸妈家里。她上班时在包里摸到了那个信封,但没有时间拆封,明天无论如何要打开看看。

"你怎么还没睡,赶快睡吧,昨晚你又没有好好休息,别担心了,一切都会好的,一切都过去了。我还要等会儿才能结束,你先睡吧。"余鹏程一边写一边说。他终于有了说法了,这几句话不亚于法庭上的一个判决词。

她躺了下去,闭上眼睛,但眼泪水透过眼睫毛一滴一滴流下来,就像草丛里的潺潺流水。

第二天,吴芳芳起床时,余鹏程还在蒙头大睡。她没有喊醒他。下楼准备好了早餐,余妈妈抱着蓝蓝下楼了,蓝蓝有点不高兴,她还没有睡足,余妈妈没有理儿媳妇,喂了蓝蓝牛奶、稀饭、肉松。吴芳芳观察了一下,周芹房里静静的,连贝贝都没有出现,它大概又睡在军军的小床上了。吴芳芳把女儿送到托儿所,便上班了。她背着包爬上行车,又打开了包,从里面掏出了那个信封,封口是胶水糊的,很严实。她从行车的一个小铁箱里取出一个锯片,小心地打开封口,里面有身份证复印件,一枚牛角印章,一把长长的不锈钢钥匙,还有一封信。她取出信,把其他东西放进包里。然后读起信来。行车里光线很好,车间顶上的巨大的射灯,把每个角落都照得暴露无遗。

芳芳:我惹的祸,给你添了麻烦,甚至危及你的婚姻,我焦虑万分。但我不后悔,因为我爱你,真心实意的。我知道我配不上你,你能这样友善地对待我,是我的幸运。我们有过充满激情的三次,我非常幸福。更多的时候我们互相畅谈、散步、思念。暴雨星辰,春风刻骨,这是多么美妙的时刻,我知足了,永生难忘。

几件事关照你,你无论如何要按我说的去做,第一,在任何情况下,都要把这个事件的责任一定要推到我身上,要明确说我强暴你,你是进行反抗的,我把梯子抽掉了,你无从逃跑。事发后,我要挟你继续发生关系,你怕我去告诉你丈夫,被迫接受了我。

第二,我可能会得到惩罚,你不要去为我作任何辩解,这是多余的,徒劳的。别替我感到惋惜。虽然是nothing(莫须有),但为了你,任何惩处我都在所不惜。

第三,那把钥匙是银行保存箱的,我根据父亲的嘱咐租的,里面是两块手表,你暂时不要去取,除非主人有了可靠的消息,钥匙、印章、身份证复印件请保管好,备用。父亲几十年的心愿就是物归原主,他已是重病缠身,不久于人世了。关于我父亲可能出现的变故,我已另托别人处置,你不必过问。你要和余鹏程好好过日子,他是个有才干有责任心的男子汉。

祝你一切顺利!

祝融即日

吴芳芳看完信,百味交集,惴惴不安,这封信的口气和词语好像他的一封诀别信,他所说的惩罚是什么样的惩罚,保卫科不是在昨天放他回去了,既然放他回去,也就是说,他没有什么事了,可是怎么没见到他的人呢?

她俯瞰着整个车间,她居高临下,可以看到每一个人每一个角落,她还可以在上面移动,没有什么看不清的。但她没有找到祝融。这时,突然警报声尖叫而来,一辆闪烁着红灯的警车开入车间门口,跳下来几个警察,走向车间主任办公室。吴芳芳大惊失色,她看到两个警察押着祝融走出来,祝融镇静自若,神情冷傲,甚至有点大义凛然。他走到行车下面,抬起头望着车厢,和高处的吴芳芳的视线接触了一下,嘴边露出了一丝难易觉察的微笑,然后一拐一瘸地走出去,上了警车。

这情景使她想起了电影电视剧中看到的革命者慷慨赴义的画面。

吴芳芳很震惊,祝融所说的惩罚竟然是锒铛入狱,这就是说,他会作为罪犯判刑,这是她绝对没有想到的,她的简单,她的没心没肺的性格使她不会想得那么复杂。祝融当然是想到了,所以他写了那样的诀别信。吴芳芳恍然大悟,祝融用自取其辱的方式,用毁掉自己前途和名誉的方式保护她,挽救她的婚姻,这种自我牺牲精神,这种自诬的做法让吴芳芳有了种强烈的痛感,不可抑制的痛感,像一把尖锐的锋利的锥子深深地刺进她的心,她伏在操纵台上大声痛哭起来。

车间里机声隆隆,一片嘈杂声,她很无奈也很无助,她救不了祝融,祝融只能在大墙的铁窗内关上数年,他会失去工作,强奸犯的罪名会伴随他终身,如果他病危的父亲一旦去世,他甚至不能为其送终,不能参与父亲离世后所有仪式。死亡像是通过一连串的仪式来确认,就像结婚,领了证还必须通过婚礼和酒宴才算是得到确认。这是社会风俗,完全是中国式的。而祝融被剥夺了参与这些仪式的权利。什么都可以缺席,唯独他不能缺,这些都需要由他亲自操办的,由于情况特殊,他只能委托别人代办了,这对祝融这样一个孝子来说,是一种何等悲伤的精神折磨,何等的痛苦,他会遗憾一辈子的。总之,他会被这个世界所遗弃,即使释放了,也会一辈子戴着劳改释放犯的帽子,要知道,他只有二十多岁啊!

他曾告诉过吴芳芳,妈淹死后,因家里穷,父亲倾其全力买了块墓地,草草将骨灰盒埋进了墓穴,父亲做到这样已不容易了,他的愿望是要重新修一下墓,父亲去世后和妈合葬,让他们得以安息。中国人有慎终追远的传统,所以极其重视葬礼,有仪式感,这些年已破除的仪式都恢复了,有过之无不及。

他也要隆重地举行祭奠仪式。他陪吴芳芳去过修葺后的墓地,黑色大理石的墓碑、墓穴,背靠青山,周围种栽着四季常青的花木,春天会开花的。吴芳芳没有经历过死亡和葬礼,她对着墓地是木然的,祝融对着墓碑上的母亲照片哭了,父亲的名字也写在上面,涂着红色,生者和逝者的颜色是不同的,体现阴阳两隔,父亲照片的位置空着,祝融跪下来叩拜了三个头。

那时,吴芳芳还没有遇见余鹏程。

下面的哨声一阵阵响着,吴芳芳猛醒过来,开始冷静下来,开动行车,在师傅的指挥下,起吊铸件和设备,她的脸上还淌着泪珠,在车间顶棚强光的照射下,显得晶莹剔透。

祝融的被捕在全厂引起了轰动和震动,铸件车间还比较平静,就像强暴风雨的风眼,缺乏新鲜感了,稍稍意外的是,昨天放人回家了,以为没有事了,今天却突然拘捕了。

吴芳芳成了众矢之的,外车间的人基本上都认识她,她的漂亮在厂里引人注目,公认为厂花。

一个如此美丽的女孩子给一个残疾人强奸了,这本身就带有戏剧性和残酷性,有表示愤怒的,咒骂祝融可恶至极,应该从严法办。也有表示质疑的,吴芳芳为什么要到祝融家里去,还要爬到他住的阁楼上去呢?是强奸还是通奸就发生在阁楼上,很难说得清,因为谁也没有看到,凭他们的口供就能定案吗?

还有,事件发生了好多天,祝融坚不吐实,但突然就投案自首了,而作为受害者的吴芳芳始终没有告发他,据铸件车间里的人说,事发后,不仅吴芳芳若无其事,而且两人的关系更为密切。直到祝融坦白了,她才被动地地指控祝融"非礼",强行奸污了她,她当时是挣扎的,但逃脱不了等等,他们好像是在演戏,而这场漏洞百出的双簧如何作出合理的解释呢?难道警方还掌握了更多过硬的证据?但人们只是说说而已,没有人站出来正式提出这些问题并要求解答。

余鹏程在第一时间得到了祝融被捕的消息,他自然也觉得其中有需要推敲的地方,但他不去多想了。不管怎样,不可否认的事实是,祝融早就对妻子图谋不轨,怀着企图,他千方百计诱惑头脑简单,凡事不求深思,没有害人之心又没有防人之心的妻子,而且乘妻子不备强行和妻子发生了关系,这是强奸,至少是性侵。这就是事实。

祝融就是个色狼,他不是那种在偏僻处对单身女人进行伏击或闯入住宅内持刀劫色的色狼,而是个口蜜腹剑,披着温情脉脉外衣的色狼。

消息是张杰打电话传递给他的,张杰没有食言,他随时给他通风报信。对于祝融的这个可悲的结果,余鹏程的心情是坦然的,虽然对吴芳芳的名声也会带来影响,在中国人的道德观念里,强奸犯该死,被强奸的女人似乎也不干不净,不齿于人。余鹏程心里也不舒服,但不会在道德上歧视吴芳芳,而且,妈妈固然可能会瞧不起她,但毕竟不会坚持他们离婚了，至少能够挽回他们的婚姻了。这是不幸中的大幸。

余鹏程很感激张杰，约他吃顿饭，他爽快地答应了，余鹏程让他把女朋友带来，我和吴芳芳，就四个人。张杰说，好啊，你还没见过她，正式介绍给你认识，吴芳芳当然和她比较熟悉，她们性格有相似的地方，就是直爽开朗，不是那种磨磨叽叽的小女人。余鹏程说了家饭店的名称和地址。就这样说定了。

余鹏程打电话到吴芳芳车间，很长时间吴芳芳来接了，声音也有点异样，有气无力的。余鹏程问她，怎么了啊，不舒服吗？吴芳芳回答，没有，今天比较忙，有点累。余鹏程说了晚上请张杰林霞一起吃晚饭的事，让她下班后直接去饭店。吴芳芳询问地"喔"了一声，说，一定要去吗？余鹏程问，怎么，你晚上有事？吴芳芳沉默了一会回答说，没有事，只是没有劲。余鹏程说，出来散散心吧，都是熟人。吴芳芳说，好吧，我去。

这是家有名的饭店，余鹏程点了几道这个饭店的招牌菜，还要了一瓶红酒，余鹏程为了制造气氛，对林霞说："今天你们女同胞也来一点。"说着，拿起酒瓶，在林霞和吴芳芳的酒杯里斟了浅浅的一层，给张杰和自己倒了半杯。

张杰指了指林霞说："林霞，双木林，朝霞的霞，我们厂医务室的医生，也是当兵出身，在部队当了几年卫生员，后来到军医大学进修了一段时间。"

"余老师，你好，久闻大名，经常听张杰提到你，我们初次见面，不过和芳芳挺熟悉的。芳芳是不是？"林霞大大方方地说。

吴芳芳点了点头，没有作声。

余鹏程对林霞印象不错，朴实无华，端庄中透着一股英气，拿起酒杯，对她说："林医生，我敬你一杯。"说完，余鹏程喝了口酒，林霞也端起酒杯喝了一小口。

张杰敬了吴芳芳，他是一口干，吴芳芳只是嘴唇碰了碰。

大家都没有触及祝融被捕这个话题，当然是吴芳芳在场的缘故，但其实四个人刻意回避更是在意这件事，余鹏程注意到吴芳芳情绪低落，强颜欢笑，明白祝融的被捕触动了她的心弦，这瞒不过他的眼睛。祝融的下场不会让她高兴，反而会同情那个人，为他感到痛惜，毕竟他们从小到大相处得很好，况且，这件事与她是脱不了干系的。她内心很可能在自责在遗憾。这是可以理解的，否则，她就不是吴芳芳了。她慢慢会想明白的，所有人都要为自己的行为负责，谁都逃脱不了，没有人要害祝融，他是罪有应得。

饭局有点沉闷，这些年余鹏程从事经营工作，参加过无数次应酬，中国人的生意，特别是改革开放的最初十年，多数是在酒桌上，在频频碰杯声中完成的，他从最初的不适应到驾轻就熟。他感到气氛不怎么融和、热烈，于是他主动出击了，他把自己酒杯满上，再倒满了张杰的杯子，再在林霞和吴芳芳酒杯里添加些，然后对吴芳芳说："芳芳，我们一起敬敬张杰和林霞，祝你们幸福！"他对吴芳芳挥一挥手，两人站了起来，张杰和林霞也站了起来，余鹏程和张杰一饮而尽，林霞也干了，吴芳芳喝了一半。

余鹏程坐下后说："张杰，你们都是当兵的，既然战机成熟了，为什么还要拖泥带水呢？兵贵神速，快去领证吧，早生贵子，我等着喝你们的喜酒呢？"

林霞脸红了，有酒精的作用，也有掩饰不住的兴奋，她变得神采奕奕，捂着嘴笑起来，看了张杰一眼说："谢谢余老师，你说得对，我也不想拖泥带水，大家都不是小年轻，可我不知道张杰怎么想的，只听楼梯响，不见人下来。"

你怎么会知道呢？周芹怀孕了，她有了复合的念头，大概还没有向张杰摊牌，但从张杰这段时间回家那么勤，可以看出一点苗头。周芹的怀孕显然不知不觉中使得张杰的心向前妻倾斜，军军夭折的创伤已经愈合。这个让他们忧虑了多年和留下了痛心的记忆，并导致他们离异的儿子如今孕育出了新的生命，这让他们兴奋不已，张杰当然明白前妻的心思，他自己也许也产生了同样的心思。可是他为难了，这中间横亘着林霞，一个拯救者，一个把他从崩溃的边缘拯救回来的女人，没有林霞，他可能还会沦丧下去。他没有勇气离开她，他又对那个曾让他不思回归的家产生了眷念之情，他一时难以作出抉择。余鹏程心里对张杰的纠结混乱了如指掌。

吴芳芳突然说："张部长，你要尽快作出决定，拖延不是个办法，否则对林医生不公平的,周芹有了,你知道吗?"

幸亏说了模棱两可的"周芹有了",这句话可以说成是怀孕,也可以说是有了结婚对象,界线是模糊的。张杰很尴尬,余鹏程瞥了吴芳芳一眼,目光中带着责备和恼火。

余鹏程说:"芳芳,你不要乱说话,事实上,许多离婚的夫妻还是朋友,有一定来往的。离婚并不是双方成了陌路人,甚至成了敌人,老死不相往来。林霞,你说是吗?"

"余老师说得对,我赞成张杰回家看看,帮周芹做点杂事,一个女人生活不容易啊,今后我们结婚了,周芹也结婚了,我们两家可以像亲戚那样走动走动,这有什么不可以的呢?"林霞笑着说,"周芹有了男朋友是好事啊,是什么样的人啊,周芹的父亲是部队首长,我虽没见过她,我想她眼界高,男朋友肯定很优秀。"

张杰声音低沉下来,不置可否地说:"我只知道一直有人追她,他们报社的一个丧偶的副总编对她很有意思,但现在进展到什么地步,我不太清楚,这些事情我不太好问。"

就在他们聚会的这一个晚上,祝融的父亲在熄灯后,护工放下靠椅睡下后,黑暗中用护工遗忘在床头柜上的一把水果刀割断腕上的血管。他受病魔的折磨实在太痛苦了,瓦解了他活下去的欲望,早有自我了断以求超脱的打算,无奈他已失去行动能力,否则爬上窗户纵身一跃,从八楼坠下而死。

而医生早已觉察他的厌世情绪,交代护工多监护他,锐器之类的东西要从他身边拿走,安眠药看着他吞下去。今晚护工一时大意,把水果刀忘在他身边了。夜间,护工曾起来看了他两三次,见他睡得一动也不动,就继续睡了。到了清晨,他闻到了血腥味,赶紧起来掀开他被子,发现遍床是血,且流淌了一地。第一时间喊来值班医生,监视器上已是一条闪亮的直线,仔细检查,已无丝毫的生命迹象。

在床头柜找到了一张纸,上面写着几行字:

我生不如死,曾请求安乐死,没有获准。我只能自我了断,我自己负责,与任何人无关。融儿记住,后事一切从简,不要举行任何仪式,我和你妈团聚去了。其余事宜已嘱咐你,请遵照办理。

医院有祝融的联系方式,因为是非正常死亡,医院报了警,并打电话到铸造厂祝融的车间,车间答复,祝融犯了罪被捕了,会向厂保卫部门汇报后再和医院联系。警方很快派人来了,看了那张纸,询问了吓得瑟瑟发抖的护工晚上死者的一些情况,做了个记录,证实是自杀。护工和医生在上面签了字,按了手印就走了。尸体送太平间,病房进行清洗。厂保卫处人员也到了,了解一下情况后便和警方联络。

警方出于人道主义及考虑到祝融犯罪情节较轻,同意祝融在警员监督下,出狱处理后事。祝融和他的委托人,他父亲的一个侄子到了医院太平间,祝融见到父亲脸色如灰,表情痛苦,腕上有一大块青紫的伤痕。祝融情绪还算稳定,他没有号啕大哭,身旁还有个监狱的看守跟着。但悲痛在他心里翻江倒海,他哭泣着,突然跪了下来,伏地叩头,父亲的侄子他的堂兄也跟着叩头。按照父亲的遗言,尸首立即送殡仪馆,祝融回家取了一套新衣服,这是他不久前为父亲准备的,到殡仪馆为父亲换上。

邻居默默地站在他家门口,个个神情哀戚,他们问,什么时候火化。祝融回答说,明天上午。有人塞给祝融一个白信封,这是白文,按习俗白文是不能推却的,祝融收下了。见跟着的警察没有阻止,邻居们纷纷塞上白文。

当天晚上,在房子小小的客堂间里,挂了父亲镶在镜框里的大幅黑白照片,清癯的微带笑容的脸,照片下是他和堂兄送的花圈,还有邻居送的几个花圈,他俩坐在照片前守灵,轻轻地放着哀乐。警察是个老实人,他拍拍祝融的肩膀,说了声,明天完事了,请大家吃顿豆腐饭,在家里待着,我来带你。说完就走了。

第二天上午在火化前和遗体告别,这是避免不了的。祝融讲了话,他说,父亲是个慈父,也是个严父,他和母亲团聚去了,父亲心情迫切,所以采取了这种极端的方式离开。父亲是个卑微的人,但在我眼中他是个了不起的人。他列举了两个例子,一个是两块手表的事,手表价值一两百万,但他在身无分文,揭不开锅的时候,在躺在床上不能动的时候,他明明知道手表的主人已不在了,都没有想到要把它们卖掉,如果卖了,我们的生活立马可以改观,不久以前,这两块表父亲交给了我,不是让我继承遗产,而是让我寻找原主的亲人;另一个是跌入窨井的事,父亲跌成了瘫痪,他没有深究,醒过来第一句话,要市政管理局去用绳子把那个坑围起来,做上标记。在床上他还设计了一个偷不走的窨井盖。这两件事我本来不想说的,但今天不说,恐怕没有机会了。

大家听了,十分震惊,来的人有邻居,死者生前的几个老友,几个亲戚,祝融的几个同学和铸造厂的同事。其中有吴芳芳。

吴芳芳是上班后听说的,是车间主任告诉她的,你想去参加,我准你的假,谁愿意去我都批准。小祝虽然犯错误了,但他很可怜,也很仗义。你心里有数,走得太近了,可能是场灾难。这是我读大一的女儿说的。

吴芳芳顿时就流泪了,她觉得一阵眩晕,就像迎头给什么东西沉重一击,她立即和车间几个祝融比较好的同事骑自行车赶到殡仪馆,祝融刚刚开始讲话,没有稿子,随口说的,但句句让人震撼心魄,肃然起敬。尸体推出来的时候,老人经过化妆,脸色红润而安详,祝融扑上去,悲痛汹涌而至,哭得死去活来。参加告别仪式的人心里都很悲伤,都在抹眼泪,吴芳芳哭得眼睛红红的,一方手帕都湿透了。祝融没想到还有这么多人来送父亲,父亲遗嘱不举行任何仪式,但这个仪式不算仪式,他连悼词都没有写,是许多人自发来送父亲的,他有点仪式感了,他不得不说上几句,讲了两个父亲的故事,在场的人都感动了。

等骨灰的时候,在休息室歇息的时候,祝融捧着父亲的照片,神情麻木地呆坐着。

吴芳芳找到他,坐在他旁边,小声说:"你怎么回事?自投罗网,到监狱里去了,早知道这么个结果,我不会配合你的。我会跟保卫科说,事情经过不是这样的……"

"你别干傻事,我不会有大事的,如果后果严重,他们不会放我出来处理我爸的后事了,好好和余老师过日子,他是个好人,你别七想八想的。"

"如果你判了几年刑期怎么办?"

"你别管我,只要你过得好,我就安心了。"

"我怎么可能不管你呢?我能那么自私吗?"

"你这个人是猪脑子吗？一句话,我为了你,接受什么样的惩罚,都是值得的,记住,别感情用事。我要去取爸爸的骨灰了。"他眼睛里眼泪汪汪,又有火影,他朝一个方向指了下,吴芳芳看到,不远处,堂兄朝他招手。

"豆腐饭我不去了,我吃不下,心里难受。"

"好的,你回去吧,我将父亲落葬后就回看守所了,我再说一遍,别做什么蠢事,你这样是害我也害你自己,最后弄得我们都没有好下场。"祝融用严厉的口气说,说完,猛地朝堂哥一颠一颠奔去。

吴芳芳和车间几个同事没有参加落葬也没有去饭店,到厂里的时候,天气晦暗下来,阴云稠密,下起了蒙蒙细雨。吴芳芳读技校时参加过爷爷奶奶两次落葬仪式,凑巧的是,两次都是下雨天,是冬雨,墓园里寒风刺骨,他们撑着雨伞,举行了繁琐的仪式,无尽的眼泪水和雨水混在一起在脸上淌着,无尽的悲伤和阴冷。这给她留下了深刻的印象。

军军落葬时阳光明媚,草色连天,张杰哭得差点昏了过去,周芹已麻木了,只是久久地把骨灰盒抱在怀里,一遍又一遍地说,军军,记着回来啊,爸爸妈妈等你啊。直到封墓穴盖的工人拎着水泥桶和手握小铁铲一再催促,她才依依难舍地捧给了那个穿工作服的脸色黝黑的工人,当墓穴封好,周芹才"哇"的一声哭出了声来,吴芳芳哭泣着把一束天堂鸟放在墓碑上,上面镶嵌着军军的照片,他笑得很快乐。

她想象祝融父亲落葬时情景一定和她爷爷奶奶的那个雨天的情景一样,祝融也会是眼泪和雨水在脸上奔流不息。他也会在水淋淋的坚硬的石板地上下跪叩拜。他的父亲知道儿子完事后会关进看守所吗？他残忍地割腕自杀,固然是忍受不了病痛,但也有不想拖累儿子的原因,可是,他儿子不想拖累我吴芳芳,将自己送进了监狱。他地下有知,会恨我的。想到这里,她自己恨起了自己,自己看轻自己,她对自己说,明明是两个人的错,你却心安理得地让祝融顶着强奸犯的罪名坐牢去,他的人生完了,而自己却若无其事地滋润地活下去,这怎么可以呢？这对祝融来说,太亏了吧！

接下来的几天,车间里没有人再谈论祝融了,但吴芳芳觉得周围的人看她的目光有种讥嘲和鄙视,她不敢接触大家的目光,总有种问心有愧的感觉,丈夫余鹏程只字不提这件事了,而且对她关心多了。婆婆已经和自己说话,话语里隐隐的透着歉意,那种错怪了她的歉意,家里平静了下来,好像什么事都没有发生过。

吴芳芳却平静不下来,她白天心神不定,晚上辗转难眠,她一直在思考在权衡,她的耳边不断地响着祝融在殡仪馆对自己说的话。然而良心责备又使她痛彻心扉,她承认,她应该做点什么来救赎自己,她估计如果真的做了,可能会挽救祝融,但也会惹丈夫和婆婆生气,搞不好会使好不容易平息的家庭矛盾重新激化。她内心纠结、挣扎,左右为难,下不了决心又不甘罢休。余鹏程看出她的精神状态不佳,以为她身体不适,婆婆思忖她还在计较自己前一时期的凶悍态度,婆婆反省自己有些话确实太伤人了。

余鹏程装得很随意地问吴芳芳:"要是太累了,到林霞那里请几天病假在家里休息休息。还有,妈妈是老脑筋,前一阵对你过分了,你别怨恨她了,她毕竟是我妈,你爸还不是抽了你一巴掌吗?你不是早就原谅了。长辈嘛,不管对我们做了什么,都没有坏心的。"

"我不累,妈说的话,我怎么可能会恨她呢?我是这样心胸狭窄的人吗?"

"那就好,我只是觉得你很疲惫,好像有什么心事,如果有,你讲给我听听,别闷在心里,会憋出毛病的,谁都知道,你是个藏不住话的人。"

余鹏程的态度很诚恳,话也说得合情合理,她发自内心感到感激,很想把几天来折磨她的问题吐出来,听听丈夫的意见,但她意识到,无论如何不能把这些想法告诉丈夫,丈夫再大度,也不可能宽恕祝融,放过祝融的,自己怎么傻到要求丈夫站在自己一边呢?太荒谬了,算了,这件事再考虑考虑吧,不能草率从事。

"我不累,也没有什么心事,只是有些心烦,厂里传说要改制,听说这个月工资都发不出了。"

"国企困难是正常的,你们厂和全国国企一样,不改革是没有出路的,阵痛不可避免,你别担心,也要有心理准备。"

我担心的不是工厂的命运,这只能顺其自然,我坚信自己不会丢掉饭碗的,政府怎么可能对国企不问不闻呢。我担心的是监狱里的那个人,这个世界上只有我能掌握他的命运,坐牢还是出狱,你余鹏程是根本不了解我在想什么,我该怎么办呢?

她沉默着,心里这么想,她确实举棋不定。

二十

余鹏程的事业顺风顺水。

台商说话算数,按照合同,该他们执行的事——到位,资金、生产线及相关设备、人员。李博士带了几个技师夜以继日地安装,财务总监也到了,是一个叫刘义庆的男孩,台北大学经济专业的毕业生,长得唇红齿白,是台湾高雄人,祖籍福建。感觉上有点娘娘腔。汪原挺讨厌他的。他和李博士是同乡,平时很内向,很少说话,给人有点阴柔的感觉。教育局派出了一个会计,是原来余鹏程分配到建筑工地时,学校集体宿舍那个住在一个楼层的女教师,余鹏程帮她修理过日光灯。马校长推荐的,叫王菲,人很土,名字很洋气,和那个著名歌手同名同姓,上课不行,后来就调到总务科,登登记算算账,她倒很喜欢这个工作,就考了个会计证。

林老板来主持开工仪式,胡雪也来了,还有林老板一个正在上大学的儿子也跟着来了,他在林老板的公司里实习。开工仪式很热闹,请了一个市里有名的锣鼓队,一色的娘子军,穿着大红的民族服装,一个圆桌大的锣鼓,鼓声喧天,擂起来惊天动地。市领导来了不少,各中学的校长、书记都来了,市相关的经济管理部门的领导也到了。

唐朝阳主持会议,许多人讲了话,其中包括余鹏程。市委周副书记等剪了彩,每人一把涂金的剪刀,剪完后放在一个盒子里让剪彩人留作纪念。高市长在最后的讲话中高度评价了这个中外合资企业,也高度肯定了校办企业的发展成果,指出,校办企业不仅为教育事业的发展提供了经济支撑,也为教学方式的开革创造了新路子。课堂和工厂的融合,使学生们有了实践活动的基地,他在讲话中点了余鹏程的名,说书生从商,是儒商,能文能武,余鹏程就是从校园走出来的杰出的经营人才。

然后是参观工厂,产品陈列馆。产品都是从深圳运输来的,各种款式的电动自行车和一些高档的自行车,还有几辆德国、日本产的电动自行车,琳琅满目。款式之新,质量之佳,具有国产同类产品无法企及的高品质,令人啧啧称叹。李博士在一旁介绍,刘义庆跟着。他从技术上、功能上、销量上解释得很详细。着重指出有几款车型是他设计的,他笑着说:"你们不会相信我在大学里学的是建筑,这是父亲强加给我的,因为他自己是建筑师,想当然我一定也会对建筑也有兴趣。其实我从小就喜欢机械,家里的座钟、挂钟、手表都给我拆卸重装过,大学毕业后,我最终还是回到我自己的领域。"

林老板走过来,大声说:"李博士正在研发一种马达,它颠覆了传统马达的结构,传统马达是芯轴转动,而李博士的马达是外壳转动,这是个神奇的老母鸡,下的是金鸡蛋。"

大家惊讶地议论纷纷。这种马达确实是闻所未闻,这种马达的原理在哪里呢?为什么是个产金鸡蛋的神奇老母鸡呢?许多人在窃窃私语,但李博士没有时间澄清大家的疑问,他指着一辆电动自行车说:"这是辆脚踏和电动两用电动车,是我设计的,它作为自行车有二十四挡变速,作为电动车时速达三十八公里。无论是自行车还是电动车,技术含量并不是很高,关键是每一个零部件都要做到极致,如车胎,大陆的自行车几乎一两天就要打气,而我们起码可以保持半年,甚至一年左右。"

人群里又发出一阵惊叹声。中国人在很长的时间里都经历过几天就要打气之苦。

"电动自行车什么时候可以有卖呢?"有人问。

"下周起,我们的电动车和脚踏车就上市了,少年宫设有门市部,将来会在市里建四五个门店,这种两用型的,我们正在开发学生专用的款式,小巧安全。以后我们要生产电动三轮车,电动汽车。"林老板说。

仪式之后是宴请,发放了资料,台商深圳公司和台湾总部的画册,印刷精美,内容丰富,也有教育局校办企业的文本,厚厚的一大本,但印刷粗糙多了。

胡雪很低调,但心情不错,她一直隐藏在来宾众多的人群里,打扮收敛、简洁,一身墨绿的剪裁合身的套装,领子里是灰色细花的丝巾,一个看上去很普通的拎包。其实服装和包都是价格不菲的大牌,在这种喜庆的场所里,显得典雅大方。

比较突出的是两个人,一个是汪原,她穿着牛仔裤,上身一件浅灰色的羊绒开衫,一双运动鞋,显得太随意。另外一个是钱雁玲,她穿了一件粉红的旗袍,矮胖的身材是不合适穿旗袍的,她无疑不知道穿衣要扬长避短的道理,也没有感觉到自己在人堆里显得突出而扎眼。偏偏她自我感觉特别良好,逢人就递上印有电动自行车公司董事会监事的名片。

虽然汪原的打扮过于随便潦草,但作为女孩子不失洒脱自然,而钱雁玲的俗气使许多人哑然失笑。本市来的教育系统之外的客人都免不了对她多看了几眼,是那种从头看到脚的带着嘲笑的一瞥,并低声议论打听她的来历。

丁局长把妻子拉到一边,小声说:"谢谢你,快去把旗袍换掉,别给我丢人现眼了。"

"我的旗袍怎么啦?丢你什么脸了,我这是定制的,裁缝师傅说,这颜色这式样特别适合我。再说,旗袍是国服,宋美龄一辈子都穿的旗袍。"

"你真以为自己是宋美龄了?你去照照镜子去。"

恰好几个校长走过来,笑着说:"丁局长,你夫人今天真是太出彩了,为你增色不少啊!我们刚才还在议论,丁夫人今天可是大明星啊!"

"笑话笑话,刚才我还对她说,她这个身材不适合穿旗袍。"丁局长尴尬地笑着说。

"不关你什么事,只要我觉得合适就好。"

汪原在不远处听到了,对着余鹏程和唐朝阳捧腹大笑,笑得眼泪都出来了。

余鹏程说:"你自己呢,为什么不穿正装?"

"我是小角色,跑腿的,你们西装革履,旗袍女神,我随便些没关系,穿得太一本正经,被人当作礼仪小姐,或者当成花瓶。"汪原收起笑容说。

余鹏程瞪了她一眼,说:"这件事胡雪功不可没,什么时候,我们单独请她吃饭。"

"别我们了,唐朝阳早就和她约好了,今晚他们两人世界,你我就别掺和了。"

余鹏程意味深长地看了唐朝阳一眼,拍了他一下肩膀,说:"好吧,你当全权代表吧,挑个好地方,买个礼物送给她,费用由公司报销。"

"我请她吃顿饭还请得起,如果这点钱还要报销,给那个姓钱的女人知道了,又会小题大做。"

"是啊,请初恋女友吃顿饭也是应该的,况且你们一直保持着联系,虽然分手了,还是好朋友,唐老鸭,我很欣赏你的宽宏大量。"余鹏程说。

"头儿,你的反应也太迟钝了,也许唐朝阳心里还放不下人家吧,期待有一天重归于好,我知道你们男人,失去了的东西死心塌地地想追回来。"汪原说。

"小丫头,年纪小小的,好像是个情场老手似的,什么都懂。告诉你,我可没有患什么妄想症,我和胡雪没有这种可能性了,而且,我越来越觉得她离我远了,我们是经常通电话,她回来过几趟,大家吃个饭喝杯咖啡,只是一般的朋友来往。今天也是。"

钱雁玲也好,汪原也好,都无伤大雅,仪式在一片欢天喜地的氛围中拉下帷幕。

余鹏程的自信心倍增,电动自行车项目的成功,前景可期,这意味着校办企业出现了质的转移,已经从小打小闹向现代化工业生产的方向发展。市长在讲话中提到了他,对他评价很高,这是他没有想到的,他和市长从未接触过,浑然不知市长是从哪里了解他的。虽然是那么几句话,他像打了鸡血似的心情愉悦舒坦。

他回到家已经很晚了,夜灯在黑暗中透过窗帘,在天井里就能看到光芒,如果什么是家的温暖,那就是永远等着他回来的那盏灯,余鹏程今晚对此感受犹深。是啊,哪怕你游走这个城市这个世界每一个角落,最吸引你的还是这盏灯。

走进房间,他稍稍有些失望,吴芳芳没有像往常那样靠在床头等他,她睡了,睡得很沉,以前也有睡着的时候,但很容易惊醒,他一走进房间,哪怕脚步再轻,她像有一种超强的感应似的,立即会醒过来。然而,她今天一动也不动。余鹏程睡意来了,哈欠连连,立即倒下便睡。

吴芳芳并没有完全睡着,她是半醒半睡,她还在纠结,还在思想斗争,她不想和丈夫讲话,让她拼命挣扎的表面是一个简单的问题——要不要去保卫科去公安部门说明真相。其实这个问题也是很不简单的,因为她已深度陷入了一种情感关系,情感的实质是复杂的,人和人之间会产生很多矛盾,内心和具体行动会产生迷乱和徘徊。

这是吴芳芳一生中最艰难的日子,在她内心隐秘的痛苦中,她无法与任何人沟通,她只能独自徘徊不定。

她瘦了,她沉默了,她感到生命承受之重,她寝食不安,再这样下去,她会发疯,人是容易精神错乱的物种。最后促使她下定决心的是她父亲吴国正。

她需要与人商量来支撑她靠向哪一边?不能这样拖下去了,她要被拖得心力交瘁了。

她最信得过的人是父亲,父亲是一个正直的人,也是一个特别善良的人。也许她善良的性格来自于父亲的基因。她把所有的情况毫无保留地告诉了父亲。父亲自然明白这件事涉及到女儿的家庭和婚姻。他没有立刻答复女儿,而是要女儿让他考虑一天,明天下班后回家后听他的意见。

第二天下班后,又是个下雨天,淅淅沥沥地下个不停。吴芳芳回家后,父女俩在房间里有一段简短的谈话。

"爸爸,你说吧,我该怎么办?"

"孩子,我问你,如果小祝被判了几年刑,你会觉得心安吗?"

"不会,我一辈子都会觉得有愧于他,我欠他的,我无法还他。"

"我跟你说过无数遍,防人之心不可无,害人之心不可有。你不小了,和朋友交往中,没有防人之心,防别人,更没有防自己,你们出格了。你如果再害人不浅,那么,就像你自己说的,一辈子都会不安心,你能这么想,说明你良心未泯。"

"爸爸,我知道自己该怎么办了。"

"你要考虑后果,一旦鹏程和你婆婆不原谅你,你的人生的命运会改变,刚刚挽救过来的家庭就会破裂,这是非常严重的事。"

"我害怕的就是这个后果,我不想失去这个家。鹏程还是有可能理解我的,但婆婆绝对不可能。她太固执了。"

"那么,在这个问题上,两全其美估计做不到,你自己酿成的苦酒自己吞下去吧,你自己看着办吧。你只能选择一个,就像饥饿一样,只能选择进食,食物是唯一的选择,如果不想吃东西,又要饱肚子,你只会饿死。"吴国正说。

听了父亲的这些话,她只觉得他的正直简直是残酷无情,心情阴暗得就像窗外阴雨连绵的天空,在穿着雨衣骑自行车回家的路上,她踏得很慢,她不断问自己,怎么会到这一步?

余鹏程还在公司办公室。唐朝阳向他说了昨晚和胡雪见面的情况。

他们两个人彬彬有礼,在高档的餐厅里,慢慢啜饮着一瓶法国产的葡萄酒,她的服饰不再是电动自行车公司开业典礼上职场女职员气质的套装,她换上了白色羊绒大衣,里面是灰色羊毛衫,黑色紧身裤,高跟鞋,白色的包包,高雅而不失大气。

唐朝阳看傻眼了,忍不住赞叹说:"胡雪,你真漂亮,深圳使你越来越有气质,一个国际大都市女性的气质。"

胡雪莞尔一笑:"谢谢,我发觉你的嘴巴变得甜了,过去你可不大会说奉承话的。"

"我说的是实话,我还是不会说违心的话,就像白天典礼上有些人违心地赞美钱雁玲一样,其实他们在讥笑她,可这个蠢女人当真了。"

"这个女人不是省油的灯,你们要当心。"

"你眼睛真凶,她是个搅水女人,已经写了余鹏程和他姐夫的匿名信了,她和谁都处不好,因为她的丈夫是局长,惹不起,所以大家都躲猫猫般的躲着她,也有人刻意攀附她。只有汪原不买她的账。平时对她不理不睬,和她大吵过几次。"

"这样俗不可耐的女人,仗着有个当局长的丈夫,就那么嚣张,真是可悲。"

"可悲的是,她自视甚高,什么人都不在她眼里,所以有人背后称她为慈禧太后,老佛爷。"

"你们那里真是庙小阴风大,池浅王八多啊,深圳最大的好处,就是人际关系简单,除了忙着赚钱,从不管别人的私事。"

"胡雪,看上去你在深圳生活得不错,怎么样,问一下不该问的话,你还和李博士在谈恋爱吗?没有别的意思,只是一个朋友的关心。"唐朝阳小心翼翼地问她,盯着她的脸色。

胡雪摇摇头:"我们不合适,也没有缘分。或者说,我们没真正开始过,所以也谈不上结束。一般的男朋友不少,深圳受香港影响很大,社交活动比较多,你会碰上不少男人和女人,但真正的结婚对象,一见钟情的不是想碰到就碰到的。"

唐朝阳举起了酒杯,说:"祝你好运,早日碰到你的白马王子。"

胡雪也举起酒杯,和唐朝阳碰了下,说:"谢谢,也祝你好运,远在天边,近在眼前,那个汪原不错哦,天真烂漫。"

"别开玩笑了,余鹏程也这么说过,当然是笑话,我们不合适,或者说,我们都对对方没感觉,她是个独生女,家境优裕,玩性大,根本没有找男朋友的念头。有次她偶然提到,她爸妈认识一个台湾邮政局的邮票设计师,很有名,儿子在苏州一家台湾公司当CEO,长得很神气,那个男孩子见过汪原一次,就发她邮件,希望交往,汪原没有回。"

"那个邮票设计师叫什么名字?让林老板打听打听。"

"汪原没有这个兴趣,我们没有必要介入了。"

"噢,这下我露馅了,我到底还不是真正融入深圳,我不过是个寄居者,你看,刚才还在说不管别人的私事,一回到家乡,传统就回来了,想管别人的事了。传统是深入骨髓的,太顽强了。"说完就哈哈大笑。两人都轻松下来,讲话更顺畅。

于是,胡雪又说起了一件事,不久前,她原来工作的医院曾发函通知她,她的导师邓舜扬死于癌症。他是一年前发现患了肺癌,已经是晚期,已不能开刀,只能放疗,黄宾希望他去美国治疗,但美国医院研究了他的病例,认为他的病即使到了美国也无有效的医治手段。黄宾寄回了一些药物,勉强拖了一年。她接到通知正好要回来参加电动自动东公司开张典礼,便赶回来了,到后马上送了花圈到邓教授家,黄宾也回来了,我们在葬礼上碰到了。他好像我们之间没有任何事情发生的那样,约我吃了顿饭,他送给我七八本杂志,当然是美国权威的医学杂志,英文版的。上面刊登了他的论文,治疗心脏病的医学论文。

他还委托她办一件事,他太太的一个长辈在"文革"中自杀身亡,大抄家时曾将两块名表寄放在一个钟表匠手里。据他了解,这个钟表匠没有私吞这两块表,而是跑到工商联、派出所等单位寻找他太太姨父的后人,准备奉还手表。黄宾到派出所打听过钟表匠的下落,派出所告诉他,钟表匠因不堪承受病痛的折磨,割腕自尽了,凑巧的是,邓教授和钟表匠同一天在殡仪馆火化的。而他的儿子犯了罪进了监狱。他去了监狱,想见钟表匠儿子,监狱拒绝了,说拘押期间不能见。他很快就要回美国,委托她设法找这个钟表匠的儿子,向他要回两块表。他写了封委托书给她,还盖了私人印章。

她婉转拒绝了。她不愿意和他发生任何牵扯。据他说,这个钟表匠姓祝,他蹲监狱的儿子叫祝融,一个铸造厂的工人。她记得吴芳芳好像也是在铸造厂工作的,她会不会认识这个钟表匠的儿子?

唐朝阳听了大吃一惊,他当然不会把祝融和吴芳芳的事情告诉她,余鹏程和吴芳芳当年的爱情故事是那样美好和充满浪漫情怀让胡雪羡慕不已,她曾多次对唐朝阳说,什么叫金玉良缘,看看余鹏程、吴芳芳就是了。她去深圳后,每次和他通电话,总忘不了要问一下吴芳芳和孩子的事,言谈之间,对吴芳芳颇有好感,也很关心。她还说,当年和吴芳芳、高晓明一起玩的情景仍然活色生香在她记忆里。对于祝融和吴芳芳的桃色新闻和经过,唐朝阳不置一词,全部遮蔽掉,不露任何痕迹。

唐朝阳很认真地听完胡雪的陈述后,露出愤恨的神情说:"他把你骗得还不够吗,你还有必要替他去办什么事吗? 他丝毫不知廉耻,表面冠冕堂皇,背地里男盗女娼,这种人你离他远点。"他忽然发现"男盗女娼"用词不妥,可能会引起胡雪多心,思考着如何作些解释。

胡雪没有不快,她反而也气愤地说:"这个人真的不知世上还有羞耻两字,邓教授的女儿要我帮她一起整理她父亲的文稿时,我无意中发现黄宾给我的刊物上他的好几篇论文都是剽窃邓教授的,其中一篇分析一个叫张军的少年手术失败的论文,几乎是一字不差地抄袭了邓教授的原稿,这样的人太卑鄙太缺德了。"

"这个张军就是军军,当时他父母对美国医生动手术寄予很大的期望,简直就是大救星来了,结果失败了,对他们的打击很大,邓教授也很震惊。他曾对军军妈周芹说,他要找出原因,这篇论文估计就是对手术失败原因的分析。可是,邓教授的论文怎么会落到这家伙手里呢?"

"他打电话给邓教授,说可以送美国医学杂志发表,邓教授女儿说,是她替父亲用电脑打成电子版后打印出来,然后寄给黄宾,因为黄宾说美国和内地的网络还没有联通,只能邮寄给他,寄过去后就没有下文。开始她父亲还让她写信问问,后来邓教授生病了,也就懒得过问这件事了。"

"剽窃者就是小偷,应该揭露他这种偷窃行为。"

"邓教授女儿说,父亲生前隐隐约约感觉到文章给黄宾剽窃了,他交代我们,算了,他无非是为了在美国混得好一点,他是我得意门生,别为这事闹出笑话来。我的论文只要能发表也算心血没有白费,医学研究的成果应该共享,论文署谁的名字并不重要。"

"邓教授的境界太高了。"

"是啊,听邓教授女儿这么说,我忍不住哭了。在邓教授高尚的人格面前,我只觉得自己很渺小。"

余鹏程听了唐朝阳的叙述后,有些感慨地说:"这个黄宾沽名钓誉,是知识分子中的败类,可胡雪为什么还要和他见面呢?"话是这么说,但胡雪对黄宾的斥责和对邓教授的敬重还是让他刮目相看。

"人的情感是复杂的,凌乱的,如果曾经拥有过感情,即使憎恨她,也会忍不住回头看她,和她来往;即使不来往了,一毛钱的关系都没有了,仍关注她的行踪,这就是人性的弱点。这是没有办法的,就像你对丁兰兰一样,你恨她,但见到她本人心就软了,就恨不起来了。"

"别扯上我,这是你自己的体会吧,你恨胡雪欺骗了你,但其实到现在还放不下她,爱恨纠缠,人的情感的复杂性在你身上表现得淋漓尽致。"

余鹏程后来一直想起自己说的话。他和吴芳芳离异后,他经常想起她,爱恨交加的,他也后悔过。后悔自己就那么轻易地把她放弃了,她是犯了错,但为什么自己只看到她的错而对她的好熟视无睹呢?人往往会明知故犯,往往为了要命的自尊心和面子走极端,口口声声要宁静致远,包容乃大,但做起来又把这些道理扔到九霄云外了。

人啊人!

吴芳芳终于下定了决心,那天,她带着祝融写给她的那封信,走进了厂部保卫科,找到了那位表情有点怪异的科长,用很坚决的口气说,我和祝融的那种关系应该是双方自愿的,虽然他是先主动的,但我没有真正的反抗,只是推了几下,那是一种本能的反应,算不上是反抗者,我是配合他的。后来我对他说,我有丈夫,有女儿,我无脸见他们了。他一直向我道歉,让我捆打他的脸,我没有打。总之,指控祝融是强奸犯不符合事实,我希望组织上能实事求是处理他。说完后,她从包里取出那封信交给科长。科长把那封信草草看了一遍,站到吴芳芳身边,长久地盯着吴芳芳,盯得吴芳芳心里发慌。

"我可以走了吗?"吴芳芳站了起来。

"不行,你坐着,我有话问你。"科长毫无表情地说,声音低沉而有力。

吴芳芳又坐下来。

"是谁叫你来这么说的?你丈夫知道吗?"

"是我自己来的,除了我爸爸,我谁都没有说。我干嘛要告诉别人呢?这又不是什么光彩的事。"

"你以为保卫科是医院,为了骗病假,今天说扁桃体发炎,明天喝点开水称发烧了。保卫科不是随便给你们骗的,一个谎话用许多个谎话来掩盖,你当我们是傻瓜。你以前的交代,祝融的自首笔录都交公安机关了,这些都已作为证据归档了,不是你要推翻就能推翻的。"科长厉声说,他的表情很愤慨,有点夸张的愤慨,"吴芳芳,你要明白,这是办案,不是儿戏,好了,回车间去,我警告你,你这种行为是捣乱,是妨碍公务,是无知荒唐的任性!"

吴芳芳的倔劲上来了,她大声说:"你随便怎么说我都可以,不过,我向你说清楚,我可是好不容易克服了自己的脆弱,才下定决心才来找你的。我不能害人,我没有妨碍公务,我是纠正我以前的交代,祝融所以自首说强奸了我,是为了挽救我的婚姻,这是假自首,你们办案是需要我们说实话还是说谎话?"

科长的神态变得僵硬了,眼睛一眨不眨地盯着吴芳芳看了一会,苦笑了一下,咕哝了一句:"莫名其妙⋯⋯"接着向吴芳芳挥一挥手。

吴芳芳起身就走。

走出厂部的办公楼。她站在办公楼前的一棵雪松下,这里分左右屹立着两棵雪松,青翠欲滴,树身苍劲,有点年岁了,枝叶向外扩展着,呈塔形状,又像一把巨大的伞,很有气势,站在下面,黑压压的树荫会挡风遮阳。

她站在阴影中,做了几个深呼吸,她忽然觉得浑身颤抖,揪心的痛。有什么不对劲的? 她问自己。是的,心里的纠结解开了,她只是轻松了片刻,可家里已平息的风暴会再次刮起来,而且更猛烈。

有人喊她,她一看是穿着白大褂的林霞,没有像平时笑得那么粲然。

"小吴,你来厂部办事?"

"是啊,我去了保卫科有点事。"

"怎么还要去保卫科? 他们有完没完……"

吴芳芳沉默。

"你走得开的话,到我那儿坐一会,我正好有事找你。"

吴芳芳跟着林霞到她的诊室。没有一个病人,整个医务室是幢两层楼的楼房,是个规模俱全的小医院。林霞的诊室在一楼,两个医生在一个房间里看病。另一个医生见林霞进来,说,我去药房一趟。林霞说,没事,我在这里。

"你脸色不好,保卫科还在找你麻烦,那个姓祝的不是逮捕了吗?"

"是我主动去保卫科的,说小祝强奸我,是冤枉的,他投案自首,说自己强暴我,是把责任和罪过自己兜着,把我解脱出来,让我成了无辜的受害者,这样,余鹏程就不会和我闹离婚了。我冷静下来想想,我没有什么事了,他却要坐几年牢,背一辈子的黑锅,我会一辈子感到内疚的,明明是两个人的错,凭什么呀?"吴芳芳原原本本把自己的想法事情的真相讲了出来。她并不是心里憋得慌,要找人发泄一下,她也要与信任的人谈谈。总的来说,她是冷静的,讲给林霞听,张杰也就知道,张杰会很快传递给余鹏程。这样也好,让她自己向余鹏程坦言,她开不出这个口。她还是缺乏足够的勇气。

林霞需要重新认识眼前的吴芳芳了,她被触动了,看着她冷静地讲述这件几乎让她名誉扫地的丑事。原来她以为吴芳芳徒有漂亮的外表,而缺乏内在美,是个有些糊涂有些任性的马大哈式的女孩,甚至怀疑她有些轻薄。可现在看来,她对吴芳芳的看法是不全面的,吴芳芳能这样做,至少说明了她的坦诚和原则性。不是所有人都会这么勇敢,这么正直的,具有鲜明的是非观的。

"余鹏程晓得你这样做吗?"

"没有,我没有跟他说,我爸爸知道。"

"对后果你有心理准备吗?后果可能会很严重,你想过没有?"

"我想过,想了好多天,在祝融父亲自杀后,我就想了,我有心理准备,余鹏程会很生气的,我也许、也许会失去他和女儿……"吴芳芳说不下去了,眼泪止不住地流出来,巨大的悲痛从她心底涌上来。

"你别难过,我暂时不给张杰说,瞒一天是一天,有个缓冲过程,慢慢做他工作,他会理解的。傻丫头,你心底这么透明率真让我钦佩,但我们也要讲究策略。"林霞的年龄比吴芳芳大不了几岁,但她的经历比吴芳芳丰富得多,处理问题也比吴芳芳老练得多,虽然她还未婚,但她眼里吴芳芳还是个不谙世事的小妹妹,所以"小丫头小丫头"的叫她。

林霞对她说,估计由于你的翻供,祝融会很快释放出来,厂里会给他一个行政处分,不管什么样的结局,你都要装得若无其事,时间是把锐利的刀,会把人的情绪刮钝,待到那个时候,你再和余鹏程再说出经过,事过境迁,他的承受能力也增强了。你懂吗,这就是策略,何必非要把自己推到风口浪尖上呢?

林霞忽然想到什么似的告诉她,关于祝融的自首和交代的过程,公安机关和厂保卫科还有些分歧,公安部门认为定祝融为强奸罪还比较牵强,证据不足,你的证言用词上比较温和,但和祝融的供词惊人的一致,有串供和诱供的可能。而且,你并没有主动告发他,祝融是在没有任何压力的情况下,在父亲病危的时候突然投案自首的,他的动机很蹊跷。厂保卫科坚持祝融的坦白是真实的,原因是他的犯罪事实已暴露无遗,在人武部领导的军用望远镜里看到了,这就是压力,他选择了自首,以减轻自己的罪责。

"所以,即使你不去纠正证言和供词,对祝融从轻发落的可能性也很大,毕竟罔顾事实,胡乱办案的'文革'时代已过去好多年了,你就按照我说的去办吧。"

"可是张部长真的不会告诉余鹏程吗？保卫科那个科长一转身就会和他通气了,张部长马上会打电话给余鹏程的。"

"我会关照张杰的,你也许觉察到了,张杰和他前妻有复婚的可能,但至少目前他还是听我的,张杰经常回老家吧?"林霞说,对于张杰与前妻的关系,虽然没有证实,张杰也没有说什么,但她已越来越感觉他们在走向复合,这虽然仅仅是一种怀疑,但这种怀疑绝不是她在无端瞎想,她已感觉到张杰身上一些微妙变化。这让她很担心,问张杰是问不出什么来的,他在工作上有能力,但碰到感情的事就不是那么果敢了。

"嗯,回来的次数比以前多了,周芹怀孕了,她跟我明确说过,她有复婚的期待,军军投胎而来,不能只有妈妈,少了爸爸,我听了很心酸。军军是他们的命根子。"

"周芹怀孕了?有几个月了?"林霞惊喊起来,

吴芳芳知道自己不能多嘴了,从林霞的话语中,她听出林霞并不了解周芹已怀孕,她含糊地说:"我不太清楚,好像反应很厉害的。"

林霞没有再问下去,她不想为难吴芳芳。但林霞已经明白,她与张杰结婚的约定已不可能兑现了。她以前有些模糊的第六感,张杰经常回家,有时通宵不归,他的办公室往往漆黑一团,问他到哪儿去了,他总是回答得支支吾吾,笨拙得自相矛盾,不能自圆其说。张杰不是心思细腻缜密的人,本质上是个老实人,他不会像某些巧言令色的男人那样,谎话会随口而来,而且可以做到滴水不漏,天衣无缝,但这些征兆足以说明他的心已不完全在她身上了。到哪里去了？没有迹象他有了新欢,唯一可以解释的是他和前妻的关系密切起来,毕竟和前妻一起生活了那么多年,他们有着感情基础。而周芹怀孕的消息证实了她的预感,这是晴天霹雳,在吴芳芳走后,她发怔地坐着,她没有哭,可是,直到有两个工人走进来看病,喊了她几声,她都没有回过神来。

有讽刺意味的是,是她拯救了张杰,她遇见他的时候,他的精神状态已十分低落了,低落得可以说沉溺于生活的深渊,不是饮酒就是哭哭啼啼,是她用关心、爱情乃至身体使他恢复了一个男人的本色。她用自己的一切救赎他的同时,也把他推回了无情地将他撵出门的前妻的身边,想起来这有些滑稽,也有些令人悲凉。

她不愧是个医生,她把一个病得很重的病人从精神上身体上心理上治愈后,把他送回家和家人兴高采烈地团聚了。而她呢,就像呼啸着的列车,把作为旅伴的那个人载到另一个地方与爱人团圆去了,而把她扔在一个无人的站台上。她孤寂无援地留在了那里,这个站台犹同一个四面环水的孤岛,她无处可去了!

只能眼睁睁地看着那辆蒸气升腾的火车向远方驶去。

但她不是吴芳芳,她看完两个工人的病后已冷静下来,冷静到可以透彻地分析自己,透彻分析张杰和他的前妻以及三个人的关系。她作出了一个结论:他们三个人都是自由人,但又是受到感情羁绊的并不自由的人,三个人当中,她是最被动的。选择只有一个,就是她主动退出,这样不至于闹得不可开交,与其这样,还不如好聚好散。各自带着不同的情绪各走各的。我并不是永远孤独地留在站台上,我还可以等下一趟经过这里的列车。

她拿起了电话筒拨通了人武部的直线电话,接电话正好是张杰:"张杰,今天我们一起吃个晚饭,我有些事要告诉你。"

"我也有事告诉你,刚才保卫科长告诉我,吴芳芳翻供了,她是不是有病了?余鹏程会暴跳如雷的。"

"我郑重地警告你,你不要透露给任何人,特别是余鹏程和他妈,还有你妻子,噢,前妻,我已见过吴芳芳了,她是个敢作敢为的女孩子,你不如她。"

"你就是要告诉我这件事?"

"当然不是,晚上谈吧。"

林霞把电话挂掉了。

林霞的内线电话刚挂掉,外线电话又响了,是余鹏程打来的,他问起了祝融判决的事,为什么一拖再拖。张杰说,不知道,没有消息,这类案件不会公开开庭的,内部审理,保卫科可派人参加。余鹏程说,吴芳芳这段时间情绪不好,闷闷不乐,人也瘦了,话也少了,她可不是这样的性格,她是乐天派,你是了解的。

如果没有林霞的警告,他会迫不及待地把吴芳芳去保卫科翻供的消息告诉余鹏程,可这次他忍住了,他应该忍住,这点利害关系还是懂的。

余鹏程又说,你们厂改制的事怎样了,芳芳可能在担心工厂会倒闭,她前途未卜,她热爱现在的工作,虽然很辛苦,但她乐此不疲,我猜她是为了工厂和自己的命运在忧心忡忡。我问过她,她否认了。张杰说,厂里人心动荡,厂长、厂党委书记天天去局里开会,所有的消息都封闭着,连他都得不到确切消息。传来传去都是小道消息。余鹏程说,潘多拉的盒子已打开了,国企的改革已进入深水区,关闭、转制、下岗分流已不可避免,铸造厂是大型企业,效益一直还可以,估计不太可能倒闭,多半会转制,大势所趋,你们理解要执行不理解也要执行。

一周以后,祝融被无罪释放了,他回到车间,他没有什么变化,毫发未损,抬头挺胸,工友们欢呼起来,热情洋溢地欢迎他回归,一片轰鸣的掌声,就少没敲锣打鼓和送上鲜花了。大家就像欢迎一个立了功的英雄人物归来。

车间主任拍着他的肩膀说,你这小子,给我闹了个恶作剧是不是?快去谢谢人家,人家可是够意思的,舍命陪君子啊!祝融感动得差点要下跪。他急着找吴芳芳,他被释放时,他问警方,为什么就这么放我了。警方简单解释了一下,他明白了,吴芳芳还是做了蠢事,他埋怨她的傻气和任性,但还是忍不住感激涕零。

吴芳芳躲在行车里,她不想急着和祝融见面,她甚至打算从今以后永远不再和他有任何来往了,双方已付出了沉重的代价,他们必须收敛。她要当她对丈夫忠诚的好妻子,当体贴蓝蓝的好母亲。去食堂吃午饭时,吴芳芳在上面用餐,祝融爬上来了。

吴芳芳不开铁门,只是摇下一半窗户,沉着脸说:"你上来干什么?下去吧,我们不要再有来往了,一切都结束了。"

"结束不了的,你为什么要这样做?你疯了吗?"

"我没有疯,我清醒得很,我知道自己该怎么做。"

"余老师知道你这样做吗?"

"不知道。"

"他会放过你吗?"

"这不关你的事。"

"你真糊涂,当初我们这样,就是为了挽救你的婚姻,可是,给你这么一搅,我们白忙了一场,你何必呢? 警方已暗示我了,我最多一年缓期执行,这下,这个局面就失控了,一旦余老师知道是你干的,你的处境会很艰难。"

"那又怎么样? 我准备好了。"

"准备好什么? 难道你能接受家庭解体?"

吴芳芳不语。

祝融再说什么,她都不再理他。

他无趣地爬下小铁梯。

吴芳芳当天回到家,刚做完晚饭余鹏程就回家了,春风满面。

电动自行车厂的生产走上了正轨,顺风牌电动车很快打开了市场,供不应求,一车难求,外地要求订货的单子雪片似的发来。李博士正在设法扩大生产能力,再安装一条生产线。公司的其他生意也是做得很兴旺,几乎是做一笔成一笔,要风有风,要雨有雨。仅仅一个季度,就把全年的利润指标完成了。

他真的有些得意了,问题是,计划经济转型成市场经济后,那些大大小小的国企立马困窘毕露,还有那些闻风而起的公司都骨牌般的接二连三地倒闭。当然野火烧不尽,春风吹又生,新的公司在不断冒出来。而白手起家的校办企业在他手里蓬蓬勃勃。

在饭桌上,他罕见地谈起了公司和电动自行车厂的情况,说你们厂倒闭了,就去电动自行车厂,一条流水线就要上马了,正打算从国企下岗工人中招一些劳动力。

吴芳芳情绪也好多了,如释重负,不再像前几天那样没精打采,听到丈夫对她的工作有新的考虑,她觉得有股热流流过全身,她兴奋地说,好啊,不过装自行车很难吧,我的手笨,虽在技校学过些机械知识,但早已还给老师了。余鹏程说,不难,几天就学会了,像蓝蓝搭积木那么容易,流水线有几十个岗位,每个岗位装一个零部件,然后到总装车间完成最后一道工序,再经过质量检验就可以出厂了。吴芳芳兴致勃勃,笑容满面,她除了体验到丈夫对她的关心外,更是获得了对祝融免受刑罚的安慰。她再也不需要去拷问内心的愧疚了。但想到一旦丈夫知道祝融无罪释放了,原因是她去纠正了案情,他还会和颜悦色和她说话吗? 他还会谈他的电动自行车吗？他会提出离婚吗？虽然她去保卫科时，是作好了最坏的打算的，但是，当她的行为成为一个活生生的现实后，她又担心起来，心里有种异常的惶恐。

祝融利用一切机会要求和吴芳芳见一面，吴芳芳拒绝数次后还是答应了，她要把他的身份证复印件、银行保管箱钥匙印章等东西还给他。

那天是上中班，因任务不足，夜班已不上了。刚上班时，车间主任把祝融叫到办公室，宣布厂部对他的行政处分：开除团籍，开除出厂，留厂察看一年。车间主任读了一遍后，把那张纸塞到祝融手里，说，好自为之吧，这是最好的结果了，总比吃官司强。保卫科坚持要处分你，我怎么说都没有用。祝融把处分决定撕得粉碎，往口袋里一装说，我不在乎，对我来说，这是废纸一张。他道了声谢就走出去了。

下班后离开工厂，他们推着自行车在一条僻静的马路上慢慢走着，这里是工厂区，路灯黯淡无光。夜深了，有些厂房闪烁着微弱的星星点点的灯光，更多的是黑森森的一片，沉睡般地毫无声息，远远看去像一座座矗立在暮色中的小山峰，而那些以前吐着滚滚浓烟的烟囱一根根静静地站在那里，就像是停泊在湖畔的桅杆。

吴芳芳把装着钥匙等物件的牛皮纸大信封递给祝融，说："我只是看了一眼，现在完璧归赵，你最好检查一下。"

祝融接过来放进军用挂包里，说："有什么可检查的，我对你还不相信吗？"

"你还有什么话跟我说吗，听说对你的行政处分下来了？"

"这不足挂齿，我要告诉你，一旦余老师知道这件事，我去找他谈，我向他赔礼道歉，承担责任，我没有判刑不等于我没有错，我不能逃避现实。"

"你千万别去找他，他不会理睬你的，说不定会揍你一顿。"

"我不怕，我希望他揍我，把气出在我身上，我还是那句话，只要能原谅你，我什么都能忍受。"

"你别给我添乱了，你以为你是谁？跟他谈谈，向他悔恨？这没有任何意义，他根本不会理你，你在他眼里就是个臭不要脸的小流氓……现在我们家里的气氛很和谐，如果有一天暴露了，我来跟他解释，你不要再来插上一脚,你最好在他面前消失,别让他见到你……"吴芳芳生气地说,她几乎是在喊叫。她抽泣了几声,但控制住了。

"放心,我不会乱来的。"

"还有,我再重复一遍,如果你还替我着想的话,从此以后,我们再也不要见面了,见到了就当是陌生人。"吴芳芳说完,骑上自行车就走了。

祝融看着她消逝在黑暗中,他索性将自行车停靠在一棵树上,自己在路边的草丛里坐了下来,他在思索吴芳芳刚才发急的话语,她已经像一只惊悚的小鸟,受到了巨大的恐吓而变得胆战心惊。他并不奢望再和她保持关系,他只是希望吴芳芳的家庭能平安无事,可是他的预感告诉他,她还是有大麻烦等着她。他必须为她做点什么,以确保她能够度过这一个坎坷。

一辆警车在他身边停了下来,因为这条野外的冷僻马路曾经发生过几起在夜晚对女工进行过猥亵的案件,警方加强了对这一带的巡逻。从车上下来两个年轻的警察,射过几道刺目的手电筒光柱,他们看了祝融的证件,问他这么晚了在这里干什么。祝融灵机一动说,我准备耍流氓,但等了半天,一个女人都没有经过,倒霉死了。警察怀疑他精神不正常,又怀疑他故意在装疯卖傻,总之,这是个很可疑的人。

祝融的想法是临时产生的,他想让警方带走,再关上几天,传到厂里给人以为他恶习不改,企图作案给警察逮住了。他二进宫了,这样能冲淡他的释放可能给余鹏程带来的冲击,这样也许能够给余鹏程消消气,能够给吴芳芳解解围。

多年以后,祝融还清楚地记得这个安静的夜晚的荒谬想法和行为,他终于承认,他当年的行为是可笑的,他确实是给吴芳芳添了乱,是给吴芳芳帮了倒忙。

他被带到了警局,就是调查他强奸案的那个公安分局,值班局长一看他就认出他了,问他:"你又来了,你难道真的那么喜欢当流氓犯,今晚你又犯了什么罪了?"

"他坐在路边鬼鬼祟祟的,我们问他在这里干什么,他说准备耍流氓,可惜等了半天没有等到机会。"

"你们真的信他的胡说八道,真正的流氓会这么爽快地承认自己在伺机作案吗?即使他有这样的动机,但没有行动,你们凭什么觉得他可疑,他说自己杀人了,你们就当他涉嫌杀人了?"值班局长训斥那几个警员,那几个警员不好意思地笑了。

"祝融,对不起了,我向你道歉,这纯粹是一个误会。不过,我还是要批评你,你以后给我严肃点,不能开这种玩笑了。你怎么这样幼稚呢?好了,这件事是场胡闹,我们不作记录了,时间不早了,回去休息吧。"

当祝融走出来时,背后响起了一阵哈哈大笑。还传来这几句话,这个人神经是否不正常?上次是主动投案自首,今天是主动认罪?他到底想干什么?他难道就那么向往监狱,就像一本书里讲的一个美国失业者走投无路时,想犯案去监狱安身的故事,真是个怪人!

这件事没有传开来,但还是传到了厂保卫科,作为笑话,说他玩笑开大了,只有科长不这么看。他坚持认为,这是祝融对给予他的行政处罚表示不满,不是在开玩笑,而是有他的动机的,他这是在向我们示威。你们想想,一个人深夜坐在那么荒凉的路边干嘛呢?我劝他小心点,他身上并不干净。科长讲话的严峻神情和尖锐的语气仿佛祝融就坐在他面前。

张杰把这件很少有人知道的事捅给了余鹏程,余鹏程兴趣索然,只是说了句,我觉得这个人是个色情狂,他是不是在幻想他在做那种事?他真的是想征服几个女人,一些变态的人尤其是残疾人往往出于自卑会这么想入非非、胡言乱语,其实就像只流浪狗,半夜三更到处乱窜……

余鹏程很少用这种歧视性的语言来嘲笑别人,但他对祝融却忍不住这样说了,说过后他后悔了,对张杰在电话中说,我太气愤了,才这么粗暴地评价一个人……我们私下说说而已,他已经和我没有关系了,我不想提到他了。

他突然想起祝融已在监狱,怎么会跑出来了,难道他越狱了,他问:"这小子怎么出来了,他不是进看守所了吗?"

张杰这才意识到自己做错事了,他不得不说出了原委:"警方认为祝融情节轻微,不予起诉,改为行政处分,双开,开除团籍开除出厂,留厂察看一年。"

余鹏程发火了,气得在办公室里团团转,他拿起电话,打给了铸造厂保卫科长，保卫科长把一切都兜底告诉了他，最后不无遗憾地说："我们一直为你的夫人伸张正义，可是她倒好，居然为伤害她的人挑担子，这种事在没有人证物证的情况下，你夫人的证言是至关重要的定罪证据，好了，我已经尽力了，因为你善良的富有同情心的夫人，我们白忙了一阵。还要告诉你一件事，那天晚上祝融被巡逻的警察作为疑犯带走前，有人看到你夫人和他在那条路上推着自行车散步，不过，我们没有去证实。"

余鹏程再一次震动了，他没有想到妻子当面向他认错，背地里却在设法替他开脱罪责，还深更半夜和他散步，祝融被警察带走，仅仅是他在胡说八道吗，他们到底在干什么？与其说是生气，不如说是伤心，吴芳芳太让自己失望了，简直是不可救药了。余鹏程尽量让自己平静下来，他内心很堵，他要消化一下这突如其来的一大堆信息。

回到家中后，他没有和吴芳芳吵，也没有责问她，只是在床上冷冷地对她说："你做的那些好事我都知道了，你又一次辜负了我的宽容大度，你不要解释什么了，任何解释都是苍白无力的，在你心目中，你根本没有你丈夫的尊严和面子。"

一片沉寂，吴芳芳不置一词，她脱了衣服，钻进被窝睡了，顺便灭了头顶的那盏灯。她已作好了充分的思想准备。她知道丈夫早晚会知道她所做的一切，这是她无数个眠之夜的结果，是她经过激烈思想斗争的结果，是她深思熟虑的结果。

她在脑子里闪现过无数次丈夫了解真相后的场景。

让她意外的是，丈夫的反应并不激烈，这不太妙，她宁可他大吵大闹，狠狠地骂她，这当然难受，但并不可怕。而他的冷静让她更感到局促不安，就像站在深渊前，望不到底的空谷安静得有一点声响就会引起回声，这种寂静让人胆战心惊，因为它提示着你的脚下是深不可测的巨大的长满草木藤蔓的裂缝。

余鹏程也躺下了，他把双手放在脑后面，枕着，眼睛在黑暗中睁得大大的。后来他又爬起来，站到露台上，头顶的苍穹无边无沿，莽莽苍苍，布满了大大小小密集的星斗。那棵白玉兰树已长到露台那么高了，它纹丝不动地站着，茂盛的枝叶遮盖了半个天井，如果沿着水泥外楼梯上来，伸过栏杆，伸手便能触及到它，余鹏程几次站在楼梯的台阶上，摘取白玉兰花。他马上要分配到新房子了,但他舍不得这套老宅,这种老洋房已很少了,吴芳芳也不愿意搬,她说,住惯了一个地方,用惯了一件东西就会有感情。

感情,她对自己有感情吗?无疑是有的,但为何她会一再伤害自己呢?她绯闻缠身,她对自己的爱,对自己的忠诚度已有了杂质。她还对那个有残疾的同事存在着纠结的情感,否则,她不会那么帮他,为他开脱罪责。那么,自己对她有感情有爱情吗?他不否定,她是个好人,自己对她有种血肉相连的感情,望着那夜灯的光芒就会有温馨感,他满足,满足就是对感情的肯定,也是一种自我肯定的需要。

此刻,情感还是存在的,它不是空中楼阁,而是在日复一日的生活里你可以通过各种渠道看到,通过天空,通过树叶,通过树叶在风中的摇曳,感受到那种感情和爱的力度。可是,他感到不了解她,她做的那些事让他费解而气愤,她到底想不想维护他们的婚姻,她有什么可不满足的,为什么让你又有爱又有恨,又有不满又有缺憾?

余鹏程站在星空下,思考着追问着。当他回房间的时候,吴芳芳睡得正香,一缕头发披在她脸上,他来气了,自己已无法入睡,她却像无事一身轻的样子睡着了。

姐姐打来电话,杨大年要动一个小手术,要妈去几天,照料一下家,可以让她腾出手来去医院看护。余鹏程着急地问,姐夫到底是动什么手术?姐姐说,肠子里发现有息肉,为防止病变,医生建议摘除。

余鹏程和余妈妈带着女儿蓝蓝乘火车到了省城,姐夫的司机已在车站候接,车是直接开到站台上的,姐姐家已另请了一个保姆,确切地说,是省机关事务局安排来的。余妈妈和蓝蓝留在家里,姐姐和余鹏程马上由司机开车去医院。一路上,余秋月告诉弟弟,姐夫初步确定是癌症,是中晚期,没有发现转移,经她的要求,没有对姐夫说实话,只说是肠息肉。还告诉弟弟,姐夫在三天前已宣布升任省委常委、省委宣传部长。还未上任在例行的体检中发现患了重病。

人啊,什么都是过眼烟云,只有身体健康才是真的。余秋月眼睛湿润了,她继续说,我真后悔,这段时间我一直和他吵,他干脆不回家了,他是个高傲的人,早知道他会得这个病,我就不跟他吵了。余鹏程问,和姐夫吵什么呀,这么好的日子,你还不知足？余秋月说,还不是那些破事,他身边狐狸精太多了,现在的女孩子都厚颜无耻,像芳芳这样贤淑的不多了。余鹏程鼻子里哼哼没有回答。

这些事我现在无所谓了,如果是被我气出来的,我会亏欠他一辈子了。余秋月说看便哭泣起来。

是单个病房,很安静,还是套间,外间摆着长短沙发,一张可折叠的小床,供家属陪护用的。姐夫坐在沙发上看报纸,脸色很好,神态自若,没有半点病容,难以相信他是得了绝症的人。他一看到余鹏程进来,有点意外,问,你怎么来了,芳芳呢？余鹏程说,我出差来的,妈也来了,她听说你住院了,不放心,带着蓝蓝来了。杨大年笑着对妻子说,我又不是大病,干嘛惊动老太太,来了也好,住一阵,陪陪你吧,你可以控制一下自己的情绪了,我不明白,你四十刚出头,怎么好像得了更年期综合征似的？余秋月说,对不起,你是知道我脾气的,也许提前更年期了。可是,我是刀子嘴豆腐心。

丁兰兰带了些文件来了,她已调任宣传部文艺处长,前途一片光明,她把文件给了杨大年后,和余鹏程在走廊里的长椅上坐着谈话。她姿态依然优雅,体形依然年轻,服饰依然精致,脸颊、手腕、脚踝依然秀气,无可挑剔,只是气质中少了原来的傲气和清高,多了份小心和庄重,他没想到丁兰兰会变化这么大,她看上去就是出没官场的女干部了。

余鹏程不禁想起她说过的官场不适合她,官场是男权主义者驰骋的疆场等话,他忍不住哑然失笑了。丁兰兰成了他们这届毕业生中最高的官员,这是许多人所想不到的,许多人包括余鹏程都猜她会成为一个养尊处优的阔太太,过着锦衣玉食的生活；或者移民国外,嫁给一个闯荡海外的官二代；或干脆嫁给一个有钱有房的老外,为他生一大堆孩子,养上几条漂亮的狗；或者像沙俄时期十二月党人的妻子那样,不弃不舍地随丈夫北漂或南漂。这不是流放,而是自我放逐,她浪漫的性格是有可能作出这样的选择的。

大家唯独没有料到她会进官场,大家都猜错了。官场,这可不是想去就能去的地方。有些人胜在韬略,有些人胜在豁达,有些人胜在有后台,丁兰兰胜在哪里呢？毫无疑问,她是胜在美貌。姐姐一直怀疑姐夫有外遇,但又说不出是哪一个女人,丁兰兰无疑是怀疑对象。姐姐怀疑她,自己也怀疑她,可是没有证据。今日一见丁兰兰那正气凛然的模样,心中的疑问马上就解除了,她不是这样的女人,原来她每一个细胞都充满了柔软的娇气的女人味,可眼前的丁兰兰已蜕变成具有了男人的某些质地,难道她是在向她所说的男权主义靠拢?

"丁兰兰,这次遇到你,发现你变化很大。"

"久入芝兰之室,自然会有变化,我自己倒不觉得,潜移默化的吧……"

"先生呢,还在德国?"

"我现在是空巢'老人',和另一个空巢'老人'搭档住,她是我大学的室友,留校当老师了,叫陶喆文,你认识的,她丈夫也在国外留学。你呢?你也变了,变得更有自信了。家里怎么样?"

"事业上还可以,家里出了点事,以后告诉你,我们可能过不下去了……"

"糟糠之妻不可丢啊,况且嫂夫人是个漂亮女孩。"

"不是我要丢她,而是她要横空出世。"

她有些惊讶,但没有刨根问底,只是淡淡地说:"你可别得理不让人,男人要有胸怀,该饶人处且饶人,能走到一起是不容易的。"

"当然,我不是那种心胸狭窄的小男人,但作为一个男人,我有我的底线和原则。"

"有那么严重吗?连外交辞令都用上了?"

"我现在还在考虑当中,姐夫在生病,姐姐是急脾气,有焦虑症,强迫症,这些事不跟他们说了。"

丁兰兰点点头:"是的,这没有必要,唐朝阳还没有女朋友吗?"

"他还放不下那个去了深圳的胡雪,前女友,两人还保持着热线。"

"唐朝阳是个性情中人,能为朋友两肋插刀,如果我是胡雪,肯定选择他。我现在越来越觉得,不管你身上有多少光环,夫妻生活脱不了柴米油盐醋酱茶,幸福本质上是什么?还不是人跟人之间的一种默契,以及看似庸常但值得珍惜的平静日常生活,孩子的成长,肌肤之亲,吃食住行这些琐碎的事,虽然品质有高下,但本质上是相似的,所以托尔斯泰说,幸福的家庭是相同的。"

我真没有看出来,当年不可一世的校花竟会发出这样的感叹,她思想的变化比她气质的变化更深刻,是什么原因促使她会有这些想法的呢?他在心里说。大概是新婚后丈夫很快出国了,她实际上还是过着独身生活,她感到寂寞了,向往有丈夫孩子的家庭生活,那种安逸的看起来平庸无奇的生活。

"你会有这样的生活的,等你先生回来了,你就会过上这样的日子的,它们并不是什么奢侈品,到时候只要你不埋怨就行了。"余鹏程笑了起了。丁兰兰也失笑着。不过很快就停了,真有这么可笑吗?他们露出了相似的表情。

他们互相凝视了片刻,又瞬间分开了。她嫣然一笑,站了起来,伸出瘦长的骨骼清奇的手,轻轻和余鹏程握了握,她亲切地说:"有空打我电话,座机就在我房里,晚上除了加班,基本在家,我们可以多聊聊。我的电话号码你没忘记吧?"

"记在我本子上呢,也记在我脑子里。"余鹏程指了指自己光亮的前额。

二十一

余鹏程是第二天回家的。余妈妈留在了姐姐家,蓝蓝也跟着回来了,她催着要上幼儿园,她怀念那里的一大群小伙伴。

是星期天,吴芳芳正好在家,余鹏程临走前留了张电报式的纸条:姐夫病,我们去省城姐姐家。看到那张纸条,吴芳芳的心陡然往下坠落,他们是用这种方式永远离开她吗?

后来发现除了老太太带的衣物多一点,余鹏程和蓝蓝带了一两天用的东西,她才放心了些。虽然仅仅分别两天,吴芳芳一见到女儿,紧紧把她搂在怀里,问,想妈妈吗?蓝蓝回答,我想妈妈,还想花花。花花就是贝贝,蓝蓝会说话的时候,吴芳芳给她买了些儿童书,其中有一本叫《花花的故事》,是讲一只叫花花的猫如何爱清洁,吃饭啃鱼骨头时,围着围兜从来不掉在地上,还爱洗澡,没事的时候整理自己的油亮的皮毛等等,蓝蓝听了无数遍,管贝贝叫花花。

蓝蓝从妈妈怀里挣脱出来,站在地上和贝贝玩。她拿起桌上的小皮球,往地上一抛,贝贝就去用双爪抓回来,交给蓝蓝,蓝蓝又是一掷,皮球还未落地,贝贝便猛扑过去。蓝蓝咯咯地笑起来。

吴芳芳在一旁看着,眼睛里噙着泪水。这两天她就像是待法官判决的囚犯,顾虑重重地等待着判决,她变得多愁善感。昨晚,她看电视,一个有名的译制片演员在朗诵美籍黎巴嫩阿拉伯诗人纪·哈·纪伯伦写的一首诗《致我们终将远离的子女》:

你的子女,其实不是你的子女。/他们是生命对于自身渴望而诞生的孩子,/他们借助你来到了这个世界,却非因你而来,/他们陪伴你,却并不属于你。/你可以给予他们你的爱,却不是你的想法,/因为他们有自己的思想。/你可以庇护的是他们的身体,却不是他们的灵魂,/因为他们的灵魂属于明天,属于你在梦境中也无法达到的明天。/你可以拼尽全力,变得像他们一样,却不要让他们变得和你一样,因为生命不会后退,也不在过去停留。/你是弓,儿女是从你那里射出的箭。/弓箭手遥想未来之路上的箭靶,/用尽力气将你拉开,使箭射得又快又远。/怀着快乐的心情,在弓箭手的种弯曲吧,/因为他爱一路飞翔的箭,也爱无比稳定的弓。

吴芳芳因为余鹏程和祝融写诗,所以平时也读一点诗,也偶尔收看电视台某个频道的朗诵节目,她没有多少文学修养,但她读懂了这首诗,她想到了她的女儿可能会像箭一样射出去,而且弓箭手已将弓拉开。那个弓箭手就是她,所有的事情都是她造成的。朗诵者铿锵有力,特别煽情,浓烈的情调近于狂热。吴芳芳被打动了,热泪涟涟,哭得很伤心,她把蓝蓝的照片拿在手里,目不转睛地看着,仿佛是生死离别。

余鹏程并没有提出离婚,而且态度有所缓和,丁兰兰的那番话对他有了一定的启示。如果不去计较吴芳芳做的那些被善良与同情心包裹住的蠢事,他这个家应该是丁兰兰所推崇的幸福家庭,但他心里还是堵着。他像迷失了方向似的,还在迷糊中寻找着出口,有一种懊丧的感觉在吞噬他。

但事态却急转直下,余鹏程为了吴芳芳做的一件事愤怒到了极点,他无法回头了。

祝融不知天高地厚地给余鹏程打了个电话,以恳切甚至可以说是央求的口气请求和他见个面,他要当面向他致歉谢罪。

余鹏程勉强说了句:"没有这个必要,我不想见你。"就把电话重重地挂断。

唐朝阳和汪原正好在他办公室。他们从未见过余鹏程用这样粗鲁的方式对待什么人。这个人一定是余鹏程非常厌恶非常憎恨的人。他们疑惑地同时问:"什么人来的电话?"

"是祝融那家伙,他说要和我见个面,当面向我道歉,脸皮真厚,亏他想出来的。"

这时电话又响了,余鹏程拿起话筒,一听又是祝融,他沉默,懒得理他,刚想挂电话,被唐朝阳阻拦住了,接过话筒说:"我是余老师的同事,你有这个态度很好,余总现在正在开会,没时间接你的电话,你隔一个小时再打来。"

"知道了,谢谢!谢谢!"祝融回答说。

"唐朝阳,你搞什么鬼,这种人我看到他就吊心火,我会忍不住揍他一顿的!"余鹏程气呼呼地说。

"这小子太可恶了,他假惺惺地向你道歉,实际上是向你挑衅,他的意思很明确,你能拿我怎样,我照样还是没有坐班房,开除团籍算什么,开除出厂留厂察看一年又算什么?我祝融毫发无损,我回到车间,工友们又是鼓掌又是欢呼,好像是老山前线回来的英雄。"

"既然如此,你还要他等一小时回电干什么?"余鹏程愤愤说。

"是啊,唐大哥,你想干什么?"汪原眨巴着眼睛问。

"他自己送上门来,我们给他点颜色看看,对于这样的小瘪三,不必和他讲道理,结结实实揍他一顿才是真的,再让他写份悔过书,警告他,如果再去骚扰吴芳芳,他想不想活了……"

"这不太好吧,打伤了怎么办?"

"老卡,你别太书生气了,文明对于小流氓是对牛弹琴,毫无意义。

美国的西部牛仔,那些孤胆英雄,就是用暴力来对付那些作恶多端的坏蛋,而且,既然法律对他无可奈何,我们就用江湖正义的方式来讨一个公道。我的几个学生受人欺负,学校、警方却奈何不得,他们就以其人之道还治其人之身,用拳头教训了一顿,哈,那些横行不法之徒,一下就瘪掉了。"

余鹏程有点动心了,克制让他更加恼怒、生气、心堵,怨恨,他压抑得透不过气来了。他需要发泄,他真的想狠狠地揍一顿祝融这个下三滥。有一点他是明白的,吴芳芳是有错,有人性的弱点,但没有他利用吴芳芳的弱点引诱、迷惑,吴芳芳是不会上当受骗的,女人越柔和越像风中之烛,越容易被企图来取暖的人盗取。

"收容所派出所对那些顽劣的小混混和坏蛋也是很不客气的,对付这种人最有效的办法就是铐子加棍棒,这是一个警察朋友亲口告诉我的。这证明了一个道理,革命不是请假吃饭,不是温良恭俭让嘛。"

"是啊,亚洲四小龙之一的新加坡是个民主国家,文明程度很高,城市秩序良好,这与李光耀的铁腕治安是分不开的。这个国家对违背社会公德的人处罚严厉到不可想象,甚至还实行野蛮的鞭刑。一个美国人在新加坡旅行时,以惯有的美国佬的优越感胡作非为,在别人的汽车上用油漆乱画乱划,给判了七鞭,美国总统出面求情,给减免了两鞭。有时候野蛮是文明的手术师,这句话说出了一个真理,是谁说的我忘了,可是,我们为什么不做一回手术师呢?"汪原说。

是啊!为什么不呢?

余鹏程决定了,他有理由教训一下他,既然法律庇护了他,那么我有权利用自己的方式捍卫我的面子和尊严。况且是他自己找上门的,他哪里是来当面道歉的,明明是来挑衅的。我当然要自卫反击,是他自己提供的机会。

他们商量一下,他们见祝融的事务必保密,谁都不说,参加人员除余鹏程外还有唐朝阳、李刚伟。唐朝阳说,我来通知刚伟,这小子沉浸于老婆孩子热炕头的生活,也要为朋友惩治坏人出点力。余鹏程不让汪原参加,说这是我们男人的事,你别掺和了。汪原说,在这个问题上,不能有男女之别,我们是朋友,我是不能做旁观者的。余鹏程想了下说,那你做记录吧,他交代的重要内容都要记下来。汪原说,用不着用笔记,我有微型录音机,我带来就可以了。余鹏程说,那就用录音机。地点也由唐朝阳定的,放在电动车公司的一个仓库里,里面除了电动自行车零部件外,没有什么人,平时只有一个老年人在那里值班。

　　一小时后,祝融准点打电话来了。余鹏程告诉他,明天下午一点来少年宫电动车公司,在那里见面。余鹏程强调,你不能和吴芳芳说。祝融很明确地说,吴芳芳已不跟我讲话了,我们已没有联系。余老师你放心,打死我也不会说的,我保证。

　　但吴芳芳还是猜到了,当她看到祝融请假骑车离开车间时,她紧随其后。当看到祝融朝少年宫方向骑去,她已基本判断祝融去找余鹏程了,她看到祝融和唐朝阳一起从少年宫出来,已是确凿无疑了,但她不能阻止,也阻止不了。祝融是个认定了什么事十八头牛都拉不回来的执着性格。余鹏程是个自尊心很强的人,他为这事感到脸面丧尽,愤恨交加,生气得不能自已,你祝融却偏要往枪口上撞!

　　她感到畏惧,但说不出畏惧什么,她这几天已变得惊心胆战,就像坐在一艘在波涛中颠覆的木筏上,随时会被巨浪吞没,而她连一根稻草都抓不住。她恨死了祝融,去找余鹏程干嘛呢?他的任何道歉请罪都不足以让余鹏程谅解他,他们是敌对的两方,绝没有调和的可能,他去找余鹏程只会更惹恼余鹏程,不知道会闹出什么结果来?

　　这是砌着围墙的库房,有三座式样相同的建筑坐落其间,不远处是铁路线,铁路线外是一条繁忙的马路,奔驰着一辆辆重型卡车,卷起一股股尘土,以至于马路旁的树木都变得灰蔫蔫的,只有连续的暴雨才能把它们洗刷干净,但干净保持不长久,一两天下来又是风尘仆仆了。

　　余鹏程、李刚伟、汪原已在仓库的一角摆了几只木箱作为桌子,几只小木箱作为椅子,祝融跟着唐朝阳一瘸一拐走了进来。他一看眼前的阵势有点吃惊,但很快就镇静下来,他脸上露出笑容,走到余鹏程面前,弯腰鞠躬,说:"余老师,学生祝融一时糊涂,做了对不起你的事,我向你道歉,对不起,我负荆请罪,你骂我打我都可以,照理,我没有资格提要求,但我还是冒昧地要提一个要求……"

　　汪原上去就对他两个耳光,骂道:"你这个臭流氓,死不要脸的,你有什么资格讲条件,跪下,向余总跪下!"

大概是两记耳光打蒙了,祝融捂着火辣辣的脸,呆呆地站着。

唐朝阳上去踹了一脚,祝融跌倒在地,他挣扎着坐起来,乖乖地跪着,他是蹲过几天监狱的人,和那些为非作歹的囚徒关在一起,挨过打,受到过侮辱,伺候过狱霸。所以眼前的场景并不让他感到可怕。

"祝融,我问你,你说有一个条件,虽然你没有这个资格,但我还是允许你说。"

"是这样,这件事自始至终是我的错,跟吴芳芳没有关系,我唯一的要求就是希望余老师不要和吴芳芳离婚,确保你们的家庭不破碎。否则我这辈子无法心安……"

"你太虚伪了,你插足我们的家庭,已破坏了我们夫妻的感情,你现在希望这样希望那样,早知今日何必当初,你真是又要当婊子又要立牌坊,你这个人太可恶了!"余鹏程指着祝融的脑门愤怒地说。

"我是真心的,我没有别的意思,我只希望我的过错对余老师造成的影响到最低限度。"

"来不及了,自作孽不可活,你引诱了有夫之妇,你是强奸犯,你承认吗?"李刚伟严厉地问。

"我是强奸犯,我罪恶昭彰,吴芳芳是受害者。我认罪,我悔罪。"祝融哭了,表情充满着歉疚。

"鳄鱼的眼泪,这家伙比狐狸还要狡猾,你是投案自首的,为什么监狱里又把你放出来了,你搞的什么鬼?"汪原大声问。

祝融闷声不响,这是吴芳芳翻供造成的,但他此刻不愿把责任推到吴芳芳身上。

这时唐朝阳找来一根竹片,冲上来对他劈头盖脸地打起来,祝融用手来挡,结果手上脸上都打出了一条条血痕,汪原又上来一阵拳打脚踢,祝融忍不住呻吟起来。

这一幕给站在窗外的吴芳芳看到了,她没有想到这几个文质彬彬的文化人居然会大打出手,特别是唐朝阳下手那么重。还有汪原那小丫头,平时嘻嘻哈哈的,打起人来像发疯似的。这些人头脑都发热了。这时候她才意识到这件事对丈夫的伤害之深重,他此刻愤怒的脸上五官扭曲,是那样的狰狞可怕。

她心里刀绞般自责、痛苦,被一团绝望所笼罩,连死的念头都有了。但她还是保持着清醒,她担心这样打下去会出人命的,或者会把祝融打成重伤。她畏惧的事情终于发生了。应该设法阻止他们。

她跑到门房,打电话报了警。在祝融跪着在木箱上写悔过书和认罪书之际,两辆警车鸣笛而至,冲入仓库,把所有人都带走了。在上警车前余鹏程看到了吴芳芳,她脸色刷白,神情沮丧而茫然地站在那里,不躲避也不刻意注视任何人,她木然地站在阳光下,木偶般的。终于,她的目光和余鹏程的目光对接上了,余鹏程当然明白了一切的一切,一股火在他身体里燃烧起来,他怒目圆睁,狠狠地看了她一眼。而她的目光是黯淡的慌张不安的。走过她身边时,余鹏程说了一句:"算你狠,你又一次出卖了我。"汪原则冷笑着对她不屑地哼了一声,唐朝阳和李伟刚对她视而不见。祝融垂着头,不敢看她。

一个警察拍了拍她的肩膀,她受惊地转过身子,警察和善地说,是你报的警,你叫吴芳芳,也麻烦你走一趟吧,你可是目击证人。吴芳芳点了下头,跟着警察上了警车。

这好像是一部惊悚电影,一个年轻女人发现了绑匪窝点,警察包围了这幢僻远的房子,警车闪现着红色的警灯,警察双手举着枪,高喊投降,然后四个绑匪被押了出来,一个饱受折磨的人质被解救出来。一辆蒸汽机车拖着一长列载满货物的列车轰轰烈烈地驶过,响着高亢的汽笛声,喷射着一团团漫天飘荡的雾气。

警车开走了,留下了几辆自行车和一个惊愕失色的看门人。

市里的报纸、电视台、广播电台很快报道了这起事件,余鹏程等人都点了名,新闻婉转地提到起因是出自感情纠葛。仅仅一天,全市大多数人都在议论这起情色案件,经过众多无名作者的想象和艺术加工,故事越来越离奇曲折,而且有多个版本。

祝融和吴芳芳做过笔录后就允许回家了。

余鹏程、唐朝阳、李刚伟、汪原四人以非法拘禁罪、刑讯逼供罪作出刑事拘留七天的处分。尽管余鹏程等异口同声指出,我们没有拘禁祝融,是他要求见面的,我们是打了他几下,但对强暴有夫之妇的流氓绝不能姑息养奸,但警方根本不听他们的申辩。尽管祝融承认他们没有拘禁他,他是自己上门负荆请罪的,是打了几下,然而只是出于气愤,他该打,他愿意接受他们的惩罚,应该说,他们还是克制的。

但警方也根本不听他的解释。警方照章办事,最后对双方说了同一句话:你们都走火入魔了!

二十二

一周以后,他们拘留结束回家了。

在拘留所,他们度过了七天七夜的囚徒生活,高墙铁窗,步步岗哨,作为照顾,他们没有和那些真正的罪犯,如贩毒犯,偷盗贼,拐骗儿童犯,强奸犯等关在一起,而是他们三人关在一间囚室。期间还做了给每个号子送饭菜,到室外清除杂草等杂活。汪原和一个过失致病人死亡的女医生关在一起,她们每天去监狱医所协助女狱医看病。那是个刚大学毕业的女孩子,对犯人态度很和善,和汪原很谈得来,听汪原说出拘留的原委后,眼睛里露出钦佩的目光。偷偷地问汪原,你喜欢你们的头儿?汪原在她耳边说,我第一眼看到他就不可救药地喜欢他了。那个中年的女狱医狐疑地看着这两个女孩子窃窃私语。

空余的时间,余鹏程不太说话,他像法国雕塑家罗丹的代表作"思想者"那个姿势一样的,那生命感强烈的躯体,在一种极为痛苦状的思考中剧烈地收缩着,紧皱的眉头,托腮的手臂,低俯的躯干,弯曲的下肢,似乎人体的一切细节都被一种无形的压力所驱动,紧紧地向内聚拢和团缩。

余鹏程是在作凝重而冷静的思考,他首先对这次对付祝融的鲁莽行动深悔不已,其实和祝融见面是完全没必要也没有意义的,其次是自己没有法律意识,怎么会毫无顾忌地去粗暴地暴打和拘禁一个残疾人呢?

开始,他不承认是拘禁,我们没有强迫他没有绑架他,是他自己要求上门向他道歉谢罪的,余鹏程向警方辩解说。警方回答,你们把他带到一间你们预谋好的地方,私设公堂,对他进行审讯、殴打,剥夺他的人身自由,这就构成了非法拘禁罪,刑讯逼供罪。考虑到事出有因,刑拘七天是最轻的处罚了。

在狱中,他意识到自己太冲动了,不懂得沉住气,不懂得游戏规则,或者就像周芹说的,男人普遍只会长老,不会成熟,至少内心的成熟远远滞后于身体的衰老。

这件事让他看到了自己的不成熟。什么是成熟呢?就是喜怒不形于色,是内心的通达。不过不能说所有的男人都这么不争气,像姐夫杨大年就是年龄的增长和成熟是同步进行的,甚至后者超过前者,所以很早就有少年老成的评价。这样的男人是不多的,吉光片羽,天生是做官的料。

另一件事就是吴芳芳,他承认她有颗柔软的心,天生丽质,天生善良,但是他对她彻底失望了,在情感上,他还没有和她戛然而止,这要花一些时间彻底忘记她。

他一直以为他们能执子之手,与子偕老。现在看来,不可能再同枕共衾过下去,他们是到彻底结束的时候了,正是吴芳芳的妇人之仁使她阻挡不住自己做了许多令人遗憾的事情,以至于无可挽回地伤害了这个家,伤害了他和她自己。

女人的成熟早于容貌的衰老,但吴芳芳是个永远长不大的女孩,长不大的女人会带来幸运也会带来不幸。过于精明的女人有其可怕之处,过于简单的女人也有可恨之处。

他对拖累了唐朝阳、李刚伟、汪原感到过意不去,他曾向警方要求,他们是被自己无辜卷进来的,可以把他们刑拘时间算到自己身上,免去他们的处罚,他可以多拘留二十一天。警方断然拒绝了,说法律没有这样的规定,替罪是不允许的。而且,你的三个同事和好友都抢着承担责任,强调是主动自愿参与的,那个唐朝阳还承认,余总觉悟高一开始是反对这样做的,是他竭力说服了余总,并策划了整个事件。好了,吸取教训吧,你们不是普通人,都是大学毕业生,有一定的社会地位,却会如此这般地意气用事。

唐朝阳没有那么沉重,他满不在乎,丝毫不感到丧气,还时不时开玩笑,劝导余鹏程要放松些,别那么愁眉苦脸的,我们这样做的目的没有什么错,只是方法不对。李刚伟看了七天书,他把一部《楚辞》的大部分背得滚瓜烂熟。他的一只拎包被狱方收去寄存,他取出包里的《楚辞》要求带到牢房消磨时间,狱方居然同意了。

这段时间,吴芳芳带着女儿住在娘家,偶然回来。她对周芹讲了这件事的过程,周芹很赞赏她的做法,说:"你做得对,你制止了一件失去理智的事件,我没有想到,除了汪原是个不太成熟的女孩子外,其他三个人都是高智商的知识分子,怎么会做出这样的蠢事呢?我总算明白张杰当年为什么会变得那么窝囊那么脆弱了。"

"我当时在窗外害怕得浑身发抖,我怕出人命,小祝真是的,他为什么要去呢?我只能报警。"这是吴芳芳重复 N 遍的话,她像鲁迅小说《祝福》里的祥林嫂那样唠叨。

"那么,余鹏程回来后怎么和他谈清楚这些事?"

"没有什么可谈的了,余老师不会原谅我了,她妈和姐姐更不会原谅我,她们已恨死我了,我的选择只有离婚。当我看到余鹏程被押上警车,他看我的那个眼神,我就明白他已不会和我过下去了。我爸也是这么说的,我知道自己不懂事,幼稚,但我不后悔。和余老师离婚我是迫不得已,我只是舍不得蓝蓝,也舍不得贝贝。"

周芹叹了口气,她理解吴芳芳的无奈,当年她和张杰离婚时也是这种难以诉说的复杂心情,说一点眷恋也没有不是实话,但她从头到脚却凉透了,尤其是心里冰冷冰冷,站在太阳光底下都是冷的感觉,她的生活中已没有任何让她爱憎、让她的心柔软、让她向往的东西了。

那个庸常的丈夫让她厌倦了,只能离婚,只能分手,除此,别无选择,她需要独自疗伤。

余鹏程脸色有点憔悴,吴芳芳和蓝蓝在家里等他。晚饭后,余鹏程见张杰回家了。就抱了蓝蓝到他们房间。张杰安慰他:"这不算什么,档案袋也不会摆进去的,可是你们下手也够狠的。祝融脸上手上都伤痕累累,车间里的人却当他是英雄,这小子很会作秀。你们上他当了,根本就没有必要见他,现在他占领了道德制高点了,人嘛,就是这样,同情弱者……"

"是的,你说的是,我也是一时冲动,其实根本不要理他,不和他发生任何纠葛。"

"当局者迷,旁观者清,换了我也会出手的,男人嘛,为尊严而战。当然,你们那么做,有点出格了,幸亏小吴反应快啊……"

"张杰,你别乱说话,什么为尊严而战?你是个军人,可你战斗过吗?你连堂吉诃德都不如,人家还凭一匹老马,一支长矛向风车发起挑战,你呢,碰到什么棘手的事,像老娘们那样哭鼻子,喝得醉醺醺的,醉生梦死。"周芹抢白张杰说。

余鹏程笑了,他记得很清楚,他曾受周芹之托,去市人武部劝导过张杰,身为现役军人的张杰,竟然会像孩子般伤心地哭得稀里哗啦。

张杰一点都不生气,呵呵呵地傻笑起来,样子不仅可爱,还有着幸福感。

"余老师,你看你看,当年他向我求婚,就是这副死皮赖脸的样子,让你哭笑不得。还有,他给我写信,错别字不少,标点符号都不会,可是会有些很美的句子,我怀疑他是从哪儿抄袭来的。"

"没有,我没有抄袭,我自己想出来的。"

看着他们满满爱意盈溢和周芹微微隆起的腹部,他情不自禁地问:"你们快复婚了吧?"

张杰点点头:"这两天就去领结婚证,我和林霞好聚好散,我一直犹豫着,怎么向她开口。她早就看出来了,主动向我提出来,我们分手吧,你回到前妻那里去,你以为我看不出来,你的心早就回去了。我们朋友一场,就算我做点善事吧,我成全你,我退出,我们都是自由人,都有选择的权利,我的心不可能坚如磐石,爱不能勉强,不爱也不能勉强。"

"想不到林霞会这么通情达理,这很难得,要是碰上不讲理的,缠着你不放,你可麻烦了。"余鹏程感叹了。

"余老师,听我一声劝,你不要轻易和小吴离婚,她真的是一个不错的人,她是好心人办错事,你还要替孩子想想,孩子是至高无上的。为了孩子,我们不能太自私,你看,如果我没有肚子里这个孩子,我们是不会复婚的,我们的生活继续会失去平衡。当然,张杰会和林霞结婚,我也许会找到另外一个男人,但我们会像现在这样圆满吗?"

余鹏程一时不知道说什么好,他差一点要落泪。

回到楼上房间,吴芳芳如僧侣入定般坐在床上,连夜灯都前所未有的不打开,看见余鹏程抱着蓝蓝走进房间,便站起来接过孩子说:"鹏程,我们离婚吧,你在里面这些天,我也不好受,我想通了,由于我的错,我们过不下去了,这点我心里明白。我自己的衣服什么的都带到家里去了,你替我买的我都留了下来,这个月的工资我的那份我拿走,你的和存折都在抽斗里。另外,我知道你决不会放弃蓝蓝,我不与你争,不过,每周我要带她一天。还有,如果你带不了孩子,由我和妈暂时带着,待你有办法了,我再还给你。我保证。"

房间里弥漫着凝重而寒气袭人的气氛,就像冬天北风凛冽,飘着雪花,不开空调没有火炉,房间里像冰窟似的那样冰冷。

吴芳芳显然是经过了反复考虑并和父母亲商量后作出了这个决定,她从容不迫地先于他提出了离婚,这多少出乎他的意料,他原以为她是绝不会同意分手的,她会哭会闹会哀求,整天整夜愁怨结满,反正会有番折腾。可是,她没有这样做,而是主动提了出来,平静得出奇,就像是在谈一件普通的家事。余鹏程有点猝不及防,有点扫兴,一个背叛他的妻子,居然先把他炒了,让他颜面扫地,他缺了征服的快感,没了游戏的对手。

他思考了一会问:"你都想好了?"

"是的,难道我在和你开玩笑?"

"那么,就这样吧,衣服你统统带走,不要分得那么清。"

"孩子呢?"

"你先带着,待妈回来再说。"

"好,协议书你写吧,我不会,我签字就是了。"

当天晚上,吴芳芳陪蓝蓝在书房睡,她没有和平时一样,先把夜灯亮着,这是多年的习惯了。房间里少了那盏灯,一下就变得陌生了,余鹏程仿佛来到另一个地方。他打开了大灯,房间变得太亮,白昼似的,像透明的蝉翼,或是发亮的蚕丝。每个角落都毫无遮掩地袒露,而卧室是需要有点遮掩的。开床头灯,只有一束光,照亮一小块地方,其他空间暗影里扑朔迷离,适宜夜读或夫妻间的私语。他便把那盏夜灯开了,好了,柔和的光,恰到好处,这橙色的灯光曾留给他无数金子般闪闪发光的记忆。

吴芳芳抱起已沉睡的蓝蓝去书房,蓝蓝睡在童床里后,她一直坐在单人床上,她的冷静是种假象,其实她心里翻江倒海。她留恋这里的一切,她更是可怜孩子,她还那么小,她根本就不知道父亲和母亲就要离婚了。离婚对她意味着什么,她还不可能懂,但迟早有一天会懂的。她痴痴地看着蓝蓝光滑的稚嫩的脸蛋,听着她的鼻息,眼睛便湿了,她始终在自责,这个悲剧是自己一手造成的,她也不抱怨任何人,只是在这深沉而寂静的夜晚自怨自艾。她一切都无所谓了,只是舍弃不了女儿,想到女儿最终会离她而去,她觉得自己置身于幽深的旷野,黑得伸手不见五指,她笼罩在无法逃避的恐惧感中。虽然说定她每周可以和女儿有一天时间待在一起,但老太太随时会变卦,会剥夺她的权利,让她见不到女儿,老太太什么事都会做出来。她难道为了这个权利会和老太太大吵一架,她有勇气这样做吗？她明白,即使有那个勇气,也只是一场徒劳。

　　吴芳芳整夜胡思乱想,没有合眼,余鹏程也是久久睡不着,能清晰地听到自己心脏跳动的声音,在耳朵边敲鼓似的。后来服了两颗倒时差用的炭黑素才睡着。

　　很久以后,他在睡梦中被一阵急骤的手机声吵醒了。他睁眼看了下手表,已是上午九点了。电话是汪原打来的,说钱雁玲又向上面发传单般的写举报信了,这次不隐姓埋名了,而是实名举报,还到处散布说,余鹏程犯了罪,触犯了法律,这下非垮台不可了,这颗杨大年安插的钉子,是到拔掉的时候了,局里正在研究要对他们给予党纪和行政处分。我打听了一下,这个唯恐天下不乱的女人不免夸张,但这事真有,可能要给你党内警告处分,唐朝阳预备党员延长一年,我行政记过处分。幸灾乐祸,这个女人算什么东西,给我提鞋都不配。

　　"干脆把我毙了,这日子我也不想过了……"

　　"余大哥,你怎么了？出什么事了？"

　　"我正在犹豫不决,还没有开口,吴芳芳倒好,先下手为强,首先提出离婚了……"

　　"离就离呗,她吴芳芳还有自知之明,她明白你们的缘分已到了尽头。"

　　"小汪,我觉得自己太失败了,闹出这样的大笑话,我余鹏程活该!

只是城门失火,殃及池鱼,把你们株连了,心里说不出的苦。"

"余大哥,你千万别这么想,我觉得蛮刺激的,我昨天一出来,就给好朋友打电话,他们说,汪原,你蒸发了一个星期,我们还以为你和哪个男人私奔了。我说,我把一个臭流氓打了一顿,被关禁闭了,他们一听我拘留了七天,争着要给我洗尘。昨晚我喝了很多酒,李彼得和那个财务总监刘义庆想灌醉我,反而给我灌趴下了。当然,我也差不多了,杀敌一千,自伤八百。我没有吐,更没有趴下,还能坚持打车回家。"

"你怎么和李彼得、刘义庆搞到一起去了,我觉得他们和我们是两类人,为什么称他们是什么台巴子,就是没事就往咖啡馆喝酒和女人调情,你给我离他们远点。"

"放心,我已经了解清楚了,他们是男同,对女人不感兴趣。"

"什么不感兴趣?我看那个李博士对你兴趣很浓。"

"李博士可能是双性,胡雪对唐朝阳也是这么说的,后来刘义庆来了,他就再也不多看我一眼了。他们在这里很寂寞,常拉一些人请客吃饭喝酒,我是他们的常客,我在这个圈子里喝酒是常胜将军,没有一个敌手。"

"台湾人就是和大陆人不一样,什么乱七八糟的男同女同,不会给我惹出麻烦来吧?"余鹏程有些担心,马上又自嘲地说,"不过,他们没有惹出什么麻烦,倒是我自己栽倒了,惹出了大麻烦。我有什么权利去管台湾同胞呢?"

"余大哥,快上班吧,唐老鸭今天精神状态特别好,西装革履,头发三七分,涂了发蜡,光滑得苍蝇都停不住。他在各个办公室走一遍,再去了少年宫。处分的事就是他跟我说的。"

"好的,我马上过去,你别乱说话,我会去找邹书记和丁局长的,他们想抓住这件事做文章,我决不会乖乖地就范,我只是违反了治安条例,没有违反党纪政纪。"唐朝阳的精神状态鼓舞了他,他顿时觉得自己太软弱了,是的,是的,决不能萎靡不振,要精神抖擞,装出什么事都没有,唐朝阳、汪原能做到,自己为什么不能做到呢?

"我等你,中午我请你们吃饭,叫上李伟刚,到底是高中语文老师,七天工夫把《楚辞》都背熟了,我打电话把那个女狱医也喊上,人家是医学院毕业生,到现在男朋友都找不到,监狱那地方是和尚庙,除了男犯人就是男狱警。我答应给她介绍男朋友,你看唐朝阳怎么样?"

"你别乱点鸳鸯谱了,你没看出来吗?唐朝阳除了胡雪,什么女人能看得上?"

"唐老鸭也真是的,胡雪那么乱,他还不死心,在胡雪那里,他能排上第几号?恐怕是最后一个,垫底的。"汪原嘲讽般的咯咯笑起来。

余鹏程在试穿了一套崭新而裁剪精致的香港观奇西服后,又脱下了它,他觉得这么穿戴并不适宜,好像有种示威的意味,还有点刻意的做作。他还是换上了平时穿的衣服,很奇怪,他马上感到浑身自在多了。司机打来电话,问是否要来接他?他说不用,自己来公司。他骑了自行车来到公司,碰到的熟人都向他微笑致意,没有异样的目光,没有指指点点,一切都好像没有发生过。

他走到自己的办公室,里面整洁如新,清洁工没有忘记天天来打扫卫生,桌子上整齐地堆积着一堆文件,要他批阅。他环顾一下周围,没有发生任何变化。他产生了一种错觉,这一周的时间,他并没有离开这间办公室,那些荒唐无稽的事情只是一场梦,他有种虚幻的感觉。他以最快速度看完了那堆文件,都是老生常谈,没有什么新意。他多次提出,要减少文山会海,我们是公司,不要像政府机关有那么多繁文缛节,但没有用,会照开文件照发。

他走进了邹书记的办公室,邹书记站起来和他握手,然后坐下谈了顺风牌电动车的生产情况,当然是供不应求,一车难求。省教育厅点名要他们总结经验,在全省推广,并说很可能会在电动车厂召开现场办公会议。

直到最后,邹书记才轻描淡写地问到了刑拘一周的事,说局里曾派人到市公安局要求从轻发落,能不拘就尽量不拘,余鹏程同志是公司的领导,公司少不了他,能否改用其他方式,譬如写个检查什么的。他还亲自打电话给政法委书记,认为这只是余鹏程的家庭私事,红杏出墙,作为丈夫有点激动是可以理解的人。市政法委书记和公安局长都推托说,这是基层分局办的事,已不太好过问了,他们会通知狱方给他们四个人最好的待遇,不和那些乌龟王八关在一起的,伙食和个人空间会适当照顾的,权且把那里当作疗养院休息几天吧。

余鹏程淡淡地说,谢谢邹书记和局里的关心,我们很好,看守所把我们当作上宾看待,以至于那里的犯人和警察还以为我们是拍电视剧的演员,在熟悉生活,在演地下党被捕关押在狱中的戏。只是疑惑,为什么没有给我们灌辣椒水、坐电刑椅,或者假枪毙……哈哈哈,说到这里,余鹏程夸张地大笑起来,很快又控制住了。

邹书记也跟着笑了几声。

"该怎么处理就怎么处理吧,我是党员,这件事虽然是我私事,但对党造成了不好的影响。我请求组织处分,但唐朝阳、汪原、李刚伟三人就免了,我不能让他们代人受过。他们是无辜的。"

"这件事先放一放吧,杨大年同志在病床上给我打电话了,他不知道这件事,只是希望我对你多加关照,我不否认这件事有负面影响,但并没有对单位造成损失,我们的电动车还是那么抢手嘛,我也不否认有个别人夸大了这件事的结果,想乘人之危整人,这当然是不允许的。丁是丁,卯是卯嘛,'文革'过去那么多年了,还满脑子的'文革'思维,攻其一点不及其余……"邹书记说这些话的时候很严肃、很正色,紧握着拳头,说话铿然有声。

余鹏程退了出来,又去了丁局长办公室一趟,他没有坐下,站着说:"我虚度了七天时间,我触犯了法纪,我家庭出了事,糟糕透了,我已和妻子说好要离婚,这些都是不光彩的事,但我必须向组织说清楚,也许我应该辞职,我在这里任职已不合适了。"

"这是谁说的?没有人让你辞职啊,你别听信谣传,事情不是这样的!"丁局长站起来提高声音说。

"据说,钱雁玲同志就这么说过,不光光是说说,而且写了举报信,说什么我历史上就有严重的政治问题,现在又触犯了法律,刑拘了,轰动了全市。怎么还可以继续担任总经理呢,应该免职,为什么不?因为他的背后是杨大年,这个余鹏程是杨大年的小舅子,是杨大年安插在教育局的一颗钉子。好吧,我等着你们用老虎钳把我这颗钉子拔去,我等着。那又怎么样?我又不在乎!"余鹏程说完,见丁局长张口结舌,就挺着胸昂首阔步走出来,他觉得自己很解气。他还是第一次对一个局领导用这样充满尖锐的口吻说话,连他自己都为自己的强悍有力感动了。

几天下来,并没有处理余鹏程的任何决议,教育局党组有分歧,电动车公司的外方董事长林老板从深圳赶过来,声明称,余先生作为副董事长,如果要解除他的职务,必须全体董事通过,如果擅自解除,台湾方就有可能撤资,因为这违反了公司法。

教育局整个领导层傻住了。台商撤资,这个后果不堪设想,谁都承担不了。

这件事就暂时不了了之了。

中午余鹏程和唐朝阳、李伟刚去了那家火锅店,整个店客人很多,闹哄哄的,雾气腾腾,几乎让人窒息,火光和酒精使得这里的食客个个脸色通红。面对着一锅沸腾的红色的麻辣烫,他们热血沸腾,碗碟堆叠,碰杯不停,个个额头汗珠淋漓,男人中不乏衣香丽影。

汪原和几个年轻人坐在一起,很远就能听得到她清脆的声音。她老远就看到了他们,站起来向他们频频招手,大声喊着:"在这里,在这里!"

桌子上摆着五六瓶未开盖的啤酒,脚底下的厚纸箱里已有许多空瓶子,余鹏程他们坐下了,桌上有个木架子,放着一卷卷切得像纸一样薄的牛羊肉、豆腐粉丝、豆芽白菜等,还有风干了的一卷卷拉面。汪原介绍他们,指着余鹏程说,这是老大,指着唐朝阳说,这是老二,指着李伟刚说,这是李老师。那些年轻人欢快地老大老二地喊起来,毫无拘束,大大咧咧,江湖气十足,除了李刚伟。余鹏程和唐朝阳很快和他们融合在一起,一杯一杯地喝起来,余鹏程觉得饿得心慌,他深深吸了口气,狼吞虎咽地大吃起来。

本来全身冰凉,心里更是结起了厚厚的老茧般的冰层。在这种自由自在的气氛中,他的大男孩般的本性慢慢复活了,菜不断上来,很快就光盘了,年轻人七嘴八舌地议论着,他们的语言已完全与余鹏程这一代不同了,但心是相通的,没有心机,没有面具。他们说,大哥,别为什么事烦心了,没有过不去的坎,人来到这世上不是来受苦的,是来快活的,即使苦也要苦中作乐。老大,女人算什么,错的不是婚姻是人,有句话怎么说的,天涯何处……汪原插话说,天涯何处无芳草……那人继续说,对,对,天涯何处无芳草,你的部下汪原就是一个嘛。另一个说,汪原这小孩真不错,义气、忠诚,许多男人和她比,都他妈的变太监了。汪原对他当胸一拳,你没喝几杯就说醉话了。那人反驳,你自己说的,找男朋友就得找我们老大那样的男人,我讲错了吗?老大,活着不容易啊,但活着真好……上帝关上你一扇窗的同时又给你打开另一扇门,这是小汪说的,没什么大不了的,想得简单,生活就简单,最大的事大不过生死。我打架,把人打残了,蹲了三年牢,我现在不打架了,我在里面,想通了,人这个物种在地球上那么霸道,但早晚也是要呜呼的,再怎么伤心难受,再怎么不如意,时间是一帖良药,它会让人忘记过去,让人随遇而安……为什么不好好活着呢?告诉你们,整天娘们似的怨天怨地的男人叫渣……

虽然余鹏程不能完全苟同这些话,但至少他们都是说的心里话,真心话,他不知不觉中周身热了起来,那种缠绕着他的凉意消失了,心里的不痛快也消失了,同时感受到一种久违的亢奋。这使余鹏程想起了大学时代的同学聚餐,小饭店,挤在一起,畅谈畅饮,笑声朗朗,健康明亮,身旁用餐的却是农民工,小市民,从事体力劳动的人。服务员粗鲁地将菜盘"通"的一声放到桌上。一个盘上来,一扫而光。这里不是斯斯文文,彬彬有礼用餐的地方。每个人心里都有憧憬,对毕业后前途的憧憬,对爱情的憧憬,每个人都有自己的秘密和目标。余鹏程的憧憬是丁兰兰,是他生活中被鲜花铺满的背景,这个背景离他很近,伸手可触,可又是那么遥远。后来证明他是单相思,丁兰兰是场虚幻的梦,现在吴芳芳也要离开他了,生活居然有那么多缺憾,不可弥补的缺憾,就像他奔赴的路上铺着厚厚的煤渣,踩上去有锥心之痛,还有一个个坑坑洼洼,无法填充的密集的洞窟。

余鹏程喝得酩酊大醉,当然不能送他去办公室,送他家也不合适,据说吴芳芳对即将离异的丈夫已爱理不理了,有时干脆住在娘家了。

汪原说,交给我吧。我有地方让他痛痛快快睡一觉。

这是一套精致的房子,有个很大的客厅和一个小书房,两个居室,一个厨房,两个卫生间,一个露台,因为是一楼,有个作为车库的地下室。窗外是明净的湖水,氤氲四缭,远处的山岚隐隐约约,几片帆叶错落有致,仿佛是静止似的一动不动,近处则是芦花似雪,一片枯黄的广阔的草坪,透出一种冬天的苍凉和孤寂。

这是汪原的父亲给她准备的两套房子中的一套,一套离闹市不远的闹中取静的高档小区的豪宅,另一套就在这个湖边。这两套房子代表了那个时代最高标准的住宅。汪原不知道她父亲拥有多少套住房。她也不想搞清楚。这两套房子是她的秘密,遵照父亲的嘱托,除了父母亲和她,她没有邀请任何外人来过这里。

但今天她把醉意深深的余鹏程带到了这里。这是第一个上这里的外人。她把她的红色跑车停在车库里,几乎是半扶半抱地把高大壮实的余鹏程拖拽到房间里的一张直接铺在柚木地板上的席梦思床垫上。

这房子已装修好,但家具很少。卧室一张床垫,书房一张办公桌,一个双拼的书柜,客厅一张小圆桌,还有电水壶、煮咖啡机之类的东西。厨房的柜子里有十几包方便面,饼干,巧克力以及可乐、葡萄酒、白酒等。

她有时会独自来这里看书,听音乐,睡觉,没有任何人知道她在这里。这是她的一人世界。她是一个欢喜热闹的人,但她有时到这里来是为了享受寂寞和孤单。

她打开了热水器,用热毛巾为不省人事的余鹏程擦了把脸,为他脱去了薄羽绒服,脱去了厚实的羊绒衫,替他垫上饱满柔软的鸭绒枕头,盖上羊毛毯,开了空调,不长的时间,房间里就温暖如春。

紧接着,她翻出了几大块黑巧克力,一盒子饼干,她吃了一小块巧克力,煮了两杯咖啡,一杯给自己,一杯给余鹏程。她脱去羽绒服,穿着一件褐色的灯芯绒衬衫坐在余鹏程床垫旁的方形软垫上,啜着滚烫的散发着浓香的咖啡,这是父亲从夏威夷带回来的咖啡豆,连同带回一个最新款式的煮咖啡机。

她望着仍然沉睡着的余鹏程,她迷恋这个男人,从看到他的第一眼,她就喜欢上他,或者可以说这样一种类型的男人。她在上大学时就迷上日本影星高仓健,他的高大威猛,他的高冷寡言,他的男子气概深深打动了她的少女心,而余鹏程就是活脱脱的一个高仓健现实版。但余鹏程比高仓健温和,话多一些,有络腮胡子,但余鹏程的外表以及许多动作,如蹙眉、生气、走路、目光等像极了高仓健。

让她遗憾的是,他有妻子有女儿,他还是个正人君子,不会见好爱好。她只能暗恋他,可此刻的余鹏程即将离婚了,在她的潜意识里,他就是个单身汉了,是的,他们还没有办离婚证,那只是个差几天的问题,而且那只是一张纸而已。他已经是自由身了。在冬天即将过去,春天的气息已隐隐可闻的时候,她望着她的"高仓健"或者"卡斯特罗",萌发了有机会在这个韵秀灵杰的湖畔,和他在碧水清风里携手同行、温柔同眠的遐想。

天暗了下来,湖面上亮起了点点渔火,响起湖鸟滑过水面的孤深之鸣,窗外的风大了起来,阳台上的长青植物在瑟瑟摇晃着,一串风铃叮当作响。

这是个寒冷的漆黑的万物沉寂的夜晚。

汪原毕竟喝了不少酒,在喧闹中,她察觉到了余鹏程欢笑中有着悲伤,她伤情了,不由自主流泪了。他脸上无光,却装得很快乐,其实心里很痛,刀割一样痛。这使她心里很难受。

她感到困倦不堪,她开了一盏铝合金落地灯,倒头便睡在床垫上,她小心侧身背着余鹏程睡着了。迷迷糊糊中,他听到了余鹏程的鼾声,以及一般浓烈的冲鼻的酒气。后来她就失去知觉一般深睡了。

余鹏程醒来时,一瞬间以为是在自己家里,有一丝微弱的光亮,夜灯的光芒怎么变成了白炽灯? 还有,床似乎也不对,不仅那么低,还非常柔软,身边躺着的是熟睡的吴芳芳? 当他完全清醒过来时,他才意识到自己是躺在一个完全陌生的地方,而蜷缩在自己身边的竟然是汪原,汪原的一只手已经搂住了他的脖颈。余鹏程吃惊不小,他轻轻地挪开她的手,轻轻地推她、叫她。汪原醒了,当她发现自己不知什么时候翻了个身,依偎在余鹏程的怀抱里,她也跳起来。

"这是什么地方? 我怎么到这里来的?"余鹏程头痛欲裂,又口渴得厉害。

"这是我家,你喝醉了,烂醉如泥……"

"你家里怎么一个人? 你家人呢?"

"放心,这房子就我们两人,是我们家的一处空房,我偶尔来休息休息。"

"我太荒唐了,怎么睡到一个女孩的闺房里呢? 这太不应该了。"

"这没什么,我们都醉得像死猪一样,什么都没有发生……"

"什么都没有发生？睡在一个女孩家里，而且在一张床铺上，这还不够吗？给钱雁玲那个女人知道，够她写一堆匿名信了，她就像头浑身长满尖刺的豪猪，而且随时会奓起来，时刻在准备向我发射过来。"余鹏程笑吟吟说。

"我们都是单身，她把尖刺留着自己用吧，我不怕。"汪原的嘴角带着微微的轻蔑。

"不，我还没有正式离婚，虽然我和吴芳芳已谈透了，协议书也写好了，只要签上名字到民政局办手续就可以了，几分钟的事，不像以前，离婚会伤筋动骨，但至少在理论上，我现在还是有妇之夫，你说是不是？"

"你未免太较真了。"

余鹏程穿上了羽绒服，围上围巾。

汪原问："怎么，你还要走，半夜三更了。"

"是啊，这辰光还要你开车送我，是太过分了。这样吧，你归你睡，我去喝点水，有茶叶吗？"

"我已经给你冲好了咖啡，不过凉了，我起来重新煮咖啡，反正我也睡不着了，我们说说话。你不要动手，这里太乱，除了我谁都无法找到需要的东西。"汪原说着，从床垫上爬起来，披上一件羽绒背心，走向厨房，走了几步，又折回来说，"余大哥，你洗个热水澡吧，热水器开着，架子上的毛巾都是新的，镜子柜子里有新的牙刷。"

卫生间装修得很讲究，浴具都是进口的，一个宽大的白色浴缸，一个玻璃的淋浴房，很大的镜子，一个白色的柜子，白色的无比光滑的相嵌花纹腰带的瓷砖墙面，光线适度的顶灯和壁灯，大块的白色长毛绒的防滑垫。淋浴房和浴缸都有橡胶的防滑块毯，洗脸盆的架子上是各种花花绿绿的化妆品。

余鹏程先在洗脸盆盥洗了一番，再去淋浴房里冲澡，水很大很急，温度可调节，他动作很快，七八分钟就洗好了。用吹风机吹干了头发，奶酪般的沐浴露还散发着清淡的香味，他穿上衣服，感到通体惬意、舒畅。当他出来时，一杯香喷喷的咖啡已摆在客厅沙发前的大理石台面的茶几上，还有一小盘方糖，一大盘饼干、面包干、巧克力和果酱，余鹏程真感到饥肠辘辘了，他在咖啡里加了块方糖，用小勺搅拌了一下，慢慢喝起来，同时吃了几块香脆的面包干和几块巧克力,一下就觉得自己心情不错,浑身是劲。

汪原也在卫生间忙了一会,脸颊润泽,飘着香水味出来了。坐到了余鹏程的身边,冲了壶酱红色的普洱茶,两个玻璃杯,各斟了大半杯茶。孤男寡女夜半小饮是余鹏程生平第一次,他觉得很有些浪漫满屋。

"小汪,你那个台湾的男朋友进展怎么样了啊?人怎么样?"余鹏程打破了沉默。

"条件当然很好,人见过一次,长得还可以,但不是我喜欢的那种,我爸妈很满意,他在苏州工业园区一家IT公司当总经理,年薪一百多万,他发了我不少邮件,我圣诞节回了他一封,祝他圣诞节快乐,就是这样。"

汪原说着,打开了电脑,翻到收件文档,这个男子的邮件占了很多,有些直接用英文写的,还有不少照片,看上去个子还算高,瘦瘦的,头发留得很长,白皙文弱,戴着金边眼镜,五官是属于那种清秀一类的男子,很有书卷气。看上去不是研究IT的,更像是从事音乐、绘画的艺术家或者是诗人。

"凭直觉这个男人有涵养有学问,是个读书人,长相也不错,算得上是美男子,你不能错过了。"余鹏程赞叹说。

"我不喜欢……我不喜欢这种太文绉绉的,好听的有文青气质,难听的是酸腐气的男人,而且给人的感觉太单薄了,没有分量,大一点的风都能把他吹倒。就像他的父亲是邮票设计师,那么小那么薄的小玩意儿,缺乏分量一样,我欣赏的艺术是交响乐、油画和长篇小说……还有京剧中的老生、男高音……而他说话太细声细气了……"

余鹏程禁不住哈哈大笑:"你这个小丫头连这样优秀的人都不要,嫌他没分量,你难道要找个相扑运动员,那绝对是重量级的……"

汪原的头一个劲地摇,说:"那样的人,恶心死了!"

"那你喜欢什么样的男人?分量足够的,不要文青气质的,让我想想,让我想想……"

"别想了,我告诉你,我喜欢像你这样的男人,真的,以前我只是想想,一种感觉或想象,因为没有机会发展,现在我觉得有希望了,因为你离婚了,我们在同一条起跑线上了。"汪原说,说完,她坦荡地看着他,眸子里毫不掩饰地露出一缕探询的目光。

余鹏程的心一阵跳动,他的视线从汪原的身上移开,他垂下了头,喝着热茶,汪原站了起来,拿起电水壶给他杯子里加水,其实杯子里的水还很满。

余鹏程知道自己不能回避了,汪原很认真了,哪怕是十足的傻瓜都能听出她的话里什么意思了,只有汪原这样性格直率的女孩才会这样表达,她说话随便,喜欢开玩笑。但她这个时候所说的不是随随便便说的,更不是在开玩笑。他必须表明自己的态度了,他们是两代人,他这代人表达方式是婉约的,隐喻的,暗示的,例如他给丁兰兰写首诗。那是给自己留个退路,成则好不成则不失面子。而汪原这代人是有话就说,不留一点余地,甚至是不计后果。

"是这样,你是个好女孩,人见人爱,我也很喜欢你,你那么仗义,帮我打架,替我坐牢,惩恶扬善,还请我吃饭,喝醉了还收留我,我也是个有情感的血肉之躯啊!可是,我比你大得多,你应该叫我大叔,我们再多接触接触,多了解了解,我离婚后精神上生活上会有个过渡的过程,心里会很乱,这事不急,我们顺其自然,凡事都有个节奏,你说好吗?"余鹏程慢悠悠地一字一句说,他不是在敷衍她,更不是在糊弄她,她是个绝顶聪明的女孩,敷衍和糊弄她一下就会感觉到,说一定她马上就会翻脸,情绪也会立即低落下来,她是那种说到风就是雨的爽快女孩,丝毫不会做作和掩饰,所以对她说话必须恳切必须发自肺腑。

他的由衷和诚恳的表情很感染人,事实上,他是很喜欢汪原的,但他有他的道德底线,从来未对这个单纯的小女孩有什么意思,在深圳他和她逛街时,她曾挽着他的臂膀,仅此而已。

"那么,你的意思是,你同意做我男朋友了?"

"是的,我同意,为什么不呢?你这么漂亮可爱,任何男人不会拒绝和你做朋友的,哪怕他是轻量级的还是重量级的?其实,我们已经是朋友了。"余鹏程微笑着说。

"太好了!有一点我不许你说了。"

"什么?"

"就是什么大叔,你不过大我十岁多一点,怎么能像酸溜溜的韩国人动不动就叫大她几岁的男人大叔前辈……知道了吗?"汪原一本正经地说。

"知道了,和原来一样,叫我余大哥吧。"

"这有点生分,我叫你鹏程,怎么样?"

"好啊,这让我感到有种亲近感。"

汪原拍着手跳蹦了几下,坐下来,贴近余鹏程,双手挽住他的颈脖,在他脸上像鸡啄米似的啄了一口。摸了一下他的浓眉和高鼻梁,说:"你这部分最像高仓健,还有下巴。"

两天后,余鹏程和吴芳芳去市民政局办离婚手续,他所以这么不想拖延了,也许有汪原那小姑娘的热情给了他鼓舞,虽然谈不上他和汪原就要开始谈恋爱,来填补自己离婚后的空缺,他还不至于如此急不可耐。但一个女孩站在他背后,使他底气陡增。另外是与姐姐的通话。事情发生后,他一直是瞒着姐姐姐夫的。现在,他马上要和吴芳芳办离婚了。他必须要跟姐姐把情况说一说。听了余鹏程的叙述后,余秋月在电话中沉思了片刻,然后叫嚷起来:"鹏程,你怎么还忍受到今天呢?这种堕落的女人应该立即逐出家门,和她离婚,不管她同意不同意,离婚才是硬道理,她凭什么赖在我们家里?"

"她没有赖在家里,是她先于我提出离婚的,她没有任何要求,只提出每周接走蓝蓝一天,这个要求是合理的。"

"她有没有提出经济上分财产?"

"没有,她连我买给她的衣服手表首饰都要留下来,那几件衣服是我硬让她带走的。"

"孩子不能让她接触,近墨者黑,近朱者赤,这关系到孩子健康成长的问题。"

"姐姐,这是她的权利啊,她是蓝蓝的亲生母亲。"

"好吧,慢慢来吧。"

后来他们又谈到杨大年的病情,余秋月说,经过活检,你姐夫的肠道里的东西是良性的,很大的息肉,医生还从没见过这么大的息肉,完全有恶变的可能,有一颗已处在癌变的前夕了,已有微量的癌细胞了。幸亏发现得早,所以要尽快摘除,现在在等北京的专家来做微创手术。住医院这段时间,在我的软硬兼施下,当然,我终究还是告诉了他可能患癌症的真相,他良心发现了,终于说出了那个狐狸精的名字,不是丁兰兰,而是省歌舞团的一个弹古琴的女演员。我把杨大年骂了一顿又一顿,当然是关了病房的门。但医生护士还是听到了我的大嗓门,劝我不要刺激病人。我可是顾全他脸面的,除了你,什么人都没说,影响了他前途对我有什么好处,我只要求让他写了保证书和检讨书,就既往不咎……

余秋月在电话中诉说。

"以前是我怕你姐夫的,现在翻了过来,是你姐夫怕我了。我也想通了,男人出这样的事,也不必大惊小怪的,他是文人,整天埋首于工作,也应该有点风花雪月,窈窕淑女,君子好逑嘛,我原谅他了,但下不为例,而且要警钟长鸣。"

"姐姐,你见好就收,不要惹怒了姐夫,病好了来个秋后算账,把你休了。"余鹏程开玩笑说。

"他敢!这两封东西掌握在我手头,就是我的武器,他把政治生命看得比性命还重,我只要把他的保证书和检讨书往省纪委一送,他就完了,他还敢抛弃我吗,他想都别想,这可是我的铁书丹券啊!"余秋月得意地说。

余鹏程听不下去了,他有些吃惊,一向情投意合的姐夫和姐姐,夫妻关系竟然会变得如此凉薄,而且渗透了政治,使他更吃惊的是,虽然有点低俗,但朴实无华,善解人意的姐姐也会变得这么有心计和尖刻。他匆匆把电话挂了。他打了个电话给丁兰兰,直截了当问了下姐夫的风流韵事,丁兰兰支支吾吾,不肯多说。她说,她不想背后议论领导的隐私,这不合适。

余鹏程说,姐姐跟我都说了,我只是想证实一下。丁兰兰沉默了一会说,事情并没有你想的那么复杂。你姐姐,怎么说呢,太强势了些,在家里总是指手画脚的,他是个男人啊,是个高级干部,家里有个母老虎,他怎么受得了?所以心里很苦闷。不知谁介绍的,他跟着省歌舞团的谭维维学起了古琴,古琴古典而高雅,可养心,陶冶性情。小谭这个人像下了雪的天地,干干净净的,纯洁得很,不食人间烟火似的。你姐夫很欣赏她的单纯,他们有了来往,但他们之间不像你姐姐说的那样,有那种男女的情爱关系,小谭一招一式教你姐夫弹琴,你姐夫和他谈古体诗词,两人很投机。你姐夫有时吐吐心里的苦,进一步的肌肤之亲的事没有,只是柏拉图式的精神之爱,其他没有了。余鹏程问,丁兰兰,你相信有柏拉图式的爱情吗?或者说有没有肌肤之亲的红颜知己?

丁兰兰没有正面回答,换了个话题和他聊了一会就挂机了。

手续办了十多分钟,递交离婚协议书,民政局经办人不动声色地看了一下,问了句,你们真的是感情破裂了?余鹏程和吴芳芳都简短地回答,是啊。又问余鹏程,你一个人怎么带孩子啊?余鹏程说,我妈妈帮着带。经办人抬头看了他们一眼,拿出两张褐色的塑料封皮的离婚证,贴上预先交上的照片,拿过一个钢印,在他们照片上用力一压,余鹏程心里怦然一跳,一个凹凸的印痕就显现出来了,然后在他们协议书上再"啪"一声盖了个红印章,塞到一个公文柜里,把两张离婚证推到他们面前,喊道,下一个!一对中年夫妇走了上来。

这个过程中,吴芳芳始终保持着克制和冷静,一种出奇的冷漠。走出大厅,在大门外的台阶上,余鹏程才发现吴国正和妻子站在那里,他们相互看到了,余鹏程有点尴尬,他低声喊了声,爸妈。吴国正答应了一声,和余鹏程握了握手,叹了口气,说,别记芳芳的恨,她的心是不坏的,都怪我太宠她了……做出这种很离谱的事来。余鹏程点点头说,谢谢你们这几天还带着蓝蓝。吴国正说,这是应该的,你们分手了,但芳芳还是她妈,我们还是她外公外婆,这是永远不可改变的。

吴芳芳抱着妈抽泣起来,她终于忍不住了。她伏在妈的肩头,竭力不哭出声,双肩耸动着。吴妈妈轻轻拍着女儿的背部,安慰说,乖孩子,乖孩子,别难过,跟爸妈回家……

——阵沉寂。

余鹏程有点鼻酸,说了句再见,就快步流星地走下台阶。一个大广场,有人在放风筝,几只鸟状的彩色的风筝在空中飘浮着。有一群男孩子在滑旱冰,有单个滑,有牵着手滑。有人在拉着小提琴,是优美而伤感的"梁祝"乐曲。人们都无忧无虑,整个广场弥漫着生活的美好。

他没有如释重负的感觉,而是心里空落落的,好像被掏空了似的。

他挑了张无人坐的长椅子坐下来。他呆坐着,长久地呆坐着。手机在公文包里不断响着,他没有去接,任其响个不完。

天色暗下来,夜幕即将降临。广场上玩耍的少年不知什么时候走了,重新出现的是锻炼身体的中老年人,余鹏程终于站了起来。从包内掏出手机,有七八个未接电话,其中汪原四个,唐朝阳两个,李刚伟和张杰各一个。他正在犹豫要先给谁回电时,汪原又来电话了。

汪原焦急地说:"你在哪里啊,怎么不接我电话?"

"我在办点事,不方便接。"

"晚上一起吃个饭,好不好?"

"今晚我有点事,没有时间了,改天吧。"

"好吧,你尽量早点休息。"

这是个托词,他其实什么事都没有,只是心里烦得很,不想见任何人。想起回家没人做饭了,他买了两个枕头面包,走到家已一片漆黑了,城市亮起了万家灯火,暮光之城。跨进天井,他习惯地看了下阳台上的窗户,黑洞洞的,没有那盏放着光芒的夜空,有的是一阵萧瑟的冷风,而且,从今往后,在他回来之前,它永远是熄灭的了。

他拉开客厅的灯,在厨房烧了壶开水,灌进了两个热水瓶。在打开冰箱时,他才发现里面的冷柜和速冻柜都塞得满满的,有荤有素,酱油、酸醋、糖盐等一应俱全,还有牛奶、咖啡、面包、水果。显然,这都是吴芳芳替他准备好的。他像刚刚看了部苦情剧那样,觉得心上有道伤口,很痛。

他冲了杯茶,吃了几片面包,削了个苹果,在淋浴房冲了个热水澡,想上楼时,发现好像少了什么。仔细想想,是贝贝不见了,吴芳芳带走了,这是她除了个人用品外,唯一带走的东西,这原本是属于她的,是她从大雨滂沱的街头捡回来的一只流浪猫。她答应贝贝生了小猫后送一只给周芹,她发现贝贝怀孕了,她说,那只公猫在哪里?她不知道,但贝贝平时有点傲气,一般的公猫是看不上的。

半个月中间,他都不适应没有吴芳芳的这个家,觉得特冷清,特孤独,特落寞,心里没底,不踏实。对比之下,他才觉得以前的家是充满温情的,是有生机的。他甚至怀疑自己和吴芳芳离婚是不是错了。这半个月中间,他和唐朝阳、汪原、李刚伟夫妇一起吃过一顿饭,和汪原单独吃过一次晚饭,看过一场电影。还去体育馆游了几次泳,和汪原去过一次,汪原游得很好,在水里长腿蹬得很有力,游得很快,飞鱼般的。汪原很懂事,她感觉到余鹏程心里不快,就尽量和他少说话,只是在他办公室的走廊里走过去走过来。

姐夫手术顺利,出院了。余妈妈还要留一段时间,姐姐打电话来要余鹏程把蓝蓝送到省城去,在那里可以上全省最好的幼儿园,有外国老师教授英语,可以寄宿,有受过训练的护理人员。余鹏程到吴芳芳家,向吴国正夫妇,向吴芳芳说明了情况,说,我也舍不得让蓝蓝去省城,但我们要替蓝蓝考虑,如何有利于孩子的成长,省城那家幼儿园是全省软硬件最好,蓝蓝能在那里受益匪浅的。

"可是,我再也见不到她了,你答应一周让我陪她一天的。"吴芳芳垂泪说。

"我也见不到她了,这是寄宿幼儿园,省长的孙子都在那里面,我带你一个月去见她一次。"余鹏程用一种解释的口气说。

"鹏程,这事你决定吧,芳芳有想法是正常的,既然你是监护人,她会听你的,你要理解她,她连一只猫都寸步不离,何况她的亲生骨肉?"吴国正说。

"是的,是的,我知道……"

隔了没几天,一个星期天,余鹏程带了蓝蓝登上去省城的火车,唐朝阳陪着一起去,他拎了两个大旅行袋,里面都是蓝蓝的衣物玩具。吴芳芳整理了几天。在小车在巷口等待时,余鹏程和唐朝阳到吴芳芳家接蓝蓝,蓝蓝搂抱吴芳芳的脖颈,一个劲地喊着:"妈妈一起去,妈妈一起去!"

吴妈妈抱过蓝蓝,哄她:"妈妈要上班,妈妈过几天来,我们蓝蓝最听话,老师又要给你插小红旗了。"很奇怪,就这么一句话,蓝蓝就不闹了。当余鹏程抱着蓝蓝走出来时候,他听到了吴芳芳在号啕大哭。

"她很难过。离婚最受伤害的是孩子,但看到吴芳芳这样,我心里不是滋味,也觉得很愧疚,我的心是不是狠了一点?让她们母女分离。"余鹏程叹息一声说。

"是啊,男女之间,为什么总是有那么多遗憾。也许,这就是生活的本质,月有阴晴圆缺,人有悲欢离合,此事古难全。可是,再怎么难受,也会过去的,她会平静下来的,让时间来融化吧,你也是不得已而为之。孩子总是要离开父母的,要学学外国人,他们对子女对离婚这样的事,比我们坦然。"唐朝阳说。

到了省城,姐夫的司机已经直接开到站台接他们了,蓝蓝一见到余妈妈,显得很活跃和欣喜,她和奶奶有感情,毕竟奶奶从小就带着她的。姐夫在家休养,余鹏程和姐夫到他房间探望,谈了自己的婚变,唐朝阳也坐在一旁,余鹏程谈得很简单,只是粗略地把过程说了说,他不想更多地来揭开这个伤疤了,他发誓要在时间的磨砺中把这件事在记忆中除去。

"我和你姐姐听了都有点震动,这种事并不少见,但还是让人感到遗憾,我对小吴印象不错,为什么不能原谅她呢?家庭是社会的细胞,只有良性循环的细胞才能确定社会的和谐,当然这个细胞分裂了,变坏了,那么就铲除掉,离婚也是一种更新,一种调整,一种疗伤,就像治病一样。能兵不血刃更好,何必伤筋动骨?"杨大年缓慢地说,咬文嚼字,边说边思考,这是他长期以来养成的习惯,到底是宣传部长,把婚姻关系能说得如此有哲理。余鹏程不得不对姐夫另眼相看了。他无法想象,这样处世老到、头脑清醒的男人会被妻子逼着写悔过书和保证书,他有种冲动,想找姐姐把那两份东西给他看看,上面到底是怎么写的。

"姐夫说得太深刻了,我也是想原谅芳芳的,可她……做的一些事让我很受打击,我实在是忍无可忍。小唐知道的,我已经是做到仁至义尽……"

"杨部长,鹏程这么做,也是很无奈的……"

"既然分手了,就别多想了,重新开始新的生活。你还年轻,一段婚姻失败了,没有什么了不起的,旧的不去,新的不来嘛!你姐姐和妈咬牙切齿的,你别听她们的,她们太偏激,你要善待小吴。输不起一段情感之失,放不下渐行渐远的是与非,就不是有担当的男人。"

"姐夫,我知道了,前一阵我很痛苦,精神状态差得一个人要垮了,这两天稍稍平静下来了,听了你这番教导,我有茅塞顿开的感觉。"

杨大年脸上露出了笑容,也有了光泽。姐姐余秋月端了一个保温杯走进来,散发出一股草药味,余鹏程和唐朝阳对视了一下,告辞走出姐夫的房间。

晚上,他们请丁兰兰吃饭,唐朝阳是毕业后第一次见到她,使他惊异的是,丁兰兰几乎没有变化,时间并没有在她脸上留下什么痕迹。正如余鹏程对他说的,要说变化,是丁兰兰气质改变了,大学时期的丁兰兰穿着打扮是很时髦很时尚的,可以说有点招摇。而现在穿得朴素多了,职业妇女的套装,然而精致得体,没有任何首饰,留着直发,但不是那种挂面式的,而是烫后再剪直的,显略蓬松而柔软。她已没有了大学时的傲慢、张扬和自负,她已变得沉稳而淡定,眼波里已没有了目空一切的气势,有的是温顺和小心,大方而专注,认真听着别人讲每一句话,不随便打断别人的话头,更不随便插话,然而不怯场,什么样的场合都会不露声色地周旋,出入自如,微笑颔首。

她小包里永远准备着笔记本、笔、名片。名片不是她的,是领导的,包里还有两台手机,她自己一台,领导的一台。给人感觉,她永远紧跟着领导,她是文艺处长,兼杨大年的秘书中的一个,她还经常跟随分管文艺的副部长到各文艺单位视察和巡视。

副部长长相平平,四十七八岁,精力充沛,能力一般,风风火火,走路飞快,每每这个时候,丁兰兰就像影子般的附在她身上,替她拿外套、拿手机,拿名片,甚至替她拎包。她讲话时,她马上拿出笔记本速记,天晓得她是什么时候学会的这种密电码般的符号。因为她的速写,一些重要会议都请她当速记。这就是当年的校花,余鹏程的梦中情人丁兰兰。

这是丁兰兰吃饭时自己说的,这并不夸张,杨大年也会偶尔说到她,对她赞赏有加。譬如她在某些重要场合的应变能力,她的速写的笔录和用速写机的熟练程度,都是无可挑剔的,她是无师自通,经过专业训练的专业人士都不如她心灵手巧。

余鹏程在前两次见到她时就明显感到她的变化了。这次感到她的变化更明显了。久入芝兰之室不闻其香,久入鲍鱼之肆不闻其臭,环境的力量竟这么大,让一个娇小姐有了脱胎换骨的蜕变,官场竟然在短短几年中改掉了她过去的许多让人讨厌的毛病,她几乎换了个人。当然,环境造成的变量只是外因,更多的在于她的内因即自省,但官场的陋习是否也让她的内心萌生更多的欲望和妄想?

没有,真的没有。她感慨地说,别以为她在省级机关如鱼得水,大学的同学都很羡慕她,经常有一些棘手的事找她办,从上重点学校到购房打折,都找她帮忙,她实际上什么都办不了,只能婉拒,从而得罪了不少人。她的父母以她为豪,把她说得天花乱坠。春节回家,中学小学的同学排着队请她吃饭,连县委书记都派专车接送她参加专门招待她的设宴,她每天的活动都排得满满的,她应接不暇又不能拒绝,否则要冒犯人。她不想冒犯谁。她回家只是想静静地和家人待上几天,和父母、弟弟说说话,享受一下亲情,她需要在家乡放松一下自己。可是她身不由己。她天天被外人所包围,甚至是绑架,这是官场带来的衍生品。她实在受不了,不胜其烦,假期还未结束,就匆匆回去了。其他人没有冒犯,她冒犯了父母亲。对父母亲是任性惯了,这点上,她还保持着本色。

她并不喜欢官场,这样的环境让她感到失去了自我,官场如戏和官场复杂的人事关系让她心神不安。还有……还有,她沉吟说,有些领导总是对有点姿色的女下属有着企图,很难逃避。而杨大年一直在暗中保护了她,包括给她介绍了男朋友。他说,婚姻这个城堡是女人的庇护所,不管怎样,婚姻对女人来说是很重要的,尤其是丁兰兰这样的令人瞩目的漂亮女人,更加要有个城堡,一个庇护所。否则,她早上贼船了。杨大年是个正直的极自律的官员,很严肃,不苟言笑,但内心富有温情,能力更是超强。他是高官中难得一见的政治上的清醒者。她尊重他,她从他身上学到不少东西。而传说中的那位官至省委副书记的杨大年的后台,是你们那座城市出来的,就是鲍鱼之肆的主,传闻太多了。说到这里,她突然间刹住了,不说下去了。

她今天的情绪明显消沉,也很感叹,还有点忧心忡忡。

在余鹏程的记忆中,她是第一次表现出对她目前处境的厌倦。

这个在同学中被视作女王般的女孩,各方面都顺利得出奇,是个令人羡慕、嫉妒、猜疑的幸运儿,她还有什么不满足的,是婚姻出了问题?他知道她的丈夫已从德国归来,社科院这个地方已留不住他的心了。他要去美国读博士,要丁兰兰去陪读,丁兰兰说,去美国高昂的费用不说,他和她的英语都过不了关,况且,公费让他去德国深造,他一回来,待了几天又要走了,这对培养他的单位和领导交代得过去吗?可是,他根本听不进去,对一切都不加考虑,执拗得不可理喻。为此,他们夫妻闹成了僵局。这个城堡和庇护所有时候是不堪一击的。

余鹏程没有多问,唐朝阳根本不了解,是姐姐告诉他的。真的是城堡吗?是庇护所吗?吴芳芳和他不是照样从里面逃离出来了吗?余鹏程在心里问自己。

余鹏程回家后第三天晚上打了个电话给姐姐,问了下蓝蓝的情况,姐姐说,蓝蓝白天没事,有那么多小朋友,有那么多玩具,有那么多活动,所以很开心。只是到了晚上,喊着要妈,后来老师把她哄了几个小时,她睡着了。今天开始,她闹着要贝贝,要猫咪,就是那只名为"雪里拖枪"的白猫吧,放心,过几天就会适应的,小孩子适应性强。

放心?怎么能放得下心。一切都乱了套,心都碎裂了。

他想起了汪原,从省城回来后,她只和他通过一次电话,她请事假了,此后便音信全无。她说家里有些事。什么事没有说。那天晚上,她突然开车来接他,下着雨,繁密的雨声。雨滴小石子般尖锐的弹射在车身和玻璃上。雨刷子急剧地摆动。到了湖畔那间房。

一路上汪原几乎没有讲话,心事重重的,这个快乐的小女孩,居然心情不好。余鹏程预感她家里出了大事。

到了屋里,汪原打开了热空调,蒸煮了咖啡,倒入两个咖啡杯里,满屋子的咖啡浓香,她又取出了一瓶威士忌,两个高脚玻璃杯,拔去瓶塞,在杯里倒了小半杯酒。

汪原喝了一口说:"鹏程,我爸出事了,虽然现在还在位置上,但他得到的消息,马上要动他了,他要我马上出国,和台湾那个邮票设计师的儿子陶喆文结婚。他有美国绿卡,我们已办好结婚手续,领到证了,我也拿到了美国签证。先去新加坡住几天,然后去美国,鹏程,对不起,我没法预先和你商量,一切都来得太突然……"

说完,她把酒一口喝完。沮丧地低下了头,揪着她自己的衣角不放。她的头发梳了个马尾巴,彻底素颜,她一下变得像一个刚入学的大学生。

余鹏程惊骇得很长时间才反应过来,小心翼翼地问:"问题严重吗?"

"我也不知道,爸没有跟我说,但从爸妈的状态来看,应该是严重的。我弟弟去年已考上华盛顿大学了,而且拿到了奖学金,他全凭自己的奋斗,他担心的是我,所以不容我以任何理由拒绝,就包办了我的婚事,叮嘱我立即出国,他怕株连我。其实我没有什么可株连的,包括这套房子也是干净的,但父亲为了增加自己的安全感,一定要让我离开这个是非窝,就像强台风即将来临,人们纷纷搬离一样,离灾难越远越好。妈也已经给控制了,否则爸也会让她走的,剩下他一个人,他就没有后顾之忧了,但妈说,她能走也不走,她怎么可以丢下他远走高飞呢?死也要死一起……"

说到这里,汪原突然扑到他怀里哭起来。

余鹏程安慰她:"出去也好,乘这个机会再读几年书吧,毕竟不是你一个人单枪匹马去闯,旁边有人照顾你了,你爸考虑得很周全,可怜天下父母心啊!"

"可是,可是……我不喜欢他,我爱的是你,命运为什么要捉弄我呢?仅仅十天之前,你和吴芳芳办了离婚,我高兴地对爸说,我有男朋友了,我爸没理我,他以为我在说疯话,我还对自己说,吴芳芳可能很痛苦,可我不同情她,上帝眷顾我,我太幸运了。我可能自私自利,但我不是道德楷模,我有追求幸福的权利……可是,怎么说变就变呢?鹏程,你能原谅我吗,你不会生我的气吧?'

"你没有什么要我可原谅的,我为什么要生你的气呢?人算不如天算,我们都要服从命运的安排,人生不如意之事十之八九,有时候这是不可抗拒的……"

汪原还是泪流满面,她又喝了满满一杯酒,望着余鹏程说:"今天就住在这里?"

余鹏程没有回答,他不是装糊涂,他真的不太懂她这句话的意思。

"我愿意把我的一切都交给你,我是认真的,否则我会遗憾终身。我和他还没有住在一起,我提出要举行正式婚礼后再同居,那时还得看我的心情。我说,信虽然写好了,还得贴上邮票才能寄出去。我就是那张邮票。"

余鹏程终于明白了,他感动了,他用他巨大的手掌轻轻抚摸着她泪痕累累的脸,又将她脸上零乱的头发抹到耳边,他的脸又在她脸上贴了一会。

"汪原,我心领了,我可以陪你坐一夜,谈心,喝咖啡,喝酒,别的不合适,你和邮票设计师的儿子法律上已经是夫妻了,我不能一边谴责祝融一边犯和他一样的错误,这样对陶喆文太公平了。你不能用这种方式来弥补缺憾,你好好生活就是对我们的成全。"

汪原点点头,眼泪又掉下来了。她蜷缩在他的怀里,无声地流泪,后来,她闭上了眼睛,睡着了。她太疲惫了,可能几天几夜没睡好觉了,余鹏程张开双手将她紧紧裹住。

第二天余鹏程上班时发现在他的拎包里发现了大信封,里面有一封辞职信,一把钥匙,一张便条。

便条上写着几行字:今晚的飞机,到新加坡。钥匙是这套房子的,这房子是干净的,没有任何问题。你做我的看房人吧,房产证和其他房门的钥匙在书房写字桌的抽斗里,还有份准予使用房子的授权书,你随时可来住。我会想象着我在湖边还有个家,有个亲人住在那里。物业费我已交了五年。车库有一辆美国产自行车,是弟弟送给我的礼物,你可以用,锻炼、代步。你的原原。即日。

辞职信只有一句话:我结婚了,丈夫是美国永久居住者,我随他去了,故今起辞职。

余鹏程在上面写上同意两字,签上名字。然后交给人事部门。不到一小时,全公司都知道汪原辞职结婚去国外的消息。大家感到意外,但并不特别意外。像汪原这样的女孩子,选择一个这样的人嫁出去在情理之中,略微有点感到奇怪的是,这个喜讯来得有点突然而没有任何预兆。

一周后,汪原父亲给市纪委的成员从办公室带走了,他刚刚参加完一个企业的开业典礼,剪彩后讲了话,回到办公室,三个穿便服的人等候着他。接着,纪委的几个人查抄了他的办公室,几乎是同时,另几个纪委干部查抄了他的家,每个角落每张纸片都没有放过。汪原病休在家的母亲被告知不准离开本市,随时听候通知协助调查。汪原母亲原来是农林局的科长,她交出了普通公务护照和因私护照。这个消息第二天见了报,全市迅速传开了,各种版本的传说让人津津乐道,余鹏程所在的桃李天下公司更是一片沸沸扬扬,带着各自的联想。钱雁玲那种喜悦简直无以言表。她逢人就说,这是报应,有其父必有其女,那个小婊子也不会干净的,什么结婚,明明是带了赃款逃跑了。她用力挥动拳头,笑得眯起了眼睛。哈哈哈,一种胜利者的笑容。

余鹏程接到了唐朝阳从电动车公司打来的电话,询问汪原辞职前有没有和他谈什么,她的结婚去国外是否和她父亲出事有关联?余鹏程干脆地说,她没找过我,只是把辞职信塞在我门缝里,我想,她结婚出国也许和她父亲的事纯粹是个巧合。让纪委去查吧,但我为小汪感到可惜,她的蜜月还有什么甜蜜的?唐朝阳在电话那头沉默,半响,才唏嘘说,我已察觉她这几天情绪不好,不好意思问她,我以为她会跟你吐露点什么的,她对你非常崇拜……你是她的偶像……她跟我说过……她羡慕真由美,她真想和你骑在一匹马上奔跑……余鹏程打断他的话,说,唐朝阳,你给我闭嘴,我们能不能不去管这件事,你知道吗,有多少人在看小汪的好戏,有多少人在幸灾乐祸,有多少人怀着阴暗心理看待一个小女孩?她老子犯了错误或犯了罪,会受到惩治的,他无辜的子女都该牵涉进去吗?余鹏程在电话里吼道。

唐朝阳没有生气,他喃喃道,也许她找到了真爱也说不定……

二十三

离婚后的一段时间,吴芳芳心如死灰,吃不好睡不好,像丢了魂似的,人越来越消瘦,盗汗、发抖,眼圈发黑,有种气都透不过来的窒息感。而且脸色变得苍白无光,整天耷拉着头,一种全然冷漠的神情。那个乐观的、无忧无虑的、活力四射的吴芳芳不见了,二十多岁的女孩,看上去已是个精神萎靡不振对生活麻木不仁的中年怨妇了。

她很孤独,很少与人来往,也很少说话。几乎没有什么东西会引起她的兴趣,再好的食物都引不起她的食欲,吃饭时她划了几口就放下了,她没有饥饿感了。她对生活失去了希望。

她对余鹏程没有任何抱怨,她依然陷入深深的自责和后悔之中,带着负罪感。但是她更是想念女儿,一想到蓝蓝她就焦躁不安。她常常到蓝蓝待过的幼儿园和余鹏程家附近转悠,期待女儿能从省城回来,她能和女儿不期而遇。但是不管她待上多少时间,她总是失望而归。回到家,她的床头是蓝蓝喜欢的几个布娃娃,还有女儿的几件毛线衣,已经小了,穿不下了,她在整理女儿物品时,特地留了下来。还有一个奶瓶,是女儿小时候吃奶用的,那时瓶里装的是鲜奶,有段时间喝的是奶粉。一瓶满满的奶汁,女儿会呼噜呼噜地吮吸着,几乎是一口气把它喝完。女儿早不用奶瓶了。她把奶瓶留了下来,放在她的枕边。每晚枕着枕头,她能闻到一股甜甜的芬芳的奶香,这是女儿身上散发出的香味。

她的伴侣是贝贝,这只猫渐渐地老了,不像以前那么灵活了,它怀孕过两次,它的男友是只浑身雪白的毛发很长的猫,是稀有品种,有种猫类当中难得一见的贵族气。贝贝共生了四只小猫,带着它的印记,耳朵和尾巴是黑的。她送了一只给周芹,周芹和张杰已办了复婚手续,她的肚子滚圆,很大了,她已不上班,在家里保胎。

正好吴芳芳送猫来,见到吴芳芳的变化这么大,周芹吓了一跳,要吴芳芳去医院看医生,她愿意陪她去,那个医院除了邓舜扬、黄宾已不在,她还认识其他医生,包括神经内科的医生。吴芳芳在客厅、阳台、厨房走了一遍,房门锁得紧紧的,她和余鹏程办离婚证那天,她就把钥匙交给余鹏程了,余鹏程倒让她留着,可以随时回来看女儿,但她不要。她在晒台上停留了很久,绳子上晾晒着余鹏程的几件衬衫和裤衩,都是她熟悉的洗过无数次的衣物。这使她感到既亲切又伤心,有一种无法言说的感触。

周芹很喜欢这只小猫,她说她先养起来,等到医院生孩子时,让芳芳代养几天,最多坐完月子吧。吴芳芳一口答应,但神情黯然。她又想起了蓝蓝,她说,她要替蓝蓝留一只小猫,可以陪伴到上大学。一只夭折了,给那只公猫压死的,这只高贵的猫很自私,在贝贝两次生了孩子后,它都扬长而去,什么都不管,是个无情无义的家伙。有次它钻进窝里,早晨起来,把一个儿子活活压死在它庞大的身下。贝贝发怒了,嘶吼着,把它赶走了。

周芹很少谈到余鹏程,吴芳芳这个可怜的样子,余鹏程怎么可以成为她们的话题呢?吴芳芳的伤口显然还没有愈合,不能在那上面撒盐了。吴芳芳主动问了,周芹说了几句,说余鹏程很忙,早出夜归,很少见到他,公司好像出了些事,那个姓汪的漂亮小妞和一个台湾人结婚去美国了,她爸爸双规了,妈妈也监视居住了,贪污受贿,问题很严重,蓝蓝还在省城。据说那个省委机关幼儿园是寄宿的,特别高档,有外国专家教英语,主要是口语和外国歌曲,将来见到你,恐怕会说一口熟练的英语了。

她还提供了一个信息,她报社分配的房子已装修结束,待她分娩后,就去那儿坐月子了。余鹏程好像也有了一套新房,局党委奖励的,按他的级别买了一套,去掉他该享受的面积的超出部分,他自己出的钱。这里的房子是他姐姐的,他留着让姐姐来处理。吴芳芳听了没有什么反应,神情是漠然的。

在和周芹告别时,吴芳芳控制不住了,她的眼泪突然涌了起来,所有的事跟着泪水流出来,是从她的心涌出来的。她捂着脸走了。小猫离开了母猫,喵呜不迭。周芹抱起它,温柔地说,贝贝(她还是叫它母亲的名字),别闹了,你饿了,是不是?我这里还有军军留下的食物,军军经常喂你老妈的,还有,军军马上就要从远地方回来了,你再等上几天,好不好?小猫依然叫着,叫得有点凄惨。

过了几天,周芹陪她去医院看了神经内科的医生,吴国正也去了,他已经从苗圃退休。医生问了症状,让吴芳芳做了一些判断忧郁症的测试表,判断吴芳芳得了轻度的忧郁症,而这种病通俗地讲也就是心病,除了镇静剂,几乎没有药。医生对吴国正说,陪她出去散散心吧,让她忘记自己的伤心。

回到家后,吴国正和妻子一商议,第二天就去厂里找林霞请了病假,林霞心里也沉淀着许多委屈和恼火,但她的开朗、豁达和坚强把内心的这些东西压下去了,其实她心里还没有完全平复,半夜睡得正香的时候,会突然醒来,会打起哆嗦,有些恶心。这种恶心的感觉只有面对痛苦的时候才会降临,于是,她在黑暗中哽咽着,但她慢慢又睡着了,醒来时,她看到了阳光明媚,她心情好了起来,全身从僵硬状态中放松下来。

她蜷曲起身子继续睡,那个夜半让她哭的问题变得微不足道。再次醒来时,她觉得自己精神饱满了,当然,照照镜子,她会发现眼睛有些肿胀。她听吴国正说,他准备陪女儿出去旅游,云南、九寨沟、西藏、新疆等,林霞一听,就说,反正厂要和外商合作了,要下岗百分之七十的工人,医务所要取消,请假很容易,如果你们不介意,我和你们一起去。吴国正正中下怀,有一个女医生陪伴,还有什么可说的。

在吴芳芳患忧郁症不久,余鹏程开始倒运了,一连串和他有关的麻烦发生了。开始,他惦记汪原,这个被人怀疑借婚外逃的女孩突然从人间蒸发了,没有一个电话,没有一封邮件,没有一个口信,以至于让余鹏程怀疑那个大雨倾盆的恶劣气候在湖畔的一夜是个梦,但钥匙什么的,还有那封匆匆写的信是真实存在的。

他曾去过那幢无比幽静的房子一次,东西还在,没有变化。他煮了杯咖啡,静静喝着,他不敢拉开窗帘,怕别人发现这屋子有人,他把窗帘拉起了一条缝隙,透过缝隙,他看到了那一片清澈平静的青白色的湖水,阳光下,湖面泛着粼粼银波。掠过一群白色的鸥鸟,嘎嘎地发出尖叫声。

房间里还能闻到汪原的香水味,她的一些衣服还挂在那个布的拉链的小衣柜里,看的一本《包法利夫人》还放在床头,里面插着书签。还有一本海子的诗集。余鹏程明白这里不是久留之处,他把咖啡喝完后立即洗干净,再整理一下屋子,将电源水源等开关关闭,把窗帘拉得严严实实,便离开了这里。

中央有关部门出台了对教育系统进行经营活动的新规定,原则上不提倡,现有的企业要整顿,要与学校和教学机构脱钩,学校老师与领导人不能在校办公司和经营性企业兼职,领取报酬,但可以自愿留下来从事商业活动。规定很清楚了,就是不能两头拿钱,鱼和熊掌不能兼得。同时对现有学校办和教育机关办的企业进行全面审计。

这涉及到一大批人,邹书记、丁局长、马校长、余鹏程、唐朝阳、钱雁玲等,他们的人事关系在市委组织部、人事局、教育局或学校。这对余鹏程、唐朝阳来说,选择并不困难,他们早已不想回到校园去了,愿意和学校脱钩,关系转换到公司,这无疑是好事,今后的决策程序要简单多了。对于邹书记、丁局长、马校长等来说,两头兼顾是最为理想的。既能享受经营活动的成果,又保留了原有的官职。政策解除了他们的双面人的特权,另一个身份必须放弃,两者选其一,这没有商量的余地。他们当然选择了回到机关和学校,继续担任书记、局长、校长等正统的职务。钱雁玲有个括弧,如果回学校,这个括号就可能会取消,她一度想回学校当副校长,但没有一个学校愿意接受她作为副校长进来。她原来任会计的小学推不掉,答应她可以回来干老本行,但不能当副校长。

钱雁玲很尴尬,非常气愤,在办公室里拍桌子骂人,她很抗拒这种结果,对她,一个局长太太怎么如此不尊重呢?她刻毒地盯着每个不理睬她的人看,眼神里充满着敌意。几天后,真相大白了,钱雁玲不仅仅是为了副校长落空而生气,更为了丁局长在这个节骨眼上被宣布当调研员,退居二线。消息其实早已悄然传开,难怪那些小学会抵制不要她了,难怪以前看到她都毕恭毕敬的人突然变得清高起来,在走廊等地和她相遇当作没见到她一样擦肩而过。

钱雁玲不甘心,但这是注定要发生的事,虽然丁局长退下来早了一年,但这是组织决定。丁局长和他妻子不是这么想的,他们认为这是杨大年干预的结果。这是迫害,这是报复打击,因为他们与杨大年和其小舅子余鹏程的腐败行为作过斗争。

余鹏程听唐朝阳反映,电动自行车厂非生产费用陡增,李博士用钱像流水,并坚决阻挠他过问公司财务。余鹏程觉得这里面有漏洞,责成钱雁玲以桃李天下公司财务主管的名义和顺风公司监事的身份查了一次账,如有疑问将账册带回公司核查。

到了电动自行车厂财务室,钱雁玲在查账时赫然看到自己的发票等票据订在几本凭证里,记在几本账簿里,触目惊心的,这让她大为震惊,这是她没有想到的,她在心里骂李彼得:这个狗东西,不是存心害人吗?幸亏余鹏程要她来查账,否则自己还蒙在鼓里,出了事都不知道。她要出纳王菲把几本账簿和凭证包扎起来,要带回公司给余鹏程细细查看。作为合资公司副董事长,他有这个权利。王菲碍于情面和她的身份背景,就答应了,钱雁玲取走了账册和凭证,按王菲要求留下了一张收条,收条写道:按余总吩咐,账目四册及凭证七本送他审阅。钱雁玲回公司路上,她心里非常紧张,给余鹏程看到了,她的事就昭然若揭了。这怎么办呢?她懂得这件事的利害关系,这些账本和凭证无论如何不能给余鹏程审核,她没有想到,李博士竟会在发票上指明是她送来报销的,积少成多,累计起来差不多有七万元了,这不是小数字了。

想到后果,她心惊肉跳,急中生计,她想到了一个愚蠢的办法,把这些东西给余鹏程后,再伺机偷出藏匿起来。账本凭证找不到了,她把丢失的责任推到余鹏程头上,她的事情也可以捂住。虽然这并非上策,但她除此之外,没有更好的办法了。走一步看一步吧,先把东西压下来再说。

到公司后,她对余鹏程说,我查了下账,多是差旅费、招待费、职工福利费等,没有发现有什么问题。正在这时,电话铃响了,余鹏程拿起电话,是丁兰兰打来的,便对钱雁玲说,我知道了,你把册本和凭证拿回来了?钱雁玲说,拿回来了。余鹏程说,你去吧,等会你送来。

钱雁玲回到办公室将这些账本凭证交两个会计小周、小高过目说,这账本余总要拿去看,我从王菲那里拿过来的,还写了借条。你们作个证,我给余总送去。两个会计看了下账本和凭证说,钱部长,我们看到了。钱雁玲将这些账本凭证放在一个小纸箱里,送到余鹏程办公室,敲几下后便推门进去,见余鹏程在打电话,便蹑手蹑脚走进去,放在办公桌上,低声说,账册什么的都在里面,我放在这里了。余鹏程一边听丁兰兰说话,一边随手将那个纸盒拿过来,放在转椅旁的和办公桌相连的矮柜上,朝钱雁玲挥挥手,表示感谢。

丁兰兰在电话中告诉余鹏程一个让他震惊的消息,省委副书记戴仁德出事了,被双规了,省委还没有对外宣布,这事传播的范围还很小。余鹏程马上想到姐夫,戴仁德是姐夫的老领导、同乡,坊间都认为姐夫是戴仁德的人,他问丁兰兰,我姐夫会受到影响吗?丁兰兰说,到目前为止,还未影响到杨部长,杨部长一切正常,身体也恢复得不错,还处在半休状态。她的估计,根据她对姐夫的了解,他其实与戴仁德的关系并不像外界所传说的那么密切,他们是两类人,杨部长对这位老领导的一些所作所为还是很看不惯的。

尽管丁兰兰这么解释,他还是很替姐夫担心,无风不起浪,传言从来都不会是空穴来风。他立即打了个电话给姐姐,姐姐简要地回答两个字"没事"就搁掉了,给人感觉她在竭力回避这件事。恰好是周末,明天是星期天,他临时决定马上去省城一趟,正准备通知司机送他去车站,暂时还在公司任职的邹书记来电话,让他去他办公室,有急事。

丁兰兰的电话让他有点心慌意乱,他离开办公室时,门都未关,他有个习惯,上班时,有事去别的办公室有事,他一般不会把门关上。在一旁密切窥视着他动态的钱雁玲乘机走了进来,她知道余鹏程的习惯。环顾无人,她像小偷一样悄悄地拿走了那个小纸箱,然后放到女厕所一个不为人所注意的一个壁柜里,里面是清洁工放的消毒水、刷子之类的洁具。没有人对这个壁柜感兴趣,除了清洁工。而清洁工是早晨来打扫卫生的,这个时候不可能来。她第一次当窃贼,紧张到了极点,心狂乱地怦怦直跳,虚汗直冒,她的贪婪、愚笨、蛮横、无知,让她做出了一件任何财会人员都不敢做的事情,把账本藏起来,她甚至想到销毁,把那些个人消费的发票,以及李博士偷偷安排他们夫妇到深圳、香港"出差"的差旅凭证包括机票、餐费、住宿费、游览门票费及购物费的凭证统统毁掉。但在最后时刻,她浑身发抖,胆怯了,她还是知道这样做的利害关系的,不敢下手,有贼心无贼胆。

邹书记找余鹏程去是告诉他市审计部门和局监察室对桃李天下公司和顺风电动车公司进行审计,局监察室主任是原局组织人事处长刘主任,他一直提出要调离,原教育局监察室主任老吴退了,市监察局指定刘主任接了班。他对余鹏程说,你要作好准备,接受考验。余鹏程说,我早已准备好了,我问心无愧,怎么查都可以。讲了几句话后,便回办公室找司机匆促回家收拾要带的东西,拎着一个旅行袋上车站,时间紧迫,心里迷茫,他把钱雁玲送来账册的事忘得干干净净。

而钱雁玲下班后故意磨蹭了一些时间,待其他人下班后,去女厕所取出纸箱放到财务部装铁栅栏门的库房,置放在一大堆纸箱中间。这些纸箱装的都是陈年旧账,除上级部门来审计查账外,一般无人翻动。她以为神不知鬼不觉,只要她咬住已交给余鹏程,而且有目击证人,这些账本就消失了,余鹏程怎么辩解都说不清了,这会变成一笔糊涂账。她要的就是这个结果,能够遮蔽自己的把柄,不让别人揪住说事就可以了。但是,她没有想到,那个外地来的清洁工因有事,临时将明天早晨的工作调到员工下班后,她在壁柜里发现了那个纸箱,她打开看了一眼,发现是账簿什么的,感到很蹊跷,这显然是有人故意放在这里面的,她没有动,也没有声张。第三天早晨她发现东西没有了,肯定是给人拿走了,她只是个不起眼清洁工,也是个本分人,不想弄清楚是怎么回事,对这样的怪事只能睁一眼闭一眼。

钱雁玲心里并不踏实,这只是暂缓之计,余鹏程、唐朝阳不是等闲之辈,他们会坚持追究这些账本凭证的去向。虽然把账本凭证藏起来了,她仍惶惶然不可终日,她思考再三,还是把经过告诉了情绪低落的丈夫,等待丈夫劈头盖脸的训斥,但丁局长听说后居然没有勃然大怒,他一动不动地低着头思考了几分钟,其实他内心在激烈地斗争着、挣扎着。退居二线后,他满腹怨气,对组织及某些人,尤其对杨大年和余鹏程充满了敌意,只是无处发泄而已。

　　理智告诉他,妻子的行动愚不可及,会弄巧成拙的,但除了这个笨人笨办法,还能干什么呢?如果这些证据落到余鹏程手里,那是一个严重的问题,他和妻子会得到处理的,他的二线调研员说不定也当不成了,甚至会落下党纪政纪处分,晚节不保的可耻下场。私心和失意使他的心态扭曲了,产生了一种对命运不济的报复心理。

　　他默认了妻子的做法,对妻子说,好好藏好你的东西,在任何情况下,要咬住已交到他的手里,现在不见了,是他的责任,至于他找不到了,那是他的事,与你无关。他老婆都丢了,再丢掉账本,是他活该!看他怎么收场。不过,王菲、李博士那里要做好工作,让他们不要捅娄子。还有,这段时间你给我少惹事,不要动不动去得罪人,我跟你说过多少遍了,别张扬,别招摇,你就是不听,还不服气,和我闹。有一次还把你的臭袜子放在我公文包里,夹在笔记本里,出我的洋相。钱雁玲低声说,我知道了。但愿我们没有什么事。这个礼拜天,我去南禅寺烧点香。丁克抬头看了妻子一眼,她一脸的无所适从和恐慌,他恨她也同情她,咕哝了一句,随便你。钱雁玲站起来,说,我要喂野猫去了。

　　晚饭前余鹏程到了省城,他见到了从寄宿幼儿园接回家的蓝蓝,蓝蓝好像长大了不少,她已习惯了新的环境,果然在讲话中会说上几句英语了,她说了些幼儿园的事,她淡然地问了下妈妈怎么没来,没等余鹏程回答就转移了话题。余鹏程在心里感叹,孩子太会健忘了,用不了多少时候,她会把吴芳芳完全遗忘的,甚至连他这个亲生父亲,感情也会淡薄的,这可不是什么好事。蓝蓝会不会慢慢变成一个没有归宿感的孩子。但眼下,除了尽可能多来省城看她,和她多接触没有更妥当的办法。离婚家庭就是这么无奈。

姐夫瘦了些,但起色不错,神态安详,他在写读书笔记,边记边思索,这是他的阅读习惯,见余鹏程进来,摘下眼镜,放下手里的书,余鹏程看清楚是本台湾商务印书局出版的《曾国藩平乱要旨》,在大学时他读过这本书。姐夫是研究太平天国历史的,发表了多篇论文,有一定影响,算得上是研究太平天国史的专家,姐夫希望有朝一日写一本有关这个题材的长篇小说。他积累了很多素材。他对余鹏程说过,曾国藩篡改了李秀成的自述。

他问了下余鹏程电动车厂的事,余鹏程介绍了情况,谈到产品非常畅销,但有迹象台商有大手大脚,频繁出国,营私舞弊的行为,他们掌控了财务大权,不让我方人员插手。杨大年没有表情地说,台湾人来投资办厂是好事,但是,他们有投机性,是来捞钱的,而且不择手段,还带来了一些不好的风气,例如台湾一个老婆,大陆一个或几个情人,一点道德底线都不讲。所以,中外合资,不能捡到篮子里就是菜啊。他主动谈到戴仁德的事,是党的高级干部了,岂能这么肆无忌惮,他出事是迟早的事,我早有预感。外面对我和他的关系有各种说法,我不解释,党是洞察秋毫的。说完,他朝余鹏程笑了笑。

"鹏程,事情很复杂,野蜂乱舞,沉渣泛起,只要我们没有伸手,就要处变不惊,不管发生什么事,你都要坦然面对,相信黑的变不了白的,白的变不了黑的……"杨大年看着窗外小院子的花木说,停顿了片刻,又说,"不过,你还是要有足够的思想准备,也许会有人借题发挥,对你下手,自己检点检点,有什么把柄没有?我相信你是干净的……"

"除了工作需要的应酬,不该拿的钱我一分钱都拿,也没有乱七八糟的事,姐夫可以放心,我没有昏头。"余鹏程信誓旦旦。

姐夫转过身来,目光如炬——姐夫很少用这样的目光看人。他盯住余鹏程说:"不要悲观也不要太乐观,戴书记的问题会掀起一场风暴,共产党需要自我净化,这场风暴会波及到我,也可能会波及到你,即使没有事实依据,也会发挥他们的想象力和怀疑心,也有些妒忌你的人和你有恩怨的人,甚至会诬陷你,诽谤你。当然,我刚才说过了,黑的白不了,白的黑不了,但等一切过去了,问题厘清了,你已经筋疲力尽……"

离开姐夫的房间,余鹏程心情闷闷不乐,还有些伤感。

教育局、各个学校的校办企业和桃李天下公司乱成一团。不仅仅是教育和经管两分离做事,造成了人员的动荡,还有大规模的清账和审计,暴露了不少问题,顺风电动自行车公司发生了一件大事。在对公司的财务审计中,发现这么兴旺的公司居然亏损了上千万,李博士和刘义庆两人借研发新电机新产品,借与欧洲著名厂商合作,出差国外多次,每次都是出入五星级酒店,用公款购买奢侈品,吃喝玩乐,挥霍无度,甚至到澳门狂赌。他的爱娜被抓了,这是个广东女人,瘦小的个子,来少年宫多次。胡雪的驻深圳办事处主任的职务早已辞去,由这个爱娜替代。她利用职务之便从香港向内地走私手机和电脑,夹带在电动自行车零件中,获取暴利,给李博士作为赌资出入澳门赌场,输了三千多万元,其中有李博士自己的钱,有爱娜走私赚的钱,还是欠了相当一部分赌债,便想方设在顺风自行车公司以和别的厂商合作为名,挪用公款一千多万元垫补这个窟窿。至于他研制出来的所谓的革命性的电机永远是一堆废铜烂铁。别说一个金鸡蛋,就连一粒金瓜子都没见到。几个台湾人把一家好端端的工厂像蛀虫一样蛀空了。

曾和余鹏程住在一个楼面的出纳王菲,那个老实巴交的乡下妹子,平时懵里懵懂的,没有是否观念,业务上也不精通,给李博士小恩小惠收买了,李博士无论交代办什么,她都照办。公安机关经警部门介入了这个案子,把总经理李彼得和财务总监刘义庆拘捕了,出纳王菲也被传讯协助调查。一个庞大的清查小组进驻了公司。

钱雁玲心里提心吊胆,担心她的事牵出来。终究做贼心虚,精神压力把她压得透不过来气来。丁克很镇定,他对妻子说,原来拿走账册是为了封存我们的事,现在可以个作为反击余鹏程的子弹了,我们一口咬死是他销毁了证据,让他百口莫辩。

在丁局长授意下,钱雁玲以攻为守,写了十几封匿名信,写好后请人抄写下发送出去,揭发余鹏程、唐朝阳、汪原是李彼得、刘义庆的同伙。理由是,台商是唐朝阳的前女友胡雪牵线搭桥介绍来的,他们曾去深圳谈判,达成了某种幕后交易,李博士任总经理,刘义庆任财务总监,唐朝阳任副总经理都是他们交易的一部分。余鹏程作为副董事长架空了教育局领导,实际上是顺风电动车公司的最高负责人,他掌控了公司的财权、人事权、管理权,对于李彼得和刘义庆的明目张胆的犯罪行为,他怎么可能会不觉察吗?他的心腹汪原曾和李彼得、刘义庆来往密切,喝酒唱歌,关系暧昧,余鹏程完全有可能通过汪原参与其中,否则,汪原为何突然以结婚为由逃离到海外呢?这些谜团值得人们深思。这一切说明,公司和电动车厂的管理是何等混乱!以省委常委、宣传部长杨大年为靠山的余鹏程在这起案子中有重大嫌疑,据查,余鹏程为了掩盖罪责,有可能销毁了电动车厂的部分账本,使得他的某些犯罪事实失去佐证。

有人向邹书记通风报信,电动车公司问题严重,人民来信雪片似的。作为董事长,他当然有推卸不了的责任。第一次去深圳就是他带队去的,公司的组建和人事安排是他同意的,他私下也接受了林老板李博士的一些好处。在生产管理过程中,他不直接参与,但重大事项余鹏程都向他汇报的。为此,他深感压力很大,他觉得这个公司像个雷管,会引发一连串的剧烈的爆炸,自己不会炸死炸烂,也会炸得遍体鳞伤。

他的前途将变成一个收止符号了。他没有想到,他的一世英名会毁在这种事情上,本来打算回到教育局党委书记位置上继续大干一番,可惜给几个台湾人砸了。

这时,已是调研员的丁克登门了,他从口袋里取出了匿名信的一封,信封上写着市教育局丁局长亲启的匿名信,有邮票也有邮戳。这是他自己寄给自己的。这封信是他起草后,请人抄写的。

"邹书记,我们有失察之错,看错了余鹏程这个人,我们不应该重用他,但客观上我们受到来自杨大年的影响,我们就是这一点错。这无所谓,在探索改革开放过程中,我们呛了几口水而已。而真正的推手,借推动校办企业而从中渔利的人是余鹏程,这封信提供了不少重要线索,邹书记你不必紧张,我们需要反思,但事情的真相我们不知道,我们受蒙蔽了。"

丁局长缓慢地咬字清楚地说:"我无所谓了,已退下来了,我在替你的政治前途考虑。据我了解,省委戴副书记,杨大年的后台戴仁德已双规了,他贪污受贿,生活腐化,政治上结党营私,情节特别严重。"

"你说的是真的吗?"邹书记脸上顿时失色。

"千真万确,中纪委传来的消息。"

"真是天有不测风云啊!杨大年有问题吗?"

"他和戴某人是一条船上的人,杨大年何德何能,这几年咻咻地往上窜,简直是乘了直升飞机,还不是戴某人这个伯乐相马,把他拉上去的。树倒猢狲散,戴某人烂掉了,杨大年岂会出污泥而不染?"

"这件事和电动车厂的案子有什么关系?"

"当然有关系,透过现象看本质,事物相互之间会产生相互作用,这次戴某某倒台,是乡镇企业局局长汪某供出来的,戴某担任县委书记时,汪某是他的秘书,戴某当市委副书记时,汪某是乡镇企业局副局长,戴某调省里后,汪某升为局长,戴某另一个秘书杨大年升为教育局党委书记。汪某的女儿是汪原,杨大年的小舅子是余鹏程……邹书记,这个人物表足以说明一切了,你还怀疑什么呢?"

"这么说,他们是一根绳子上的蚱蜢?"

"是的,我们要把电动车厂的案子和这条绳子连起来,我们都是局外人,至少我们被假象所迷惑,不知者无罪,就是这么回事啊!"丁局长看出来邹书记的恍惚和紧张,他剥茧抽丝般分析说,声音坚定、坚硬和尖锐。

在教育局一次经营活动整顿会议上,丁调研员——人们还是习惯称他丁局长,突然点了余鹏程的名,他声色俱厉地说,经查,电动车厂的账册突然遗失了很重要的一部分,账册是经营活动的重要记录,也是守法和违法的佐证,它们没有长翅膀,怎么会不翼而飞呢?有确凿证据证明,副董事长余鹏程曾查过这部分账,当然查过这些账册不是余鹏程一个人,但遗失的账册恰恰是他要求带回公司交他审查的,结果在他手里就遗失了。我要问一下余鹏程同志,这么重要的账册怎么就没有了呢?你能不能作出一个合理的解释?

邹书记坐在丁克的身边,脸色严峻,插话说:"是的,如果余鹏程同志能把事情明明白白说清楚,组织上还会宽大处理的,问题是,他有没有这个勇气?他今天不在场,这不要紧,党委会发正式文件的。同志们,虽然不搞阶级斗争了,但改革开放的门打开了,那些腐朽的反动的思潮也跟着进来了,有人乘机胡作非为,浑水摸鱼,劣迹斑斑。你们很快会看到一些身居高位的腐败分子的爪牙就潜伏在我们中间。"

余鹏程当时因有事没有出席会议,但会议结束后,唐朝阳立即打电话他,把会议记录念给他听,余鹏程感到莫名其妙,要钱雁玲送账册这件事确实有。但在他记忆中,钱雁玲当时把账册交到他后,他放在办公桌旁的柜子上的,省城回来就不翼而飞了。他从南京回来后寻找过,没有着落,他问过钱雁玲,她一口咬定,那天他在打电话,她当着他的面放在他办公室上的,他随手放在身边的柜台上,以后的事,她就不知道了。

他在办公室仔细找了数遍,每个抽屉,每个角落,包括书橱、文件柜、沙发和办公桌底下,没有,没有那么一纸箱的账册,它们可不是一枚钢针,一枚硬币,一只手表……既然送来了,怎么就无影无踪了呢?它到哪里去了呢?这东西对大多数人来说,是毫无用处的,扔在路上都没人要,除非捡破烂的,捡了当废纸卖。

余鹏程突然想起来姐夫的提醒,这账本凭证的丢失很离奇,极有可能是一个阴谋,可以推断是有人乘他不备拿走了这些账册和凭证,然后嫁祸于他,并借电动车公司挪用公款案,借省委副书记戴仁德案,借乡镇企业局局长汪海泉案,构造罪名诬陷他,他已经落到某些人的圈套里了。丁克在会上对他的指控已说明了污水已向他迎面泼来了。余鹏程顿时感到背上凉飕飕的,而且这种凉意很快贯通全身,他浑身颤抖,心里涌上一股怒气,觉得自己的尊严受到了前所未有的挑战,有一种撕裂感。但他很快冷静下来,他又一次想起了姐夫的话和他那如炬的眼光,他知道这刚刚是开始。他并不恐惧,但感到很累。

春天的阳光明媚而暖和,万物复苏万物成长,这个季节是一年中最美好的季节。但余鹏程感到进入了倒春寒,他感觉不到春天的温暖。坐在办公室转椅上形同寒蝉。

不久,根据党委文件中的决定,余鹏程、唐朝阳被责令停职检查,教育局监察室立案调查,由监察室刘主任负责,他是个正派人,长期担任教育局组织人事处长,对余鹏程和唐朝阳的人品印象不错,也能坚持应有的原则。他不动声色地厘清每一个细节,从王菲那里了解到钱雁玲的报销问题,也了解到李博士私下安排丁克夫妇去过深圳、香港。他们营私舞弊所占有的公款合计七万多元,并接受李博士所送的衣物烟酒等礼物。李博士对此供认不讳,承认目的是收买他们。

钱雁玲非法报销的票据及财务记录都在遗失的账本和凭证中,而恰恰是钱雁玲取回这些账本和凭证交余鹏程丢失的。余鹏程作为副董事长没有对顺风公司非生产非经营费用签过一张单据,报销过一分钱,他没有理由要销毁或藏匿这部分账本和凭证。那么,最大的嫌疑人就是钱雁玲,但她确实是把账册凭证当面交给余鹏程的,这一点,余鹏程并不否认,财务部小周小高也可见证。

问题是,账本和凭证怎么会在余鹏程办公室不明不白地丢失了呢?丁局长为何在会上没有确凿的根据就宣布余鹏程销毁账册凭证呢?凭借着多年对丁夫妇的了解,刘主任心里大致有了数,丁克和钱雁玲为了掩饰自己的问题,蓄意对余鹏程栽赃的可能性非常大。疑窦重重,但苦于一时没有证据,刘主任只能静静的观察,耐心地调查。

这一切让让余鹏程怒火中烧,但表面气定神闲,显得很安静。丁兰兰一次半夜打来电话,告诉他,你姐夫也受到了审查,虽然没有宣布停职,但实际上暂时不工作了,在家里写他的长篇小说《天国的末日》,当然还得作检查,重点交代与戴仁德的关系,不过他从来不承认写的是检查,只是情况说明。丁兰兰自己要求去了省歌舞团当团长。

两个月后,对余鹏程、唐朝阳的审查没有发现任何重大的实质性问题,但负有领导责任,被免去职务。杨大年没有负责过经济事务,除了与省歌舞团古琴演奏员谭维维有过短暂的某种暧昧关系外,没有重大的贪污受贿等腐败行为,和戴仁德也没有结党营私的问题,甚至可以说他们的关系十分清淡。他恢复了工作,调任本省一个地级市当市委书记,不再担任省委常委。余秋月没有跟随丈夫履新,她继续留在省城工作,家没有动。

那起轰动一时的账本遗失案最终查清了,那个清洁工听说了账本遗失的事,余总怎么也说不清,她悄悄把真实情况告诉给财务部的会计小周,小周再告诉小高,她们在财务部库房找到了那只纸箱。

监察室和调查组当着钱雁玲的面,由教育局和桃李天下公司领导层和中层干部参与下,从财务部库房取出那个纸箱,里面完好无缺地放有电动车公司的那些丢失的账本凭证,并宣读了清洁工的证言。钱雁玲面对事实,无言以答,脸色一阵红一阵白,隔了一会,她才结结巴巴地说,我更年期提前……得了健忘症,以为给了余总,结果忘在库房了……

她的狡辩引起了充满嘲讽的哄堂大笑。监察室刘主任宣布会议结束时,余鹏程霍地站了起来,一声说:"等等,我有话要说。"

"小余,下次再说吧,你的事至此已真相大白了。"邹书记笑着说。

"邹书记,如果我没有搞错,你在这起案子里也扮演了不光彩的角色,丁局长,你的账是你的账,邹书记的账是邹书记的账,你可以站起来解释解释吗?"

邹书记的笑容僵住了,咬住下唇,斜着眼看了下主席台上的丁克,丁克神情讪讪,一声不吭。

余鹏程站起来目光锋利地扫了大家一眼,郑重其事地说:"铁的事实证明,这显然是一起有计划有预谋的诬陷、诽谤案。它告诉我们,在我们身边,还存在着秦桧式的卑鄙无耻之徒,他们出于不可告人的目的,捏造事实,无中生有,污蔑陷害无辜者。秦桧夫妇跪在岳飞庙已一千多年了,去过的人都知道,他们几乎每天都是满身唾沫。这使我们意识到,诬陷者在人们心目中是何等可恶、卑劣、凶残。我鄙视他们,在此,我提出两点要求:第一,丁克代表局党委在全体干部会议上点了我的名,我要求党委正式对毫无根据的造谣生事澄清事实,消除流毒,以正视听;第二,根据刑法,对公民进行恶毒的诬陷、诽谤是触犯了法律的犯罪行为,我强烈要求局监察室将这件案子上报检察院,进行全面调查,对涉嫌诬陷诽谤的罪犯予以法律的惩处。我要感谢有关方面的公正和严肃,否则,我们教育局会出现现代版的杨乃武与小白菜。"

一阵长久的鼓掌声。

刘主任表示,他会把余鹏程的要求报告上级领导考虑。

两个月后,钱雁玲以诬陷罪、窃取公文罪、贪污罪、破坏他人名誉罪判负有刑事责任,判有期徒刑两年,缓期执行两年。丁局长开除党籍留党察看处分,撤销职务。据说,在调查这起事件过程中,邹书记听到了杨大年恢复工作的消息,主动揭发了丁局长自己写给自己匿名信的事实,并以局党委的名义发文对丁克在会议上的讲话作出了纠错和甄别,对余鹏程表示公开道歉。这个文件发至教育局机关各部门和各学校。

在余鹏程、唐朝阳向邹书记提交辞职书时,邹书记恳切地说:"何必呢,何必呢,事情不是都清楚了吗?该法办的已法办,该处理的已处理,台商林老板也将李彼得挪用的款子赔偿了,电动车公司也已解散,我们基本没有损失,对于你们两位的工作,党委会考虑重新安排的,生什么气呢,再等几天好不好?"

"我们已筋疲力尽,想换一个环境了,此处不留人,自有留人处,生命像流沙,我们不愿意在无谓的争斗中白白溜走珍贵的光阴。"余鹏程说,这句话是姐夫说的。发生的这些事都给姐夫说中了,他的心情复杂难以描述,他只有选择逃避了。

不久,钱雁玲患了乳腺癌晚期,查出时,已转移淋巴结。她动了手术,在家疗养,丁克也不上班了,托病在家,闭门谢客,在家练习书法,背诵唐诗宋词。他觉得以前他是个梦游人,现在梦醒了,他平静下来了,提前进入了退休生活。

余鹏程听说了钱雁玲的状况,起了恻隐之心,他说服唐朝阳一起去探望她。唐朝阳很勉强地跟着余鹏程摸到了钱雁玲家的小区,到那里天色已暗下来,小区的灯光一片明亮,一草一木都清晰可见。

门房保安告诉他们,钱雁玲这个时候在小区的一个角落里给流浪猫喂食喂水。那是一个空阔的平台,五六十方米面积,有两张铸铁靠背椅,有一片郁郁葱葱的竹林,供小区居民锻炼活动,但因为较偏僻,去的人并不多。小区野猫成群,没人过问,除了靠垃圾桶的剩饭残羹充饥,没有固定的食物来源。这些流浪猫饿得发慌,又无处可去,整天在小区闲逛。钱雁玲找来了用装家电的纸箱里的泡沫塑料板,在平台的一角搭了几个窝,放进几个塑料盒,买了猫粮,装了水,每天盛在盒子里喂猫,还和喝足吃饱的猫一起玩耍,这些有了食物和饮用水,有了栖身之地的野猫和她成了伴侣,只要她一出现就围着她转。

根据保安的介绍指引,他们在那片空地上看到了灯光下的钱雁玲,几个月不见,她变得憔悴不堪,头发已花白,乱蓬蓬得像枯萎的荒草一般。原来闪着油光的胖脸又黄又瘦,穿着廉价的居家服,眼神呆滞,绵软的身躯有气无力地瘫坐在靠背椅上,头歪斜着,差不多是霍金式那样的姿态。

她一声声呼唤着几只猫的名字,重复喊道,可以了,可以了,快回家吧,今天会下雨,我把你们的窝再遮盖一层塑料薄膜,淋了雨要生病的,知道吗？她的声音充满着慈爱和体贴,全然没有平时他们所熟悉的那种咄咄逼人的神态和尖锐的眼锋。余鹏程和唐朝阳看到了这个女人的另一面。有点陌生和怪异的一面。余鹏程忽然想到俄罗斯戏剧大师斯坦尼斯拉夫斯基说过的一句话,即使恶人在内心深处也会有善良的种子。那么,钱雁玲对待流浪猫的态度算不算善良的种子呢？

钱雁玲看到他们了,一刹那间,她感到突然而意外,眼神有点慌乱紧张,闪避着,不敢正视他们,神态既害怕又可怜巴巴,不知所措。她拿起那个盛猫粮的口袋和一个水桶,哆嗦着慢腾腾地站起来,大概想离开这个地方,但步履维艰,没有跨出去。余鹏程上前好声说,听说你动手术了,我们来看看你,没有别的意思。希望你保重。说着,把两大盒保健品递给她。她机械地接了过来,说了声"谢谢",便伤心地哭泣起来,泪珠一颗颗夺眶而出。她想说什么,但一句都说不出来,眼神变得空洞绝望。最后,她终于说了一句话,我得了绝症,这是报应！

余鹏程和唐朝阳没有多逗留,也没有多说什么,也没有提到丁局长,他们告辞了。

半年后,由于癌细胞全身转移,包括脑部,全身疼痛不堪,身上插满管子,生不如死,后来她在昏迷中去世了。据说,她有知觉时说得最多的一句话就是,报应啊,报应啊。

余鹏程忘不了那个晚上她空洞、慌乱、绝望的眼神和可怜巴巴的神情,以及她脚下的那群流浪猫。那么强势的一个女人,精神状态一下便接近崩溃的边缘,还是应了《红楼梦》里那句话,机关算尽太聪明,反误了卿卿性命。不过,余鹏程已不恨她了,提到她还有些唏嘘。

吴芳芳和林霞结伴旅游去了,吴国正陪同。他们去了九寨沟、新疆、西藏。在九寨沟领略了瀑布、斑斓的树林、呼吸透彻心肺的带有草木浓香的空气,水声哗哗,溪流清澈见底,处处是缤纷多彩的画面。在新疆见识到辽阔无垠的草原和成群结队的羊和马,他们在篝火旁品尝到有焦木味的烤羊肉,又唱又跳的。

他们在外面漂泊了两个多月,吴芳芳开始时在长途颠簸中有眩晕感、呕吐感、失眠,脸色变得灰暗,晚上常常和林霞回忆往事,抱着林霞痛哭,但后来她的情绪变好了,她很累,但倒头就睡,早晨起床,精力充沛,脸色红扑扑的。再后来她情绪高涨得乐不思蜀了,到了西藏,连林霞这样结实的人都有高原反应,而吴芳芳居然没有。

吴国正一路上采集到不少奇花异草的种子,到西藏时,吴国正一心要看雪莲,雪莲通常生长在高山雪线以下,和各种高山多年生草本植物伴生,譬如苔草、蒿草等,由于生长期短,它能在较短的时间内迅速发芽、生长、开花和结果。花期七月,果期八月。

他们到西藏是六月底,待了几天,吴国正要往更高的地方爬了,吴芳芳和林霞反对,雪线那个高度吴国正这样的年龄可能受不了。吴国正坚持要去,林霞作了充分的准备,请了一个藏人向导,终于爬到上面,吴国正终于看到洁白的雪莲,欣喜若狂,吴芳芳气喘吁吁,她眺望望着在阳光下闪光的雪峰,就在那一刻,她觉得自己好像获得了彻底的新生。

向导送给吴国正一口袋往年采集的变得坚硬的雪莲的果实和种子。吴芳芳采集了一把蒿草和苔草,放在嘴里咀嚼,头顶是高远的壮阔得蓝空,有种天荒地老的感觉,草苦涩味,坚韧,她使劲地嚼着,像牛羊咀嚼那样。这雪线的草不会在她胃里出现反刍,但精神上会,这自生自灭的高山之草,让她感到了生命的庄严。即便在这样恶劣严酷的环境里,它们还能世世代代成长。林霞姐,活着真好。吴芳芳对林霞说。林霞回答,芳芳,你终于开窍了。吴芳芳还揪了蒿草和苔草编织了两个草环,一个给自己,一个留给蓝蓝。

他们回来的时候,三个人都晒得黑里透红,像藏民的脸色,显得很健康。吴芳芳的忧郁症彻底治愈了,这两个多月的行走对吴芳芳来说,是个疗伤的过程。

吴妈妈煮第一顿饭时,要杀两条鲫鱼,吴芳芳对妈说:"妈妈,让我试一下。"

"你行吗?"吴妈妈惊讶地看着女儿,把菜刀递给她。

鲫鱼刚从水桶里捞出来的,活蹦乱跳,吴芳芳把它放在砧板上,用菜刀剖开了鱼的肚子,抠挖出血淋淋的内脏。

这是她生平第一次杀鱼。

二十四

三年后。

是放寒假之前,冷风刺骨,寒气笼罩着校园。草坪原来厚厚的草枯黄了,像上了年纪的人,头发稀疏一样,草也变薄了,有些地方露出了泥土的本色,像中老年人落发后只光亮的秃顶。区别是,明年开春,草坪会重新生长得很茂盛,色泽新鲜葱绿。而秃顶只会更秃,像濯濯的荒山,寸草不生。

草坪周围有好多棵腊梅,没有树叶,褐色的坚挺的硬枝上绽放着孤独的黄色的花朵,空气中飘泛着暗香。

余鹏程回校参加同学会,晚上在大草坪经过,他吓了一跳,他发现草坪上坐满了一对对不畏严寒的恋人,都是他的小师弟小师妹,公开地毫无顾忌地搂抱着,接着吻。仿佛这里不是学校,而是专供情人谈情说爱的公园。他轻声说:"我真不相信自己的眼睛了。"

丁兰兰走在他身边。她勇敢地挽着他的手臂,笑着对余鹏程说:"这不必大惊小怪的,时代潮流在发展嘛,就七八年工夫,整个学校的风气都变了,与这些后辈相比,我们太保守、太狭隘了。你还记得吗?那时候一到晚上,除了有学生自修的教室和宿舍亮着灯,其他地方包括这个大草坪、大部分教室、礼堂、小卖部都杳无人迹,一片寂静。有人谈恋爱也只敢偷偷摸摸,在小树林牵个手,接个吻是不得了的事。"

余鹏程说:"总体情况是这样,但也有些女王级的女生的宿舍楼下,会聚集着一批追慕者,他们唱歌、喊她的名字,而她则高傲地对这些人不屑一顾,这是我亲眼见到的一道风景。"

"你别挖苦我了,很多人都不知道,其实,我并不是高傲,而是自卑,我一直很自卑,感到自己孱弱无力,我是小地方出来的,我不想再回去,除了长得好看一点,我还有什么呢?而长相是不长久的,是靠不住的。我要比别人更用功,靠个人的成绩和表现争取在省城站住脚,我要改变我们家的命运。我不喜欢别人称我校花,更没有心思找男朋友,所以我对所有追求我的男人都是拒绝的,包括你。我知道窗外有那些男同学站在那里,你说我除了拒绝能怎么办呢?你们以为我沾沾自喜,不是的,我是尴尬,太尴尬了。"丁兰兰靠着他,在他耳边说。

"我当时确实不理解你,但后来的几年里,我越来越懂你了,如今,我对学校的一切记得很清楚,恍如昨天的事。但对那时的你和今日的你觉得联系不起来,说真的完全是两个不同的人……"

"好了,别多说了,以后我们有的是时间回忆过去,他们在等我们了。"

他们手拉着手,在光线昏暗的校园里加快了脚步。

一年多前,丁兰兰突然打他电话,说她到了他的城市,余鹏程说,你来出差的吗,我去看你。她说,不是出差,我自己也不知道怎么来的。余鹏程鼓起勇气说,我去接你,你愿意来我家吗?那时他已搬家,在一个安静的小区有一套一百五十平米的住宅,原来的老房子留着,听说要拆迁。他已从教育局辞职,加盟了文化公司,写小说编电视剧电影,组织文化活动,包括演出。收入不菲,两年中,他已写了两部长篇小说,并改编成电视剧,目前正在写一部民族资本家的电视剧。丁兰兰的省歌舞团经他组织演出了三场,这个二线城市音乐歌舞的演出不是很兴旺,甚至可以说清淡。在他的努力下,售出了八成票,赠票二成,这已经很不错的了。他们公司邀请过土耳其钢琴家塞侬的音乐会和一个比利时交响乐团的演出,受到听众热捧,场场爆满。

他开车去车站接了情绪低落的丁兰兰,接到自己家。为她煮了线粉鸡蛋,菜肉馅团子,这是用糯米粉做的点心。屈原投水汨罗江后,人们投扔米粽,伍子胥自刎后,人们投扔团子喂饱鱼鳖以免它们侵犯伍大夫尸身。丁兰兰饿了,把线粉鸡蛋汤吃了,还吃了两个菜肉馅团子。

余鹏程还煮了咖啡,丁兰兰要酒喝,余鹏程取出了一瓶法国红酒,两人一起喝,没有菜肴,只有腰果、花生米、炸薯片,喝酒难免动心、伤情,两人谈了不少过去的事。过去,这是一个遥远的时候,既清晰又模糊。从学校到社会,这完全是两种不同的境遇。聊着聊着,丁兰兰泪水不停地流。

"鹏程,他在旧金山结婚了,原本我们说好他读完博士就回来,我已调到省歌舞团,解密期过了,不排除我过去和他一起生活的可能。可是,他……食言了,他前几天打我电话,说对不起了,我们离婚吧,我一个人在美国孤零零的,太寂寞了,除了上课上图书馆,我无处可去,回到租的房间,我感觉好像鲁宾逊来到孤岛上,你又不愿意来……所以,我遇到了同样孤单的女朋友艾薇,一个上海来的留学生,我们好上了……"丁兰兰流着泪说,"我跟你说过的,为了出国,我们争吵不休,我告诉他,我不能离开已年迈的父母亲,我的工作不允许我出国定居,那时你姐夫正在审查中,作为秘书和他的属下,我也被列入限制的名单,护照被收了,即使我离职也有段解密期……最后他还是一个人出国了……"

"我知道你很失落,我经历过这样的事,别难过了,人各有志,既然他有了新的感情归宿,我们只能顺其自然,因为这已经是无法改变的事实了。"

"道理是这样,可是我还是想不通,怎么说离就离了呢?我总觉得他会回来的,国内在进步,他是去求学,他有很大的志向和野心,一个省级社科院容不了他了,他的目标是成为国际性的一流学者,这并没有什么不好,即使我们共处的时间不多,我还是让他走了。可是、可是,他怎么可以一去不复返呢?而且很快寄来了离婚协议书,他签了字盖了章,不容我有点时间考虑,我打他电话,接电话的是个女孩子,我问她是谁,她居然自称是他的太太,我骂她恬不知耻……"丁兰兰哭出了声。

"是的,这太突然了,你没有心理准备……"

"我到今天还以为他是在和我开了个大大的玩笑,是个美式风格的黑色幽默,我没有勇气跟爸妈说,你让我怎么说呢?不过,我在协议书上签了字就寄给他了……"

这天,丁兰兰在余鹏程处过夜了,他让她睡在大床上,他睡那张吱呀发响的折叠床,丁兰兰很快熟睡了,散发着酒气,也散发着香味,香水味和体味的混合味。轻软悠长的呼吸。

一盏床头灯打到最低的亮度,昏暗的光。余鹏程迷迷糊糊睡着了,半夜被雷鸣声吵醒。丁兰兰依然睡得很沉。余鹏程站到窗前,外面雨声充塞于天地之间,树木狂舞,闪电照亮湿淋淋的城市,黑云翻滚。余鹏程继续在折叠床上躺下,醒来时,是个晴朗的早晨。丁兰兰也醒了,看着他,眸子里有闪光。

"我昨晚太狼狈了吧？不过,在你身边,我睡得很踏实,好了,我过去了。"她笑容满面。

"过去就好,昨天晚上你睡着时,外面风雨飘摇,可是一觉醒来,天气多好啊,这为我们惨淡收场的感情做好了注脚。"

"昨晚下了大雨？我竟一点都没听到,我会睡得这么死,自从到了省级机关,我就没有睡个好觉……大概是因为你在我身边吧？"丁兰兰突然发觉自己说这句有点突兀,她脸一红,从床上跳下来,拉开窗帘,顿时,灿烂的阳光塞满整个房间,她推开塑钢的落地门,一股湿润的新鲜的清风吹了进来。

"天哪,多好的天气啊！带我去郊外兜兜风,还有,我饿……"

"你去洗个热水澡吧,我来准备早餐。"

从那个晚上开始,余鹏程和丁兰兰便有了一种很密切的联系,他们相互惊喜地发现,他们在生活和工作上有着惊人的一致和默契,余鹏程辞职后,担任一家文化公司艺术总监。他发现了自己有写作的潜质,他写小说、电视电影剧本,写歌曲歌词,这是他喜欢做的事,他参与丁兰兰为团长的省歌舞团的节目创意。他的一个《游蜂浪影》的舞蹈,描述了一群蜜蜂在鲜花丛中辛勤采蜜的情景,平和、美丽、万种灿烂,突然侵扰袭来,游蜂四处飞舞,但很快在蜂王的带领下,进行反击,驱逐侵扰者——几只凶恶的鸟,春光下,恢复了平静,它们回巢了。穿着金黄色带黑色条纹舞服的演员的舞姿和场景让人想起了《天鹅舞》,音乐采用了钢琴曲《野蜂飞舞》的旋律,进行了改编,增加了采蜜时的抒情、舒缓、悠扬,充满天籁之声,和金属般的亮丽。这个舞蹈获得了一大堆大奖,还有一个舞蹈叫《陀螺》,一群孩子在玩旋转的陀螺,轮流抽打,后来孩子成了青年、中年、慢慢老了,有点力不从心了,又来了一群孩子接着抽打,和《野蜂飞舞》一样,都是凸现了生命的艰难、顽强、幸福和生生不息,以及神圣和脆弱。这暗合了余鹏程内心深处隐秘的生活感受,丁兰兰是懂他的。

余鹏程和丁兰兰牵着手走向阶梯教室,至少有五十个左右的同学聚集在那里,这次同学会是唐朝阳召集的。他辞职后去了深圳,和胡雪一起开办了一家医疗器械公司,公司从国外进口最先进的医疗器械,从核磁共振、CT、B超等大型设备到微创手术刀,各种国外刚刚使用的监视器、手术器械、胃镜等等,后来又增加了健身运动器械。

经济的高速发展,一波一波的城市改造,生活水平的提升,医院的扩建使他们的产品供不应求,他们财源滚滚。

他们还一起做了一件事,揭露了黄宾抄袭已故名医邓舜扬的论文,黄宾身败名裂,被医院除名,被美国医学联合会列入永远不能从医的黑名单。他老婆的家族在美国混得不错,进入了纽约的上流社会,出于舆论的压力,黄宾与老婆离婚了,但他带走了一封重要的信件,这封信件是他老婆的长辈留下来的。这就是关于那两块价值不菲的手表归属的遗嘱。黄宾知道那两块古董表在一个叫祝融的人手里,但他只是保存者,不是继承者,继承者是另一个查不到的人。

当余鹏程和丁兰兰走进阶梯教室时,全场起立,响起了排山倒海的鼓掌声浪,余鹏程和丁兰兰在学校演艺团是习惯了这种场面的,这使他们恍然回到了学生时代。他们在这个教室也演出过,这么多年过去,当年对掌声和亢奋习以为常的丁兰兰反而有点不适应了,她感到浑身不自在,掌声震动着她的耳膜,也震红了她的脸。她羞涩地笑着,低下了头,加快了脚步,倒是余鹏程还是神态很自然的,双掌合在一起或抱拳致谢,他们在阶梯教室第一排坐下。

主持人唐朝阳哈哈大笑,然后用铿锵有力的声音说:"同学们,兄弟姐妹们,将近十年了,我们走进了我们待了四年的校园,这个让我们终生难忘的校园。十年,说短不短,说长不长,但对我们来说,是一段重要的时期,我们在时代的洪流中洗刷掉了学生的青涩,跨入中年的门槛,在座的各位在这十年中有不同的经历,都像蜂鸟高频率地振动自己弱小的翅膀,以保住悬挂在一定的高度而不掉下来。可幸的是,我们都悬挂着,我们都没有掉下来,大多数人都在这十年的路途上有坎坷有鲜花有缺憾事,但我们都走过来了,每个人的心目中都有一片森林,我们有的走进去了,有的还在外面徘徊,迷失的又找到了方向,相逢的人分手了重新相逢。生活告诉我们,所有的遗憾、缺憾都是成全,这句哲学的话,值得我们深思。今天会有两个活生生的例子来证实,下面有请我的太太,深圳红十字医疗器械公司董事长胡雪女士,有请作家、编剧、业余歌唱家余鹏程先生,他的绰号是老卡,他至今还是像北美那个英雄的国家的领导人卡斯特罗那样激情澎湃,正义凛然。有请余鹏程先生的未婚妻,我们当年的校花,原省委宣传部文艺处处长,现任省歌舞团党委书记兼团长丁兰兰女士,请他们上台。"

在又一阵掌声中,余鹏程、丁兰兰、胡雪走上了台。

唐朝阳继续说:"告诉各位不是秘密的秘密,在学校时,余鹏程和丁兰兰是校艺术团的搭档,在人们心目中,他们是很匹配很合适的一对,余鹏程暗恋丁兰兰,在毕业时含蓄地用一首酸诗向丁兰兰表达爱慕之情时,被丁兰兰拒绝了。我和胡雪谈过恋爱,后来我们分手了,我们的情感和人生曾经很令人沮丧,可是,可是我们又重新走到了一起,这是很戏剧性的。只要有爱,有梦,就会有成全,有幸福。我太太胡雪是个医生,她富有人道主义精神,我们都顺乎潮流,下了海,她很能干,我为自己拥有这样一个妻子而感到骄傲,我们有了一个漂亮可爱的女儿。我们的生活很圆满。借此机会,我要谢谢我的妻子。下面我宣布两件事,第一,我们的同学李刚伟,他今天也来了,他和太太高晓明十分恩爱,遗憾的是,他们的儿子得了自闭症,为了照顾孩子,身为小学老师的她毅然决然辞职在家里陪伴儿子,她呕心沥血地创造了一套引导自闭症儿童走出阴影的方式,我和太太胡雪决定捐款五百万元成立自闭症儿童培训中心,聘请高晓明女士为中心主任,请李刚伟先生和高晓明起身,大家向他们致敬。"

李刚伟和高晓明搀扶着七岁的儿子站了起来,站在第一排向坐在阶梯上的来宾鞠躬,向台上鞠躬,一个女同学拿了个话筒过来,递给李刚伟。李刚伟和高晓明流泪了,他们紧紧抱着孩子,全场的同学都情不自禁鼓起掌来,眼睛里噙着泪水。

李刚伟哽咽着说:"谢谢、谢谢!我感谢我的妻子,是她用伟大的母爱逐步在解开儿子阴郁的心结。我谢谢我的儿子李盈,是他的坚强,让自己逐步走出孤独的世界,他开始拥抱生活,拥抱阳光和友情……对于唐朝阳先生和他夫人的善举,大恩不言谢,我和太太藏在心中,永远的。下面,我让李盈说几句。"

李盈面对这么多人,显得有些紧张和怯场,高晓明一直和他耳语着,拍着他的肩膀，李盈终于接过了话筒，用稚气未脱的声音说："各位叔叔阿姨，谢谢你们，我唱一首妈妈教我的歌，唱得不好，请原谅我的笨，因为我不是个聪明人。"

高晓明一直在抚摸他的头，拍他的肩，他脸上没有笑容，身体也显得僵硬死板，他唱了起来，是首郑尹健的《虫儿飞》：

> 黑黑的天空低垂
> 亮亮的繁星相随
> 虫儿飞虫儿飞
> 你在思念谁
> 天上的星星流泪
> 地上的玫瑰枯萎
> 冷风吹冷风吹
> 只要有你陪
> 虫儿飞花儿睡
> 一双又一对才美
> 不怕天黑只怕碎
> ……

虽然有点走调，嗓子也不高，但整首歌都完整地唱了下来，忧郁的情感隐含在音调中，脸上也有了淡淡的忧伤。李刚伟和高晓明泪流满面，雷鸣般的掌声中，四处泪奔。

唐朝阳脸上还留着泪痕，他用袖管擦拭了一下，继续拿起话筒说："李盈小朋友的歌唱得非常好、非常好，非常感动，你看，这么多叔叔阿姨都哭了，他们为你的歌感动得哭了，小伙子，你真了不起！歌词中最后两句'一双又一对才美，不怕天黑只怕碎'说得太好了，下面，有两个'一双又一对才美'的情侣要在今晚的舞台上表现繁星相随般的爱情。有请余鹏程丁兰兰上台，大家掌声鼓励！"

刚刚下台坐下的余鹏程和丁兰兰牵手走上台。

"余鹏程先生，今天你要干什么呢？"

"我要向丁兰兰正式求婚,请她嫁给我,做我老婆。"

"好吧,你开始吧?"

余鹏程单膝跪下,从口袋里掏出一只蓝色的信封,双手捧起,递给丁兰兰。丁兰兰接受下来,把余鹏程拉起来,全场响起掌声。

"这是我十年前,放在学校门房,邮给丁兰兰的一封信,丁兰兰没有看,被室友投进了垃圾桶,是我从学校大的垃圾箱里翻出来的。可惜的是,诗笺给我塞在的嘴里咀嚼掉了,经过反刍,我重新写了一封,信封是原装,一直保存到现在的。现在我要当面交给她,再一次向她求爱。"

"丁兰兰,你知道他这封当年给你丢弃的情诗经过他像牛嚼干草那样反刍吗?经过这么多年的反刍,它会有什么变化吗?"

"我不知道,我以为早就进了垃圾焚化炉了,变成一缕烟了,我也是到这个时候才知道他有这个过程,他确实是头牛,有牛的执着,我要谢谢他的执着。"

"真是有心人啊,你的付出今天得到了回报,余鹏程,你从臭烘烘的垃圾堆中掏出那封被咱们的校花丢弃的信笺,塞在嘴里当干草咀嚼,你想到还有今天吗?"

"没有,我做梦都没有想到我们会一起生活,因为我们都是婚姻的失败者,迷失过后又相逢了。"

"相逢就是缘,丁兰兰,你知道这封信的内容吗?"

"不知道,坦率地说,我真的不知道!"

"那么读一下这封迟到了十年的情书吧,这是余鹏程重写的,原来的给他吞下肚了。请把信封打开,这个信封可是原装的。"

丁兰兰展开信笺读起来:

我狂跳的心
只有一个人拴住
那就是,我的女酋长
我匍匐在你的膝下
请接受我这个忠诚的奴仆
编织的爱的花环

丁兰兰读完后,全场又是鼓掌又是哄笑,丁兰兰也捂着嘴笑起来。只有余鹏程不笑,他保持着一种既谦恭又自恃的神情,以平静又认真的目光看着丁兰兰。丁兰兰深情地凝视着余鹏程,两人的眼神交集着。

等全场平息下来,唐朝阳询问着丁兰兰:"女酋长,你觉得这首诗写得怎么样?是不是有点酸溜溜的,我觉得有点酸,好像还有点鸡皮疙瘩。"

"我不觉得酸,这首诗写得含蓄、抒情、真诚,可惜我当年没有读到,当年我太不懂事了,当时如果读了,我会心跳的。"

"这么说,你这个酋长接受这个忠实的奴仆的爱的花环了?"

"是的,我接受。"

这时,台下有人递给余鹏程一束天堂鸟,橙色的花让人眼睛一亮,余鹏程再次单膝下跪,向丁兰兰献花,他说:"这是我和前妻相逢时所看到的花,我当时惊叹这种花的高贵和奇异,我喜欢这种花美丽的名称。我经历了第一次婚姻背叛、负累,现在那段不愉快已过去了,我回到了原点,我将这束天堂鸟献给你。"

丁兰兰接过了这束天堂鸟,两人相拥在一起,全身起立、鼓掌。

"各位同学,让我们再次鼓掌祝福他们吧,是的,这段姻缘虽然来得晚一点,但经历了背叛、轻慢和痛苦以后,他们在这个世界上寻找到了更具有尊严和重量的爱,我们祝他们天长地久。我想起了一件事,丁兰兰曾形容余鹏程的嗓音像哞哞哞的牛叫,作为老搭档,一个公牛和一个母牛为我们表演一首歌,好不好!"

好!好!好!喊叫声四起。为什么不呢?按照现在的说法,他们都是忠实的余粉和丁粉,作为艺术团的台柱,他们为枯燥的大学时代带来了许多快乐,成为他们大学生活回忆中的一部分。

在音响伴奏下,他们驾轻就熟地唱了两首大家耳熟能详的民歌。

一首是《在那遥远的地方》,另一首是《敖包相会》。

大约两年多前,余鹏程参加了一家文艺俱乐部的诗歌活动,然而轮番登场的诗人们朗读的作品乏善可陈,不是无病呻吟,就是晦涩难懂,反应冷淡,令余鹏程失望。临近结束时,余鹏程实在按捺不住失望情绪,他的表演虚荣心又上来了。

就像当年到街头拉巴扬一样,直接上台即兴朗诵,从"我们的诗人怎么了?"开始,引入郭小川的"团泊洼,团泊洼,你真是这样静静的吗?"随后颂扬正在热火朝天赶超先进国家的事业,"一个古老的文明不可能死亡,它在复活,一百多年的沉睡正在醒来,它积蓄了巨大的能量已经开始喷发,庞贝将会第二次被掩埋……"

他的厚实的有金属质地的声音和充满激情的诗歌让全场震惊了,异乎寻常的寂静,似乎都屏住了呼吸,一结束掌声爆发,口哨声、欢呼声震撼了这个不大的礼堂,余鹏程淡淡一笑,径自回到自己的座位。几位记者和诗人走过来热情地与他握手,远处还有好多人举起手臂和他打招呼,都一脸的兴奋,大声夸奖,说得最多的一句话是"太难得了"。

余鹏程悄悄地和丁兰兰离开了。

人们还在打听,他们是谁?他们是谁?

散会时,大家发现阶梯教室已坐立得满满的,除了同学外,还有许多在读的学生,有些是在草坪上谈情说爱的后辈,他们眼睛里同样闪现着泪光。他们从前辈这个聚会中得到了感悟,引起了共鸣,心生敬意,引起他们热泪盈眶。

会议结束后是聚餐,入座后,丁兰兰捧着那束花问余鹏程,这在哪儿买的?余鹏程说,我偶尔在这座城市的一家花店发现的,我问了下店主,他居然是从我家乡一家叫"天堂鸟"的鲜花店批发来的,他们的许多鲜花都来自那个颇具规模的花店。我问了下,店主居然是吴芳芳和祝融。

聚餐上,丁兰兰喝了不少酒,余鹏程滴酒未沾,他要开车回到丁兰兰的住所。大家怎么劝都没用。结束后,唐朝阳发起沿古城墙走一圈活动,上大学时,余鹏程、唐朝阳、李刚伟三人曾几次绕着城墙走过,大概要走三个多小时。当然是步行。没有人响应步行,但同意开车绕上一圈。

一圈下来,已是夜深风息,有种异样的安详的感觉,原来壮丽的星空雄厚明朗,万古不灭的星星也变得朦胧不清了。丁兰兰在车上倚着余鹏程睡着了,待兜了一圈回到家时,她清醒了。

在丁兰兰的寓所,余鹏程把那束天堂鸟小心地放在玻璃花瓶里,丁兰兰搂着他的脖颈问他:"跟我说实话,你心中还有没有吴芳芳,哪怕偶然想起她,你还有点不平静吗?"

余鹏程没有回避,即使当着当年那么多同学的面,他向丁兰兰求婚成功,在这个寒风凛冽的冬天,在暖气沉醉的房间里,他们的一只脚已跨入婚姻的殿堂,余鹏对于丁兰兰这个犀利的问题还是没有闪避。他说:"我时常会想到她,我不会忘记她的善良和贤淑,有时候我还自省,如果我宽容些,也许我们不会分开,其实,她还没有完全长大,还远远没有成熟,想到这些,我会感到自责,心里就会不太平静……我对她过于严厉了……"

"你这么说,我一点不妒忌,我也会想起他,他是背叛了我,但在那孤独的环境里,他需要温暖,需要伴侣,我不愿去陪他,我太自我了,让他失望了。当时我并不了解他内心的脆弱,听到一个女孩在电话里自称他的太太,我气坏了。可是,我并没有替他想想……"

可能有人会说,这个时候聊双方的前爱人,这合适吗?

但他们坦然地谈了,完完全全向对方敞开了心扉,这是一种经过情感的磨砺后的成长,他们很平静地谈着,眼泪汪汪的,有些遗憾和伤感,不是为了彼此,而是为了他们各自的过去。

这个晚上,余鹏程是在丁兰兰的住所过夜的,开始余鹏程还有点犹豫,毕竟还没有领证。他们确立关系后,有过亲密的举动,也接吻过,但因为丁兰兰的矜持,他们始终没有做过男女之间那些事。丁兰兰有次对他说,也许我性冷淡了,我竟没有那种向往和欲望,余鹏程说,你这是自律惯了,体制和纪律让你下意识地约束自己。

可今晚,丁兰兰主动说:"我不是那样子了,我没有你说的约束了,我们已宣布结婚了,我看你倒有点那个……像一堆点不上火的干柴了,或者还在守身如玉……"

"好吧,你来点火吧,我这堆干柴会把你燃烧得受不了。"

丁兰兰心里一阵澎湃。不由地笑了。

窗外的风变得猛烈了,敲打着严丝无缝的窗户,冷空气来袭,气温可能会进一步下降。长江以南的城市是不供暖的,要不是有空调,这座古老的城市会又湿又冷,成长近百年的粗犷的梧桐树,树叶尽落,枝干上挂着扶疏的黑色悬铃像铃铛那样摇晃着,不过它发不出叮当声和别的什么声响。

来自北方的羁客对南方的冬天特别不能承受,北方的冬天,他们在室内以及公共场所,已习惯享用着被足够暖气所带来的阳春般的暖意,好在余鹏程、丁兰兰习惯了。而丁兰兰的家乡在长江以北的海边小县城,小而穷,冬天比省城更冰冷,来自海上的风像刀刮般锋利,而且居民少有空调。正是上了大学并留在了省城,丁兰兰过上了小时候无法想象的生活,环顾这个一百二十平米温暖的寓所,加上有了一个爱她的把她尊为女酋长的他,她也爱他的男人,她真的别无所求了。

灯熄灭后,他们不再说话,她紧紧地抱着余鹏程,余鹏程也紧紧搂着她,胡子拉碴的脸贴着她睫毛浓长闭上眼睛的脸,她贴在他怀里,他们如胶似漆,很长时间内,他们做着两件事,做爱和搂抱,搂抱和做爱。他们几年的克制使他们的欲望具有张力和渴望,此刻,这种张力和渴望得到了舒展和释放,很快进入了状态,调整好了节奏,他们顺畅地激昂地走到了顶端。他们是标准的干柴烈火,一个小小的火星就使得干柴猛烈起火,而丁兰兰很快感受到了烈火的灼热。

和丈夫结婚以来,他们离多聚少,这种特有的生活,使丁兰兰的欲念越来越淡化,加上丈夫并不强悍,他们只是一阵匆促的过程。丁兰兰没有感觉到所谓高潮和满足。她对余鹏程说,她可能是性冷淡了,这并不完全是她在开玩笑,她真的担心自己没有了那方面的欲望,当然,她在和余鹏程拥抱和接吻过程中,分明感受到过体内的有一点点星火般的热度在升起来。

今晚余鹏程使她彻底推翻了自己对自己的怀疑,她有了高潮的感觉,那是一种无比奇妙的感觉,事实是,不是她点燃了他,而是他唤醒了她。由于参与同学会的劳累和床上运动的长久和剧烈,他们很快就睡着了。生物钟的惯性力,两人差不多同时就早早地醒了。

吴芳芳、林霞从西藏回来后不久,铸造厂与一家柴油机厂合并,引入外资,拟成立中外合资企业,为汽车制造厂发动机配套厂,部分设备迁入新厂,其他设备如电炉等因太落后,只能报废。铸造厂百分之八十的工人下岗了,百分之二十分流了。张杰调机械制造局任人武部副部长,林霞在张杰的帮助下,调到军分区医院。半年后,她和一个军医恋爱结婚,这个军医的前妻患白血病去世,留下了一个读小学三年级的男孩。林霞和这个军医结婚后就当了后妈,她爽直热情,对孩子嘘寒问暖,很快博得了孩子的喜爱和信任。

是张杰当的红娘,情路永远是个未知数,他没想到因为一次也许是最后一次与前妻尝试性做爱,使结果大出意外,妻子如愿以偿地盼来了军军的"回归"。他与林霞的婚约解体了,林霞没有过多的抱怨,也没有将情意变成敌意,她主动地撤退了,她体谅周芹对孩子的期盼,也体谅张杰对她的情热在逐步冷却……

她是善解人意的人,如果她要执拗地不放手,即使她与张杰结婚,三个人加上一个孩子,事情会变得极其复杂。周芹肯定不是轻易放弃的女人,她会利用孩子拽住张杰,他们毕竟有十多年的感情基础,加上孩子,这种沉淀是足够强大的。她的处境是非常困难的,未来是一个矛盾重重的悬疑故事。与其生活在这种尴尬的情感冲突中饱受折磨,还不如成全他们。经过痛苦的自我斗争和权衡,她理智地选择了退出。

张杰一直对林霞怀有感激和愧疚之情,他曾塞给林霞五万元钱,被林霞扔出门外了。林霞要下岗了,他使出浑身解数,动用了许多关系,送掉了几万元的礼,一再说林霞是他的救命恩人。犹太人说的,救人一命,就等于拯救整个世界。他喝醉了酒,冻僵在冰冷的水里,幸亏她发现了,把他从浴缸里救出,而且,她,就是她把他重新变成了男人……否则他废了……他的故事感动了军分区司令和政委,林霞成了军分区医院的医生。

张杰还把她介绍给一个丧偶的军医,林霞毕竟是个漂亮女人,脸颊丰腴光滑,虽然皮肤有点黑,但显得俏丽干练,活力无限,军医一眼就看上了。

林霞和军医结婚时,张杰和挺着大肚子的周芹应邀参加了他们的婚礼,他们包了一万元的红包,林霞收下了。铸造厂已分崩离析,乱成一锅粥,厂部天天有成群的员工哭诉、吵闹,有拿了绳子威胁上吊的,有拿了刀准备和领导同归于尽的,有携老带小在走廊打地铺赖在厂里的。厂里成立了由张杰和保卫科长为首的护厂队,以防不测。

经过了近半年的极其艰难曲折的磨叽、对峙、抗争和一系列的大小会议的宣讲,家访,个别谈心,讨价还价,最后员工们接受了这个已无法改变的事实。最后一丝侥幸心理消耗掉了，所有的办法都使尽了，除了叹息还是叹息，除了眼泪还是眼泪，除了下岗还是下岗……像这样的厂不是铸造厂一家，而是比比皆是，曾经非常神气活现的工人阶级被扔弃了，被失业了，铁饭碗破碎得像一地鸡毛。

桃李天下公司依然存在，马校长与教育局脱钩，任董事长。监察室刘主任任总经理，副处待遇，他终于实现了从正科晋级副处级的愿望，虽然姗姗来迟，虽然是企业副处，但毕竟是处级干部了。感到安慰之际，他并不怎么兴奋，他像一个新生儿割断带血的脐带，脱离了孕育他成长的母体的子宫，潜意识里，他还留恋那个母体，他一时割舍不了。让他略为宽心的是，市监察局长私下对他说，在这次整顿清算公司过程中，他处事稳妥，是非分明，公司需要他这样的干部掌舵，公司要继续办下去，不能把孩子和脏水一起泼出去。邹书记调离教育局了，调市政协研究室当副主任。

铸造厂已停工，拆迁了部分设备到新厂去，老厂区暂时空置着，等待命运的安排。仅仅一年时间，循着火光和机声而跃然的厂区杂草丛生，残缺不全，散发着颓废破灭和动荡不安的气息。绚烂以后的凋落显得格外凄凉，就像那座繁华、奢华、淫荡的庞贝城，被突如其来的灼热的火山灰瞬间淹没了一样。在那座古城里，贵族和奴隶，骏马和甲壳虫，浴池和壁画，爱情和痛苦在同一刻被埋葬了。活生生的人成了坚硬的带壳的雕塑，定格着他们生前最后时刻的姿势。铸造厂连庞贝城都不如，它被残酷地支解了，人群散去了，剩下一幢幢没有生命的空厂房，就像海滩上一个个失去了肉体的空洞的贝壳。

最后员工们带着茫然、沮丧和依恋的心情，拿着一包钱离开了厂，个个眼泪汪汪。这个已变得冷寂的肃静的工厂，还是使他们留恋万分的。种种的快乐，种种的烦恼，种种的怨恨，变得像尘埃那样渺小和轻微了。许多当年无法摆脱，不可承受之重的事就像一团白色的烟气那样轻飘飘地散发了。当年的青春芳华，当年的热血汗水，当年的辉煌和失落变成了一堆垃圾。怎么回事呢，一个大厂怎么说没就没了啊？

几年以后，房产业热火朝天，铸造厂地块转眼间变成了一个巨大的高档住宅小区。桃李天下公司投资了一部分，占了百分之二十的股份，赚了一大笔。

　　林霞低调简朴的婚礼只请了两个工厂的同事参加，一个是吴芳芳，她们是失意时外出旅游的好友兼旅伴，她们惺惺相惜，熬过了生活中的一个坎坷。另外一个客人是祝融，当吴芳芳看到祝融时，她站起来想离开。她恨祝融，没有他，她很难想象余鹏程会和她离婚，余鹏程会有办法不让她下岗，他本人已是处级干部，他姐夫是省里的大官，无论如何会把她安排在分流的名单上的。女儿蓝蓝也不会离开她，这几年中她仅见过女儿寥寥几面，而且见了她不但不喊妈，还骂她"坏女人"，这显然是余妈妈教的，吴芳芳受到了严重的打击，两天不吃不喝地躺着，欲哭无泪地呆呆地盯着天花板。陪着她的是老猫贝贝和小猫小毛头。

　　林霞一把把她拉住了，对她说，他是我请来的客人，你要给我面子，只当他是个陌生人就是了。吴芳芳留了下来，虽然没有讲话，但两人还是偷偷互相对视了几眼。

　　张杰和周芹一起参加林霞婚礼后不久，生下了一个重达七斤半的男孩，取名张军，这个名字和患心脏病早逝的军军的大名一模一样，这是他们预先商量好的。孩子小名叫小军，和死去的军军略有区别。小军长得很健康，与军军长得极像。吴芳芳在周芹在妇幼保健院剖腹产生下孩子后，带着鸡汤、水果、鲜花探望过周芹。

　　周芹伤口还在作痛，痛得厉害时要服止痛片，甚至打止痛针，但她起色极好，白里透红，不时打量和抚摸婴儿稀疏而柔软的头发，触碰皱巴巴的红红小脸，眼神满满的是掩饰不住的母爱和幸福。

　　几年过去了，小军几乎未进过医院，与孱弱、瘦小的军军不同，小军是母乳喂养大的，而军军喝的是奶粉，当周芹听说母乳喂养对孩子的好处多多，她毅然决定坚持对孩子喂母乳。孩子长得壮实，比同龄的孩子高出一截。但小军和军军的性格有点不同，军军因为生病，对生命有种与生俱来的敏感、珍惜。他是乐观的，温顺的，酷爱小动物，与吴芳芳收养的流浪猫"雪里拖枪"有种依赖感。允许贝贝睡在他枕边，枕在他的手臂上，允许它用小爪子触碰他的脖子和耳朵，允许它卧伏在他的脚下，冬天允许它钻在他的被窝里。快活中渗透着忧郁。

而小军大大咧咧,无忧无虑,而且任性,动不动就发脾气,不喜欢小动物,贝贝的一个女儿长得不错,吴芳芳送给周芹,毛茸茸的一团,白发洁白,耳朵是黑的,尾巴蓬松像松鼠,也是黑的,可爱极了。周芹给它取名小白菜,小军却不喜欢,不和它玩耍,不许它上床,不许它上饭桌,不许它碰自己,小白菜怏怏不乐,见了小军明显有点慌张,喵呜喵呜地叫着,声音有点凄然。

不得已,后来给周芹送掉了。

吴芳芳听后跺脚,为什么不还给我呢,为什么啊?

余家出了不幸的事情,一次,余妈妈上街买东西时,被一辆没有驾照的货车撞成重伤,货车司机逃逸了,余妈妈送到医院就昏迷了,再也没有醒过来。在余秋月的坚持下,交管部门在一个县城里抓捕到了那个司机,被判了五年徒刑,赔偿五万元,但那个司机家徒四壁,三个孩子,一个在工地上打杂工的老婆,三个孩子是留守儿童,由爷爷奶奶带着,老大读了三年书在家种田,老二老三是超生的,一个放牛一个放羊,是两个黑户,书都不能读。货车司机的老板不忍心,拿出来了五万元钱,作为赔偿金。

余秋月到肇事司机家一看,打了个冷战,怜悯心顿生,留下了那五万元作为老二老三的读书费用,还让杨大年出面让两个孩子上了户籍,上了学校。

吴芳芳拿到了三万多元买断工龄费,和一万五千元工厂发的安置费,下岗回家了,她在一个大街上租了个门面,装修了一番,开了个花店,取名"天堂鸟花店"。由吴国正作后盾,她卖的鲜花品种多、新鲜、价格适中,所以生意很好,吴国正和两个在本市上大学的弟弟星期天当帮手,吴国正踏三轮隔夜进货,帮着整理,两个弟弟帮着插花蓝、包装、看店。

后来吴国正年龄大了,骑三轮很吃力了,他不是干体力活出身,只会在花棚里松土、施肥、喷水、培育新品种。他培育出了百合花、玫瑰花、满天星、蔷薇花、杜鹃、红掌、海棠、变异成红色和蓝色的天堂鸟、苜蓿草、月季花、菖蒲、枕草榴、鸢尾花、雏菊等等,甚至还有郁金香、木槿、扶桑、睡莲、菊芋——这是一簇瘦削的黄花,人们似乎只把它当成观花植物,缩小版的向日葵,并不知道它的块茎可以做酱菜。

这个花店有不少稀有品种。这些花都是用外来的种子培育的，许多品种是独一无有的，走进店堂，视觉上足够的酷，有典雅的风华，有缤纷的色彩，有雍容的华丽，有跳跃飘逸的香味，更有一种令人着迷的梦幻气息。

很快，天堂鸟花店名声大噪，来买花的，订货的，批发的络绎不绝。吴芳芳来不及了，贴出了招聘员工的广告，应聘者不少。吴芳芳一天接待了两个小女孩，居然是原来的邻居、同事陈斌的女儿，陈娟已上大学，长成了一个亭亭玉立的美女，她的妹妹是工业学校会计专业学生，她们希望在课余和暑寒假到吴芳芳店里实习一段时期，不要任何报酬。

吴芳芳很高兴地答应了她们，说，你们来我店里，我很开心，陈娟帮我设计花篮，小妹替我算账，饭钱和零花钱要给你们的。陈娟是学的电脑平面设计，她在学校还学习绘画，比起电脑设计，她更喜欢绘画，她用水彩临摹过梵高的鸢尾花、向日葵，莫奈的睡莲等。她在店里有空的时候临摹实物形状的花卉，这些花通常看不到非常明确的轮廓线，但能给人凝练与深邃的视觉感受。陈娟写生了一幅又一幅，虽然还有些稚嫩，在从笔触和色彩中，可以看出她的才情，她捕捉到了大自然流淌在血液里的个性和价值感，而不仅仅是皮相。

至于她们父亲陈斌，在下岗之前，就被他打工的乡镇企业一脚踢去了，原因很简单，他把全套技术、工艺都传授给了乡镇企业的几个学徒，几年下来，这几个徒弟羽毛丰盈了，翅膀硬了，陈斌等几个人已无利用价值了，于是就把他的顾问免掉了，并辞退了。

陈斌十分生气，和老板闹起来，说他们过河拆桥，教会了徒弟就要杀师傅，未免太恨心了些。老板说，随便你怎么说，反正我们对得起你了，我们用你差不多也八九年了，给你的报酬少说也有二十几万了，你也年纪大了，在家里享享清福吧，凡事都有一个结束，世上没有不散的宴席。陈斌耿耿于怀，逢人就说乡镇企业老板的不是。心还未平，又碰到下岗，好在他的年龄离退休不远了，作提前退休处理，保留了一份退休工资，够他个人花费了。

贝贝和它的儿子小毛头还跟着吴芳芳，贝贝明显老了，懒得动了，整天伏在吴芳芳的脚下，浑浊的眼珠不是无神地看着那些花，就是闭目养神,给它好吃的,它尝了几口就放下了。而它的儿子小毛头好动,一刻不停地上蹿下跳,胃口奇大,身强力壮,经常出去串门,但只要吴芳芳唤一声"小毛头",它会旋风般的飞跑回来,在吴芳芳脚下喵喵轻啼,扑簌簌打滚,向主人发嗲。贝贝懒洋洋地起身,步履蹒跚,已完全没有当年的优雅姿态,它过来伸出爪子拍了下小毛头,似乎是警告儿子不要乱蹿,当心被人捉去。

一个有风的夏天的下午,一个年轻人骑着辆上海及邻近城市称黄鱼车的三轮车,停在花店门口,走进店堂,吴芳芳抬头一看居然是多日不见的祝融。他穿戴整齐,人胖了些,看上去很精神,吴芳芳冷冰冰地问:"你来干什么?"

"你不是在招聘吗?我来应聘的,别的本事没有,栽培植物懂一点,擅长骑黄鱼车。"说着,从挎包里掏出几张证书,吴芳芳接过来一看,是文凭,专科和本科的毕业证书,上面贴着祝融的照片,写着他名字。

"你什么时候读的大学?是花钱买来的假文凭,蒙人用的,拿走,骗子。我是个小店,装不下你这尊大菩萨,特别是你这尊骗人的假菩萨,走吧,我这里不需要大学生。"吴芳芳脸露愠色说。

"这是真文凭,我参加自学考试的文凭,我怎么会堕落到去买假文凭哄你呢,再说,能骗得了别人,还能骗得了对我了如指掌的吴老板呢,那我真是傻到底了。"祝融默默地笑了。

"你读了南师大中文系?"

"是的。"

"你又读了南京农学院植物栽培学?"

"是的。"

"用了几年?"

"两门加起来四年。"

"这么说,你下岗前就自学考试了?"

祝融回答说,是的,我谁都没说,包括你在内。他并没有表现出应有的得意和自傲,他明白,自学考试的文凭虽然国家认可的,但在某些人眼里,它的含金量和价值与四年制正规大学的毕业证书相比是大为逊色的,是有水分的。但社会对于这些读不上大学而走自学成才之路的人还是肯定的,终究,这些人是靠自己的勤奋好学拿下的学历证书,是的,祝融这些年没有在虚度。出了那事以后,祝融寡言少语,除打工养活自己,有空就躲在僻静处看书,还一天不落地上夜校。

祝融留了下来,踏着三轮送货、拿货,他是个残疾人,不是很强悍,但是个健康有力的男人,花店太需要一个男人了。经过一段时间的适应过程,祝融具有的专业知识,使他在掌握经销鲜花的同时,投入了新的品种的研发。在和吴芳芳商议后,他们承包了植物园的花卉大棚和苗圃,并成立了天堂鸟花木公司。城市的大规模扩展和改造,现代化住宅小区如潮水般涌现,城镇化的快速推进,对花木的需求不断膨胀,各个品种的观赏性树种供不应求,新马路甚至需要古树大树来装点,公司不得不派人到偏僻的农村去收购。

而绿地更需要杜鹃花、蔷薇花、冬青、雏菊等存活力高,容易照管,美观多彩的花卉。公司的董事长兼总经理是吴芳芳,祝融是副总经理,但实际控制人是他。他设法引进热带、亚热带、温带、寒带的各种著名的花木、鲜花、盆景应有尽有,零售生意和批发相结合,连锁店遍布全城各处,后又发展到全省各城市。整个公司的成员扩大到三百多人,其中相当一部分是铸造厂的下岗工人。在全省范围之内是数一数二的培育、种植、销售一条龙的花木大公司。几年内,公司的总资产已达到六七千万元。

吴芳芳成了名人,女强人、女企业家、开拓者等光环在她头上熠熠生辉,她的打扮和气质也发生了脱胎换骨的变化,在众人的眼里,她漂亮夺目,举止不凡,谈吐温柔,光彩照人,让人眼睛一亮,知道她是单身,追慕者如云。

在林霞的劝说下,吴芳芳和祝融结婚了。一年后,吴芳芳生了个大胖小子,小名胖胖,大名祝福。吴芳芳和蓝蓝的关系改善了,她在省城读寄宿小学,暑寒假会来探望吴芳芳,她已对父母当时离异的原因有了详尽的了解。她已有了判断能力,她已经不恨妈妈,但恨祝融,是祝融的野心和图谋不轨毁了父母的婚姻,这是一个悲剧性质的故事,自己也成了这个故事中一个人物。吴芳芳曾哭着向她道歉,说都是她的错,是她毁了这个家。蓝蓝受到震动,她也哭了,扑在亲妈的怀里,母女俩彻底和解了,其实,蓝蓝对亲妈的原谅,和丁兰兰潜移默化的引导分不开。

祝融的棚户区已拆除,吴芳芳家的那条老街扩宽了,拆除了许多破旧的房屋,其中包括吴芳芳家的旧住宅,古迹和名人住宅在复建。余鹏程的那幢带阳台的老洋房也拆除了,开发商补偿他一套住宅,姐姐姐夫回来就住在那里。陈斌在补偿金、住房安排上漫天要价,他振振有词地提出要落实政策,即要把五七年经租的周芹家、余鹏程家的住房归还给他,这是笔历史陈账,政策明确规定不予归还。

吴芳芳买了套乡村别墅,有个很大的院子,种满了花卉,房屋持有人写的居然是余蓝。她还给父母亲买了套宽敞的新房,拆迁补偿金留作养老。

陈斌又走上了漫漫上访路,到处碰壁,吃了不少苦头,耗尽了精力和时间,结果毫无所获,最后像在铸造厂内退手续上签字一样,在停电停水封路的压力下,他在拆迁书上签了字。除了多拿了几千元的补偿金,经租房问题寸土不让,没有商量的余地,他捞一把的企图落空了,还落了个顽固不化的钉子户的坏名声,成为笑柄。陈娟姐妹一直劝父亲不要闹了,省点心吧,经租的房子就像公私合营的工厂,这些厂能要回来吗?陈斌看过巩俐主演的电影《秋菊打官司》,他说,一个农村妇女都能豁出去打官司,她不是打赢了吗?秋菊能做到的,我也能做到,我就是要讨个公道,但陈斌没有讨到公道,他输得遍体鳞伤。

他不是秋菊。

这天,花木公司来了个不速之客,衣冠楚楚,很有气派,他好奇地打量着这家装潢讲究,空间足够大,摆满了芬芳馥郁的奇花异草的公司。他想象中的卖花姑娘及一个跛脚丈夫充其量是个小商小贩,没想到竟然拥有这么漂亮的办公场所,这使他不敢小觑这对下岗工人了。中国在创造奇迹,也创造奇人。

这个惊异得张大了嘴的访客就是黄宾。他在祝融办公室里介绍了自己的身份,然后掏出了那个在非常时期自杀的资本家的一封家书,是关于两块手表的继承问题。不错,就是这个资本家把两块珍贵的手法交给祝融父亲保管,父亲临终前又交给了他,遗言只有一条:即使讨饭都不能占为己有,一定要交还给他的嫡系家人或者有权继承的人。

祝融小心翼翼地抽出那封写在一个飞马牌香烟壳子上的遗嘱,上面

写道:

　　劳力士金表两块交祝师傅保存,若我活着自己来去取,若遇不测,这两块表赠与我恩人红旗公社余家村小学门房余长庚,如余长庚死亡,由其子女或孙辈继承。此嘱不得违背。此便条由我好友胡绍基收存并监督执行。刘重浩亲笔(拇指印、和章)于一九六七年九月三日

　　祝融翻来覆去地看了几遍,这纸质已发黄的便条不像是假的,这个刘重浩就是将手表委托给父亲保存的那个资本家。父亲从来不说他们之间到底是什么关系,何以要将这么珍贵心手表交给父亲保管,而父亲出具的仅仅是一张修理钟表的收条,上面签了个自己的名字,其他核心的事情是在窃窃私语中完成的。

　　但这个余长庚父亲从未提到的,显然不知其人,祝融当然也不知道。他感到宽慰,手表的赠予对象终于找到了,可以告慰父亲和那个余长庚了。接下来是一连串疑问,这个余长庚现在在哪里呢,他还在世吗?这个持信人又是谁,他和余长庚或刘重浩是什么关系?

　　"黄医生,你和刘重浩或余长庚是什么关系?"祝融问。

　　"我不认识余长庚,也不清楚他们之间是什么关系?我爱人是刘重浩的亲戚,这封信是刘重浩交给我爱人的伯父胡绍基的,胡绍基去世前遗交给我爱人的父亲胡觉民了,胡绍基胡觉民和刘重浩应该是表亲,后来胡家包括我太太都移民美国了,没有办法处理这件事,就交给了我专门回来代办。"

　　"根据这封信,这两块表是属于余长庚和他的后人的,你是回来找这个余长庚和他的子女的?"

　　"我不是找他们的,那么多年了,社会变化那么大,要找到他们已很困难了,我有一个想法。"

　　"你说。"

　　"这两块表你们保存那么多年了,说实在的,你和你父亲是仁义之人,而我爱人毕竟是胡家的后代,所以,我认为不必那么较真地去寻找这个没有着落的余长庚了,不如我们把它们卖了,我们对半分享,这样做,我觉得我们是问心无愧的,你觉得怎么样?"

"不行,我不同意,我父亲一再交代我,这是别人的东西,在任何情况下,不能对它有非分之想,信上既然有余长庚的地址姓名,我想,要找到他或他的后人并不困难。"

"祝先生,你再考虑考虑,我们已尽到责任了——退而求其次,要不是那么个时代,刘先生会把这么贵重的表白白送人吗?他也是迫不得已,送人并非是他的本意。我们拿下来——某种意义上,是他的心愿,时代已还他公正,我们也要还他真正的想法。"

"我不管他的真正想法是什么,当时是不是违心的,这已经不重要了,重要的是按他的遗嘱办。"祝融坚定地说。

"难道我们为一个死人白忙一场?"

"不是白忙,受人之托,得讲信用,做到了,是件开心的事。"

黄宾脸拉下来了,想夺回那封信,但被祝融往抽屉里一放,锁上了。

黄宾气急败坏地说:"你没有权利拿走这个文件,它是我的,你吞下是别有用心。"

"放心,等我找到余长庚后,我会通知你,当着你的面把东西完璧归赵。"

黄宾气势汹汹地走了。

祝融把信给吴芳芳看,吴芳芳看完后就惊呼起来,这个余长庚是余鹏程的父亲啊。余鹏程说过,他上小学时,他爸就是看门人,上下课是他摇的铃铛,他想逃课也逃不了,因为老爸把着门,时刻监视着他,他像坐在监牢里,自由受到了很大的限制。余鹏程还提到了一件事,那时他还很小,记忆有点模糊了,但这件事记得很清楚……

很久以前了,是秋季收获的时候,气温仍很热,秋老虎发威,学校还未复课,成熟的金黄色的稻田间,一个稻草人站立在田径旁,因为无风,手中的破蒲扇一动不动,一群群鸟雀叽叽喳喳叫着,在稻田里袭击着饱满的稻穗。它们是一群肆意妄为的抢掠者。在热辣辣的阳光下,一切又是多么宁静!在这美好的收获的季节,有一群人被押到田头劳动。这群人当时受到政治运动的冲击,受到严重的迫害和虐待,他们被城里的工宣队押着,来乡下劳动改造,他们住在学校里,席地而卧。正常收割期,他们干着沉重的农活,割稻、捆扎、运输等,这些人有右派、反动资本家、坏分子、反革命分子、有历史问题的老干部等,年龄普遍大了,动作笨拙,汗出如浆,戴着草帽,衣服都湿透了,明显力不从心。

那个叫刘重浩的反动资本家也在其中,其实他作为资本家已徒有虚名,他的工厂公私合营时早已交出去了,他的定息已停了,他的工资只能维护起码的生活,他居住的洋房已被充公,分配给了造反派头目。他们全家挤占在小小的没有窗户的汽车间里,家里所有值钱的东西都被搜抄一空,整套的瓷器被砸碎,藏书和字画被付之一炬。

余长庚挑了一担大麦茶走到田头,余鹏程拎着只篮子跟在后面,他们停了下来,余长庚吹了下哨子,铜铃铛和这个哨子是他经常不离身的东西。坐在树荫下的两个工宣队员喊了声,休息十五分钟,喝口水,注意,动作利索些,别磨磨蹭蹭的。这群人如获大赦令似的,来到了茶桶旁。刘重浩捧着半碗茶水在田埂上坐下来,喝着,打量着农村秋天的景象,远方的青山,近处的小河,破旧的灰暗的农舍……

如果能让他在这样的农村里居住,作为一个隐士对尘世的逃遁,他就心满意足了,自由和平安是何等的宝贵啊!

当他的眼光落在坐着的脚下,他的脸色顿时变得惊恐万状,忍不住尖叫起来,这……这是什么?是石膏像啊,怎么会这样,怎么会这样?余长庚蹲下一看,是一堆破碎的石膏片,但头部还相对完整,这群人聚拢来,一看到这堆白色的碎片,脸色都变得充满了恐惧和疑惑。

工宣队员过来了,拾起那半个五官俱全的头部,盯着刘重浩,喝道:"是你干的吗?你这个现行反革命分子,罪大恶极,死有余辜!"

刘重浩像得了疟疾般哆嗦着,语无伦次地说:"不,不,不是我干的,我坐在那里,只是看到……我没干,我动都未动……"

工宣队员扫了一下这群人:"你们说,是不是刘重浩干的?铁证如山,你抵赖不掉的,大家别包庇他,如何对待这起重大的现行反革命案件,是对你们的考验,希望你们检举揭发,将功赎罪……"

这群人中间有人指着刘重浩厉声说:"刘重浩,除了你,还有谁呢?为什么不在别人的脚下,而偏偏在你脚边发生这样的事件呢?肯定是你用你罪恶的脚蹭的踏的!"

刘重浩已吓得瘫作一团,脸孔痉挛着,五官扭曲,脸如死色,喉咙发紧,他已张口结舌,说不出话了。工宣队员宣布,把他捆起来! 一群人中的几个立即取来几根捆绑稻谷的绳子,或解下自己的裤带,准备把刘重浩捆绑起来。

这时,站在一旁静观的余长庚坚定地说:"不是他干的!"

"你凭什么说不是到刘重浩干的,你有证据吗?"

"我就站在他旁边,他一直坐在田埂上,两只脚动都没有动,而且,如果是他蹭碎的,他怎么会第一个喊出来呢? 另外,你们看,这个头像和这些石膏片都沾满泥,看上去有些时间了,根本没有新的痕迹。你们别冤枉人,这可是人命关天的大事啊!"

那个工宣队员仔细观察了一番,相互对视了一下,疑虑地盯着刘重浩。

这时,少年余鹏程补充说:"我爹说得对,不是他,他在喝水,眼睛看着远地方,脚搁在田岸上,而这些石膏片,一半埋在泥巴里,一半在野草里,是他收起脚想站起来时发现的。这是我亲眼看到的。"

紧张的空气松弛下来,一个工宣队员把石膏片全部收集起来,用拿来读的一张报纸仔细包起来,回到城里后,将这堆石膏残片送到公安局检验过,排除了刘重浩作案的可能。事情过去了,刘重浩再也没有受到追究。

余鹏程拒绝收取这两只手表,坚决拒收,最后他上交有关部门拍卖后交给慈善机构,并希望替屈死的刘重浩修一个墓。当年刘重浩之所以自杀,是因为家人对他的冷漠、疏远、讥笑,责怪他害了他们。他绝望透顶,哀莫大于心死。他侥幸扛过了暴力风暴,躲过了一个致命的大案的政治追究,这归结于余长庚父子的仗义执言,这在当时是有很大的政治风险的。在他决心一死前,他把这两只表作为答谢,赠送给余长庚,于是写了张纸条,委托表兄胡绍基有机会办理。但表已交给钟表匠祝师傅保存了,避过风头后再拿回来,这两块表是他的心爱之物。家人曾问过他手表的去向,他说扔在大运河里了。所以,在当时的情况下,他不可能去取回来,再送给余长庚的。至于他的精心安排会不会成功,他不多想了。亲人的冷暴力使他心脏血液冻住了,心变成了坚硬的石块。他悄悄写好遗嘱,悄悄塞给信得过的表兄后,就上吊自杀了。家属拒绝处理后事,他的单位将他草草火化,骨灰盒是个瓷钵,作为无主骨灰盒寄放在殡仪馆的地下室,这些事是民政局的人告诉余鹏程的。

两只表在香港拍卖行拍了八百万。因为黄宾的一再纠缠,由民政局给了他五十万元,作为胡绍基胡觉民的保存遗嘱的补偿费。刘重浩的后人始终没有露面,大概是出于不可言说的隐情和心中有愧吧。余鹏程和祝融是有资格分到一笔钱的,但他们坚决分文不取。余鹏程建议为刘重浩修一个墓地,对这个屈死者重新安葬。余下的捐给红十字会。

墓地修好后,余鹏程参加了安葬仪式,送了一大束菊芋——缩小了的向日葵,这是他去天堂鸟花店的连锁店购买的。为回避余鹏程,祝融在另外一个时间到墓地祭奠,献了花,点了两支白色的蜡烛。墓碑上嵌着一张墓地主人很年轻的照片,着西装,风华正茂,这是工商联从一本登记册上翻印下来的。工商联派了个代表参加了落葬仪式。祝融长久地盯着墓碑上的照片,这个他并不认识,却让两代人承担了他的委托的逝者可以安息了。黄宾代表他的亲人送了个花篮到墓地,弯腰鞠了三个躬。

余鹏程从唐朝阳的电话中知道,黄宾已被美国的医院除名,并吊销医生执照,终身不得从医,他和妻子已离婚。他的卑劣行径让他的家人无法容忍。另一个原因是,他妻子已与小她十岁的英语老师有了私情。他们天天吵闹,互相恶狠狠地对骂。后来他退让了,退让是因为他斗不过这个已在美国站住脚的家族,他处在弱势。他在这个家里很孤独,他分享不到一家人的亲密随和。他和妻子还是分手了。

他在美国虽持有绿卡,但除了当医生,别无所长。医院的一个同事给他介绍了一个工作,在一个医学研究中心养试验用的白老鼠。他信用卡上的钱已所剩无几,他要在美国混下去,必须找到工作赚点生活费,养护白老鼠虽然很不体面,但好在月薪有二千多美元,还和医学搭点边。更重要的在养鼠室旁有一个值班室,有简单的床和一个小卫生间。用不着另外花费租房了。他踏进充满异味的摆放着一只只铁笼子的养鼠室,看着无数蹿上来蹿下去的红眼白毛的老鼠,他感到一阵阵恶心。后来他带着那封信来到中国,想凭那封信发笔横财,他的妻子在他们恩爱时,说到了那两只金质古董表的价值，还将那份遗嘱给了他，让他方便时回国试试能否取回这两块手表。当时，他和妻子都认为要取回手表的可能性微乎其微了。

无论是作为一个医生还是一个人，黄宾已彻底沦落，精神上已自我阉割，他拿了五十万元钱后，从此消失了，他没有再回美国，他在美国已身败名裂。他被亲人抛弃了。美国吊销掉他的医生资质，这不影响他在中国当医生，凭着他的文凭和职称，以及遍布全国的同学关系，他在一个较大规模的医院当一个医生是不成问题的。

又是一年过去了，在跨入新世纪不久，发生了震动世界的"9·11"恐怖袭击事件，丁兰兰率团去美国几个城市演出，旧金山、洛杉矶、休斯顿、费城、华盛顿和纽约。到了纽约第一天，他们就去了双子楼前，昔日这个大都会的标志性建筑已倒塌成一堆犬牙交错般的废墟，还在冒着烟雾，周围的尘土厚得像纽约地铁已积了一百年的灰尘。在一道钢丝网前摆满了殉难者的照片，追悼文和诗歌。剧团也赠送了一个花圈。

他们在纽约大剧院演出两场，在第一场演出前，丁兰兰决定由一个大提琴手演出英国天才大提琴家杰奎琳·杜普蕾的代表作《殇》，报幕员用中文和英文说，谨以此曲悼念"9·11"中殉难的人士，大堂一片死寂。当这首曲子孤寂、苍白、虚弱的旋律低沉回旋，如泣如诉地响起时，座席间一片哭泣声，充溢着无尽的悲哀，这首凄婉绝美的曲子在这个美国特别的日子深深感动了听众。曲子结束时，全体团员聚集在台上默哀三分钟，观众起立也跟着默哀。

演出取得了巨大的成功，但结束后，纽约总领馆的文化参赞把丁兰兰拉到一边，批评她不该未经同意临时增加这个内容，这是违反外交纪律的。美国虽然受到了恐怖分子的袭击，但事因很复杂，我们不应过度反应。

丁兰兰气愤地说，这么惨烈的事件，这么多无辜者付出了生命，难道不值得同情？全世界都在声讨恐怖主义，同情受害者，难道我们无动于衷，或者拍手叫好，我们起码的人性起码的同情心还要受到什么纪律的约束吗？如果真的违反了外事纪律，我愿意接受处分。丁兰兰说完，站出来就离开。

一个年轻女孩去剧团住宿的酒店去找丁兰兰,她就是汪原。她和丁兰兰见过几次,也知道余鹏程在大学时期暗恋过她。她父亲出事前已刮到风声,安排女儿和台湾邮票设计师的儿子闪婚,他们到了美国后,汪原考上美国纽约大学戏剧创作专业,后来又攻读电影制作专业,由于性格不合,她和丈夫离婚了。她深爱着余鹏程,但因为自己已婚,她很少给余鹏程发邮件,即使发也是报喜不报忧,她给他寄过几件很高档的衬衫、羊绒衫、围巾。她和唐朝阳保持着较为密切的联系,所以她对余鹏程的情况基本上都是清楚的。当她得到余鹏程和丁兰兰结婚的消息,她喝得烂醉,从此,她再也不去刻意去打听余鹏程的任何信息了。

和丈夫分手后,她除了上课,也参与了一些剧本创作和演出,她的聪明伶俐和才智使她在纽约演艺圈有不少人脉,也小有名气,她甚至参与了一部华人题材的电影的制片,当导演的助理,那是个日裔好莱坞导演,她还在电影中扮演了一个配角,有十来句台词,这比那些在剧组端茶打杂的国内电影学院毕业后去美国所谓深造的年轻学生运气好多了。他们只是做些搭景打灯光的杂事,和导演共事,参与演出的事想都不敢想,虽然他们个个都是靓女帅哥。

"我坐在第三排,排了半天才买到的票,你们的演出太精彩了,特别是大提琴《殇》的演出,大感动人了,我是来美国听到这首曲子的,现在我心情不好时,就在收录机、随身听里听这首歌,它是没有歌词的,后来有人配了词,我读给你听:*你的声音像落蝶般寂寞/贝壳里传来海的哭泣/是谁守望着谁?/头名了这么久才明白/原来一直未曾拥有/那么任落叶淌先飘散/溢出门一片心海。*不全,这是我最喜欢的几句……"

丁兰兰打量着汪原,她几乎没有什么变化,还是那么漂亮大方,精雕细刻的五官,变化的是打扮没有以前那么前卫了,牛仔裤,银灰色的羽绒服,白色的薄羊绒衫,运动鞋,及腰的长发。然而,举止中多了几分沉稳,动不动就会不自觉地吐出一串英语。

她知道汪原深爱余鹏程,对余鹏程有种深情款款和依恋,如果不是父亲迫不及待地让她结婚、出国,他们很可能会在一起的。余鹏程把与汪原在湖畔的那个风雨之夜告诉了丁兰兰,还把房子的事也告诉了她。

但是,汪原终究还是带着期待和遗憾走了,她成全了余鹏程和丁兰兰。

"余鹏程让我问候你,他把你的美国手机号和邮箱号都告诉我了,我打算今晚和你联系,邀请你明天来看节目,今天是首场,有点杂事,没想到你先来了。"

"这里一个月前就传出你们要来演出的消息了,唐朝阳告诉我你们来纽约的具体时间。怎么样,很顺利吧?"

"很顺利,美方很配合,使领馆给了不少帮助。你在美国过得怎么样?"

"我离婚了,还在读博士,替一些剧组打打工,挣些外快,在美国特别是纽约,中国人要混出人样来,不是那么容易的。我读的是戏剧和影视,这个空间对一个中国人来说,要真正打进去,怎么说呢,就像登喜马拉雅山,概率不高,许多在国内顶级的艺术家,到了美国就什么都不是,他们是带着美好的梦来的,但来后才知道自己突然到了一个没有立足之地的地方,没有人在乎你。我这么说,一点不夸张,我在熬毕业,博士读完就回去,有时候想家想得很厉害,真想立即买机票回国……"

"有男朋友了吗,或者有没有伴侣?"

汪原摇一摇头,说:"没有,没有那个兴趣,也碰不到合适的人,我没有你那幸运,在美国,好男人不是结婚了,就是男同……我习惯单身了,自由自在,不需要对谁负责,也没有压力,而且,我根本不想在美国长住……我爸爸已出来了,保外就医。"

"你住在学校宿舍?"

"美国大学不提供宿舍,我怀念中国的大学,大家住在一起,多热闹啊,在纽约房价特别贵,我和一个中国女同学合租一套房,五十多平米,房东也是中国人,台湾的,很客气,很有教养。从住的地方到学校要开车一个小时,有地铁,纽约地铁一百多年了,又破又旧,墙壁上画满了稀奇古怪的画,列车摇摇晃晃。我是开车的,要经过公认为不太安全的地方,有好几次几个黑人流浪汉拦我的车,对我举着枪,这时候绝对不能开窗,要冲过去,不要顾虑撞到人,这是自卫。"

"听你这么说,美国太不安全了,又是恐怖袭击,又是流浪汉,又是枪击事件……真替你担心,你可要小心,下课后没事早点回去。"

"没什么,我胆子大,反应快。不是说过的吗,美帝国主义是纸老虎嘛。"

汪原告别的时候,从包里拿出了一套化妆品,几瓶花花绿绿的营养品,一只造型奇特的电子表送给丁兰兰,说,美国没什么好东西,到处是Made in China(中国制造),这些补品和电子表给他吧。化妆品给你,好好珍惜他,这样的男人不多了。未等丁兰兰说什么,她就站起来快步走了,她眼睛里已饱含热泪。丁兰兰打量着这只电子手表,马上想到了余鹏程拒收的价值八百万元的古董金表。

半年后,一个早晨,余鹏程在省城的寓所用早餐,因为丁兰兰在省城工作,余蓝又在省城读书,所以他基本上在这里写作。丁兰兰上班去了,她的团在美国纽约演出时临时加进去的内容受到总领馆文化参赞的指责,但美国报纸一片赞美之词,回来后,得到高层的肯定,她调到省委宣传部任部长助理。她怎么推辞都不行,她喜欢她的歌舞团。

余鹏程正在写一部关于淞沪战争中四行仓库八百壮士故事的小说,他拿着牛奶杯、面包,坐到沙发上,习惯地打开电视机收看早新闻,忽然他听到了汪原的名字,他把牛奶、面包放到茶几上。主播在说,失踪者汪原是纽约大学的中国留学生,她失踪了两天,警察在一条有许多废弃的厂房的街区发现了失踪者的汽车,右侧的玻璃窗被子弹击碎,车内有车主的个人物品、化妆包、墨镜、硬币,没有搏斗的痕迹。但汽车车头与另一辆车撞击过,地上散落两辆车破裂的掉下的前灯玻璃屑和漆皮。警方已查明这是一件抢劫绑架案,并初步掌握了证据,两个嫌疑犯已被逮捕,但汪原生死不明,犯罪嫌疑人拒绝供出受害者下落。中国驻纽约总领馆已督促纽约警方抓紧破案,切实保护中国公民的人身财产安全,总领馆已和汪原国内家人取得了联系。

电视上出现了汪原几张照片和丢弃的汽车及纽约大学的照片。

余鹏程马上打开电脑,电脑里除了杂志和出版社的几封来函,没有汪原的邮件。自从在纽约汪原和丁兰兰见面后,他了解了汪原的近况,便主动和她恢复了电脑邮件联系。她一个劲地喊累,她太忙了,像蜂鸟振翅悬空那样的节奏,否则就会沦落,该死的纽约!该死的美国!我简直一天都等不下去了。

余鹏程心急如焚,替汪原的处境深深担忧。他接到了汪原父亲汪海泉的电话,他的声音还算平静,这个当年的乡镇企业局局长条理清晰地说,他已接到中国驻纽约总领馆的电话,称汪原凶多吉少,作为家长,他可以去纽约出庭参加美国法院对犯罪嫌疑人的庭审,并聘请律师参与此案。但由于他是保外就医,没有出境的权利,自由也受到限制,他想委托余鹏程和他的儿子赴美,一切费用由他负责。

余鹏程未假思索便答应了。

他说,他今天就从省城赶回去,到后再面谈。

放下电话后他又和丁兰兰打了手机,丁兰兰说,她已从报上看到这个消息,你去一趟吧,我们一起为汪原祈祷,但愿这是虚惊一场。

三天后,余鹏程办好了签证,汪原在欧洲定居的弟弟直接飞赴纽约,他们在中国驻纽约总领馆碰头。他还说,他已委托美国的朋友,聘请了两个律师,一个是华人,一个是老美。

一个黑沉沉的夜晚,他登上了美国航空公司的航班,到旧金山再转机纽约。

这个夜晚飘起了雪,羽毛似的,柔软的一片片,轻轻地飘落下来,落在地上便化成了水。

市里一个收养流浪猫的机构统一行动,捕捉在街上游荡或在各个角落避寒的流浪猫,吴芳芳的小毛头正在街头瞎逛,结果给网兜罩住了。它被关进铁笼子,三轮车载着这批流浪猫穿行在急匆匆冒雪赶路的车辆人群中,小毛头被这突如其来的颠沛惊怖恐惧,不断惨叫号哭……